AF154883

Gerold Meyer von Knonau

# Über Nithards

Vier Geschichten

Gerold Meyer von Knonau

**Über Nithards**
*Vier Geschichten*

ISBN/EAN: 9783742899064

Hergestellt in Europa, USA, Kanada, Australien, Japan

Cover: Foto ©Andreas Hilbeck / pixelio.de

Manufactured and distributed by brebook publishing software (www.brebook.com)

Gerold Meyer von Knonau

**Über Nithards**

# Ueber Nithards vier Bücher Geschichten.

Der Bruderkrieg der Söhne Ludwigs des Frommen

und

sein Geschichtschreiber

von

Gerold Meyer von Knonau.

Leipzig
Verlag von S. Hirzel.
1866.

Seinen hochverehrten Lehrern

Herrn

**Professor M. Büdinger**

in Zürich

Herrn

**Professor H. von Sybel**

in Bonn

in dankbarer Ergebenheit gewidmet

durch den Verfasser.

# Vorrede.

Ehe ich die vorliegende Arbeit, welche durch mich behufs der Promotion als Dissertation der hohen philosophischen Facultät der Universität meiner Vaterstadt Zürich vorgelegt und durch dieselbe genehmigt worden ist, auch in weitere Kreise nunmehr entlasse, sehe ich mich veranlaßt, ein Paar Worte vorher vornehmlich über deren Entstehung und Disposition beizufügen.

Die erste Anregung dazu und auch im weitern Verlaufe meiner Studien vielfachen Rath verdanke ich meinem hochverehrten Lehrer, Herrn Professor Büdinger in Zürich, der für die durch ihn geleiteten historischen Uebungen im Wintersemester von 1862 auf 1863 u. a. auch das Nithard'sche Werk zum Gegenstande der Erörterungen gewählt hatte. Zum Theil wenigstens gehen die im ersten Abschnitte meiner Arbeit enthaltenen Untersuchungen über das erste Buch Nithards auf jene erstmalige Beschäftigung mit demselben zurück.

Die Anlage meiner Arbeit, welche übrigens auch aus der beigegebenen Inhaltsübersicht erhellt, ist die folgende. In einem ersten Abschnitte wird Nithards erstes Buch unter verschiedenen Gesichtspuncten besprochen. Eine weit umfangreichere zweite Abtheilung ist dem zweiten bis vierten Buche Nithards gewidmet. Indem diesen nach einander die Geschichte der drei Söhne Ludwigs des Frommen enthoben und mit dem anderweitigen Material zur Geschichte der Jahre 840 bis 843 verglichen wird, ist es möglich, den Werth und gewisse charakteristische Merkmale der Nithard'schen Berichterstattung kennen zu lernen und zugleich an der Hand Nithards näher in die Ereignisse des Bruderkrieges einzutreten, besonders die Vorbereitungen zum Theilungsvertrage von Verdun zu entwickeln. Eine dritte Abtheilung sucht die Resultate, welche sich aus dieser Vergleichung für Nithards Werk ergaben, nach mehrfachen Hinsichten zusammenzufassen. — Einzelne weitere Ausführungen liegen zum Theil in den Noten zerstreut. Anderntheils aber sind sie in die Excurse verwiesen. Von diesen bespricht Excurs VI., unterstützt durch eine lithographirte Beilage, die Pasumot'sche Hypothese über das Schlachtfeld vom 25. Juni 841, während einige andere über einzelne Partien Nithards, über chronologische oder geographische Nebenfragen handeln, drei die größere Lebensbeschreibung Ludwigs des Frommen zum Gegenstande haben.

Wie sehr mir bei meiner Arbeit vor allem das ausgezeichnete Buch Dümmler's*), daneben vornehmlich die Werke von Waitz und Wenck unentbehrliche Hülfsmittel waren, wie viel ich denselben verdanke, brauche ich wohl nicht besonders zu betonen: jede Seite meiner Arbeit lehrt das. Auch glaube ich nicht, mich deshalb rechtfertigen zu müssen, daß ich Gfrörer's weitgehende Aufstellungen nur zuweilen zu widerlegen suchte,

*) An diesem Orte darf wohl das Bedauern darüber geäußert werden, daß die von Dümmler (Vorrede zum ersten Bande: p. IX.) versprochene Karte zu Band II. nicht beigegeben wurde.

an manchen Orten mich einfach auf Wenck's treffliche Zurückweisungen bezog. — Sehr erfreulich ist es mir jedoch, hier noch der höchst schätzenswerthen Mittheilung Erwähnung thun zu können, die mir von Herrn Dr. Rossel in Wiesbaden durch die gütige Vermittlung des Herrn Conrector Vogler daselbst zukam (s. besonders meine n. 226); in n. 501 und in n. 5 zu Excurs IX. sind noch zwei weitere derartige Nachweisungen auf ihre Quelle zurückgeführt. Auch wie viel Unterstützung mir durch die so sehr reichhaltigen königlichen Bibliotheken zu Berlin und Dresden, sowie durch die hiesige Universitätsbibliothek zu Theil wurde, glaube ich nicht mit Stillschweigen übergehen zu dürfen. —

Nur allzu gut kenne ich die vielfachen Mängel meiner Arbeit, welche einen Gegenstand zu besprechen sich vorgesetzt hat, der zum größten Theile bereits in anerkannt trefflicher Weise behandelt worden ist, und deutlich ist mir bewußt, daß auch, was ich an einigen Stellen weiter vorzuschlagen versuche, in hohem Grade der Nachsicht bedarf. Doch hoffe ich, daß die vorliegende Schrift wenigstens dasjenige Ziel erreicht hat, was sie zunächst sich gesetzt: daß sie genügende Rechenschaft ablegt über die einläßliche Lectüre eines der unleugbar ansprechendsten Producte der mittelalterlichen Historiographie.

Göttingen, am 23. December 1865.

**Gerold Meyer von Knonau, Dr. phil.**

## Errata.

p. 3: Z. 13 v. u. lies Brittanicam statt Britannicam.
p. 5: Z. 12 v. u. ist nach imperatoris das Fragezeichen zu tilgen.
p. 20: Z. 16 v. u. l. Ver st. Veraeuil.
p. 33: Z. 3 v. o. l. perfacile st. per facile.
p. 43: Z. 16 v. u. l. „Lothar schon wieder nicht mehr weit von dem frühern Uebermuth entfernt: er sagte“ st. „zwar — sagte er“.
p. 46: Z. 9 u. 10 v. o. l. „Als diese königlichen Boten bei Lothar anlangten, fanden sie denselben wieder weit weniger gefügig: keineswegs wollte er mit den Vorschlägen sich“ st. „Diese — sich nicht“.
p. 54: Z. 3 v. u. stehe nach „Beiles“ ein Semikolon.
p. 62: Z. 20 v. u. l. Duurstede st. Duursteede.
p. 84: Z. 12 v. u. l. ferner die st. die ferner.
p. 96: Z. 3 u. 4 v. o. ist zu verbessern: Agobard starb: 8 Id. Jun. nach ann. Lugdun., in script.: I. p. 110.
p. 125: Z. 13 v. u. l. quominus st. Quominus.
p. 129: Z. 10 v. u. l. praecedebat st. qraecedebat.
p. 149: Z. 10 v. u. l. silva st. seilva.
p. 152: Z. 6 v. o. ist nach 7 die Klammer zu schließen; l. Nithards st. Nithars.

Ein Paar andere kleinere Versehen, vornehmlich in der Interpunction, werden sich leicht verbessern lassen.

# Inhaltsübersicht.


Ueber Nithards erstes Buch: pp. 1—18.

Einleitung und Inhaltsübersicht des ersten Buches: pp. 1 u. 2; „Zweckmäßigkeit und Uebersichtlichkeit" desselben: pp. 2 u. 3; Nachrichten, für welche Nithard die einzige Quelle ist: pp. 3—6 (kleinere Angaben: pp. 3 u. 4; Nithard über manche Dinge vorzüglich gut unterrichtet: p. 4; über die libera custodia in c. 3: pp. 4—6; über die Berathung am Hofe vor der Einladung an Lothar (838—839) in c. 6: p. 6); nach dem Plane seines Buches faßt Nithard in erster Linie die Geschichte Karls in das Auge: pp.: 6 u. 7; in wie weit äußert sich hiebei Nithards Parteistellung?: pp. 7—13 (in der Auswahl des Stoffes: p. 7; in der Beurtheilung Lothars: p. 7; bei der Darstellung der Erhebung der Söhne im Jahre 830: p. 8, im Jahre 833: pp. 8 u. 9; in der Beurtheilung Ludwigs und Pippins: pp. 9 u. 10; in der Beurtheilung der Kaiserin Judith und ihrer Beziehungen zu Bernhard von Septimanien: pp. 10—12; — Gründe welche für eine mildere Beurtheilung von Nithards noch dazu sehr gemäßigter Parteilichkeit sprechen: pp. 12 u. 13); Verstöße Nithards: pp. 13 u. 14; (geringern Belanges: p. 13; chronologische Irrthümer: pp. 13 u. 14; — eine Eigenheit Nithards in der Berechnungsweise angebrochener Jahre als ganz verflossener: p. 14); erkennbare Quellen Nithards: p. 14; erweist sich Nithard als selbständig?: pp. 14—18 (Zusammenstellung der Parallelstellen von Nithard: cc. 6 bis 8 und Astronomus: cc. 59 bis 62: pp. 14—16; Vergleichung des schriftstellerischen Charakters Nithards mit demjenigen des Astronomus: pp. 16 u. 17; Astronomus, nicht Nithard ist für den Plagiator zu erachten: pp. 17 u. 18). — Schlußurtheil über das erste Buch: p. 18.

Ueber Nithards zweites, drittes und viertes Buch: pp. 18—78.

Nithards Geschichte Karls in II. bis IV.: pp. 18—53.

Karls Lage am 20. Juni 840: pp. 18 u. 19.

über Buch II. — c. 1: p. 19; c. 2: pp. 19 u. 20 (der Brief des Abtes Odo: p. 20); c. 3: p. 20; c. 4: pp. 20 u. 21; c. 5: pp. 21—23 (Zustände in Maine: p. 22); c. 6: pp. 23 u. 24 (Karls Uebergang über die Seine: p. 23, Karl in St. Denis: pp. 23 u. 24); c. 8: pp. 24 u. 25 (Gfrörers „Erklärung" der Schlacht im Ries: p. 25); c. 9: pp. 25—27 (der Abschluß des Bündnisses zwischen Karl und Ludwig: pp. 25 u. 26; über patris fratrisque consensu: p. 26); c. 10: pp. 27—29 (chronologische Ergebnisse über den 21. bis 25. Juni 841: pp. 27 u. 28; die Vorschläge Ludwigs und Karls zum Frieden vom 25. Juni: p. 28).

über Buch III. — c. 1: pp. 29—31 (Erzbischof Georg von Ravenna und die päpstlichen Friedensboten: p. 30, Motive Ludwigs und Karls zur Milde: pp. 30 u. 31; die Schlacht ein Gottesgericht: p. 31); c. 2: pp. 31—34 (Karl zu St. Medard: p. 32; seine schwierige Lage: pp. 32 u. 33; Bernhard von Septimanien nach 840, Wilhelm: p. 33; Ebbo flieht aus Reims: pp. 33 u. 34); c. 3: pp. 34—36 (Hugo von St. Quentin: pp. 34 u. 35; Karl an der Seine: p. 35); c. 4: pp. 36 u. 37 (Handstreich gegen Laon: p. 36; Adalgar: p. 36; Nominoi und die Bretonen: pp. 36 u. 37); c. 5: pp. 37—39 (die Eidesleistung zu Straßburg: pp. 37 u. 38; Bischof Drogo: p. 39); c. 6: pp. 39 u. 40 (das Zusammenleben Ludwigs und Karls: pp. 39 u. 40); c. 7: pp. 40 u. 41 (der Kriegszug gegen Lothar: pp. 40 u. 41).

über Buch IV. — c. 1: pp. 41 u. 42 (Lothars Absetzung und Neutheilung seines Reiches: pp. 41 u. 42); c. 2: pp. 42 u. 43 (Hilti von Verdun: pp. 42 u. 43); c. 3: pp. 43—46 (Wunsch der Großen nach dem Frieden: pp. 43 u. 44; Graf Adalhard: pp. 44 u. 45; über Konrad, Kobbo und Adalhard und ihre Mission: pp. 45 u. 46); c. 4: pp. 46—50 (die Festsetzungen vom 16. Juni 842: pp. 47 u. 48; Karls Verhältniß zu Aquitanien, Pippin II.: pp. 48—50); c. 5: pp. 50—52 (die Besprechungen in der St. Castorskirche: pp. 51 u. 52); c. 6: pp. 52 u. 53 (der wachsende Einfluß der Großen des Reiches: pp. 52 u. 53; Karls Itinerar: p. 53).

Nithards Geschichte Lothars in II. bis IV.: pp. 53—68.

Lothars Lage am 20. Juni 840: pp. 53 u. 54.

Lothars Ankunft diesseits der Alpen, seine Ansprüche: pp. 54 u. 55; Waffenstillstand mit Ludwig: p. 55; die Synode von Ingelheim: pp. 55 u. 56; Lothars erster Zug gegen Karl (Ende 840): pp. 56 u. 57; Lothars Erfolge bis zum Februar 841: pp. 57 u. 58; Lothars zweiter Zug gegen Ludwig (März und April 841): pp. 58 u. 59 (Erzbischof Otgar: p. 58, Graf Adalbert: p. 58); Lothar im Juli 841 zu Aachen: p. 59; über die Sachsen und ihre Verhältnisse: pp. 59—61; Lothars Beziehungen zu den Stellinga: pp. 61 u. 62; Lothar verleiht Walcheren an Heriold: p. 62; Lothars dritter Zug gegen Ludwig (August 841): p. 63; Lothars dritter Zug gegen Karl (September 841 bis Anfang 842): pp. 63 u. 64; Lothars Flucht aus Sinzig: p. 65; Lothar flieht aus Aachen nach den Rhonelanden: p. 66; Friedensunterhandlungen zwischen Lothar und den Königen: Vertrag von Ansilla: pp. 66 u. 67; Lothar im Herbste 842 im Moiselande: pp. 67 u. 68.

Nithards Geschichte Ludwigs in II. bis IV.: pp. 68—78.

Ludwigs Lage am 20. Juni 840: pp. 68 u. 69; Beziehungen zu den Baiern: pp. 69 u. 70, Alamannen: p. 70, Ostfranken: p. 70, Thüringern: p. 70.

Ludwigs erstes Zusammentreffen mit Lothar: p. 71; Ludwigs Wirken im Winter von 840 auf 841: pp. 71 u. 72; Ludwigs Flucht von Worms nach Baiern (April 841): p. 72; Ludwigs Bündniß mit Karl: p. 72; der Sieg im Ries: pp. 72 u. 73; Ludwig zieht Karl zu Hülfe: p. 73; Ausbeutung des Sieges von Fontanetum: pp. 73 u. 74 (Grimald Abt von St. Gallen: p. 73, Abt Gozbald von Altaich: p. 74); Ludwigs Wirken im Herbst 841 und im Winter auf 842: p. 74; Ludwig konnte in dieser Zeit Karl keinen Zuzug leisten: pp. 74 u. 75; Ludwig und Karl ziehen von Straßburg nach Aachen (Frühjahr 842): p. 75; Gefahr des sächsischen Aufstandes für Ludwig: pp. 75 u. 76; die Niederwerfung der Stellinga: p. 77; letzte Nachrichten Nithards über Ludwig: p. 77; Fulda erklärt sich für Ludwig: p. 78.

Entstehungsgeschichte von Nithards Werk: pp. 79—81 (über die Vorreden: pp. 79 u. 80, über die Digressionen: pp. 80 u. 81, über die Art des Abschlusses: p. 81).

Nithard nimmt eingestandener Maßen einen Parteistandpunct ein: pp. 81—86 (sein Buch ist ein pragmatisches Geschichtswerk: pp. 81 u. 82; — über die Art und Weise, wie sich Nithard Lothar, Karl, Ludwig gegenüber verhält: pp. 82—85; Nithards freimüthiges Urtheil auch Karl gegenüber: pp. 85 u. 86).

Charakteristik Nithards: pp. 86—90 (Nachrichten über sein Leben: p. 86; Nithards Werk als schriftstellerische Leistung: pp. 88—90).

Nithards Buch ist die Hauptquelle für die Geschichte seiner Zeit: pp. 90 u. 91 (über Prudentius: p. 90, Rudolf: pp. 90 u. 91, die annales Xantenses: p. 91)

Noten: pp. 92—127.
zu der Erörterung über das erste Buch: n. 1—74: pp. 92—95.
zu der Geschichte Karls. n. 75—301: pp. 95—111, Lothars: n. 302—412: pp. 111—118, Ludwigs: n. 413—473: pp. 118—121.
zum Schlusse: n. 474—525: pp. 121—127.

Excurse: pp. 128—151.
I. Ueber den Zeitpunct, in welchem Nithard von König Karl mit der Abfassung seines Buches beauftragt ward: p. 128.
II. Ueber die Personen Uodo et Odo, Vivianus, Fulbertus (I: c. 5): pp. 128 u. 129.
III. Ueber die Zerrüttung der Chronologie in den letzten Theilen des Astronomus: pp. 129—132.
IV. Die Umarbeitung des dritten Theiles der fränkischen Königsannalen durch Astronomus: pp. 132—135.
V. Vergleichung der Parallelstellen des Nithard und Astronomus mit denjenigen der fränkischen Königsannalen und des Astronomus: pp. 135 u. 136.
VI. Ueber die Schlacht bei Fontanetum: pp. 136—141.
VII. Zu Karls Zug von Reims nach Biese (Nithard: III. c. 3): pp. 141—143.
VIII. Ueber die Stelle der annales Xantenses zu 842: per angustum iter asperum Grosnecorum: pp. 143 u. 144.
IX. pp. 144—146 (Stellen Nithards, die sich nur auf ein Vorwiegen des Roßdienstes beziehen lassen: p. 145; solche über das Vorhandensein eines Trains: p. 145; über die Geschwindigkeit der Truppenbewegungen: p. 145; einige Angaben Nithards über Distanzen: p. 146).
X. pp. 146—148 (Der Vertrag von Verdun als Abschluß der Streitigkeiten über die Reichstheilung betrachtet: pp. 146 u. 147; das Nationalitätsprincip kömmt bei dem Vertrage von Verdun noch nicht in Frage: pp. 147 u. 148).
XI. pp. 149—151 (Lothars und Ludwigs Zusammentreffen bei Kostheim in II: c. 1 —: p. 149; über per Wasagum in III: c. 7 —: pp. 149 u. 150; über die doppelte Form einiger Städtenamen: pp. 150 u. 151).

---

## Verzeichniß einiger besonders häufig citirter Werke.

Beyer = H. Beyer: Urkundenbuch der mittelrheinischen Territorien: I. u. II: Coblenz 1860 u. 1865.
Böhmer = J. F. Böhmer: regesta Karolorum: Frankfurt a. M. 1833.
Dümmler = E. Dümmler: Geschichte des ostfränkischen Reiches: I. u. II: Berlin 1862 u. 1865; und Nachlese in II: p. 684 ff.
Eltester = L. Eltester: geschichtliche Uebersicht (als Einleitung zu Beyer's Urkundenbuch .. Bd. II)
Forschungen = Forschungen zur deutschen Geschichte: Göttingen 1860 ff.
Funck = F. Funck: Ludwig der Fromme: Frankfurt a. M. 1832.
Gfrörer = A. F. Gfrörer: Geschichte der ost- und westfränkischen Karolinger: I: Freiburg i. B. 1848.
Heyer = J. Heyer: de intestinis sub Ludovico Pio ejusque filiis in Francorum regno certaminibus: Monasterii 1858.
Himly = A. Himly: Wala et Louis le Débonnaire: thèse pour le doctorat: Paris 1849.
von Noorden = C. von Noorden: Hinkmar, Erzbischof von Rheims: Bonn 1863.
Roth: B. W. = P. Roth: Geschichte des Beneficialwesens: Erlangen 1850.
Roth: F. u. U. = P. Roth: Feudalität und Unterthanverband: Weimar 1863.
Scholle = F. Scholle: de Lotharii I. imperatoris cum fratribus de monarchia facto certamine: diss. hist.: Berolini 1855.
Schwartz = K. Schwartz: Der Bruderkrieg der Söhne Ludwigs des Frommen: Schulprogramm: Fulda 1843.
Sickel: I. u. II. = Sitz. Ber. d. philos.-histor. Classe d. kaiserl. Acad. d. Wiss. zu Wien: Bd. 36 (pp. 329—407) u. Bd. 39 (pp. 105—177): „Beiträge zur Diplomatik."
Stälin = C. F. Stälin: Wirtembergische Geschichte. I: Stuttgart u. Tübingen: 1841.
Waitz = G. Waitz: Deutsche Verfassungsgeschichte: II—IV: Kiel 1847—61.
Waitz: Programm = G. Waitz: über die Gründung des deutschen Reiches durch den Vertrag zu Verdun: Kiel 1843.
Wattenbach = W. Wattenbach: Deutschlands Geschichtsquellen im Mittelalter: Berlin 1858.
Wedekind = A. C. Wedekind: Noten zu einigen Geschichtschreibern des deutschen Mittelalters (II: p. 433 ff.): Hamburg.
Wenck = W. B. Wenck: Das fränkische Reich nach dem Vertrage von Verdun: Leipzig 1851.

Es war im Mai 841[1]), vor dem Einreiten in die Stadt Chalons an der Marne, als König Karl der Kahle, mitten in den Kämpfen, welche er um seine Existenz gegen seinen Bruder Lothar führte, seinem Waffengefährten und Verwandten, dem Grafen Nithard, den Auftrag gab, eine Geschichte der „zu seinen Zeiten ausgeführten Thaten“ zu schreiben. Bereitwillig, wenn auch nicht ohne Bedenken, wie er das in der Vorrede seines ersten Buches sagt, übernahm Nithard die Aufgabe. Allein — so fährt er in diesen einleitenden Worten fort — er überzeugte sich bald davon, daß eine kurze Darstellung der Ereignisse seit 814 zum Verständnisse des spätern Verlaufes unerläßlich sei. So lieferte er denn in seinem ersten Buche als Einleitung zu den folgenden einen Abriß über die Regierungszeit Ludwigs des Frommen, in welcher sich die Kämpfe der Brüder vorbereitet hatten. Ob und wie ihm sein Vorhaben gelungen sei, ob, wie er sich ausdrückt, hiedurch „einem jeden Leser der wahre Sachverhalt der Streithändel Karls leichter am Tage liege“, das zu untersuchen, ist zunächst unsere Aufgabe.

Wir suchen in diesem ersten Abschnitt einmal festzustellen, ob Nithard eine lichtvolle Uebersicht der Jahre 814 bis 840 gegeben hat, und dann durch Vergleichung der Angaben Nithards mit den übrigen zeitgenössischen Autoren, sowie mittelst anderweitiger Prüfung der Erzählung unseres Geschichtschreibers schon für dieses erste Buch unser Urtheil über Nithards schriftstellerischen Charakter, so weit es möglich ist, zu bilden. Besonders wird es unser Hauptaugenmerk sein, zu sehen, wo Nithard alleinige Quelle für einzelne Verhältnisse ist, und wo er wegen der „Verwirrung“, in der er sich während des Schreibens befand, einen Irrthum sich zu Schulden kommen ließ, besonders aber, an welchen Stellen er im Andenken an die seinem Herrn „durch den Bruder verursachte Verfolgung“ und diesem seinem Auftraggeber zu Liebe allzu subjectiv oder gar deutlich und nachweisbar parteiisch die Dinge auffaßt.

Gemäß seinem in der Vorrede geäußerten Vorsatze, „das verehrungswürdige Andenken von Karls Großvater nicht ganz stillschweigend zu übergehen“, entwirft Nithard im ersten Capitel als „Eröffnung seiner zusammenhängenden Erzählung“ in kurzen Zügen das Bild der großartigen Persönlichkeit Karls des Großen. Treffend schildern die wenigen Sätze des alten Kaisers glänzendes Wirken, vielleicht nicht ohne eine feine Nebenbeziehung auf die im Folgenden zu erzählende, in ihrem Gange so unerfreuliche Regierung seines Sohnes. Hell und hörbar klingt durch die Worte Nithards der ächte fränkische Stolz, einem Stamme anzugehören, dessen größter Herrscher ein nicht vollbrachtes Werk der Römer wieder aufnahm und durchführte[2]). — Im zweiten Capitel beginnt dann die Darstellung der „Streitigkeiten“ in ihrem Zusammenhange seit Ludwigs des Frommen Thronbesteigung. Indem wir nun in kurzen Zügen den Hauptinhalt derselben zusammenfassen, werden wir beurtheilen können, ob es Nithard verstand, den mannigfachen Wechsel der politischen und Parteiverhältnisse klar zu entwickeln.

Nachdem (c. 2) Ludwig nach Karls Tode das Reich übernommen und die Verhältnisse zu seinen Verwandten geordnet[3]), traf er nach wenigen Jahren seine Verfügungen über die Nachfolge dergestalt, daß sein ältester Sohn Lothar nach seinem Tode das Reich regieren, die jüngern Brüder Pippin und Ludwig aber unter dessen Obergewalt stehen sollten: ja, es sollte Lothar sogar schon zu Lebzeiten des Vaters dessen Genosse im Kaiserthume sein[4]). Ein Aufstand des Königs Bernhard von Italien ward blutig unterdrückt. Allein von einer andern Seite kamen ungleich gewichtigere Störungen der in Aussicht genommenen Thronfolge: Ludwigs zweite Gemahlin Judith gebar ihm 823 den kleinen Karl. — Der Kaiser (c. 3) muß jetzt darauf sinnen, auch für diesen Sohn einen Antheil an der Erbschaft zu schaffen und ihm in Lothar einen Schützer zu gewinnen. Bald jedoch gereut diesen sein Versprechen; der alte Kaiser umgibt sich mit einer Günstlingsclique, in der der Kämmerer Bernhard als oberster Rath, als „erster Minister“ (Waitz III. p. 446), hervorragt, und kommt ganz in die Gewalt seiner gewandten Frau[5]); die Zutheilung Alamanniens an Karl bricht vollends mit dem Princip der Untheilbarkeit des Reiches: eine feindliche Bewegung der ältern Söhne, deren Seele Lothar ist, entfernt den Kaiser factisch von der Regierung. Aber nach diesem Sturze der Partei der Kaiserin zerfallen die Brüder unter sich. Ludwig und Pippin sind nicht gewillt, eine Alleinherrschaft Lothars zu ihrem Nachtheil zu hegen. Durch ihre Bemühung erfolgt die Wiedereinsetzung des Vaters, Lothars Beschränkung auf Italien. Allein (c. 4) diese beiden jüngern Söhne sehen sich durch die Stiefmutter nachher in ihren Forderungen beeinträchtigt; zu Gunsten Karls wird dem ältern, Pippin, sein Königreich Aquitanien durch den Kaiser entrissen: eine zweite größere Bewegung entsteht, und im Bunde mit dem Papste gelingt es allen drei Söhnen erster Ehe, auf dem Lügenfelde den Kaiser gänzlich zu demüthigen, die herrschsüchtige Stiefmutter abermals zu stürzen. Lothars Macht scheint fest begründet. Indessen, wie das erste Mal, bewirken die ungleichen Interessen der drei Brüder wieder eine Restitution des Vaters. Im Einklange mit der großen Mehrheit des Volkes erheben sich Pippin und Ludwig für den Kaiser. Lothars übermüthige Herrschaft wird gebrochen und die Reichseinheit abermals gesprengt. Noch (c. 5) indessen ist Lothars Anhang mächtig und rege. Im Nordwesten des neustrischen Landes siegt derselbe, und ermuthigt setzt sich auch Lothar selber wieder in Bewegung. Chalons an der Saone fühlt seine Rache. Allein der Beistand der andern Söhne, die Treue des Volkes halten Ludwig den Frommen auf dem Throne: Lothar muß auf seine Pläne verzichten. — Karls Angelegenheiten treten von hier an wieder in den Vordergrund. Die Erzählung wird, nachdem sie über zwei Jahre (835 und 836) stillschweigend hinweggeeilt, für Ludwigs letzte vier Lebensjahre um so ausführlicher. In c. 6 bis c. 8 sehen wir, wie Lothar allmälig zu Karls Gunsten vom Hofe gewonnen wird. Mehr und mehr neigt sich Nithard dabei, dem Gange der Ereignisse folgend, unwillkürlich der nunmehrigen Stimmung des Hofes und der geltenden Politik der Kaiserin nachgehend, zum Standpunkte Lothars hin, mit dem man ja Frieden zu machen, dessen Interessen man mit denjenigen Karls zu verschmelzen suchte. Die beiden Züge gegen Ludwig, der aquitanische Feldzug gegen den jungen Pippin finden sich hier noch erwähnt. Mit dem Tode Ludwigs des Frommen schließt das erste Buch.

Diese kurze Uebersicht enthält in gedrängtester Reihe den Inhalt der Erzählung des ersten Buches. Und es ist gewiß nicht zu viel gesagt, wenn wir dieselbe als den besten Wegweiser bezeichnen, um sich aus den Wirrnissen jener Zeit herauszufinden. Nicht nur hatte Nithard für die bunten, wechselvollen Erscheinungen in der Politik dieser 26 Jahre ein offenes Auge und erkannte er klar die diesen Umschwüngen zu Grunde liegenden widerstrebenden Principien, hier der Reichseinheit, dort der größern Geltung der an der Spitze einzelner Reichstheile aufgerichteten untergeordneten Gewalten, zwischen welchen Extremen die Maßregeln des alten Kaisers in so unheilvoller Unbeständigkeit hin und her schwankten; er wußte auch seine Anschauungen hierüber in der lichtvollen Entwicklung einer Situation nach der andern deutlich zu machen. Mit voller Berechtigung rühmt Wattenbach (p. 116) an Nithards erstem Buche „Zweckmäßigkeit und Uebersichtlichkeit". Unleugbar gibt dieser verhältnißmäßig kurze Abriß einen bessern Begriff vom innern Zusammenhange der Ereignisse zu Ludwigs des Frommen Zeit, als dessen zwei Biographien, die des ungelenk stammelnden, jedes tiefern Eindringens baaren Thegan sowol, als das Werk des weitschweifigen, in rhetorischen Künsten und einer abgeblaßten Classicität sich gefallenden Astronomus. Bedenkt man daneben noch, daß Nithard bloß einzelne (quaedam) auf Karls Stellung (altercationum vestrarum veritas) bezügliche Verhältnisse herausheben wollte, daß er keine eigentliche Geschichte jener Zeit zu geben beabsichtigte, daß er also manches als bekannt voraussetzte und überging, so ist seine Arbeit nur um so bewundernswerther.

Folgende Stellen mögen wohl das Gesagte am besten stützen und im Stande sein, von Nithards Kunst eine ausreichende Idee zu geben.

Gleich c. 1 zeugt von dem richtigen historischen Blicke, von dem Verständnisse der Aufgabe. In Karl dem Großen stellt Nithard diejenige Persönlichkeit an die Spitze seines Buches, als deren Gestaltungen die meisten Verhältnisse zu betrachten waren, in welchen sich die durch ihn zu schildernden Zeiten bewegten. Eine weise Selbstbeschränkung, eine klare Einsicht über die Grenzen des zum Zwecke seiner Einleitung dienlichen Stoffes offenbaren sich hingegen in der Weise, wie Nithard gänzlich verschmäht, hier die Beziehungen des fränkischen Reiches nach außen mit in den Bereich seiner Darstellung zu ziehen.

Eine seltene Kunst besitzt ferner unser Autor, in kurzen, scharf abgewogenen Worten viel auszudrücken. Nicht wenige Beispiele dieser zutreffenden Auffassungsweise, dieser Geschicklichkeit, mit Aufwand von wenig Rede ein historisches Factum genau und anschaulich zu beschreiben, lassen sich in diesem ersten Abschnitte aufweisen. — Dahin dürften z. B. wohl die Worte von c. 2 gerechnet werden, daß Ludwig der Fromme 814 bei seiner Ankunft in Aachen „das von allen Seiten ihm zuströmende Volk ohne alle Schwierigkeit seiner Botmäßigkeit unterwarf"; denn dieselben sagen, daß aller Widerstand gegen Ludwigs Nachfolge nun hinweggeräumt war, während vorher eine Partei am Hofe denselben von der Regierung hatte ausschließen wollen (Funck: pp. 43 ff.; Himly: p. 50). In c. 3 liegt gleichermaßen in dem Satze: „Obschon Pippin und Ludwig so, wie es ihnen versprochen gewesen war, ihre Reiche vergrößert worden waren, bestrebte sich doch jeder, im Reiche nach dem Vater die erste Stelle einzunehmen", unverkennbar eine allerdings einseitige Auffassung von Pippins Ungehorsam, der sich in dessen Entweichen vom kaiserlichen Hofe an Weihnachten 831, sowie in einem versuchten Aufstande äußerte, und anderseits eine Anspielung auf Ludwigs Abfall im Frühjahr 832. Die Worte: „obgleich ihnen ihre Reiche vergrößert worden waren", weisen ferner auf die 831 zu Aachen vom Kaiser in Aussicht genommene Vergrößerung der Theilreiche seiner jüngern Söhne[1]). Freilich erwachte alsbald wieder der Einfluß der Kaiserin und diese versprochene Machterweiterung blieb ungeschehen, was natürlich die beiden Könige äußerst beleidigte. Auch dieser Verlauf jedoch scheint durch Nithard angedeutet zu sein, wo er erzählt: „jeder arbeitete dahin, nach dem Vater die erste Stelle einzunehmen. Doch jene, durch welche damals das Gemeinwesen gelenkt wurde, widersetzten sich ihrer Absicht". Allerdings liegt hier ein etwas parteiisch gefärbtes Licht über den Dingen verbreitet; aber aus der knappen Darstellung, welche, wenn auch nur in ganz wenigen Worten sich bewegend, keinen Umstand übergeht, leuchtet klar die große Geschicklichkeit des Geschichtschreibers hervor. — Eine andere dieser Nithard eigenthümlichen Kürzen ist in dem

Satz von c. 3: „Alamannien wird Karl durch einen Reichstagsbeschluß übertragen“ enthalten[7]). Alamannien aber wird von Nithard unter den angewiesenen Landstrichen allein genannt, als Haupttheil dieses Gebietes und weil es für Karl als Stammland seiner Mutter wegen der dort und in Baiern ansäßigen Welfen[8]) die größte Wichtigkeit hatte. — In c. 4 charakterisiren Nithards kurze Worte hinlänglich die Ereignisse am Sigwaldsberg im Juni 833. Scharf und klar, ein Ausdruck den andern deckend, ist in c. 5 der Gegensatz der Stimmung in den Heeren Matfrids und Odo's gezeichnet: „die geringe Zahl und darum die dringendste Nothwendigkeit erfüllte jene mit Einigkeit, diese aber machte die bedeutende Stärke sorglos, zwieträchtig, ungeordnet“. Diese schlagende Charakteristik läßt uns keinen Augenblick im Zweifel, wohin sich der Sieg neigen werde. Gleich bezeichnend entwerfen etwas weiter unten die Worte über Lothar: „da er die Möglichkeit weder der Flucht noch des Kampfes sah“ (c. 5) ein Bild von dessen verzweifelter Lage im Herbst 834 vor der Unterwerfung bei Blois. — Ebenso schildert der erste Satz von c. 6 kurz und gut die wieder hergestellte Autorität des Kaisers und die ruhigen Jahre 835 und 836: „Der Vater führte die kaiserliche Regierung in der Weise und mit Hülfe derjenigen Personen, wie er gewohnt war“. In der namentlichen Aufführung der zwei einzigen Personen: „Hilduin, Abt der Kirche von St. Denis“ und „Gerhard, Graf der Stadt Paris“, als solcher, welche im October 837 nach der neuen Reichstheilung Karl huldigten, liegt eine genügende Betonung der Bedeutung dieses Actes, da Hilduin und Gerhard das geistliche und das weltliche Haupt jener Gegenden waren und jener als der Erste der fränkischen Geistlichkeit galt (Waitz: III. p. 432).

Allein dieser lobenswerthen Kürze ist es auf der andern Seite auch jedenfalls zuzuschreiben, daß manche Facten erst dann erwähnt werden, wann dieß wegen des Verständnisses des Zusammenhanges unerläßlich ist, also an einer spätern Stelle, als diejenige ist, an welche sie der chronologischen Reihenfolge gemäß gehören. Das ist erstlich in c. 2 der Fall, wo der Tod der Kaiserin Irmengard erst bei Gelegenheit von Ludwigs des Frommen zweiter Vermählung aufgeführt wird. Ebenfalls in c. 2 werden die zeitlich ziemlich weit auseinander fallenden Verheirathungen seiner Söhne erster Ehe (Lothar 821, Pippin 822, Ludwig 827) zusammengefaßt. Aehnliches findet sich in c. 8. Da wird Pippins Tod, der am 13. December 838 erfolgte, erst genannt, wo Nithard wieder auf die aquitanischen Dinge zu reden kommt, freilich nicht sehr zu Gunsten des Zusammenhanges, da die am Ende von c. 6 erzählten Verhandlungen mit Lothar eine unmittelbare Folge dieses Todesfalles waren[9]).

Wie schon oben gesagt ward, hat Nithard, getreu seinem Vorsatz, nur mit Auswahl derjenigen Ereignisse und Verhältnisse, die ihm zur Erklärung der spätern Lage Karls tauglich erschienen, sein erstes Buch geschaffen. Manches, was die andern Autoren ausführlich schildern, läßt er also weg, oder er erzählt es, ohne in die Details einzugehen. Dafür bringt er aber auch wieder Mehreres, was wir bei jenen umsonst suchen würden. Im Folgenden soll eine Aufzählung solcher Nachrichten, die wir blos Nithard verdanken, versucht werden.

Ganz kleine Angaben, Personen- und Ortsnamen, die als Nithards Eigenthum anzusehen sind, sind: in c. 2 die Nennung Bertmunds, des „Vorstehers der Provinz von Lyon“ (Waitz III. p. 311, n. 4), als des Vollziehers der Strafe an Bernhard von Italien; des Vivianus[10]) in c. 5, als eines der im Juni 834 gefallenen kaiserlichen Heerführer; des Josippus und Richardus[11]) in c. 7, als Begleiter Lothars zu der Zusammenkunft von Worms im Juni 839. Von Ortsangaben sind aufzuführen in c. 4: juxta montem Sigwaldi[12]) (Schauplatz der Demüthigung Kaiser Ludwigs im Juni 833), in c. 5: poenes marcam Britannicam[13]) (Schlachtfeld Matfrids gegen Odo), und juxta villam quae Calviacus dicitur[14]) (Oertlichkeit der Unterwerfung Lothars im Herbst 834). Noch weitere kleinere Bereicherungen unserer historischen Kenntnisse, die wir blos aus Nithards erstem Buche schöpfen, liegen in folgenden Stellen. Nach einer solchen von c. 2 ehrte Ludwig der Fromme seine drei unehelichen Brüder anfangs durch den Vorzug der Tischgenossenschaft (Waitz III. p. 451 u. n. 3). Gleichfalls in c. 2 setzt Nithard deutlich die Bewegung Bernhards von Italien und dessen Katastrophe in unmittelbare Verbindung mit dem gezwungenen Eintritt der unehelichen Söhne Karls des Großen in den geistlichen Stand: diese ist die Folge von jener. Blos aus Nithard erhellt auch an dieser Stelle (ad conventum publicum fratres venire praecepit), daß eine gesetzliche Verhandlung diesem Ereignisse vorangіng[15]). In c. 3 unterscheidet Nithard zwischen dem Gewahrsam des Heribert, des Bruders Bernhards von Septimanien, der im April 830 nach Italien, und der Welfen Konrad und Rudolf, die nach Aquitanien unter Pippins Hut geschickt wurden. In c. 4 ist die Nachricht, daß Wala, Elisachar, Matfrid erst 833 aus der Verbannung erlöst wurden, gegenüber den bertinianischen Annalen und Astronomus[16]), welche auf die Erlassung einer allgemeinen Amnestie schließen lassen, bemerkenswerth. Eine andere Stelle von c. 4 sagt uns, daß Papst Gregor 833 cum omni comitatu Romano gekommen sei, eine weitere gegen Ende des Capitels, daß Ludwig praesidii causa, jedenfalls gegen Lothar, bei dem Vater nach dessen Restauration im Frühjahr 834 in Aachen blieb, zwei von c. 5, daß Odo's Heer 834 omnes inter Sequanam et Ligerem degentes umfaßte[17]) und daß Lothar den Warin eidlich in Pflicht nahm. Eine äußerst erwünschte Analogie zu der Stelle des c. 45 des Astronomus (diffidens quidem Francis magisque se credens Germanis), wo derselbe unter Franci die Bewohner des fränkischen Galliens zwischen Rhein und Seine, unter Germani alle jenseits des Rheins wohnenden, den Franken unterworfenen Völker versteht[18]), bieten die Worte Nithards in c. 5, wonach die kaiserlichen Truppen im Herbst 834 theils aus einer manus valida e Francia collecta, theils aus den universi qui trans Renum morabantur, welche König Ludwig zur Hülfe herbeigeführt hatte, bestanden. — Zu diesen geringern Notizen gehören noch in c. 6, daß Kaiser Ludwig im September 838 Karl die pars regni quam illi dederat als Aufenthaltsort anwies (s. auch: Prudentius zu 838), sowie daß er einen Reichstag, d. h. eine Heerversammlung (Waitz III.

p. 474), im December 838 nach Mainz berufen hatte, während Prudentius und Rudolf (zu 838) nur von einem beabsichtigten Winteraufenthalt in Frankfurt sprechen, dann in c. 7, daß Lothar sich drei Tage in Worms im Juni 839 vergeblich bemühte, das Reich gleichmäßig zu theilen, und endlich in c. 8, daß die Zusammenkunft des Kaisers mit Lothar in Worms im Sommer 840, die dann wegen Ludwigs des Frommen Tod nicht stattfand, auf den 1. Juli angesetzt gewesen war.

Einige Stellen Nithards, die ebenfalls hierher zu gehören scheinen, setzen uns durch die Unentschiedenheit des Ausdrucks oder durch ihren Widerspruch mit andern Quellen in Verlegenheit. So steht die Angabe Nithards in c. 5 über Lothar und die Einnahme von Chalons durch denselben, lautend: praeliando triduo obsedit, nicht in Einklang mit dem Bericht des Astronomus (c. 52), daß fünf Tage heftig gekämpft ward. Ob diese beiden, jede an sich betrachtet, nicht unwahrscheinlichen Nachrichten, die näher zu controlliren nicht möglich ist, sich vereinigen lassen, oder ob nur die eine als richtig anzusehen ist, kann nicht festgestellt werden. Funck p. 267 gibt Nithard den Vorzug[19]), will aber, nicht ohne Zwang, mit dessen Worten die des Astronomus verschmelzen. — Im Ungewissen läßt uns Nithard in ähnlicher Weise in c. 6. Da spricht er von „einer gewissen Erhebung“, die der Kaiser „sehr leicht“ beilegte, ohne nähere Angaben zu machen. Er setzt dieselbe, wie nach dem Zusammenhange zu schließen ist, in den Herbst 838, eine Zeit, in welche keine andere Quelle ein ähnliches Ereigniß verlegt.

Weit bedeutender jedoch, als das bisher Aufgezählte, sind mehrere Nachrichten über Verhältnisse, welche nicht nur auf mehrere Abschnitte der Geschichte Ludwigs des Frommen ein ganz eigenthümlich klares Licht werfen, sondern auch für Nithards Eingeweihtheit in die Dinge des Hofes sprechen. Berathungen und Verhandlungen, die sich den zeitgenössischen Autoren mehr oder minder entzogen, hat uns Nithard überliefert. — Hier einzurechnen ist zuvörderst die im Anfang von c. 3 enthaltene Erwägung des Kaisers über die Art, wie er nach der Geburt des kleinen Karl demselben Besitz und dessen Sicherheit verschaffen könne, sowie die Art und Weise der Gewinnung Lothars für diese Pläne. Gegen Ende von c. 3 meldet ferner blos Nithard die gänzliche Demüthigung Lothars[20]) nach der ersten Wiedereinsetzung des Kaisers, seine Beschränkung auf Italien, wie denn auch sein Name in der That nach dem November 830 (Böhmer: n. 534) nicht mehr neben dem des Vaters in den Urkunden erscheint. Unter allen Geschichtschreibern seiner Zeit ist es im Folgenden einzig Nithard, der in den Worten: quamquam eis (sc. Pippin und Ludwig) regna, sicut promissum fuerat, aucta suis sint eine Bezugnahme auf die zweite Reichstheilung von 831 enthält, deren Acte in den leges: I.: p. 357 steht[21]). Ganz übereinstimmend mit dem in dieser Urkunde wehenden Zuge der Dinge, d. h. der Herstellung des überwiegenden Einflusses der Kaiserin, lauten Nithards Schlußworte in c. 3: „Die aber, welche damals das Staatswesen lenkten, widerstanden dem Wunsche der Brüder“; denn mit dürren Worten steht in c. 13 der Acte (leges: l. c.), daß diese Theilung erst nach des Kaisers Tode gelten solle[22]). Dann ist in c. 4 die Nachricht von der Rivalität zwischen Hugo, Lambert und Matfrid darüber, wer auf die Regierung Lothars hauptsächlichen Einfluß zu üben habe, die einzige Kunde, welche wir von einer Spaltung in Lothars eigenem Anhang nach dessen zweiten Siege über den Kaiser besitzen. Etwas weiter unten erhellt, daß Lothar nicht blos durch seine Minderzahl, sondern auch durch den „leidenschaftlichen Ungestüm“ des gegen ihn ergrimmten Volkes am 28. Februar 834 zur Freilassung des Vaters und zum Rückzuge nach Burgund genöthigt ward[23]). In c. 5 sind die nach der Niederlage Odo's und der Zerstörung von Chalons wieder hochgehenden Hoffnungen Lothars, seine kühnen Projecte in klaren Worten bezeichnet[24]). Aber gleich gut bekannt sind Nithard die Motive der Franken, denen zufolge sie im Herbst 834 dem alten Kaiser treu verblieben: Scham über ihren zweimaligen Verrath erfüllte sie, und für schändlich hätten sie es gehalten, abermals solchen Eidbruch zu begehen. — Interessant ist in c. 6 der bei Prudentius (in dessen Aufführung der Urkunde von der Landesübertragung an Karl im Jahre 837) fehlende Beisatz sui juris esse videri in dem Passus, daß Karl alle die genannten Bisthümer u. s. w. und alles innerhalb der bezeichneten Grenzen Befindliche sammt allem dazu Gehörigen, in welcher Gegend es auch lag und „seines (d. h. Karls) Rechtes zu sein schien“, haben solle; denn das will nichts anderes sagen, als daß auch alle außer den bezeichneten Grenzen liegenden Liegenschaften solcher Karl unterthäniger Bisthümer, Abteien, Grafschaften, Fiscalgüter seiner Vogtei unterstehen sollten: eine noch weitere Beschränkung der ältern Söhne, welche allerdings deren Gereiztheit viel begreiflicher werden läßt. — In c. 7 sind noch die directen Reden, wie sie Vater und Sohn 839 in Worms bei der Begrüßung[25]) und den nachherigen Verhandlungen wechselten, etwas Originelles.

Zwei Stücke, welche ebenfalls in diese Rubrik gehören, verdienen noch eine nähere Erörterung. Es ist einmal Nithards Darlegung über die Schicksale des Kaisers nach seiner ersten Entfernung von der Macht (in c. 3), dann seine Schilderung der Berathungen und Unterhandlungen, welche der Anknüpfung der nahen Beziehungen zu Lothar im Jahr 839 vorangingen (in c. 6).

Die Lage Ludwigs des Frommen im Sommer 830 war nach Nithard von folgender Beschaffenheit. — Der alte Kaiser wurde mit dem kleinen Karl in „leichtem Gewahrsam“ gehalten. Mönche sollten nach Lothars Willen seine Umgebung bilden und ihn zum klösterlichen Leben überreden. Aber wie alles Volk insgemein, so wurden auch diese Mönche durch die stets allgemeiner werdende Anarchie widrig berührt und wünschten Abstellung derselben. Sie frugen den Kaiser, ob er, wenn er seine Macht wieder bekomme, besser regieren und vornehmlich die Kirche mehr beschirmen wolle. Ludwig der Fromme bejahte das, und alsbald nahmen diese Mönche seine Sache energisch an die Hand. Einer vornehmlich unter ihnen, Gunibald, reiste in eigener Person zu Pippin und Ludwig und betrieb eifrigst des Kaisers Herstellung. Ihm vornehmlich dankte dieser seine Wiedereinsetzung. Darauf fußend, wollte Gunibald die Stelle erreichen, welche früher Bernhard von Septimanien als allmächtiger Minister eingenommen. — So weit Nithard. Wenn wir die Berichte der übrigen Quellen in das Auge fassen, so ist zuerst Astronomus zu nennen. Derselbe sagt in c. 44, daß die Kaiserin Judith veranlaßt worden sei, ihren Gemahl in Compiègne aufzusuchen und ihn zum Klosterleben aufzufordern, daß aber dieser sich noch Bedenkzeit hiefür erbeten habe. c. 45 fährt fort zu erzählen, daß im Mai Lothar nach Compiègne kam, dem Vater keine Schmach zufügte, aber auch in dem bisher Geschehenen keine Aenderung eintreten ließ: „Nur dem Namen nach Kaiser, verlebte Ludwig den Sommer." Aber als im Herbste seine Feinde einen Reichstag abhalten wollten, da brachte er es „durch geheimen Widerstand" (clanculo obnitebatur) dahin, daß er nach seinem Willen Nimwegen als Sitz des Reichstages „durchsetzte" (obtinuit sententia imperatoria) und noch weitere Verfügungen zu seiner Sicherheit in Erfüllung gehen sehen konnte. — Die ann. Bertin. enthalten (zu 830) die Worte: „Sie entrissen ihm alle königliche Gewalt" bei der Beschreibung der Ereignisse von Compiègne im April 830. Zwar heißt es dann etwas weiter unten, der Reichstag von Nimwegen sei von dem Kaiser und Lothar gemeinschaftlich berufen worden. Aber ausdrücklich wird hernach versichert, der Kaiser habe erst, „nachdem er die Herrschaft wiedergewonnen hatte", in Nimwegen die Urheber des Aufstandes bestrafen können. — Die vita Walae II: c. 9 (II. p. 554) sagt zwar, der Zweck der Erhebung sei nicht der gewesen, „daß der Kaiser der Regierung beraubt (ut augustus imperio privaretur) oder unehrerbietig irgendwie oder durch irgend jemanden behandelt würde, so weit das der Ausgang der Sache zuließ". Ja, aus dem weitern Verlaufe der Erzählung der vita (II: p. 555) möchte man beinahe schließen, Radbert habe geglaubt, daß Ludwig gleich wieder in seine Rechte eingesetzt worden sei (s. Himly p. 137: n. 2). Aber selbst Agobard, dieser zweite hervorragende Verfechter der Sache Lothars, gesteht zu (liber apologet. opp. p. 367), daß die Söhne „den Vater in den Ruhestand versetzten und ihm (nur) ein wenig Ansehen ließen" (reddiderunt quieti et aliquantulae honestati), und ferner stehende, wie z. B. der Annalist in Hersfeld (u. a. erhalten in ann. Quedlinburg. script.: III: p. 44), konnten das Ereigniß geradezu als eine „Entthronung" (depositus est de solio) auffassen.

Eine Vergleichung der hier zusammengestellten Berichte ergibt, daß Kaiser Ludwig zwar factisch vom Staatsruder und der Ausübung der Macht verdrängt, blos nominell noch Lenker des Reichs war, daß es Lothar versuchte, diese zeitweilige Zurückgezogenheit in eine definitive klösterliche Einsamkeit umzuwandeln. Anderseits jedoch geht auch aus dieser Reihe von Stellen hervor, daß die Lage des Kaisers keine harte oder gar schmähliche war, wie das 833 der Fall wurde, daß er sich vielmehr ziemlich frei bewegen, Lothar heimlich Gegenminen stellen, dessen Interessen zum Trotze den Reichstag auf ein ihm befreundetes Gebiet lenken konnte, sowie daß er rechtlich noch seine vollen alten Ansprüche und Handlungsfähigkeiten behielt. Für dieses letzte spricht der Umstand, daß er mit Lothar im August 830 Urkunden ausstellte (Böhmer n. 402 u. 403) und daß die Berufung der Reichsversammlung nach Nimwegen von ihm sowol, als von Lothar ausging [26]).

Wenn diesem Befunde die Nachrichten Nithards an die Seite gestellt werden, so erscheint, daß nur er von einer libera custodia, die Karl mit dem Vater theilte, von einer aus Mönchen bestehenden Umgebung des Kaisers und von dem Mönche Guntbald spricht. Es folgt uns, zu untersuchen, ob und wie weit dieses alleinige Eigenthum Nithards sich mit den anderweitigen Aussagen vereinigen lasse. — Ludwig der Fromme war in seinen Bewegungen verhältnißmäßig ungehemmt. Ausdrücklich sagt Astronomus, ein so sehr für ihn eingenommener Biograph, in c. 45, Lothar habe dem Vater „nichts Schmachvolles" zugefügt [27]). Nithard nun, welchem zur Zeit, wo er sein Buch schrieb, vergönnt war, eine Vergleichung zwischen Ludwigs des Frommen Schicksal, wie es sich 830 und dagegen 833 gestaltete, anzustellen, kann wohl in dem Beiwort libera einen Maßstab dieser relativen Freiheit gegenüber der harten Behandlung drei Jahre später haben geben wollen. Weiterhin ist es keineswegs nothwendig, unter custodia ein „Gefängniß" zu verstehen; wohl aber wird Lothar nicht versäumt haben, dem Vater und Stiefbruder nicht die ungehemmte freie Bewegung zu gestatten, ein wachsames Auge über sie offen zu erhalten, sie nicht ohne „Hut" zu lassen. Daß er nun zu diesen Hütern Mönche bestellte, kann keineswegs in Erstaunen setzen, wenn wir bedenken, daß es Lothars Wunsch war, den Vater zum klösterlichen Leben zu überreden; und es ist nur natürlich, daß nach dem Scheitern des ersten Versuches (Astron. c. 44) noch fernere Einwirkungen versucht wurden. Im Weitern nun beruht allerdings allein auf Nithard die Kunde davon, daß es Ludwig gelang, sich unter den Mönchen Verbündete zu erwerben und durch einen derselben mit Pippin und Ludwig in Verbindung zu treten. Allein das dürfte wohl blos der reelle Gehalt der kurzen Anzeige des Astronomus: clanculo obnitebatur und obtinuit tamen sententia imperatoria? sein. Pippin und Ludwig fingen eben damals an, ihre Sache von der Lothars zu trennen [28]). Mit ihnen in geheimer Verbindung erzwang der Kaiser, daß in Nimwegen und nicht an einem mehr westlich gelegenen Orte der von seinen Gegnern, nicht von ihm in erster Linie angeregte Reichstag stattfand. — Es stimmt demnach diese höchst wichtige Bereicherung, die Nithard zur Geschichte Ludwigs des Frommen gibt, durchaus in den Rahmen der übrigen Quellennachrichten. Auch den Namen des Unterhändlers zwischen dem Kaiser und seinen Söhnen erfahren wir durch Nithard. Was dieser dann freilich über diesen Guntbald noch im Weitern weiß, läßt sich nicht mehr controlliren. Die muthmaßliche Quelle dieser Nachrichten soll noch im folgenden Zusammenhange nachgewiesen werden.

Es läßt sich nämlich außerdem die Frage aufwerfen, was für Mönche die von Nithard genannten monachi qui ei vitam monasticam traderent et eamdem vitam illum assumere suaderent gewesen seien. Hier sind blos Schlüsse möglich, und deßwegen ist die n. 3 zu script. II. p. 652 zu definitiv lautend: a. Medardi Suessionenses; denn blos für die Zeit der zweiten Absetzung des Kaisers wird St. Medard allgemein als sein Aufenthaltsort bezeichnet. —

Aber allerdings liegt die Vermuthung aus mehreren Gründen ziemlich nahe, wenn ihre Richtigkeit auch nicht klar erweisbar ist, daß Ludwig der Fromme auch 830 schon wenigstens einige Zeit in St. Medard weilte. Erstlich spricht dafür die räumliche Nähe von Compendium, von Silviacum palatium und von Salmonciacum palatium [28]), wo er im August Urkunden ausstellte (Böhmer n. 402 u. 403), bei Suessiones. In zweiter Linie darf hier wohl eine Urkunde Karls des Kahlen in Betracht kommen, welche sich im Chartular des Klosters St. Medard befindet [29]). In derselben bezeugt Karl, daß sein Vater die alte Klosterkirche habe niederreißen lassen und eine neue zur Aufnahme der Reliquien des h. Sebastian begonnen habe, und fährt fort, daß er selbst sie habe vollenden und einweihen lassen, wobei er zugleich dem Kloster die Villa Berniacus und andere Güter geschenkt oder vielmehr zurückerstattet habe. Nithard selber erzählt III. c. 2 von einem Besuche, welchen Karl (und er höchst wahrscheinlich mit ihm) am 27. August 841 daselbst machten, sehr ausführlich, was Karl damals dort that (siehe unten in der Geschichte Karls unter III. c. 2) und daß er villam quae Bernacha dicitur dem Besitze der Kirche per aedictum hinzufügte. Es ist das ohne Zweifel die Schenkung, worauf sich die von Mabillon genannte Urkunde bezieht. Faßt man nun einerseits die Verdienste von Mönchen, die 830 um Ludwig und Karl erworben wurden, und anderseits diesen Neubau der Kirche zu St. Medard, die Gunstbezeugungen der beiden Fürsten gegen das Kloster in das Auge, so liegt allerdings die Vermuthung ziemlich nahe, die libera custodia nach St. Medard zu verlegen. Angenommen, diese Hypothese sei richtig, so wäre hiedurch die ausführliche Schilderung in III. c. 2, die ein ungewöhnliches Interesse Nithards für das Kloster verräth, so wie die so sehr accentuirte Erzählung von Gundbalds Leistungen und Ansprüchen in I. c. 3 hinlänglich erklärt; denn die Mönche hätten bei dem Besuche Karls in ihrem Kloster gewiß nicht versäumt, die Bemühungen ihres Bruders um den verstorbenen Kaiser genügend herauszustreichen [31]). Endlich scheint auch der Umstand noch werth betont zu werden, daß Hilduin, der Erzcanzler und Abt von St. Denis, welcher sich 830 eng an Lothar angeschlossen hatte, auch Abt von St. Medard war (von Noorden: pp. 2 u. 3).

Der andere Punkt, auf den wir unsere Aufmerksamkeit noch zu richten haben, sind die Erwägungen am Hofe, welche dem Anknüpfen von Unterhandlungen mit Lothar vorangingen [32]). — Etwa im Winter des Jahres 838 oder Anfang 839 zeigte sich — so berichtet Nithard (c. 6) — bei dem alten Kaiser der Beginn von Altersschwäche. Allerlei Uebel stellten die Zeit seines Ablebens in nicht mehr ferne Zukunft. Natürlich erschreckte der Gedanke, nach dem Tode des Gemahles mit dem erst im Knabenalter stehenden Sohne, um dessen willen seine Stiefbrüder schon sämmtlich mehrmals aufs Aergste gekränkt worden waren, ohne Schutz allein zu stehen, die Kaiserin im höchsten Grade. So kam sie auf die Idee, sich eben in einem dieser Stiefsöhne einen Beistand zu erwerben [33]). Aber die Frage, welchen sie sich auserlesen solle, hatte ihre großen Schwierigkeiten. Man schwankte anfangs in der Berathung hierüber. Lothar — so hieß es in diesem Consil, in den Nithard einen Blick uns thun läßt — erschiene wohl bei seiner Stellung als Pathe Karls als der wünschenswerthere Schirmer von dessen Interessen; aber seine Unzuverläßigkeit ließ lange nicht die Mehrzahl der Stimmen sich auf seine Person vereinigen. Endlich siegte die Ansicht, daß Lothar, „wenn er sich in dieser Angelegenheit einmal als zutrauenswürdig bewähren wollte“, durch vortheilhafte Anerbietungen gewonnen werden solle. So ging an ihn die Botschaft ab. — Vergleichen wir die hier skizzirte Darstellung Nithards mit den dürftigen Nachrichten des Prudentius und Rudolf (zu 839), so erhellt seine genaue Kenntniß der Verhältnisse am kaiserlichen Hofe, die sich also selbst bis auf die Berathschlagungen der Kaiserin mit ihren Vertrauten, bis auf die hiebei geführten Discussionen erstreckt. —

Nachdem wir bisher Nithards Darstellungsweise, sowie die zahlreichen größern und kleinern aus Nithards erstem Buche geflossenen Erweiterungen unserer Kenntnisse über die Epoche Ludwigs des Frommen vorgeführt haben, ist es nothwendig, zu bestimmen, inwiefern Nithard seinem Auftrage, eine Sondergeschichte Karls zu schreiben, in einseitiger Weise nachkommend, sich auf einen parteiischen Standpunkt stellte.

Sicherlich nicht einer Einseitigkeit und Voreingenommenheit, sondern blos einer klaren Einsicht in die ihm gestellte Aufgabe ist es zuzuschreiben, wenn Nithard alles, was seinen Herrn Karl nicht geradezu betrifft, stillschweigend übergeht oder im günstigsten Falle mit ein Paar Worten abmacht. So sucht z. B., wer über das Auftreten Wala's, des „zweiten Jeremias“, im December 828 und die daraus hervorgegangenen Reformsynoden von 829, oder etwa über den Streit Gregors IV. mit der Wormsersynode der fränkischen Bischöfe 833, oder überhaupt über specifisch kirchliche Dinge sich unterrichten will, vergebens Aufschluß bei unserm Autor. Alles, was seinen Karl nicht geradezu betrifft, ist ihm in übrigens sehr begreiflicher Weise mehr oder minder gleichgültig. Nur auf diese Art läßt es sich erklären, daß zwischen c. 5 und c. 6 eine eigentliche Lücke im Zusammenhang der Darstellung gelassen wird und die Jahre 835 und 836, eine Zeit der Versuche, das Reich auf friedlichem Wege zu reorganisiren, bei denen aber Karl nicht betheiligt ist, z. B. die Aachenersynode vom Februar 836, geradezu übersprungen werden. Erst da, wo dieser wieder in den Vordergrund tritt, wird der Faden von neuem aufgenommen. Es wird sogar in c. 6 die Urkunde über die Landeszutheilung an Karl im Original mitgetheilt, wiewol trotz der Huldigung, die Karl empfing, dieselbe nicht zu einer definitiven Geltung gelangte. [34])

Ebenfalls hier einzureihen ist jedenfalls die Erscheinung, daß die Verhältnisse Pippins und Ludwigs, vornehmlich des letztern, nur selten und, wenn dieß geschieht, sehr kurz zur Sprache kommen. Sie lagen so ziemlich über Nithards Gesichtskreis hinaus. Daß demnach die rechtsrheinischen Ereignisse, vor allem die Beziehungen zu den Slaven, die von den andern Autoren berücksichtigt sind, beinahe ganz mit Stillschweigen übergangen werden, darf uns nicht wundern. Ebenso ist z. B. in c. 6 allerdings erwähnt, daß Ludwig habe vor dem Kaiser fliehen müssen (pater trajecto exercitu fugere illum in Bajoariam compulit), nicht aber, daß sich Vater und Sohn nachher *auf Bodmann* versöhnten. Weiter erscheint Pippin nur, wenn seine Angelegenheiten sich mit denjenigen Karls kreuzen. *Ein Beweis* hiefür liegt in c. 4 vor. Da wird nur ganz beiläufig gesagt, Pippin habe im März 834 als Dank für *seine* Bemühungen um die Herstellung des Vaters die Erlaubniß von demselben erhalten, in sein Land, das ihm im Spätherbst 832 abgesprochen worden war, zurückzukehren [25]). Es war das freilich eine Gnade, die eine bloße Form war, da erstlich der Winterfeldzug gegen Aquitanien im November und December 832 schmählich mißlungen war, anderseits Pippin nach seiner Flucht im October 832 und vollends nach dem Sturze des Kaisers sich unangefochten in seinem Lande aufgehalten und dasselbe behauptet hatte. Allein alle diese frühern Vorgänge, Pippins Verbannung und Ausschließung aus Aquitanien, seine Flucht u. s. w. sind vorher durch Nithard unerwähnt geblieben. — Selbst der Zutheilung Aquitaniens an Karl wird nur ganz im Vorübergehen gedacht: zu Anfang von c. 4 heißt es: per idem tempus Aquitania Pippino dempta Karolo datur.

Schon etwas mehr zur Parteiauffassung Nithards sind mehrere eigenthümliche Ergebnisse der Auswahl seines Stoffes zu rechnen, die sich an solchen Stellen finden, wo es sich um Dinge handelt, welche entweder dem alten Kaiser oder Karl zur Unehre gereichten, oder im Gegentheil sie in angenehmer Weise berührten. So schweigt Nithard in c. 4 von Karls völliger Ausschließung bei der 833 durch die ältern Brüder vorgenommenen Theilung [26]) und spricht nicht von Ludwigs des Frommen furchtbarer Demüthigung in der Kirche des h. Medardus im October 833. So erfährt man wenigstens im ersten Buche [27]) nichts von der Verschleuderung des Reichsgutes, der überhand nehmenden Unordnung und Demoralisation, der Schwächung des Reiches von außen her, die schon im August 829 auf dem Wormserreichstag gerügt wurden und die dann der Kaiser selbst in seinem Schuldbekenntniß vor der Bußceremonie sich zur Schuld beimaß. Ausführlich erscheint hingegen die Befreiung und Herstellung desselben im Frühjahr 834 in c. 4. Hieher gehört wohl auch, daß der mißlungene Feldzug nach Aquitanien vom Jahr 832 [28]) übergangen wird und daß in c. 8 der zweite Krieg vom Jahr 839, diese große Ungerechtigkeit gegen den kleinen Pippin, durch Verschweigen mancher Umstände in allzu günstigem Lichte erscheint [29]), daß hingegen die Flucht König Ludwigs im April 840, sowie der Umstand, daß er sich durch fremdes, wenn nicht gar feindliches Land den Rückweg mittelst Geld erkaufen mußte, nicht bei Seite gelassen werden. Schon vorher in c. 6 hatte Nithard bei der Darstellung des Verlaufes, welchen Ludwigs zweiter Aufstand im Winter von 838 auf 839 nahm, die Bewältigung desselben als eine für den Kaiser sehr leichte Arbeit geschildert: „Der Kaiser kam nach Mainz, setzte mit seinem Heere über den Strom und schreckte den Sohn nach Baiern zurück". Nach Astronomus c. 61, Rudolf und Prudentius zu 839 mußte der Vater vielmehr erst Verstärkungen an sich ziehen, ehe er zum Angriffe schritt. Es ist wohl kaum zu bezweifeln, daß vornehmlich die Rücksicht auf den, der das Buch ins Leben gerufen hatte, hier die Feder Nithards leitete.

Durchaus nicht darf es uns wundern, daß besonders auf Lothar, diesen Hauptfeind Karls des Kahlen, am übelsten Nithards Abneigung sich entlud. Schon der Umstand, daß die von Lothar zu Karls Gunsten mehrmals gegenüber Kaiser Ludwig gemachten Versprechungen in c. 3 [30]) und vornehmlich in c. 7 ausdrücklich in das Licht gerückt werden, darf gewiß, so wie die Erwähnung der Pathenschaft in den spätern Büchern (II. c. 1 u. 2, III. c. 3) hier eingerechnet werden. Grell sollten hiegegen Lothars ebenso häufige Eidbrüche in Gegensatz treten. Aber die Kaiserin hatte Grund genug, ihrem ältesten Stiefsohn zu mißtrauen, wie es z. B. sehr bezeichnend in c. 6 ausgesprochen erscheint: si Lodharius certum se in hoc negotio praebere vellet; und wir dürfen also Nithard hier noch keine eigentlich einseitige Auffassung des Sachverhaltes vorwerfen. —

Um eine Ansicht über das wirkliche Maß der in diesem ersten Buche sich äußernden Parteistellung Nithards sich zu bilden, wird es am besten sein, nach eben diesem Gesichtspunkte dasselbe ganz durchzugehen. Da tritt zuerst an einigen Orten die Absicht hervor, durch eine nicht geradezu unwahre, aber doch häufig etwas gefärbte Schilderung Lothar zu erniedrigen. In c. 2 wird die noch auf der Idee der Reichseinheit fußende erste Erbverfügung des Kaisers vom Jahr 817 in einer Weise hingestellt, daß die Theilreiche Pippins und Ludwigs, die in Wahrheit nicht viel mehr als bloße Apanagen waren, in erster Linie genannt und hervorgehoben werden, während Lothar, der doch über jenen stehen und mit dem Vater regieren sollte, nachsteht und ihm blos das nomen imperatoris zugeschrieben wird, ein Ausdruck, der seine Stellung durchaus nicht genügend bezeichnet. Der flüchtigste Einblick in die Theilungsacte (leges I. p. 198 ff.) lehrt vielmehr schon, daß Pippin und Ludwig gänzlich unter Lothars kaiserlicher Obergewalt stehen sollten. Im stärksten Gegensatze zu dieser der Reichseinheit abgeneigten Auffassung Nithards stehen das chron. Moissiac. und die ann. Lauriss. maj., welche blos Lothars künftige Alleinherrschaft (consors imperii) erwähnen, die Theilreiche ganz übergehen. — Ebenso wird die Demüthigung, welche für Lothar darin lag, daß er 831 zu Aachen seinen eigenen Anhang selber verurtheilen und der Strafe überliefern mußte (c. 3: ab ipso Lodhario ad mortem dijudicati, aut, vita donata, in exilium retrusi sunt), nachdrücklicher und schärfer in kurzen Worten gezeichnet, als der Bericht in c. 45 des Astronomus es trotz seiner größern Ausführlichkeit vermag.

Eine eigentliche Verdrehung des Sachverhaltes, ein aus subjectiven Ansichten entstandenes Verschweigen und Trüben möchte jedoch wohl erst in folgenden Stellen zu bemerken sein.

Wie bereits eben in der kurzen Inhaltsangabe gesagt wurde, mußte es nach Karls Geburt sofort das Hauptbestreben seiner Mutter sein, ihm für die Zukunft eine Existenz zu sichern. Es konnte nicht anders sein, als daß ihr hiebei die Einheitspartei ein arger Dorn im Auge war. Diesen ihren natürlichen Gegnern entgegen zu arbeiten, wurde demnach ihre nächste Aufgabe. Nur zu leicht gelang es ihr, den schwachen Kaiser, den sie in jeglicher Weise geistig überragte und gänzlich beherrschte, mit sich zu reißen. Zwei Hauptstützen der Partei, welche gestürzt werden sollte, wurden durch die Grafen Hugo und Matfrid dargestellt, die den jungen Kaiser Lothar in seinen Versprechungen wankend zu machen suchten. Da zeigte sich 827 ein willkommener Anlaß, diese beiden Großen unschädlich zu machen. Durch ihre Verschuldung vielleicht hatte ein in Spanien in diesem Jahre gegen die Araber geführter Krieg einen übeln Ausgang genommen. Dafür wurden sie im Februar 828 in einer höchst beleidigenden Weise ihrer Lehen und Grafschaften beraubt. — Nithard nun spricht in c. 3 von ihnen beiden als von Aufhetzern Lothars, von Feinden des alten Kaisers, ohne irgend etwas von dem zu erwähnen, was vorher diese frühern Freunde und Rathgeber desselben in das feindliche Lager getrieben hatte. In ganz einseitig gefärbter Weise erscheinen bei ihm Hugo und Matfrid nur als böswillige Intriguanten und Friedensstörer.

Nur um ein kleines Stück weiter zeigt sich Nithard hingegen von einer sehr anerkennenswerthen Seite; abermals etwas mehr unten, in der Mitte von c. 3, hebt er jedoch von neuem geflissentlich blos die für Lothar ungünstigen Theile der Dinge hervor. — Die erste Stelle ist dieses Inhaltes. Obschon Anhänger Karls und dadurch also mittelbar in engem Zusammenhange mit Judith und deren Günstling Bernhard stehend, war er doch nichts weniger als verblendet über die Gebrechen, welche das Regiment Bernhards an sich hatte. Ohne Scheu sagt er: „Während Bernhard in unbesonnener Weise mit der in seine Hände gelegten Staatsgewalt Mißbrauch trieb, anstatt sie zu befestigen, richtete er das Reich gänzlich zu Grunde". Aehnlicher Weise verrathen wenige Zeilen weiter die Worte ad restaurandum rei publicae statum, welche allerdings in einem sonst sehr subjectiv gestalteten Satze stehen, daß Nithard das Bedürfniß einer „Herstellung des ordnungsmäßigen Zustandes" an der Stelle des Regimentes der Günstlinge einsah. — Aber gerade an diesem Orte läßt auch Nithard mehrmals in ungerechter Art seiner Abneigung gegen Lothar freien Zügel. Eine kurze Darlegung des Sachverhaltes soll auch dieses Mal vorausgehen. Es ist bekannt und wird noch am geeigneten Orte unten erläutert werden, wie besonders auch höchst ungünstige Gerüchte über Judith und Bernhard die allgemeine Mißstimmung vermehrten, und daß dieselbe endlich in der Fastenzeit von 830 bei Anlaß eines höchst unbesonnen nach der Bretagne unternommenen Feldzuges ausbrach. Sonst schon gereizt, durch die fränkischen Großen in ihrer Widerspänstigkeit noch bestärkt, vereinigten sich die Kriegsvölker bei Paris; Pippin stellte sich an ihre Spitze; Lothar wurde aus Italien berufen. Dieser folgte der Einladung ungesäumt. Er konnte von seinem Standpunkt aus ohne Selbstbetrug glauben, daß er nichts weiter thue, als einfach seine Rechte wahren wollen. Tief beleidigt durfte er sich fühlen. Denn erst vor kurzer Zeit war die Schenkung Alamanniens an Karl [41]), d. h. nichts anderes, als ein neuer Angriff auf das Gebäude der Untheilbarkeit des Reiches oder, mit andern Worten gesagt, gegen Lothar selbst, erfolgt. Er konnte sich nicht verhehlen, daß er blos dann mit den damals herrschenden Kreisen in gutem Einvernehmen stehen könne, wenn er zu Gunsten des kleinen Stiefbruders von sich aus sich selbst in seinen Rechten verkürze [42]). Er kämpfte nur für sich und seine Stellung, wenn er die überwiegende Bedeutung der Kaiserin einzuschränken unternahm. Nithard hat also nicht Unrecht, wenn er in der Schilderung der Erhebung den jungen Kaiser als die Seele des ganzen Aufstandes hinstellt; denn es ist unzweifelhaft, daß Alles mit seinem Willen geschah. Astronomus c. 45 sagt deutlich: probavit quae gesta erant, und nach den ann. Bertin. 830 geschahen die Ereignisse von Compiègne consensu Lotharii. Wenn das auch niemand bezweifelte, so ist es doch eine Unbilligkeit, daß Nithard nicht erwähnt, daß Lothar zur Zeit der Vorgänge von Compiègne noch fern weilte, wie Astronomus c. 45 ausdrücklich bezeugt, und daß er ihn, den Abwesenden, neben Pippin, dem Entzünder des Aufstandes, und Ludwig, dem Hauptgehülfen, in den Worten: superveniunt, velaverant u. s. f. kurzweg als handelnde Person mit einbegreift. Durch derartige kleine Lücken und Ungenauigkeiten, die zwar kaum als Entstellungen bezeichnet werden dürfen, aber doch so, wie solche, wirken, wird erreicht, daß Lothar nur als muthwilliger Eidbrecher, als heimlicher Agitator und offener Aufhetzer gegen den Vater erscheint, daß alle Entschuldigungen, die in den gegen ihn gerichteten Begünstigungen Karls und dem Einflusse Bernhards begründet vorlagen, unbekannt bleiben, daß neben ihm die andern Theilnehmer gar nicht genannt werden [43]), kurz daß nur alles das, was zu seinen Ungunsten spricht, dem Leser vor die Augen tritt. Niemand wird die von der lotharischen Partei ergriffenen Mittel der Abhülfe gerecht nennen oder leugnen wollen, daß Gewaltthätigkeiten grober Art dabei vorkamen; aber ebenso unbillig wäre es, mit Nithard zu sagen, Lothar habe nur auf einen fingirten Klagegrund hin, quasi justa querimonia reperta, zum Aeußersten gegriffen.

Dem ersten Versuche der Einheitspartei folgte drei Jahre später aus ähnlichen Ursachen ein zweiter noch ernstlicherer, um den Kaiser nun definitiv vom Throne zu stoßen. Auch dieses Mal nennt uns Nithard blos die eine Hälfte der vorbereitenden Begebenheiten und Verhältnisse und schweigt von der andern. Nur ganz kurz wird in c. 3 der Reichstage von Nimwegen und Aachen gedacht, nicht einmal der Namen der Zusammenkunftsorte dabei Erwähnung gethan; eben so rasch wird die harte Bestrafung der Anhänger Lothars, welche Enhard und die ann. Bertin. zu 831, die ann. Mettens. zu 830 einläßlich erzählen, abgethan, doch nicht ohne den schon oben angeführten scharfen Seitenhieb auf Lothar, welcher als Verräther und Richter seiner nächsten Freunde hingestellt ist. Die Herstellung der frühern Mißstände, die Beleidigung Pippins und Ludwigs durch die nur versprochene, nicht durchgeführte Theilung von 831, alle diese bedeutenden Facta, die nicht verfehlten, neue Ausbrüche des Unwillens zu zeitigen, berührt Nithard nur im Vorübergehen. Was sogar das letzte, die nicht gehaltene Verheißung der Gebietsvergrößerung, betrifft, so erlaubt sich Nithard in den Worten: quamquam eis regna, sicut promissum fuerat, aucta fuissent, eine geschickte, fein angebrachte Unklarheit und Kürze; denn, wie schon oben gezeigt ward, geschah diese Vergrößerung blos in dem Diplom und nicht in der Wirklichkeit. In c. 4 zu Anfang wird ferner nur nebenbei, gleichsam als eine sich von selbst verstehende Maßregel die höchst ungerechte Zutheilung Aquitaniens an Karl erwähnt, während sie Pippin zum offenen Feinde des Reiches machte und in und mit ihm auch die beiden andern Söhne erster Ehe bedrohte und beleidigte. — Nach Nithard (c. 4) wäre ferner auch diese zweite Bewegung einzig dem unruhigen Treiben einiger schlechter und eigennütziger Menschen entsprungen, während sie in Wahrheit abermals nichts als die Nothwehr der durch die Kaiserin geknechteten Einheitspartei[44]) und ein damit verknüpfter Kampf Pippins und Ludwigs für ihre Sonderinteressen war, wozu allerdings zu dem von neuem allgemein angesammelten Unwillen noch eigennützige Absichten mancher Einzelner kommen mochten.

In noch hellerem Lichte erschiene aber Lothars Lage, die ihm im Sommer 833 keine andere Wahl, als die einer zweiten Entthronung des Vaters ließ, wenn wir folgende merkwürdige, aber nur sehr vorsichtig zu benützende Stelle der vita Walae unbedingt beiziehen dürften. In II. c. 18 (script. II. p. 565) heißt es dort: „Dann (d. h. nach den Vorgängen am Sigwaldsberg) ward von Allen, welche zusammen gekommen waren, dahin erkannt, daß, weil das so herrliche und ruhmreiche Regiment der Hand des Vaters entfallen war, der Kaiser Ehrenreich (d. h. Lothar), welcher der Erbe war, außerdem vom Vater und Allen zum Mitregenten gemacht und bezeichnet, das Reich[45]) wieder herstelle und empfange. Andern Falles, wenn er das nicht würde gethan haben, versicherten sie insgesammt, würden sie sich einstimmig ein Haupt erlesen, das ihnen Hülfe und Vertheidigung brächte". In ähnlicher Weise sagt Agobard: lib. apologet. (op. p. 369): nisi deus subvenerit, regnum in multos tyrannos dispertietur. Aber gleich seine nächsten Worte enthalten für uns eine Warnung dagegen, allzu große und sichere Schlüsse aus seiner Mittheilung zu ziehen. Agobard fährt nämlich fort: conlatum habent inter se, ut dispertiant sibi regnum; hoc utrum verum sit, ipsi norunt. Es waren also alles mehr nur unsichere Gerüchte, welche im Umlaufe waren. Allein auch deren Möglichkeit ist schon bezeichnend für die obherrschende verzweifelte Stimmung. Anderseits darf aber noch weniger außer Augen gelassen werden, in welchen engen Beziehungen sowol Wala, als Agobard zu Lothars Politik standen. Wir werden demnach bei der Beurtheilung der Erhebung von 833 den Umstand, daß es sich für Lothar bei der Gereiztheit der fränkischen Großen um die allerdings unschwer für ihn zu beantwortende Frage handelte, ob er sich an seines Vaters Stelle setzen oder ob eine ganz andere Dynastie auf dem Throne folgen werde, jedenfalls nur in zweiter Linie bei den Entlastungszeugnissen für Lothar aufführen dürfen.

Aber auch noch gegen eine andere Hauptperson bei der zweiten Erhebung, gegen Papst Gregor IV., ist Nithard nicht durchaus gerecht. Wohl lehrte der Erfolg, daß die Anwesenheit des römischen Bischofes von Lothar allein darum gewünscht worden war, um seiner nur zum Theil gerechten Sache einen höhern Glanz zu verleihen, daß der Papst den Empörern als Werkzeug hatte dienen müssen. Indem also Nithard (c. 4) diese Seite des Sachverhaltes schonungslos enthüllt[46]), trifft er ganz das Richtige. Aber nicht billig ist es von ihm, zu verschweigen, daß Gregor in erster Linie die Einheit des Reiches durch seine Anwesenheit und Autorität aufrecht erhalten, dann aber in der Ausübung seines priesterlichen Berufes den Frieden herstellen wollte. Papst Paschalis I. hatte die Thronfolgeordnung von 817 ausdrücklich genehmigt und bestätigt, nachdem sie ihm durch Kaiser Ludwig vorgelegt war, wie es durch Agobard (flebilis epistola op. p. 351) deutlich bezeugt wird: consortem nominis vestri factum (nämlich den Lothar 822: s. Waitz IV. p. 562: n.) Romam misistis, a summo pontifice gesta vestra probanda et firmanda. Das war der von ihm selbst kund gegebene Zweck seines Kommens. Daß er dann schmerzerfüllt selber am besten einsah, welche traurige Rolle er im Dienste Lothars habe spielen müssen, das bezeugen nicht nur die freilich sehr parteiisch gefärbte vita Walae in starker Betonung, sondern auch Nithard selbst und Astronomus[47]).

Bis dahin sind fast nur solche Stellen aufgezählt worden, in denen das Verhalten Lothars in nicht stets richtigem Lichte erscheint. Hervorzuheben ist aber auch die häufig ungerechte Art, in welcher Ludwig der Jüngere aufgefaßt wird, zuweilen zugleich mit Pippin.

Schon darin liegt eine große Unbilligkeit, daß Ludwigs Verdienste um die zweimalige Herstellung des Vaters nicht hinreichend gewürdigt werden. Denn sowohl 830, als 834 war Ludwig zumeist um die Wiedereinsetzung des Kaisers bemüht. Thegan sagt c. 37 bei Erwähnung des Reichstages von Nimwegen über Ludwig: qui in omnibus laboribus patris adjutor ejus exstitit, und eingehend sprechen dieser (c. 45) und die ann. Bertin. zu 833 von den Anstrengungen, die Ludwig im Winter von 833 auf 834 für den gefangenen Kaiser machte; ebenso nennen die ann. Xant. 834 blos ihn, betonen Thegan: c. 48, ann. Bertin. 834 ganz besonders seinen Namen bei der Darstellung der Wirksamkeit der Erlöser des Kaisers im Frühjahr 834 (s. Waitz IV. p. 569: n. 3.). Ludwig that das Beste bei der Einschüchterung Lothars mittelst kriegerischer Anstalten im Februar 834. Aber nicht nur Ludwigs, auch Pippins Leistungen bei Lothars Demüthigung (Astron. c. 53, Thegan. cc. 54 u. 55, ann. Bertin. 834.) finden bei Nithard keine Erwähnung. — Zu Ende von c. 3 werden ebenfalls Ludwig und Pippin zugleich falsch beurtheilt. Es wird ihnen da vorgeworfen, daß sie sich einen ungebührlichen Einfluß auf den Vater nach dessen erster Herstellung anmaßen wollten. „Jeder wollte im Reiche nach dem Vater der Erste sein". Sie hatten allerdings des Bruders übermüthige Alleinherrschaft gestürzt und konnten sich als die natürlichen Beschützer des Vaters betrachten; allein Ludwig hatte keine weitern Wünsche, als die Sicherstellung des Besitzes seines baierischen Königthumes und eine Erweiterung seines Gebietes, und Pippin wäre zur Behauptung einer solchen Stellung zu schwach gewesen. Wohl aber wollten beide Brüder jene schon mehrfach erwähnte Theilungsurkunde von 831 realisirt wissen, die nie zur Ausführung kommen sollte. — In c. 6 wird ferner kein Wort von der widerrechtlichen Behandlung gesagt, welche Ludwig im Juni 838 zu Nimwegen erfuhr, so daß sein Aufstand im Winter 838 auf 839 bei Nithard als ein Abfall und Verrath, nicht als das, was der Sache wirklich zu Grunde lag, als Nothwehr, aufgefaßt ist[48]). Allerdings fassen auch Astronomus c. 61, Prudentius zu 838 u. 839, Rudolf zu 838, ganz so wie Nithard, Ludwigs Vorgehen als Usurpation auf. Aber derselbe wollte blos Rechte, die zu besitzen er wohl glauben durfte, vertheidigen. Seit 834 hatte er ungestört Gebiete beherrscht, die ihm 838 plötzlich entrissen wurden[49]). Selbst Rudolf sagt (zu 838) von Kaiser Ludwig: „Seinem Sohne untersagte er die (fernere) Herrschaft über die östlichen Franken, die derselbe bis dahin mit seinem Willen und mit seiner Gunst inne gehabt." Ferner berücksichtigt Nithard nicht, daß die Theilung von Worms im Jahre 839 den König Ludwig aufs höchste kränken und entrüsten mußte. Während selbst Astronomus c. 60 und Rudolf zu 839 zugeben, daß Ludwig beleidigt worden sei, nennt Nithard denselben in c. 8 in sehr gehässiger Weise einen muthwilligen Aufrührer, einen „gewohnheitsmäßigen" Unruhestifter. — Schließlich mag hier noch eine solche Stelle Platz finden, wo Ludwig und Lothar zusammen eine unwahre Beurtheilung durch Nithard erfahren. In c. 6 heißt es, sie hätten deßhalb das Gespräch von Trient vom März 838 ohne thatsächliche Folgen gelassen, weil sie sahen, daß keine Ursache vorliege, „entrüstet zu sein, zu zürnen, sich für beleidigt und geschädigt zu erachten" (cum nihil ex his indignari se posse viderent). Nun aber war ihnen vielmehr durch die kaiserliche Verfügung vom October 837 ein offener und gefährlicher Kampf angesagt, eine große Schädigung beigefügt worden. Und Astronomus c. 59 sagt ausdrücklich, blos die Einsicht der factischen Unmöglichkeit eines glücklichen Widerstandes habe sie von einer Schilderhebung abgehalten (nil se contraire posse videntes). —

Zum Schlusse dieser Betrachtung von Nithards Parteistellung erübrigt uns nun noch, über die Verhältnisse der Kaiserin Judith[50]) einiges zu erörtern. Vornehmlich handelt es sich dabei um die ihr vorgeworfene verbrecherische Beziehung zu Bernhard von Septimanien. Was zuerst diesen selbst betrifft, so vereinigen sich alle Stimmen gegen ihn und bezeugen seine Verhaßtheit. Astronomus wirft ihm Hochmuth (insolentia morum et despectio caeterorum: c. 44) vor. Enhard von Fulda sagt, die Erhebung von 830 sei einzig behufs der Entfernung Bernhards, „den die Vornehmen nicht in der kaiserlichen Pfalz dulden wollten", angestiftet worden, und sobald dieselbe sich vollzogen habe, hätten sie sich mit dem Kaiser wieder versöhnt. Radbert vollends in der vita Walae redet in II. c. 6 von dem tyrannus Naso (script. II. p. 550), und in II. c. 16 von dem flagitiosissimus, sceleratus Naso (l. c.: p. 562; s. auch in c. 7.: p. 551), nach dessen Willen Alles im Reiche gegangen sei, und bemerkt an einer andern Stelle (II. c. 15): ad finem usque semper publicus praedo vixit (l. c.: p. 561). Daß selbst eine dem kleinen Karl wohlwollende Partei am Hofe mit der Willkür und Herrschsucht des Günstlinges unzufrieden war, zeigen Nithards Worte in c. 3: qui dum inconsulte republica abuteretur, quam solidare debuit, penitus evertit. Was wir sonst von Bernhard wissen, läßt ihn als einen kriegserfahrenen, gewandten, geschäftstüchtigen Mann erscheinen, keck, keine Rücksichten kennend und keine Schranken achtend. Seine eigene Stellung, sein Vortheil ist ihm Hauptaugenmerk. Wie er nach der ersten Herstellung des Kaisers sah, daß er seinen frühern Platz nicht mehr einnehmen könne, schlug er sich zu Pippins Partei. Nach Ludwigs des Frommen Tode bewies er sich gegen Karl so unzuverläßig, als möglich. Sehr indignirt äußert sich Nithard einmal (II. c. 5.) über den wankelmüthigen, selbstsüchtigen Mann, der „nach gewohnter Sitte" sein Wort nicht hielt. Bernhard ist so recht der Typus für das Wesen des unbändigen, stolzen Adels, dem in dieser anarchischen Zeit über dem eigenen selbstsüchtigen Willen alle höhern Interessen abhanden kamen[51]). Mit diesem Manne in ein unerlaubtes Verhältniß getreten zu sein, ward nun von gewisser Seite der Kaiserin vorgeworfen. Schön, lebhaften Geistes, gebildet, dabei willensstark und thatkräftig, ähnelte sie in gewisser Hinsicht in ihrer unbändigen Selbstsucht, die Alles sich zu Eigen zu machen, jeden Widerstand unerbittlich zu brechen suchte, dem Wesen Bernhards. Dabei war sie in vollster Weise die Gebieterin des unmännlichen Gemahles: er vertraute dem, den sie ihm empfahl, und wollte nur, was sie wollte (vita Walae: II. c. 9: script. II. p. 554). — Ehe wir aber auf Nithards eigene Ansicht über die Frage des Ehebruches zu sprechen kommen, sollen zuerst die Autoren vorgeführt werden, die das Verbrechen annehmen, dann diejenigen, die es in Abrede stellen. — Wenn wir jene in das Auge fassen, so sind es allerdings Zeugnisse, welche von Männern ausgingen, die zu der Kaiserin im allerschärfsten Gegensatze standen, und welche also nur mit der größten Vorsicht anzuwenden sind. Es ist die vita Walae und Agobards liber apologeticus. Jene spricht in II. c. 7 (II. p. 551) von einer thori occupatio und sagt in II. c. 8 (p. 552) u. a.: „Es wird die Pfalz zum Hurenhause, wo der Ehebruch herrscht und der Buhle befiehlt". — Weiter wird, was zu bezweifeln dagegen kein Grund vorliegt[52]), von Radbert ausgesagt (II. p. 554), daß König Ludwig sich nach Verberie zu den übrigen Verschworenen gesellte, nachdem er seiner Haft am kaiserlichen Hofe entkommen: da soll er nun ausführlichen Bericht über die am Hofe herrschenden Uebelstände abgelegt haben, so daß endlich „Sämmtlichen über den Ehebruch, über die Blendwerke und Weissagungen der Loosdeuter kein Zweifel blieb". Etwas weiter unten (II. c. 9) ist eine moechia quae jam publica erat erwähnt (p. 554). — Nicht viel anders lauten Agobards Worte. Da wird (op. p. 369) gesagt, daß „Verborgenes und nicht Verborgenes" über Judith in aller Munde sei[53]). Voll Aerger äußert er sich über ihre Befreiung (p. 367): „Durch fleischliche Reize und verbrecherische Begünstigungen von Wollüstlingen und unanständige Kriechereien ist dieses Weib zum zweiten Male als gesetzmäßige Herrin in die Pfalz zurückgerufen und über Räthe und Rathsglieder gesetzt worden". Ebenso beschuldigt er p. 373 den Kaiser bitter wegen ihrer Zurückführung. Da heißt es: „Die Königin ist zurückgeführt in die Pfalz und in die Ehegemeinschaft angenommen wie eine rechtmäßige Gemahlin, was sie durchaus nicht mehr sein konnte; in schmählicher und unschicklicher Weise ist sie gesetzt auf den Höhepunkt königlichen Ranges." — Aus diesen beiden Werken ist die hier geschilderte für Judith mißliche Auffassung noch in die weit jüngere Chronik Regino's übergegangen. Dieser sagt zu 838 (d. h. 834: script. I. p. 567): „Diese Enthronung des Kaisers fand ganz besonders wegen der vielfachen Unzucht seiner Gemahlin Judith statt". — Ein einziger Blick in die Berichte dieser Männer, in die Biographie von dem für Wala begeisterten Radbert sowohl, als in das geschickt geschriebene Manifest des für Lothar sich bemühenden Erzbischofes von Lyon, belehrt uns darüber, wie vorsichtig wir diese Quellen zu verwerthen haben. So erzählt z. B. jener in II. c. 8. (p. 552) auf abenteuerliche Weise von Mordplänen, die Bernhard gegen den Kaiser und dessen Söhne gehegt habe, in c. 10 (p. 555) von der Absicht desselben, mit der Kaiserin nach Spanien zu entfliehen, wie denn überhaupt die ganze geheimthuerische und verstellte Abfassungsart dieser Biographie deren unleugbarem Werthe als historischer Quelle manchen Eintrag thut. — Wie das aquitanische Volk über die Sache des fraglichen Ehebruches dachte, das geht am klarsten aus jener gräßlich ausgemalten Beschreibung von Bernhards gewaltsamem Tode im Frühjahr 844 hervor, die in der narratio de morte Bernhardi des nichts als südfranzösische Sagen enthaltenden Odo Ariperti (Bouquet: VII.: pp. 286 u. 287) erhalten ist. Karl der Kahle, „der nämlich allgemein für Herzog Bernhards Sohn galt“, soll nach diesem sagenhaften Berichte eigenhändig seinen leiblichen Vater ermordet haben, mit dem Rufe: „Wehe dir, der du das Ehebett meines Vaters und deines Herrn besudelt hast“. Diese hier überlieferte populäre Auffassung verdient jedenfalls dennoch nicht ganz übergangen zu werden[1]).

Wie kaum anders zu erwarten ist, übernahmen die beiden Biographen Ludwigs des Frommen das Amt, die Kaiserin von diesen Anklagen zu reinigen. Thegan sagt da in c. 36, es sei ein Gerede gewesen, daß Judith durch einen gewissen Herzog Bernhard geschändet worden sei. Allein er hält die Verbreiter dieses Gerüchtes „für Lügner durchwegs.“ — Astronomus spricht in c. 44 auch von dem im Umlauf befindlichen Gerüchte, welches durch die Häupter der Partei Lothars in die Menge gebracht worden sei. Diese sollen nach seiner Erzählung den Pippin beredet haben, „als guter Sohn“ an Bernhard, „dem Schänder des väterlichen Ehebettes“, „die väterliche Schmach“ zu rächen, da Ludwig der Fromme, durch Zaubermittel bestrickt, sich selbst nicht heraushelfen könne. Aber wie Thegan, so erklärt auch Astronomus alles für Verleumdung. Es ist ihm „greuelhaft“, die Sache erwähnen zu müssen. — Wir haben also hier eine eben so entschiedene Verneinung gefunden, wie in Radbert und Agobert die Anklage scharf gewesen war. Die völlig unumwundene Versicherung der schriftstellerischen Vertreter der Einheitspartei und anderseits die Bemühung der beiden Panegyriker Ludwigs des Frommen, diese Gerüchte in Abrede zu stellen, stehen sich also gegenüber. Daß diese letztern es überhaupt der Mühe werth hielten, diese Abwehr zu übernehmen, braucht noch nicht nothwendig Verdacht gegen ihre Aussagen einzuflößen; aber das geht doch unfehlbar daraus hervor, daß das Gerede zu allgemein und zu deutlich präcisirt war, als daß ein Biograph des Kaisers dasselbe hätte einfach mit Stillschweigen übergehen können.

Sehen wir uns nun nach Nithards Aussagen um, so finden wir, daß er von dem Gerüchte allerdings nicht redet. Hingegen ist von ihm Bernhard, wie bereits erwähnt wurde, nicht allzu günstig beurtheilt. Bei einer spätern Gelegenheit spricht Nithard: II. c. 5 von seductiones quas patri fecerat, die Karl der Kahle schwer ertrug. Allerdings ist nicht sicher zu entscheiden, ob Nithard hier unter den „Nachstellungen“ diese fragliche Verführung der Kaiserin meint, oder nicht. Dümmler: p. 57: n. 53 schwankt hierüber, sagt aber doch p. 181 von Judith, daß „vielleicht ihre Verbrechen“ all das Unheil über das Reich herauf beschworen hatten. Allein auch ohne dieses Zeugniß, welches allerdings „von großem Gewichte“ wäre, kann, wie mir scheint, aus Nithards Worten nachgewiesen werden, daß auch er von der Unschuld der Kaiserin innerlich nicht so recht überzeugt war. — Daß sowohl Judith, als später Bernhard, jene im Februar 831 in Aachen, dieser im October desselben Jahres zu Thionville, durch einen Eid sich von den ihnen vorgeworfenen Verbrechen reinigen mußten, ehe sie am Hofe wieder Aufnahme fanden, erwähnen Astronomus: c. 46 und ann. Bertin. 830 u. 831 von jener, Astronomus: c. 46, Thegan: c. 38 und ann. Bertin. 831 von diesem. Die Ceremonie ward bei jener in folgender Weise gehalten. Die Kaiserin wurde aus Aquitanien herbeigeholt und vor den versammelten Reichstag gestellt. Wenn einer ihr etwas vorzuwerfen habe, so hieß es, solle sie entweder sich kraft der Gesetze als unschuldig erweisen, oder sich dem Urtheile der Franken unterziehen. Sie sagte, sie wolle sich von allen ihr zur Last gelegten Verbrechen durch einen Eid reinigen, wählte also den zweiten Weg. Das Volk wurde befragt, ob einer da sei, der sie eines Verbrechens beschuldigen wolle. Kein Ankläger fand sich. Da reinigte sie sich eidlich nach dem „Urtheilsspruche der Franken“, d. h. der anwesenden allgemeinen Versammlung (s. Waitz IV. p. 423), von allem, was man ihr als Schuld zugemessen hatte. Erst jetzt, sagt Astronomus, nachdem sie sich „nach der vorgeschriebenen gesetzlichen Art und Weise“ gereinigt, ward sie durch den Kaiser wieder „der seiner Gemahlin zukommenden Ehre gewürdigt.“ — Aehnlichen Verlauf hatte Bernhards Reinigung. Er kam in die Pfalz nach Thionville und erschien vor dem Kaiser und dessen Söhnen Lothar und Ludwig. Er erbat sich vom Kaiser, nach fränkischer Sitte sich reinigen zu dürfen, nämlich durch einen persönlichen Zweikampf mit demjenigen, der ihn anklagen würde. Aber trotz der Einladung zeigte sich keiner, der diese Beschuldigung Bernhards übernehmen wollte. So wurde die Reinigung ohne den Gebrauch der Waffen durch einen bloßen Eid vollzogen (s. auch Waitz: IV. p. 361). — Schon hier zeigt sich mehreres, was Verdacht erweckt. Warum wählte Judith statt der Vertheidigung ihrer Unschuld in Form eines gesetzlichen Prozesses (ann. Bertin. 830: aut se legibus defenderet) das judicium Francorum, d. h. den Reinigungseid? Fürchtete sie etwa, keine Beweise ihrer Unschuld bringen zu können? Und daß weder Judith, noch Bernhard einen Ankläger fanden, spricht auch durchaus nicht unbedingt für ihre Unschuld. Es ließ sich voraussehen, daß Judith, einmal von neuem wieder in des Kaisers Umgebung angelangt, bald wieder die frühere Macht besitzen werde. Diesem ränkevollen Weibe nun, das in nächster Zeit zum zweiten Male allmächtig sein konnte, eine Anklage in das Gesicht zu werfen, welche das scheußliche Verbrechen des Ehebruches involvirte, hieß einen Kampf auf Leben und Tod wagen. Ebenso ließ sich ein halbes Jahr später bei Bernhards Reinigungsceremonie noch voraussehen, daß dieser vielleicht wieder der allmächtige Günstling werde. Ueberdies scheint er ein in der

Waffenführung sehr gewandter Mann gewesen zu sein: denn ein Jahr später, als er der Untreue beschuldigt wurde, trat ebenfalls kein Ankläger zum Kampfe gegen ihn auf, obschon keine Gefahr wegen seines Einflusses bei Hofe mehr zu befürchten war; denn er warnu nmehr ganz in Ungnade gefallen und wurde eben damals seiner Ehren beraubt (Astron. c. 47). Daß er endlich einen solchen Zweikampf lediglich als ein bequemes Mittel betrachtete, um einen unangenehmen Widerspruch mit raschem Griffe aus dem Wege zu räumen, und sehr leichthin dessen Bedeutung auffaßte, geht auch aus II. c. 5 hervor, wo er seine verzweifelt unglaubwürdige Treue gegen Karl durch einen Waffengang gegen jeden Verdächtiger beweisen will (quod etsi quilibet aliter dicere vellet, armis se hoc propulsurum promittit). — Nithard nun sagt folgendes über Judiths Reinigungseid[55]: „Aber nicht wurde sie im königlichen Ehebette wieder aufgenommen, ehe sie durch einen Eid zugleich mit ihren Verwandten sich vor dem Volke als an den vorgeworfenen Verbrechen unschuldig, weil ein Ankläger fehlte, erwies". Betrachten wir seine Worte näher, so fällt gleich die ausdrückliche Betonung der Nothwendigkeit des Eides auf (haud est recepta, donec se innoxiam effecit). Ferner erscheint sie blos darum innoxia, weil kein Ankläger da war: diese Interpretation ist durch die Stellung der drei Worte quia criminator deerat mitten im Satze nahe genug gelegt. Endlich spricht blos Nithard, was sehr bemerkenswerth ist, von propinqui, „unter deren Beistand, mit denen zugleich" die Eidleistung geschah. Was hatten aber die mächtigen Welfen — denn diese sind ohne Zweifel die propinqui — welche allerdings dem Kaiser sehr wichtig sein mußten, die er nicht von sich stoßen durfte, mit dieser Ceremonie zu thun? Brauchte Judiths Sache eine solche nachdrückliche Unterstützung? — Es macht dieser unendlich fein abgewogene Bericht den Eindruck, als ob Nithard nur durch seine Stellung gehindert gewesen sei, offen zu sprechen, und er so seine Ansicht wolle errathen lassen. Man wird wohl der Wahrheit ziemlich nahe kommen, wenn man annimmt, Nithard habe in seinem Innern das Gerücht auch für wahr gehalten — in ihm allerdings hätten wir den gewichtigsten Gewährsmann —, aber als Geschichtschreiber Karls nicht offen über die Sache reden können. —

Diese letzte Auseinandersetzung zeigt uns Nithard schon nicht mehr als einen eigentlichen Parteischriftsteller. Gerade diese Behandlung der wichtigen Frage über Judiths Schuld oder Unschuld beweist, daß er durchaus nicht als ein blind der Fahne seiner Partei folgender Höfling, als ein gewissenloser, Alles vertheidigender und beschönigender Panegyriker anzusehen ist. Er redet, so viel er kann, offen und gerade. Wohl mag, strenge im buchstäblichen Sinne des Wortes genommen, mancher der soeben geäußerten Lobsprüche scheinbar mit den Ausführungen, die in diesem Abschnitte gegeben wurden, im Widerspruch stehen. Allein man darf aus mehrern Gründen nicht mit voller Strenge hierüber mit Nithard rechten. Einmal bekennt er sich von vorne herein als den Vertreter einer bestimmten Parteisache und will sich nicht für einen unparteiischen Autor ausgeben. Treu ergeben seinem Herrn, dessen Auftrag allein ihn zum Geschichtschreiber stempelte, hat er die Absicht, die Verfolgung desselben, seine Thronstreitigkeiten klar zu entwickeln. Er ist ein recht bitterer Gegner des nie zuverlässigen, stets treulosen Lothar; und wie er ihm mit dem Schwerte kräftig entgegensteht, so ist er auch durchaus nicht gesinnt, ihn in seinem Buche zu verschonen. Daß diese Abneigung, die er nicht im geringsten verhehlt, ihn manches schief auffassen, daß sie manche solche Irrthümer bei ihm zur Ueberzeugung sich gestalten ließ, ist, wenn auch nicht zu billigen, so doch als eine natürliche, leicht zu erkennende Quelle mancher Parteilichkeit und Unrichtigkeit anzusehen. Einzelne dieser Verstöße mögen zwar auch einem lapsus memoriae zuzuschreiben sein; denn er schrieb wenigstens zehn Jahre nach der ersten, wenigstens acht nach der zweiten Erhebung der Söhne. Allein die klare und geordnete Weise, in der Nithard im Uebrigen trotz des verhältnißmäßig bedeutenden Zeitraumes, der zwischen ihm und diesen Ereignissen lag, die verwickelten Verhältnisse und bunt wechselnden politischen Constellationen unter Ludwigs des Frommen Regierung auseinander hält, gestattet nicht, diesem Umstande eine zu große Schuld an Nithards Irrthümern zuzuschreiben. Viel stärkern Einfluß auf Nithards Schreibweise, auf seine ganze Anschauungsart hatte gewiß die am kaiserlichen Hofe herrschende, durch die Hetzereien Judiths geschürte Abneigung gegen die ältern Söhne. Dieses Medium, die Hoftradition, welche manches verleumdende Gerücht mag verewigt haben, die Umgebung, in der lebend Nithard die vom ihm geschilderten Ereignisse und Verhältnisse sich bilden und vollführen sah, haben sicherlich, ohne daß er es wohl deutlich wußte und wollte, auf seine Feder sehr oft bestimmend eingewirkt. Die rechte Vorstellung von der schönen und weisen Mäßigung, deren sich Nithard trotz aller dieser Schwierigkeiten befliß, wird aber erst eine Vergleichung mit den Biographien des alten Kaisers geben. Von deren Verfassern lebte wenigstens einer, der sogenannte Astronomus, gleichfalls am Hofe. Wie aber auf ihn diese Umgebung viel demoralisirender, als auf Nithard, einwirkte, das lehren fast alle Seiten seines Buches. Wie wohlthuend unterscheiden sich Nithards Worte in c. 3, die von der Veranlassung zur Einsetzung Bernhards als Kämmerer handeln, von der Geschwätzigkeit, in der Astronomus c. 43 hievon redet. Nithard sagt kurz, Bernhards Stellung sei zur Abwehr der Umtriebe Lothars und gegen die Aufreizungen Hugo's und Matfrids geschaffen worden. Astronomus aber redet von „heimlichen Ränken, die wie ein Krebs krochen und die Gemüther Vieler wie durch Minengänge ängstigten", von einer „Pflanzschule der Zwietracht" u. a. m. Aehnliche hohle Gefühlsausbrüche und rhetorische Ueberladenheiten zeigt er in c. 48, wo er von der zweiten Erhebung gegen den Kaiser spricht: „Der dem menschlichen Geschlechte und dem Frieden stets abholde Teufel feierte durchaus nicht in der Befeindung des Kaisers, sondern beunruhigte dessen Söhne durch die Winkelzüge seiner Spießgesellen". Auch die durchaus unwahre, erlogene Beschönigung, welche in c. 61 dem Zuge Ludwigs des Frommen gegen seinen Enkel Pippin gegeben wird, paßt ganz zur höfischen Charakterlosigkeit des Verfassers. „Niemand wolle dem Kaiser zürnend vorwerfen", sagt da Astronomus schamlos genug, „daß er aus Grausamkeit seinen Enkel des Reiches habe berauben wollen", und weiter unten steht: „Es wollte der allerfrömmste Kaiser gottesfürchtig und verständig den Knaben erziehen lassen, damit er nicht, durch Laster geschändet, sich und Andere im spätern Alter weder zu lenken noch zu fördern verstehe." — Auch eine solche widrige Schimpferei, wie Thegan sie sich z. B. in c. 44 gegen Ebbo erlaubt, ist in Nithards Buche nicht zu finden.

Wie aus dieser edlen Mäßigung im Ausdrucke, welche Nithard auszeichnet, so wird sich eine gelindere und unbefangenere Beurtheilung seiner aus der Einseitigkeit seines Standpunktes entsprungenen Auffassungen jedenfalls auch daraus ergeben, daß man bedenkt, daß keine andere zeitgenössische historische Quelle sich völliger Parteilosigkeit rühmen darf. Schon mehrmals war Gelegenheit geboten, zu sehen, wie Radbert, Agobert und die andern Anhänger der Reichseinheit sich nicht scheuten, allen Angriffen gegen die Kaiserin bereitwillig ihre Feder zu leihen, wie anderseits Astronomus[56]) und Thegan nichts als das Echo der am kaiserlichen Hofe angenommenen Meinungen und Urtheile sind. Aber auch die Annalen erheben sich oft durchaus nicht über den beschränkten Parteistandpunct. So sieht auch Prudentius 839 in Ludwig von Baiern nicht den für sein Recht einstehenden Fürsten, sondern nur den „ruchlosen Sohn", und eben daselbst scheint es ihm ganz selbstverständlich zu sein, daß der junge Pippin im Juni 839 zu Worms seines Erbtheiles beraubt ward. Nicht viel anders schrieb Enhard in Fulda 832 ganz kurz: Pippinum filium regno privavit[57]), und während Rudolf 838 Ludwigs Rechte anzuerkennen scheint, sagt er zu 840 wieder: Hludowicus partem regni quasi jure debitam sibi affectans. Ganz allein zu Lothars Sachwalter sich stempelnd, sagt endlich der Verfasser der Jahrbücher von Xanten zu 834, Ludwig von Baiern habe, indem er für die Befreiung des Vaters aus Lothars Gewalt arbeitete, „in arglistigen Gedanken gegen seinen Bruder, dem er im vorigen Jahre alle Treue gelobt hatte, Nachstellungen betrieben." —

Schon in der Auseinandersetzung über Nithards Parteiauffassungen war mehrmals von kleinern oder größern Irrthümern, welche er bei der Abfassung seines ersten Buches beging, zu sprechen die Gelegenheit gegeben. Hier sollen noch ein Paar weitere Verstöße erwähnt werden[58]), welche jedoch (einige chronologische Irrthümer abgerechnet) nur geringen Belanges sind.

In c. 2 treffen die Worte über die Dreitheilung des von Karl hinterlassenen Schatzes nicht ganz die Wahrheit. Nithard ist hier einerseits viel zu genau in seiner Zahlangabe; anderseits nennt er nicht alle diejenigen, welche Theile des Geldes empfingen. In beiden Dingen stehen ihm ziemlich einstimmig erstlich Karls Testament im Leben Karls von Einhard: c. 33, dann das hiemit in Einklang stehende ausführliche Referat des Astronomus: c. 22, Thegan: c. 8, chron. Moiss: 813, sowie auch Ermoldus Nigellus II: vv. 159—170 entgegen. Vornehmlich die Spenden an die Armen, Wittwen, Waisen, sowie diejenigen an die Kirchen und die Sendung nach Rom an Papst Leo III. sind von Nithard übergangen worden. — Einen Irrthum läßt sich Nithard in c. 4 in den Worten: Karolus una cum patre sub magna custodia servatur zu Schulden kommen. Die andern Quellen: Astron. c. 48, ann. Bertin. 833, ann. Elnon. min. 833 (script: V. p. 18), sowie eine eigene Aussage Karls in einem Schreiben an Papst Nikolaus I. (Sirmond.: concil. Gall. III. p. 360) bezeugen, daß der kleine Knabe im Sommer 833 zu Soissons vom Vater getrennt und nach Prüm (dieses Kloster wird zwar blos von Astronomus und im Briefe Karls genannt) gebracht wurde[59]). Weiter ließe sich in c. 4 aus dem Wortlaute Nithards schließen, Pippin sei in St. Denis zu dem Kaiser gestoßen. Allein nach Astron. c. 52 fand das Zusammentreffen in Quiercy statt, wohin etwas später auch Ludwig kam[60]). — Die von Nithard gleichfalls in c. 4 gegebene Nachricht, daß Ludwig der Fromme 834 Gesandte an Lothar nach Burgund schickte, „die ihm befehlen sollten, sich über die Alpen schleunig zu entfernen", scheint gegenüber den einläßlichen Berichten Thegans (in c. c. 53 u. 54) und der ann. Bertin. (zu 834) nicht richtig zu sein. Nach diesen beiden nämlich wurde vielmehr Lothar aufgefordert, sich mit dem Vater auszusöhnen und zu demselben zurückzukehren. — Sicherlich unrichtig jedoch ist es, wenn Nithard ein wenig weiter unten in c. 4 sagt, daß diejenigen, welche die Gefangenwächter der Kaiserin gewesen waren (hi qui Judith in Italia servabant), nachdem sie den Umschwung der Dinge erfahren hatten, ihre Befreier wurden und sie nach Aachen dem Gemahle wieder zuführten. Es waren im Gegentheil treue Anhänger des Kaisers in Italien, deren Namen sogar von den ann. Bertin. 834 und von Astronomus c. 52 aufgeführt sind, welche die Kaiserin ihrer Haft entrissen. Auch Thegan c. 51 kennt hier die Wahrheit nicht vollständig, indem er den Kaiser behufs der Befreiung „seine treuen Beauftragten" nach Italien senden läßt. — In c. 6 liegt darin ein Verstoß, daß Nithard und der ihm folgende Astronomus[61]) sagen, das Gespräch Lothars und Ludwigs zu Trient habe eine geringe Bewegung hervorgerufen, welche nur kurz dauerte und leicht beizulegen war. Vielmehr traf der Kaiser ernstliche Anstalten und rüstete sich, wie Prudentius zu 838 ausführlich beschreibt, und Ludwig mußte sich im April 838, nur einen Monat später, persönlich in Aachen verantworten und sich im Juni abermals in Nimwegen stellen.

Von größerm Gewichte jedenfalls, als diese Verstöße, sind die in c. c. 2, 4, 6. und 8. durch Nithard begangenen Fehler in der chronologischen Reihenfolge. — Der erste betrifft den Aufstand des Königs Bernhard von Italien, welchen Nithard in c. 2 vor der Verfügung des Kaisers über die Theilung und der Aufrichtung von Lothars Mitherrschaft, sowie vor der erzwungenen Einkleidung Drogo's, Hugo's und Theoderichs als Mönche erzählt. Vielmehr entsprang Bernhards Erhebung eben dieser Acte von 817, wie aus Astron. c. 29, Thegan. c. 22, ann. Einh. 817 genugsam hervorgeht[62]). — Unleugbar steht ferner der letzte Satz von c. 4, über den Reinigungseid der Kaiserin vor ihrer Wiederaufnahme in Ludwigs Ehebett handelnd, an einem durchaus unangemessenen Orte[63]). Nithard setzt denselben nämlich in das Jahr 834, also nach der Rückkehr Judiths aus Italien, während er unzweifelhaft im Frühjahr 831 abgelegt wurde. Nicht nur gedenkt keiner derjenigen Autoren, die von Judiths zweiter Rückkehr reden (Astron. c. 52, Thegan c. 51, ann. Bertin. 834), dabei eines derartigen Eides, während dieselben Quellen einstimmig zu 831 einen solchen erwähnen (Astron. c. 46, Thegan c. 37, ann. Bertin. 830 u. 831, ann. Mettens. 830); sondern es war auch 834 kein Grund mehr zu einer Reinigung von einem vorgeworfenen Ehebruche für Judith vorhanden, da Bernhard bereits im Herbst 832 völlig bei Hofe in Ungnade stand. — In c. 6 liegt darin ein Irrthum, daß Nithard in dem Satze: post Aquis exultans rediit den Kaiser unmittelbar nach der Zurücktreibung Ludwigs im Frühjahr 839 nach Aachen zurückgehen läßt [64]). — Auch ist wohl in demselben Capitel die Verhandlung wegen Lothar (von veruntamen bis juraverunt) in den December 838 in die Pfalz nach Aachen, also vor den Aufstand König Ludwigs und dessen Dämpfung zu setzen, so daß demnach der Satz: eodem tempore bis compulit an den Schluß von c. 6 nach juraverunt zu stellen wäre.

An Einem Irrthume wenigstens leidet endlich auch noch der Schlußsatz dieses ersten Buches. Darin wird die Lebensdauer Ludwigs des Frommen zu 64, seine Regierung in Aquitanien zu 37, seine kaiserliche Regierung zu 27½ Jahren berechnet. — Das erste ist ein Fehler. Astronomus nennt in c. 3 ausdrücklich das Jahr 778 als Ludwigs Geburtsjahr, so daß er also nicht älter als 62 Jahre geworden ist [65]). — Die Berechnung der aquitanischen Regierungsjahre, von 780 bis 817, ist zwar sehr eigenthümlich, doch nicht geradezu unrichtig, wie von Funck (p. 273) sehr gut aus einander gesetzt worden ist. Allerdings liegt darin eine kleine Ungenauigkeit, daß Nithard hier das letzte, 37. Jahr als ein ganz verflossenes auffaßt [66]). Aber ähnlich sagte er schon in c. 1 von Karl dem Großen aus, er sei per annos quatuordecim Kaiser gewesen, während die ann. Einh. 814 die richtige Angabe haben: ex quo Imperator et Augustus appellatus est anno decimo quarto rebus humanis excessit. — Die Berechnung von Ludwigs kaiserlicher Regierung: imperiale vero nomen per annos septem et viginti et per menses sex obtinuit ist hingegen, wie sie hier steht, durchaus unrichtig. Seit dem September 813 waren bis zu Ludwigs Tod blos 26 Jahre und 9 Monate verflossen. Daher wollte Pagi, wie Bouquet: VI. p. 72 anführt, die vier Worte: et per menses sex ausstreichen, und zwar, wie mir scheint, mit vollem Rechte. Denn Nithard gibt, wie aus c. 1 und c. 8, sowie aus IV. c. 7 aus sechs verschiedenen Daten erhellt, nie einen vorhandenen Rest von Monaten an, sondern rechnet meistens das letzte, blos angebrochene Jahr als ganz mit [67]). Das wurde soeben an den Beispielen der 14 Jahre von Karls kaiserlicher und der 37 von Ludwigs aquitanischer Regierung gezeigt. In ähnlicher Weise wird ein Zeitraum von 29 Jahren und etwa 2 Monaten in IV. c. 7 bezeichnet als evolutus jam pene annus 30. Folgen wir nun Pagi, so ergibt sich dieser Berechnungsweise Nithards ganz analog für ihn hier ein Zeitraum von 27 Jahren. —

Eine Frage, welche zu beantworten jetzt noch übrig bleibt, ist, ob sich für Nithards erstes Buch Quellen erkennen lassen, und von was für Beschaffenheit dieselben seien. An einigen Stellen schimmern sie deutlich durch seine Darstellung hindurch. In c. 6 hatte Nithard die Urkunde über die Karl zugewiesenen Reichstheile vor sich [68]). Auch Prudentius benützte sie unter 837 [69]). — An mehreren andern Stellen scheint die formelhafte Fassung der Worte etwas Aehnliches bei ihm zu verrathen. Dahin gehören im Anfang von c. 3 der Eid, den Lothar ablegte, als er sich zum Pathen und Schirmherrn des kleinen Karl machen ließ, und wahrscheinlich in der Mitte von c. 3 auch die Versprechungen Kaiser Ludwigs, besser regieren zu wollen, welche er 830 den Mönchen in der libera custodia machte. Auch die Art, wie Nithard am Ende von c. 5 die Bedingungen aufführt, unter denen der Kaiser 834 bei Blois mit Lothar Frieden schloß, klingt so, als wenn ihm ein Document hierüber beim Niederschreiben des Buches zu Gebote gestanden hätte. Die letzten Ermahnungsreden des Kaisers an Lothar bei dem Gespräche zu Worms im Juni 839, die Nithard in c. 7 überliefert, haben ein nicht minder formelhaftes Aussehen. Ueberhaupt scheint auch sonst aus der Kenntniß Nithards über diese Zusammenkunft, besonders aber aus der zweimaligen directen Rede hervorzugehen, daß Nithard persönlich in Worms zugegen war. —

In die hier begonnene Untersuchung über Nithards Quellen gehört selbstverständlich auch, zu erörtern, ob er sich in diesem ersten Buche durchaus selbständig zeigt, oder ob sich aus formellen und innern Gründen erweisen läßt, daß er aus einer andern historischen Quelle schöpfte, ohne dieselbe zu nennen.

Bei einer genauern Vergleichung der Werke Nithards und des Astronomus ergibt sich bei dem erstern, vornehmlich in den drei letzten Capiteln, eine Reihe von Sätzen, die in einer ähnlichen Anordnung und mit entsprechenden Ausdrücken auch in den letzten Theilen des Astronomus, besonders den c. c. 59 bis 62, enthalten sind, und eine Anzahl Wendungen, zuweilen ziemlich ungewöhnlicher Art, die sich sogar in beiden Werken buchstäblich decken. Diese Erscheinungen zwingen, an ein Verhältniß zwischen den Werken Nithards und des Astronomus zu denken, da unmöglich auf zufällige Weise zwei Erzählungen, welche solche Anklänge an einander zeigen, unabhängig von einander entstanden sein können. Ehe aber die Aehnlichkeit, resp. Gleichheit der sich entsprechenden Textesstellen erwiesen werden soll, wird es passend sein, zwei Schilderungen aus c. 5 des Nithard und c. 52 des Astronomus hervorzuheben und zu zeigen, daß vor dem c. 6 des Nithard noch keine Aehnlichkeit der Texte existirt. Die ausgewählten Stellen betreffen den Kampf Odo's und die Verheerung von Chalons an der Saone.

Nithard c. 5.

1) Per idem tempus Mathfridus et Lambertus, ceterique a parte Lodharii, penes marcam Brittanicam morabantur. Ad quos pellendos missus est Uodo et omnes inter Sequanam et Ligerem degentes; qui manu valida collecta, hinc atque inde convenerunt. Et hos quidem paucitas, ac per hoc summa necessitas, unanimes effecit; Uodonem autem et suos maxima multi-

Astronomus c. 52.

1) Quam rem (sc. Lamberts und Matfrids Widerstand) aegre ferentes Odo comes et alii multi imperatoris faventes partibus, contra eos arma corripiunt, eosque pellere illis nitebantur locis, aut certe cum eis congredi. Quae res cum segnius quam decuit administraretur, et minus caute circumspiceretur, non minimam eis intulit calamitatem. Dum enim inspe-

| | |
|---|---|
| tudo securos, discordes et inordinatos reddidit. Quapropter, proelio commisso, fugerunt. Cecidit Uodo et Odo, Vivianus, Fulbertus, ac plebis innumera multitudo. | rato illis hostes supervenerunt, illi autem minori quam res postulabat cautela uterentur, insistentibus terga hostibus nudaverunt; ibique et ipse Odo cum fratre Willelmo interiit plurimisque aliis; ceteri salutem in fugae subsidio posuerunt. |
| 2) Gerbergam more maleficorum in Ararim mergi praecepit, Gozhelmum et Senilam capite punivit; Warino autem vitam donavit, et ut se deinceps pro viribus juvaret, jurejurando constrinxit. | 2) Adclamatione porro militari post captam urbem Gozhelmus comes, itemque Sanila comes, necnon et Madalelmus vassallus dominicus, capite plexi sunt. Sed et Gerberga, filia quondam Willelmi comitis, tamquam venefica, aquis praefocata est. |

In diesen Stellen werden ganz dieselben Ereignisse mit durchaus verschiedenen Ausdrücken und Wendungen erzählt. Hier ist noch nicht die Spur auch nur einer Aehnlichkeit zu entdecken.

Anders gestaltet sich aber das Verhältniß von dem c. 6 Nithards und c. 59 des Astronomus an bis zum Schlusse von Nithards erstem Buche und dem c. 62 des Astronomus [m]). Die Uebersicht aller dieser Stellen, die nun folgt, wird am klarsten werden, wenn wir zuerst (a) diejenigen zahlreichern Fälle aufzählen, wo Astronomus ausführlicher erzählt, als Nithard, dann (b) alle Sätze folgen lassen, in denen sich Astronomus kürzer, als Nithard, ausdrückt, endlich (c) solche Stellen namhaft machen, die sich bei gleicher äußerer Dimension durch gleiche Satzstructur und wörtliche Uebereinstimmung auszeichnen.

### A. Astronomus ist ausführlicher:

| Nithard. | Astronomus. |
|---|---|
| α) c. 7: ut aequius valuit (655: 2 u. 3) | c. 60: aequo, ut sibi suisque libuerit, libramine (644: 33 u. 34) |
| β) : ditatum remissionis gratia ac regni muneribus (655: 8 u. 9) | : multis ditatum muneribus, donatum benedictionibus paternis (645: 2) |
| γ) c. 8: et pars quaedam populi, quid avus de regno vel nepotibus juberet, praestolabatur (655: 14 u. 15) | c. 61: alios Aquitanorum suam expectare sententiam, qualiter res ordinaretur Aquitanici regni . . . . . . . . nuntians, tam se, quam ceteros primores ejusdem regni imperatoris expectare voluntatem (645: 18 u. 19, 21 u. 22) |
| δ) : per Sclavos itinere redempto (655: 26) | c. 62: redempto enim itinere, per Sclavorum terram in propria rediit (646: 36) |
| ε) : cum eo de Ludowico deliberaturus (655: 28 u. 29) | : quatenus cum eo de hac re et de aliis deliberaret (646: 40 u. 41) |

### B. Astronomus ist kürzer:

| Nithard. | Astronomus. |
|---|---|
| ζ) c. 6: quod quidem Lotharius et Lodhuwicus audientes graviter ferebant: unde et colloquium indixerunt. Ad quod venientes, cum nihil ex his indignari se posse viderent, callide dissimulantes quippiam se contra patris voluntatem moliri velle, discesserunt; veruntamen ob id colloquium commotio non modica exorta est; sed facile quievit (654: 12—16) | c. 59: quam rem auditam cum fratres ejus aegre tulissent, mutuum iniere colloquium. Sed nil se contraire posse videntes et coeptum dissimulantes, motum patris qui ex hoc accidisse videbatur, facillime composuere (643: 36—38) |
| η) c. 7: . . . . . . monens contestabatur, ne saltem id quod tunc novissime peregerant coramque cunctis ita se velle confirmaverat, frustrari quolibet modo permittat (655: 11—13) | c. 60: et monitum, ne oblivisceretur saltem nuper sibi promissorum (645: 2 u. 3) |
| θ) c. 8: partem populi, quae praestolabatur, benigne recepit (655: 14 u. 15) | c. 61: benigne fideles suos sibi occurrentes suscepit (646: 5 u. 9) |
| ι) : et quoniam olim regnum Aquitaniae Carolo donaverat, ut illi se commendarent, ortando suasit, jussit (655: 19 u. 20) | : et Karolo suo filio cum solitis sacramentis commendari fecit (646: 6) |

### C. Aehnliche oder gleiche Wendungen:

| Nithard. | Astronomus. |
|---|---|
| κ) c. 6: mediante Septembrio (654: 16) | c. 59: Septembrio mediante (643: 40) |

| Nithard. | Astronomus. |
| --- | --- |
| λ) : veruntamen ingruente senili aetate, et propter varias afflictiones poene decrepita immimente, mater ac primores populi ...... ratum duxerunt, ut quemlibet e filiis pater in supplementum sibi assumeret (654: 26—30) | c. 54: Augusta Judith ... inito consilio, eo quod valentia, ut videbatur, imperatoris corpus destitueret, et si mors ingrueret, et sibi et Karoli periculum immineret, nisi aliquem fratrum sibi adsciscerentur ... (640: 37—39) |
| μ) c. 7: prout libuerit (654: 52) | c. 60: si ita liberet (644: 29) |
| ν) : ignorantia regionum (655: 2) | : ignorantia locorum (644: 33) |
| ξ) : et una cum patre coram omni populo ita se velle annuntiavit (655: 5) | : et ut haberet coram cuncto populo se velle, verbo significavit (644: 37 u. 38) |
| ο) : pater fratres unanimes fecit, et ... ut alter ab altero protegeretur adortans (655: 6 u. 7) | : filios monebat, ut unanimes essent, et se alterutro tuerentur (644: 41) |
| π) : ut invicem se diligerent (655: 6 u. 7) | : inter fratres dilectionem mutuam (644: 44 u. 45) |
| ρ) c. 8: collecta manu valida (655: 17) | c. 61: cum valida manu (646: 3 u. 4) |
| σ) : cum quibusdam Toringis et Saxonibus sollicitatis (655: 23) | c. 62: assumptis quibusdam Saxonibus atque Turingis secum (646: 12 u. 13) |
| τ) : uno eodemque itinere Toringam petiit (655: 25 u. 26) | : Toringiam continuato itinere petivit (646: 33) |
| υ) : cumque se haec ita haberent, Lodharius in Italia, Lodhuwicus trans Renum, et Karolus in Aquitania essent ... (655: 29 u. 30) | : et quia res Hludowici taliter se habebant, Karolus autem filius ejus cum matre in Aquitania versabatur, ad Hlotharium in Italiam misit (646: 38—40) |
| φ) : vixit per annos quatuor et sexaginta, rexit Aquitaniam per annos septem et triginta, imperiale vero nomen per annos septem et viginti obtinuit (655: 34—36) | c. 64: anno vitae suae sexagesimo quarto. Et Aquitaniae quidem praefuit per annos triginta septem, imperator autem viginti septem (648: 15—17) |

Schon die flüchtigste Betrachtung dieser zahlreichen Parallelstellen lehrt, daß diese Aehnlichkeit oder Gleichheit nicht zufällig sein kann, sondern daß von der einen oder andern Seite eine Benützung stattgefunden haben muß.

Diese Frage ward in der Einleitung der in den scriptores erschienenen Ausgabe Nithards dahin entschieden, daß Nithard der Plagiator gewesen sei. Es wird in dieser praefatio (II. p. 649 unten) gesagt: Auctor si non omnibus, majori tamen parti rerum a se narratarum interfuit, et nonnisi libro primo in iis, quae ante obitum imperatoris contigerant, auctorem vitae Hludowici anonymum secutus esse videtur, insertis nonnullis (e. g. de portione regni Karolo tributa) quae apud Anonymum incassum quaesiveris. Die entgegengesetzte Ansicht ist, so viel ich sehe, erst einmal, und zwar durch Funck (p. 273: Anm. 5 zum 25. Abschnitt) seither vorgeschlagen worden [21]). Funck äußert sich daselbst so: „Der Astronom, wie er überhaupt Vieles in seinen letzten Capiteln aus Nithard entlehnt zu haben scheint" u. s. w. Diese Aufstellung Funcks wieder aufzunehmen und die Beweise dafür beizubringen, soll die Aufgabe der nun folgenden Erörterung sein.

Eine kurze Vergleichung des schriftstellerischen Charakters der beiden Autoren, wie er sich aus dem ersten Buche Nithards und dem Werke des Astronomus ergibt, wird zur Erleichterung des Endurtheiles beitragen.

Nithards erstes Buch soll eine Vorbereitung zu den drei letzten Büchern sein. Es soll den Leser auf diejenige Stufe der Kenntnisse über die Jahre 814 bis 840 erheben, die ihn befähigt, die Ereignisse von 840 bis 843 in ihrem wahren Ursprung und Zusammenhang aufzufassen. Und zwar stellt sich Nithard zu diesen Ereignissen in solcher Weise, daß er die Berechtigung seines Herrn Karl, welche sein politisches Glaubensbekenntniß darstellt, durch die mannigfaltigen Schwankungen und Umwandlungen des dritten und vierten Decenniums hindurch ableiten will. Um dieses Ziel zu erreichen, schält er heraus, was ihm zu diesem Gesichtspuncte zu taugen scheint; er bespricht manches einläßlich und überspringt wieder eine Reihe von Jahren, wenn sie ihm nichts Zweckdienliches zu bieten scheinen; nie aber wird über dem Einzelnen, der Geschichte Karls, das Ganze aus dem Auge gelassen, und Nithard findet Gelegenheit, an ein Paar Orten auch noch wichtige Aufschlüsse einzuschieben, die wir blos seiner Erzählung entnehmen. Von c. 6 an, wo Karls selbständiges Auftreten beginnt, wird die Darstellung ausführlicher. Am Schlusse des ersten Buches aber kürzt Nithard von neuem ab und eilt sichtlich seiner eigentlichen Aufgabe zu. So gelingt es ihm, den Faden zu finden und festzuhalten, an den er im Weitern anknüpfen kann. Seine eigenthümliche Darstellungsweise entspricht ganz dem Ziele, das er sich gesteckt hat.

Astronomus hat sich die Aufgabe gewählt, eine Lebensgeschichte Ludwigs des Frommen zu schreiben, wozu er durch seinen Aufenthalt am Hofe ganz befähigt war. Er hatte das Glück, in seiner Erzählung über die Jugendjahre Ludwigs sich auf die Mittheilungen eines Mönches Adhemar stützen zu können, welcher mit Ludwig im gleichen Alter stand und mit ihm erzogen worden war. Nach seiner eigenen Angabe in der Vorrede schöpfte Astronomus aus dieser Quelle bis zu derjenigen Zeit, wo Ludwig den Kaiserthron bestieg. Der mittlere Theil seines Werkes, über die Jahre 814 bis 829, beruht ganz auf dem dritten Stücke der fränkischen Königsannalen (s. Excurs IV.). Diese wurden ihm wohl am Hofe mitgetheilt. Wenigstens fährt er in seiner Vorrede folgendermaßen fort: posteriora autem (d. h. nach 814), quia ego rebus interfui palatinis, quae vidi et comperire potui, stilo contradidi. Nirgends besser, als an diesem Theile des Werkes, der den Annalen entnommen ist, läßt sich Astronomus' Schreibweise erkennen. Die Sucht, Alles anders, als er es vorfand, zu sagen, sei es nun durch Zusätze, oder Auslassungen, vornehmlich jedoch der Wunsch, seine Belesenheit in den classischen Autoren zu erkennen zu geben, zeigen sich auf jeder Zeile. Ueberladenheit, Phrasenfülle, unnöthiger Redeschmuck haben das Original entstellt. Dabei ist Astronomus keineswegs ein genauer Geschichtschreiber. Besonders in chronologischer Hinsicht irrt er, genau genommen, nur so lange nicht, als er sich sclavisch an ein Vorbild halten kann. Nur die cc. 44 bis 53 bilden hievon eine rühmliche Ausnahme. In Ludwigs Jugendgeschichte sowohl [72]), als in der Geschichte der Jahre 834 bis 840 (s. Excurs III.) ist hingegen die chronologische Reihenfolge ganz gestört.

Was die Zeit anbelangt, in welcher die hier in Frage stehenden Werke verfaßt wurden, so wissen wir von Nithard selbst, daß er sein erstes Buch im Sommer des Jahres 841 schrieb (s. Excurs I.). Ueber Astronomus wird sowohl von der Einleitung zu dessen Buche in den scriptores, wo es heißt: opus imperatore demum defuncto scribi inceptum (II. p. 604), als von Wattenbach (p. 114) angenommen, daß er nicht vor Ludwigs Tode, wenn auch nicht sehr viel nachher, sein Werk geschrieben habe. Blos dieser Umstand kann ein wenig zur Entschuldigung der Verstöße beitragen, welche sonst bei einem so einläßlichen Biographen ganz unverzeihlich wären.

Schon die Erwägung, daß das Buch des Astronomus in fast zwei Dritteln auf Adhemar und den Königsannalen beruht, also nicht selbständig abgefaßt ist, trägt dazu bei, bei gegebenem Anlaß auch die Originalität des dritten und letzten Stückes zu beargwöhnen. Sehr starken Antheil an diesem Verdachte hat die formelle Erscheinung, daß mehrere Stellen der durch Astronomus umgearbeiteten Annalen sich zum Originale genau oder wenigstens ähnlich verhalten, wie einige der vorhin aufgeführten 21 Stücke des Astronomus zu den entsprechenden Nithards (s. hierüber Excurs V).

Andere Umstände kommen hinzu. — Bis zu c. 6 ist Nithards Erzählung noch sehr kurz gefaßt und wird erst von da an ausgeführter. Bereits c. 7 erweist sich als die lebendige, detaillirte Schilderung eines Ohren- und Augenzeugen. Aber schon c. 8 gibt wieder gleich den frühern Theilen des Buches mehr nur die Hauptpuncte. In diese Schreibart hinein paßt ganz vortrefflich der unter υ) aufgeführte Satz. Er soll auf das Folgende erklärend vorbereiten; die wenigen Worte sind das Programm der Situation am Schlusse des ersten Buches. Der Leser soll wissen, daß beim Anfang der Erzählung, wie sie das zweite Buch fortsetzt, Lothar in Italien, Ludwig im überrheinischen Gebiete, Karl in Aquitanien war. Hier steht der Satz an seinem richtigen Orte: er ist sogar unumgänglich nothwendig. — Etwas modificirt, seiner knappen Gestalt beraubt, halb umgegossen steht er auch bei Astronomus. Aber selbst in dieser Form paßt er nicht in die ausführliche, in's Breite malende Darstellung hinein, wo hernach erst in zwei langen Capiteln eine ermüdend einläßliche Schilderung von Kaiser Ludwigs letztem Krankenbette folgt.

Ein weiteres Argument, das als Zeugniß gegen Astronomus aufgeführt werden darf, liegt in λ). Astronomus liebt es, die zusammengehörigen Dinge aus einander zu reißen, deren eine Hälfte an einem ganz ungehörigen Orte zu erzählen. Zwei bezeichnende Beispiele sind in Excurs III besprochen: die Pest von 836 und die Vermengung der Reichstage von Cremieux (Juni 835) und Worms (September 836). Ganz ähnlich, wie dort, ist auch in c. 54 die eine, in c. 59 die andere Hälfte vom Schlusse des c. 6 des Nithard enthalten. Und zwar steht jene, die Motivirung der Anbahnung eines neuen Freundschaftsverhältnisses zwischen Judith und Lothar, an einem ganz unrichtigen Platze, wie in Excurs III. gezeigt ist, während Nithard in c. 6 die ganze Angelegenheit so trefflich abgerundet vorführt.

Daß in ϛ) der eine Fehler Nithards (nihil ex his indignari se posse) bei Astronomus nicht steht (nil se contraire posse), der zweite aber (facile quievit) durch Astronomus in höherm Grade begangen wird (facillime composuere), ist schon oben p. 10 und p. 13 erläutert worden. Ebenso erscheinen in φ) die Angaben des Astronomus über Ludwigs Alter u. s. w. wörtlich gleich, wie bei Nithard. Daß er Ludwig 64 Jahre alt werden läßt im Widerspruche mit seiner eigenen in c. 3 gemachten Angabe, wonach Ludwig der Fromme 778 geboren war, darf uns bei einem Autor nicht befremden, der z. B. auch Wala zwei Male sterben läßt (in c. c. 55 und 56)[73]). Die Berechnungsweise der aquitanischen Regierungsjahre ist, wie oben gezeigt ward (p. 14), ganz vorzüglich Nithard eigenthümlich. Dennoch kehrt sie bei Astronomus wieder. — Daß Nithard in c. 6 einen kleinen chronologischen Verstoß mit dem Satze des Astronomus am Schlusse von c. 60 theilt, daß er nämlich Ludwig den Frommen zu frühe nach Aachen zurückkehren läßt[74]), ist gewiß nicht zu Nithards Ungunsten auszulegen. Er erklärt sich durch die rasche Erzählungsweise, während der Fehler des Astronomus in die Reihe seiner für einen einläßlichen Biographen unverzeihlichen gewichtigen Irrthümer gehört.

Fassen wir nochmals alle bisher gegen die Originalität des Astronomus geäußerten Bedenken zusammen, so dürfte wohl bereits nahe liegen, Nithard für die Quelle des Astronomus, diesen für den Abschreiber zu halten. Dazu kömmt noch, daß es kaum begreiflich wäre, warum Nithard erst hier am Schlusse des ersten Buches hätte anfangen sollen, das Werk eines Zeitgenossen als Quelle zu benützen, also bei Ereignissen, die der Zeit, wo er schrieb, nahe waren, während er sich früher durchaus selbständig hielt, wo er Dinge erzählt, die ihm persönlich und zeitlich ungleich ferner lagen. Zudem schrieb er mitten im Kriege und in der Unruhe eines für diplomatische und militärische Angelegenheiten gleich in Anspruch genommenen Lebens. Da ist es nicht möglich, behufs künstlicher Excerpirung und Umarbeitung ein Buch mit sich zu führen und daraus einzelne Sätze herauszuklauben. Wohl aber ist das die Sache eines Mannes, der ruhig seiner schriftstellerischen Arbeit leben kann und schon in frühern Partieen seines Buches eine gewisse Virtuosität im Abschreiben und Umgießen eines ihm unter die Hände gekommenen Werkes zu erkennen gab. Daß Astronomus den letzten Theil seiner Lebensbeschreibung ganz gut erst nach dem Sommer 841 abfassen, also Nithards erstes Buch vor sich haben konnte, ist oben bereits gesagt. Es steht also auch in dieser Hinsicht der Wiederaufnahme von Funcks Hypothese kein Hinderniß im Wege. —

Hiemit schließen wir unsere Betrachtung des ersten Buches. Als das Resultat derselben läßt sich kurz zusammenfassen, daß es ein selbständig geschriebener, mit historischem Sinne und klarem Sachverständnisse aufgefaßter, wenn auch streckenweise mehr und weniger parteiisch gefärbter Abriß über die Regierung Ludwigs des Frommen ist. Das Ziel, das sich der Verfasser in der Vorrede steckte, eine kurze pragmatische Geschichte der Jahre 814 bis 840 zu schreiben, hat er erreicht. Er darf in der Vorrede des zweiten Buches mit Recht sagen, daß „die Anfänge der Streitigkeiten" durch ihn „deutlich entwickelt" worden seien, und das ist um so mehr anzuerkennen, wenn man die Schwierigkeiten, unter denen er arbeitete (praef. I: turbine esse agitatum; praef. II: pro tempore), genügend in Betracht zieht.

---

Im zweiten Buche schreitet Nithard zu seiner eigentlichen Aufgabe, der Geschichte Karls des Kahlen in der Zeit des Bruderkrieges, die er in drei Büchern zu bewältigen sucht. Für diese Zeit tritt Nithard als Hauptquelle für uns in ein ganz anderes Licht, als es im ersten Buche der Fall war. Eine einläßliche Prüfung und Vergleichung der Angaben Nithards mit denjenigen der übrigen zeitgenössischen Quellen ist hier nothwendig. Vorzüglich kommen dabei die annalistischen Werke des Bischofes Prudentius und des Fuldensermönches Rudolf, dann aber auch untergeordnetere Quellen, wie die Annalen von Xanten, Regino u. a. m., in Betracht. Vornehmlich wird jedoch auch das urkundliche Material beizuziehen sein. Eine solche Untersuchung gibt nicht nur für Nithard ein endgültiges Urtheil, sondern belehrt auch über die Stellung der übrigen zeitgenössischen Quellen zu den Ereignissen.

Am besten und übersichtlichsten wird sich diese Vergleichung so einrichten lassen, daß zuerst die vollständige Geschichte König Karls herausgehoben und capitelweise besprochen wird, hernach aber erstlich alle diejenigen Stellen, welche blos Lothar, endlich die, welche allein Ludwig betreffen, im Zusammenhange aufgeführt und in entsprechender Weise untersucht werden. So wird klar werden, was uns Nithard allein berichtet hat, welche Nachrichten auch aus andern Quellen uns zukamen und wie sich deren Fassung zu der Nithards verhält, wie viel endlich einzig den übrigen Quellen an historischem Material entfließt und so zur Ergänzung Nithards dient. Auf diesen einzelnen Ergebnissen baut sich schließlich das Resultat der ganzen Erörterung auf.

Ehe wir auf das erste Capitel des zweiten Buches eingehen und daraus Karls Geschichte zu erheben beginnen, wird es nicht unpassend sein, uns vorher Karls Lage am 20. Juni 840 nochmals kurz zu vergegenwärtigen.

Mit der Mutter war der siebzehnjährige Jüngling in Poitiers zurückgeblieben, als der Vater mitten im Winter nach dem Rheine aufgebrochen war, um seinen gleichnamigen Sohn kriegerisch in seine Grenzen zurückzuweisen. Als Ludwig der Fromme starb, weilte Karl noch in Aquitanien. In Nithards Buche: II. c. 2 erscheint er zunächst in Bourges. Zu dieser Zeit, als ihm in dem wohlwollenden Vater seine hauptsächliche Stütze hinweg gestorben war, waren seine Stellung und seine rechtlich begründeten Ansprüche so beschaffen. — Im August 829 war Karl auf dem Reichstage von Worms zum Herzog von Schwaben ernannt worden und hatte so ein Gebiet zugewiesen bekommen, das sich südlich bis tief in die Alpen ausdehnte und dort den Sprengel des Bischofes von Chur einschloß, östlich aber bis zum Lech, nördlich bis zur Grenze des alamannischen und fränkischen Stammes, westlich bis zum Wasgau und südwestlich noch nach Burgund sich hinein erstreckte. Alamannien galt auch noch nach Ludwigs des Frommen erster Herstellung allgemein als der Mittelpunct von Karls Reich. In der freilich nie zur Ausführung gekommenen Theilungsacte vom Frühjahr 831 ward an Alamannien ein großes Gebiet neu angeschlossen. Diese Vergrößerung begriff das ganze Flußgebiet der Rhone bis zu ihrer Mündung in den Löwenbusen, dazu noch alles Land rechts von derselben zwischen dem Mittelmeer und den Cevennen und die spanische Mark; westlich waren fast der ganze Rest von Burgund, nordwestlich das Moselland, die obern Theile des Maaslandes und des Laufes der Aisne mit einbegrenzt. Aber nur ein Jahr später versuchte Ludwig von Baiern in offenem Aufruhr gegen den Vater, Schwaben dem Stiefbruder zu entreißen und sich anzueignen. Es gelang ihm dieses Mal noch nicht: zu Augsburg mußte er sich im Mai 832 vor dem siegreichen Vater demüthigen. Im Herbste desselben Jahres noch ward Pippin seines Reiches beraubt; die aquitanischen Großen mußten Karl den Eid der Treue schwören. Aber während der Kaiser den Versuch Ludwigs glücklich hatte vereiteln können, gelang es ihm hier nicht, seinen Willen durchzusetzen: Pippin konnte nicht überwunden werden. Ueberhaupt wandte sich nach kurzer Frist das Glück. Nach dem Umschwunge auf dem Lügenfelde war Karl durch die Gefangennahme des Vaters, die Wegführung der Mutter zu einem hülflosen Knaben geworden, dessen Ansprüche niemand mehr zu berücksichtigen gewillt war. So kam es, daß Ludwig von Baiern nunmehr ohne Widerspruch seine Herrschaft über Schwaben und den Elsaß ausdehnte, Lothar für sich Burgund, die Provence u. s. w. nahm, Pippin nicht nur Aquitanien zurück erhielt, sondern dazu noch eine Erweiterung nach Norden hin, jenseits der Loire, bekam. Als der Kaiser 834 wieder in den Besitz seiner vollen Gewalt gesetzt war, wurde zwar Lothar auf Italien beschränkt; Pippin und Ludwig hingegen scheinen, wenn auch wahrscheinlich nur durch mündliche Zusage, in ihren Erwerbungen bestätigt worden zu sein. Karl blieb nun mehrere Jahre ohne eine bestimmt ausgeschiedene Ausstattung, obschon durch Lothars Beschränkung auf Italien 834 ein ansehnliches Gebiet diesseits der Alpen zu solchem Zwecke freigelassen war. Das erste, was wir wieder wissen, ist, daß im October 837 zu Aachen „der beste Theil des Reiches“, d. h. alles Land an der Meeresküste von der Wesermündung bis zum Einfluß der Loire und dahinter in einem Gürtel, der nach Südwesten bis zu einer ostwestlichen Breite von 60 Meilen[73]) anschwoll, nämlich das ganze Tiefland am untern Laufe sämmtlicher Ströme von der Weser bis zur Loire, an Karl übertragen wurde. Paris sollte die Hauptstadt sein. Allein obschon sofort gehuldigt und der Treueid geleistet wurde, kam diese Verfügung doch nicht zur praktischen Ausführung. Nur ein kleiner Theil dieses großen Gebietes, das Land zwischen Seine und Loire, wurde im September des nächsten Jahres Karl als Königreich bei seiner Wehrhaftmachung wirklich übertragen. Bald jedoch eröffnete sich eine Aussicht, diesen Besitz über die Loire hinaus nach Süden auszudehnen. Pippin starb am 13. December 838, und die Partei der Kaiserin war nicht gesinnt, dem jungen Sohne desselben das väterliche Reich zu lassen. Dazu kam noch, daß es endlich gelungen war, ein Einverständniß mit Lothar zu Stande zu bringen. Was im Jahr 832 an Lothars Weigerung[76]), vier Jahre nachher an dessen Erkrankung und an Wala's Tode gescheitert war, kam jetzt zu Stande. In Worms wurden im Juni 839 Lothars und Karls Interessen zu einer Zeit verschmolzen, als Ludwig gänzlich unschädlich geworden zu sein schien und auf Baiern beschränkt war. In der Theilung fiel zwar Alamannien nicht mehr an Karl zurück. Dafür erhielt er alles Land westlich von den Seealpen, dem Genfersee, der Saone und Maas; Lothar hatte sich den östlichen Theil gewählt. Pippin II. wurde gar nicht erwähnt: Aquitanien war zu Karls Antheil gezogen worden. Diese Verfügungen des Vaters sind es, auf welche Karl sich fortan in den nächsten Jahren bezieht: stets von neuem fordert er, wie wir im Verlaufe seiner Geschichte sehen werden, für sich die Durchführung des Theilungsvertrages von Worms (Waitz: IV. p. 580 u. n. 5). Aber nur ein Theil der Aquitanier fügte sich dem Willen des Kaisers; die übrigen Großen schaarten sich um ihren nationalen König. Ludwig der Fromme hat diese Angelegenheit nicht mehr zu Ende führen können. Der Feldzug in den letzten Monaten von 839 war nichts weniger als von Glück gekrönt gewesen, und noch dazu mußte der Kaiser diesen Kriegsschauplatz im Anfange des Jahres 840 plötzlich verlassen, um am Rheine einen andern zu betreten. Auf demselben weilte er noch, als ihn der Tod überraschte. Allein trotz dieses harten Schlages schien Karls Besitz und seine Stellung gesichert zu sein. In Worms hatte ja Lothar sich aufs feierlichste verpflichtet, den Stiefbruder in seinem Rechte schützen, ihn lieben und schirmen zu wollen. Aber nur zu bald zerstörte er diesen Wahn.

Hier knüpft die Erzählung Nithards im zweiten Buche an. Aus derselben soll nunmehr zunächst die Geschichte Karls herausgehoben werden[77]).

In Lothars Geschichte wird ausgeführt werden, wie derselbe nach des Vaters Tode mit dem Anspruche auf die volle kaiserliche Obergewalt über die Alpen kam, und welche Maßregeln er zu diesem Behufe ergriff, was für Erfolge seiner warteten. Ebenso gehört nicht hieher, daß er zuerst gegen Ludwig seine Waffen wandte.

Die erste auf Karl bezügliche Nachricht Nithards ist vielmehr folgende. — Während nämlich Lothar feind- II: c. 1)
selig auf Ludwig losging, wollte er sich im Rücken gedeckt wissen. Es mußte ihm also viel daran liegen, Karl noch einige Zeit über seine wahren Absichten im Ungewissen zu lassen. Zu diesem Behufe ließ er schlau berechnend durch Boten nach Aquitanien an Karl die Meldung ergehen, er werde sich gegen ihn wie gegen sein Pathenkind und nach dem Willen des Vaters benehmen, und bedang sich hiegegen nur aus, daß, ehe zwischen ihnen beiden eine Besprechung stattgefunden habe, Karl den jungen Pippin nicht angreife.

Deutlich geht hieraus Lothars Plan hervor. Er will zuerst Ludwig niederwerfen, dann gegen Karl sich wenden und dabei des Beistandes seines Neffen und natürlichen Verbündeten, Pippins II., sich bedienen. Um aber das zu können, war es nothwendig, Karl gegenüber noch „Wohlwollen“ zu heucheln, so daß dieser, um Lothar nicht von sich zu stoßen, dessen Forderung gewähren, Pippin schonen, d. h. den eigenen Feind hegen mußte. Allerdings ging nun nicht Alles nach Lothars Willen. Er schloß mit Ludwig einen Waffenstillstand, anstatt ihn zu besiegen. Aber wenigstens den Stiefbruder wollte nun Lothar das ihm zugedachte Schicksal erfahren lassen, nachdem ihm der Anschlag gegen den Bruder für ein Mal mißlungen war: aus den Rheinlanden brach er nach Aquitanien auf, „hoffend, daß Karl leichter überwältigt werden könne“. Den Aufbruch Lothars melden auch Rudolf (840): Hlotharius contra Karolum occidentem proficiscitur und die Annalen von Xanten (840): postea vero Lotharius pergens cum exercitu contra Karolum. Prudentius hingegen faßt die Ereignisse der zweiten Hälfte von 840 unter allgemeinern Gesichtspunkten, ohne auf die Einzelnheiten einzugehen, zusammen, so daß seine Erzählung besser weiter unten nach einem längern Zusammenhange geprüft wird.

In Bourges[78]) erwartete Karl zu der Zeit, wo Lothar noch weit im Nordosten weilte, die Ankunft Pippins, der c. 2)
nach der Versicherung seiner Leute hieher sich zu einer Besprechung[79]) einfinden wollte. Pippin scheint nicht gekommen zu sein; wohl aber erhielt Karl hier Nachricht von dem Geschehenen[80]). Augenblicklich schickte er darauf hin zwei seiner vertrautesten Anhänger an Lothar. Dieser wird an das erinnert, was er zu Worms beschworen, was der Vater festgesetzt hatte: jeder der Söhne solle ohne Streit behalten, was ihm mit Einwilligung des andern vom Vater zugewiesen sei. In der versöhnlichsten Weise verspricht Karl, alle erlittene Unbill verzeihen, dem ältesten Bruder unterthan und ergeben sein zu wollen; er will sogar für sich und die Seinigen Bürgschaft leisten, wenn Lothar das wünscht. Nur soll dieser das Reich Karls nicht weiter beunruhigen, seine Leute ungestört lassen, seiner Pflicht als Taufpathe und Beschützer eingedenk sein. Lothar bewahrte zwar sein friedliebendes Aeußere: er empfing Karls Boten aufs beste. Aber eine Ant-

wort gab er ihnen nicht: sie sollen Karl seinen Gegengruß bringen, er werde durch die Seinigen die Forderungen erwiedern lassen. Dann aber beraubte er die beiden Gesandten Karls der ihnen durch Kaiser Ludwig verliehenen Güter und Rechte[81]), da sie sich nicht auf seine Aufforderung hin an ihn hatten anschließen wollen. — Inzwischen riefen die zwischen Maas und Seine wohnenden Vassallen Karls denselben herbei, um nicht durch Lothar bei dessen Anrücken bewältigt zu werden. Karl folgte ihrer Einladung. Rasch eilte er aus Aquitanien weg nach Quiercy mit sehr kleinem Gefolge. Dort kamen alle Vassallen aus der Gegend des Kohlenwaldes und herwärts[82]) desselben zu ihm. Diejenigen aber, welche jenseits dieses Gebirges wohnten, fielen zu Lothar ab.

Auch das in diesem Capitel Erzählte verdient als Nithards Eigenthum bezeichnet zu werden. Nur zu dem Kriegszuge von Aquitanien nach Quiercy bringt ein Brief des Abtes Odo von Ferrières sehr werthvolle Aufschlüsse, die auch über Karls Beziehungen zu mehrern geistlichen und weltlichen Großen Burgunds und Aquitaniens ein erwünschtes Licht verbreiten. Eine Erläuterung aber, die sich aus Nithards eigenen Worten ergibt, mag hier vorher noch Platz finden. — Aus der Botschaft Karls an Lothar geht deutlich hervor, daß er die Theilung von Worms als rechtskräftig bestehend ansah und aufrecht erhalten wollte: „Lothar möge bewahren, was zwischen ihnen der Vater festgestellt hatte". Er betrachtete also die Maas als die Ostgrenze seines Reiches. Aber nicht nur er selbst, sondern auch seine Vassallen sind dieser Ansicht. Wenigstens theilweise finden sich die zwischen Seine und Maas wohnenden bei Karl in Quiercy ein.

Der bereits erwähnte Brief Odo's (Lupi abb. Ferrar. epist. XXVIII. in Duchesne: II. p. 743; Odo wurde erst 841 abgesetzt) ist an Bischof Jonas von Orleans gerichtet. Nach demselben ließ Karl zur Bedeckung Aquitaniens gegen Pippin drei getrennte Heerhaufen zurück. Im Hochlande der Auvergne, zu Clermont, befehligten die Truppen Bischof Modoin von Autun, der sich 833 auf dem Rothfelde durch seine Treue gegen Ludwig den Frommen ausgezeichnet hatte (ann. Bertin. 833), und Graf Autbert von Avalon, also zwei Anhänger Karls aus Burgund. Die Bergterrasse des Limousin hielt Graf Gerhard von Auvergne, der Schwager Pippins II., besetzt. Am Rande des Tieflandes, im Angoumois an der obern Charente, stand der Graf dieses Gaues, Reinhard[83]). Weiter steht in dem Briefe, daß Karl am 10. August auf dem Wege nach Orleans durch Tours[84]) gekommen sei, sowie daß er beabsichtigte, am 24. August in Quiercy einzutreffen[85]). Diese Zeitangaben, verknüpft mit den Daten einiger Urkunden Lothars, werfen ein genügendes Licht auf die chronologischen Verhältnisse eines Theiles dieser Begebenheiten. Ueber die Zeit der verschiedenen Gesandtschaften bleiben wir freilich im Unklaren[86]).

c. 3) Während Karl noch in Quiercy sich aufhielt, kam ihm eine Kunde zu Ohren, die ihn veranlaßte, schleunig nach Aquitanien zurückzukehren. Pippin war nämlich im Begriffe, die verwittwete Kaiserin kriegerisch anzugreifen. Karl überließ die Vassallen, welche zu ihm gekommen waren, für einstweilen sich selbst, ließ ihnen aber den Befehl zurück, Lothar mit den Waffen in der Hand entgegen zu treten, wenn derselbe heranrücken sollte. Noch von Quiercy aus gingen neue Boten, unter ihnen die Grafen Adalhard, Gerhard und Egilo, an Lothar ab, welche die dringenden Vorstellungen der frühern wiederholen sollten[87]). Besonders die Verlockung seiner Vassallen zum Abfalle warf Karl dem Bruder vor. Rasch ging er nun über die Loire zurück, warf sich auf Pippin und schlug ihn in die Flucht. — Aber inzwischen hatte, wie weiter unten in Lothars Geschichte gezeigt werden wird, dieser seinen Vorsatz, in Karls Reich einzufallen, ausgeführt und war über die Maas gekommen. Je mehr er sich der Seine näherte, desto großartiger wuchs der Abfall unter Karls Vassallen. Schon war Lothar auf dem Zuge nach der Loire begriffen. — Da kehrte Karl, welcher seinen Zweck erreicht, Pippin wenigstens für den Augenblick in Schrecken gesetzt, der Mutter ein sicheres Asyl[88]) bereitet hatte, nach Neustrien[89]) zurück.

Fragen wir zuerst nach der Zeit, in welcher diese Ereignisse sich zutrugen, so ergeben sich zwei feste Daten. Den 24. August, die Anfangsschranke für dieses Capitel, kennen wir bereits. Daß die Anwesenheit Karls in Aquitanien sich bedeutend über den 10. October hinaus ausdehnte, erhellt hingegen daraus, daß er erst dann nach der Loire zurückeilte, als Lothar bereits die Seine überschritten hatte (nach c. 3), während dieser an dem bezeichneten Tage noch auf der rechten Seite der Seine, zu Verneuil, zwischen Compiègne und Paris, stand (Böhmer n. 561 u. 562) und dann „in langsamem Marsche" über Chartres zur Loire vorrückte. — Aus Nithards eigenen Worten jedoch läßt sich folgender Schluß ziehen: als Karl Quiercy verließ, stand Lothar noch auf feindseligem Fuße gegenüber Ludwig. Dafür spricht erstlich der noch stets versöhnliche Ton, den Karl in seinen Botschaften an Lothar anschlägt. Ebenso weisen die Worte: ne suos sibi subtrahens regnum amplius dissipet blos auf die glücklichen Versuche Lothars, seinem Stiefbruder Vassallen wegzulocken (z. B. Herenfrid, Giselbert, Bovo in c. 2), und schließen die Annahme eines eigentlichen kriegerischen Anmarsches aus. Ferner stellt das bedingende „wenn" in si ille frater suus opprimere vellet einen wirklichen Angriff noch als ein zukünftiges Ereigniß dar. Karl wollte nur seiner Mutter gegen Pippin Luft machen, dann aber nach Neustrien zurückkehren (donec reverteretur) und hier das unterbrochene Werk der Besitznahme des Landes fortsetzen. — Was endlich den Grafen Egilo betrifft, der mit Adalhard und den andern aus Quiercy als Gesandter an Lothar ging, so ist es vielleicht derselbe, welcher mit Adalgar 838 siegreich gegen die Wilzen und Abodriten gekämpft hatte (Prud.) Worauf gestützt ihn Dümmler: p. 143 neben Nithard, Adalhard, Adalgar zu Karls hauptsächlichsten Anhängern zählt, kann ich nicht finden.

c. 4) Erst auf seinem Rückwege zur Loire vernahm Karl von dem großartigen Erfolge Lothars in Neustrien, von dem Herannahen desselben mit bedeutender Uebermacht. In Karls Umgebung verhehlte man sich die Größe der Gefahr nicht. Vor der Stirne drohte Lothar; in der linken Flanke waren die nie zuverläßigen Bretonen gefährliche

Nachbarn; im Rücken konnte der noch nicht für besiegt zu haltende Pippin jeden Augenblick eine neue Schilderhebung beginnen. Ein Kriegsrath sollte der Ungewißheit [80]) ein Ende machen. Weit wies derselbe von sich, das Beispiel der ungetreuen neustrischen Vasallen zu befolgen; vielmehr wurde beschlossen, Lothar entgegenzuziehen. Bei Orleans stießen die Brüder auf einander. Nur zwei Meilen [81]) betrug die Distanz ihrer Lager, zwischen denen sogleich ein lebhafter Verkehr eintrat. Karl wollte Frieden und Gerechtigkeit. Allein Lothar gedachte, jetzt zu erreichen, was ihm ein Paar Wochen früher bei Mainz Ludwig gegenüber mißglückt war. Er hoffte, durch listige Unterhandlungen ohne den Gebrauch der Waffen siegen zu können. Aber der kräftige Widerstand der Beauftragten Karls vereitelte seine Erwartung. Auch das neue Mittel, welches er nun ergriff, das Hinausschieben der Entscheidung, um dadurch Karls Heer durch abermalige Desertionen sich schwächen zu lassen, erwies sich als unzureichend. Wie vorher mit Ludwig, mußte Lothar nun auch mit Karl einen Stillstand schließen. Diesem zufolge sollte Karl Aquitanien, Septimanien, die Provence und zehn Grafschaften zwischen Seine und Loire behalten, hier seinen Aufenthalt nehmen und am 8. Mai 841 sich in Attigny behufs der endgültigen Festsetzung gesetzlicher und ersprießlicher Zustände einfinden. Die Beauftragten Karls hatten so in verständiger Weise der Nothwendigkeit nachgegeben. Vor dem Kampfe wären sie nicht zurückgeschreckt; aber sie erkannten die Ungunst der Lage ihres geliebten jungen Königs. Ebenso zeigt die Art und Weise, wie sie den Vertrag mit Lothar abschlossen, hinlänglich, daß sie sein aalglattes Wesen nicht unterschätzten. Nur unter der Bedingung willigten sie in den Waffenstillstand, daß Lothar den Stiefbruder in dem festgesetzten Gebiete nicht angreife und auch in der anberaumten Zeit sich jeglichen Angriffes auf Ludwig enthalte, daß aber bei Nichtbeachtung dieser Forderungen Karl von seinem Eide entbunden sein solle. Wie sehr Lothar durch seine unmittelbar nachher getroffenen Maßregeln die mißtrauische Vorsicht der Bevollmächtigten Karls rechtfertigte, wird in seiner Geschichte zu erläutern sein.

Zwei Stellen verdienen in diesem Capitel eine kurze Besprechung. Die eine betrifft das durch Lothar interimistisch an Karl eingeräumte Ländergebiet. Ein voller Drittheil von dem im Juni 839 zu Worms vom Vater für Karl abgegrenzten Reiche ist hier weggeschnitten; besonders alle jene altfränkischen Lande, deren Einwohner sich kürzlichst so bereitwillig an Lothar angeschlossen hatten, dazu aber auch Burgund sind nicht mehr genannt. Und daß Karl sich am 8. Mai in Attigny stellen sollte, hatte darin seine fein erdachte Begründung, daß Lothar hier ferne im Norden mitten in Francia [82]) dem schwächern Karl hoffte die Bedingungen der Capitulation vorschreiben zu können. — Der zweite Punct, welcher zu beachten ist, liegt in der erstmaligen Erwähnung Ludwigs durch Karls diplomatische Unterhändler. Hier liegt die erste Spur eines in Karl sich regenden Bewußtseins von der Gemeinsamkeit seiner Interessen mit denjenigen seines ihm bisher so verhaßten und am Hofe so unbeliebten Stiefbruders jenseits des Rheines. Karls Umgebung begann zu vergessen, daß das schwäbische Herzogthum an Ludwig verloren worden war. Die Anbahnung eines Bündnisses, die Absicht der Allianz ist ausgesprochen [83]). Ob das Ablaufen des in c. 1 genannten Waffenstillstandes von Kostheim hierauf irgend welchen Einfluß hatte, muß dahin gestellt bleiben. Wohl aber darf angenommen werden, daß die Ereignisse von Orleans ziemlich mit dem Termin jenes Stillstandes zusammenfielen [84]).

Lothar hatte alsbald nach dem Abschluß des Vertrages die Gegend von Orleans verlassen. Karl hingegen c. 5) betrat nun die Stadt selbst. Ihm war Lothar in der Verletzung des beschworenen Stillstandes vorangegangen, indem er einige Vasallen seines Stiefbruders zum Abfall verleitete. Karl konnte also gleichfalls ohne Scheu in Orleans burgundische Große aus dem soeben von ihm abgetretenen Gebiete bei sich empfangen. Von Orleans begab sich der junge König loireaufwärts nach Nevers, wohin Bernhard von Septimanien, welcher jetzt zuerst wieder seit Kaiser Ludwigs Tode in Nithards Erzählung auftaucht [85]), durch Karl bestellt worden war. Aber obschon der Markgraf durch den Vertrag von Orleans Karls Unterthan geblieben war, zeigte er sich doch äußerst unbotmäßig. Er hielt nicht nur in gewohnter Weise sein Wort nicht, sondern ließ auch sagen, er sei durch einen Eid mit Pippin dahin gebunden, daß keiner von ihnen beiden ohne den Willen des andern mit einem Dritten sich einlassen dürfe. Sonst versprach Bernhard, zu Pippin gehen und mit ihm über eine gemeinsame Versöhnung mit Karl verhandeln zu wollen; gelinge ihm das nicht, so wolle er innerhalb zwei Wochen sich Karl unterwerfen. Dieser ging darauf ein und kam Bernhard nach Bourges entgegen. Aber auch jetzt hatte der Markgraf sein Wort nicht gehalten. Da riß endlich Karls Geduld: er nahm die günstige Gelegenheit wahr, diesen gefährlichen und trotzigen Gegner zu beugen. Bernhard entging zwar, wenn auch nur mit knapper Noth, der Festnehmung; seine Leute aber erfuhren die volle Strenge des Königs, und sein ganzes Gepäck wurde geplündert. Das bewog den Uebermüthigen endlich, sich zu fügen. Demüthig kam er zu Karl zurück und bat ihn dringend, nicht länger an seiner Treue zweifeln zu wollen; selbst zu einem Zweikampf erbot er sich zur Bekräftigung seiner Versicherung (s. oben p. 12). Karl nahm ihn zu Gnaden an und verwandte ihn als Unterhändler bei Pippin, um auch diesen zur Unterwerfung zu vermögen. Dann setzte der König nach le Mans seinen Weg fort. In dieser Stadt kamen von neuem Große zu ihm zur Huldigung. Besonders Lambert (aus der Gegend von Nantes stammend) ragte unter ihnen hervor. Eine Gesandtschaft an Nominoi, den Herzog der Bretonen, in deren Nachbarschaft sich Karl eben jetzt in le Mans befand, wurde vom besten Erfolge gekrönt: der Bretone gelobte durch die Ueberbringer von Geschenken [86]) Treue. — Inzwischen aber nahte allmälig der 8. Mai 841 und mit demselben trat an Karl die Frage heran, ob es für ihn rathsamer sei, dem Vertrage von Orleans nachzukommen und sich in Attigny einzufinden, oder sich nicht um denselben zu bekümmern. Ausführlich erzählt Nithard, wie sich Karl durch die Bedeutung dieser Entscheidung bedrückt fühlte, wie er einen engern Kriegsrath hielt, darin seine warme Theilnahme für das gemeine Beste darthat und versicherte, für dasselbe sogar in den Tod gehen zu wollen. Da glaubten alle Anwesenden, wie sie das gehört, „an Kräften gewachsen zu sein". Sie erwogen Lothars stete Treulosigkeiten, seinen neulichen Eidbruch, und äußerten sich dahin, daß Karl sich um jeden Preis nach Attigny verfügen solle. Zeige dann hier Lothar sich billig und gerecht, so könne ihnen nichts lieber sein; wenn nicht, so solle Karl im Vertrauen auf Gott, auf sein gutes Recht und auf seine treuen Unterthanen mit aller Kraft das Gebiet behaupten, das ihm durch seinen Vater mit Einwilligung der beidseitigen Unterthanen"), d. h. seiner eigenen und derjenigen Lothars, gegeben worden sei.

Eine reiche Reihe von sachlichen Erläuterungen und Ergänzungen, dazu ein Paar chronologische Anhaltspuncte ergeben sich für dieses Capitel. — Daß Orleans auf Karls Seite stand, hatte sich schon in Ode's Briefe gezeigt: denn laut demselben war Karl über Orleans nach Quiercy gegangen. Der Bischof von Orleans, Jonas, der schon zu Lebzeiten Ludwigs des Frommen sich als Gegner Lothars bewiesen, z. B. im Juni 834 auf der Seite Ode's gegen Matfrid und Lambert gestritten hatte (s. Adrevalds mirac. S. Bened.: II. c. 1 in acta sanct.: März III.), widmete eben in diesem Jahre 840 in einem Briefe dem jungen Karl sein Werk: de imaginum cultu (Bouquet: VII. pp. 560 u. 561). — Von Orleans ging Karl nach Nithards Angaben nach Nevers. Diese Stadt liegt schon auf der rechten Seite der Loire, gehörte also nicht mehr zu Aquitanien. Da wir jedoch nicht erfahren, ob das Nivernois zu den decem comitatus inter Ligerim et Sequanam mitzählte, so ist auch nicht zu erkennen, ob sich Karl durch Lothars Eidbruch auch von der Bedingung des Aufenthaltes innerhalb seines Gebietes (ut his contemptus interim inibi esset) bereits jetzt für entledigt ansah. Bemerkenswerth ist hingegen, daß Karl, indem er nach Nevers ging, Lothars Marschroute folgte"); ob das unmittelbar, oder erst nach einem längern Verweilen in Orleans geschah, ist freilich bei dem Mangel jeder nähern Angabe über den Aufenthalt in Nevers nicht festzustellen. — In Nevers kann Karl unmöglich länger, als bis Ende December 840 geblieben sein; denn nach Nithard wurden die von Bernhard erbetenen dies quindecim jedenfalls eingehalten, und schon am 13. Januar 841 war Karl wieder zu Bourges anwesend, wo er dem Bischof Hermann von Nevers die Besitzungen seiner Kirche bestätigte (Böhmer n. 1532). — Weiter ging dann der König über die Loire nach dem Herzogthum Maine.

Die von Nithard nicht berührten Zustände von Maine verdienen, weil sie ein helles Licht auf die Zerrüttung der staatlichen Ordnung und die Schwäche der königlichen Macht überhaupt werfen, an der Hand der gesta Aldrici (Bouquet: VII. pp. 341 u. 342) eine nähere Besprechung. — Im September 838 war diese Landschaft nach dem Willen Ludwigs des Frommen der Mittelpunct von dem neustrischen Königreiche Karls geworden, und zugleich hatte der alte Kaiser sie dem jungen Herrscher als Aufenthaltsort angewiesen (s. oben p. 3, Dümmler p. 126). Unter denjenigen, welche damals Karl gehuldigt hatten, befand sich vornehmlich auch Bischof Aldrich von le Mans, ein sehr treuer Anhänger Ludwigs des Frommen, der z. B. selbst auf dem Lügenfelde den Kaiser nicht verlassen hatte (ann. Bertin. 833). Nach dem Tode Ludwigs erhob sich nun aber in Maine „eine gewisse tyrannische Gewalt""), ein Aufstand der einheimischen Großen gegen Karl, der für diejenigen Vassallen Karls, welche ihrem Herrn treu blieben, zum Theil höchst bedenkliche Folgen nach sich zog. So litt u. a. dadurch, daß sich der Abt Sigmund des südöstlich von le Mans gelegenen Klosters St. Calais der Bewegung anschloß, die Kirche von le Mans großen Schaden. Umsonst suchte Karl durch Gesandte den Aufruhr zu dämpfen. Er mußte sogar, „weil er sonst noch genug Schwierigkeiten ringsum zu bewältigen hatte", den Aufständischen Straflosigkeit zugestehen und u. a. seinen treuen Aldrich durch die Ueberweisung von St. Calais an Sigmund in große Noth bringen. Das Bisthum war „verwüstet und so zu sagen auf nichts heruntergebracht." Allerdings versprach Karl, bei der nächsten günstigen Gelegenheit dem bischöflichen Stuhle das entfremdete Kloster wieder zuwenden zu wollen. — In welche Zeit diese Ereignisse fielen, wissen wir nicht genau; so viel jedoch steht fest, daß das Erzählte nach dem Tode Ludwigs und vor der Schlacht von Fontanetum stattfand. Scholle geht also p. 18 u. p. 30 zu weit, wenn er die Verhandlung mit den Aufständischen definitiv in den Anfang von 841 setzt, d. h. annimmt, Nithard rede eben hier in c. 5 (una cum ceteris recepturus und cumque ille illos inibi perhumane reciperet) von derselben. Denn Lambert wenigstens gehörte sicherlich nicht dem pagus Cenomanicus an. Bei Ericus allerdings liegt die Sache anders, indem wir sonst nichts Näheres über diesen Mann wissen. Interessant in doppelter Hinsicht wäre es freilich, wenn er einer der Unruhestifter aus Maine gewesen wäre, der nun mit Karl seinen Frieden schloß. Einmal ginge dann aus Nithard II. c. 3 hervor, daß es die Häupter des Aufstandes in Maine gewesen waren, die sich im Herbst 840 mit Lothar in Verbindung gesetzt hatten, als derselbe nach Neustrien kam, und daß besonders dies ihn ermuthigte, bis zur Loire vorzugehen (cumque .... Ericum .... ad se venturos didicisset, spe multitudinis suae fretus, Ligerem usque ut procederet, deliberavit). Zweitens aber würde dieser Umstand, wenn er bewahrheitet wäre, auf Nithards Darstellung ein etwas schiefes Licht werfen. Denn in diesem Falle wäre gar keine „Huldigung" in le Mans erfolgt (recepturus, reciperet): sondern Karl hätte in einer für ihn nicht sehr ehrenvollen Weise mit strafwürdigen Aufrührern einen nachtheiligen Vergleich geschlossen. — Mag sich nun die Sache wie immer verhalten: das steht fest, daß Karls Stellung noch durchaus nicht gesichert war; denn sonst hätte er gleich jetzt und nicht erst nach dem Siege von Fontanetum gegenüber Aldrich sein Versprechen gelöst.

Zu Karls Aufenthalt in le Mans ist auch noch die folgende Nachricht der Chronik von Nantes (Bouquet: VII. p. 217) beizuziehen. Dieselbe enthält folgenden bemerkenswerthen Wink über die Motive, welche „viele der edeln und tapfern Krieger", die „von beiden Seiten aus manchen Gegenden feindlich einander entgegen gingen", unter die Fahnen führten: „Lehen und Belohnungen suchten sie" bei dem einen Bruder, „falls er in den durch die Brüder ihm erregten Kämpfen den Sieg fände". Als Beispiele hiefür nennt die Chronik den auch von Nithard bezeichneten Lambert, „der aus dem Gebiete von Nantes stammte" [100]) und eben in le Mans zu Karl kam, und dann den Grafen Rainald von Poitou [101]), „einen Krieger edler Geburt und einen Mann von großer Macht", als solche, die „Karl zu Hülfe kamen."

Zwei Sätze sollen hier am Schlusse noch aus c. 5 hervorgehoben werden. — Beim Abschlusse des Stillstandes von Orleans war zuerst in Karls Lager Ludwigs gedacht worden. In dem Kriegsrathe, den Karl zu le Mans hielt, geschah das zum zweiten Male. Seine Kriegsgefährten sagten da, daß Lothar auch nach Ludwigs Tode fortfahre, „seinen Brüdern" Nachstellungen zu bereiten. Die andern Worte dieser Männer, welche eine besondere Beachtung verdienen, sind: quicquid regni pater suus amborumque fidelium consensu illi dederat, obtinere omni virtute non neglegat. Diese besagen klar und deutlich, daß Karl, falls Lothar ihm nicht sein Recht werden lasse, ohne Scheu das ganze im Juni 839 ihm zugetheilte Reich wieder bewerben dürfe.

Sobald sich Karl fest entschlossen hatte, nach Attigny aufzubrechen, gab er den Befehl, daß alle seiner Partei an- c. 6)
gehörenden Aquitanier, Burgunder, Neustrier zu ihm stoßen sollten: die Aquitanier sollte seine Mutter ihm zuführen. Er selber wollte mit den ihm augenblicklich zu Gebote stehenden Truppen einstweilen allein vorwärts rücken. Die Schwierigkeit seiner Aufgabe verkannte er nicht. Als er an die Seine kam, fand er den Uebergang durch Anhänger Lothars, Grafen, Aebte, Bischöfe, darunter alle jene neustrischen Franken, die im Herbste 840 gleich nach der zu Quierzy ihm geleisteten Huldigung zu Lothar abgefallen waren, verwehrt. Dazu waren die Untiefen wegen des hohen Wasserstandes nicht passirbar; Nachen und Brücken waren in der Gewalt des Feindes oder zerstört; die Schwierigkeiten zeigten sich als nicht gering. Aber ein günstiges Naturereigniß kam Karl zu Hülfe [102]). Eine heftige Fluth führte von der Seinemündung eine ganze Anzahl Kauffahrteischiffe nach Rouen hinauf. Karl eilte sogleich dahin und es gelang ihm, 28 Fahrzeuge mit seinen Truppen zu füllen. Hierauf wurden Boten an die Anhänger Lothars vorausgeschickt: durch Erregung von Furcht und Hoffnung wollte Karl seinen Waffen vorarbeiten. Er erreichte sein Ziel: das Kreuz, welches die Meineidigen vorne auf Karls Boot aufgesteckt sahen, scheuchte sie in die Flucht. Zu seinem Leidwesen konnte sie aber Karl nicht verfolgen, weil die Pferde noch nicht hatten nachgebracht werden können. Er begab sich nunmehr nach St. Denis, um Gott dankbar zu lobpreisen. Hier kam ihm die Nachricht zu, daß seine, im Anrücken begriffene Verstärkung durch die soeben von ihm vertriebenen Truppen Lothars, welche sich mit einem andern feindlichen Heertheile hatten vereinigen können, ernsthaft bedroht sei. Ueber St. Germain, wo er des Gebetes wegen kurze Zeit anhielt, eilte Karl die ganze Nacht hindurch weiter seineaufwärts, vereinigte sich am Einfluß des Loing in die Seine mit seinen Anhängern kurz vor Sonnenaufgang und erreichte, ohne seinen Truppen Ruhe gegönnt zu haben, Sens. In der nächsten Nacht setzte er dann seinen Weg mit seinem Heere [103]) weiter nach dem Walde Othe fort, in der Hoffnung, die Anhänger Lothars hier unerwartet überfallen und vernichten zu können. Doch diese hatten noch rechtzeitig Nachricht von der ihnen drohenden Gefahr erhalten und waren auf das raschefte aus einander gestoben, jeder nur auf seine Rettung bedacht. Karl mußte wegen der Erschöpfung von Mann und Roß von der Verfolgung abstehen. Er gab den Donnerstag vor Ostern, den Tag „des Abendmahles des Herrn", den 14. April, als Ruhetag, und kam am Charfreitag, den 15., nach Troyes.

Für den Uebergang Karls über die Seine bringt die Chronik von St. Vandrille (script. II. p. 301) eine sehr erwünschte genaue Zeitbestimmung. Es heißt da zu 841: eodem anno pridie Kal. Aprilis feria sexta [104]) Carolus rex in Sequanam transiit, ad locum hunc accessit. Pridie Nonas Aprilis cum fratribus locutus est: Karl ging also am 31. März über den Fluß und war noch am 4. April in St. Vandrille. In diese fünf Tage muß die Flucht der Lotharischen, welche Karl den Uebergang hätten wehren sollen [105]), fallen. Was diese feindlichen Truppen anbetrifft, so darf wohl angenommen werden, daß dieselben oberhalb Rouen aufgestellt gewesen waren; denn sonst würden sie unfehlbar die durch die Fluth bis nach Rouen hinauf getriebenen Schiffe ebenfalls zerstört haben. Ob nun aber Karl, nachdem er sich mit seinen Truppen eingeschifft, eine Strecke weit flußaufwärts fuhr, wie Schwartz: p. 27 annimmt, oder einfach übersetzte, geht aus Nithards Worten nicht hervor. Die Worte des Prudentius (zu 841: transposito flumine) scheinen das letztere anzudeuten. — Von dem Besuche Karls in St. Vandrille schweigt Nithard. Was konnte Karl, der unmittelbar nachher so rasch als möglich sich nach dem Südosten, nach dem obern Seinegebiet, begab, bewegen, jetzt noch drei bis vier Meilen über Rouen in westlicher Richtung hinaus [106]) nach diesem Kloster zu gehen? Vielleicht darf darauf verwiesen werden, daß nach dem Zeugnisse eben dieser Chronik von St. Vandrille (l. c.) in diesen Gegenden an der untern Seine nur zwei Monate später ein Vulfardus regis homo den siegreichen Normannen an der Spitze der Bevölkerung kriegerisch entgegentrat, freilich ohne ihr Absegeln mit aller Beute hindern zu können. Gfrörer: I. p. 25 legt mit Recht Nachdruck darauf, daß unter regis blos Karl verstanden sein kann, Vulfard also nothwendiger Weise ein Vassall Karls war. Konnte nun nicht Karl in eben diesen Tagen den Vulfard als Grafen über diese Gegenden an der untern Seine, die er seit des Vaters Tode jetzt zum ersten Male wieder betrat, eingesetzt haben?

Von St. Vandrille wählte Karl seinen weitern Weg auf dem rechten Seineufer bis St. Denis, wo er einige Zeit verweilte. Dieses Kloster war in dem im October 837 durch den Vater für ihn ausgeschiedenen Reichstheile ein Mittelpunct gewesen. Der Abt desselben, der berühmte Erzcappellan Hilduin, welcher in den Wirren des vierten Decenniums des 9. Jahrhunderts eine so bedeutende Stellung eingenommen hat, hatte ihm damals gehuldigt (s. oben p. 3). Aber im Herbste des Jahres 840 war Hilduin von Karl zu Lothar übergetreten (Nithard II. c. 3). Nicht mehr lange konnte sich jedoch Lothar dieses hochansehnlichen neuen Anhängers erfreuen: Hilduin starb schon am 22. November 840 [107]). Sein Nachfolger Ludwig hingegen erwies sich als ein treuer Anhänger Karls, dessen Protonotar er später wurde: er war ein

Enkel Karls des Großen und Schwestersohn Ludwigs des Frommen[108]). Von Noorden nun verlegt: p. 7 in glücklicher Weise in die Zeit des Aufenthaltes des jungen Königs Karl zu St. Denis im April 841 die Einsetzung Ludwigs. Daß er sieben Monate später Abt des Klosters war, dafür sprechen zwei urkundliche Zeugnisse: vom 6. November 841 existirt eine Urkunde Karls des Kahlen für Herimann, der Vassalus Hludowici abbatis heißt (Bouquet: VIII. p. 427), und vom 8. November eine solche Ludwigs, die er als Abt von St. Denis ausstellt (Bouquet: l. c.) — St. Germain wird von Nithard als Karls nächster Anhaltepunkt genannt. Für den weitern Weg bis Troyes gibt derselbe genaue topographische und chronologische Bestimmungen. Auf dem linken Ufer der Seine wurde weiter gerückt, wie ad sanctum Germanum und ubi Lava Sequanae confluit, sowie Senonicam urbem und per Uttam deutlich zeigen. Am 12. April Abends verließ Karl St. Germain, war am 13. in Sens, gönnte am 14. seinen Truppen einen Ruhetag und war am 15. in Troyes[109]).

Dieses Capitel ist das erste des zweiten Buches, zu dem wir aus Prudentius und Rudolf zugleich Parallelstellen anzuführen haben. — Jener sagt: „Es wollte auch viel Volk des Lothar den Karl am Uebergang über die Seine hindern; der aber setzte in männlicher Umsicht und umsichtiger Manneskraft über den Strom und trieb Alle zwei und drei Male[110]) in die Flucht". Dieser Bericht ist allerdings ziemlich rhetorisch gefärbt (Schwarz: p. 28. n. 3), stimmt aber zu dem Nithards. Derjenige Rudolfs lautet, daß Lothar im April deßhalb vom Rheine weg und wieder nach Westen gegangen sei, weil Karl „schon damals im Sinne hatte, über die Maas vorzurücken". Diese Notiz ist deßhalb interessant, weil sich in ihr die gerüchtweise Auffassung von Karls Zug nach Attigny abspiegelt, wie dieselbe in den überrheinischen Landen herumgetragen ward. Dem Mönche von Fulda liegen Troyes und Attigny gleicherweise jenseits der Maas. Dieser Fluß ist für den austrasischen Geschichtschreiber eine ähnliche Grenze des Gesichtskreises, wie für die neustrischen der Rhein (z. B. Nithard: I. c. 8: cum Lodhuwicus trans Renum esset, III. c. 2: Lodhuwicus ut Renum peteret decrevit; und Prudentius u. a. bei Kaiser Ludwigs Zug aus Aquitanien nach Aachen und nach der Pfalz Salz im Frühjahr 840). Daß Rudolfs Worte zu Nithards Texte stimmen, folgt auch daraus, daß Karls Uebergang über die Seine und sein Zug nach Troyes genau mit dem Zusammenstoß Lothars und Ludwigs bei Worms (im Anfang April) zeitlich zusammentreffen (s. auch n. 329).

c. 8) Am 16. April, d. h. am Vorabende des Osterfestes, trug sich mit Karl in Troyes ein Ereigniß zu, welches von Nithard in ein ganz besonders helles Licht gestellt wird. Der König nahm an diesem Tage ein Bad, und nachdem er diesem entstiegen, wollte er die gleichen Kleider, die er eben abgelegt hatte, wieder anziehen; denn weder er, noch sein Gefolge[111]) hatten an Kleidern und Waffen mehr mit sich, als was sie am Leibe und auf ihren Pferden mit sich führten. In diesem Augenblicke wurden bei Karl ein Paar Männer angemeldet, welche für ihn aus Aquitanien Krone und königlichen Ornat und Kostbarkeiten aller Art, dann auch allerlei priesterlichen Schmuck brachten. Deren unerwartetes Erscheinen an einem so wichtigen Tage mit Gegenständen, die man so dringend bedurfte, dann der Umstand, daß sie ungefährdet die weite Strecke durch ein wild bewegtes Land zurückgelegt hatten, setzten Karl und seine Umgebung erst in gerechtes Erstaunen, dann in lauten Jubel, der in Nithards Erzählung deutlich durchklingt. Sie sahen eine Fügung von höherer Hand darin und feierten mit erneuertem Muthe das Fest. — Gesandte Lothars hatten sich inzwischen ebenfalls eingefunden: sie sollten fragen, warum Karl ohne Lothars Einwilligung die ihm gesetzten Grenzen überschritten habe, und ihm den gemessenen Befehl bringen, da, wo er sie angetroffen, zu bleiben, bis ihm Lothar sagen lasse, ob er zu Attigny oder an einem andern Lothar angemessener scheinenden Orte sich zu einer neuen Besprechung einzufinden habe. Karl gab diesen Gesandten, die er zwar zur Tafel gezogen und auch sonst geehrt hatte, doch eine sehr bestimmte Antwort. Sie erhielten die Weisung, am nächsten Tage abzureisen: er werde durch eigene Boten an Lothar den Bescheid nachsenden. Derselbe klang sehr freimüthig: der Grund, um dessen willen Karl sich nicht durch den Stillstand von Orleans gebunden erachtet habe, sei der gewesen, daß Lothar keine seiner Versprechungen gehalten, keinen seiner Eide vollführt habe: seine Vassallen seien durch Lothar geängstigt, einige zum Abfalle verlockt, andere ihrer Lehen beraubt, einzelne sogar getödtet worden; die ihm durch den Vertrag eingeräumten Reiche habe Lothar möglichst in Verwirrung gebracht; besonders aber sei durch ihn Ludwig gegen den Vertrag feindselig überzogen worden. Dennoch wollte Karl, wie es weiter in dieser Botschaft hieß, gemäß der Verabredung nach Attigny gehen, um nach seinem Versprechen für das gemeine Beste zu wirken. Für den Fall aber, daß Lothar auch hierin sein Wort nicht hielte, stellte Karl sicher in Aussicht, daß er das ganze Reich von 839[112]) in Anspruch nehmen und in Allem ferner auf Gottes Willen achten werde. Schon am 7. Mai[113]) traf Karl in Attigny ein. Aber Lothar erschien nicht daselbst: statt seiner fanden sich stets neue Gesandtschaften mit wiederholten Beschwerden und Forderungen ein.

An vier Stellen laden in diesem Capitel Nithards eigene Worte zu einer nähern Ausführung ein. — In dum ubique omnes rapinae insisterent liegt der klare Hinweis auf die furchtbare Anarchie, die auch auf den durch Karl behaupteten Gebietstheilen trotz seines allmälig sich steigernden Ansehens zu lasten fortfuhr. — Nach Troyes nennt Nithard bis Attigny keinen Ort, in dem sich Karl länger aufgehalten hätte. Karl blieb also wohl den ganzen Rest des April und etwa noch einige Tage des Mai in Troyes. — In der Botschaft an Lothar ist die abermalige und zwar dieses Mal sehr stark (et quod maximum est) betonte Erwähnung Ludwigs durch Karl zu beachten, und eben da liegt auch in den Worten (von in bis parere se) die Hinweisung auf ein Gottesgericht, d. h. auf die Art der Entscheidung, wie sie sich bei Fontanetum nachher vollzog: „in den Dingen des Reiches leiste er Gehorsam nach Gottes Willen"[114]).

Es kann nicht in unserer Aufgabe liegen, bei dieser Uebersicht von Karls Geschichte auf Gfrörers Darstellung jedes Mal einzugehen, wenn sie von der hier gegebenen abweicht. An diesem Puncte aber, der sich besonders dazu eignet, Gfrörers weitgehenden „historischen Calcul" zu kennzeichnen, soll das geschehen. — Er erblickt I: p. 14 in Karls „kühnem" Marsche nach Attigny mitten in feindliches Gebiet hinein einen Beweis dafür, daß Karl selbst im vollen Ernste an eine friedliche Uebereinkunft mit Lothar dachte, d. h. daß er Ludwig — nach Gfrörer: p. 10 seit dem Herbst 840 Karls enger Alliirter — nach den Ereignissen von Worms (II. c. 7) für verloren ansah und nun seine Sache wieder von der des Bruders trennen wollte. Das habe Ludwig erkannt, und um Karls Hoffnung auf „deutschen Beistand" von neuem anzufachen, die in c. 9 genannten Boten nach Attigny geschickt. Gfrörer schließt dann hieraus, Karls Marsch habe „wie eine Schraube" auf Ludwig gewirkt; dieser habe nun auch etwas thun müssen: „sein Angriff auf Adalbert ist erklärt." — „Kühn" wird jedermann Karls Zug nennen: darin hat Gfrörer Recht. Aber im weitern ist erstlich die Annahme von einem Bündnisse der beiden Könige sehr verfrüht: dasselbe datirt erst eben von dieser Botschaft Ludwigs nach Attigny. Also konnte Karl, der freilich höchst wahrscheinlich Ludwig für verloren ansah, nicht „die eigene Sache gänzlich von der des Bruders trennen" wollen. Ferner hatte zwar Karl stets seine Geneigtheit, sich mit Lothar zu versöhnen, ausgesprochen; allein ebenso fest war er entschlossen, für sein Recht, wenn es ihm Lothar nicht lasse, mit dem Schwerte einzustehen, und ebenso häufig hatte er diesen Entschluß kundgegeben. Und endlich ist doch sicherlich anzunehmen, daß es selbstverständlich und ohne alle etwaige Nebenrücksichten auf Karl in Ludwigs Interesse lag, des widrigen Wächters, welchen ihm Lothar in der Gestalt Adalberts an die Schwelle seines Reiches gesetzt hatte, möglichst rasch los zu sein. Gfrörers „Erklärung" der Schlacht im Ries reicht demnach jedenfalls nicht aus.

Karl war noch in Attigny, als Gesandte Ludwigs bei ihm eintrafen und die Bereitwilligkeit desselben c. 9)
aussprachen, dem Stiefbruder zu Hülfe zu eilen. Karl gestand, daß ihm ein solcher Beistand äußerst erwünscht sei, dankte für Ludwigs Anerbieten und bat um baldigste Ausführung des Versprechens. Mit dieser Antwort entließ er die Boten. — Vier und mehr Tage hatte nun Karl bereits auf Lothar gewartet: derselbe war nicht erschienen. Da berief der König einen Kriegsrath, um den weitern Kriegsplan festzustellen. Drei Möglichkeiten waren vorhanden: entweder die Kaiserinwittwe, welche mit den aquitanischen Truppen herankam, einholen, oder Lothar zum Kampfe entgegengehen, oder an Ort und Stelle stehen bleiben und jenen erwarten. Die Mehrzahl der Versammlung war für das zweite oder wenigstens sicherlich das dritte gestimmt. Sie stellte vor, daß jede rückgängige Bewegung vom Feinde werde als Flucht aufgefaßt und von Lothar auf jede Weise zum Nachtheile Karls ausgebeutet werden, und daß Alle, die sich aus Furcht bisher an keine Partei angeschlossen, auf diese Weise Lothar zuströmen würden. Dennoch siegten über diese Kampfbereiten, wenn auch nicht ohne Mühe, diejenigen, welche die aquitanische Verstärkung an sich ziehen wollten. Nach Süden, nach Chalons an der Marne[115]), wurde der Weg gewählt. Hier stieß Judith zu Karl. Noch erfreulicher aber, als diese Verstärkung, war für denselben die unerwartete Kunde von Ludwigs Sieg im Ries, vom Untergange Adalberts, von dem Anmarsche Ludwigs. Alles frohlockte in Karls Lager und wollte Ludwig entgegengehen. — Aber unterdessen war eingetreten, was die im Kriegsrathe unterlegene Partei vorausgesagt hatte. Lothar streute aus, Karl sei auf der Flucht begriffen und er wolle ihn nach Kräften verfolgen, und flößte so den Zweifelhaften Muth ein, hob die Siegesgewißheit der Treuen. Karl hatte sein Lager in einer schwer zugänglichen, wasserreichen, morastigen Gegend aufgeschlagen gehabt. Doch sobald er vernahm, daß Lothar ihn verfolge, verließ er diese vortheilhafte Position, um zu beweisen, daß er den Kampf nicht fürchte, und um Lothar zur Schlacht einzuladen. Das hatte zum Erfolg, daß dieser, unter dem Vorwande, die Pferde seien müde, ein Lager schlug und zwei Tage sein Heer rasten ließ. Mehrmals wiederholte sich dies; Boten wurden gewechselt; kein friedlicher Ausweg ließ sich finden. Endlich gelang es Karl, auf diesen Kreuz- und Querzügen sich mit dem Heere Ludwigs zu vereinigen[116]). Sogleich kamen die beiden Könige zusammen, um sich über Lothars Frevel gegenseitig auszusprechen: die weitern Maßregeln jedoch wollten sie erst am folgenden Tage verabreden. Bei Anbruch des Tages begann die Berathung. Ein neues Sündenregister Lothars war die Eröffnung derselben. Dann wurden Boten unter den Bischöfen und vornehmen Laien bezeichnet und in das feindliche Lager abgesandt. An das, was er hätte thun sollen und unerfüllt gelassen hatte, an die Festsetzungen des Vaters, an die Verfolgungen, die Karl und Ludwig durch ihn erlitten hatten, erinnerten sie Lothar: er solle an Gott denken, der Kirche und den Brüdern Frieden bescheeren und ihrer einem jeden zugestehen, was ihm nach der Zustimmung von Vater und Bruder rechtlich gebühre. Endlich anerboten sie ihm Alles, was die Könige im Lager hatten, Pferde und Waffen abgerechnet. Weigere er sich, so werden ihre Auftraggeber Gott das Gericht anheimstellen, im Bewußtsein, das Gute gewollt und dem feindlichen Bruder liebevoll angetragen zu haben.

Gleich der Eingang dieses Capitels, wo über den endlichen **definitiven Abschluß eines Bündnisses zwischen Karl und Ludwig** gehandelt wird, ist im höchsten Grade der Aufmerksamkeit würdig, indem er eine der Stellen enthält, an welchen sich die Richtigkeit von Nithards Aussagen, Dank den ausführlichen Nachrichten der Annalen, einläßlich prüfen läßt. — Nach Nithard kam, wie aus unserer Uebersicht erhellt, die erste Anregung zu der Allianz von **Ludwigs** Seite und wurde alsbald durch Karl äußerst gerne angehört und bejahend erwiedert. Dem scheint Rudolf zu widersprechen, indem er von einem Hludowicus per nuntios **Karoli** ad auxilium vocatus redet. Die Annalen von Xanten sind zwar ziemlich kurz, stimmen aber doch im Ganzen mit Nithard überein: videns **Ludewicus** quod germanum superare nequibat, **junxitque se ad Karolum**, ut per ejus solatium predictum superaret imperatorem. Prudentius handelt blos von der eigentlichen Hülfeleistung, nicht von den vorhergehenden Verabredungen. Nach der Erwähnung der Schlacht im Ries fährt er fort: ac deinde Hludowicus Carolo fratri opem laturus properare festinat. — Ungleich ist dieses Verhältniß aufgefaßt worden. An Rudolf lehnten sich von Neueren z. B. Stälin (I: p. 256) und besonders Scholle (p. 33: n. 31), und beschuldigten so indirect Nithard der Beschönigung und absichtlichen Verschweigung, wie wenn er Karls Lage in zu hellem Lichte darstellen wollte. Nithard hingegen ist für Funck (p. 199), Schwartz (p. 30: n. 5), neustens auch für Dümmler (p. p. 146 u. 147 u. n. 43) die maßgebende Quelle gewesen. — Nithards Bericht verdient jedenfalls den Vorzug. Karl wußte zu Troyes (II. c. 8: Lodharius in fratrem hostiliter irruit, necnon et suffragium a paganis illum quaerere compulit) im April von der Niederlage Ludwigs, von dessen Flucht zu den Slaven. Es konnte ihm unmöglich einfallen, damals bei dem Bruder Hülfe zu suchen, der vielmehr selbst einer solchen in hohem Grade bedurft hätte. Bald aber wuchs Ludwigs Glück wieder. Er erholte sich von seinem Mißgeschick. Mit seinem klaren Blicke sah er, wie sehr sein Geschick mit dem Karls verknüpft sei, und deßhalb schickte er von freien Stücken Gesandte an den Stiefbruder mit dem Anerbieten von Hülfe. Wie dasselbe in Attigny aufgenommen wurde, wissen wir. Auf dem Wege nach dem Rheine warf Ludwig den Grafen Adalbert nieder und setzte dann seinen Weg nach Neustrien fort. Als er nun so am Rheine erschien, war er in Wirklichkeit, wie Rudolf sagt, „durch Karls Boten zu Hülfe gerufen"; denn die Antwort Karls aus Attigny (II: c. 9) hatte er jetzt jedenfalls empfangen. Jene erste Botschaft Ludwigs nach Attigny kennt freilich blos der Augenzeuge Nithard[117]), nicht aber der Mönch in Fulda, der von seinem Kloster aus blos Ludwigs Aufbruch nach dem Westen sieht und nur von der letzten Botschaft Karls weiß.

Von der Vereinigung der Heere Ludwigs und Karls spricht auch Prudentius. Er stellt dieselbe, wie Nithard, als eine erst nach vielen Versuchen „endlich" (denique propinquanti, Nithard: tandem appropinquantes) gelungene dar. Er weiß sehr viel von Karls summum disiderium und dessen summus amor, von der „brüderlichen Eintracht und Liebe" zu erzählen, die sich aussprach „in der Beziehung benachbarter Lager", „in der Gemeinsamkeit des Mahles und der Rathgeber". Darin, daß diese Gefühle „sehr politischer Art" waren, ist Dümmler (p. 148: n. 49) unbedingt beizustimmen. Eine Bereicherung unserer Kenntnisse durch Prudentius liegt blos in: pariter conjuncti etiam castrorum metatione.

Von großer Bedeutung sind die Worte Nithards in dem Vorschlage Ludwigs und Karls an Lothar: cederet cuique quod patris fratrisque consensu juste debebatur. — Funck: p. 273 und Scholle: p. 34: n. 34 sagen, über patris consensu übereinstimmend, daß Karl für sich sein Reich nach der Theilung von 839 beansprucht habe, Ludwig aber die Länder haben wollte, die ihm nach der Reichstheilung zu Gunsten Karls im October 837 zugewiesen worden seien. Das erste ist im Hinblick auf die schon in c. 5 (s. p. 23) und c. 8. (s. p. 24) erwähnten, durch Karls Umgebung in Aussicht genommenen Bedingungen als unzweifelhaft anzunehmen. Was aber das von Ludwig beworbene Gebiet angeht, so fußt Funck und mit ihm Scholle auf ganz falschen Voraussetzungen. Jener setzt (p. p. 158, 159, 165) den nie ausgeführten Theilungsplan von 831 (s. oben p. 4) in das Jahr 836 und nimmt an, er sei vollführt worden. — Ludwig bewarb sich jetzt vielmehr um das Gebiet, das er von 833 bis 838 cum favore patris besessen hatte (Rudolf zu 838), nämlich neben Baiern um die Länder Schwaben, Sachsen, Thüringen, Ostfranken auf dem rechten, und um den Elsaß, sowie die Gaue von Mainz[118]), Worms und Speier auf dem linken Rheinufer[119]). Dümmler: p. 149 spricht sich in Betreff Ludwigs ganz in dieser Weise aus, sagt aber hinsichtlich Karls, daß dieser blos das Reich Pippins I. zur Zeit seiner größten Ausdehnung nach 833 beanspruchte. In dem letztern Puncte dürfte ihm kaum beigepflichtet werden; denn die in c. 9 aufgeführte Botschaft an Lothar ist nicht, wie Dümmler: p. 148 sich ausdrückt, „der Vorschlag zu einer Theilung des Reiches", sondern die einfache Forderung an Lothar, „herauszugeben, was er wider Recht besitze". Lothar hatte sich zur Zeit dieser Vorschläge noch nicht mit Pippin II. verbunden, seine Macht noch nicht in so hohem Grade verstärkt; Ludwig und Karl konnten also wohl noch härtere Bedingungen stellen, jener die Grenzen von 833, dieser die von 839 zurückfordern. — Eine zweite Frage ist, wer unter dem frater zu verstehen sei. Funck und Scholle[120]) (a. a. O.) gehen da aus einander. Jener faßt darunter Karl, dieser Ludwig. Schwartz: (p. 35: n. 3) meint, Ludwigs Sache sei hinter der Karls zurückgetreten und Ludwig habe erst in zweiter Linie sich auch für sein eigenes Interesse bemüht. Dümmler: p. 148: n. 50 erklärt sich für Funck. Fassen wir aber den Sachverhalt näher ins Auge, so scheint sich eine dritte Erklärung zu ergeben. Ludwig hatte die Theilung zu Worms von 839, Karl die Besitznahme besonders Alamanniens durch Ludwig im Jahre 833 bisher nicht anerkannt. Erst jetzt bei ihrer engen Verbindung hatte ihre bisherige Rivalität ihr Ende erreicht, konnten ihre gegenseitigen Ansprüche in friedlicher Weise discutirt und abgewogen werden. Ein Bruder hatte dem andern erst die Zustimmung zu seinen hier vorgebrachten Forderungen auszusprechen, nicht blos Ludwig, nicht Karl allein seinen consensum geben müssen. Also kann frater nicht einseitig auf den einen oder den andern bezogen werden. Im Gegensatze zu pater stellt es vielmehr den Begriff „Bruder" dar und bezieht sich auf beide Könige zugleich. Die Uebersetzung würde also lauten: „mit Einwilligung von Vater und Bruder."

Kurz zu erwähnen ist noch die eigenthümliche Proposition, welche die Könige an Lothar machten, ihm zu geben: quicquid absque equis et armis in universo exercitu habere videbantur. Diese Stelle ist in erster Linie, zusammengehalten mit dem Anfang von c. 8, deßwegen schon bemerkenswerth, weil daraus hervorgeht, daß erst durch die Vereinigung mit den Aquitaniern, nicht aber schon durch die Verstärkung, welche Theotbald, Warin und Otbert am 13. April zugeführt hatten, Karl auch einen Troß bekommen hatte. Was nun aber das Anerbieten der Könige anbetrifft, so war es trotz dieses Zuwachses zu Karls Armee jedenfalls keineswegs ansehnlich; denn Ludwig, welcher in größter Schnelligkeit aus Baiern herangerückt war, hatte kaum ein nur irgend bedeutendes Gepäck mit sich.

Lothar verachtete die Friedensanerbietungen, welche ihm die Bischöfe und angesehenen Laien von der Seite der c. 10)
beiden Könige überbracht hatten. Durch eigene Boten meldete er zurück, er wolle nichts als eine Entscheidungsschlacht. Indessen zog er seinem Neffen Pippin II. entgegen, welcher aus Aquitanien herankam, um sich mit ihm zu vereinigen. Die Nachricht hievon berührte besonders Ludwig auf das empfindlichste. Die Anstrengungen, die langen Märsche, die Gefechte hatten sein Heer ermüdet; dazu kam noch der Pferdemangel [121]). „Dennoch wollten er und die Seinigen lieber jegliche Noth, selbst den Tod erleiden, als den Bruder verlassen und so sich und ihr Andenken mit Schmach bedecken. Ihre hochherzige Gesinnung siegte über die Betrübniß. Gegenseitig sich ermuthigend, eilten die Könige [122]) hinter Lothar her [123]). Bei Auxerre wurden die feindlichen Heere einander ansichtig. Lothar befürchtete einen Angriff und rückte aus dem Lager. Dasselbe thaten die Könige, während sie einen Theil ihrer Mannschaft zum Abstecken des Lagers zurückließen. Indessen wurde für diese Nacht Waffenstillstand geschlossen. Die beiden Lager waren ungefähr eine Meile [124]) von einander entfernt; Wald und Sumpfboden, die inmitten lagen, machten den Zugang zu beiden schwierig. Ganz in der Frühe des nächsten Morgens ließen die Könige Lothar sagen, wie sehr es sie schmerze, daß er stets alle Versuche zum Frieden ablehne: da er aber einmal durchaus nur das Schwert wolle entscheiden lassen, so wünschten sie, daß das ohne Trug geschehe; vorerst wollten sie fasten und Gott anrufen; nachher aber solle Lothar, wenn er es vorziehe, bei ihrem Lager ohne alles Hinderniß von beiden Seiten nach Wegräumung jeder heimlichen Täuschung zu kämpfen, ohne irgendwie durch ihre Truppen gehemmt zu werden, mit seinem ganzen Heere durch Wald und Sumpf bis zu ihnen herüberkommen und zur Schlacht sich aufstellen dürfen; wolle er das, so seien sie geneigt, sich hiezu durch einen feierlichen Eid zu verpflichten; wenn er nicht zu ihnen kommen wolle, so solle er — diese Forderung stellten sie an ihn — sich verpflichten, sie unter den gleichen Bedingungen ungestört zu sich hinüberziehen zu lassen. — Lothar aber, nach gewohnter Art, versprach, später durch eigene Gesandte antworten zu wollen, und verließ alsbald sein Lager. Er eilte weiter bis nach Fontanetum [125]) und lagerte sich hier. Doch noch an demselben Tage überholten ihn die Könige, indem sie bis nach Thüry gelangten. Auch den nächsten Morgen verließen beide Parteien schlagfertig ihre Lager. Abermals machten Ludwig und Karl dem Bruder Vorschläge zum Frieden, mit denselben dringenden Vorstellungen, wie früher. Weiter aber lautete ihre Botschaft folgendermaßen: „Er solle ihnen die mit seiner eigenen Zustimmung durch den Vater ihnen zugewiesenen Reiche zugestehen, für sich die seinigen behalten, die ihm nicht aus Verdienst, sondern blos aus Mitleid der Vater gelassen habe". Hernach boten sie ihm wiederum als Geschenk Alles, was sie ohne Waffen und Pferde bei sich hatten. „Aber wenn er das nicht wolle, so hätten sie im Sinne, ein jeder einen Theil seines Reiches, der eine bis zum Kohlenwalde, der andere bis zum Rheine ihm abzutreten; und wenn er auch das von sich wiese, so wollten sie zu gleichen Theilen das gesammte fränkische Reich theilen, und dann sollte, was immer er sich auch davon wählen würde, unter seiner Botmäßigkeit stehen". Auch dieses Mal gab Lothar die gewohnte Antwort, welche die vollkommene Zurückweisung verschleierte. Hingegen kamen jetzt wirklich einmal die von ihm verheißenen Boten und meldeten, Lothar wünsche Bedenkzeit, da ihm die Brüder noch nie solche Ueberlegung erfordernde Anträge gemacht hätten. Aber während er in Wirklichkeit hiedurch blos bis nach der Ankunft Pippins die Entscheidung verschieben wollte, ließ er durch andere Abgesandte eidlich versichern, er wolle blos um des Besten des christlichen Volkes und der Brüder willen, und wie alle seine gewohnten Phrasen sonst klingen, diesen Stillstand schließen. Ludwig und Karl ließen sich täuschen. Die Waffenruhe ward beschworen für diesen und den nächsten Tag und noch bis acht Uhr Vormittags [126]) am darauf folgenden Tage, d. h. den 25. Juni. Diesen Tag, den 23., so wie den folgenden, den Tag des Täufers Johannes, dessen Fest sie feierten, blieben die Könige im Lager. Aber an diesem selben 24. stieß Pippin zu dem Oheime. Nun zeigte endlich Lothar seine wahre Gesinnung. Er ließ den Königen anempfehlen, zu bedenken, welche hohe Pflichten ihm durch das große Ansehen seines kaiserlichen Namens auferlegt seien, und ihm bei der Erfüllung dieser seiner erhabenen Pflicht behülflich zu sein [127]). Die Gesandten Lothars wußten jedoch auf das nähere Befragen der Könige hin weder von einem Eingehen ihres Herrn auf irgend einen der ihm gemachten Vorschläge; noch hatten sie bestimmtere Aufträge von ihm bekommen. Die Brüder gaben jetzt endlich alle Hoffnung auf einen friedlichen und gerechten Ausgang der Streitsache auf. Ihr Ultimatum lautete so: die Vorschläge, welche sie gemacht hätten, seien stets noch die besten gewesen; entweder solle er einen derselben annehmen, oder morgen, am 25. Juni, um acht Uhr Vormittags ihren Angriff erwarten: „zum Gerichte des allmächtigen Gottes, das er ihnen gegen ihren Willen aufgenöthigt hatte". Lothar verachtete, wie immer übermüthig, auch diesen letzten Vorschlag. Sie würden schon sehen, meinte er, was zu thun ihm bevorstehe.

Am 25. Juni wurde dann die große Schlacht „am Ufer des Baches der Burgundionen" geschlagen, über welche Excurs VI. handelt.

Die chronologische Feststellung mehrerer unter den in diesem Capitel erzählten Ereignissen ist mit Nithards Hülfe genau durchzuführen. — Am 25. Juni (7. Kalend. Julii) fand die Schlacht statt, d. h. am Tage nach der missa sancti Johannis. An diesem St. Johannistage hatte sich Pippin mit Lothar vereinigt (eadem die: p. 661: Z. 31) und an demselben Tage war dem letztern durch die Könige der Angriff in crastinum (Z. 39), eben den 25., angekündigt worden. Der St. Johannistag hinwiederum war der crastinus (Z. 28 u. 29) und der Schlachttag nach römischer Berechnungsart der dies tercius (Z. 29 u. 30) für den Tag, an welchem Lothar die Friedensvorschläge gemacht worden und zwischen ihm und den Königen der Stillstand geschlossen worden war, also für den 23. Auf diesen 23. beziehen sich erastina die (Z. 12) und eo die (Z. 28). Am 22. war Lothar nach Fontanetum gezogen und hatten ihn die Brüder bis Thüry überholt: aurora dilucescente (Z. 2) und eadem die (Z. 11) gehen auf diesen Tag. sub nocte (p. 660: Z. 55) endlich ist die Nacht vom 21. auf den 22. Juni, zu welch letzterm die eben genannte aurora gehört. Der erste Zusammenstoß bei Auxerre war also am Dienstag, den 21. Juni, erfolgt.

Eine eingehende Untersuchung erfordern die Vorschläge, welche die Könige am 23. Juni Lothar machten, enthalten in den Sätzen von concederet illis regna etc. bis zu suae ditionis esset, welche schon von Schwarz: p. 38: n. 2, von Scholle: pp. 35 u. 36 und n. 34 u. 35, dann von Waitz: p. 582 (n. 4 zu p. 581) und von Dümmler: p. 150 erörtert worden sind. Ehe hier eine zum Theil neue Erklärung versucht werden soll, ist es unerläßlich, vorher die Lage, in der sich die Könige Lothar gegenüber befanden, genau zu erwägen. — Ludwig, soeben erst Sieger über eine seinem Gebiete zunächst bedrohliche Heeresmacht Lothars, hatte sich mit dem Stiefbruder Karl, welcher sich freilich noch keineswegs eines so großen Erfolges rühmen konnte, verbunden in der klaren Würdigung ihrer gemeinsamen Interessen, die nur in einem entscheidenden Siege über Lothar ihre wahre Geltung finden zu können schienen. Beide waren sie von dem Bewußtsein ihres Rechtes durchdrungen: „Herausgabe des widerrechtlichen Besitzes“ hatte ihre Forderung an Lothar gelautet (c. 9). Auf ein Gottesurtheil drangen sie, wenn doch einmal gekämpft, alle Hoffnung auf einen friedlichen Ausgang aufgegeben werden müsse. So sehr sie sich aber unter dem besondern Schutz Gottes um der Gerechtigkeit ihrer Sache willen glaubten, verhehlten sie sich doch den thatsächlichen Stand der Dinge keineswegs. Sie waren nicht verblendet über den Maßstab dessen, was sie ihrer Macht entsprechend fordern konnten. Hatte Ludwigs Heer schon jetzt durch den weiten Weg und die Erschöpfung infolge der großen Anstrengungen gelitten, so mußte sich durch die bevorstehende Vereinigung Lothars mit Pippin das Verhältniß Lothars zu der Macht der verbündeten Könige noch ungünstiger gestalten. Allerdings scheint aus den Worten Nithards: quo sacramento Lodhuvicus et Karolus creduli effecti hervorzugehen, daß die Könige durch den wirklichen Vollzug der Verbindung der feindlichen Heere völlig überrascht wurden. Aber es ist dem nicht so; denn ganz deutlich erhellt aus der Stelle im Anfange von c. 10: Lodharius confestim obviam Pippino iter arripuit; quod cum ocius didicissent Lodhuwicus et sui supra modum rem graviter ferentes etc., daß wenigstens das Anrücken Pippins ihnen nicht verborgen geblieben war. Ausdrücke, wie elegerunt . . . . etiam si oporteret morti . . . . subire, wie mestitia beweisen klar genug, daß Ludwig und Karl die Bedeutung der Gefahr erkannten. Und wenn auch die Worte des Agnellus: vita Georgii c. 2: tantaque plenitudo exercitus Lotharii erat, ut ajunt (also blos Hörensagen), ut nulla quadrupedia aut minuta volatilia evadere vel transvolare potuissent sicherlich übertrieben sind, ist doch dadurch bezeugt, daß Lothars Heer für sehr groß galt.

Unter diesem Gesichtspuncte darf wohl folgende Erklärung der dem Vorschlage zu Grunde liegenden Auffassung vorgeschlagen werden. — Die Brüder machten Lothar drei verschiedene Propositionen, die zweite durch at si it nollet, die dritte durch quod et si renueret eingeleitet, wovon je die folgende Lothar stets günstiger lautete, als die vorhergehende. Die Gesandten sollten eine nach der andern Lothar vortragen. Die erste entspricht noch ganz dem, was die Könige schon früher (c. 9) durch die aus Bischöfen und vornehmen Laien zusammengesetzte Gesandtschaft Lothar angeboten hatten (s. oben p. 26); auch das sonderbare Geschenk wird wieder erwähnt. Nicht von einer „Theilung“ ist dabei die Rede: Lothar soll vielmehr „zugestehen“, „herausgeben“ (concedere). Die Beifügung von suo consensu ist richtig: zu Worms hatte Lothar für Karl in die Theilung von 839 eingewilligt, und ebenso hatte er im Juni 833 zu Kolmar seine Zustimmung zu den damals von Pippin I. und Ludwig erhobenen Ansprüchen gegeben. Die Worte non merito sed sola misericordia a patre illi relicta sind dagegen geradezu unwahr; denn die Theilung von 839 beruhte auf einem rechtmäßigen Verfahren und war kein bloßes Gnadengeschenk (s. auch unten n. 130). Die Fassung dieses ersten Vorschlages zeigt deutlich, daß die Brüder ihr Recht auch jetzt noch wenigstens formell wahren wollten, daß sie aber einsahen, Lothar werde im Gefühle seiner Macht nun mehr zu fordern den Muth haben: so statteten sie denn diesen ersten Vorschlag, dessen Hoffnungslosigkeit sie schon vorher erkannten, so aus, wie es ihnen ihre gereizte Stimmung eingab, und fügten selbst noch das Versprechen des so ganz inhaltslosen Geschenkes wieder bei. — Der zweite Vorschlag mußte in Lothars Ohren schon viel angenehmer klingen. Karl will da alles Land zwischen den Carbonarien und der Maas, Ludwig den Elsaß und die Gaue von Speier, Worms und Mainz an Lothar abtreten. — Eine sehr bedeutende Concession enthält endlich der dritte und letzte Antrag[127]). Das ganze Reich Karls des Großen, Italien mit einbegriffen[128]), sollte von neuem getheilt werden, Lothar die Wahl unter den Portionen zustehen. Die Annahme dieser Bedingung wäre vornehmlich für Karl äußerst bedenklich gewesen. Unzweifelhaft hätte Lothar nicht versäumt, seinem Schützlinge Pippin einen beträchtlichen Theil der bisher Karl zuständigen Länder zuzuhalten und so dem Stiefbruder einen gefährlichen Gegner dauernd in den Rücken zu setzen. Und wenn auch Ludwig sich wenigstens auf dem rechten Rheinufer schon bald ein volles Jahrzehnd festgesetzt hatte, so konnte es dennoch auch ihm keineswegs gleichgültig sein, alle Verhältnisse wieder so völlig in Frage gestellt zu sehen. — Daß Lothar auch diesen Antrag von der Hand gewiesen hat, zeigt deutlicher, als alles Andere, einmal seinen hochfahrenden selbstgewissen Uebermuth, dann aber auch, wie sehr er sich mächtig wußte, wie er durch einen Sieg noch günstigere Bedingungen, wie diese ihm entgegengebrachten, zu erringen hoffte.

Dieser letztere Punct führt uns noch auf einen Vorwurf, welchen Schwarz: l. c. glaubt den Königen machen zu dürfen. Er sagt da, „daß Ludwig und Karl wohl weniger auf eine Annahme ihrer Vorschläge von Seiten Lothars rechneten, als vielmehr ihren Völkern, deren Erbitterung überdies durch Lothars Hartnäckigkeit immer mehr gesteigert werden mußte, den Beweis geben wollten, daß sie keine Mühe zur Erhaltung des Friedens scheuten und nur nothgedrungen zu den

Waffen griffen". Will Schwartz hiedurch andeuten, daß es den Königen lieb gewesen sei, wenn diese Ueberzeugung bei ihren Truppen Platz griff, so hat er ganz Recht. Sicherlich irrt er aber, wenn er etwa damit zu sagen beabsichtigt, daß es den Königen mit ihren Friedensversuchen gar nicht Ernst gewesen sei. Es muß ihnen sehr viel daran gelegen haben, von einer Entscheidungsschlacht verschont zu bleiben, wenn sie selbst vor einer Möglichkeit des Friedens sich nicht scheuten, welche die Existenz wenigstens des einen von ihnen in hohem Grade bedrohte[120]). —

Hier bleibt noch übrig, einen Blick auf die Erzählung zu werfen, welche Prudentius und Rudolf von diesen gescheiterten Friedensunterhandlungen geben: Jener sagt: „Ludwig und Karl verhandeln mit ihrem Bruder Lothar durch sehr häufige Gesandtschaften über Frieden und Eintracht, sowie auch über die Verwaltung des ganzen Volkes und Reiches. Er aber spottete ihrer durch die zahlreichsten Botschaften und Eidschwüre und bemühte sich, beide Brüder ihrer Reichstheile mit Waffengewalt zu berauben. Und da er sich zur friedlichen und brüderlichen Eintracht durchaus nicht zurückbringen lassen wollte, kam es zur Schlacht". Aehnlich lautet Rudolfs Bericht: die Schlacht sei gekämpft worden, „weil die drei Brüder über die Theilung des Reiches nicht eines Willens werden konnten, infolge der Weigerung Lothars, welcher für sich die Alleinherrschaft beanspruchte". Regino drückt sich (zu 841) so aus (script. I: p. 568), daß Ludwig und Karl deßhalb ein Heer „von überall her" sammelten, „weil sie mit Unwillen ertrugen, daß sie gänzlich des väterlichen Reiches beraubt würden". — Auch hier bringt Nithard zu der allgemein und kurz gefaßten Darstellung der Annalen die werthvollen Einzelheiten herbei.

Wie schon in c. 9 am Ende, so tritt uns auch in c. 10 die Auffassung der Schlacht als eines Gottesgerichtes mehrmals deutlich entgegen, so besonders im Vorschlag der Könige vom 22. Juni, den Kampf unter völlig gleichen Bedingungen zu führen, und in ihrem Ultimatum vom 24. — Ganz scharf stellt auch Rudolf diese Ansicht auf, wenn er sagt, es sei beschlossen worden, „daß man mit dem Schwerte die Entscheidung suchen und die Sache Gottes Urtheil zur Prüfung anheimstellen müsse." —

Da die Vergleichung der Auffassung Nithards von der Wirkung der Schlacht mit derjenigen seiner auf der Seite Lothars stehenden Zeitgenossen weiter unten in einem andern Zusammenhange durchgeführt werden soll, so könnte an dieser Stelle unsere Beurtheilung der Geschichte Karls im zweiten Buche abgeschlossen werden, wenn nicht noch die Richtigkeit einer Stelle des Prudentius (zu 841) zu prüfen wäre, deren Inhalt sich auf das ganze zweite Buch Nithards ausdehnt. Es ist die folgende: „Karl unterwirft oder gewinnt sich diesseits des Rheines theils durch Gewalt, theils durch Drohungen, theils durch Verleihung von Gütern und Rechten, theils unter allerlei Bedingungen alle Bewohner seiner Länder." In dieser Allgemeinheit ausgedrückt, ist der Satz unwahr. Nominoi's, Pippins, Bernhards Beispiel zeigen, daß keineswegs omnes partium suarum sich fügten. Besser ist die Specificirung der verschiedenen Mittel[121]), trägt aber, wie schon oben die Berichterstattung über die letzten Versuche, den Frieden zu erhalten, nur dazu bei, den Werth der Nithard'schen Erzählung erst im rechten Lichte erscheinen zu lassen.

— Mit Lothars erster Niederlage schließt Nithard sein zweites Buch. —

Lothars Heer war in wilder Flucht begriffen: in wackerm Kampfe war der Sieg gewonnen. Jetzt beriethen sich III: c. 1)
Ludwig und Karl auf dem Schlachtfelde, was mit den nach allen Richtungen hin fliehenden Feinden[122]) anzufangen sei. Da wollten einige, zornerfüllt, daß der Feind verfolgt werde; andere aber, vor allem die Könige, waren mildern Sinnes und wollten Mitleid über die von Gottes Hand selbst verurtheilten Gegner walten lassen. Diese Ansicht gewann die Oberhand: Kampf und Beutemachen hörten auf, und um den Mittag des 25. Juni wurde das Lager[123]) wieder bezogen. Hier wurde beschlossen, auch den Sonntag noch auf dem Schlachtfelde zu verbringen. — An demselben, den 26. Juni, nahm man nach der Frühmesse die Bestattung der Todten, von Freund und Feind zugleich, vor. Den Verwundeten und Sterbenden galt die weitere Sorge. Den Flüchtigen wurden Boten nachgesandt und ihnen Verzeihung geboten, wenn sie zurückkehren und den Treueid schwören wollten. Dann baten die Könige und ihre Völker die Versammlung der Bischöfe um ihre Erklärung über das großartige Ereigniß, welches sich vollzogen hatte. Die geistlichen Würdenträger fanden folgende Antwort. „Blos für Gerechtigkeit und Billigkeit" war nach ihrer Ansicht gestritten, „ein offenbarer Richterspruch Gottes" durch die Schlacht dargelegt worden. Alle, die zum Kampfe riethen und dabei halfen, sind in den Augen der Bischöfe „makellose Diener Gottes" und „bedürfen keiner Buße". Wer sich aber bewußt sei, aus irgend einer menschlichen Leidenschaft in den Kampf gegangen zu sein, solle beichten und nach dem Maß seiner Schuld Buße thun. Hierauf jedoch sollten Alle „zur Verherrlichung und zum Lobe dieser großartigen Offenbarung der göttlichen Gerechtigkeit", zur Erlangung göttlicher Verzeihung für die Vergehen der gestorbenen Brüder, zur ferneren Erwerbung des göttlichen Schutzes ein dreitägiges Bußfest feiern, verbunden mit Fasten und religiösen Uebungen.

Indem wir uns zur Erläuterung der in diesem Capitel erzählten Ereignisse zunächst nach der Schlacht wenden, tritt zuerst die Frage an uns heran, wie es sich mit der „Verfolgung" der Lotharischen verhielt.

Wie aus Excurs VI. folgt, lagen alle drei Kampfplätze: Brittas, Fagit und Solennat, auf dem linken Ufer des Baches von Sementron und Coulon, und war für Lothar die Rückzugslinie eine nordöstliche gegen Auxerre hin. Es war mithin von vorne herein in der Aufgabe des königlichen Heeres mit eingeschlossen, den Feind über den Bach hinweg und den rechten Abhang des Thales hinauf auf die Höhe des Berges gegen Sementron hin zu jagen. Daß das geschah, zeigt Strophe IX. des Angelbert'schen Liedes. Hier oben wüthete noch das Schwert unter den „aufgelösten Schaaren", wie Prudentius ausdrücklich sagt. Da wird im Kriegsrathe beschlossen, daß alles Blutvergießen aufhören solle (Prud. sagt: caedes agitabatur, donec Hludowicus et Carolus . . ab eorum interfectione cessandum decreverunt; Nithard: a praelio discesserunt). „Etwa um Mittag“ [134]) war Alles zu Ende. Nithard gibt also gleichfalls zu, daß auch, nachdem sich Lothar schon völlig in die Flucht gewandt hatte, noch gekämpft wurde, meldet aber in Uebereinstimmung mit Prudentius, daß der Befehl der Könige diesem Morden augenblicklich Einhalt that [135]). — Mit dem „Kämpfen“ hörte auch das „Plündern“ (praeda) auf. Eine „ungemein zahlreiche Beute“ hatten nach Nithard die Sieger gemacht. Doch erwähnt bloß Rudolf ausdrücklich die Eroberung von Lothars Lager (castris potiti) [136]).

Schwartz: p. 43 sieht darin, daß weder Nithard, noch Prudentius von der Einbringung von Gefangenen etwas erwähnen, ein Zeugniß für die Erbitterung der Kämpfenden, und zwar sicherlich sehr richtig. Besonders in dieser letzten Zeit vor Mittag mögen Viele schonungslos geopfert worden sein. — Einen höchst bemerkenswerthen Fang jedoch, den eigenthümlicherweise Nithard ganz übergeht, machten die Sieger in der Person des Erzbischofs Georg von Ravenna. Agnellus erstattet hierüber in dem Leben Georgs (lib. pontif.: Muratori: script. rer. Italic. II. Th. 1. pp. 185 u. 186) einen sehr ausführlichen Bericht. Georg hatte vernommen, daß Gesandte des römischen Stuhles nach Westfrancien gehen wollten, um den Frieden zwischen den Brüdern herzustellen. Da er die Absicht hatte, sich in einer ihn persönlich als Erzbischof von Ravenna betreffenden Sache bittweise an Lothar zu wenden, so schloß er sich diesen Friedensboten an, beladen mit reichen Schätzen, die er seiner Kirche wegnahm. Georg wollte nämlich den alten Anspruch derselben auf die Gleichstellung mit dem römischen Stuhle wieder zur Geltung bringen [137]) und glaubte, zu diesem Behufe durch reiche Bestechung wirken zu können. Selbstverständlich sah das Papst Gregor IV. höchst ungerne (ivit cum maledictione Apostolica). Georg kam wirklich nach Fontanetum und war auf der Seite Lothars in der Schlacht anwesend. Während derselben fiel er aber als Gefangener in die Hände der königlichen Krieger. Diese gingen mit ihm in einer höchst unehrerbietigen Weise um, „wie mit einem Stück Vieh“, und trieben rohen Scherz mit ihm. Endlich führten sie ihn vor Karl, welcher den Prälaten drei Tage lang einsperren ließ [138]). Die Priester, welche Georg begleitet hatten, waren aus einander gesprengt. Seine Schätze, die er auf dreihundert Rossen herbeigeführt hatte, befanden sich in den Händen der Plünderer [139]). Karl und besonders die Kaiserinwittwe empfanden Mitleid mit den ravennatischen Geistlichen und suchten ihren Mangel durch Gaben zu mildern. Da aber vernahmen die Könige, daß Georg geprahlt hatte, er wolle, wenn Karl besiegt, gebunden an den Händen vor ihm stehe, ihn scheeren lassen und mit sich nach Ravenna nehmen, und gedachten, ihn um dieser bösartigen Gesinnung willen in die ewige Verbannung zu senden. Abermals war es Judith, die ihren Sohn auf andere Gedanken brachte. Karl ließ den Erzbischof sich vorführen, stellte ihn in harten und höhnischen Worten [140]) zur Rede. Nachdem sich Georg durch einen Fußfall gedemüthigt hatte und auch sonst auf alle Weise erniedrigt worden war, entließ ihn Karl nach Hause, wie er sagte, „auf die Ermahnung seiner Mutter hin“. Doch von seinen Kostbarkeiten rettete Georg beinahe nichts, und die alten Privilegien, mittelst deren Vorzeigung er Rom hatte überwinden wollen, lagen übel zugerichtet im Kothe. Die Priester seiner Kirche mußten „im bloßen Linnengewand“, „vorher Rossebesteiger, nun zu Fußgängern erniedrigt“, wie Pilger nach der Heimat sich durchbetteln. — Zu dieser Erzählung des Agnellus ist die folgende Stelle des Prudentius herbeizuziehen: „In dieser Schlacht wurde Georg, Bischof von Ravenna, gefangen genommen, der vom römischen Papste Gregor an Lothar und dessen Brüder um des Friedens willen abgesendet, aber von Lothar zurückgehalten und nicht zu den Brüdern gelassen worden war, und er wurde mit Ehren in seine Heimat zurückgeschickt“. Deutlich erkennbar herrscht zwischen diesen Berichten eine Ungleichheit, und zwar verdient jedenfalls Agnellus als der Biograph der Persönlichkeit, die das Centrum dieser Angelegenheit bildet, mehr Glauben. Allerdings ist es auffallend, daß der Bischof des dem Schlachtfelde so nahe liegenden Troyes nicht besser unterrichtet ist. Daß er Georg für einen Abgesandten Gregors IV. hielt, wird zwar dadurch entschuldbar, daß sich derselbe für einen solchen ausgegeben hatte und auch noch Karl gegenüber frech genug war, das zu behaupten [141]). Aber daß Georg cum honore ad propria remissus sei, steht doch sehr im Widerspruch zu der Darstellung des Agnellus. In ganz erwünschter Weise stimmen dagegen die Worte des Prudentius über die päpstliche Friedensvermittlung zu dem Berichte des Agnellus, wenn wir von Georgs Person absehen. Agnellus sagt, die drei Friedensgesandten Gregors seien mit Georg vor der Schlacht bei Lothar angekommen, nach derselben nach Auxerre entkommen. Dazwischen hinein fällt der Umstand, welchen Prudentius namhaft macht, daß Lothar den Gesandten nicht gestattete, zu den Königen zu gehen. Eben hiedurch, daß Ludwig und Karl gar nichts von dieser Einmischung des Papstes merkten, erklärt sich höchst einfach Nithards Stillschweigen [142]) über diese Sache.

Ein Paar Puncte dieses Capitels folgen uns noch zur Besprechung.

Nithard sagt von der Berathung über das Schicksal der Flüchtigen und den dabei wirksamen Motiven der Könige: „Einige aber, und vor Allem die Könige, welche Mitleid mit dem Bruder und dem Volke hatten, wünschten frommen Herzens nach ihrer gewohnten Weise, daß die durch das Gottesurtheil und durch diesen schweren Schlag Niedergeschmetterten von ihrer unbilligen Begier und Leidenschaft wieder zur Besinnung kämen und durch Gottes Hülfe von neuem in wahrer Gerechtigkeit einträchtig würden. Sie riethen, in dieser Sache das Mitleid des allmächtigen Gottes walten zu lassen“. Nithard findet im weitern nach dem milden Beschlusse dieses Kriegsrathes „das Mitleid sowohl der Könige, als der gesammten Menge bewunderswerth, vielmehr auch nach Verdienen preiswürdig“. Und noch einmal werden die Könige und ihre Völker von ihm bezeichnet als solche, „die schmerzvoll trauerten über ihren Bruder und das christliche Volk, welches mit ihm gewesen“. Daran schließt sich dann der schon erwähnte Ausspruch der Bischöfe. — Prudentius schildert Ludwig und Karl als „von heißer Liebe und Frömmigkeit belebt“, und sagt, sie hätten durch das Einstellen der Verfolgung „ihre christliche Gesinnung deutlich zu erkennen gegeben“ [143]). — Allerdings standen beide

Geschichtschreiber entschieden auf der Seite Karls. Aber bei näherer Betrachtung der Umstände, abgesehen von Nithards Charakter, der zum Heucheln am wenigsten taugte, zeigt sich, daß gar wohl eine solche weiche Stimmung die Könige erfüllen konnte. Wenn auch nicht beider, so war doch wenigstens Karls Glück unlösbar mit dem Ausgange dieser Schlacht verbunden. Und daß er so gut, wie Ludwig, vor derselben diese Bedeutung des bevorstehenden Ereignisses eingesehen hatte, ist oben mehrfach schon gezeigt worden. Obschon die Dinge vorher nicht so lagen, daß ein Sieg der Könige sich für diese zu einem ganz unerwarteten Ereignisse gestaltete, so hatte sich wenigstens bei Lothars großer Macht dieser Ausgang der Schlacht nicht sicher voraussehen lassen. Daß nun eine solche Entscheidung auf das Gemüth der bei ihr in erster Linie betheiligten Personen einen tiefen Eindruck machen, sie weicher, als wohl sonst, stimmen durfte, ja mußte, kann niemand leugnen. Dazu kömmt, daß die Schlacht von den Siegern schon vorher als ein **Gottesgericht** bezeichnet wurde und nachher gleichfalls so aufgefaßt worden ist[144]). Aber nicht nur die Könige, sondern gewiß auch ihre Völker waren mildern Regungen an diesem Tage keineswegs verschlossen. Es war ein Kampf „zwischen Brüdern und Blutsfreunden und Verwandten", „ein beweinenswerther Streit", „ein mehr als bürgerlicher Krieg"[145]) geschlagen worden. Roth war weithin alles Land von Bürgerblut. Auch der eigenen Verluste waren genug zu betrauern. Ist da ein Gefühl des Mitleids nicht sehr natürlich? — Allerdings ist nicht daneben zu vergessen, daß es eine Zeit war, „wo die Frömmigkeit sowol der Regierer wie der Regierten einen sehr sinnlichen, stark abergläubischen Charakter trug", soll nicht geleugnet werden, daß das Verfahren der Könige „ebenso menschlich als klug" war und sie „wie vernünftige Staatsmänner handelten, die nur so viel Härte anwenden, als zu Erreichung des Hauptzweckes unumgänglich nöthig ist"[146]).

Den Charakter einer fein berechneten politischen Maßregel trägt dagegen unbedingt **die Befragung der Bischöfe** und das daraus sich entspinnende Bußfest. Gfrörer erkennt die Absicht der Könige hiebei sicherlich sehr gut, wenn er p. 23 sagt: „Dem kirchlichen Zauber, der Lothars Ansprüche schützte und dem er einen guten Theil seiner Macht verdankte, wollten die verbündeten Brüder eine gleichartige Gewalt entgegenstellen". Das Gericht Gottes mußte durch die bischöfliche Erklärung ratificirt, wer sich dabei betheiligt, zum „unverantwortlichen Diener Gottes" gestempelt, das ganze Ereigniß in den Augen der Völker durch ein religiöses Ceremoniel in ein höheres Licht gestellt werden. Und dieses letzte haben die Könige erreicht. Die Gegenpartei hielt ihren Schritt für einer Entgegnung werth. Raban führt in c. 15 der Bußordnung, die er seinem Freunde Otgar zu den Sachsen nachschickte (s. Dümmler: p. 157); mit Bezug auf diese Synode den Spruch des Psalmisten aus: „Dein Recht (stehet) wie große Tiefe" (36, 7): d. h. kein Mensch dürfe sich anmaßen, von sich aus ein Gericht Gottes zu beurtheilen, noch weniger glauben, daß infolge eines solchen man sich die Buße selbst erlassen könne.

Wie schon in der Uebersicht zu diesem Capitel berührt worden ist, redet Nithard von der Bestattung der Gestorbenen, der Pflege der Verwundeten, und zwar von Freund und Feind ohne Unterschied. Rudolf scheint da mit ihm entschieden im Widerspruch zu stehen (collectis et sepultis **eorum** cadaveribus qui ex **sua** parte ceciderant). Aber auch Prudentius bezeugt, „daß den Bischöfen aufgetragen worden sei, am folgenden Tage (am Sonntag) die Körper der Todten zu beerdigen", weßhalb die Könige auch an diesem Orte Standlager behielten, fügt aber einschränkend bei: „so weit es die Zeitumstände erlaubten." Daß nun laut diesen Worten eine gewisse Begrenzung des Nithard'schen amicos et inimicos, fideles et infideles pariter sepulturae tradere möglich ist, ohne im geringsten deßhalb die Angabe des fernen und noch dazu über linksrheinische Dinge nicht gut unterrichteten Rudolf einseitig zu betonen, ist ohne allen Zwang anzunehmen.

Das Bußfest wurde gefeiert. Nach demselben wollte Ludwig nach dem Rheine zurückgehen, Karl nach Aqui- c. 2)
tanien aufbrechen, um Pippin endlich zu unterwerfen. In die Beziehungen Karls zu diesem seinem Neffen hatte sich abermals Bernhard von Septimanien gemischt. Derselbe war am Schlachttage etwa eine Meile vom Kampfplatze entfernt geblieben, ohne sich einer der beiden Parteien anzuschließen. Erst als er Karl siegreich wußte, hatte er seinen Sohn Wilhelm an denselben gesandt und ihm befohlen, dem Könige zu huldigen, wann ihm durch denselben die früher übertragenen burgundischen Beneficien[147]) bestätigt worden seien. Zugleich hatte Wilhelm das Anerbieten seines Vaters gebracht, für Karl mit Pippin über dessen Unterwerfung zu verhandeln. Wilhelm war durch Karl freundlich empfangen, ihm Alles zugestanden worden, und Karl hatte nur gewünscht, daß sich Bernhard endlich einmal ernstlich bemühe, Pippin zu seiner Anerkennung zu bringen. — Alle Hindernisse schienen für beide Brüder entfernt zu sein, als sie sich nun mit dem Versprechen, sich am 1. September in Langres treffen zu wollen, trennten. Karl nahm in Begleitung seiner Mutter[148]) den Weg nach der Loire[149]). Alsbald aber mußte er einsehen, daß noch keineswegs Alles durch den Einen Sieg gewonnen sei. Die alte Unordnung, die frühere Eigennützigkeit der einzelnen Vassallen zeigten sich in bedenklicher Weise. Sein Heer zerstreute sich[150]). Wie das Pippin hörte, ließ plötzlich seine Sehnsucht nach einem Vertrage nach. Bernhard zwar kam zu Karl; doch fiel es ihm nicht im geringsten ein, den Huldigungseid zu leisten. Der ganze Gewinn des Zuges nach Aquitanien beschränkte sich darauf, daß wenige Vassallen, die von Pippin abgefallen waren, sich an Karl anschlossen. — Aber auch die Mission Adalhards, den Karl mit ein Paar andern Grafen zu den neustrischen Franken[151]) gesandt hatte, um die dortige Stimmung zu prüfen, war nicht von Erfolg gekrönt worden. In Quiercy fanden sich nur Wenige bei ihnen ein, und auch diese wollten, daß sich Karl persönlich zeige, damit sie sich darüber in's Gewisse setzen könnten, ob er noch lebe; denn es sei nicht rathsam, bei so ungewissen Zuständen irgend eine bindende Verpflichtung einzugehen. Die Lotharischen hatten nämlich ausgesprengt, Karl sei in der Schlacht gefallen, Ludwig verwundet worden und entflohen; und nun trafen einige von Lothars Partei noch vollends Anstalten, über Karls Abgesandte

herzufallen: nur der Muth fehlte ihnen zur Ausführung ihrer Pläne. Deßwegen ließen Adalhard und seine Begleiter Karl melden, er solle so schleunig, als möglich, kommen und ihnen Hülfe bringen: auch würden dann vielleicht die Neustrier sich bereit zeigen, ihm zu huldigen. Nach diesem begaben sie sich nach Paris[152]), um Karls Ankunft abzuwarten. — Dieser hatte, wie er ihre Meldung bekommen hatte, sich nach den Seinegegenden gewandt. In der Nähe von Meulan, zu Epone, einem Dorfe am linken Ufer der Maudre (Dep. Seine und Oise: Arrond. Mantes), eines linken, südlichen Nebenflusses der Seine, und zwar nicht weit von der Einmündung desselben in einiger Entfernung südlich von der Seine gelegen, traf er Adalhard. Obwohl nun der Termin der Zusammenkunft zu Langres schon nahe bevorstand, fand es Karl doch für gut, so rasch als möglich noch die Orte Beauvais, Compiègne, Soissons, Reims, Chalons an der Marne zu berühren, dann aber in Langres sich einzufinden[153]), um so einestheils den Neustriern Gelegenheit zu geben, zu ihm zu stoßen, anderseits das Ludwig gegebene Wort zu erfüllen. Aber wie schon den Aquitaniern Karls geringe Streitmacht nicht zu imponiren vermocht hatte, so suchten auch die Neustrier allerlei Ausflüchte und verweigerten Karl, wiewohl er nun, wie sie gewünscht, in ihrer Mitte war, die Huldigung. Deßhalb beschleunigte derselbe seinen Marsch noch mehr. Nur in Soissons blieb er etwas länger, und zwar den Mönchen von St. Medard zu Liebe. Dann eilte er nach Reims. Aber schon hier änderte er seine Route. Er erhielt nämlich die Nachricht, daß Ludwig, im eigenen Lande durch Lothar feindlich bedroht, nicht nach Langres kommen könne. Zugleich aber wurde ihm hier gemeldet, daß Abt Hugo von St. Quentin, sein Oheim, und Graf Giselbert gewillt seien, mit den Vassallen jener Gegend[154]) zu ihm zu stoßen, wenn er selbst sich dahin begeben wolle.

In erster Linie haben wir für dieses Capitel Karls Itinerar festzustellen. — Das dreitägige Bußfest hatten die Könige gewissenhaft beobachtet (Nithard: c. 1: triduanum jejunium libenter ac celebre celebratum est; c. 2: his ita rebus peractis), und während desselben war Wilhelm zu Karl gekommen (Schwartz: p. 47: n. 2). Am 28. oder 29. Juni, je nach dem wir den Sonntag in das Bußfest mit einrechnen, oder nicht, trennten sich Ludwig und Karl. Für den Aufenthalt des letztern in Aquitanien fehlt jede nähere Bestimmung. Hingegen enthalten die gesta Aldrici[155]) eine solche für den Weg von Aquitanien nach dem Seinegebiet. — Oben (p. 22) wurde von Karls Aufenthalt zu le Mans im Anfang des Jahres 841, von seinem Versprechen an Aldrich, das er noch nicht hatte erfüllen können, gesprochen. Abt Sigmund hatte sich damals nicht fügen, Aldrich nicht wieder in den Besitz der ihm entrissenen Güter setzen wollen. Jetzt, nach seinem Siege bei Fontanetum (Bouquet: VII: p. 342), kam Karl per partes Cenomannicas. Aber auch jetzt wollte Sigmund nicht zur Huldigung zu ihm kommen. Da gab Karl am 1. August in villa, cujus vocabulum est Bona, super fluvium Lix in pago Cenomanico, d. h. zu Bonneval, einer kleinen Stadt am Loir (Lidus, Leda, Lidericus), einem linken Zuflusse der Sarthe (im Departement der Eure und des Loir, zwölf Meilen östlich von le Mans, vier Meilen südlich von Chartres), dem Bischof Aldrich das Object des Streites, das monasterium Anisolae (St. Calais), zurück. — Für den weitern Weg Karls „durch Neustrien" (Prud.: Franciam permeans) über Epone, Beauvais und Compiègne (Nithard) nach Soissons tritt Prudentius ergänzend ein: per Cenomannos, Parisios atque Bellovagos.

Karls Aufenthalt zu St. Medard hingegen erfordert eine nähere Würdigung. Nithard widmet ihm eine ganz außerordentliche Aufmerksamkeit[156]). Nach seiner Erzählung gingen die Mönche von St. Medard, als Karl nach Soissons kam, demselben entgegen und baten ihn, er möchte die Reliquien des h. Medardus und des h. Sebastian, sowie von 24 andern Heiligen, welche Nithard alle aufzählt, in die neue Kirche, „welche schon zum größten Theile gebaut war", übertragen. Er lieh ihnen ein geneigtes Ohr. Trotz seiner Eile blieb er in St. Medard und „übertrug die Gebeine der Seligen auf seinen eigenen Schultern mit aller Ehrfurcht". Dazu schenkte er noch urkundlich (s. n. 41) der Kirche des h. Medardus die königliche Villa Bernacha (jetzt die Stadt Braine an der Vesle, einem linken Beiflusse der Aisne, im Departement der Aisne, zwei Meilen von Soissons östlich an der Straße nach Reims). — Diese Angaben Nithards finden ihre Bestätigung in der schon oben p. 6 verwertheten Stelle des Chartulars von St. Medard. Den Tag der Uebertragung der Gebeine in die neue Kirche hingegen gibt die Chronik von St. Medard (freilich irrig zu 839: in D'Achery: spicilegium: nova editio: II. p. 488): „Karl der Kahle selber besorgte den Umzug (mutare fecit) der Körper der Heiligen Medardus und Sebastian und Gregor und Anderer und ihre Niederlegung in der Krypta am 27. August." — So viel ist hieraus zur Ergänzung von Karls Itinerar beizubringen.

Dieses Capitel ist äußerst belehrend für die Kenntniß der schwierigen Lage Karls auch ungeachtet des großen Sieges über Lothar. Bernhard bequemt sich nicht zur Huldigung und hält sich durch diejenige seines ältesten Sohnes Wilhelm nicht für gebunden, und was dieser Karl versprochen, daß der Vater für den König als Vermittler bei Pippin auftreten wolle, unterbleibt; Pippin, der an Unterwerfung gedacht, trotzt von neuem; ein Zug nach Aquitanien bleibt ohne allen erheblichen Erfolg; Unterhändler Karls finden in Neustrien keinen Anklang und müssen sich vor Nachstellungen der Feinde retten; der Abt Sigmund von St. Calais gehorcht Karl jetzt eben so wenig, wie vor der Schlacht; das kleine Heer (paucitas) macht den Franken nicht größern Eindruck, als den Aquitaniern; Karl selbst sieht die Erfolglosigkeit seiner Bemühungen (Franci se per praesens subdere distulerunt: quod ut Karolus cognovit). — Wohl nirgends besser, als aus all diesen Nithards Erzählung entnommenen Umständen, läßt sich klar erkennen, wie sich Nithard über die Lage seines Herrn durchaus keine falschen Illusionen machte; denn diesen Theil seines Werkes schrieb er jedenfalls nicht lange nach der Schlacht von Fontanetum, noch mitten im Gange der Ereignisse stehend, etwa im Herbst oder Winter des Jahres 841. Er befleißigt sich der rücksichtslosesten Wahrheitsliebe, und nichts liegt ihm weiter ab, als etwa eine Uebertreibung der Folgen des Sieges für Karl. Er sagt: „Mehr, als geschehen sollte, ist das gemeine Wesen unberathen vernachlässigt; wohin jeden seine Begier gerissen hat, dahin ist er weggegangen ganz ohne Mühe, und man mußte ihn gehen lassen" (per facile omminsus abcessit): d. h. Karls Heer lief zum größern Theile aus einander, da ein jeder nur an sich, an seine Bereicherung dachte und nicht mehr länger dem Könige seine Dienste leisten wollte. So konnte Aquitanien allerdings nicht unterworfen werden, und hatten die Neustrier wohl Recht, wenn sie von „ungewissen Umständen" redeten. Gfrörer sagt deßhalb p. 20 wenigstens für Karl ganz zutreffend: „Der große Sieg der verbündeten Brüder übte zwar einen sehr bedeutenden Einfluß auf die Gemüter; aber seine militärischen Früchte waren gleich Null". Ein Geist wilder Zügellosigkeit, gieriger Selbstsucht erfüllte die Vassallen und ließ sie nicht lange bei den Fahnen ausharren, während doch Karl nach der Aussage des chron. Namnet. (Bouquet: VII. p. 217) „die, welche ihm in der Schlacht beigestanden hatten, nicht unbeschenkt ließ". In den revelationes Audradi wird bitter darüber geklagt, daß die, welche vom „Brüdermorden" zurückgekehrt waren, „nach ihrer Sitte" sich zum Plündern der Kirchen und der Armen wandten, ihrem Uebermuth volle Zügel schießen ließen, daß sie sich auf das noch unberührte Kirchengut warfen und auch dieses zu ihrem Vortheile verschwendeten, „anstatt Gott, ihrem Retter (eroptor, d. h. aus der Todesgefahr), reumüthig sich zu unterwerfen"; da habe Gott sich darüber betrübt und gesagt, „daß er sie mit neun Schlägen züchtige" (enthalten in chron. Alberici: Th. 1, in Leibniz: access. historic. tom. II: p. 180).

Da kein besseres Beispiel für die Art und Weise des Treibens der weltlichen Großen gegeben werden kann, als das Bernhards von Septimanien, der einfach die vollen Consequenzen desselben zeigt, und außerdem Bernhard nach diesem Capitel von Nithard nicht mehr erwähnt wird, so ist es hier gegeben, diesen Mann und seine Pläne nochmals kurz zu charakterisiren. — Seit Ludwigs Tode hatte Bernhard seine letzte Rolle offen zu spielen begonnen. Sein Gebiet, Septimanien und die spanische Mark, war schon durch seine Lage dazu angethan, in einem entschlossenen Manne den Wunsch nach einer ganz unabhängigen Stellung erwachen zu lassen. Septimanien hieß noch mit vollem Recht häufig das Gothenland, verschieden von dem anstoßenden Aquitanien und den burgundischen Landen, wie es in vielen Beziehungen war. Die spanische Mark vollends stand unter ganz eigenthümlichen Bedingungen. Die anstoßenden Gebiete des Emirats von Cordova gehörten dem Feinde des Reiches und der Christenheit. Sie gaben dem Verwalter dieses Grenzlandes eine sehr mächtige Stellung und boten ihm Gelegenheit, wenn sein Ehrgeiz größer, als seine Pflichttreue, war, sich mit den Ungläubigen gegen den rechtmäßigen fränkischen Herrscher einzulassen. Im Amtsbezirke des Markgrafen von Barcelona hatten auch die nur halb gefügigen Basken einen Theil ihrer Sitze. Für Bernhard kam zu alle dem noch die Nachbarschaft des aquitanischen Pippin hinzu, welcher bisher mit Glück dem jungen Stiefoheim die Stirne geboten hatte. — Bernhard hatte sich diese Umstände zu Nutze gemacht. Bald gegen Karl, bald gegen Pippin ließ er merken, wie wichtig für den einen, wie für den andern seine Freundschaft sei, und war so beiden zugleich gefährlich. Am Schlachttage von Fontanetum enthüllte er seine Absichten offen. Bis zur Kenntniß der Entscheidung hielt er sich neutral, und auch nachher war er nicht gesonnen, sich Karl anzuschließen, sondern begann das frühere Doppelspiel von vorne. Wo er gebot, wurde in den Urkunden nur nach dem Tode Ludwigs des Frommen, nicht nach den Regierungsjahren eines lebenden Fürsten gerechnet (Wenck: p. 84 n. 1). „Schon längst betrieb er Großes und trachtete nach dem Höchsten": sagt Prudentius (zu 844) von ihm. Unleugbar wollte er bei der Schwäche der Theilreiche eine eigene Herrschaft aufrichten. Da aber gelang es Karl, was ihm zu Bourges drei und ein halbes Jahr früher (Nithard: II. c. 5) mißglückt war, im Kloster St. Saturnin bei Toulouse im Mai oder Juni 844 durchzuführen: der kecke Usurpator ließ sich an den königlichen Hof locken, und das Gericht der Franken sprach über ihn das Todesurtheil aus. — Der von Nithard (III. c. 2) genannte Wilhelm war Bernhards ältester Sohn, gleichnamig seinem Großvater, dem h. Wilhelm, Grafen von Toulouse, und zählte nach dem Zeugniß seiner Mutter Dodana[157]) zur Zeit dieser Ereignisse fünfzehn Jahre. In ihm erstand später dem Vater ein thatkräftiger Rächer. Nach der Angabe der ann. Xant. (844) hatte Karl der Mitwirkung Wilhelms die Niederlage am Agout, den 14. Juni 844, mit zuzuschreiben (Pippinus una cum filio Bernhardi hostem Karoli valde prostravit), und erst sechs Jahre später (Prud. 850) gelang es, und zwar nur durch List, diesen unversöhnlichen Feind Karls, der in der spanischen Mark das abenteuerliche Leben eines Beutemachers an der Spitze einer beträchtlichen Macht mit Glück geführt hatte, zu Barcelona aus dem Wege zu schaffen. —

Indem wir zu unserm c. 2 zurückkehren, ist es eine befremdliche Erscheinung, die unsere Aufmerksamkeit erregt. — Nach dem bisher Gesagten, wonach Karl eine sehr unsichere, allseits durch Verrath und Unzuverlässigkeit gefährdete Stellung einnahm, ist es überraschend, daß Paris, der Sitz des Grafen Gerhard, eines der mächtigsten Gegner Karls (Nithard: II. cc. 3 u. 6), jetzt als Zufluchtsort Adalhards, als eine Station Karls (vgl. Prud.) auf dessen Marsch nach Reims erwähnt wird. Da wir über Gerhards Schicksale nichts weiteres wissen (Schwartz: p. 50: n. 3), ob er vielleicht zu Fontanetum gefallen oder zu Karl übergetreten war, so läßt sich blos das Factum constatiren, daß Paris jetzt und ebenso nachher im September (c. 3) Karl nicht mehr verschlossen war. Aber auch weit nördlich von der Seine, selbst jenseit des Kohlenwaldes, regte sich jetzt Theilnahme für Karl. Graf Giselbert vom Maasgau[158]), der im Herbste des vorigen Jahres zu Lothar abgefallen war, rief den jungen König und bot ihm seine Unterwerfung an. — Nichts zeigt besser, daß Lothars Ansehen doch selbst in den altfränkischen Landen durch die colossale Niederlage erschüttert worden war.

Einen glücklichen Wurf, welcher Karl auf seinem Zuge durch Neustrien zu Theil ward, übergeht Nithard gänzlich. — In Lothars Geschichte wird angeführt werden, daß am 6. December 840 unter Lothars Auspicien Ebbo in das

Erzbisthum Reims wieder eingesetzt worden war. Jetzt aber, als Karl „mit neu gesammelten Kräften und Truppen über die Seine daher gezogen kam", sah sich Ebbo von neuem gezwungen, seinen Stuhl zu verlassen und zu Lothar seine Zuflucht zu nehmen[159]). Die Verweserschaft durch den Landbischof, Abt Fulco, trat von neuem ein, und Karl konnte ungehindert über den reichen Besitz der Kirche von Reims verfügen, den er erst am 1. October 845 dem neuen Erzbischof Hinkmar zurückgab (Böhmer: n. 1581). Diese „Gottlosigkeit", welche „um des grausamen Goldes willen den Erzstuhl besetzt hält", „die trauernden Mauern von Reims", „die ausgezeichneten und gelehrten Männer (d. h. Ebbo und Bartholomäus von Narbonne), die eine klägliche Verbannung erschöpft", erwähnt das Klagelied des Florus[160]).

Durchaus nicht bedeutend ist, was Prudentius und Rudolf an Parallelstellen zu diesem Capitel bieten. Jener sagt: Carolus dispositis, quantum opportunitas rerum sivit (etwas zu euphemistisch für diese verfehlte Expedition), Aquitanicis partibus und erwähnt dann Karls Aufenthaltsorte: le Mans, Paris, Beauvais auf dem Wege zu den Hasbanienses. Dieser weiß nichts, als: Hludowicus et Karolus ab invicem discedunt, et Karolo in occidentalibus remanente.

c. 3) Karl[161]) ging von Reims nach St. Quentin. Hier wandte sich sein Oheim Hugo, der angesehene Abt des Klosters des h. Quintinus, wirklich, wie er versprochen hatte, zu Karls Sache. Dann war der junge König bereits bis nach Visé an der untern Maas gedrungen, als die Kunde davon, daß Lothar ihn angreifen wolle, ihn zum Rückzuge bewog. Von Visé aus schickte er zwei Grafen, unter ihnen den schon oft genannten Adalhard, an Giselbert und die andern Vassallen jener Gegend, um die Huldigung derselben zu empfangen[162]). Durch den Grafen Rabano[163]) hingegen ließ er Ludwig dringend um Hülfe bitten[164]). An Lothar wurde Bischof Eremeno[165]) abgesandt. In gewohnter Weise[166]) ließ Karl Lothar aufs dringendste bitten, seiner Pflicht als Bruder und Pathe, seiner Versprechungen zu Worms, der dort gewechselten Eide sich erinnern zu wollen; Lothar wird an das neuliche offenbare Gottesgericht[167]) gemahnt und beschworen, sich der Leiden der Kirche, der Armen, der Wittwen und Waisen zu erbarmen. Karl ersuchte den Bruder schließlich, die Grenzen vom Juni 839 zu respectiren, damit nicht zum zweiten Male das Christenvolk sich gegenseitig morde. — Hierauf machte sich Karl nach Paris auf den Weg, um hier Ludwigs Ankunft und diejenige der Vassallen, welche ihm gehuldigt und seinen Ruf erhalten hatten, abzuwarten. Sobald Lothar von Karls Marschziel wußte, wandte er sich ebenfalls gegen Paris und kam nach St. Denis. Alle Umstände schienen für Lothar günstig zu liegen. Etwa zwanzig Fahrzeuge fielen ihm an der Seine in die Hände; überdieß hatte dieser Fluß, wie gewöhnlich im September, wenig Wasser und erleichterte so ungemein das Uebersetzen. Die Lotharischen prahlten, sie wollten ohne Mühe über das Wasser kommen, begnügten sich aber einstweilen mit dem bloßen Reden. Karl hingegen traf die besten Sicherheitsmaßregeln. Allein wie schon im Anfang des April dieses Jahres, so kam ihm auch jetzt wieder hier an der Seine ein Naturereigniß zu Hülfe. War es damals eine heftige Meeresfluth gewesen, so traten jetzt gewaltige Regengüsse für Karl als Retter ein: weit oben im Quellgebiet des Stromes hatte eine mächtige Wolkenentladung alle Wasseradern plötzlich übermäßig anschwellen lassen, und die sich flußabwärts wälzende Masse machte für Lothar die Furthen ungangbar. Lothar sah sich den Weg verlegt und griff wieder zu seinen beliebten andern Mitteln. Er schlug Karl einen zwiefachen Meineid vor: dieser sollte von Ludwig lassen, und er wollte den jungen Pippin preisgeben. Dann sollte Karl alles Land links von der Seine, ohne die Provence und Septimanien, behalten; und ein ewiger Friedensbund sollte zwischen ihnen beiden aufgerichtet werden. Aber in Karls Umgebung erkannte man deutlich Lothars wahre Absicht, daß er nur Ludwigs und Karls Bündniß zu seinem eigenen Vortheile, um das ganze Reich einzuziehen, sprengen wolle. Karl antwortete, ferne liege ihm der Gedanke, das Bündniß mit Ludwig, welches er in der Noth geschlossen habe, einseitig zu brechen, und ebenso könne es ihm nicht als angemessen erscheinen, an Lothar den Theil des Reiches zwischen Maas und Seine, den er 839 vom Vater mitsammt erhalten habe, aufzugeben, um so mehr, weil er den zahlreichen Vassallen gegenüber, die ihm aus dieser Gegend gefolgt seien, nicht seine Verpflichtungen[168]) als Herr verletzen dürfe. Zuletzt schlug Karl Lothar vor, sie wollten jetzt, da der Winter bevorstehe[169]), aus einander gehen: jeder der Brüder solle sich mit dem vom Vater ihm zugestandenen Besitze[170]) begnügen, und nachher im Frühjahr 842 wollten sie alle drei, sei es mit wenigem Gefolge, sei es mit größerer kriegerisch gerüsteter Mannschaft[171]), zusammenkommen, und wenn dann die friedlichen Verhandlungen nicht zum Ziele führen sollten, die Waffen von neuem entscheiden lassen. — Wie gewohnt, gab Lothar keinen Bescheid; vielmehr ging er nach der Richtung von Sens Pippin entgegen. Karl dachte, zu bewerkstelligen, wie er Ludwig sich zur Unterstützung herbeiziehen könne.

Zuerst wird hier Karls Zug von Reims nach der untern Maas zu betrachten sein, wobei freilich theilweise auf Excurs VII. verwiesen werden muß. — Zwei Motive hatten Karl zu demselben vermocht. Erstlich war er pro fratris adjutorio ausgezogen: Lothar sollte seine Stellung am Rheine aufzugeben gezwungen, Ludwig von der Gefahr eines Angriffes befreit werden. Wie sehr das Karl gelang, ist in Excurs VII. ausführlich dargethan. Nithard nennt geradezu (s. Excurs VII: n. 11) die Bewegung Karls nach Norden als den Grund, weßhalb Lothar die Rheinlande verließ, und gibt hiedurch den Schlüssel zu den Worten des Prudentius, daß Lothar „in der Ausführung seiner Pläne getäuscht" wieder auf das linke Rheinufer zurückging. Und etwas weiter unten erzählt Nithard, Karl habe durch Rabano Ludwig ausdrücklich sagen lassen, „daß er zu seinem Beistand nach jenen Gegenden, d. h. nach der Gegend von Mastricht, gegangen sei." — Aber noch ein zweites hatte ihn dahin geführt.

Abt Hugo von St. Quentin war, wie Drogo, ein Halbbruder Ludwigs des Frommen. Wie dieser, war er nach dem gewaltsamen Tode Bernhards von Italien ins Kloster gesteckt worden. 822 aber „versöhnte sich Ludwig mit seinen Brüdern, die er gegen ihren Willen hatte scheeren lassen", nach dem Zeugnisse der ann. Einh. (script. I: p. 209), woraus Astronomus: c. 35 (II: p. 626) die Nachricht entnahm. Von nun an blieb er, wie Droge, sein Leben lang dem kaiserlichen Bruder treu, der ihm zur Anerkennung seiner Dienste mehrere Klöster gab (ann. Lobiens. 825: script. II. p. 195). Im Auftrage des baierischen Ludwig arbeitete Hugo 834 am Hofe Pippins I. für die Herstellung des abgesetzten Kaisers (Astron. c. 49); und 836 ging er als Vertrauensmann des Kaisers zu Lothar nach Italien, um zwischen Vater und Sohn ein freundschaftliches Verhältniß, vielleicht ein engeres Bündniß anzubahnen (Astron. c. 55; Prud. 836). Welche Stellung er zunächst nach Ludwigs Tode eingenommen hatte, ist ungewiß[172]). Jetzt jedoch rief er Karl eigens zu sich, und huldigte ihm im Anfang des September 841 zu St. Quentin, wohin Karl von Reims aus über Cerbeny (s. Excurs VII.) gezogen war. Sein Anschluß an Karl war für denselben ein sehr bedeutender Gewinn: denn Hugo stand u. a. im Besitze der Abteien St. Quentin (im Quellgebiet der Somme), St. Omer (weit im Norden des heutigen Frankreich, nahe an der Meerenge von Calais), Lobbes (in der heutigen belgischen Provinz Hennegau, bei Charleroi, links an der obern Sambre). Er blieb Karl treu und opferte für ihn am 14. Juni 844 in jener unheilvollen Schlacht am Agout sein Leben (s. Prud. 844 und viele andere Annalen zu diesem Jahre). — Auch Graf Giselbert, der im Herbst 840 zu Lothar abgefallen war, hatte an Karl nach Reims Boten geschickt und ihn zu sich eingeladen. Um zu demselben zu gelangen, brach Karl von St. Quentin nach der Gegend von Mastricht, in nordöstlicher Richtung also, auf. Nach der Aussage des Prudentius „besuchte er das Land der Hasbanienser", d. h. den Haspengau, ein Gebiet, das sich oberhalb Lüttich am linken Maasufer ausdehnte und Stücke der heutigen belgischen Provinzen Lüttich, Limburg (z. B. St. Trond: Dümmler II. p. 156), auch von Südbrabant umfassend, jedenfalls ziemlich bedeutend war, indem nach den Annalen Hinkmars (zu 870) vier Grafschaften dazu gehörten. Karl konnte nur noch bis Visé (s. Excurs XI), rechts an der Maas wenig unterhalb Lüttich (in der Provinz Lüttich), nicht mehr bis nach Mastricht kommen. Ob die Sendung der Grafen Hugo und Adalhard Erfolg hatte, wird uns nicht gesagt[173]). Daß jedoch Karl großes Gewicht darauf legte, in diesen Gegenden festen Fuß zu fassen, geht daraus hervor, daß auch hier wieder unter seinen Bevollmächtigten eben dieses Adalhards Name hervortritt. Indessen scheint auch dieser Schritt Karls nicht ganz ohne Frucht geblieben zu sein: wenigstens redet Karl nachher von einer tanta nobilitas, die ihm aus den regiones des Reiches a Mosam usque Sequanam gefolgt sei, also aus einem Landstriche, wo er noch kurze Zeit vorher (III. c. 2) sehr unangenehme Erfahrungen gemacht hatte[174]). Nachdem Karl dergestalt die ihm gesteckte Frist auf das geschickteste ausgebeutet hatte, eilte er nach dem Südwesten zurück.

Die Gegend von Paris ist der Schauplatz der weitern Erzählung des Capitels. — Dorthin war Lothar dem Bruder höchst wahrscheinlich auf dem Fuße nachgefolgt, wie man wohl daraus schließen darf, daß er die naves plus minus 20 noch unzerstört vorfand[175]). — Die sehr geschickt getroffenen Maßregeln Karls an der Seine sind von Nithard einläßlich geschildert. Es handelte sich für Karl darum, Lothars Bewegungen so zu überwachen, daß derselbe nicht unbemerkt sich einer der Furthen zum Uebergang über den Fluß bedienen konnte. Diese Aufgabe wurde jedoch dadurch ungemein erschwert, daß die Seine gleich unterhalb Paris und bis unter die Einmündung der Oise große Curven bildet, der Art, daß z. B. der Weg von der Cité zu Paris bis zur Brücke von St. Germain, der in gerader Linie etwa 2½ Meilen beträgt, längs des Stromlaufes an 7 Meilen ausmacht. Um dem abzuhelfen, legte Karl nach Paris und Meulan[176]), d. h. an das obere und untere Ende dieses mäandrischen Laufes, Besatzungen, die in gerader Linie fünf Meilen von einander entfernt waren. Er selbst lagerte, von Paris aus gerechnet, auf der zweiten Halbinsel[177]) der Seine, die sich von Versailles aus direct nordöstlich zieht und gegenüber St. Denis ihre nordöstliche Spitze hat. Hier konnte er den bei St. Denis stehenden Lothar beobachten, und zugleich bildete seine Position dergestalt ein verbindendes Mittelglied zwischen den Besatzungen von Paris und Meulan. Nithard sagt, Karl habe diese Stellung gewählt, „damit er Lothar, wenn das nothwendig werden sollte, den Uebergang wehren oder wenn er sich irgendwo auf die Seinigen stürzen wollte, ihnen zu Hülfe eilen könnte". Außerdem ließ Karl an allen Untiefen und wo er Schiffe liegen wußte, Wachposten aufstellen. Weiter wandte er die „an den Meeresküsten gewöhnliche"[178]) Einrichtung der Allarmstationen[179]) auch hier an: er vertheilte an geeignete Orte, wohl auf Anhöhen, Posten, welche die Gegend zu überschauen und einen Angriff, eine hülfsbedürftige Stelle der Kette augenblicklich zu signalisiren hatten. — Wir sehen: es ist ein wohl in einander greifendes System, das hier Nithard beschreibt. Daß Hülfe kam und wie unerwartet diese erschien, ist schon erwähnt. — Wie lange sich hier die Brüder feindlich gegenüberstanden, ist nicht genau festzustellen. So viel aber wissen wir, daß Nithard noch am 18. October zu St. Cloud[180]) eine Sonnenfinsterniß beobachtete. Also hatte Karl damals sein Hauptquartier St. Cloud, d. h. das linke Seineufer, noch nicht verlassen. Und der Winter stand bevor (quoniam hiemps aderat), als Karl Lothars Vorschläge beantwortete; auch hatte Karl, als er nach Lothars Abzug den Zug nach Laon unternahm (c. 4), bereits „von sehr starker Kälte" zu leiden. Daß Lothar jedoch vor dem 6. November nach Sens aufgebrochen sein muß, geht deutlich daraus hervor, daß Karl an diesem Tage zu St. Denis, wo Lothar bis zuletzt sein Hauptquartier hatte (a sancto Dyonisio Senones iter direxit), eine Urkunde ausstellte (Böhmer: n. 1534 u. Bouquet: VIII. p. 427; s. oben p. 24).

Wohl bei keinen frühern Verhandlungen war es den Partelen in diesem Kriege weniger wahrer Ernst damit gewesen, einen Vertrag wirklich zu schließen, als bei den hier uns vorliegenden. Von Lothar braucht es nicht erst versichert zu werden; wohl aber ist das hier auch bei Karl der Fall. Derselbe beanspruchte abermals den ihm zu Worms zugeschiedenen Reichstheil (s. oben p. 26 u. Excurs VII am Ende). Vornehmlich aus dem Umstande, daß Karl das Land zwischen Maas und Seine nicht einbüßen wollte, geht das hervor. Dieser Punct war indessen auch bisher stets

Karls Forderung gewesen. Der Beweis dafür, daß er nicht ernsthaft einen friedlichen Austrag hoffte, liegt vielmehr in den Worten: haberet (für den Winter 841 auf 842) quisque honores quos pater illis dederat, die sich, wie der Ausdruck omnes zeigt, auf alle drei Brüder zugleich beziehen. Lothar aber mußte unter diesen honores nach der Theilung von 839 auch Ostfranken, Alamannien, Sachsen, Thüringen, d. h. solche Länder verstehen, die Ludwig eben so nothwendig als 833 ihm vom Vater zugestanden beanspruchen mußte. Unmöglich kann sich Karl, als er an Lothar diesen Bescheid abgehen ließ, den unheilbaren Widerstreit dieser beidseitigen Forderungen verhehlt haben. Im übrigen ist seine Antwort ein Gegenstück zu dem Kostheimerstillstand zwischen Lothar und Ludwig (Nithard II: c. 1). Unter diesen Umständen wird es nicht auffallen, daß Lothar „nach gewohnter Art den Vorschlag verschmähte."

Höchst dürftig sind hier die Annalen für Karls Geschichte. Prudentius gibt nur, was auch Nithard erzählt: „Karl besucht die Haspanienser und gewinnt sich dieselben mehr durch Liebe als durch Furcht. Nach Paris zurückgekehrt, ist er über den Seinefluß gegangen und hat Lothars Anstrengungen lange[181]) widerstanden. Lothar blieb am Uebergang über den Strom gehindert". Rudolf sagt gar nichts von Karl und auch von Lothar nur: „Er bricht wieder gegen Karl nach Gallien (Gallias) auf."

c 4) Karl hielt sich noch in der Nähe von Paris auf, als er vernahm, daß seine Halbschwester Hildegard in der Stadt Laon den Grafen Adalgar, einen seiner ergebensten Anhänger, festhalte. Sogleich machte er sich, obschon bereits die Nacht anbrach, auf, in Begleitung weniger auserlesener Truppen, und eilte die ganze Nacht hindurch vorwärts gegen Laon[182]). Um neun Uhr des Vormittags stand er am nächsten Tage vor der Stadt. Schrecken erfüllte die Bewohner derselben, als sie sich so plötzlich durch einen ansehnlichen[183]) Gegner bedroht sahen. Adalgar wurde augenblicklich der Gefangenschaft entlassen und zu Karl gebracht, und die Belagerten versprachen, am folgenden Tage sich und die Stadt dem Könige überantworten zu wollen, flehten ihn jedoch an, sie vor Sturm und Plünderung zu bewahren. Aber Karls Krieger wollten den beschwerlichen langen Ritt die grimmig kalte Nacht hindurch nicht umsonst gemacht haben. Sie murrten und forderten durchaus, die Stadt mit bewaffneter Hand nehmen zu dürfen, um ihr das Schicksal eines eroberten Platzes angedeihen zu lassen. Es bedurfte des deutlich ausgesprochenen Willens Karls, die Schwester und die Stadt zu schonen, selbst Drohungen und Bitten, um Flammen und Plünderung von Laon fernzuhalten. Endlich gelang es ihm, wie Hildegard es gewünscht, seine Krieger nach dem nahen Samoussy[184]) hinzuführen. Am nächsten Tage kam Hildegard, wie sie gelobt hatte, zu ihm ins Lager, ihm Laon förmlich zu übergeben und selber zu huldigen. Karl empfing sie freundlich und verzieh ihr, daß sie bisher gegen ihn Partei ergriffen hatte; auch wurde ihr gestattet, sich nach ihrem Willen einen künftigen Aufenthaltsort auszuwählen. Die Verhältnisse der Einwohner Laons sollten keine Veränderung erleiden[185]). Dann, nach einer Abwesenheit von zwei Nächten und einem Tage, kehrte Karl nach der Gegend von Paris[186]) zu seinem Heere zurück. — Außer dieser warm geschilderten Episode bringt Nithard in diesem Capitel nicht mehr sehr viel zu Karls Geschichte bei. Ohne sich weiter um Lothar zu kümmern, der zwischen Seine und Loire und an der bretonischen Grenze stand, verließ Karl Neustrien, als er vernahm, daß Erzbischof Otgar von Mainz und andere Anhänger Lothars Ludwig den Uebergang über den Rhein wehrten, und beschleunigte seinen Weg über Toul nach Saverne und dem Elsaß[187]). Was er dadurch bezweckt, erreichte er: Otgar verließ auf diese Bewegung hin das Rheinufer und Ludwig konnte den Strom überschreiten. —

Karls Handstreich gegen Laon füllt die ganze erste Hälfte von c. 4. — Die Stadt Laon, in gerader Linie 16 Meilen nordöstlich von St. Denis gelegen, war einer jener Puncte Neustriens, welche Lothar treu geblieben waren. Viel mochte dabei der Umstand mitwirken, daß eine Schwester desselben, die Aebtissin[188]) Hildegard, Tochter Ludwigs des Frommen aus dessen erster Ehe mit Irmengard[189]), hier seine Sache aufrecht hielt[190]). — Ein sehr ansehnlicher Anhänger Karls, Graf Adalgar, war in ihre Hände gefallen. — Adalgar erscheint 836 neben Abt Hugo von St. Quentin als ein Glied der schon oben (p. 35) erwähnten Gesandtschaft Kaiser Ludwigs an Lothar (Astron.: c. 55[191]), Prud.: 836). 838 wird er von Prudentius als Heerführer aufgeführt: er unterwarf da ferne an der Nordostgrenze des Reiches in Gemeinschaft mit dem Grafen Egilo aufständische slavische Völkerschaften, die Wilzen und Abodriten. Schon unmittelbar nach des Vaters Tode hatte ihn Karl von Bourges aus mit unserm Nithard (II. c. 2) zu Lothar gesandt; und daß der König jetzt den Zug nach Laon unternahm, um Adalgar zu befreien, beweist, wie sehr werth ihm dessen Person war. — Allerdings dürfen wir wohl annehmen, daß außer Adalgars Befreiung für Karl auch der Besitz eines so festen Platzes, wie Laon war[192]), wichtig sein mußte. Er erreichte beides. Die unerwartete Erscheinung seiner Truppen hatte alle Vertheidigungsmaßregeln verunmöglicht (nec aderat spes moenia tuendi); die Stadt mußte froh sein, des Siegers Zorn nicht erfahren zu müssen; sie ging für Lothar verloren. — Die Zeit, in welcher Karl diesen Zug unternommen hatte, ob vor oder nach dem 6. November, läßt sich nicht bestimmen; wahrscheinlich aber ist er in den November zu setzen (impediente gelu praevalido).

Lothars Kriegszug wird in seiner Geschichte zu besprechen sein. Ein Punct desselben aber, welcher von Nithard in c. 4 erwähnt wird, läßt sich im Zusammenhang mit Karls Geschichte gleich hier am angemessensten behandeln. — Nithard sagt: „Lothar hoffte vorzüglich den Nomenoius, den Herzog der Bretonen, seiner Herrschaft unterwerfen zu können. Aber dieser verachtete Alles, was ihm jener befohlen hatte, in übermüthiger Weise". Daraus macht Gfrörer p. 23 folgendes: „Der Kaiser suchte vergeblich den Fürsten der Bretagne Nomenoi zum Abfalle von Karl zu verleiten". — Die Nachbarschaft der keltischen Bretonen war eine der unangenehmsten Zugaben von Karls Reichsantheil. Man weiß nicht, ob man dieses in Wesen und Auftreten der Bevölkerung der fränkischen Reichstheile so entgegengesetzte Volk, das selbst in seinem Christenthum von derselben abwich, mehr zu den ungehorsamen Unterthanen, zu den unbeständigen Verbündeten oder gar zu den nicht bezwungenen Feinden zu rechnen hat. Dadurch, daß Nominoi die Verwaltung über das ganze bretonische Land zu dieser Zeit durch die Autorität des fränkischen Kaisers in seiner Hand vereinigte, war die Gefahr nur gewachsen. So lange Ludwig lebte, hatte sich Nominoi ruhig gehalten; aber nach seinem Tode, Ende 840, zur Zeit des Stillstandes von Orleans (II: c. 4) galten die Bretonen bereits für gefährlich. Allerdings schickte Nominoi an Karl im Frühjahr 841 nach le Mans Geschenke (II: c. 5; n. 96). Aber Urkunden aus der Bretagne rechnen zu 841 nicht nach Regierungsjahren Karls, sondern bezeichnen das Jahr als das, „wo Lothar mit seinen Brüdern kämpfte“. Es ist also die Verweigerung der Huldigung an Lothar gar nichts anderes, als das deutlichste Zeichen dafür, daß Nominoi gar keinem fränkischen Herrscher sich fügen wolle, entsprechend dem Datum einer Urkunde vom 13. November 842: „als Lothar und Karl oder auch (vel) Ludwig herrschten und Nominoi Herzog war bei den Bretonen“[183]), so wie den Worten des ahron. Namnet. (Bouquet: VII. p. 217) über Nominoi: „der keinem der Könige in diesem Kriege Hülfe zu bringen für gut hielt“. Doch war Nominoi bis dahin noch nicht offen feindselig gegen Karl aufgetreten. Dennoch ist es sehr begreiflich, daß der König die erledigte Markgrafschaft gegen die Bretonen (s. n. 155) nicht einem Manne übergeben wollte, von dem die Chronik von Nantes sagt, „er sei in den bretonischen Sitten auferzogen worden“ (l. c: p. 218), und zwar geschah das, wie dieselbe Quelle fortfährt (l. c.), „aus Furcht, er möchte ihm wegen der Nachbarschaft der Bretonen untreu sein“. Lambert, „der viel gewandte“, wie ihn die Chronik nennt — denn dieser war der abgewiesene Bewerber — that, was in jenen Tagen einem unzufriedenen Großen am nächsten lag: er schloß sich an einen äußern Feind an[184]). Nominoi tritt nunmehr offen feindselig gegen Karl auf und Lambert ist sein Verbündeter. Erst fällt Graf Rainald, der glücklichere Nebenbuhler Lamberts bei der Bewerbung um die Markgrafschaft, in der Ausübung seiner Pflicht begriffen, am 24. Mai 843 im Gefechte am Isacflusse gegen Lambert und Erispoi, Nominoi's Sohn. Dann ruft Lambert sogar den gefährlichsten Reichsfeind in seinen Dienst. Mit einer normännischen Flotte von 67 Segeln zerstören seine Diener am 24. Juni desselben Jahres die blühende Handelsstadt Nantes. — Zu zeigen, wie Nominoi bei Ballon zwei und ein halbes Jahr später durch seinen Sieg über Karl seine unabhängige Stellung bewahrte, wie er seinem bretonischen Staate auch eine bretonische Kirche an die Seite zu stellen suchte und sich vom römischen Stuhle wenigstens die Anerkennung seiner Herzogswürde erwarb, wie er sich dann von seinem neuen Metropoliten zum Könige salben ließ, hieße, die Geschichte des westfränkischen Reichet erzählen. Am 7. März 851 starb er, „auf Gottes Befehl vom Engel der Rache geschlagen“, wie die Annalen von Angoulême sich ausdrücken (script. XVI: p. 486). Nicht lange nach ihm, am 1. Mai 852, traf Lambert, welcher zwischen Karl und den Bretonen eine Zeit lang eine zweideutige Stellung eingenommen hatte, dann am 22. August 851 offen Erispoi über die Franken hatte siegen helfen, die Strafe: Graf Gauzbert von Maine tödtete ihn mittelst Hinterlist. —

Karl ließ Lothar in den zwei letzten Monaten des Jahres 841 immer tiefer in das westfränkische Land, ja bis nach Aquitanien bringen. In erster Linie „richtete er sein Augenmerk darauf, Ludwig zu seiner Unterstützung heranzuziehen“ (c. 3), und als er vernahm, daß derselbe, durch Otgar am Rheine festgehalten, nicht kommen könne, ging er selbst nach dem Osten. Lothar vernahm, an der Loire stehend, „daß Ludwig und Karl mit sehr beträchtlichen Heeren sich zu vereinigen strebten“. Ueber den Weg Karls nach dem Rheine gibt Nithard nur wenige kurze Angaben. Dafür tritt hier Prudentius ausführlich in die Lücke. — Zu 841 sagt er: „Nachdem Karl bei Paris längere Zeit verweilt war, kam er nach der Stadt Chalons an der Marne, um hier das Fest der Geburt des Herrn zu feiern“, und, fährt zu 842 so fort: „Von da ging er nach Troyes, dann durch den Allensergau[185]) und über die Stadt Toul und überschritt das Waldgebirge des Wasgau“. Nithard nennt von den Orten, die Karl berührte, blos Toul und Saverne (iter per Tullensem urbem accelerans, Elissaam ad Zabarnam introiit). — Die von Prudentius bezeichnete Marschroute Karls von Paris nach Straßburg bildet keine gerade Linie: Troyes liegt davon nach Süden zehn Meilen rechts ab. Warum Karl diesen Umweg machte, wird uns nicht gesagt. Dagegen ist wohl die Annahme erlaubt, daß er, als er diesen Abstecher antrat, noch nichts von Ludwigs Bedrohung durch Otgar wußte, vielmehr noch auf Zuzug von Ludwigs Seite hoffte, daß er damals noch nicht „seinen Marsch beschleunigte.“ Nach Nithards Zeugniß war das jedoch schon der Fall, als er per Tullensem urbem kam. Daraus darf wohl gefolgert werden, daß Karl zu Troyes sich entschloß, Ludwig Zuzug zu leisten, und zwar gewiß nicht viele Tage vor dem 16. Kalend. Marcii. — Jedenfalls ist es also nicht richtig, wenn Schwartz: p. 62 sagt: „Um seine Vereinigung mit Ludwig, es koste, was es wolle, zu bewerkstelligen, brach er mit seinem Heere nach Troyes auf und wandte sich dann in höchster Eile nach Teul“: denn wer von Chalons nach Straßburg rasch gelangen will, wird gewiß geradenwegs in 15 Meilen nach Toul gehen und nicht den 28 Meilen betragenden Umweg über Troyes wählen.

Am 14. Februar 842 trafen sich Ludwig und Karl in Straßburg. Hierauf erfolgte jene dadurch, daß Nithard die Eide der Könige und der Völker wörtlich genau in seinen Text setzte, berühmt gewordene Schwurscene. — Vor dem versammelten Volke sprach zuerst Ludwig, als der Aeltere, in der den Einwohnern seiner Lande verständlichen „Vulgarsprache“[186]), d. h. nach unserer modernen Auffassung: „deutsch“. Er sagte: „Wie oft Lothar mich und dich, diesen meinen Bruder, nach dem Absterben unsers Vaters durch Verfolgung bis zum Untergange zu vernichten versucht hat, wisset ihr; weil aber weder die brüderliche Liebe, noch die christliche Gesinnung, noch irgend eine Rücksicht der Vernunft[187]) uns dazu verhelfen konnte, daß unangetastete Gerechtigkeit und Friede zwischen uns herrschte, so übertragen wir, hiedurch gezwungen, endlich die Entscheidung dem Richterspruche des allmächtigen Gottes, um nach seinem Winke uns da- c. 5) mit zufrieden zu geben, was einem jeden zuertheilt würde. In diesem Gerichte sind wir, wie ihr wisset, durch Gottes Barmherzigkeit Sieger geworden; Lothar aber ging besiegt mit den Seinigen hinweg, wohin er vermochte. Dann jedoch wollten wir, ergriffen von brüderlicher Liebe, sowie voll Mitleid mit dem christlichen Volke, jene nicht verfolgen und vernichten; sondern wir forderten auch fortan nur dasselbe, wie bisher, daß wenigstens jetzt und fürder einem jeden sein Recht gegeben werde. Aber jener, nachher nicht zufrieden mit dem göttlichen Gerichte, hört vielmehr nicht auf, mit feindseliger Hand von neuem mich und diesen meinen Bruder zu verfolgen; überdies stürzt er auch durch Brennen, Rauben und Morden unser Volk in das Elend; deßhalb sind wir jetzt, gezwungen durch die Nothwendigkeit, zusammengekommen; und weil wir glauben, daß ihr in unsere beständige Treue und unveränderliche brüderliche Liebe Zweifel setzet, haben wir beschlossen, diesen Eid zwischen uns in eurer Gegenwart zu beschwören. Nicht durch irgend eine ungerechte Begierde verlockt, thun wir das, sondern damit unser Gemeinwohl um so sicherer sei, falls Gott uns mit eurer Hülfe Ruhe geben wird; wenn in mir aber, was ferne von mir bleibe, der Vorsatz aufsteigen sollte, den Eid, welchen ich meinem Bruder schwören werde, zu brechen, so sage ich einen jeden von euch von dem mir schuldigen Gehorsam, sowie von dem Eide der Treue, den ihr mir geschworen habet, los". Karl wiederholte diese Worte in der romanischen Vulgarsprache an seine Krieger. Dann schwuren, zuerst Ludwig dem Heere Karls romanisch, dann Karl dem Ludwigs deutsch so zu: „Aus Liebe zu Gott und zum Heile des christlichen Volkes und unser beider will ich von diesem Tage an fortan, so weit Gott mir Wissen und Können schenkt, diesen meinen Bruder Karl (Ludwig) durch Hülfe, sowie in jeder Sache so aufrecht halten, wie man mit Recht seinen Bruder aufrecht halten soll, unter der Bedingung, daß er an mir eben so handle; und mit Lothar will ich mich in keine Verhandlung jemals einlassen, die nach meinem Willen diesen meinen Bruder Karl (Ludwig) zu Schaden brächte". Der Eid, welchen die angesehenen Männer[198]) in beiden Heeren, jede in ihrem Idiome, leisteten, heißt so: „Wenn Ludwig (Karl) den Eid, welchen er seinem Bruder Karl (Ludwig) schwört, hält und Karl (Ludwig), mein Herr, seinerseits, was er ihm geschworen, nicht hält, so will, wenn ich ihn davon nicht zurückbringen kann, weder ich, noch irgend ein anderer, den ich davon abhalten kann, wider Ludwig (Karl) ihm dabei Unterstützung leisten." — Dann trennten sich die Könige: Ludwig ging längs dem Rheine über Speier, Karl dem Wasgau entlang über Weißenburg nach Worms. Hier angelangt, schickten sie Gesandte an Lothar und nach Sachsen und beschlossen, deren Ankunft und diejenige des Sohnes Ludwigs, Karlmann, zwischen Worms und Mainz abzuwarten. —

Haben die in diesem Capitel Nithards aufgenommenen Eide für uns schon dadurch einen von ihrem köstlichen Gehalte unabhängigen, rein formellen Werth als Denkmäler der althochdeutschen und der vom Latein sich eben abzweigenden altromanischen Sprache, so ist doch auch ihr Inhalt, zusammengehalten mit der lateinisch überlieferten Rede der Könige, von Werth. — Die gemeinsame Gefahr[199]) hatte die früher einander so feindlich, als möglich, entgegenstehenden Könige im Sommer 841 zusammengeführt: der 25. Juni entschied für sie gegen Lothar, den gemeinschaftlichen Feind. Allerdings war nachher die Zusammenkunft von Langres am 1. September nicht zu Stande gekommen. Dafür hatte die zweimalige Befreiung Ludwigs von bedrohlichen Feinden, die Karl im September 841 durch seinen Zug nach dem Haspengau, jetzt durch sein unerwartetes Erscheinen im Elsaß zu Stande gebracht hatte, das Bewußtsein der gleichstehenden Interessen, das Bedürfniß gegenseitiger Unterstützung gehoben. Lothar half durch sein Benehmen, das keine Furcht, noch viel weniger aber Vertrauen zu erwecken geeignet war und nur Haß einflößte, den Bund der Könige befestigen. Er gab denselben den erwünschten Vorwand, auch ferner ihr Auftreten als reine Nothwehr schildern, auf seine unfriedselige Stimmung, sein feindliches Auftreten alle Verantwortung wälzen, sich als Vertreter des „gemeinen Besten" hinstellen zu können, gestützt auf die Entscheidung durch „das Gottesgericht". Hatte der erste Bund nicht gleich zum Ziele, zur Anerkennung der eigenen Ansprüche durch Lothar, geführt, so wurde hier zum gleichen Zwecke ein zweiter geschlossen. Daß die Könige für nöthig hielten, auch jetzt noch über ihre stabilis fides, ihre firma fraternitas Versicherungen abzulegen, ist höchst einleuchtend: war ja ihre neue Freundschaft erst neun Monate alt. Und daß die Vassallen des Königs, der den Eid bräche, hiedurch von ihrem Treuschwure entbunden sein sollten, darf nicht im geringsten überraschen: es ist die einfache Consequenz des Gebrauches, daß die Vassallen mit den Königen bei solchen feierlichen Acten schwuren, sich also mit denselben zur Beobachtung der betreffenden Eide verbindlich machten, folglich dem Könige, der diesen Eid brach, nicht bei dieser seiner Vertragsverletzung Folge leisten mußten[200]). Was endlich das Sprachenverhältniß anbetrifft, so liegt es auf der Hand, daß zuerst jeder König seinen Leuten die Sachlage verständlich machte und daß hierauf ein jedes Volk den Schwur auch des andern Königs mit anzuhören großes Interesse haben mußte[201]). — Außer Nithard redet blos Prudentius von der Eidleistung: „Ludwig und Karl verpflichteten sich gegenseitig durch einen Eid, um dadurch die ihnen beiden unterworfenen Völker noch fester an sich zu knüpfen; auch die angesehenen Vassallen (fideles) eines jeden Volkstheiles verbanden sich durch einen gleichen Schwur, wenn einer der Brüder gegen den andern etwas Böses beabsichtige, Alle gänzlich den Urheber des Streites zu verlassen und sich zum Bewahrer der brüderlichen Liebe und der Freundschaft zu wenden". Das letzte, das sese ad servatorem fraternitatis amicitiaeque convertere, liegt nicht in den von Nithard überlieferten Eiden; doch ist in denselben auch ein solcher eigentlicher Uebertritt von dem einen Könige zum andern nicht förmlich verboten.

In Straßburg trennten sich die Könige, um sich erst in Worms wieder zu treffen. Daraus scheint mir deutlich hervorzugehen, daß ihre Macht, wenn auch kein ingens exercitus (c. 4), doch immerhin ganz ansehnlich war. Denn diese Trennung trat wohl nur aus Gründen der leichtern Verpflegung ein. Während Karl am westlichen Saume der Rheinebene dem Abhang des Wasgau und des Haardigebirges entlang zog, wählte Ludwig den Weg in der Mitte derselben am linken Rheinufer über Speier." Jener berührte dabei das Kloster Weißenburg, das seit mehreren Jahren im Besitze des Erzbischofs Otgar von Mainz sich befand (Dümmler: p. 127: n. 52). — An dieser Stelle ist es nothwendig, auf Rudolfs Berichterstattung Rücksicht zu nehmen. Derselbe sagt von Ludwig, der nach Otgars Abzug über den Rhein gesetzt war: „Karl kam ihm bei der Stadt Argentoratum, die jetzt Straßburg heißt[202]), entgegen. Von da brachen sie in gleicher Absicht auf", und hieran knüpft Rudolf gleich Lothars Flucht aus Sinzig. Rudolf ist hier sehr kurz gegenüber Nithard. Von den Schwüren zu Straßburg weiß er gar nichts und ebenso übergeht er alles weitere bis zum 15. (nach seiner Angabe, s. n. 215) März, so daß es bei ihm scheint, als hätten die Könige in Einem Marsche den Weg von Straßburg nach Sinzig vollendet, während Nithard, hier jedenfalls Augenzeuge, in der unmittelbarsten Weise seine Eindrücke niederschreibt. — In Worms weilte Karl zehn Tage nach den Schwüren von Straßburg, am 24. Februar, laut einer Urkunde für die Kirche des h. Arnolf zu Metz (Böhmer: n. 1536). Die Boten an Lothar erwähnt auch Prudentius, doch ohne ihren Abgangsort zu nennen: „An Lothar schicken sie um des Friedens willen"[203]). Auf den Aufenthalt „zwischen Worms und Mainz" bezieht sich wohl, daß der Annalist zu Xanten von „einer Plünderung des Gaues der Vangionen", des Wormsfeldes, redet.

Wie schon erwähnt, stellte Karl in Worms für die Kirche des h. Arnolf eine Urkunde aus[204]). Dieselbe ist deßhalb für seine Geschichte wichtig, weil daraus hervorgeht, daß auch Bischof[205]) Drogo von Metz, Ludwigs des Frommen Halbbruder, jetzt Lothars Partei verlassen hatte. Drogo heißt darin: honorabilis atque amabilis patruus noster Drogo. — Hugo's Jugendgeschichte ist auch diejenige seines Bruders Drogo (s. eben pp. 3 u. 34), und wie Hugo, so blieb auch Drogo Ludwig treu. Ihn nennen die ann. Bertin. zuerst unter den Geistlichen, die 833 bei Ludwig auf dem Lügenfelde blieben. Er nahm regen Antheil an Ludwigs zweiter Herstellung. In seinem Sprengel, in der Kirche des h. Stephanus zu Metz, fand am 28. Februar 835 die feierliche Wiedereinsetzung des Kaisers in seine frühere Würde statt. Den Erzcappellan Drogo schickte dann Ludwig mit dem Grafen Adalbert im Frühjahr 840 mit Truppen gegen den aufständischen baírischen Ludwig voraus (Rudolf: 840). Auf der Rheininsel bei Ingelheim stand Drogo im Juni desselben Jahres an des Kaisers Sterbelager als erster Tröster und Beistånder im Tode (Astron.: cc. 63 u. 64). Die Leiche geleitete er selbst nach seiner Kathedralkirche: zu Metz in der Kirche des h. Arnolf wurde Ludwig feierlich bestattet (s. u. a. Astron.: c. 64; Nithard: I: c. 8). Von dem todten Kaiser eilte er zu dem lebenden: in Ingelheim erschien er huldigend bei Lothar, der, aus Italien eben herüber gekommen, den alten Glanz des kaiserlichen Namens erneuern wollte. Drogo episcopus steht als der erste Name in dem conventus Ingelheimensis (leg. I.: p. 374). In II: c. 10 sehen wir Drogo unter den Gesandten, welche am 23. Juni 841 von Lothar zu den verbündeten Königen kamen und ihnen einen Waffenstillstand anboten. Jetzt, im Frühjahr 842, nach Ludwigs und Karls Wiedervereinigung, verließ auch er Lothars wankende Sache. Allerdings kam nachher seine Diöcese durch den Vertrag von Verdun wieder an Lothar. Zu wie hohen Dingen dieser seinen Oheim bestimmt hatte, geht genugsam aus dem apostolischen Vicariate hervor, welches Papst Sergius II. 844 dem als Rathgeber seines jungen Großneffen Ludwig in Rom anwesenden Drogo auf Lothars Anregung hin übertrug. Aber dieser Plan Lothars, der ihm zum Ersatz für die verlorene politische Oberherrlichkeit einen Einfluß auf die kirchlichen Verhältnisse in den Theilreichen seiner Brüder in die Hände spielen sollte, scheiterte zuerst im December 844 an den ihm von der Synode westfränkischer Bischöfe zu Verneuil geschickt bereiteten Schwierigkeiten, und dann trat er in den spätern Ereignissen ganz zurück. Hinkmar pries es später an Drogo, daß er dieses Ungemach „in höchster Geduld, wie sich für ihn ziemte, ertrug, um nicht Aergerniß seinen Brüdern und Mitpriestern zu erwecken und eine Spaltung in der heiligen Kirche hervorzurufen" (de jure metropolitan. c. 31: op. II.: p. 737). Ueberhaupt muß Drogo ein milder, versöhnlicher Charakter gewesen sein. Denn noch acht Jahre, nachdem er, nur kurz nach Kaiser Lothar, am 8. December 855, zu Grabe gestiegen war, redete Karl in dem Schreiben an Papst Nicolaus von Drogo als von seinem „verehrungswürdigen und vielliebenden Oheime, der zwar in dem Reiche unsers Bruders, weiland Kaisers Lothar, nach dem Tode unsers Herrn und Vaters lebte, weil sein Stuhl auf den Theil von dessen Reich gekommen war, uns aber dennoch in einziger Weise in herzlichster Liebe und geneigter Treue innig verbunden blieb" (Sirmond: conc. Gall. III.: p. 243)[206]). Aehnlich hatte Pippin II. auf dem Schlachtfelde am Agout den Tod des ebenso geachteten Abtes Hugo beweint, als er dessen nackten Leichnam fand[207]).

Im zweitletzten Capitel des dritten Buches ergeht sich Nithard in einer behaglichen Schilderung des Zusammenlebens der Könige[208]), ihrer Lebensweise, ihrer Unterhaltungen. Zuerst beschreibt er ihr Aeußeres: hoher Wuchs zeichnete sie nicht aus, wohl aber eine angenehme und gewinnende Gesichtsbildung, eine große körperliche Gewandtheit[209]). Dazu zierten sie herrliche innere Eigenschaften. Aber alle ihre Kühnheit und Freigebigkeit, ihre Klugheit und Wohlredenheit übertraf damals die brüderliche Eintracht, die sie verband. Was sie Köstliches hatten, schien ihr Gemeingut. Ein Haus umschloß sie, wann sie Mahlzeit hielten, Ein Haus, wann sie schliefen. Kein Geheimniß fand zwischen ihnen Platz. Nie hätte einer von dem andern etwas verlangt, wovon er glaubte, es könne dem Bruder nicht zum Nutzen gereichen. — Ein besonders plastisches Bild aber entwirft Nithard von den Scheinkämpfen, welche die Könige zwischen ihren Heeren vor allem Volke anstellten[210]). Sächsische und ostfränkische, baskische und bretonische Reiter wurden hiezu auserlesen, dieselben in zwei Parteien getheilt. Mit feindlichen Waffen, wie zum Kampfe, sprengten nun die einen auf die andern ein: Scheinanprall und Scheinflucht wechselten; die Angegriffenen deckten sich mit ihren Schilden, jagten vor den Verfolgern davon; dann drehte sich der Streit: die Sieger von vorhin wurden wieder zurückgetrieben. Hatte so das Geplänkel einige Zeit gedauert, so erfolgte erst die Hauptentwicklung des Spieles. Die Könige stürzten hellen Rufes, c. 6) mit fliegenden Rossen, funkelnde Lanzen schwingend, hervor, hinter ihnen her die gesammte Blüthe der männlichen Jugend. Von neuem erwachte der Streit, lösten sich Rückzug und Zusammenstoß ab. Aber trotz der Hitze des Kampfeifers, trotz der so großen Masse und Verschiedenheit der Theilnehmer wäre es keinem zu Sinne gekommen, den andern zu verletzen oder auch nur mit einem Worte zu reizen: solche wahrhaft edle Gesinnung und Mäßigung erfüllte die verbündeten Krieger.

In diesem ganzen c. 6 sind blos vier Worte, und auch diese nur mit Vorsicht[211]) für die Geschichte des Bruderkrieges zu verwerthen: die Aufzählung der an den Spielen sich betheiligenden Reiterhaufen: par numerus Saxonum, Wasconorum, Austrasiorum, Brittonorum. Der erste und der dritte Name haben nichts Auffallendes (s. unten Ludwigs Geschichte), um so mehr aber der zweite und vierte. Wie feindselig Rominoi sich im Grunde stets gegen Karl verhielt, ist bereits aufgeführt worden (s. oben pp. 36 u. 37). Und daß die Basken, dieses durchaus fremdartige Bergvolk von den fernen Pyrenäen, kein großes Contingent zu Karls Heere hatten stellen können, folgt einmal aus ihrem ohnehin schon widerspänstigen, dem fränkischen Wesen abgeneigten Charakter, wie aus ihrem starken Unabhängigkeitssinn, dann aber auch aus dem Umstande, daß das aquitanische Land Pippins, die spanische Mark und das septimanische Gebiet Bernhards, d. h. Territorien, welche damals Karls Herrschaft nicht anerkannten, sich breit zwischen das baskische Land und Karls Reich hineinlagerten. Immerhin verdient jedoch bemerkt zu werden, daß überhaupt nur Repräsentanten selbst dieser fernen Stämme in dem verbündeten Heere sich nachweisen lassen, mögen sie auch einen noch so verschwindenden Bestandtheil von Karls Truppen ausgemacht haben. Mit Dümmler: p. 169: n. 41 ist zu muthmaßen, daß die eigenthümliche Tracht und Kampfweise dieser Völkerschaften, besonders der Basken (Astron. c. 4), die Wahl auf dieselben lenkte.

c. 7) In Mainz kam Karlmann[212]) mit Baiern und Alamannen zu dem Vater. Auch Bardo[213]), der zu den Sachsen als Gesandter gegangen war, kehrte zurück und meldete deren Unterwürfigkeit. Lothar[214]) aber hatte die königlichen Boten ungehört abgewiesen: ein Umstand, der nur den Wunsch der Brüder und ihrer Heere, zum Kampfe aufzubrechen, erhöhte. Am 17. März[215]) verließen dieselben ihre bisherige Stellung. Karl ging auf schwierigem Wege über das linksrheinische Gebirge[216]), Ludwig erst zu Lande bis Bingen und von hier an auf dem Rheine, Karlmann durch den Gau Einrich. Am 18. März in der Mittagsstunde[217]) waren sie in Coblenz. Zuerst hörten sie in der St. Castorskirche[218]) eine Messe, und bestiegen dann gerüstet sofort die Nachen, um über die Mosel zu setzen. Erzbischof Otgar, Graf Hatto, der Däne Heriold hatten hier nach Lothars Befehl das Ufer bewachen sollen[219]). Allein sie flohen und störten die Ueberfahrt keineswegs. Lothar hatte zu Sinzig sein Hauptquartier gehabt. Auch ihn bewog die Nachricht vom Uebergang der Feinde über die Mosel zur Flucht. Reich und Hauptstadt ließ er im Stiche, und erst am Rhoneufer, wohin ihm wenige gefolgt waren, hielt er sich wieder für sicher. — „Wo Lothar des zweiten Kampfes Ende setzte, schließe das dritte Buch“: sagt Nithard hier.

Ueber den Zug der beiden Könige und des jungen Karlmann berichten außer Nithard auch Prudentius, Rudolf und die ann. Xantonses. Der erste sagt: „Ludwig und Karl gelangen, jener zu Schiff, dieser zu Pferde, nach dem festen Platze Coblenz, und indem sie sich hier anschicken, voll männlichen Muthes über die Mosel zu setzen, entfloh rasch die ganze von Lothar aufgestellte Schutzwache. Lothar entwich, erschreckt durch die nicht vermuthete Ankunft der Brüder“. Rudolfs Erzählung lautet sehr kurz (s. schon oben p. 39): „Von Straßburg in gleicher Absicht aufbrechend, zwingen sie Lothar am 15. (16.) März zur Flucht“. Die Annalen enthalten Folgendes: „Und nachher (zur Sommerszeit, s. n. 215) richteten Ludwig und Karl, nachdem sie den Gau von Worms geplündert, ihren Marsch durch den rauhen Engpfad der Gronnerr[220]) nach der Stadt Coblenz. Und hier kam Lothar feindselig wider sie; aber er entfloh“ u. s. w. Auch Ado gedenkt dieses Kriegszuges und seiner Folgen: „Nicht lange nachher (nach der Schlacht von Fontanetum) beschleunigt Karl rüstig mit seinem Bruder Ludwig sein Beginnen und sie schrecken ihren kaiserlichen Bruder Lothar aus Aachen“ (script. II: p. 322). — Ohne Nithards Nachrichten jedoch ließe sich eine richtige Uebersicht dieser militärischen Bewegungen nicht gewinnen. Denn Prudentius redet nur von Karls und Ludwigs Abtheilung, der Annalist nur von der Karlmanns (s. n. 220), und vollends den Weg der einzelnen Truppenkörper beschreibt nur Nithard.

Mainz war der Ausgangspunkt[221]) des noch ungetrennten Heeres[222]), das die viertehalb Meilen bis Bingen zu Lande beisammen zurücklegte. In Bingen trennte sich Karl von Ludwig und Karlmann und überschritt die Nahe[223]), um nachher die Höhe des Soonwaldes[224]) zu gewinnen und auf dem Plateau dieses Gebirges und des nördlich daran stoßenden Hunsrückens nach Coblenz zu gelangen. Ludwig stieg hier in Bingen zu Schiffe und trat seinen Weg zu Wasser an[225]). Karlmann aber setzte auf dem linken Rheinufer, nachdem auch er über die Nahe gegangen, noch ungefähr anderthalb Meilen weit seinen Weg fort (etwa bis zum Dorfe Niederheimbach) und ließ sich hier über den Rhein nach dem Ausgang des Wisperthales (Lorch zieht sich hier dem Rheine entlang, Böhmer: n. 426) setzen. „Von der Wispermündung führt auf den steilen, schroffen Wandungen des nördlichen Ufers dieses Flüßchens der uralte, zum Theile in Fels gehauene Verkehrsweg über Kansel in die Vogtei (Schönau) und überhaupt auf die streckenweise so öden, baumlosen Hochflächen des Einrich, um in mehreren scharf eingeschnittenen Thaleinsenkungen gen Nassau oder Ems hin zur Lahn hinabzusteigen“[226]). Hatte Karlmann einmal das Lahnthal gewonnen, so war Coblenz in kürzester Zeit erreicht[227]).

Was den Uebergang über die Mosel betrifft, so geht aus Prudentius (viriliter transire inchoantibus, omnes excubiae velociter aufugerunt) hervor, daß derselbe noch vor den Augen (quod cum viderent sagt Nithard) der Lotharischen begonnen ward, diese aber es nicht zum Kampfe kommen ließen, sondern vorher entflohen. Lothars überstürzte Flucht zeigt an sich schon, daß die Brüder ihm unerwartet über den Hals kamen, und die Hinweisung auf Prudentius: inopinato fratrum adventu territus ist hiebei kaum nöthig. —

Sobald die Könige aus sichern Anzeichen die Ueberzeugung geschöpft hatten, daß Lothar Aachen wirklich ver- IV: c.
lassen habe, rückten sie selbst in die Hauptstadt von Karls des Großen Reiche ein. Am folgenden Tage beschlossen sie, behufs der Feststellung der zukünftigen Verhältnisse in dem von Lothar verlassenen Reiche, die ganze Sache den sehr zahlreich anwesenden Bischöfen und Priestern [228]) vorzulegen. „Durch den Ausspruch dieser Männer sollte, wie durch Gottes Wink, der Ursprung und die Urheberschaft dieser Dinge aufgedeckt werden". Diese Synode stellte zuerst ein eigentliches Sündenregister Lothars zusammen: seine zweimalige Auflehnung gegen den Vater, die Meineide, in die er durch seine Habgier das christliche Volk verwickelt habe, die Eidverletzungen, die er sich gegen den Vater und die Brüder habe zu Schulden kommen lassen, seine mehrmaligen Versuche, nach des Vaters Tode die Brüder ihres Erbtheiles zu berauben und sie zu vernichten, alle die Morde, Ehebrüche, Verheerungen durch Feuer und Schwert, die unendlich vielen Frevel gegen die ganze Kirche, welche er durch seine ganz nichtswürdige Leidenschaft herbeigeführt habe. Sie schloß aus alle dem, „daß Lothar nicht das Geschick habe, den Staat zu leiten, sowie, daß sich in seiner Regierung auch nicht eine Spur von gutem Willen entdecken lasse": „deßhalb sei er nicht unverdientermaßen, sondern nach dem gerechten Urtheilsspruche des allmächtigen Gottes zuerst aus der Schlacht und zum zweiten aus dem eigenen Reiche in die Flucht gegangen". Alle fanden einstimmig, Gott sei über ihn um seiner Schlechtigkeit willen in das Gericht gegangen und „habe das Reich seinen besseren Brüdern zur gerechteren Verwaltung überlassen". Allein zuerst mußten Ludwig und Karl auf die Fragen der Geistlichen antworten, „ob sie das Reich nach dem Beispiele des verworfenen Bruders oder nach Gottes Willen lenken wollten". Als sie versichert hatten, sie seien gesinnt, ihre Aufgabe nach Gottes Willen mit dessen Beistand zu lösen, erklärte die Synode: „Und mit göttlicher Vollmacht ermahnen wir euch, fordern wir euch auf und befehlen wir euch, das Reich zu übernehmen und darüber nach Gottes Willen zu herrschen". — Nun wählten die Brüder je zwölf Männer aus den Ihrigen — Karl bezeichnete u. a. den Grafen Nithard dafür — aus: diese theilten das Reich nach dem maßgebenden Grundsatze des geographischen Zusammenhanges. Die Könige erklärten sich mit der so zu Stande gekommenen Theilung einverstanden. Wegen einer Lücke in Nithards Text erfahren wir jedoch nichts anderes, als daß Ludwig Frisland erhielt.

Lothar hatte Aachen verlassen und scheint beinahe unaufhaltsam bis nach Lyon geflohen zu sein, also erst an einem Puncte, der in gerader Linie etwa 75 Meilen von Aachen entfernt war, wieder stille gehalten zu haben. In den Rheingegenden und bis nach Fulda hin, wo es auch Rudolf hörte, „ging das Gerücht, in voller Verzweiflung suche er Italien zu erreichen". Die Könige selbst glaubten nach Rudolfs Zeugnisse (putantes eum Italiam petere) ebenfalls an die Wahrheit desselben [229]). — Die Zeit ihrer Ankunft in Aachen läßt sich annähernd folgendermaßen bestimmen. Nach der einstimmigen Aussage Nithards, des Prudentius, Rudolfs (s. vorher), Ado's gönnte sich Lothar von Aachen an bis nach den Rhonegegenden keine längere Ruhe. Dazu sagt Prudentius ausdrücklich, er habe Ostern in Troyes gefeiert. Da nun dieses Fest in diesem Jahre auf den 2. April fällt, so war Lothar, welcher nach Nithard: III. c. 7 aus Sinzig am 18. März floh, in diesen fünfzehn Tagen noch keineswegs weit gekommen. 12 Meilen beträgt die directe Distanz von Sinzig nach Aachen, 40 die von Aachen nach Troyes. Nach III: c. 4 hatte Karl mit einem allerdings kleinen und auserlesenen Heerestheil in etwa 16 Stunden einen Weg von 16 Meilen zurückgelegt (s. Excurs IX.) Lothar nun eilte gar nur „mit Wenigen" (III. c. 7); und wenn auch Ado sagt, er habe Frau und Kind bei sich gehabt, so betont er dennoch die nimia celeritas daneben (script: II. p. 322). Demnach darf wohl als sicher angenommen werden, daß Lothar nicht viel vor Ende März, etwa am 29. oder 30. dieses Monats, Aachen verließ, welches er wahrscheinlich am 19. März erreicht hatte. Nahe liegen nun die Fragen, warum die Könige sich den Gegner zuerst am Rheine, nachher in Aachen entschlüpfen ließen, und dann, womit beschäftigt sie die zehn bis zwölf Tage vom 18. März an verlebten. Die Antwort auf die erste ist einerseits darin enthalten, daß der beschwerliche Weg über den Hunsrücken und der kaum bessere durch den Eifel Ludwigs und Karlmanns Abtheilungen ermüdet und sogleich anfangs eine energische Verfolgung von der Mosel über Andernach nach Sinzig hin verunmöglicht hatten. Dann aber war Lothar noch, als er in Aachen ankam, von seinen Anhängern nicht verlassen und vermuthlich noch bei ziemlicher Macht gewesen. Nach Prudentius kamen erst in Aachen die massenhaften Desertionen vor, welche dann freilich den Brüdern erhöhte Hoffnungen einflößen, Lothar jedoch dazu zwingen mußten, auch Aachen preiszugeben. Die zweite Frage, über das, was die Brüder in der Zwischenzeit begannen, löst sich am besten durch die Stelle der ann. Xantenses: vastata omni regione Ripuariorum [230]). Auf ihrem Wege von Coblenz nach Aachen ließen sie das rheinfränkische Land, das sie bisher noch nie betreten, seine bisherige Anhänglichkeit an Lothar entgelten. Diese Verwüstung eines Gebietes, in dem die noch übriggebliebenen Anhänger Lothars wohl zumeist ihre Güter hatten, mochte viel zu den colossalen Dimensionen beitragen, welche der Abfall von Lothar in Aachen erreichte. — Nur so, indem wir die Ankunft der Könige zu Aachen in die letzten Tage des März unmittelbar nach Lothars Weggange setzen, wird es möglich, daß dieselben noch bei ihrem Eintreffen in der Kaiserstadt dem Gerüchte von Lothars Rückzug nach Italien Glauben schenken konnten.

Auch das folgende, die Absetzung Lothars und die Neutheilung seines Reiches, hatte nur unter der Bedingung einen Sinn, daß sich die Könige den Bruder als hoffnungslosen Flüchtling dachten. — Wie nach der Schlacht von Fontanetum, so sollte auch jetzt wieder das Geschehene durch die Erklärung des Klerus mit einer höhern, gleichsam göttlichen Weihe umkleidet werden. Diese zweite „Strafe Gottes" bedurfte der feierlichen Verkündigung durch eine Synode, um darauf hin die förmliche Besitznahme von Lothars cisalpinischen Gebieten durchführen zu können [221]. Es ist das einfache Gegenstück zu dem geistlichen Urtheilsspruch vom 26. Juni 841. „Das ganze Verfahren sollte nur jene ideale Anschauung des Kaiserthums zerstören helfen, die noch immer so viele Geister gefesselt hielt. Lothar ward mit denselben Waffen bekämpft, die er selbst so oft angewendet: das höhere göttliche Recht, welches die ihm ergebene Geistlichkeit seither wider das Recht der Geburt geltend gemacht, wurde nun gegen ihn selbst gekehrt und gleichfalls durch priesterlichen Mund die Krone, deren er durch seine Thaten sich unwürdig gezeigt, dem würdigern Haupte verliehen." [222]) Waitz vergleicht (III: p. 248) diese Synode zu Aachen mit dem Auftreten des Papstes Gregor IV. und der mit Lothar verbündeten Geistlichkeit gegen Kaiser Ludwig im Jahre 833: „Seit der Klerus den König weiht und salbt, beansprucht er auch, über seine Würdigkeit zu wachen, ihn zu ermahnen, zu strafen, oder gar ihn zu entsetzen" [223]).

Lothars herrenlos gewordenes Reich bedurfte einer Theilung zwischen den durch den Synodalbeschluß zu Erben eingesetzten Königen. — Zuerst handelt es sich hier, zu bestimmen, welchen Umfang das regnum Lothars hatte, das hier in Frage kam. Aber gerade auf die Stelle, welche hierüber Auskunft gäbe, trifft eine der Lacunen in Nithards Texte, deren Ursprung unten in einem andern Zusammenhange zu erörtern sein wird. Die Antwort muß also auf indirectem Wege gesucht werden. — Nach der Stelle Rudolfs glaubten die Könige, Lothar wolle sich auf sein Theilkönigreich Italien, welches er von Anfang an besessen, wieder beschränken, und in c. 1 sagt Nithard, sie hätten damals erkannt, er sei a regno suo gewichen. Also gehörte Italien nicht zu diesem regnum. — Aus IV: c. 2 ist zu ersehen, daß die Maas Karls Reich nach der neuen Theilung begrenzte (Karolus Mosam, regnum suum ordinaturus, trajecit) [224]), aus c. 1, daß Frisland zu Ludwigs Antheil zählte. In diesen Gegenden erlangte also Karl gar keine weitere Ausdehnung gegenüber der Theilung von 839, auf die sich alle diese Jahre her seine Ansprüche gegenüber Lothar concentrirt hatten. Nicht ihm, sondern Ludwig fielen diese niederrheinischen Gebiete zu. Selbstverständlich wollte aber auch Karl einen Vortheil aus dem Siege ziehen. Da keine Ausdehnung in diesem nördlichen Theile von Lothars Reich für ihn zu finden war, so muß dieselbe anderswo gesucht werden: wie 839, ward jedenfalls auch jetzt wieder Burgund mit der Provence zu seinem Reiche geschlagen. — Um auf unsere Frage nach dem regnum a fratre relictum, welches zur Theilung kam, zurückzukommen, ist alles Land Lothars diesseits der Alpen dazu zu rechnen: wie 834 schon, so sollte Lothar auch jetzt wieder auf Italien beschränkt sein. Die Grenzen der neuen Erwerbungen Ludwigs und Karls freilich bleiben uns durch die Textlücke verborgen. — Hingegen sind wir über die Grundsätze, welche die Theilungscommissäre zu befolgen hatten, durch Nithard, d. h. durch einen aus ihrer Mitte selber, unterrichtet. Nicht der Bodenertrag, noch der Flächeninhalt sollten maßgebend sein. Einzig der ununterbrochene Zusammenhang der Gebiete die bequeme Lage, die räumliche Nachbarschaft waren die leitenden Principien [225]). — Außer Nithard spricht auch Rudolf von dieser Theilung zu Aachen: „Den Theil des Reiches, welchen bis dahin Lothar hatte, vertheilten sie unter sich."

c. 2) Nach vollzogener Theilung empfingen die Könige von denjenigen ihrer neuen Unterthanen, die ihnen gefolgt waren, den Huldigungseid. Dann trennten sie sich. Karl ging über die Maas nach seinem Reiche, um dessen Verhältnisse zu ordnen, Ludwig nach Cöln. Hier suchte er für die Herstellung der innern Ruhe unter den Sachsen zu wirken. Karl traf dann, über Reims ziehend, in Verdun mit Ludwig wieder zusammen, um hier gemeinsam mit ihm die weitern Maßregeln gegenüber Lothar zu entwerfen.

Prudentius erzählt hiezu folgendes: „Ludwig feierte zu Cöln, Karl in der Pfalz Heristall das Osterfest, und sie nehmen die aus diesen Gegenden zu ihnen ihre Zuflucht nehmenden Vassallen auf [226]); von einer Verfolgung Lothars stehen sie ab [227]). Vielfach geschieht die Huldigung dieser Leute." — Hiedurch erfahren wir u. a. den Ort, welchen Karl bei dem Uebergange über die Maas zu erreichen strebte. In Heristall, dem Stammsitze seines Hauses, mitten in den eigentlich fränkischen Landen, wollte er das Osterfest verleben, von hier aus die Unterwerfung der Maaslande, der Gegenden extra Carbonarias (Nithard: II. c. 2) vollenden, welche vor allem er im September des letzten Jahres beabsichtigt hatte und damals nicht durchführen konnte [228]). Am zweiten April bereits war Karl in Heristall, Ludwig in Cöln, jenes vier, dieses fast neun Meilen von Aachen entfernt, also ganz gut in einem halben, resp. einem Tage von da aus erreichbar. Aus c. 1 wissen wir, daß die Könige nicht vor dem 29. oder 30. März Aachen betraten, und da sie dasselbe am 1. April jedenfalls wieder verlassen hatten, oder wenigstens an diesem Tage verließen, so muß die Theilung sehr rasch vor sich gegangen sein [229]). — Prudentius verlegt die Huldigung der von Lothar abgefallenen Vassallen nach Cöln und Heristall; doch schließt das nicht aus, daß, wie Nithard sagt, auch in Aachen schon die Könige sich von Einzelnen, „die ihnen dahin folgten", den Fidelitätseid hatten schwören lassen.

Ueber die Zeit des Eintreffens in Verdun sind wir nicht unterrichtet. Nur so viel läßt sich darüber sagen, daß man dasselbe nicht allzu nahe an den 15. Juni setzen darf, wo die Zusammenkunft mit Lothar auf der Saoneinsel Ansilla (IV. c. 4) stattfand. Denn in der Zwischenzeit wurden zwischen Lothar und den wiedervereinigten Königen mehrfache Botschaften gewechselt, und beriethen sich diese vier und mehr Tage in Clamecy über eine neue Theilung; und nach Prudentius rückten Ludwig und Karl „langsamen Schrittes" nach dem Saonethal vorwärts. — Verdun, obwohl durch die Theilung von 839 bisher Lothar zugewiesen, hatte sich — ob schon vor seiner Flucht aus Aachen, oder erst nachher, wissen wir nicht — „nach der Schlacht von Fontanetum" von ihm abgewandt. Bischof Hildi von Verdun wird von Bertar in der Bischofsgeschichte von Verdun in c. 17 als post bellum in Fontanido actum a Lothario imperatoro magno habitus odio bezeichnet (script: IV. p. 44). Diese Feindschaft mußte seine Kirche schwer empfinden: denn in c. 18 erzählt Bertar, daß Hatto, Hildi's Nachfolger (847 bis 870), „durch Lothars Haß das Gewand der h. Maria (der Schutzpatronin der Kathedrale von Verdun) sehr zerrissen und geborsten, d. h. das Besitzthum der Kirche übermäßig entfremdet und geraubt" vorgefunden habe (l. c.: pp. 44 u. 45). — Hier in Verdun sahen sich die Könige, welche nach der Theilung von Aachen Alles schon für geordnet erachtet, Lothar zu verfolgen nicht für nöthig gehalten hatten, abermals gezwungen, „zu berathen, was weiter zu thun angemessen sei" [240]). Während sie, im festen Glauben, Lothar gebe seine Sache als verloren völlig auf, sich im eigentlichsten Sinne des Wortes als seine Erben gerirten, hatte sich dieser in dem ihm anhänglichen Burgund wieder erholt und eine wenn auch nicht sehr große, doch treue Mannschaft um sich gesammelt. War auch seine Stellung furchtbar erschüttert worden, gänzlich übersehen konnten ihn die Könige nicht mehr. Sie näherten sich seinem nunmehrigen Aufenthaltsorte: ob mit friedlichen, oder mit kriegerischen Absichten, wird nicht gesagt. —

Am Rhoneufer zog Lothar alle Verstärkungen, deren er habhaft werden konnte, an sich und suchte seine sich c. 3)
wieder hebende Sache möglichst emporzubringen. Noch in Verdun erhielten die Brüder von ihm durch einen Boten die Meldung, er wolle aus seinen Großen zur Feststellung des Friedens eine Gesandtschaft an sie schicken und wünsche nur zu wissen, wie das geschehen könne. Er bekam die Antwort, er solle schicken, wen er wolle; leicht könne er ja ihren jeweiligen Aufenthaltsort erfahren [241]). Ohne Unterbrechung zogen sie dann über Chalons an der Marne [242]) und über Troyes weiter nach Clamecy an der Yonne [243]). Hier trafen sie abermals Gesandte Lothars, unter ihnen mehrere sehr angesehene Männer. Ihre Aufträge lauteten bescheiden genug im Vergleiche mit Lothars früherem Auftreten. Erst verkündeten sie eine Selbstanklage Lothars: er erkenne seine Sünden wider Gott und seine Brüder, und wolle ein Ende des Bruder- und Bürgerkrieges. Dann wurden die Könige ersucht, ihm zu dem Drittheil des Reiches um des kaiserlichen Namens willen, den ihm der Vater geschenkt, und wegen des hohen Ansehens, das der Großvater dem fränkischen Reiche durch Erwerbung der kaiserlichen Würde verliehen habe, noch etwas beizufügen; wollten sie das aber nicht, so sollten sie ihm wenigstens den dritten Theil des ganzen Reiches, abgerechnet Italien, Baiern und Aquitanien, zugestehen [244]); dann wollten sie ein jeder mit Gottes Gnade seinen Antheil nach Kräften gut verwalten, einander helfen und sich lieben, alle drei ihren Unterthanen Ruhe und einen geordneten rechtlichen Zustand [245]) zu Theil werden lassen und unter einander mit Gottes Hülfe in beständigem Frieden leben. — Freudigen Gemüthes hörten die Könige und ihr Volk diese Worte, und jene versammelten ihre vornehmen Vassallen zur Berathung über diese Anträge. In derselben sagten sie, daß alles das von dem Beginne des Krieges an ihr Wunsch gewesen sei, daß sie diese Anträge oft Lothar gemacht hätten, daß aber durch Fehler von seiner Seite bisher stets die Hoffnung auf einen friedlichen Ausgang wieder gescheitert sei. Sie versicherten, Gott dafür dankbar zu sein, daß er endlich durch seine Hand den Bruder, der bisher stets Frieden und Eintracht zu nichte gemacht, dahin geführt habe, daß er selbst um den Frieden bitte. — Allein auch dieses Mal wurde wieder, aus denselben Gründen, wie früher, die Sache erst den Bischöfen und Priestern zur Einholung eines Gutachtens unterbreitet. Diese erklärten sich einstimmig dafür, daß der Friede sehr zu wünschen sei, worauf die Könige Lothars Gesandte zu sich riefen und ihnen auf ihre Anträge (d. h. auf den zweiten: n. 244) bejahende Antwort gaben. — Nach mehr als vier Tagen hatten sich Ludwig und Karl über folgenden Theilungsvorschlag geeinigt. Lothar wollten sie alles Land zwischen Rhein und Maas bis zum Ursprunge der letztern, dann bis zum Ursprunge der Saone und an deren Laufe entlang bis zu ihrem Einfluß in die Rhone und längs derselben bis zum Löwenbusen [246]), ohne Unterschied Bisthümer, Abteien [247]) Grafschaften, Fiscalgüter als Drittheil anbieten, ausgenommen ein Paar Landstriche, die aber leider wegen Nithards zweiter Lacune uns unbekannt sind [248]). Wolle Lothar das nicht annehmen, so sollten wieder die Waffen entscheiden. — Diese Anträge schienen zwar manchem, der im Rathe saß, allzu günstig für Lothar zu lauten [249]); dennoch wurden sie durch die Grafen Konrad, Kobbo, Adalhard und andere Große Lothar übermacht. Den diesen Männern durch Lothar zu ertheilenden Bescheid wollten Ludwig und Karl in Clamecy abwarten. — Die königlichen Boten fanden zwar Lothar ungleich umgänglicher, als er früher gewesen war. Dennoch sagte er, er könne sich mit dem Antrage der Brüder nicht zufrieden stellen. Besonders führte er darüber bittere Klage, daß er bei einer so ungleichmäßigen Theilung seine treuen Anhänger nicht für ihre Verluste schadlos halten könne. Nithard weiß nicht, welcher Trug auf die Bevollmächtigten der Könige nunmehr Einfluß gewann. Sie vergrößerten Lothar seinen Theil bis zum Kohlenwalde, und dazu legten sie noch einen Eid darauf ab, daß diese Theilung nur eine interimistische sein solle, daß aber Ludwig und Karl unter Verpfändung ihres Eides sich bestreben wollten, das ganze Reich ohne Italien, Baiern und Aquitanien in drei möglichst gleiche Theile zu zerlegen, und daß sie dabei an Lothar die Wahl überlassen würden, welches Stück er zu lebenslänglichem ruhigem Besitze nehmen wolle, unter Gewährung gleichen Zugeständnisses an seine Brüder. Das beschworen sie nicht blos in ihrem, sondern auch im Namen der Könige. Denn [250]) Lothar leistete den Eid, auch seinerseits diese Festsetzungen nur unter der Bedingung beobachten zu wollen, daß auch die Brüder sich durch die Schwüre ihrer Gesandten binden ließen. Auf die Mitte des Juni wurde eine Besprechung der beiden Parteien nach einer Saoneinsel bei Macon angesetzt [251]).

Eine Bemerkung Nithards, welche derselbe zwar erst an die Erwähnung des im November 842 geschlossenen Stillstandes von Thionville anknüpft (Anfang von IV: c. 6), wird passender gleich hier schon zur Beurtheilung der in c. 3 erzählten Ereignisse herbeigezogen. Es heißt dort, auch deßhalb hätten die Brüder sich zur Feststellung einer achtmonatlichen Waffenruhe herbeigelassen, „weil die Großen des Volkes, welche der beständigen Gefahr und Ungewißheit einmal überdrüssig geworden waren (degustato semel periculo), nicht weiter kämpfen wollten". Ganz ähnlich äußert sich Hinkmar in einem Schreiben an Karls Sohn, Ludwig den Stammler, wo er über die Entstehung des Vertrages von Verdun folgendes sagt: „So lange dauerte jenes klägliche Verhältniß unter dem christlichen Volke und zwischen nahen Verwandten desselben Blutes, bis, sie mochten nun wollen, oder nicht, die Könige und die Großen des Reiches das Reich in drei Theile zerlegten und mit Eiden festsetzten, daß eben diese Theilung eine feststehende sein müsse"[252]). — Schon drei Male, an Bernhards und an Lamberts Beispiele, dann bei der Zerstreuung von Karls Heere nach der Schlacht von Fontanetum (pp. 33, 37 u. 33), war die Gelegenheit geboten gewesen, von der Zuchtlosigkeit und dem Ungehorsam der mächtig gewordenen Großen, vornehmlich in Karls Reiche, zu reden. Ohne Aufhören war seit zwei Jahren bald von Lothar gegen die Vassallen Ludwigs und Karls, bald von diesen gegen diejenigen des ältesten Bruders die mannigfaltigste Verlockung zu Treubruch und Verrath ausgegangen. „Gewalt, Drohung, Verleihung von Gütern und Rechten, Anbietung von allerlei Bedingungen" hatte keiner der Könige gespart (Prud. 841), und „theils durch Schreckmittel, theils durch Anwendung von Gnade" suchte Ludwig 841 auf dem rechten Rheinufer zu wirken (l. c.). Das Gewoge der Parteien, dessen Triebfeder die nackte Gewinnsucht, der rohe Trieb nach ungebundener Willkür, nach Zersprengung aller sittlichen und rechtlichen Bande war, geht am deutlichsten aus Nithards Buche hervor. Da sehen wir mächtige Große, einen Giselbert und Erich z. B., in gewissenloser Weise um hohen Lohn die Partei wechseln. „Sie zogen es vor, nach Sclavensitte ihre Treue abzulegen, ihre Schwüre zu verachten, anstatt um der Anhänglichkeit an ihren Herrn willen, wenn es sein müßte, auch ihren Besitz preiszugeben", urtheilt Nithard (II: c. 3) mit ausgesprochener Geringschätzung über einige neustrische Große, welche im Herbste 840 zu Lothar abfielen. Es war eine allgemeine schreckliche Ungewißheit über das Reich ausgebreitet, wie sie besonders aus einem Briefe des Lupus herauszulesen ist: „Wir werden ungewiß hin und her getrieben, während wir nicht zu erkennen vermögen, wer wohl am ehesten unsere Gegend für sich zu behaupten im Stande sein werde. Denn von verschiedenen Seiten machen sich ungleiche Ansichten hierüber geltend"[253]). Eine furchtbare Anarchie war zur Herrschaft gekommen. Die frechste Mißachtung der königlichen Macht, das trotzigste Niedertreten des gemeinen Besten, die gewissenloseste Parteigängerei hatten einige Große mitten in dem allgemeinen Elende reicher und mächtiger gemacht. Aber während diese Vassallen eine zum Theil königsgleiche Stellung sich errangen, sank das königliche Ansehen und dessen Autorität besonders im westfränkischen Reiche zu einer stets mehr schattenhaften Existenz herab. Karl vor allem sah sich nicht im Stande, seinen Kriegern Gehorsam aufzulegen. Schon jetzt läßt sich über ihn sagen, was Wenck zur Beurtheilung seiner Stellung nach 843 ausspricht: „Mehr als der erste Mitverbündete und Genosse, denn als der Beherrscher seiner mächtigen Krieger erschien er" (p. 69).

Daß Karl diese Position gegenüber der Aristokratie seines Reiches einnehmen mußte, hatte er zu einem nicht geringen Theile der unvernünftigen Handlungsweise seines Vaters zu verdanken, in der derselbe für die künftige Lebensstellung des vielgeliebten Knaben hatte sorgen wollen. Ueber all den schönen Projecten und sich folgenden Länderzuweisungen, über den planlosen Entwürfen war Karl nirgends heimisch geworden. Ihm fehlte ein Baiern oder Italien, wie es Ludwig und Lothar an sich gefesselt hatten. Neustrien war ihm nicht gewiß, und Aquitanien schaarte sich um einen nationalen König. Da hatte denn der alte Kaiser in seiner unseligen Verblendung, nicht gewarnt durch das Beispiel Bernhards, dem er einst auch den sechsjährigen Karl „zur Obhut anbefohlen hatte" (Nithard I: c. 3), in seinen letzten Jahren dem Lieblingssohne eine andere Zuchtruthe groß gezogen. „Zu seinen Lebzeiten hatte sein Vater den Grafen Adalhard so sehr geliebt, daß er alles das, was dieser wollte, im ganzen Reiche that; der aber schaute weniger auf das gemeine Beste, als darauf, einem jeden sich gefällig zu zeigen, was sein Hauptaugenmerk war. So rieth er denn dem Kaiser, Freiheiten, öffentliches Gut zum Vortheile Einzelner auszutheilen, und richtete, während er bewirkte, daß, was jeder erstrebte, zu Stande kam, das öffentliche Vermögen[254]) durchaus zu Grunde. Auf diese Weise kam es so weit, daß zu dieser Zeit (d. h. 842 und 843) Adalhard das Volk leicht dahin lenken konnte, wohin er wollte." Das sind Worte Nithards in c. 6 des vierten Buches, welche Wenck: p. 68 gewiß mit vollem Rechte in folgender Weise interpretirt: „Karls Vetter Nithard sagte es ihm geradezu, es habe unter den Wirren des Bürgerkrieges bei Adalhard gestanden, die Menge der westfränkischen Krieger nach der einen oder der andern Seite hinüberzulenken"[255]). Wir werden unten sehen, wie Karl sich noch in diesem Jahre 842 bewogen sah, an den gefährlichsten Rivalen seiner Macht sich in noch engerer und verbindlicherer Weise anzuknüpfen, da es ihm nicht möglich war, oder auch, da er nicht den Muth hatte, trotz desselben seine Rechte aufrecht zu erhalten. Er mußte sich glücklich schätzen, durch das Ansehen des allmächtigen Oheims seiner jungen Frau, „des großen Adalhard", wie er in einem Briefe des Lupus heißt (Dümmler: p. 181: n. 89), gedeckt zu werden: „weil er meinte, nur im Bunde mit ihm den größten Theil des Volkes zur Unterwürfigkeit unter seine Gebote bringen zu können", wie Nithard a. a. O. seine Auslassung über die Ehe Karls mit Irmintrud abschließt. Adalhard läßt sich ganz gut dem Markgrafen Bernhard an die Seite stellen. Beide wollten dasselbe, unumschränktestes Walten, möglichste Ungebundenheit: nur suchte Adalhard dieses Ziel dadurch zu erreichen, daß er sich die königliche Gewalt dienstbar machte und durch sie herrschte, während Bernhard die bestehenden Verhältnisse stürzen, sich selbst an die Stelle der bisherigen höchsten Autorität setzen wollte.

Adalhard war der Bruder des Grafen Odo von Orleans, welcher im Sommer 834 an der bretonischen Grenze in dem Gefechte gegen die lotharisch gesinnten Grafen Lambert und Matfrid gefallen war. Nachdem sich Adalhard bei dem altersschwachen Kaiser unentbehrlich zu machen verstanden hatte (IV: c. 6), leistete er nach dessen Tode als einer der namhaftesten Rathgeber Karls demselben mehrere bedeutende Dienste. Einige Male wird er von Nithard in solchen aufgeführt. Im August oder September 840 ging er von Quiercy aus als Gesandter Karls an Lothar (II: c. 3; s. oben p. 20). In der Entscheidungsschlacht vom 25. Juni 841 gelang es ihm, der auf dem linken Flügel gegen Pippin II. bei Solémé focht, mit Nithards, vielleicht auch mit Warins Unterstützung (Excurs VI.) endlich den anfangs hier siegreichen Feind auch seinerseits zu werfen: er hat wohl an diesem Tage die heißeste Arbeit gehabt. Nach der Schlacht sandte ihn Karl nach Neustrien, um dort durch ihn die Stimmung der Vassallen prüfen zu lassen (III: c. 2; s. pp. 31 u. 32). Jetzt endlich, im Mai oder Juni 842, wird er als einer der Bevollmächtigten Karls, die von Clamecy aus zu Lothar gingen, durch Nithard aufgeführt (IV: c. 3). —

Nachdem wir so aus c. 6 den Wunsch der allmächtigen hohen Aristokratie kennen gelernt, endlich durch einen dauernden Frieden sich in dem ruhigen Besitze ihrer zum Theil auf höchst gewaltthätige und unrechtmäßige Weise erworbenen Güter und Rechte gesichert zu sehen, wird es angemessen sein, den Inhalt des c. 3 zu prüfen.

Schon zur Zeit ihres Eintreffens in Verdun hatten Ludwig und Karl eingesehen, daß sich die in Aachen erhobenen Ansprüche nicht länger aufrecht erhalten ließen. Doch hatten sie wenigstens die Genugthuung, noch in dieser Stadt aus einer Botschaft Lothars entnehmen zu können, daß auch dieser endlich seine Ansprüche etwas herabzuschrauben und der Wirklichkeit anzupassen beginne. Sei es, daß Lothars Streitmächte erst nach diesem Augenblicke eine ansehnlichere Höhe erreichten, sei es, daß Ludwig und Karl aus Lothars Bitte um Frieden für sich allzu viel Hoffnung geschöpft hatten: dieser ersten Botschaft Lothars wurde ein ziemlich unfreundlicher Bescheid zu Theil. Ueber Chalons zogen die Brüder weiter nach Clamecy. Hier erschienen bei ihnen abermals Gesandte Lothars und überbrachten ganz annehmbare Anträge. Um seines kaiserlichen Namens willen wünschte er eine etwelche Erweiterung seines Drittheiles oder den dritten Theil des Reiches nach Abrechnung der ohnehin schon aus der Masse beiseite geschobenen Reiche Italien, Baiern und Aquitanien. — Allerdings waren diese beiden Angebote, von denen dann Ludwig und Karl das zweite annahmen (n. 244), der neulichen Theilung von Aachen so widersprechend, als möglich. Nicht nur mußten Ludwig und Karl das ganze cisalpinische Gebiet an Lothar wieder abtreten: auch die Nichtachtung der Grenzen von 839 hatte Karl zu befürchten, Ludwig den allfälligen Verlust linksrheinischer Striche, die er im Laufe des Krieges besetzt hatte. Dennoch traten sie „fröhlichen Gemüthes" auf diesen Vorschlag ein. — In die Aufrichtigkeit dieser Freude setzt Dümmler (p. 175: n. 68) einige Zweifel, und das gewiß mit vollem Rechte. Der Contrast war gegenüber den großartigen Aussichten, welche sich den Königen in Aachen eröffnet hatten, allzu groß, als daß ihre Dankbarkeit und Erfreutheit nach diesen Anerbietungen hätte von Herzen kommen können. Wohl aber liegt ein deutliches Zeichen für ihre klare Einsicht in die Lage der Dinge in diesem ihrem Betragen. Sie erkannten die Unmöglichkeit der Aufrechterhaltung ihrer weiter gehenden Ansprüche, verhehlten sich nicht, daß in ihrer Umgebung Alles einer weitern Fortsetzung des Krieges abgeneigt sei (cum plebi universae perplacitum esset; cum undique, ut pax inter illos fieret, melius videretur), und wollten nicht ihre Sache von neuem auf das Spiel setzen, nachdem sie wenigstens in so weit gewonnen war, daß Lothar nun ihnen die Anträge freiwillig entgegenbrachte, die er, als sie in ähnlicher Fassung von ihnen vor der Schlacht bei Fontanetum ihm vorgelegt worden waren, schnöde von der Hand gewiesen hatte. In diesem Sinne heuchelten sie nicht, indem sie Gott für Lothars Sinnesänderung ihren Dank darbrachten. Daß auch der Klerus, dessen in Aachen anwesende Vertreter nur wenige Wochen früher Lothar feierlich enterbt und entsetzt hatten, nun in seinen zu Clamecy befragten Repräsentanten sich für den Frieden mit Lothar auf den von ihm angebotenen Grundlagen aussprach, mußte für den Entschluß Ludwigs und Karls vollends den Ausschlag geben. Nachdem auch er sich für den Frieden entschieden, „erklären sie ihre Uebereinstimmung, rufen die Gesandten Lothars zusammen, willigen in dessen Forderungen ein."

Konrad, Kobbo und Adalhard sind die von Nithard namhaft gemachten drei Bevollmächtigten Ludwigs und Karls[256]. — Den letztern kennen wir bereits als einen der hauptsächlichsten Anhänger, daneben aber auch als einen der gefährlichsten Nebenbuhler des westfränkischen Königs. — Konrad ist jedenfalls, wie Schwartz: p. 79 und Gfrörer: p. 43 (vgl. Dümmler: p. 176: n. 69) sagen, der Bruder der Kaiserinwittwe Judith, welcher 830 in deren Sturz verwickelt und zum Mönche geschoren worden war (Nithard: I: c. 3; ann. Bertin.: 830). Er war dann in den Laienstand zurückgekehrt. Gleich begütert im Osten, wie im Westen des Rheines, schloß er sich doch zunächst an Karl an. Er wird vom Fortsetzer des Ado (script. II: p. 324) consiliarius primusque palatii genannt. Konrad ist der Stammvater jener vornehmen Familie, welche durch ihre Feindschaft gegen die eben so mächtigen Verwandten Adalhards in Karls Reiche einen auf die Parteikämpfe der nächsten Decennien sehr bedeutenden Einfluß ausübte[257]. — Kobbo endlich ist, wie Gfrörer: p. 43 richtig annimmt, ein vornehmer Sachse. Seinen Reichthum und sein Ansehen bezeugt Bischof Egilmar von Osnabrück in seiner an Papst Stephan VI. im Jahre 890 (Dümmler: II: p. 336: n. 27) gerichteten Klageschrift (Erhard: regesta hist. Westfaliae: Anhang: Urk. Buch: p. 36), wo er Kobbo so nennt: quidam ejus (sc. Ludwigs) fidelis comes ditissimus Cohbo nuncupatus. Nach Waitz (Jahrbücher des deutschen Reiches unter König Heinrich I: neue Bearbeitung: 1863, pp. 189 ff.) ist dieser Kobbo der ältere Graf dieses Namens (p. 190: n. 3), wahrscheinlich (p. 192) ein Sohn des Ekbert und der Ida und mit Liudolf nur durch weibliche Verwandtschaft in Zusammenhang stehend[258]. Er starb am 3. April 883 (l. c: p. 190; doch s. meine Note 258). Von diesem zweiten Bevollmächtigten darf man also jedenfalls sicher mit Gfrörer: p. 43 annehmen, daß er Ludwigs Interessen Lothar gegenüber vertrat. Auch 845 erscheint er in einem Auftrage desselben: zu dem Dänenkönig Horich ging er damals als Gesandter Ludwigs (Dümmler: p. 271). Dagegen können wir wohl auch diesen Grafen Kobbo mit Dümmler (p. 179) zu denjenigen sächsischen Edelleuten rechnen, welche durch ihre Ludwig bei der Niederwerfung der Stellinga geleistete

Hülfe sich denselben sehr verpflichtet und so sich von dessen Seite eine gewisse Connivenz gegen Uebergriffe (z. B. Kobbo und die Kirche von Osnabrück) errungen hatten, deren sich sonst bei Ludwigs thatkräftiger Regimentsführung wenige in seinem Reiche rühmen durften. — So weit uns Nithard die Namen der an Lothar gesandten Großen der Könige mittheilt, sind es jedenfalls zwei, welchen ein baldiger Friedensschluß sehr erwünscht sein mußte: Adalhard wegen seiner im Laufe dieser Jahre erworbenen Macht, Konrad um der eigenthümlichen Stellung willen, welche er gegenüber Ludwig und Karl zugleich einnahm. Und was den Dritten, Kobbo, anbetrifft, so mußte Ludwig bei den stets noch nicht völlig geordneten sächsischen Verhältnissen viel daran liegen, diesen in jenen Gegenden angesehenen Vassallen nicht von sich zu stoßen.

Diese königlichen Boten fanden Lothar friedliebender und umgänglicher, als er je früher gewesen war. Aber dennoch wollte er sich nicht für zufrieden erklären. Da legten sie ihm zum Nachtheile Karls noch das ganze Stück altfränkischen Landes vom Kohlenwalde bis zur Maas hinzu, ohne irgendwie Vollmacht dazu zu haben. Und was noch mehr auffallen muß: sie verpflichteten sich an der Stelle ihrer Herren eidlich auf der Grundlage dieser ihr Mandat weit überschreitenden Bedingungen, und Lothar sollte erst dann auch seinerseits seinen Schwur einzuhalten verpflichtet sein, nachdem Ludwig und Karl diese ihnen auferlegten Concessionen erfüllt hätten. — Nithard sagt, Konrad und seine Genossen seien: ignoro qua fraude decepti hiezu hingerissen worden, läßt uns also über ihre Beweggründe im Dunkeln. Dümmler scheint p. 176 an Bestechung zu denken („vielleicht auch durch andere Mittel bewogen"). Daß solche vorgekommen sein mag, ist höchst wahrscheinlich [259]). Allein das Hauptmotiv lag wohl anderswo. — Die großen Vassallen wollten den Frieden haben: das ist allseits bezeugt. Und daß sie ihn möglicherweise auch gegen und ohne den Willen der Könige zu Stande gebracht hätten, ist nach dem, was wir über ihre Macht wissen, und nach Hinkmars Worten (l. c.: vellent nollent, sc. seniores) durchaus als sicher anzunehmen. Lothars Weigerung nun ließ in den königlichen Botschaftern die Besorgniß aufsteigen, daß das mühsam (quattuor dies vel eo amplius) berathene, nicht einstimmig (ultra quod justum ac congruum, ut quibusdam videbatur, inventum) angenommene Theilungsproject wieder scheitern könnte. Ein solcher Ausgang der Unterhandlungen hätte aber zu einem neuen Kampfe geführt. Für Adalhard nun, dessen Wesen wir so recht als den Inbegriff der Eigenschaften kennen lernten, die seine adligen Genossen auszeichneten: seines Einflusses und seiner Macht und Unentbehrlichkeit bewußt, keine Schranke für seine Herrschsucht kennend, konnte es nach seiner Auffassung des Verhältnisses des hohen Adels zu König und Staat gar nicht zweifelhaft sein, bei Gelegenheiten, wo sein eigenes Interesse und das seines Königs unvereinbar einander entgegenstanden, kurzweg das seinige vorgehen zu lassen. Allfällige Scrupeln mochten gewiß bei ihm noch weniger stattfinden, wenn, wie in diesem Falle, sich noch eine Belohnung für die einseitige Betonung des eigenen Vortheiles erwarten ließ, sollte sie auch aus den Händen dessen kommen, an den er die Sache seines Königs verrathen wollte. Karl, abhängig von seiner Aristokratie, wie er einmal war, mußte die Kosten dieses Privatgeschäftes zwischen seinem Bevollmächtigten und seinem Stiefbruder in erster Linie tragen. Die Verhandelnden ahnten wohl, daß Ludwig sich etwas der Art nicht so leicht bieten ließe. So kam ein Stück vom Reiche Karls, das Land extra Carbonarias [260]), wenigstens für einstweilen gleichfalls an Lothar. Und Karl scheint gar keine Einsprache dagegen erhoben zu haben: so sehr mußte er den Mann schonen, „mit dessen Hülfe er den größten Theil des Volkes unter seine Botmäßigkeit zu bringen hoffte". Diese Abtretung war ein Schlag, den Karl allein auszuhalten hatte. Aber was die königlichen Bevollmächtigten sich noch weiter von Lothar abgewinnen ließen, traf ihre beiden Auftraggeber zugleich. Lothar sollte demgemäß den durch Ludwig und Karl ihm zugewiesenen Antheil, sammt der Erweiterung bis zum Kohlenwalde, nur provisorisch besitzen; den Brüdern wurde auferlegt, nachher eine neue Theilung zu veranstalten und bei der Wahl unter den Portionen Lothar den Vorrang zu lassen, und zwar wurden die beiden Könige, ohne nur davon unterrichtet zu sein, auf diese ganz anders lautenden Bestimmungen hin durch den Eid ihrer eigenmächtig handelnden Bevollmächtigten ohne Zögern förmlich verpflichtet. — Vergleicht man diese Bedingungen mit den von den Brüdern in Clamecy mit vieler Mühe entworfenen, so erhellt erst recht deutlich der Nachtheil, den Ludwig und Karl erlitten. Ihr Vorschlag war verworfen, Alles wieder hinausgeschoben worden: dazu hatte sich Lothar die Vorhand bei der electio zu verschaffen gewußt. — Und dennoch gingen die Könige hierauf ein und begaben sich zur persönlichen Unterredung mit Lothar nach Ansilla, statt nach ihrem Worte: „was jedem gebühre, mit den Waffen zu entscheiden". Daß Karl keinen Widerspruch erheben konnte, ist schon gezeigt worden. Daß aber auch Ludwig sich diesen Bedingungen fügte, zeigt, daß auch er nicht ganz freie Hand hatte. Dümmler weist hiebei (p. 175) auf die sächsischen Verhältnisse hin.

Was Prudentius und Rudolf zu c. 3 beibringen, ist folgendes: „Ludwig und Karl", sagt jener, „folgen nach des Bruders Abgange langsamen Schrittes demselben nach, weil er, obwohl wider Willen, behufs des Abschlusses eines Friedensvertrages, den er geschäftig betrieb, seine zuverlässigsten Anhänger als Vermittler zu ihnen entsandte". Rudolfs Worte lauten: „Dem Lothar folgen seine Brüder nach, da sie nunmehr mehr Geneigtheit, mit ihnen Frieden zu schließen, bei ihm bemerkt hatten; denn sie wollten lieber ein Friedensbündniß eingehen, als länger dem Streite und Kampfe fröhnen". Ado (script. II: p. 322) weiß von „hin und her gehenden Boten."

c. 4) Am 15. Juni, einem Donnerstage, kamen die drei Söhne Ludwigs des Frommen bei Macon auf einer Insel der Saone, Ansilla [261]), zusammen. Jeden begleitete eine gleich große Zahl von hohen Vassallen. Hier schwuren sie sich gegenseitig zu, von diesem Tage an fortan unter einander den Frieden aufrecht erhalten zu wollen, und setzten fest, daß Bevollmächtigte [262]) auf der in Aussicht genommenen Versammlung [263]) das ganze Reich, ohne Italien, Baiern und Aquitanien, unter Verpfändung ihres Wortes, die Theilung mit möglichster Gerechtigkeit unternehmen zu wollen, in drei Stücke zerlegen und daß dann Lothar unter diesen Theilen wählen sollte [264]); diese Theilung wollten sie dann als eine bleibende für ihr ganzes Leben betrachtet wissen; jeder Bruder sollte ungestört sich des Besitzes seines Reiches erfreuen, keiner den andern darin stören dürfen, vorausgesetzt, daß dieser gegen ihn und den dritten Bruder sich ebenso benehme [265]). Freundschaftliche Worte wurden dann noch gewechselt, und in Frieden gingen die Brüder für diesen Tag aus einander und in ihre Lager zurück. Am nächsten wollten sie die Berathung und Beschlußfassung vollends durchführen. Nicht ohne Schwierigkeit gelang es an diesem 16. Juni, bis zum 1. October, an welchem die hier gefaßten Beschlüsse auf einer Versammlung der Bevollmächtigten zu Metz ins Leben treten sollten, einen Waffenstillstand zu schließen. Bis dahin sollten alle drei Brüder friedfertig in ihrem Drittheil, wo sie wollten, sich aufhalten. — Karl ging nach Aquitanien, um die dortigen Verhältnisse zu ordnen. Hier zwang er seinen Neffen Pippin, sich vor ihm zurückzuziehen. Derselbe hielt sich jedoch nachher versteckt, so daß weiter kein bemerkenswerthes Ereigniß mehr in diesem Feldzuge vorfiel. Der ganze Erfolg beschränkte sich auf ein Treffen, das Humfrid, der Markgraf von Toulouse [266]), einzelnen von Pippins Partei lieferte: einige fielen, andere wurden gefangen genommen. Karl ließ den Grafen Warin [267]) und einige Andere, auf deren Treue er glaubte sich verlassen zu können, zum Schutze Aquitaniens zurück. Dann machte er sich nach Worms auf den Weg, wohin er eine Zusammenkunft mit Ludwig verabredet hatte [268]). Am 30. September kam er auf der Durchreise nach Metz, wo am folgenden Tage die Bevollmächtigten aller drei Brüder ihre Berathungen über die Theilung des Reiches eröffnen sollten, und vernahm hier, daß Lothar in dem nahen Thionville sich gegen die Verabredungen vom 16. Juni aufhalte. Deßhalb hielten es die Abgesandten Ludwigs und Karls nicht für sicher, in Metz ihren Sitz aufzuschlagen, während ihre königlichen Herren in dem fernen Worms, Lothar in dem nahen Thionville sich aufhielten. Sie kannten Lothars stets trügerische Gesinnungsart und wagten nicht, ihr Leben und ihre Sicherheit ohne alle Garantie demselben dadurch, daß sie in Metz die Theilung vornahmen, in die Hand zu geben. Auch Karl ward um ihr Wohl besorgt und schickte deßhalb Boten an Lothar. Er ließ ihm sagen, da er einmal gegen den Vertrag nach Thionville gekommen sei, so solle er, wenn er überhaupt den Wunsch hege, daß zwischen seinen und seiner Brüder Gesandten die Unterhandlungen in Metz eröffnet würden, Geiseln zur Bürgschaft für die Sicherheit der letztern stellen, damit sie wenigstens in Metz bleiben könnten. Wolle er das nicht, so solle er seine Bevollmächtigten nach Worms zu ihm und zu Ludwig kommen lassen, wogegen sie beide ihm Geiseln stellen wollten. Ein drittes Auskunftsmittel sei, daß beide Theile gleich weit sich von Metz entfernten, ein viertes endlich, daß die Verhandlungen irgendwo in der Mitte eröffnet würden. Denn — das betheuerte Karl — so vieler angesehener Männer Wohl dürfe nicht leichtsinnig auf das Spiel gesetzt werden. Es waren nämlich achtzig von Ludwig und Karl aus den angesehenen Vassallen ausgewählte Männer, alle von sehr bedeutender Stellung. Ihr Untergang hätte der Sache der beiden Könige den allergrößten Verlust verursacht. Endlich fanden beide Parteien für gut, daß die 120 (s. n. 272) Bevollmächtigten zu Coblenz zusammenkommen und dort die Lösung ihrer Aufgabe beginnen sollten. Geiseln wurden dabei nicht gegeben.

Prudentius handelt sehr ausführlich von dem Zusammentreffen der drei Brüder auf der Insel Ansilla. Seine Worte hierüber lauten: „Nachdem zu diesem Geschäfte (d. h. zum Abschlusse eines Friedensvertrages) die Umgegend der Stadt Macon ausgewählt worden war, kömmt man von beiden Seiten dorthin zusammen, und während der Saonefluß die Lager der beiden Parteien trennte, verfügen sich die drei Brüder auf eine Insel dieses selben Flusses zu einer gemeinsamen Besprechung, sowie um sich zu sehen, zu einander. Dann erbitten sie sich hier wechselseitig Verzeihung für das, worin sie sich früher gegen einander verfehlt hatten, und nachdem sie solche gegenseitig erlangt, schwur auch einer dem andern eidlich zu, wahren Frieden und brüderliche Liebe unter sich beobachten zu wollen [269]). Ebenso faßten sie den Beschluß, daß in der Stadt Metz am 1. October das ganze Reich in gleiche Theile mit allem Fleiße zerlegt werden solle". Dann sagt er weiter über Karl und Lothar: „Karl jedoch begab sich von Macon nach Aquitanien und durchzog dasselbe; hierauf versäumte er nicht, sich zu der Versammlung am vorher ausgemachten Orte und zur bestimmten Zeit einzufinden [270]). Lothar nahm zur Zeit dieser selben Versammlung seinen Aufenthalt in der Pfalz, welche Thionville heißt. Karl kömmt im Monat October von der Stadt Metz nach Worms und verbindet sich mit seinem Bruder Ludwig". — Rudolfs Bericht bietet auch mehrere Aufschlüsse: er lautet, Lothar habe in Macon seinen Sitz gewählt und die Brüder seien ihm nachgefolgt, voll des Wunsches, endlich Frieden zu schließen, „unter der Bedingung jedoch, daß von jeder einzelnen Partei vierzig vornehme Vassallen bezeichnet werden, diese an Einem Ort zusammenkommen und das Reich gleichmäßig aufnehmen sollten, damit dasselbe nachher um so leichter zwischen ihnen vertheilt werden könnte. Um die Zeit des Herbstes aber kömmt Ludwig seinem Bruder Karl bei Worms entgegen, während Lothar in Thionville weilt". — Die Annalen von Xanten sind fast ihrem ganzen Inhalte nach unbrauchbar, indem sie auf die Zusammenkunft vom 15. und 16. Juni nicht dahin Gehörendes übertragen: („Nachdem dort, d. h. zu Langres, durch die Dazwischenkunft tüchtiger Männer das Reich der Franken zum zweiten Male in drei Theile getheilt war) [271]), gingen sie in Frieden, wenn auch nicht in festem, aus einander ... Karl nach Gallien". — Ado erwähnt wenigstens die Zusammenkunft auf der Insel Ansilla (script. II: p. 322): „Zu einer Unterredung kommen die drei Brüder auf eine Insel der Saone (er setzt freilich Sequanae statt Saugonnae). Hier beschließen sie, unter einem gewissen Vertrage das Reich unter sich zu vertheilen".

Wechselseitig ergänzen sich Nithards Erzählung und diese Angaben. — Besonders Rudolf bezeichnet genau den Inhalt der Verabredungen vom 16. Juni, die Nithard unmittelbar nach den Worten de ceteris deliberaturi als das Resultat der Berathungen anzugeben versäumt hat [272]). Bis zum 1. October sollten nach Rudolfs Angaben je 40, also im Ganzen 120 Edle das gesammte Reich gleichmäßig aufnehmen, um der an diesem Tage in Metz zusammentretenden Versammlung vorzuarbeiten. Aus dem Verlaufe von Nithards späterer Erzählung hingegen (aliter quam statuerat, aliter quam convenisset) erhellt, daß auch noch, um eine Beeinflussung der in Metz arbeitenden Theilungscommissäre von jeder Seite her zu verunmöglichen, bestimmt worden war, daß keiner der Brüder allzu nahe an Metz sich vom 1. October an aufhalten dürfe. Ebenso wissen wir auch blos von Nithard, daß an Lothar, wie es von Adalhard und seinen Genossen versprochen worden war, wirklich die Wahl zwischen den Theilen zugestanden wurde (ut electio partium esset Lodharii: s. n. 264). — Nithards Darstellung ermöglicht es ferner, einen sehr bedeutenden Irrthum des Prudentius nachzuweisen. Dieser redet nämlich von der Zusammenkunft zu Metz so, daß man nach seiner Auffassung glauben möchte, die Brüder selbst wollten in Metz zusammenkommen (vergl. die Worte: et de regni totius bis decreverunt, besonders aber über den nach Worms reisenden Karl: ad memoratum placiti locum et tempus venire non distulit). Daß gerade das Gegentheil vielmehr auf der Insel verabredet worden war (s. n. 262), ist genugsam aus Karls bitterer Beschwerdeführung zu ersehen. Ebenso übersieht Prudentius hier (de regni totius aequis portionibus faciendis) die von vorne herein getroffene Ausnahme der drei Theilreiche. Ado begeht in dem Satze: imperium inter se dividere statuunt denselben Fehler. — Die Stellung der Heere endlich zur Zeit der Zusammenkunft auf der Saoneinsel schildert Prudentius sehr einläßlich. Die Saone, nach dem Theilungsvorschlage von Elamero Lothars und Karls Grenzfluß, trennte die Heere. Das rechte, westliche Ufer, also auch die Stadt Macon selbst, hielten Ludwig und Karl besetzt[273]; auf dem linken, östlichen stand Lothar. In ähnlicher Weise schied nachher im October 842 zu Coblenz Ludwigs und Lothars Grenzfluß, der Rhein, die Wohnungen der Bevollmächtigten Ludwigs und Karls von denen der Lotharischen. Nach Nithard: IV: c. 5 waren jene orientalem ripam Reni metantes; d. h. sie hielten sich auf Ludwigs Gebiet, im Engersgau (wo jetzt Thalehrenbreitstein liegt), auf, diese auf der ripa occidua, in Coblenz selbst auf Lothars Territorium, im Trechirgau.

Sehr bezeichnend sagen die ann. Xant. von der Trennung der drei Brüder am 16. Juni: in pace, tamen non firma, discesserunt a se, in genauer Uebereinstimmung mit Nithards: quamquam et id (die Berathung über das Weitere vom 16. Juni) aegre vix tamen effectum est. — Lothar ging racherfüllt nach den Rheinlanden zurück, die er eilf Wochen früher so schimpflich hatte räumen müssen, und ließ seine dortigen Vassallen, die gezwungener Weise den Königen gehuldigt hatten, seinen Aerger empfinden, beleidigte also indirect hiedurch Ludwig und Karl als deren neue Senioren[274]; Ludwig schlug in blutiger Weise die Stellinga zu Boden, d. h. Lothars halbe Bundesgenossen, und Karl hätte sehr gerne den jungen Pippin, Lothars frühern Alliirten, vernichtet: so verstanden die drei die Festsetzung: pacifice quisque in sua portione[275] qua vellet esset. Außerdem betrachteten Ludwig und Karl den Straßburgervertrag noch als vollkommen gültig, „und auch nach der scheinbaren Aussöhnung auf der Saoneinsel traten sie dem ältern Bruder als Eine Partei gegenüber" (Dümmler: p 179).

Wie nach der Schlacht von Fontanetum, so richtete Karl auch jetzt wieder seinen Marsch nach Aquitanien. Und wie damals Ludwig die Zeit nach dem Siege aufs trefflichste anwandte, Karls Expedition hingegen „ihm nur so viel nützte, daß er die Huldigung einiger weniger Anhänger Pippins empfing" (III: c. 2), so unterwarf sich Ludwig auch jetzt wieder die Sachsen, während Karl so zu sagen nichts nennenswerthes gegen Pippin ausrichtete. Da hier Pippin von Nithard zum letzten Male erwähnt wird, soll an dieser geeigneten Stelle eine kurze Darstellung seiner Beziehungen zu Lothar und Karl in der Zeit des Bruderkrieges gegeben werden.

Pippin II. war beim Tode seines Vaters, am 13. December 838, ungefähr fünfzehn Jahre alt (Dümmler: p. 128). Schon mehrfach war Gelegenheit geboten (z. B. oben p. 19), zu erwähnen, wie der Großvater im Juni 839 in der engherzigsten Weise seinem Karl zu Liebe den jungen Pippin beraubt, wie sich dann ein Theil des aquitanischen Adels für dessen Recht erhoben, wie der alte Kaiser nach einem mißglückten Feldzuge im Frühjahr 840 Aquitanien verlassen hatte, um ferne von Gemahlin und Sohn, welche in Aquitanien zurückgeblieben waren, auf der Petersau im Rheine sein Leben zu schließen. — In dem aquitanischen Lande fiel eine schwer zu bewältigende Aufgabe der jungen Kraft Karls zu. Unter den so heterogenen Bestandtheilen seines Reichstheiles war diese südwestliche Spitze desselben jedenfalls einer der am eigenthümlichsten gearteten. Beinahe gar nicht durch germanische Beimischung berührt, hatten die Aquitanier durch Pippin den Kurzen, dann durch Karl den Großen dem wieder erstarkten Frankenreiche der Karolinger förmlich von neuem erst unterworfen werden müssen. Karl machte zwar dem aquitanischen Herzogthume ein Ende; aber er selbst weckte dadurch, daß er den Aquitaniern seinen hier geborenen dritten Sohn Ludwig zum Könige gab, abermals das durch ihn unterdrückte Selbständigkeitsgefühl des Volkes. Als Ludwig selber nach des Vaters Tode den kaiserlichen Thron bestiegen hatte, verfiel er in denselben Fehler. Pippin, seinem zweiten Sohne, gab er Aquitanien als Theilkönigreich, wie er es selber früher besessen hatte. Als nun eben dieser, der selbst auch zum Aquitanier geworden war, anderthalb Jahre vor dem Vater starb, konnte wohl leicht eine herrschsüchtige Partei des aquitanischen Adels, bei dem zu der Ungebundenheit der Aristokratie im Allgemeinen noch die Abneigung gegen die fränkische Herrschaft, das nationale Sonderwesen hinzukamen, auf die Idee kommen, in dem mit ganz rechtmäßigen Ansprüchen ausgestatteten Pippin II. gegen die Anmaßungen Ludwigs des Frommen und Karls einen eigenen König zu erheben. Unbeständigkeit, Beweglichkeit, Streitliebe, Lust an Parteigängerei zeichneten ja in den Augen der Franken ohne das schon die Aquitanier aus: es galt als eine Sitte der Einwohner von Toulouse, dieser ansehnlichsten Stadt des Landes, „ihren Grafen die Stadt abwendig zu machen" (ann. Hincm. 863). Als ein leichtsinniges, finnliches, flatterhaftes, sittenloses Volk werden sie geschildert[276]. Ademald nennt das aquitanische Volk eine „Amme der Kriege" und beklagt sich über „den leicht beweglichen Sinn" desselben, stets geneigt, „immer das Neue zu beginnen" (faciles animi). Hinkmar findet in den Aquitaniern eine „im Volke liegende Beweglichkeit" (gentilitia mobilitas). Der Heuchler Astronomus will sogar wissen (c. 61: s. oben pp. 12 u. 13), nur aus Liebe zu seinem Enkel, um ihn behufs einer bessern Erziehung seiner lasterhaften Umgebung zu entreißen, habe Ludwig der Fromme den jungen Prinzen Pippin seines väterlichen Erbes beraubt. Auch eine eigenthümliche Art der Kriegführung besaßen die Aquitanier. Fast alle Feldzüge Ludwigs, hernach auch die Karls blieben ohne Erfolg, und zwar stets aus denselben Ursachen. Im November 832, im Herbste 839, im Herbste 840, im Sommer 841 und jetzt wieder im Sommer 842 sind nie große Resultate gewonnen worden. Jedes Mal verstanden es die Aquitanier, einem Kampfe im freien Felde auszuweichen, sich zu verstecken, dann plötzlich hervorzubrechen, die Zufuhr wegzunehmen, im kleinen Kriege den Feind zu ermüden; oder ein nur durch seine natürliche Lage festes Felsennest spottete lange aller Anstrengungen der Belagerer, wie im Herbste 839 Carlat im schroffen Gebirge des Cantal; oder es kamen auch böse Krankheiten, ein anderes Mal vielleicht Regengüsse und winterlicher Frost den Aquitaniern zu Hülfe[277]). Auf diejenigen Vassallen, welche etwa von der aquitanischen Sache abgefallen waren, war kein starker Verlaß, wie das Beispiel des Turpio oder das des Raterius zeigt (s. n. 83). Als einer der treuesten Anhänger Karls ist wohl der Erzbischof von Poitiers, Ebroin, ein Verwandter Karls (Wenck: p. 89: n. 1), anzusehen, welcher im Spätsommer 839 bis nach Blatten in der Eifel gekommen war, um Ludwig seine Ergebenheit zu bezeugen (Astron: c. 61); am 14. Juni 844 kämpfte er am Agout für Karls Sache und fiel als Gefangener in die Hände der Feinde; er erscheint später als Karls Erzcappellan. Auch der Markgraf Humfrid von Toulouse, der eben hier (IV: c. 4; s. n. 266) als einer der Heerführer im Dienste Karls erscheint, ist wenigstens jetzt noch unter diese Getreuen zu rechnen, wenn auch seine Stadt Karls Sache durchaus von sich stieß. In dem Grafen Rainald von Herbauge hatte Karl sich einen mächtigen Vertheidiger seiner aquitanischen Ansprüche schaffen wollen (s. n. 101); aber die Händel mit Lambert um die bretonische Mark zogen Rainalds Aufmerksamkeit von den aquitanischen Dingen bald ab, und in jenen fand er auch einen verfrühten Tod (s. oben p. 37).

Kehren wir nach dieser Betrachtung der aquitanischen Verhältnisse zu der Stellung Pippins gegenüber Karl beim Tode Ludwigs des Frommen zurück, so finden wir, daß Pippin etwa im Juli 840 von Karl in Bourges zu einer Unterredung erwartet wurde (II: c. 2). Es scheint beinahe, als ob er sich habe unterwerfen wollen (s. p. 19 u. n. 86). Allein die Ankunft Lothars diesseits der Alpen, die entschieden feindselige Gesinnung, die dieser, seine alten Kaiseransprüche wieder hervorholend, augenblicklich gegen Karl sehen ließ, führten ihn auch zugleich zu einer Allianz mit dem aquitanischen Neffen: schon in seiner ersten Gesandtschaft an Karl verwandte er sich für ihn (II; c. 1; s. oben p. 19 u. n. 86). Augenblicklich erkannte Pippin diese Verbesserung seiner Lage. Als Karl im August 840 über die Loire nach Neustrien zog, mußte er das nördliche Aquitanien durch eine wohlgefügte Reihe von Besatzungstruppen schützen (Lupi epist. 28: s. oben p. 20). Dennoch gelang es Pippin, etwa im August dieses Jahres, die Kaiserinwittwe durch einen plötzlichen Ueberfall aufs ernstlichste zu bedrohen und hiedurch den jungen Karl zum Vortheile Lothars von Quiercy weg über die Loire zurückzuziehen. Allerdings mußte auch Pippin nun wieder das Feld räumen, doch, wie es scheint, ohne Gefecht und ohne bedeutenden Verlust (II. c. 3: fuga illos, d. h. die Pippinischen, abire compulit, d. h. Karl, und: a fuga qua Pippinum et suos disperserat reversus, d. h. Karl: s. oben p. 20); denn als Karl etwa im October nach Orleans eilte, um dem heranziehenden Lothar die Spitze zu bieten, war Pippin noch stets nicht ungefährlich (II. c. 4: hinc Pippinus infestus erat: s. oben p. 21). In der provisorischen Einigung Lothars mit Karl bei Orleans wurde dann durch jenen auch Aquitanien an Karl überlassen, Pippin gar nicht dabei erwähnt (II. c. 4: ut cederet Karolo Aquitaniam). — An der Scheide der Jahre 840 und 841 sehen wir den Markgrafen Bernhard sich in die Verhältnisse Karls und Pippins einmischen. Pippin und Bernhard scheinen sich unter einander dazu verpflichtet zu haben, nicht einer ohne den andern mit Karl Frieden zu schließen; Bernhard suchte dann eine vermittelnde Stellung zwischen den Parteien einzunehmen; er versprach Karl zu Nevers, Pippin zur Unterwerfung vermögen zu wollen: allein alles waren nur Vorspiegelungen, und als Bernhards einzige Absicht offenbarte sich, auch auf diesem Gebiete den Einfluß Karls möglichst zu lähmen, sich zum Herrn der Situation zu machen (II: c. 5; oben pp. 21 u. 38). — Alle aquitanischen Anhänger Karls (omnes Aquitanos qui suae parti favebant post se venire praecepit: II. c. 6) zogen dann unter der Leitung der Kaiserin Judith im Mai 841 aus Aquitanien fort und stießen zu dem übrigen Heere Karls in Chalons an der Marne (II: c. 9; Excurs VI). Allerdings war diese Entblößung Nordaquitaniens für Karl, welcher für die bevorstehende Entscheidungsschlacht seine gesammte Macht concentriren mußte, dringend nothwendig: allein dieselbe eröffnete auch dem aquitanischen Feinde den bisher versperrten Weg nach der Loire. Pippin rückte nach, und am 24. Juni stieß er auf den Feldern von Fontanetum zu seinem Oheim Lothar, der nur deßhalb bisher den Kampf hinausgeschoben hatte, weil sein Bundesgenosse Pippin noch nicht erschienen war. Daß dann am folgenden Tage Lothars Sache den Sieg nicht davon trug, daran hatte Pippin sicherlich die geringste Schuld. Graf Adalhard konnte nur mit großer Mühe die linke Flanke der königlichen Aufstellung gegenüber Pippins kräftigem Angriffe vor dem Wanken bewahren (Excurs VI; s. oben pp. 27—29). Doch trotz aller Anstrengung wurde auch Pippin endlich in die allgemeine Flucht mit fortgerissen. — Aquitanien war das Marschziel Karls nach der Schlacht. Hier hoffte er nun seine königliche Macht, nachdem ihm der Sieg zugefallen war, respectirt zu sehen. Pippin selbst erblickte nur in der Unterwerfung eine Möglichkeit der Rettung (III. c. 1: paulo ante desideratum cum illo, d. h. Karl, foedus): wohl kaum auf Bernhards Anstrengungen hin, der sich nach der Schlacht abermals zum Vermittler angeboten hatte, sondern weil er von Karls Uebergewicht überzeugt war. Aber die

Zügellosigkeit von Karls Vassallen, das Auseinanderlaufen seines Heeres ließ dieien zu keinem rechten Erfolge kommen: nur ein Paar Anhänger Pippins fielen zu Karl ab. Der Feldzug konnte als verfehlt betrachtet werden (über Prud. 841 s. p. 34): Pippin erhob sein Haupt von neuem, als Karl sich auf den Ruf Adalhards hin schleunig nach Neustrien in Bewegung setzte (III: c. 2; s. oben pp. 31—33). Auch Lothar erinnerte sich wieder des aquitanischen Neffen, als er im Herbste des Jahres 841 von neuem nach der Seine zog. Er scheint seinen Bund mit ihm erneuert zu haben (III: c. 3: foedus quod cum Pippino, nepote suo, sacramentis firmaverat); aber nach seiner Gewohnheit, mit Eiden zu spielen, war er im October 841, als er Karl an der Seine bei Paris gegenüberstand und durch Friedensunterhandlungen denselben zu berücken versuchte, durchaus nicht abgeneigt, nöthigenfalls Pippin an Karl um höhern Gewinn preiszugeben (III: c. 3; s. oben p. 34). Dadurch, daß Karl in den letzten Monaten des Jahres 841 den südwestlichen Theil seines Reiches ganz aus den Augen ließ und nur eine Vereinigung seiner Macht mit derjenigen Ludwigs zu erreichen strebte, ward es Lothar ermöglicht, in Sens sich mit Pippin, der aus Aquitanien zu ihm herangezogen war, zu vereinigen (III: cc. 3 u. 4). In Lothars Geschichte wird erzählt werden, wie sein Winterfeldzug an der Seine und Loire ganz wirkungslos blieb. Sei es deßhalb, weil ihm aus der Betheiligung an demselben kein Vortheil zu Theil geworden, oder auch, da ihm zu Ohren gekommen war, wie sein Oheim und Verbündeter ihn kurz vorher seinem Todfeinde hatte in die Hände liefern wollen (Gfrörer: p. 33): „mißmuthig", wie Nithard erzählt, „und mit sich unzufrieden darüber, daß er sich mit Lothar verbündet hatte", trennte er sich, etwa im Januar 842, in Tours von demselben und „zog sich nach Aquitanien zurück" (III: c. 4). — In dem nächsten halben Jahre erfolgte Lothars Katastrophe, seine Flucht aus Sinzig und Aachen; nur allmälig erschlossen sich ihm wieder bessere Aussichten. Er hatte aber nun so viel für sich selbst zu sorgen, daß er den jungen Neffen, der ihm ohnehin stets nur als ein Mittel, Karl Widerwärtigkeiten zu bereiten, gedient, für dessen Sache er sich nie anders, als aus rein egoistischen Gründen, interessirt hatte, gänzlich vergaß und preisgab. Am 15. und 16. Juni 842 wurde sein Name nicht genannt. Karl aber suchte nun, indem er von Macon aus nach Aquitanien zog, endlich einmal diese zerrütteten Verhältnisse definitiv zu ordnen. Doch auch dieses Mal blieb es bei einem „Durchzuge" durch das Land (Prud: Aquitaniam pervagatus); Pippin zog sich zwar zurück (IV. c. 4: Pippinum fugavit; vgl. II: c. 3), gewann dann aber einen der Schlupfwinkel, wie sie die Beschaffenheit des Bodens vielfach darbot (Pippino latitante), und machte so alle fernern Anstrengungen Karls unnütz. Ueberdieß rief diesen bald die mit Ludwig verabredete Zusammenkunft ab, und an den burgundischen Grafen Warin wurde der Oberbefehl in Aquitanien übertragen. In den ersten Monaten des Jahres 843 betrat Karl den aquitanischen Boden abermals (IV. c. 6: partibus Aquitaniae anno 843 in hieme iter direxit), ohne etwas mehr, als je früher, zu erreichen (Prud. 843: Carolus Aquitaniam pervagatur). Allerdings wurde dann Pippin in dem Theilungsvertrage von Verdun gänzlich übergangen (Dümmler: p. 196 u. n. 38). Aber Karl war noch weit davon entfernt, Aquitaniens deßhalb schon Herr geworden zu sein. Das zeigte u. a. der große Sieg, welchen Pippin am Agout über die Truppen Karls am 14. Juni 844 erfocht (s. z. B. pp. 33, 35, 39). — Pippins weitere Geschichte fällt außerhalb des Rahmens unserer Aufgabe. Immer ungünstiger gestaltete sich sein Geschick, das jedoch stets aufs engste mit der Geschichte Karls verflochten erscheint. Von der anfangs mit Glück behaupteten Stellung eines Prätendenten, den sogar der rechtmäßige König anzuerkennen sich gezwungen sah (im Juni 845 zu Fleury), sank er allmälig zu dem Treiben eines Abenteurers hinunter, und wenn ihm auch das Glück zuweilen wieder günstig zu werden schien, wenn z. B. seine Ansprüche 856 und 857 der aquitanischen Partei als ein sehr erwünschtes Rechtfertigungsmittel für ihre Erhebung gegen die fränkische Herrschaft dienten, so konnte das sein gesunkenes Ansehen doch nicht mehr herstellen. Als Apostat vom christlichen Glauben bekriegte er zuletzt im Bunde mit den Normannen seine ehemaligen Erblande, bis ihn im Sommer 864 Graf Ramnulf von Poitou gefangen nahm. Eine klösterliche Zelle nahm in Senlis den zum Tode verurtheilten, aber durch Karl begnadigten Hochverräther auf, um ihn nie wieder zu entlassen. —

Nithard erwähnt Karls Ankunft in Worms, seine Vereinigung mit Ludwig daselbst mit keinem Worte. Prudentius hingegen sagt, Karl sei mense Octobri von Metz nach Worms gekommen (Rudolf: circa autumnum) und fährt dergestalt in seiner Erzählung fort: „Während sich Ludwig und Karl in Worms längere Zeit aufhielten und Boten wechselseitig zwischen ihnen und Lothar hin und her gingen und über die Theilung des Reiches viel und lange verhandelt wurde, fand man endlich eine Uebereinkunft"; und nun redet er, vorgreifend und dabei die Zusammenkunft der Bevollmächtigten in Coblenz ganz übergehend, freilich ohne einen Ort zu nennen, von den Feststellungen, welche zu Thionville in Bezug auf die durchzuführende Theilung gemacht wurden. Ganz dasselbe muß jedenfalls in dem weit kürzern Satze Nithards enthalten sein: tum tandem pro commoditate omnium hinc inde visum est, wo unter hinc und inde nichts Anderes verstanden werden kann, als einerseits Ludwig und Karl in Worms, andererseits Lothar in Thionville [278]. — Coblenz, welches schließlich durch die Annahme des vierten unter den Vorschlägen, welche Karl von Metz aus Lothar gemacht hatte (in meditullio qua vellet missi illorum convenirent), zum Vereinigungspuncte der 120 Theilungscommissäre gemacht wurde, lag für Ludwig und Karl insofern noch besser, als für Lothar, als die directe Distanz von Worms nach Coblenz 13, von Thionville nach Coblenz 20 Meilen beträgt.

c. 5) Am 19. October kamen die 120 Bevollmächtigten der drei Brüder nach Coblenz zusammen, und zwar wählten sie, um jegliche Reibung zwischen ihren bewaffneten Begleitern [279] zu vermeiden, durch den Strom getrennte Lagerstätten (s. p. 48). Alltäglich kamen sie dann in der St. Castorskirche (s. n. 218) zur Pflegung der Unterhandlungen zusammen. Diejenigen Ludwigs und Karls brachten erst mehrfache Beschwerden [280] vor. Dann aber richtete die gegnerische Partei an sie die Frage[291]), ob jemand von ihnen das ganze Reich vollständig kenne. Als sie das verneinten, frugen die Lotharischen weiter, warum sie denn in der letztverflossenen Zeit nicht herumgereist seien und das Reich genau kennen zu lernen sich bestrebt hätten. Sie antworteten, Lothar habe sie daran verhindert, worauf jene erklärten, unter solchen Umständen sei es unmöglich, eine gleichmäßige Theilung vorzunehmen. Die königlichen Botschafter mußten die höhnische Frage anhören, wie sie denn mit gutem Gewissen hätten eidlich versprechen können, nach bestem Wissen und Vermögen das Reich gleichmäßig[292]) theilen zu wollen, während sie wußten, daß keiner dieses Geschäft ohne genaue Kenntniß des Landes vollbringen könne? — Diese streitige Angelegenheit ward den Bischöfen vorgelegt. Auch diese kamen in St. Castor zusammen. Die von Lothars Partei meinten, daß jedermann Buße thun könne, wenn er gegen seinen Eid sich verstoßen, und daß es besser sei, das zu thun, d. h. auf den gegenwärtigen Fall angewandt, daß sogleich zur Theilung geschritten werden solle, statt auf der Kirche Gottes noch länger alle Kriegsgräuel lasten zu lassen[293]). Aber hiegegen wandten die Bischöfe von Ludwigs und Karls Partei folgendes ein: sie sähen nicht ein, warum man sich auf diese oder jene Weise gegen Gott versündigen müsse, wo es gar nicht nothwendig sei; besser sei es, einen Waffenstillstand zu schließen, beiderseits das Reich zu bereisen, statistische Aufnahmen machen zu lassen; wenn so die Aufgabe erleichtert sei, könne jeder ohne alle Gefahr, einen Meineid zu thun, schwören, gleichmäßig das Reich theilen zu wollen, und so sei es, wenn nicht von neuem die blinde Leidenschaft eingreife, leicht, jegliche Versündigung hiebei von sich ferne zu halten. Feierlich bezeugten sie, daß sie weder selbst einen Meineid begehen, noch irgend jemandem das zu thun gestatten wollten[294]). Uneinig trennte sich die Versammlung. — Alle[295]) kamen dann nochmals zusammen. Die Lotharischen sagten, sie seien ihrem eidlichen Versprechen gemäß zum Schwure und zur Theilung bereit. Die Königlichen versicherten, sie möchten, wenn sie nur könnten, gerne dasselbe thun. Endlich aber, da weder jene, ohne Lothar, noch diese, ohne Ludwig und Karl befragt zu haben, sich gegenseitig zu den Vorschlägen die Einwilligung geben wollten, wurde festgesetzt, daß, bis sie sich über die Ansichten ihrer königlichen Herren unterrichtet hätten, der Waffenstillstand fortdauern solle. Da man fand, daß bis zum 5. November diese Informationen eingeholt sein könnten, so wurde bis dahin Friede geschlossen. Dann ging die Versammlung aus einander.

Indem wir uns in erster Linie nach den Nachrichten umsehen, welche die übrigen Quellen über diese resultatlosen Besprechungen in Coblenz beibringen, so finden wir, daß blos Rudolf und der Xantener Annalist ausführlicher darüber reden[296]). Jener sagt: „Als ihre Beauftragten, die im Castell Coblenz zusammenkamen, sich über die Theilung des Reiches nicht verständigen konnten, kehren sie, indem die Versammlung auf eine andere Zeit verschoben wurde, ein jeder nach Hause zurück". Die Annalen erzählen, allerdings irrthümlich zu 843[297]), folgendes: „Die vorgenannten drei Könige sandten als Boten ihre Vornehmen, ein jeder von seiner Seite, damit sie abermals das Reich der Franken gleichmäßig nach Maßgabe der aufgenommenen Hufen theilten. Hernach entstand Zwiespalt unter ihnen". Ganz kurze Erwähnungen enthalten noch die alamannischen Annalen, die von Weingarten und die größern von St. Gallen (script. I: pp. 50, 65 u. 76): „die Theilung des Reiches begonnen"[298]). Doch ist es immerhin bemerkenswerth, daß selbst diese so spärlichen schwäbischen Aufzeichnungen wenigstens etwelche Notiz von den Coblenzerconferenzen nehmen.

Wenn diese Verhandlungen auch vor der Zeit abgebrochen wurden, so haben sie doch für die Geschichte der Reichstheilung eine bemerkenswerthe Bedeutung gehabt. — Während Ludwig und Karl Ende März bei der Vertheilung von Lothars Reich in Aachen nicht auf die gleiche Größe, noch auf die Beschaffenheit des Bodens (IV: c. 1; s. oben p. 42) ihr Augenmerk gerichtet hatten, war schon am 16. Juni nach Rudolfs Bericht festgesetzt worden, daß die 120 Bevollmächtigten bis zum 1. October (in transacto spatio bei Nithard: c. 5) das Reich bereisen (l. c: cur non circumiissent) und gleichmäßige genaue statistische Aufnahmen[299]) desselben veranstalten sollten (Rudolf: aequaliter describere). Die ann. Xant. wissen nur davon, daß eine „Aufzeichnung der Hufen" (per descriptas mansas) befohlen worden war, und scheinen darüber nicht unterrichtet zu sein, daß die von ihnen erwähnte dissensio zwischen den Gesandten eben aus dem Unterbleiben der descriptio entstand. Weßhalb es nicht gelungen war, in den viertehalb Monaten vom 16. Juni an diese Schätzung durchzuführen, erhellt allein aus der von Nithard überlieferten Discussion der 120 Commissäre in der St. Castorskirche. Ohne daß die lotharischen Bevollmächtigten etwas dagegen einwenden konnten, schoben diejenigen der beiden Könige die Schuld davon auf Lothar allein. Derselbe hatte, natürlich nur so weit, als er zu gebieten hatte, den von seinen beiden Brüdern beauftragten Schätzern alle Arbeiten verboten. Dieses Betragen ist eine genügende Charakterisirung von der immer noch entschieden feindseligen Gesinnung Lothars, und stimmt genau zu seinem Versuche, durch seinen Aufenthalt in Thionville die Brüder zu schädigen. In seiner gewohnten Art des Hinhaltens, der halben Maßregeln, der nicht deutlich sich offenbarenden Absichten wollte er — man sieht es nicht recht — vielleicht den Frieden vereiteln, jedenfalls aber Ludwig und Karl zu Schaden bringen. Aus eigener Erfahrung wußte er, daß bei einer „Unkenntniß des Landes" eine Theilung unmöglich sei[300]). Dennoch ließ er erst die 80 Vassallen der Brüder in sein Gebiet nicht hinein, und nachher warfen dessen ungeachtet seine Bevollmächtigten den Königlichen überdieß noch vor, sie hätten einen Meineid auf sich geladen, indem sie die Schätzung unterließen. — Wie nach der Schlacht von Fontanetum und nach der Räumung der Rheinlande durch Lothar, wie vor der Feststellung des Theilungsvorschlages von Clamecy, so mußten wieder die Bischöfe ihr Urtheil abgeben. Aber jetzt fehlte die früher von Nithard so gerühmte Einstimmigkeit[301]). Wie die Bevollmächtigten, spalteten sich auch die Geistlichen. Die Lotharischen wollten darin die beste Sühne für den Meineid erblicken, daß nun sogleich das Reich getheilt werde, um hiedurch endlich der Kirche den längst wünschbaren Frieden zu verschaffen. Die Königlichen bestanden darauf, daß vorerst das Reich aufgenommen, dann getheilt werde. — Fünf Tage waren die

180 beisammen gewesen: schon am 24. October[292]) trennten sie sich wieder, nachdem sie einen Waffenstillstand für zwölf Tage geschlossen hatten.

(c. 6) Die sämmtlichen 120 Bevollmächtigten kehrten von Coblenz zu ihren königlichen Auftraggebern zurück und machten Meldung von dem Vorgefallenen. Da nun einerseits Mangel herrschte und der Winter bevorstand, anderseits die Vasallen durchaus den Kampf beendigt zu sehen wünschten, willigten die drei Brüder darein, daß bis zum 14. Juli 843 Friede geschlossen werde. Nach Thionville strömten die Vornehmen von allen Seiten zusammen: hier beschworen sie, daß die Könige bis zu dem bezeichneten Termine unter einander den Frieden beobachten sollten, und setzten fest, daß um jeden Preis das ganze Reich[293]) auf der nach dem 14. Juli abzuhaltenden Versammlung nach Billigkeit getheilt werde; Lothar sollte dabei, wie es endlich festgesetzt war, die Wahl zustehen. — Nun trennten sich die Brüder[294]). Karl ging von Thionville nach Quiercy, um sich zu vermählen. Am 13. December reichte er der Nichte Adalhards[295]), der Tochter des Grafen Odo von Orleans und der Ingeltrud, Irmintrud[296]), die Hand, und zwar hauptsächlich deßhalb, um durch diese Anknüpfung verwandtschaftlicher Bande zwischen sich und Adalhard zugleich sich beim größten Theile seiner Unterthanen Gehorsam zu verschaffen. In feierlicher Weise beging er zu St. Quentin das Weihnachtsfest. Zu Valenciennes ließ er einen Theil der Vasallen als Besatzung zwischen Maas und Seine zurück. Dann machte er sich im Beginne des Jahres 843 mit seiner jungen Gemahlin mitten im Winter nach Aquitanien auf den Weg.

Hiemit schließt Nithard die Geschichte des Königs Karl ab.

Prudentius berichtet ziemlich ausführlich über diese Ereignisse. Er sagt, jedoch ohne einen Ort zu nennen, nach vielem Wechseln von Botschaften und nach einem langen Verhandeln zwischen Lothar einer- und Ludwig und Karl anderseits sei endlich (Nithard: Teotonis villam confluunt) folgende Auskunft gefunden worden: „daß dreihundert[297]) Abgeordnete durch das ganze ihrer Botmäßigkeit unterworfene Reich bezeichnet und durch deren Arbeit eine fleißige Aufnahme des Reiches angeordnet werde, damit nach dem Inhalte dieser Beschreibung zwischen den drei Brüdern eine durchaus gleiche Theilung der ihnen zufallenden Reiche in unverbrüchlicher Weise zur festgesetzten Zeit erzielt werden könne. Nachdem das bestimmt worden war, kam Karl nach der Pfalz Carisiacum und führte hier die Irmintrud, die Nichte des Grafen Adalhard, als Gemahlin heim; dann begab er sich nach der Augusta der Viromander, um hier zum Gedächtnisse des seligen Märtyrers Quintinus das Fest der Geburt und der Erscheinung des Herrn zu feiern". Zu 843 fügt Prudentius noch bei: „Karl streift durch Aquitanien". Rudolf bezeugt zu 843, daß die drei Brüder im August 843 zu Verdun zusammen kamen: „nachdem von den Vornehmen das Reich beschrieben und in drei Theile vertheilt worden war".

Im Anfange dieses Capitels stehen die schon oben pp. 43 u. 44 verwertheten Worte Nithards über die entschiedene Unlust der vornehmen Vasallen zu einer Fortsetzung der Feindseligkeiten. Dieselbe ist einer der Beweggründe der Brüder, bis zum 14. Juli Frieden zu schließen. — In den cc. 3 bis 6 dieses vierten Buches sahen wir diesen Einfluß der Großen des Reiches, dessen Triebfedern schon oben pp. 43—45 beleuchtet wurden, stets mehr um sich greifen. Die erste hier bemerkbare Aeußerung der selbstsüchtigen aristokratischen Gelüste diente noch zu Lothars Nutzen. Es ist das die eigenmächtige Veränderung der Vorschläge von Clamecy durch die königlichen Gesandten (c. 3: s. oben pp. 45 u. 46). Auf der Insel Ansilla kam ein weiteres hinzu. Nach den zwischen Lothar und den Gesandten getroffenen Festsetzungen hätten Ludwig und Karl (fratres sui) die Theilung vornehmen sollen: jetzt wurde verabredet, daß die 120 Bevollmächtigten (sui) aller drei Brüder das Reich theilen, die drei Söhne Ludwigs des Frommen aber sich gänzlich ferne vom Verhandlungsorte halten sollten (cc. 3 u. 4; s. n. 262). Diese Männer waren nach Nithard (c. 4) „in jeder Hinsicht hervorragend durch Adel"; die Sorge für ihre Personen bildete für Karl eine wahre Herzensangelegenheit. Rudolf redet von ihnen als von drei Male 40 ex primoribus electi, der Annalist von Xanten (842) von viri strenui, (843) von den sui proceres. Ob Lothar im Einverständnisse mit seinen Vasallen handelte, oder nicht, als er in Thionville seinen Sitz nahm, wird uns nicht gesagt: jedenfalls aber waren die 60 Bevollmächtigten Ludwigs und Karls durchaus nicht damit einverstanden. — An den Schwierigkeiten, welche Lothar in den Weg gelegt hatte, scheiterte die Theilungsarbeit in Coblenz. Allerdings hieß es dann bei der letzten Zusammenkunft der 120 Bevollmächtigten vom 24. October, keiner wolle eigenmächtig ohne Befragung seines Königs den Ausschlag geben (c. 5). Aber in c. 6 wird ausdrücklich versichert, daß, als die von Coblenz zurückgekehrten Bevollmächtigten Bericht erstattet hatten, der allgemeine Wunsch der „Vornehmen des Volkes" nach Frieden stand und dieses Verlangen die drei Herrscher nachzugeben zwang (per hoc, d. h. wegen der Unlust der Vasallen, assentiunt reges). Auch Lothar mußte sich fügen (vgl. n. 298): trotz der vorher von ihm gemachten Hindernisse ward eine genaue Schätzung (Prud: quorum industria diligentior descriptio fieret) beschlossen, und zwar durch 300 statt durch blos 120 Bevollmächtigte. Obschon die drei Brüder beim Abschlusse des Waffenstillstandes in Thionville anwesend waren, so beschworen doch nicht sie, sondern die primates populi, daß Frieden gehalten werden solle zwischen den Herrschern, und setzten diese fest, wie die Theilung einzuleiten und durchzuführen sei. Die Schätzung wurde nach der ausdrücklichen Versicherung Rudolfs „von den Vornehmen" (a primoribus) durchgeführt[298]). — Die drei Enkel Karls des Großen „mochten wollen oder nicht": sie mußten sich „dem Urtheilsspruche der Franken" unterziehen[299]). Mit vollem Rechte wurde es 859 auf der Synode von Savonières von Karl dem Kahlen ausgesprochen, daß er seinen Reichsantheil so übernommen habe, „wie ihn die Großen des ganzen Reiches ausfindig gemacht hatten" (Leges: I. p. 462). — „Noch die Art der Beendigung der wilden Parteikämpfe, wie trefflich war sie geeignet gewesen, die Vasallen mit einem hohen Gefühle ihrer eigenen Bedeutung zu erfüllen und die Abhängigkeit der Könige von ihnen in das hellste Licht zu stellen. Dießmal hatte sich die Mitwirkung der Vasallen soweit erstreckt, daß der Friede, wie ihn die lauten Forderungen der ermüdeten und erschöpften Vassallen zuletzt nothwendig gemacht hatten, so auch seinen Inhalt zum guten Theile einer gleichen Quelle verdankte. Bedeutende, aus allen Parteien hervorgehobene Große hatten mit einer ziemlichen Selbständigkeit die Aufgabe übernommen, nach gewissen, vorher festgestellten Grundsätzen die Theilung des Reiches zu vollziehen, jedem Gebiete das Seinige zuzuweisen und so als Richter zwischen ihre eigenen Könige hinzutreten"[300]).

Das Itinerar Karls läßt sich hier, vorzüglich mit Hülfe einiger Urkunden, sehr genau feststellen. — Karl war wohl im Anfang des October nach Worms gekommen. Daselbst verweilten Ludwig und er längere Zeit (Prud: inibi diutius immorantibus) und begaben sich hernach beide, wahrscheinlich auf den 5. November, nach Thionville (s. n. 294). Hier trennten sich die drei Brüder. Karl nahm seinen Weg erst nach Quiercy an der obern Oise. Am 13. December vermählte er sich hier mit der Irmintrud. In St. Quentin, also unweit Quiercy, verlebte er die Weihnachtszeit des Jahres 842. Noch am 6. Januar 843 (Epiphania; Prud: Domini apparitionis festum) war er in St. Quentin. Dann ging er in nördlicher Richtung nach Valenciennes, wo er am 13. Januar eine Urkunde ausstellte (Böhmer: n. 1537). Dieser Aufenthalt in Valenciennes ist darum bemerkenswerth, weil die Anordnungen, welche Karl daselbst traf, ein Streiflicht auf das trotz des Friedensschlusses von Thionville (ut ipsi reges inter se interim, bis zum 14. Juli 843, mutuam pacem servare deberent: Nithard: c. 6) noch durchaus nicht beseitigte Mißtrauen zwischen Lothar und Karl werfen. Valenciennes liegt nur ein Paar Meilen südwestlich hinter dem Kohlenwalde, war also nach der Abtretung des Gebietes usque in Carbonarias (c. 3.) zu Karls Grenzstadt geworden. Und hier erließ nun Karl darüber seine Verordnungen, welche seiner Vassallen als „Besatzung" zwischen Seine und Maas zurückbleiben sollten, während er nach Aquitanien seinen Weg nehme. Zehn Tage später erscheint er noch in derselben Gegend, zu Arras (n. 1538). Aber am 8. Februar war er schon bis nach Limoges gekommen (n. 1539)[301]), wie Nithard sagt: partibus Aquitaniae in hieme iter direxit. Drei andere Urkunden (n. 1540—1542) zeigen ihn als im April in Aquitanien, und zwar in dessen südwestlichen Theilen, am Tarn und an der Garonne, weilend.

„Lothar war in Italien" (Nithard I: c. 8), als der alte Kaiser verschied und es dem Ehrgeize des ältesten Enkels Karls des Großen als ein leicht zu erreichendes Ziel erschien, in seiner Hand die volle kaiserliche Gewalt des Großvaters wieder zu vereinigen. Das Scheitern dieser kühnen Pläne ist der Inhalt von Nithards drei letzten Büchern. Ehe wir aber auf diese eingehen, wird es angemessen sein, wie vorher Karls, so jetzt auch Lothars Ansprüche, wie sie sich aus der Zeit Ludwigs des Frommen herleiten, kennen zu lernen.

Lothar zählte etwa 22 Jahre, als ihn der Vater im Juli 817 der Verwaltung des Königreiches Baiern, welche er drei Jahre geführt hatte, enthob und zum Erben und Nachfolger, zum Kaiser und Mitregenten, zum künftigen Oberherrn seiner beiden jüngern Brüder, Pippin und Ludwig, ernannte. 822 wurde er an des unglücklichen Bernhards Stelle auf den Königsthron von Italien gesetzt. Dieses Reich blieb durch alle künftigen Wechselfälle hindurch stets das Kernland von Lothars Gebiet[302]). — Aber nicht lange behielten, wie schon in der Uebersicht zum ersten Buche erzählt wurde (s. p. 1), die Festsetzungen von 817 ihre Geltung. Die Geburt Karls, der Einfluß der gewaltthätigen Kaiserin, ihre fein berechneten Machinationen führten den schwachen Vater und Gemahl zu einer der frühern gerade entgegengesetzten Politik. Immer mehr wurde Ludwig der Fromme den Rathgebern, welche ihm sein Vater hinterlassen hatte, einem Wala und Andern, welchen die Erhaltung des kaiserlichen Ansehens, die Bewahrung der Reichseinheit, die thätige Fortpflanzung der Schöpfungen und Traditionen Karls des Großen dringend am Herzen lag, entfremdet; mächtige Vassallen, wie Hugo und Matfrid, wurden durch den Uebermuth der Partei der Kaiserin beleidigt; die Ernennung Bernhards von Septimanien zum ersten Rathgeber des Kaisers, die Ueberweisung Alamanniens an den kleinen Karl führten zum Ausbruch der unzufriedenen Elemente, welche sich sämmtlich um Lothar geschaart hatten: die Wirkung war die allerdings in ehrenvollen Formen vollzogene Entfernung Ludwigs des Frommen vom Regimente im Frühjahr 830. Aber mit Hülfe des bairischen Ludwig erfolgte im October schon die Herstellung des Kaisers in seine volle Macht. Lothar mußte selbst im Februar 831 über seine Anhänger das Urtheil sprechen; eine freilich nachher nicht durchgeführte gleichmäßige Theilung des Reiches zwischen Pippin, Ludwig und Karl stieß die Acte von 817 und Lothars kaiserliche Oberherrlichkeit gänzlich um; dieser wurde auf Italien ausdrücklich beschränkt; sein Name fiel künftig aus den väterlichen Urkunden hinweg. — Indessen nur drittehalb Jahre später wiederholte sich die Erhebung der Söhne gegen den übel berathenen Vater. Gehoben durch die Begleitung des Papstes, erschien Lothar auf dem Rothfelde, das durch die traurigen Vorgänge jenes Junitages von 833 zum „Lügenfelde" wurde. Ludwig der Fromme schien am Ende seiner kaiserlichen Laufbahn angelangt zu sein. Zwar mußte Lothar sich mit Ludwig und Pippin in die Beute theilen: er nahm zu Italien die Provence, Burgund, die fränkischen Lande am linken Rheinufer, Frisland; aber wenn auch so die Einheit nicht gewahrt werden konnte, waltete er wenigstens statt des tief gedemüthigten Vaters als Kaiser in den Pfalzen zu Compiègne und Aachen. Allein im Frühjahr 834 wurde Lothar zum zweiten Male erniedrigt, Ludwig der Fromme wieder erhoben. Allerdings siegten Lothars Anhänger im Sommer über Odo, unterlag das unglückliche Chalons seinem Angriffe: trotz dieser Erfolge sah er sich gezwungen, zu Chevilly unweit Blois im August dem kaiserlichen Vater sich zu unterwerfen. Auf Italien beschränkt, mußte er es dulden, daß hinter ihm die Alpenpässe verrammelt wurden. — Doch schon im nächsten Jahre wurde ihm von einer Seite die Hand gereicht, woher er das am wenigsten hatte erwarten können. Judith beabsichtigte, ihren ältesten

Stiefsohn, dessen Ansprüche auf die kaiserliche Oberherrschaft nur ruhten, nicht aufgehoben worden waren, der in den Augen derer, welche Karls Kaisermacht nicht vergessen konnten, der alleinige rechtmäßige Erbe war, zum Alliirten ihres Karl zu machen. Zu Thionville erschien im Mai 836 sogar Wala: eine Versöhnung der Hofpartei mit Lothar schien nahe bevorzustehen. Aber schwere Unglücksfälle trafen den letztern. Eine ansteckende Krankheit lichtete furchtbar die Reihen seiner Anhänger: Wala sank in das Grab und Lothar selbst wurde auch von der Seuche ergriffen. In Judiths Augen hatte die Versöhnung mit Lothar einen Theil ihrer Kostbarkeit durch den Tod dieser Großen des Reiches, welche mit Lothar hätten gewonnen werden sollen, verloren, und dazu gestattete ihm seine langsame Genesung nicht, nach der Verabredung den Reichstag zu Worms im September dieses Jahres zu besuchen. So trat eine abermalige Erkältung zwischen dem Kaiser und Lothar ein: ja Ludwig der Fromme dachte sogar 837 einige Zeit daran, selbst an der Spitze eines Heeres nach Italien zu ziehen, und Lothar kam im März 838 mit dem baierischen Ludwig in Trient zusammen, um allfällige gemeinsame Maßregeln gegen den Vater zu berathen. Allein die Kaiserin fand bei der sichtlichen Annäherung des Todes ihres Gemahles von neuem für nothwendig, ihrem Knaben eine feste Stütze zu geben. Sie warf abermals ihre Augen auf den noch stets in Ungnade befindlichen Lothar. Während der jüngste Sohn der Irmingard sich vor des Vaters Waffen demüthigen mußte, gingen kaiserliche Boten nach Italien, um eine definitive Versöhnung mit dem ältesten herbeizuführen: es gelang der Stiefmutter, Lothars und Ludwigs Sache zu trennen. Im Juni 839 wurde zu Worms der ältere Bruder auf Unkosten des jüngern bereichert. Ludwig sollte außer Baiern alle seine Gebiete an Lothar abtreten; gegen Karls Reichstheil wurde für Lothar folgende Grenze festgesetzt: die Maas von der Mündung bis zur Quelle, eine Linie von dieser bis zur Saone, dann der Lauf dieses Flusses bis nach Lyon, von hier die Rhone aufwärts bis zum Genfersee, das Becken dieses See's, endlich die Alpenkette bis zum Mittelmeere. Italien wurde vielleicht damals durch den alten Kaiser dem ältesten Sohne Lothars, Ludwig, vermacht (Dümmler: p. 236: n. 25 u. p. 379). Lothar verpflichtete sich durch die feierlichsten Schwüre, in wahrer brüderlicher Liebe Karls Interesse hegen und fördern zu wollen, und wurde dann reich beschenkt nach Italien entlassen. Auf den 1. Juli 840 war er durch den Vater abermals nach Worms beschieden worden: allein schon am 20. Juni befand sich der alte Kaiser nicht mehr unter den Lebenden.

Kaum hatte Ludwig der Fromme die Augen geschlossen, als sich schon zu zeigen begann, daß er überall nur halbe, unzureichende Maßregeln getroffen hatte. — Die Acte von 817 war nie förmlich aufgehoben worden, Lothar wenigstens der kaiserliche Titel stets belassen, nach Rudolf (839: nominis sui dignitatem et sedem regni tribuens) sogar im Juni 839 neu zugesichert worden. Er wußte, daß er nur diesseits der Alpen erscheinen durfte, um zahlreiche Anhänger alsbald um sich versammelt zu sehen, welche entweder die Sehnsucht nach der frühern Erhabenheit des unter Einem Haupte stehenden einheitlichen Reiches oder andere, weniger ideale, mehr persönliche und selbstsüchtige Motive ihm zuführten. Dazu hatte noch der alte Kaiser unverständig genug auf seinem Todbette verfügt, daß seine Krone und ein mit Gold und Edelsteinen geziertes Schwert Lothar überschickt werden sollten, unter der Bedingung, wie Astronomus: c. 63 beifügt, „daß Lothar Karl und Judith seine Treue bewahre und jenem den ganzen Reichstheil, welcher von dem Vater an Karl unter der Zeugenschaft Gottes und der Angesehenen des Hofes unter Beistimmung und in Anwesenheit Lothars gegeben worden war, gewähre und ihn darin beschirme". Dadurch aber hatte er, ohne es zu wollen, Lothar leicht gemacht, das Gerücht auszustreuen, der Vater habe ihn vor dem Tode als seinen Nachfolger in der kaiserlichen Obergewalt bezeichnet, und dadurch sein Ansehen noch zu steigern. Rudolf (zu 840) berichtet von diesem „Gerede" (ferunt): „sterbend habe der Kaiser Lothar dazu bestimmt, nach ihm die Lenkung des Reiches zu übernehmen, und zwar durch die Uebersendung der königlichen Abzeichen, d. h. des Scepters der kaiserlichen Herrschaft und der Krone"[203]). Ganz entschieden beanspruchte Lothar, geschmückt mit der Krone und dem Titel des Kaisers, zugleich mit deren Besitze die Rechte, wie sie ihm 817 zugesichert worden waren, wie er sie 833 nach Ludwigs des Frommen Sturze wirklich besessen hatte. Nithard erzählt, er habe
(II: c. 1) verkündigen lassen: „er werde in das Reich (imperium: d. h. mit kaiserlicher Herrschaft) kommen, das ihm einst gegeben worden war", und Rudolf sagt kurzweg (zu 841): „Er forderte für sich die Alleinherrschaft", ebenso Ado (script. II: p. 322): „Lothar sucht, aus Italien zurückgekehrt, das ganze kaiserliche Reich (imperium) an sich zu reißen" und das Chartular von Sithiu (Dümmler: p. 140: n. 15): „Lothar, aus Italien kommend, war von dem Verlangen beseelt, die Alleinherrschaft in die Hand zu nehmen"[204]). Aehnlich heißt es in den ann. Xant. (zu 840): „Lothar kam, um das vom Vater ihm zugestandene Reich (regnum) in Besitz zu nehmen". Prudentius redet zu 840 von Lothar als von einem Manne, „der die Rechte der Natur überschritten, emporgehoben durch den kaiserlichen Namen".

. Den allerbesten Ueberblick über die Motive, welche Lothar über die Alpen herbeiführten, welche seine Anhänger, sowie die seiner Brüder, beseelten, gibt Hinkmar 37 Jahre später in seinem Schreiben an Ludwig den Stammler: „Nach dem Tode eures Großvaters, des Kaisers Ludwig, riefen etwelche von den Vornehmen dieses Reiches den Lothar und die Großen, welche bei ihm waren, auf, aus Langobardien in dieses Reich zu kommen. Und einige von den Großen des Reiches hielten es mit eurem Vater Karl, und gewisse andere mit eurem Vatersbruder Ludwig. Inzwischen begannen die Großen des Reiches, die zu den drei Brüdern standen, einzeln über die Würden und Lehen zu hadern, und zwar schaute ein jeder darauf, wie er größere und zahlreichere erhalten könnte: und sie achteten die Eide, welche hinsichtlich der Reichstheilung geschworen worden waren, gering, und ihr Wettstreit drehte sich mehr um ihre eigene Begehrlichkeit, als um das Beste ihrer königlichen Herren und deren Wohl und den Frieden der heiligen Kirche und des Volkes, die, welche zu Lothar hielten, reizten ihn dazu, seine Brüder zu enterben und die Großen des Reiches, welche ihnen anhingen, zu vernichten, deßhalb weil er selbst der Erstgeborene und im Besitze des kaiserlichen Namens war. Diejenigen hingegen,

welche auf Karls und Ludwigs Seite standen, betonten den Umstand, daß ihre Könige Lothars Brüder waren, daß mittelst Eidschwüren das Reich unter denselben getheilt worden war und sie an Geburt und Macht denjenigen, welche zu
Lothar hielten, nicht nachstanden, und daß sie deßhalb sich nicht an jene übergeben wollten. Hieraus entstanden viele und
sehr große Uebel auf Erden" (op. II: p. 180).

Nach Nithard, der auf das einläßlichste über diese Vorbereitungen Lothars vor seiner Ankunft am Rheine (c. 1)
redet, war das erste, was Lothar nach Ludwigs Tode that, daß er Boten über die Alpen schickte und seine *baldige* Ankunft in Aussicht stellte. Durch dieselben gab er das Versprechen, alle Lehen, die der verstorbene Kaiser ausgegeben *habe*,
bestätigen und vermehren zu wollen[205]); den Unentschiedenen wurde ein neuer Treueid aufgelegt[206]), den Widerspenstigen
die Todesstrafe angedroht; Allen jedoch wurde eingeschärft, Lothar entgegenzukommen. Ganz vorzüglich in den altfränkischen Gegenden im nördlichen Gallien und am Rheine wollte er festen Fuß fassen[207]): „vorzüglich durch das ganze (c. 1)
Gebiet der Franken" sandte er nach Nithard seine Boten; „die Franken nehmen ihn, wie er aus Italien kömmt, an der Stelle des
Vaters auf, damit er über sie herrsche": sagt Rudolf, „er zog von Italien nach Francien": der Annalist zu Xanten.
Lothar hatte nämlich — so erzählt Nithard — noch etwas gezögert, ehe er die Alpen verließ[208]); erst als er sah, daß (c. 1)
seine Botschaft gerne gehört worden war, daß in der nächsten Zukunft Furcht oder Begehrlichkeit ihm einen großen Anhang zuführen würden, fühlte er sich an Macht und Hoffnung reicher und faßte seine Pläne, um das ganze Reich in
seine Gewalt zu bekommen. Während er Karl zunächst noch durch trügerische Friedensversicherungen hinzuhalten suchte
(s. pp. 19 u. 49), beabsichtigte er in erster Linie, Ludwig, der seiner Marschlinie nahe war, mit aller Anstrengung seiner
Kräfte zu überwinden. — Ueber die Zeit dieses seines Zuges aus Italien nach dem Mittelrhein läßt sich folgendes fest-
setzen. Nithard (audiens Lodharius patrem suum obisse, confestim nuntios mittit), Prudentius (comperto geni- (c. 1)
toris obitu), Ado (post humationem gloriosi patris) bezeugen einstimmig, daß sich Lothar, gleich nachdem er die Todesnachricht vernommen hatte, aufmachte[209]). Nithards Aussage jedoch, daß Lothar pedetemptim vorging, wird dadurch *als* (c. 1)
gänzlich wahr hingestellt, daß dieser Ende Juli erst bis nach Straßburg gekommen war (24., 25., 29. Juli: Böhmer:
n. 557—559), dessen designirter Bischof, Ratold, sich für seine Sache erklärt hatte und sich für die Leute seiner Kirche
die Zollfreiheit bestätigen ließ (n. 559). Auf der Fortsetzung seines Weges auf dem linken Rheinufer stromabwärts
gelangte Lothar nach Worms, wo Ludwig von Baiern einen Theil seiner Truppen als Besatzung zurückgelassen hatte. (c. 1)
Nach kurzer Gegenwehr zog sich diese Abtheilung vor Lothar zurück. Bei Mainz ging dann dieser, wie Nithard weiter (c. 1)
berichtet, mit seinem ganzen Heere über den Rhein (s. Excurs XI.), um nach Frankfurt zu ziehen; allein ganz unerwartet trat ihm, wie Nithard erzählt, bei Kostheim an der Mainmündung Ludwig („mit bedeutender Mannschaft" nach Rudolf) entgegen. Für die bevorstehende Nacht schlossen die feindlichen Brüder Waffenruhe. Ludwig war jedoch zum
äußersten entschlossen, und Lothar sah, daß er ihn einzig durch eine siegreiche Schlacht zur Unterwerfung vermögen könne.
Hiezu fehlte ihm die Entschlossenheit. Er hoffte, bei Karl weniger Widerstand zu finden, und änderte so plötzlich seinen
Kriegsplan. Bis zum 11. November 840 wurde ein Waffenstillstand geschlossen; dann wollten sie sich bei Mainz wieder treffen und, wenn eine friedliche Einigung nicht zu erzielen sei, die Waffen entscheiden lassen (s. n. 114). Jetzt wandte
sich Lothar gegen Karl. — Aehnlich, wie der Nithards, lauten die Berichte Rudolfs und des Annalisten zu Xanten über
diesen einstweiligen Friedensschluß: „Nachdem ein Abkommen getroffen und auf eine andere Zeit ein neues Zusammentreffen[210]) verschoben worden war, zieht Lothar gegen Karl nach dem Westen"[211]), und: „Nachdem Lothar unerwartet
über den Rheinstrom Ludwig über den Hals gekommen war, gingen sie, indem mit Mühe ein Kampf vermieden wurde,
wieder aus einander."

Der genaue Zeitpunct, in welchem dieser Waffenstillstand geschlossen wurde, ist nicht bekannt. Jedenfalls aber
ist er in den August oder September zu setzen[212]). Für einen Aufenthalt Lothars zu Mainz, der in diese Zeit fällt,
haben wir ein Datum: den 13. August, an dem er der Kirche von Metz eine Gnade erwies (Dümmler: II. Nachlese:
p. 685, s. n. 204). Ungleich wichtiger jedoch für Lothars Geschichte, als diese Verabredungen von Kostheim, welche
Lothar wenigstens sicherlich nicht weiter berücksichtigte (am 11. November stand er zwischen Seine und Loire), ist die
Synode von Ingelheim, welche in diesen Wochen, im August oder September, stattfand[213]). — Am 4. März 835
(s. Excurs III. z. Anf.) war Erzbischof Ebbo von Reims entsetzt worden. In Fulda zuerst, dann bei Bischof Fre-
culf[214]) von Lisieux und Abt Boso von Fleury hatte er langjährige Haft erlitten, bis ihn jetzt nach Ludwigs des Frommen
Tode eben sein letztgenannter Gefangenwärter, Abt Boso, Lothar, für welchen Ebbo all dieses Ungemach ausgestanden
hatte (potestatem quam pro causa nostra raptus perdidisti, restituimus heißt es in der von Lothar erlassenen Acte:
leges: I. p. 374), nach Worms zuführte (Schreiben d. Synode v. Troyes u. Karls d. Kahlen an Nikolaus: Sirmond:
conc. Gall: III. pp. 355 u. 361)[215]). In Ingelheim wurde er jetzt durch Lothars kaiserliche Machtvollkommenheit
feierlich wieder als Erzbischof von Reims eingesetzt. Aus zwei Gründen ist diese in der Pfalz Ingelheim erlassene
Restitutionsurkunde im höchsten Grade bemerkenswerth. Einmal geht aus der Datirungsweise: regnante et imperante
domno Hlothario caesare anno reversionis ejus primo, successor patris factus in Francia (leges: l. c.) und dem
Umstande, daß Lothar seither in den Urkunden seine Regierungsjahre auch nach seinem imperium in Francia zählt
(Wenck: p. 379: n., Scholle: p. 26: n. 11, Waitz: IV. p. 578: n. 2, Dümmler: p. 139: n. 11, Stumpf: die Reichskanzler: I. pp. 125 u. 126), deutlich hervor, welches bedeutende Gewicht er auf seinen dießmaligen Aufenthalt in den
fränkischen Rheinlanden, vorzüglich aber auf die Anerkennung seiner Ansprüche legte, die ihm durch die glänzende Versammlung hoher Geistlicher eben hier in Ingelheim zu Theil wurde. Zweitens nämlich hat dieser conventus Ingelhei-

menais dadurch Bedeutung für uns, daß er in seinen Unterschriften die Namen einer beträchtlichen Anzahl geistlicher Würdenträger enthält, die sich damals bei Lothar einfanden (epist. synod: consentientibus et cooperantibus non paucis episcopis, Schreiben Karls: cum episcopis qui cum Hlothario tum juncti erant). Aus der nächsten Umgebung Ingelheims waren Erzbischof Otgar von Mainz (s. oben n. 118) und Bischof Samuel von Worms, außerdem der bereits erwähnte neu gewählte Bischof von Straßburg, Ratold, anwesend. Erzbischof Hetti von Trier, mit ihm seine Suffragane Drogo von Metz, dessen Name zuerst steht (s. oben p. 39), und Frothar von Toul, ferner Bischof Badurad von Paderborn, Erzbischof Amalwin von Besançon und dessen Suffragan David von Lausanne gehörten, abgesehen von den Italiänern, welche für uns hier kein Interesse haben, sämmtlich zu Lothars Reichstheil nach den Grenzen von 839. Aber wie schon die Einsetzung Ebbo's auf den erzbischöflichen Stuhl des weit westlich von der Maas gelegenen Reims eine indirecte Kriegserklärung gegen Karl war, so handelte Lothar auch darin gegen den Wormservertrag, daß er Bischöfe und Aebte aus dem Gebiete Karls in Ingelheim empfing. Als solche sind zu nennen: von der untern Maas Bischof Hartgar von Lüttich, aus dem Gebiete der untern Rhone die Bischöfe Audax von Tarantaise, Adaluf von Grenoble, Ado von Valence. Auch Boso, welcher Ebbo Lothar zugeführt hatte, gehörte als Abt des im Sprengel von Orleans an der Loire gelegenen Klosters Fleury zu Karls Unterthanen. Zwei andere Aebte dagegen, Sigimar und Sylvan, Vorsteher des elsässischen Klosters Murbach und des rätischen Pfävers, denen Lothar zu Straßburg auf seinem Wege nach Ingelheim seine Gunst bewiesen hatte (Böhmer: n. 557 u. 558), wohnten in dem 839 von ihm gewählten Reichstheile.

Wie oben in Karls Geschichte gezeigt wurde (pp. 19 u. 20), hatte Lothar die Botschaft Karls mit nichts besagenden Antworten entlassen und sich in niedriger Weise an den Boten dafür gerächt, daß sie ihrem königlichen Herrn treu bleiben wollten. Karl war dann im August nach Quiercy gezogen, hatte aber, weil Pippin die Kaiserinwittwe bedrohte,
(c. 3) nach Aquitanien zurückeilen müssen (cc. 2. u. 3). — Zur selben Zeit kehrte Lothar von dem Zuge gegen Ludwig
(c. 2) zurück[216]) und zeigte endlich offen seine feindseligen Absichten gegen Karl. Schon in Quiercy, als Lothar seinen
Zug noch nicht angetreten, hatte Karl den Abfall mehrerer jenseits des Kohlenwaldes, zwischen diesem und der Maas
ansässiger Vasallen erfahren. Graf Odulf[217]) hatte die Grafen Giselbert (s. oben p. 35 u. n. 158), Herenfrid, Bovo
(c. 3) und andere zum Abfalle von Karl verführt. Karl hatte zwar, ehe er Quiercy verließ, noch eine zweite Gesandtschaft
an Lothar abgehen lassen, allein ebenso wenig mit Erfolg, wie beim ersten Male (s. n. 87). Vielmehr überschritt Lothar,
wohl im September, Karls Grenzfluß, die Maas. Nicht nur Giselbert und die andern an der untern Maas begüterten
Großen stießen zu ihm: auch alle südwestlich vom Kohlenwalde wohnenden[218]), welche Karl vor kurzem noch in Quiercy
gehuldigt hatten, brachen ihren Treueid. Das machte Lothar Muth, noch weiter vorzugehen. Auf dem Wege nach der
Seine hielt er sich am 10. October Vern palatio regio auf, d. h. zu Ver bei Crespy, und stellte hier zwei Urkunden aus (Böhmer: n. 561 u. 562), beide für Klöster, die zu Karls Gebiet gehörten, Donzère in der Diöcese von
(c. 3) Orange und St. Amand bei Tournay. In dieser Gegend, ehe er die Seine erreichte, verstärkten nach Nithard zwei
sehr mächtige Männer (s. p. 3) seine Partei: Abt Hilduin von St. Denis (s. p. 23) und Graf Gerhard von Paris.
Immer weiter griff nun der Abfall von Karl um sich. Pippin[219]), der Sohn des durch Ludwig den Frommen grausam
geopferten Bernhard von Italien, und Andere mit ihm brachen gleichfalls ihren Schwur und verbanden sich Lothar durch
den Huldigungseid. Lothars Unternehmungslust nahm zusehends zu. Er ging auch über die Seine und sandte, wie es
so seine Sitte war, Boten voraus, die durch Drohungen und Versprechungen[220]) ihm den Weg nach der Loire bahnen
sollten. Er selbst folgte langsam nach und berührte dabei Chartres. Seine Emissäre scheinen glücklich gewirkt
zu haben. Wenigstens bewog ihn die Nachricht, daß die Grafen Theoderich, Erich[221]) und andere mit ihnen zu seiner
Verstärkung heranrückten, seine Pläne bis zur Loire auszudehnen. — Da kam Karl aus Aquitanien zurück: es war ihm
gelungen, Pippin II. wenigstens für den Augenblick einzuschüchtern. So viel erzählt Nithard (c. 3) über diesen Zug
Lothars gegen Karl.

Gedeckt durch Lothars Vorrücken, zog zu dieser Zeit der in Ingelheim wieder eingesetzte Ebbo in Reims ein. In dem Schreiben der Synode von Troyes an Papst Nikolaus heißt es (Sirmond III: p. 355): „Als Karl endlich durch Lothar über die Seine geworfen worden war, empfing Ebbo die Kirche von Reims wieder und hatte sie inne, und begann das bischöfliche Amt zu üben", und Karl selbst sagt in seinem Briefe an Nikolaus (l. c: p. 361): „Als wir vor den drohenden Umständen in die aquitanischen Gegenden zurückwichen, wurde Ebbo vom ganzen Klerus der Reimserkirche und vom Volke begierigst empfangen und so endlich von seinen Mitbischöfen und Suffraganen auf seinem frühern Sitze hergestellt". Besonders ausführlich jedoch ist die narratio clericorum Remensium über Ebbo's Herstellung (Duchesne: II. pp. 340—344), der „durch Lothar oder vielmehr durch die Synode von Ingelheim auf den ihm eigen zugehörigen Stuhl wieder eingesetzt" wurde; sie nennt auch den Tag von Ebbo's Rückkehr: VIII. Idus Decembris (p. 341)[222]).

(c. 4) Bei Orleans trafen Lothar und Karl, etwa im November, zusammen. Oben (p. 21) schon ist ausführlich
an Nithards Hand dargestellt worden, wie Lothar durch einen bindenden Vertrag Karl hatte zu Schaden bringen wollen, wie jedoch Karls Gesandte durch seine diplomatische Künste ihn überlisteten, so daß Lothar dadurch, daß er sogleich nach dem Abschlusse des Vertrages über dessen Bestimmungen sich hinwegsetzte, Karl alsbald von der Beobachtung desselben entband. Denn — so fährt Nithard fort — noch nicht war das Haus, in dem der Vertrag festgesetzt worden war, von Karls Beauftragten verlassen, als Lothar den Versuch machte, einige von ihnen Karl abwendig zu machen: am folgenden Tage kamen wirklich etwelche aus denselben, um ihm zu huldigen. Außerdem sandte er auch in die Gegenden,

welche nach den Feststellungen des Vertrages Karl gehören sollten, Boten und suchte die Vassallen Karls in aller Weise zum Abfalle zu verleiten, andere, welche jenem noch nicht gehuldigt hatten, hievon abzuhalten. Dann brach er selbst auf, um Truppen aus der Provence, d. h. aus einem der soeben an Karl zugestandenen Bezirke, an sich zu ziehen. Und endlich dachte er daran, Ludwig durch List oder Gewalt, wie es nur möglich sei, zu überwinden, während ihn der beschworene Vertrag verpflichtete, bis zum 8. Mai 841 keine Feindseligkeiten gegen diesen zu unternehmen. Er zog von Orleans auf dem rechten Loireufer stromaufwärts in südöstlicher Richtung weiter. Am 4. December war er in Lucenay l'Evêque (s. n. 94 u. 98), d. h. im Quellgebiete des Arroux, eines rechten Nebenflusses der obern Loire, angelangt; hier stellte er für das unfern am obern Armençon gelegene Kloster Flavigny, welches wohl nach dem Vertrage von Orleans an ihn gefallen war, eine Urkunde aus (Dümmler: II. p. 685: Nachlese zu I.: p. 145: n. 34). Am 15. December war er Calinisco villa, also schon im Saonegebiet, in der Grafschaft Chalons (Böhmer: n. 563), fünf und sechs Tage später in Gondreville, ost-nordöstlich von Toul (am rechten Moselufer im Dep. der Meurthe), also schon wieder weit nördlicher auf dem Wege nach den Rheingegenden (n. 564 u. 565). Hier gestattete er am 20. und 21. December dem Kloster St. Mihiel, am rechten Ufer der Maas (also auch nach der Theilung von 839 ihm zustehend) südlich von Verdun, Zollfreiheit und freie Abtswahl. — Ehe Lothar diese westlichen Gegenden verließ, vollendete er noch den Bruch des Vertrages von Orleans. Nach demselben sollte sich Karl am 8. Mai 841 in Attigny, d. h. etwa 25 Meilen nordöstlich von der Seine zu weitern Verhandlungen mit Lothar einfinden. Aber nach Nithard ließ Lothar die Grafen Guntbold, Werner, (c. 6)
Arnolf[273]), besonders auch den mächtigen Grafen Gerhard von Paris (üb. ihn s. p. 3), mit ihnen alle seine Anhänger, Grafen, Aebte, Bischöfe, vom Kohlenwalde her und aus dem Lande zwischen diesem und der Seine, als Besatzung an der Seine zurück: Karl sollte nicht „ohne seine Einwilligung" über die Seine setzen dürfen. — Man darf wohl annehmen, daß Lothar das Weihnachtsfest (s. Excurs IX) in Aachen feierte. In dieser Pfalz (Aquisgrani palatio regio) erscheint er dann am 6. und 17. Februar 841: zwei Gunstbezeugungen für den Bischof Theutbert von Marseille (n. 566 u. 567), eine für den Abt Markward von Prüm (n. 568) sind von hier erlassen.

Für diesen Zug Lothars gegen Karl ist Nithard unbedingt die Hauptquelle. Ganz unbedeutend nur sind die Angaben Rudolfs („Lothar zieht gegen Karl nach dem Westen") und der ann. Xant. („nachher aber bricht Lothar mit dem Heere gegen Karl auf"). — Prudentius endlich faßt mit kurzen Worten in einer ganz gelungenen Uebersicht Lothars Auftreten gegen Ludwig und Karl, so weit es in das Jahr 840 fällt, in seinen Hauptmerkmalen in Eine Schilderung zusammen: „Lothar waffnet sich feindlich gegen beide Brüder und greift erst diesen (d. h. Ludwig), dann jenen (d. h. Karl) kämpfend an, aber beide nicht mit vielem Glücke (das ist nicht genau: weder bei Kostheim, noch bei Orleans kam es ja zum Schlagen). Wann er nach seiner frechen Gesinnung das vollbracht hatte, trennte er sich erst von dem einen, dann von dem andern unter gewissen Bedingungen bis zu einem gewissen Termine (im August oder September, bei Kostheim, bis zum 11. November 840; im November, bei Orleans, bis zum 8. Mai 841); doch er stand nicht davon ab, gegen sie, sei es im Geheimen, sei es öffentlich, die Verdorbenheit seiner leidenschaftlichen und grausamen Gesinnungsweise zu bethätigen".

Wenn wir die Aussichten Lothars, welche sich ihm bei seinem Uebergange über die Alpen in der Mitte des Sommers eröffnet hatten, mit den Resultaten vergleichen, die er bis zum Ende des Jahres durch seine Anstrengungen Ludwig und Karl gegenüber errungen hatte, so sehen wir, daß diese hinter jenen weit zurückblieben. Und zwar haben wir einen guten Theil der Schuld hievon Lothar selbst beizumessen. — Empfangen unter dem Jubel einer numerisch starken, durch ihre idealen Bestrebungen, die einflußreiche Stellung, die geistige Bedeutung vieler ihrer Mitglieder noch mehr, als durch ihre materiellen Mittel gehobenen Partei (Hlotharius potentia ulique et multitudine populorum post se declinantium caeteros praecellebat sagt Ratpert in den casus S. Galli: c. 7, script. II: p. 67), ausgestattet durch dieselbe mit überwiegender Streitmacht und, was bei Vielen noch mehr wirkte, durch sie als Nachfolger auf dem Throne des großen Karl feierlich anerkannt, war Lothar im Sommer 840 unzweifelhaft im Stande, Ludwig wenn auch nicht zu vernichten, so doch bedeutend zu erniedrigen, Karl aber unter dem Beistande Pippins II. geradezu aufzureiben. Aber statt dessen begnügte sich Lothar, nach dem seinem Muthe, wie seiner Ueberlegungskraft gleich wenig zu einem günstigen Zeugnisse anzurechnenden Grundsatze, „durch List ohne Kampf den Gegner berücken und überwinden" zu wollen. Seine Uebermacht (Nithard: c. 1: Renum cum universo exercitu transiens u. c. 4: cum ingenti exercitu) war umsonst für ihn vorhanden. Abgesehen von den Truppen, die ihm aus seinem Theilkönigreiche Italien gefolgt waren, nicht eingerechnet die fränkischen Anhänger der Reichseinheit und seiner Persönlichkeit, die ihm 834 nach dem Tage von Chevilly nach Italien gefolgt waren, deren Zahl allerdings durch das Wüthen der Pest von 836 sich bedeutend vermindert haben mochte, wissen wir aus dem bis hieher vorgenommenen Stücke der Geschichte Lothars, daß ihm bedeutende Verstärkungen seit seiner Ankunft diesseits der Alpen wieder zugekommen waren. Unzweifelhaft stießen, als er langsam durch den Elsaß hinabzog, zahlreiche Alamannen zu ihm. Daß der fränkische Stamm ihn mit Freuden empfing, wissen wir bereits. Am Rheine, an der Maas, diesseits und jenseits der Carbonarien strömten ihm stets neue Anhänger zu. Als er dann durch Burgund zog, empfing er sicherlich nicht blos provenzalische Krieger[274]), sondern vereinigte auch burgundische mit seinem Heere. — Dennoch schüchterte ihn erst bei Kostheim Ludwigs Unerschrockenheit ein: er verließ die Rheinlande, um sich auf Karl zu werfen, und gestattete dergestalt dem bairischen Könige, unter den Ostfranken, Schwaben, Sachsen, Thüringern seine Anhänger zu vermehren (Rudolf: zu 840); den Termin einer neuen Zusammenkunft bei Kostheim ließ er gänzlich unbeachtet; und auch als er Ende December sich den Rheinlanden näherte, richtete er seinen

Weg nach Aachen anstatt nach Mainz. Und ganz ähnlich handelte er dann an der Loire gegenüber Karl: statt rasch
vorwärts zu gehen, zog er es vor, „durch Drohungen und einschmeichelnde Versprechungen" auf dessen Vassallen einzuwirken,
dieselben zum Treubruche zu verleiten. Bei Orleans mußte er schon die Erfahrung machen, daß diejenigen, welche mit
ihm zu unterhandeln hatten, an Umsicht und in diplomatischer Kunst ihm nicht nachstanden, weil sie aus Erfahrung
wußten, mit welchem jedes Eides spottenden Manne sie zu verhandeln hatten. Er verließ fast unverrichteter Sache die
Lande nördlich von der Loire, nachdem er durch seinen Vertragsbruch Karl völlig die Handlungsfreiheit zurückgegeben
hatte. Der hauptsächlichste Erfolg, den sein Zug nach der Loire gehabt hat, war gegen ihn gerichtet: Ludwig und Karl
fühlten die Gemeinsamkeit ihrer Interessen und fingen an, an eine enge Verbindung unter sich zu denken. —

Unten, in der Geschichte Ludwigs, wird die Gelegenheit sich darbieten, dafür den Nachweis zu leisten, daß derselbe die Zeit, in welcher Lothar von den Rheinlanden sich entfernt hielt, trefflich benützt hatte, um seine Stellung in den
rechtsrheinischen Landen zu befestigen. — Nachdem Nithard in c. 6 die Geschichte Karls bis zum 15. April 841 geführt
(c. 7) (s. oben p. 24), greift er in c. 7 wieder um einige Zeit zurück, um die Beziehungen zwischen Lothar und Ludwig nachzuholen. Einläßlich schildert er die Maßregeln, welche Lothar gegen den Bruder ergriff; mit Ludwigs Tod-
feinden macht er uns bekannt. — Unbeirrt durch den Punct des Vertrages von Orleans, der ihn verpflichtete, bis zum
8. Mai 841 Ludwig nicht anzugreifen (Nithard: cc. 4 u. 8), brannte Lothar vor Begierde, durch List oder Gewalt den
verhaßten Bruder zu unterwerfen oder noch lieber gänzlich zu vernichten[225]), und er hatte dabei das Glück, zwei mächtige
Männer zur Seite zu haben, welchen ebenfalls der bairische König bis zum Tode verhaßt war. Von diesen beiden,
Erzbischof Otgar von Mainz und Graf Adalbert, wird hier in erster Linie zu reden sein.

Otgar saß seit 826 auf dem erzbischöflichen Stuhle von Mainz und zeigte sich schon zu Ludwigs des Frommen Lebzeiten als eifrigen Anhänger Lothars. 834 hatte ihm derselbe die Bewachung des in harter Haft zu Aachen
festgehaltenen alten Kaisers übergeben (Thegan: c. 47); trotzdem versöhnte sich Ludwig der Fromme nachher wieder mit
diesem seinem „Auflauerer", wie ihn Thegan nennt (s. Dümmler: p. 107: n. 56 u. p. 92: n. 13). Otgar stand an
der Spitze der Gesandtschaft, welche am Ende des Jahres 835 im Auftrage des Kaisers an Lothar nach Pavia ging
(l. c: p. 112: n. 3); Astronomus nennt ihn in c. 63 unter den hohen Geistlichen, welche an Ludwigs des Frommen
Todbette standen. Alsbald nach dem Tode des Kaisers ging er aber offen wieder zu Lothar über. Sein Name steht an
zweiter Stelle unter den Zeugen der in Ingelheim vollzogenen Restitution Ebbo's. Mochte Otgar schon 838 zu den
„vornehmen Franken" gehört haben, auf deren Rath hin Kaiser Ludwig seinen gleichnamigen Sohn beeinträchtigte (Rudolf
(c. 7) zu 838), so wird für die Zeit nach des Kaisers Tode durch Nithard ausdrücklich bezeugt, daß Lothar in ihm einen „über-
einstimmenden" Genossen in der Befeindung des Bruders fand[226]).

(c. 7) Der andere Gegner Ludwigs, der Graf Adalbert von Metz, war von einer langwierigen Krankheit, welche ihn
beinahe ein Jahr zur Unthätigkeit verurtheilt hatte, soeben erst, wie Nithard meint, „gleichsam zur Verstärkung des Bruderkrieges" genesen. Nicht gering ist das Lob, welches Nithard Adalberts geistiger Bedeutung zu Theil werden läßt: keiner
wagte im Rathe einer von ihm vorgebrachten Ansicht zu widerstreiten. — Zu den Lebzeiten Kaiser Ludwigs erscheint
Adalbert, consiliarius noster, zwei Male, 834 und 838 (Böhmer: n. 447 u. 480), in Urkunden desselben: aus der
ersten, durch welche ihm Güter, die er bisher als Beneficien besessen, als eigen verliehen wurden, läßt sich ersehen, daß
er u. a. am Mittelrheine, am linken Ufer bei Worms, am rechten unterhalb Mainz begütert war (s. n. 222); beide beweisen, daß er bei Ludwig dem Frommen trefflich in Gunst stand. Am Ende des Jahres 838 war er zur Zeit des
zweiten Aufstandes Ludwigs durch den alten Kaiser nach dem sächsischen Lande geschickt worden und hatte durch den Zuzug, welchen er herbeiführte, das meiste zur Niederlage des bairischen Königs beigetragen (Rudolf: 839). Ebenso übertrug Ludwig der Fromme ein Jahr nachher ihm und dem Erzcapellan Drogo, das linke Rheinufer gegen einen feind-
(c. 7) seligen Angriff Ludwigs, welcher abermals sich erhoben, zu beschützen (Rudolf: 840). — Adalberts Einflüsterungen, sein
Antrieb waren es nun, welche vorzüglich Lothar mitbestimmten, gegen Ludwig von neuem zu Felde zu ziehen; „Entzünder
der Zwieträchtigkeiten" wird er von Rudolf (zu 841) genannt.

In gewohnter Weise, doch mit mehr Glück, als sonst, eröffnete Lothar den Kampf gegen Ludwig.
(c. 7) Drohungen und Versprechungen, durch vorausgeschickte Boten unter das wankelmüthige Volk geworfen, sollten ihm den
Weg bahnen, obschon nach Nithards Bericht ihm eine von allen Seiten gesammelte, höchst beträchtliche Heeresmacht zu
Gebote stand. — Das Nähere über das kriegerische Vorgehen Lothars bringt neben Rudolf und den Annalen von Xanten
vornehmlich Prudentius. In der Zeit der vierzigtägigen Fasten, d. h. zwischen dem 2. März und 9. April, ging Lothar
bis nach Mainz gegen Ludwig vor (Prud.). Lange (diu: Prud.) leistete da Ludwig entschiedenen Widerstand und vermochte den feindlichen Bruder am Uebergange über den Fluß zu hindern (Prud.). Doch endlich zeigten sich die von
(c. 7) Lothar vor Eröffnung des Feldzuges angewandten Mittel wirksam. Wie Nithard angibt, war es die Furcht vor der
Uebermacht Lothars, wie Prudentius sagt, die Treulosigkeit des Heeres, welches Ludwig bei sich hatte, was die Entscheidung herbeiführte. Mittelst Anwendung einer Kriegslist (Prud.)[227]) gelang es Lothar, heimlich (Rudolf u. ann.
Xant. (zu 840): clam) mit seinem Heere über den Rhein zu setzen. Durch Rudolf wissen wir, daß das in den ersten
Tagen des April geschah, durch ihn und die Annalen von Xanten, daß der Uebergang bei Worms ausgeführt wurde.
Die Auflösung von Ludwigs Heer, welche weiter unten in seiner Geschichte folgen wird, war so vollständig, daß Lothar
(c. 7) nach Nithards Versicherung der Ansicht war, Ludwig werde nach diesem furchtbaren Schlage künftighin nicht mehr daran
denken können, ihm den Vorrang streitig zu machen. Auf dem rechten Rheinufer ließ Lothar Truppen, von deren Treue

er versichert war, als Besatzung zurück (Rudolf) und stellte nach Nithards Zeugniß an ihre Spitze[328]) eben den Grafen Adalbert von Metz. Nach Nithard sollte derselbe einerseits in diesen rechtsrheinischen Landstrichen für Lothar die Huldigung in Empfang nehmen, anderseits allfällige Versuche Ludwigs, sich mit Karl zu verbinden, zu Nichte machen (auch Prud.: dispositis adversus Hludowicum custodiis). Als Lothar diese Maßregeln[329]) getroffen hatte, ging er auf das linke Rheinufer zurück (Prud.)[330]), wo, wie Nithard, Prudentius und Rudolf einstimmig versichern, seine Anwesenheit dringend nothwendig geworden war. Es war ihm nämlich zu Ohren gekommen, daß Karl an der Seine über die Truppen des Grafen Gerhard gesiegt (Prud.) und diesen Fluß überschritten habe (Nithard) und im Vorrücken nach der Maas (Rudolf) begriffen sei (s. oben pp. 23 u. 24). Diesen glücklichen Fortschritten des Stiefbruders mußte ein Ziel gesteckt werden: Lothar verwandte Eifer und Macht fortan wieder zur Bekämpfung Karls (Rudolf). Aber die Anwendung trügerischer Nebenmittel unterblieb auch dieses Mal nicht, wie aus einigen nur von Nithard überlieferten Maßregeln Lothars hervorgeht. Während er in offen feindseliger Absicht dem Bruder entgegenzutreten im Sinne hatte (Rudolf: ad resistendum Karolo studia convertit et vires) und durch Kundschafter sich über dessen Stellung und Machtmittel (Nithard: ubi et cum quibus esset) zu unterrichten suchte, schickte er Gesandte an denselben, die jenen in der österlichen Festzeit zu Troyes trafen, und warf ihm vor, er habe den Vertrag von Orleans gebrochen (s. oben p. 24), mit dessen Bedingungen doch er selbst zu spielen begonnen hatte. Auch bei dieser Gelegenheit wieder schwächte Lothar von vorne herein durch die Halbheit seiner Maßregeln deren künftigen Erfolg. Anstatt sogleich auf den an der obern Seine weilenden Karl loszugehen, der die Hauptmasse seiner Truppen noch nicht herbeigezogen hatte (s. Nithard II: c. 9), begab sich Lothar nach Nithards Zeugniß zur Feier des Osterfestes nach Aachen[331]).

Welche unheilvollen Folgen diese Versäumnisse für Lothar hatten, ist schon oben in Karls Geschichte, mit der diejenige Lothars von nun an bis zum Mittag des 25. Juni zusammenfällt, erzählt worden (s. oben p. 24 ff. und Excurs VI). Dem moralischen Schlage, den Lothar seiner Sache dadurch versetzte, daß er in Attigny ausblieb, folgte in kürzester Zeit die Niederlage seiner Truppen im Ries, der Tod Adalberts im Kampfe gegen Ludwig. Endlich erschien Lothar selber im Felde gegen Ludwig und Karl[332]): etwa in der Gegend der obern Maas und obern Marne begegnen wir ihm zuerst wieder. Den häufigen, erfolglosen Botschaften[333]), den sich kreuzenden Märschen, dem Waffenstillstande vom 23. Juni folgte am 24. die lang erstrebte und glücklich vollzogene Vereinigung Lothars mit Pippin: am 25. kurz vor Mittag war der Sieg der Könige am Bache der Burgundienen entschieden.

Zunächst nach der Schlacht[334]) finden wir den flüchtigen Lothar zu Aachen, im Herz der alten fränkischen Stammlande, wohin er sich gleich vom Schlachtfelde hinweg[335]) ohne irgend welchen unnöthigen Aufenthalt nach der einstimmigen Aussage des Prudentius, Rudolfs und Ado's[336]) scheint begeben zu haben. „Besiegt entwich er zugleich mit den Seinigen, wohin er vermochte“: verkündeten am 14. Februar 842 zu Straßburg die verbündeten Könige ihren Völkern. — Allein, wie schon oben (p. 31 ff.) in Karls Geschichte zu zeigen Gelegenheit war, dieser eine, allerdings große Schlag, dessen Folgen für die spätere Zukunft freilich bedeutend genug waren, hatte für den Augenblick als einziges Ergebniß, „daß Lothar seinen Feldzug gegen Karl als gescheitert ansehen und von vorn beginnen mußte“[337]). Wohl aus keinem andern Umstand erhellt das deutlicher, als daraus, daß Lothar es war, der den Kampf von neuem wieder eröffnete, erst im August nach dem Rheine vorging, dann im Herbst und Winter bis über die Seine drang. — Welcher Mittel er sich bei der Vorbereitung dieser neuen kriegerischen Expeditionen bediente, wird zunächst zu erzählen sein.

In Aachen scheint sich Lothar den ganzen Juli hindurch aufgehalten zu haben: wenigstens stellte er am 20. und 31. dieses Monats Aquisgrani palatio regio Urkunden aus (Böhmer: n. 569 u. 570). Hier, im alten Mittelpuncte des Reiches, war er vollauf beschäftigt, seine großen Verluste zu ersetzen, den Muth seiner arg geminderten Anhänger auf welche Weise immer zu erhöhen, überhaupt in jeglicher Hinsicht sich zu verstärken. Wo er nur Hülfsmittel vermuthete, suchte er sie zu nützen: die Wahl derselben machte ihm wenig Kummer. Nithard äußert sich darüber folgendermaßen: „Als Lothar sah, daß das Volk, welches zu seiner Partei sich bekannt hatte, nach dem Siege der Brüder im Sinne hatte, von ihm abzufallen, suchte er, in verschiedener Hinsicht durch die Nothwendigkeit gezwungen, Hülfe, wo und wie er nur konnte. Da vertheilte er das öffentliche Vermögen[338]) zum Privatgebrauche; da gab er Einigen die Freiheit; Einigen aber versprach er, nach dem Siege sie ihnen zu schenken zu wollen“[339]). Aber er ging noch weiter. In den Herzen eines Volkes, dessen Unterwerfung eine der Lebensaufgaben seines erhabenen Großvaters gewesen war, weckte er die nur schlummernde Lust nach der alten Unabhängigkeit wieder auf; und einem der gefährlichsten Reichsfeinde öffnete er in rechtsverbindlicher Weise den Eingang in die Grenzen.

Die Sachsen hatten dem Sohne ihres Bezwingers, Ludwig dem Frommen, der sie gleich im Anfange seiner Regierung für sich gewonnen hatte[340]), unwandelbare Treue sein ganzes Leben hindurch bewiesen. Sie besonders gehörten mit zu jenen Germani, die vorzüglich im Herbste 830 zu seiner Herstellung in die Kaiserwürde mitwirkten (Astronomus: c. 45): damit u. a. auch die Sachsen zahlreich den Reichstag im October besuchen könnten (ann. Bertin. 830: ubi Saxones . . . convenire potuissent), hatte Ludwig der Fromme gegen Lothar darauf bestanden, daß Nimwegen als Versammlungsort desselben gewählt werde. In gleicher Weise bewährten sie 832 zur Zeit der ersten Erhebung des jungen Ludwig ihre Treue gegen den Vater: augenblicklich folgten sie dem Rufe zum kriegerischen Zuzug, der an sie erging. Sie zogen mit über den Rhein nach Tribur: umsonst hatte der aufständische Sohn auf ihren Beistand gehofft (ann. Bertin: 832). Als es sich 834 darum handelte, den alten Kaiser aus Lothars Gefangenschaft zu befreien, diesen zu demüthigen, säumten die Sachsen nicht, mit dem bairischen Ludwig gegen Lothar nach Aachen zu ziehen (ann. Bertin:

834): mit Unwillen nennt Adrevald (mirac. S. Benedicti in acta sanct.: März III: p. 310) unter den Germaniae populi, die Ludwig der Fromme gegen die ihm verdächtigen fränkischen Großen rief (Aquitaniam profecturos evocat) auch die Saxones, und zwar an erster Stelle. Mochte auch immerhin ihr Land nach der zweiten Erniedrigung des Kaisers 833 dem bairischen Könige zugefallen sein: als dieser im Winter von 838 auf 839 die ihm im Juni 838 genommenen Länder, darunter eben auch Sachsen, zurück erobern wollte, da war es ein vom Grafen Adalbert von Metz herbeigeführtes sächsisches Heer, welches zu Gunsten des alten Kaisers im Beginne des Jahres 839 am Rheine den Ausschlag gab (Prudentius, Rudolf zu 839). Obschon nun zwar derselbe, wie bereits 838, so auch 839 wieder den Sachsen in ihren Kämpfen gegen die Wilzen und Abodriten, ihre östlichen slavischen Grenznachbarn, Hülfe zukommen ließ (Prudentius zu 838 und 839)[341], so läßt sich doch schon vor des alten Kaisers Tode unter den Sachsen eine zwiespältige Gesinnung erkennen. Graf Adalbert hatte bereits im Winter von 838 auf 839 nach Rudolfs Zeugniß (partim minis partim suasionibus) neben den „Ueberredungen" auch „Drohungen" anwenden müssen, um ein Hülfsheer zusammenzubringen, und wiewohl Sachsen im Juni 839 Lothar zugetheilt worden war, stand doch im Winter darauf auf der Seite des abermals unbotmäßigen bairischen Königs neben thüringischen Schaaren auch „eine Anzahl (quibusdam) Sachsen", die er für sich gewonnen hatte (sollicitati: Nithard: I. c. 8 und daraus Astronomus: c. 62; s. oben p. 16 unter *a*). Freilich unterlag Ludwig durchaus dem kaiserlichen Vater: allein rasch folgten sich dann im Sommer 840 der Tod Ludwigs des Frommen und Lothars schimpflicher Abzug bei Kostheim, der Ludwig für mehrere Monate zur Ausbreitung seiner Herrschaft am rechten Rheinufer Frist gab. Hatte Ludwig schon vor dem Vertrage von Kostheim sein Augenmerk besonders auch
(II: c. 1) auf Sachsen gerichtet (er war eben von dort her gekommen, als er mit Lothar an der Mainmündung zusammentraf: Saxonibus sollicitatis, obviam illis perrexerat sagt Nithard: II. c. 1; d. h. eine ihm in Sachsen gewogene Partei hatte er zum Beistande aufgefordert, und nun machte er sich auf, um sie an sich zu ziehen), so war dies jetzt nach diesem Stillstande noch um so mehr der Fall. Rudolf bezeugt (zu 840), daß Ludwig auch der Treue der Sachsen (Saxones . . sibi fidelitatis jure confirmat) sich zu versichern suchte, von ihnen den Huldigungseid empfing. Schon ein Jahr vorher, am 24. December 839[342], hatte er dem in Sachsen hoch angesehenen Kloster Korvei eine Schenkung zu Theil werden lassen (Böhmer: n. 752). Im December 840[343] aber hielt er sich im sächsischen Lande selber, zu Paderborn, auf: vom 10. dieses Monats datiren zwei neue Gunstbezeugungen für dasselbe Kloster (Böhmer: n. 750 u. 751). Bald nachher, im ersten Viertheile von 841, saß auf dem bischöflichen Stuhle von Halberstadt, durch ihn eingesetzt, einer seiner Anhänger[344], der Mönch von Hersfeld, Heimo. Am wichtigsten jedoch war für seine Anerkennung in Sachsen, daß er in dieser Zeit •mit den vornehmsten und einflußreichsten sächsischen Großen in nähere Beziehung trat (s. Dümmler: p. 142 u. n. 25, freilich auch II: p. 685: Nachlese). — Den augenblicklichen Mißerfolg Ludwigs im April 841 bei Worms setzten nach kurzer Zeit sein Sieg im Ries und nur etwa vierzig Tage später die Schlacht bei Fontanetum in Vergessenheit. Eben jetzt nach dieser großen Niederlage der Kaiserpartei machte der bairische König die größten Anstrengungen, um die Früchte seines Sieges besonders auch in Sachsen zu pflücken. Prudentius, der hiefür unsere Quelle ist (Hludowicus partim terroribus, partim gratia, Saxonum quidem complures . . . . suae subjugat ditioni), bezeugt zugleich, daß zwei Parteien unter den Sachsen vorhanden waren: wie früher Ludwigs Feind Adalbert, so mußte nun auch er selbst „Schreckmittel" und „Gnadenerweisung" neben einander anwenden, und dennoch gelang es ihm nur, „einen Theil[345]) der Sachsen seiner Botmäßigkeit zu unterwerfen". Und gerade jetzt griff nun Lothar, unbekümmert um die Traditionen seines Hauses, um die erhabenen Rücksichten auf das Beste des Reiches, rücksichtslos eigennützig in die sächsischen Verhältnisse ein, da diese zumeist ihm Gelegenheit zu bieten schienen, den Bruder, wenn auch nur in indirecter Weise, recht empfindlich anzugreifen[346]).

(IV: c. 2) Nithard sagt da, wo er auf diese sächsischen Dinge zu reden kömmt, er halte dieselben für sehr wichtig und habe sie deßhalb um keinen Preis übergehen wollen. Nachdem er erwähnt, daß Karl der Große die Sachsen nach langer und schwerer Bemühung zur Annahme des Christenthums gebracht habe, und in kurzen Worten den hohen Sinn (nobiles) und die kriegerische Tüchtigkeit des Volkes betont, fährt er so fort: „Dieses Volk ist gänzlich in drei Stände eingetheilt; denn es sind solche unter ihnen, welche Edhilingi, solche, welche Frilingi, solche, welche Lazzi nach ihrer Sprache heißen". Lateinisch gibt er diese Namen wieder durch nobiles, ingenuiles, serviles, also „Adel", „Freie", „Knechte". — Eine Vergleichung dieser Angaben Nithards namentlich mit der lex Saxonum, sowie mit einer Aeußerung des fuldensischen Mönches Rudolf[347]) zeigt jedoch, daß Nithard sich darin einen Verstoß hier zu Schulden kommen ließ, daß er in seiner dritten Classe (Lazzi, serviles) zwei Stände, die Liten (Lazzi, „Freigelassene" nach Rudolf) und die Knechte, unterschiedslos in Eines zusammenfaßt, die Lazzi den servi gleichstellt, während jene eine Mittelstufe (liberti bei Rudolf genannt) zwischen den Freien und Knechten ausmachten[348]). — Sehen wir aber näher zu, so hat Nithards Classificirung doch auch ihr Richtiges, freilich unter gewissen Einschränkungen. Denn aus dem weitern Verlauf seiner eigenen Erzählung geht
(c. 2) hervor, daß zu seiner Zeit jene frühern Zustände, die Viertheilung des Volkes, bedeutende Modificationen erlitten hatte. Es war möglich geworden, den Frilingi und Lazzi zu versprechen, daß sie der Rechte, welche ihre Vorfahren vor der Unterwerfung durch die Franken genossen hatten, wieder theilhaftig werden sollten (frilingis lazzibusque promittens, . . . ut legem quam antecessores sui . . . habuerunt etc.): also mußte seit etwa zwei Menschenaltern eine Verschlechterung der Lage für diese zweite und dritte Classe eingetreten sein. Wenn sich auch nicht sicher nachweisen läßt, worin sich zumeist dieselbe äußerte, so ist doch als gewiß anzunehmen, daß eine solche stattfand[349]), daß seit Karls des Großen Zeit durch die Steigerung der Adelsmacht in Sachsen nicht nur die Frilingi, Nithards ingenuiles, eine Verschlimmerung ihrer

Stellung erfahren hatten, sondern vor allem auch die kleinen Leute, welche den dritten Stand gebildet hatten, in die drückende Lage der Hörigen stets mehr hinabgepreßt wurden, d. h. daß, um Nithards Worte anzuwenden, die Lazzi „in lateinischer Sprache zu den Sclaven gehörige (serviles) waren". Fassen wir unter diesem Gesichtspunkte Nithards Worte als eine (c. 2) Schilderung der eben damals, zu seiner Zeit, in Sachsen obwaltenden Zustände, so wird ihre Wahrheit kaum mehr anzuzweifeln sein.

Wie schon vorhin mehrmals (p. 60) sich darthun ließ, herrschte seit einigen Jahren nachweisbar unter den Sachsen ein innerer Gegensatz, der auch bereits sich thatsächlich nach außen hin zu zeigen begann. Auch hiezu bringt Nithard nähere Beleuchtung: „Doch der Theil der Sachsen, der als adelig unter ihnen gilt, hat sich in zwei Parteien (c. 2) während der Entzweiung Lothars mit seinen Brüdern gespalten, und eine Partei desselben leistete Lothar, die andere aber Ludwig Folge". Und daß eben jetzt dieser letztere nach der Schlacht bei Fontanetum von neuem in Sachsen sich mehr zu befestigen suchte und besonders des Adels sich zu versichern bemühte, ist schon besprochen worden (p. 60). — Diese innern Verwicklungen gedachte nun Lothar zu benützen.

Nithards Bericht über Lothars Eingreifen lautet folgendermaßen: „Da (als das dritte Mittel aufgezählt, das (c. 2) Lothar zu seiner Verstärkung anwandte: s. p. 59) sandte er auch nach dem Sachsenlande und versprach den Frilingi und Lazzi, deren Menge endlos ist, daß er ihnen, wenn sie sich für ihn erklärten, dieselbe Rechtsgewohnheit, welche ihre Vorfahren zu der Zeit, wo sie Götzendiener waren, gehabt hatten, für die Zukunft zum Besitze wieder einräumen wolle. Da legten sie, über alle Maßen hienach begierig, sich einen neuen Namen, den der Stellinga, bei, schaarten sich in Einen Haufen zusammen und jagten ihre Herren so gut wie aus dem Lande; dann lebte ein jeder nach alter Sitte in der Weise, wie es ihm beliebte". — Aehnlich, doch in einigen Stücken ungenauer, lautet der Bericht des Prudentius über diesen Aufstand. Prudentius sagt, daß Lothar, „um den Kampf herzustellen", die Sachsen[349]) zu gewinnen suchte, „so sehr, daß er denjenigen, welche Stellinga genannt werden[350]) und deren eine allzu zahlreiche Menge unter ihrem Volke sich findet, die Wahl zugestand, wie immer sie lieber ihr Leben rechtlich regeln wollten, ob nach einem beliebigen Gesetze, oder nach der Gewohnheit der alten Sachsen". Dann betont aber Prudentius weiter sehr stark etwas, was Nithard nicht oder wenigstens nur indirect[351]) andeutet. Er fährt nämlich so zu berichten fort: „Diese zu den Stellinga gehörenden Sachsen, stets zum Bösen geneigt, zogen es vor, den Heiden in ihrem Religionsgebrauche nachzufolgen, statt ihre auf den christlichen Glauben abgelegten Eide zu halten". Aehnlich redet Prudentius zu 842 von den Aufruhrstiftern als von solchen, „die auch den christlichen Glauben beinahe verlassen hatten". Allerdings weist Nithard ebenfalls auf die Gefahr hin, welche König Ludwig hinsichtlich „einer Vernichtung der christlichen Religion" in diesen nördlichsten Theilen des (c. 2) Karolingerreiches 842 befürchtete (ne .. christianam religionem his in partibus annullarent); doch hat er dabei nicht blos die Stellinga, sondern auch die „Nachbarn" der Sachsen, Normannen und Slaven, im Auge. Wäre der Abfall wirklich so großartig gewesen, so hätte wenigstens Nithard sicherlich diesen Umstand zu bemerken nicht versäumt. Aber auch Prudentius selbst nimmt zu 842 (qui pene reliquerant) zum Theil seine frühern rhetorischen Uebertreibungen zurück[352]). Einzelne mögen wohl mit den alten Gewohnheiten auch den frühern Glauben wieder angenommen haben: an einen allgemeinen Rückfall in das Heidenthum aber ist nicht zu denken (s. auch Dümmler: p. 161: n. 9 u. p. 254). — Als diejenigen, gegen welche der „hartnäckige" (tantopere obstiterant) Aufstand gerichtet war, nennt Prudentius (zu 842: qui sibi suisque fidelibus tantopere obstiterant) Ludwig und dessen Anhänger, unter welchen unbedingt die von Nithard erwähnten domini e regno pene pulsi zu verstehen sind. — So weit erstrecken sich die Berichte (c. 2) Nithards und des Prudentius.

Rudolfs Erzählung bereichert unsere Nachrichten über den Aufstand in mehrfacher Hinsicht. Er schildert ihn (zu 842) als eine „äußerst heftige Verschwörung der Freigelassenen, die ihren rechtmäßigen Herren den Untergang zu bereiten suchen". Daraus, daß Rudolf die Urheberschaft des Aufstandes den liberti beimißt, welchen Namen er in der translatio s. Alexandri (s. n. 347) den Lazzi gibt, geht hervor, daß besonders aus diesem ehemaligen dritten Stand die Stellinga hervorgegangen waren, und darin, daß Rudolf die domini legitimi[353]) als die Opfer der Volksbewegung nennt, stimmt er mit Nithards Erzählung überein. Die bedeutenden Dimensionen, welche der Aufruhr angenommen hatte, werden ebenfalls bei dem schlicht erzählenden Rudolf mittelst des Superlatives validissima conspiratio hinlänglich gekennzeichnet. — Der Annalist von Xanten sagt zu 841: „In diesem Jahre war durch ganz Sachsen die Macht der Knechte ihren Herren sehr über die Köpfe gewachsen, und dieselben legten sich den Namen Stellingas bei und begingen viele Unthaten (irrationabilia), und die Adeligen jenes Landes wurden durch die Knechte sehr bedrängt und erniedrigt", und bestätigt darin die Erzählungen unserer übrigen Quellen. Auch er schildert die Auflehnung als höchst umfangreich (per totam Saxoniam); die domini bezeichnet er nachher selbst in genauern Worten als die nobiles, und indem er die Aufständischen servi (zu 842: „die übermüthig aufgeblasenen (elati) Knechte der Sachsen") nennt, und wir damit Rudolfs liberti zusammen halten, bringt er ein sehr erwünschtes weiteres Zeugniß dafür, daß die Lazzi zu der Rechtlosigkeit der Hörigen hinabgesunken waren[354]).

Eine Vergleichung dieser vier Berichterstattungen zeigt, daß blos Nithard und Prudentius von den nahen Beziehungen Lothars zu dem sächsischen Volksaufstande reden, daß Rudolf jedoch, geschweige denn der lotharisch gesinnte Annalist von Xanten, nichts davon verlauten lassen. Dennoch darf wohl unbedingt die Anklage gegen Lothar erhoben bleiben. Denn ein solches Kampfmittel steht so gänzlich mit dem übrigen Auftreten Lothars während der ganzen Zeit dieses Krieges in engem Zusammenhang, stimmt so durchaus zu der Art und Weise, wie er im Herbste 840 zu Orleans sich den Sieg zu verschaffen versucht, wie er im April 841 bei Worms den Vortheil über Ludwig gewonnen hatte, daß eine derartige Handlungsweise Lothars glaubwürdig erscheint, selbst wenn sie nur von Lothar abgeneigten Autoren berichtet wird. Endlich darf gewiß noch darauf aufmerksam gemacht werden, daß Lothar bei dem nächsten Feldzuge, welchen er unternahm, im Herbste 841 auf seinem Zuge nach der Seine einen „nicht geringen Theil sächsischer Truppen" (III: c. 3) mit sich hatte, unzweifelhaft dieselben, welche ihm sein gleichnamiger Sohn nach Speier zugeführt hatte (Rudolf zu 841: Saxones cum Hlothario, filio suo parvulo, obviam sibi Nemeti venire praecepit). —

(c. 2) Doch noch eine zweite Unterstützung hatte sich Lothar nach Nithards Erzählung gewonnen. „Ueberdieß aber hatte Lothar zu seiner Hülfe auch die Normannen hereingezogen und ihnen einen Theil der Christen unterworfen; er gab denselben auch die Erlaubniß, die übrigen Christen auszuplündern". Deutlicher, dabei in voller Erbitterung, doch zum Theil nicht der Wahrheit gemäß, sagt Prudentius (zu 841): „Dem Heriold, der zu seinem Vortheile mit den Uebrigen aus dem Dänenvolke den Küstengegenden so großen Schaden zur Beleidigung des verstorbenen Kaisers (ad injuriam patris) zugefügt hatte, übertrug Lothar Walcheren und andere benachbarte Orte um dieses Verdienstes willen zu Lehen".

Herlold, ein Glied des dänischen Königshauses, tritt zuerst im Jahre 814 in den Kreis der fränkischen Geschichte, als er, in einem Thronstreite unglücklich, bei Ludwig dem Frommen Zuflucht suchte und fand (ann. Einh. 814: Herioldus (a filiis Godofridi victus et regno pulsus) ad imperatorem venit, et se in manus illius commendavit). Mehrere Jahre lebte er dann, durch Ludwig unterstützt (815: sicut jussum erat, ad auxilium Harioldo ferendum geschieht ein Feldzug; 817: auxilium Herioldo datum), in Sachsen (814: quem susceptum imperator in Saxoniam ire jussit). Von hier aus suchte er unablässig seine Rechte auf den dänischen Thron kriegerisch geltend zu machen: doch erst 819 waren diese Anstrengungen von einem glücklichen Erfolge gekrönt (l. c.: Harioldus in patriam, quasi regnum ibi accepturus, navigavit). Längere Zeit erfreute er sich hierauf eines Mitantheiles an der Herrschaft über Dänemark. Während derselben nahm er 826 bei einem Besuche, den er seinem kaiserlichen Lehnsherrn abstattete, zu Mainz den christlichen Glauben an. Bei diesem feierlichen Anlaß huldigte er zum zweiten Male dem Kaiser, was Ermoldus Nigellus: IV: vv. 601—608 berichtet: „er ergibt sich von selber mit dem Reiche, das ihm eigen gehört, dem Könige", und empfing dann von demselben magnam partem Fresonum (Thegan: c. 33), d. h. die Grafschaft Rüstringen (ann. Einh. 826: unus comitatus qui Hriustri vocatur), auf den Fall, wenn er sich um einen Zufluchtsort umsehen müßte (l. c.: ut in eum se cum rebus suis, si necessitas exigeret, recipere potuisset). Schon ein Jahr nachher trat dieser „Nothfall" ein: Herlold wurde von neuem ein heimatloser Flüchtling, indem ihn seine Mitherrscher, die Söhne Gottfrieds, abermals vertrieben, und kehrte wohl niemals wieder in sein Vaterland zurück[256]). Nach einer Nachricht Rudolfs von Fulda (zu 850) gab ihm und seinem Bruder oder Neffen Rorich Kaiser Ludwig — in welchem Jahre, wird nicht gesagt — Duurstede als Lehen, und zwar (Dümmler: p. 266) wahrscheinlich nicht neben, sondern statt der Grafschaft Rüstringen. Wie lange Herlold Walcheren, das ihm nunmehr an dritter Stelle durch Lothar im Sommer 841 verliehen wurde, behielt, ist uns gleichfalls unbekannt. Noch einmal werden wir unten im Frühjahr 842 Herlold genannt finden, wo er in Lothars Diensten erscheint. Sein Ende liegt im Dunkeln: nur so viel steht fest, daß er 850 nicht mehr lebte (Rudolf zu 850: Rorih, qui cum fratre Herioldo ... tenuit, post obitum imperatoris Hludowici, defuncto fratre etc.).

Wie über Lothars Anhetzereien in Sachsen blos Nithard und Prudentius Nachricht geben, so sind sie es auch allein, welche von dieser durch ihn vollzogenen Verleihung von Land an den Normannen reden. — Aber dessen ungeachtet werden wir unbedenklich auch hierin ihnen Glauben beimessen dürfen: folgte doch Lothar nur dem Vorgange seines Vaters, indem er Herlold Walcheren zu Lehen gab. Hatte früher Ludwig der Fromme erst einen Landstrich am Jadebusen[257]), hernach die wichtige, mitten im Rheindelta gelegene Handelsstadt Duurstede dem flüchtigen dänischen Kronprätendenten gegeben, so trat Lothar nur in seine Fußstapfen, als er auf gleiche Weise Walcheren dem Reiche entfremdete. Allerdings war Herlold schon längst zum Christenthume bekehrt und seit einem Menschenalter bereits Vassall des Kaisers, und es ist Schwartz (p. 55: n. 1) jedenfalls zuzugeben, daß Lothar in ihm nur einen neuen Anhänger sich erwerben wollte und gewiß nicht im Sinne hatte, den Reichsfeinden den Eingang zu eröffnen. Aber diese Ansiedlung konnte, wie die vorhergehenden schon, zur Folge haben, „daß sich zu den schlechten Christen, denen der Kaiser Aufnahme gewährt, offene Heiden gesellten und somit diese Maßregel nur zur Einnistung heidnischer Seeräuber in dem christlichen Frisland führte"[258]). Und im Hinblick auf diese nahe liegende Möglichkeit braucht man nicht einmal mit Dahlmann anzunehmen, daß Herlold vor seinem Tode wieder seinen heimischen Göttern zu opfern begonnen habe[259]), um das Wahre, was in (c. 2) Nithards Worten (quibus, ut ceteros christianos depraedarent, licentiam dabat) indirect liegt, zu schätzen. Besonders Walcheren[260]), diese bedeutende Position, welche in der Mündung so ansehnlicher Ströme, wie der Maas und Schelde, und so nahe am Ausflusse mehrerer Rheinarme liegt, mußte im Besitze schiffahrtskundiger Freibeuter für die Umwohner weithin zur furchtbaren Geißel werden. Solche schreckliche Folgen, welche dieses rücksichtslose Gebaren Lothars für das christliche Frisland nach sich ziehen konnte, hatte jedenfalls Prudentius im Auge, als er, allerdings übertreibend, über die Belehnung Herlolds mit Walcheren[261]) die folgenden volltönenden Worte schrieb: „Eine That, wahrlich alles Abscheues würdig, daß eben die, welche den Christen Leid zugefügt hatten, über die Länder und Völker der Christen und die Kirchen Christi gesetzt wurden, so daß die Verfolger des christlichen Glaubens als die Herren der Christen sich erheben und die christlichen Völker den Götzenverehrern dienen mußten!" —

Während Lothar in dieser Weise zu Aachen seine erschütterte Macht wieder zu heben, seine Streitkräfte zu ergänzen suchte, neue Verbindungen anknüpfte, hatten Ludwig und Karl den Sieg auszubeuten sich bestrebt. Daß und warum dem letztern weniger Früchte desselben zu Theil wurden, als er erwartet hatte, ist schon oben p. 31 ff. aus einander gesetzt worden. Ludwig hingegen hatte, wie unten ausgeführt werden wird, seine Zeit trefflich benützt und ansehnliche Erfolge errungen. Gegen ihn freilich war nun auch Lothars Doppelangriff gerichtet. Während in Sachsen der Aufstand der Stellinga Ludwig bedrohte, wollte Lothar auch durch sein persönliches Erscheinen am Rheine den günstigen Augenblick nützen.

Da Nithard in den ersten Capiteln des dritten Buches beinahe gänzlich nur Karls Bewegungen folgt, so sind wir für die Geschichte dieses von Lothar unternommenen Feldzuges allein auf Rudolf und Prudentius angewiesen. — Besonders Rudolf redet sehr einläßlich davon. „Lothar hatte wieder von allen Seiten her seine Truppen gesammelt", als er Aachen verließ. Weitere Verstärkungen noch sollten in Speier zu ihm stoßen: dahin hatte er seinem jungen Sohne Lothar die Sachsen ihm zuzuführen befohlen[362]) (Rudolf). Zunächst richtete Lothar seinen Weg nach Mainz (Rudolf: Mogontiacum veniens): er stellte hier am 20. August eine Urkunde aus (Böhmer: n. 571). Kühne Hoffnungen erfüllten ihn: er wollte den Bruder abermals, wie vier Monate früher, zwingen, seine Zuflucht bei den Slaven zu nehmen (Rudolf: quasi Hludowicum fratrem suum usque ad exteras nationes fugaturus; Nithard: Lodhuvicum (III: c. 3) persequi statuerat). Zu diesem Behufe ging er, höchst wahrscheinlich bei Worms[363]), über den Rhein (Rudolf, Prudentius). Es scheint, daß er dabei gar keinen Widerstand fand. Erst auf dem rechten Rheinufer sollte wohl der Kampf beginnen[364]). Aber einstimmig versichern Rudolf und Prudentius (s. Excurs VII: n. 11), daß er, ohne sein Ziel erreicht zu haben, alsbald zurückkehren mußte. Nithard allein nennt die Ursache dieses plötzlichen Aufgebens aller Pläne gegen Ludwig: (c. 3) „Als er vernommen hatte, daß Karl nach der Gegend von Mastricht aufgebrochen sei, ließ er Ludwig, dessen Verfolgung noch kurz vorher sein Augenmerk gewesen war, außer Acht". Spätestens am 30. August war Lothar im Besitze dieser Nachricht (s. hiezu überhaupt: p. 34 ff. u. Excurs VII)[365]). Alsbald begab er sich nun nach Worms (s. n. 363), wo er (in aller Eile: s. Excurs VII: n. 13) der Vermählung einer seiner Töchter[366]) beiwohnte (Rudolf). Da mag er vielleicht noch einige Anstalten zur Vertheidigung des Rheinufers gegen Ludwig getroffen haben (Nithard: III. c. 4: Otgars Widerstand gegen Ludwig). Dann aber setzte er in möglichster Schnelligkeit seinen Weg nach dem Westen fort, zunächst nach Thionville, wohin er ohnedieß schon nach Nithards Versicherung eine Versammlung (ad conventum quod Teotonis (c. 3) villam indixerat) berufen hatte. Am 1. September schon erließ er in der Pfalz zu Thionville eine Urkunde (Böhmer: n. 572). Sein ganzes Sinnen und Trachten war nun darauf gerichtet, weitern Erfolgen Karls den Riegel zu stoßen, wie beson- (c. 3) ders Nithard („er trug sich mit dem Gedanken, wie er auf Karl sich stürzen könnte") hervorhebt.

Wohl an keinem Orte besser, als hier, läßt sich betonen, welchen hohen Werth Lothar auf den Besitz der altfränkischen Gebiete an der Maas und dem Niederrheine, auf die Behauptung des Stammsitzes der karolingischen Macht legte[367]). In Karls Geschichte wurde oben gezeigt, wie der westfränkische König, nachdem es ihm soeben gelungen, den eifrigen Anhänger Lothars, Ebbo, von neuem zu vertreiben, die Einladung nach St. Quentin und dem Maasgau erhalten hatte, und daß er ihr alsbald Folge leistete. Den andern Zweck, welchen er bei diesem Aufbruche nach dem Norden im Auge hatte, nämlich dem Verbündeten am Rheine Luft zu machen, erreichte er in umfassendster Weise. Auf die erste Kunde hin gab Lothar alle Vortheile, die ihm müheles bei Worms zugefallen waren, auf: Ludwig war von aller Gefahr befreit. Aber auch Karl wurde noch Frist gelassen, in St. Quentin die Huldigung des Abtes Hugo zu empfangen, im Maaslande neue Erfolge zu erringen: denn Lothar ließ längere Zeit zwischen seiner Ankunft in Thionville und der weitern Fortsetzung seines Feldzuges verstreichen, unzweifelhaft deßwegen, weil er erst seine Truppen vom Rheine mußte nachkommen lassen (s. Excurs VII am Schlusse). —

Sobald Karl vernahm, daß Lothar Anstalten zum Aufbruche mache „und mit allen Truppen über ihn zu kommen sich bereite", wie Rabano Ludwig melden mußte, begab er sich so rasch als möglich auf den Rückweg nach dem Süden. Nach (c. 3) Prudentius war Lothar der Meinung, „daß Karl, wenn er weiter von seinem Bruder Ludwig weg und vereinzelt angegriffen werde, leichter zu besiegen sei". Mit einem sehr beträchtlichen Heere, bei dem nicht nur die nach Speier bestellten (c. 3) Sachsen, sondern auch ziemlich viele Alamannen und Ostfranken sich befanden[368]), folgte Lothar dem Stiefbruder nach[369]). Aber gleich der erste Wurf mißlang ihm. Sei es wegen des zu späten Eintreffens seiner Truppen in Thionville, oder weil nach dem einmaligen energischen Aufraffen wieder die alte Unentschlossenheit ihn erfüllte: er versäumte die günstige Gelegenheit, Karl den Rückweg über die Seine abzuschneiden. Karl erreichte diesen wichtigen Fluß vor Lothar, so daß derselbe, als er gleichfalls daselbst erschien und in St. Denis sein Hauptquartier aufschlug, sich den Paß bereits verlegt (c. 3) fand (Nithard: quod cum Lodharius didicisset, d. h. daß Karl nach Paris eile, ad eandem urbem iter direxit . . . ad sanctum Dyonisium venit). Schon oben sahen wir (p. 34 ff. u. p. 35 ff.), wie Karl im September aus seiner gefährlichen Lage erst durch die, wie immer, halben Maßregeln Lothars, dann durch ein glückliches Naturereigniß gerettet wurde, wie dann Lothar nach gewohnter Weise, als er die Unmöglichkeit, mit den Waffen zum Ziele zu kommen, einsah, durch Unterhandlungen zu siegen hoffte und dabei selbst vor dem Vorschlage eines doppelten Meineides nicht zurückbebte. (c. 3) „Nach gewohnter Weise verschmähte" er einen Friedensantrag Karls, und dann verließ er die Umgegend von Paris gänzlich.

Von St. Denis nahm Lothar seinen Weg, wahrscheinlich Ende October (s. p. 35), zunächst nach der obern Seine (superiores ipsius, sc. fluvii, expeteus partes: Prud.). Durch den mauripensischen Gau, d. h. auf dem rechten Ufer der Seine bis zur Einmündung der Yonne und hernach auf dem rechten Ufer dieses Flusses weiter[370]), zog er nach dem Berichte des Prudentius nach Sens, welches auch durch Nithard als die erste Station Lothars bezeichnet wird (a sancto (c. 3) Dyonisio Senones iter direxit). Für die weitere Fortsetzung dieses Zuges Lothars nach der Loire bleiben

(c. 3) Nithard und Prudentius unsere Hauptquellen. Nithard allein verdanken wir die Nachricht, daß sich Lothar zu Sens,
(c. 4) wohin er eben zu diesem Zwecke gegangen war (obviam Pippino), mit Pippin II. vereinigte (Senones . . . Pippino
recepto), der aus Aquitanien zu ihm kam (s. p. 50). Lothar scheint schon, als er nach Paris aufbrach, mit Pippin
seinen Bund erneuert zu haben: wenigstens redete er im September an der Seine in den Verhandlungen mit Karl von
(c. 3) „einem Bündnisse mit Pippin, das er unter Eidschwüren dauernd geschlossen hatte“. Schon damals also war wohl Pippin
von seinem Oheim zum Zuzuge aufgefordert worden, als dieser zu St. Denis so bereitwillig ihn Karl aufzuopfern sich
(c. 4) erbot. — In Sens angekommen und mit Pippin vereinigt, war Lothar anfangs unschlüssig, was er nun beginnen sollte.
Karl war nämlich, sobald Lothar die Gegend von Paris verlassen hatte, wieder auf das rechte Seineufer zurückgekehrt
(c. 4) (s. oben p. 35); von hier aus hatte er dann einen Theil seines Heeres auf das linke Ufer zurückgehen[371]) und nach dem
saltus qui Pertica vulgo dicitur ziehen lassen. Diese von Nithard genannte Oertlichkeit (Forêt de Perche) liegt 17
Meilen westlich von Paris etwas östlich von der Quelle der Sarthe[372]), und ihre Besetzung verrieth Karls Absicht, den
(c. 4) Theil Neustriens, der sich zwischen dem Unterlaufe der Seine und Loire befindet, behaupten zu wollen. Von dieser
Heeresabtheilung — so fährt Nithard zu erzählen fort — befürchtete Lothar für sich die nächste Gefahr: gegen sie richtete
er seinen ersten Angriff. Nicht nur erwartete er, dieselbe vernichten zu können, sondern er trug sich auch mit der Hoffnung, durch diesen Sieg den Widerspänstigen Schrecken einzujagen und vor allem den Bretonenherzog Nominoi zur
Anerkennung seiner Obergewalt zu bringen. Aber nichts hievon ging in Erfüllung. Karls Truppen konnten sich ganz
ohne Verlust zurückziehen; Lothar blieb von seinen eigenen Anhängern verlassen[373]); obschon Lothar sich nach der Aussage
des Prudentius bis an die bretonische Grenze nach le Mans[374]) begeben hatte (unde, d. h. von Sens, et Cenomannos
adiens), verharrte Nominoi übermüthig in seiner Unbotmäßigkeit (s. pp. 36 u. 37). — Für den weitern Verlauf dieses von
Lothar unternommenen Kriegszuges tritt Prudentius als alleinige Quelle ein. Auch er bezeugt, daß Lothar „unverrichteter
Sache“ (nullo negotio) in le Mans sich aufhielt, und schildert in beredter Weise die von Lothars Truppen begangenen
Gräuel. Plünderungen, Schändungen, Verletzungen der kirchlichen Gebräuche, Abzwingung von Eiden, Sengen und
Brennen füllten die heimgesuchten Gegenden. Selbst vor heiligen Räumen bebten die Räuber nicht zurück: auf Lothars
Befehl wurden von da Schätze, die man in den Kirchen und deren Schatzkammern niedergelegt, um sie so zu retten,
weggenommen. Dazu zwang er Priester und Mönche und selbst Nonnen, ihm den Eid der Treue zu leisten. Diese
(c. 5) Excesse zügelloser Schaaren hatten jedenfalls Ludwig und Karl im Auge, als sie wenige Monate später zu Straßburg
Lothar anklagten, er habe „überdieß ihrem Volke durch Brennen, Rauben, Morden großen Schaden gethan“, und daß
die Kunde von den Leiden, welche im Herbste 841 über die Westfranken kamen, selbst in die Annalen des fernen und
Lothar so geneigten Stiftsherrn zu Xanten (zu 842: „nach Verwüstung Galliens“ kehrt Lothar zurück) Eingang fand,
spricht für die Größe derselben[375]).

Es darf wohl ohne Zwang mit Gfrörer (p. 33) angenommen werden, daß Lothar bei diesem Zuge nach dem
Süden darauf rechnete, Karl werde ihm nachfolgen, um Aquitanien zu vertheidigen. Auf diese Weise wäre derselbe erst
recht, um Prudentius Ausdruck zu gebrauchen, longius a fratre Hludowico separatim facilius evincendus geworden.
(c. 3) Hatte jedoch Karl schon vor seinem Rückzuge von Attigny nach Paris Ludwig durch den Grafen Rabano um Hülfe
gebeten, dann zu Paris auf dessen Zuzug gewartet (fratris sui Lodhuwici adventum praestolaturus), war er
(c. 3) in den Unterhandlungen mit Lothar dem Bündnisse mit Ludwig treu geblieben (se foedus quod cum fratre
suo inierat, minime violare velle): so war es nach Lothars Abzug von St. Denis erst recht sein Bestreben,
(c. 3) Ludwig zu seiner Unterstützung an sich zu ziehen (qualiter Lodhuwicum in adjutorium suum recipere posset
intendit). So ließ er denn, nachdem der durch ihn vorausgesandte Truppentheil aus seiner Stellung zwischen Sarthe
und Eure sich glücklich zurückgezogen hatte, den Feind ungehindert gegen die Loire vorgehen und richtete alle seine
Aufmerksamkeit allein gegen Osten, concentrirte all sein Streben darauf, mit Ludwig sich zu vereinigen. Deßhalb
machte er sich gegen das Ende des Jahres 841 von St. Denis auf: das Weihnachtsfest feierte er zu Châlons an der
(c. 4) Marne (s. oben p. 37). — Dieser Aufbruch Karls jedenfalls war es nun, welcher den Inhalt der von Nithard erwähnten
„plötzlichen Nachricht“ ausmachte, die Lothar zukam, „daß Ludwig und Karl mit ungeheurem Heere sich mit einander zu
(c. 4) vereinigen bestrebten“. Er war zu dieser Zeit, wie gleichfalls Nithard erwähnt, „nachdem er unnützer Weise einen sehr
großen Umweg (von Paris über Sens und le Mans nach Tours) gemacht hatte“, bis nach Tours gekommen, als er sich
auf diese Art „von allen Seiten her durch Schwierigkeiten eingeengt“ sah. Von Tours begann er seinen Rückzug.
Pippin ging gleichfalls dahin zurück, woher er gekommen, nach Aquitanien, sehr unzufrieden mit sich selbst darüber, daß
er sich mit dem Oheime verbunden (s. oben p. 50). — Im Anfang des Jahres 842[376]) ging Lothar (nach Prudentius
(c. 4) bei Paris) über die Seine und kehrte nach Aachen zurück. „Mit ermüdetem Heere“, sagt Nithard, „gelangte er
endlich erschöpft nach Francien“[377]). Die ganze Expedition war durchaus verfehlt. Prudentius urtheilt darüber, daß
„Lothar ohne irgend einen Nutzen, weder für sich, noch für die Seinigen die untern Theile Galliens[378]) in so hohem
Grade verwüstet habe“.

In ganz verschwindender Weise stehen hier die Berichte Rudolfs und des Annalisten von Xanten neben denjenigen
Nithards und des Prudentius. Jener (zu 841) sagt nichts, als: „Lothar bricht wieder gegen Karl nach den gallischen
Landen auf, und nachdem er hier die ganze Winterzeit (nicht richtig: s. n. 376) verbracht, kehrt er nach Aachen zurück“,
vergißt aber nicht, beizufügen, daß Lothar seine Zeit „in unnützer Anstrengung“ verloren habe. Die ann. Xant. haben
(zu 842): „Und Lothar nach Verheerung Galliens nach Aachen zurückkehrend“.

Wenn wir hier nochmals einen Blick auf Lothars Unternehmungen vom August 841 an zurückwerfen,
so erhellt in klarster Weise, wie seine Kriegführung mit wenigen Ausnahmen durchaus verfehlt zu nennen ist. — Bei
Worms läßt Lothar im Spätsommer 841 einen schon halb ihm zugefallenen Sieg unvollendet, um, was allerdings seinem
Interesse mehr entsprach, die fränkischen Stammlande vor einem Einfalle Karls zu bewahren. Das gelingt ihm: Karl
zieht sich hinter die Seine zurück. Nun aber läßt Lothar verblendet durchaus außer Augen, daß Karls nächstes Bestreben
sein muß, eine Vereinigung seiner Truppen mit denjenigen Ludwigs zu bewerkstelligen. Anstatt diesen Plan Karls, den
derselbe keineswegs verhehlt (se foedus, quod cum fratre suo inierat, minime violare velle: sagt Karl in III: c. 3),
mit allen Kräften zu vereiteln, öffnet Lothar vielmehr, indem er nach Sens, dann vollends nach le Mans und Tours zieht,
Karl den Durchpaß nach dem Rheine. In durchaus fruchtloser Weise durchstreift er, das Land verheerend, eine allgemeine
Erbitterung gegen sich wach rufend, Neustrien und läßt Karl nicht nur Zeit, ihm in seinem Rücken durch einen geschickten
Handstreich das wichtige Laon zu entreißen, sondern auch dem Wasgau, d. h. Ludwig, sich zu nähern. Otgar, der in
Lothars Auftrag Ludwig längere Zeit den Uebergang gewehrt, fürchtet, durch Ludwig von vorne, vom Rücken her durch
Karl umschlossen zu werden. Lothar versäumt es auch jetzt noch, diesem treuen Anhänger zu Hülfe zu kommen: ebenso
unüberlegt, wie er zur Loire hingezogen, eilt er im Januar 842 in unausgesetztem Marsche von Tours nach Aachen
zurück. Otgar kann sich nicht mehr länger halten; zu Straßburg treffen sich die Könige: der Zug nach der Mosel,
Lothars zweite, größere Niederlage bereiten sich vor[379]).

Im Februar 842 finden wir Lothar in Aachen. Da stellte er am 5. dieses Monates (Böhmer: n. 573)
eine Urkunde aus. Auch noch nach der Mitte desselben muß er daselbst geweilt haben; denn nach Prudentius (Aquasgrani rediit, fratrumque conjunctionem audiens, aegre tulit) scheint er in Aachen über die am 14. Februar zu
Straßburg vollzogene Vereinigung benachrichtigt worden zu sein: „schmerzlich empfand er“ die Botschaft von diesem
bedrohlichen Ereignisse. — In diese Zeit fallen jedenfalls die Vertheidigungsmaßregeln, welche Lothar gegen den
voraussichtlichen Angriff der verbündeten Könige traf. Den Sachsen, d. h. wohl vornehmlich dem Adel (s. n. 456), ließ er nach (c. 7)
Nithards Aussage neue „Aufträge“ (mandata) zukommen. Zur Vertheidigungslinie wählte er sich die Mosel[380]): durch
an derselben aufgestellte Truppen sollte dem Feinde der Uebergang verwehrt werden (Nithard[381]), Prudentius). Besonders (c. 7)
Nithard berichtet einläßlich von diesem Vorposten Lothars am Flußübergange bei Coblenz. Otgar, den schon oft (c. 7)
genannten Feind Ludwigs, dann den Grafen Hatto und den Normannen Heriold (s. oben p. 62) nennt er unter den
Befehlshabern desselben. Lothar selber nahm seinen Aufenthalt zu Sinzig (Nithard: ut in Sinciaco didicit; Prudentius: (c. 7)
quo in Sentiaco palatio degente; Rudolf: in villa Sentiaca morantem), wo er am 12. März eine Urkunde ausstellte (Böhmer: n. 574).

Friedensanerbietungen, welche Ludwig und Karl von Worms aus (nach Nithard) Lothar hatten machen lassen, (c. 7)
wies er, wie Prudentius und Nithard übereinstimmend versichern, ohne nur die Gesandten vor sich gelassen, ohne sie (c. 7)
gehört zu haben (Prudentius: legatis eorum a sui praesentia atque conloquio inhibitis; Nithard: missos inconsulte
audire distulit), von sich: nur auf Feindseligkeiten, auf die Rüstung eines Widerstandes war nach Prudentius sein Sinn
gerichtet. — Da erschienen in der Mittagsstunde des 18. März (s. oben p. 40 u. n. 215) Ludwig, Karl und Karlmann
mit voller Heeresmacht am rechten Moselufer zu Coblenz. Schon waren die Nachen bestiegen und die Könige im
Begriffe, am jenseitigen Ufer den Kampf zu beginnen, nachdem sie vor dem Angesichte des Feindes (Nithard: quod
cum . . . viderunt, Prudentius: Mosellam viriliter transire inchoantibus . . . aufugerunt) über den Fluß gesetzt (c. 7)
waren, als die lotharischen Truppen ihre Position verließen und sich auf die Flucht begaben (Nithard: litore
relicto fugerunt). — Verschieden lauten die Berichte über die Ursachen dieses ebenso unerwarteten, als schimpflichen (c. 7)
Rückzuges. Nithard redet von „Furcht und Schrecken“ (timore perterriti), und auch Prudentius weiß nur von einer (c. 7)
„eiligen“ (velociter aufugerunt) Flucht. Verdächtiger klingen Rudolfs Worte, die Lothar als „von den Seinigen verlassen“
bezeichnen. Die Annalen von Xanten vollends wollen wissen, daß Lothar „von den Seinigen betrogen worden sei“.
Obschon nun auf den Bericht dieser letztern, welche hier mehrere Verstöße enthalten[382]), nicht allzu viel Gewicht gelegt
werden darf, so ist doch immerhin der so plötzliche Rückzug eines so bedeutenden Truppenkörpers[383]) auffallend genug
und konnte den Zeitgenossen den Gedanken an verrätherische Pläne nahe legen. Der beste Theil von Lothars Truppen
mochte von ihm dahin beordert worden sein, nach Rudolf „diejenigen, zu welchen er nicht geringes Zutrauen hatte“. Bei
Otgar wenigstens, diesem grimmigen Gegner Ludwigs, der von einer Niederlage Lothars so viel, wie dieser selbst, zu fürchten
hatte, ist an Verrath gewiß nicht zu denken[384]). Wenn wir auch von Hatto[385]) nicht viel wissen, so spricht doch das
gegen die Annahme einer verrätherischen Gesinnung, daß er der Bruder des Grafen Adalbert von Metz (s. n. 222) war,
der im Mai des vorhergehenden Jahres für Lothar im Kampfe gegen Ludwig sein Leben gelassen hatte. Gegen Heriold
einen Verdacht zu äußern, verbietet sich bei dem Mangel jedes nähern Anhaltspunctes: nur soviel ist gewiß, daß Lothar
aus seinen gefährlichen Beziehungen zu dem Dänenkönige dergestalt durchaus keine Vortheile erwachsen waren (s. auch
Dahlmann: I: p. 44).

Lothar war noch in Sinzig, als er von dem Vorrücken der Könige über die Mosel die erste Kunde erhielt.
„Durch die unverhoffte Ankunft der Brüder in Schrecken gesetzt“ (Prud.), verließ er augenblicklich den Rhein und eilte
zunächst nach Aachen. Prudentius ist die Hauptquelle für die Geschichte dieses Rückzuges. Als Lothar nach Aachen
kam, scheint er noch nicht völlig von aller Streitmacht entblößt gewesen zu sein (s. oben p. 41). Hier aber nahm die Desertion
in seinen Reihen reißend überhand, obschon er die verzweifeltsten Anstrengungen dagegen machte. Als er sah, daß er

Aachen werde verlassen müssen, wollte er wenigstens den Siegern die Beute nicht lassen. Die Pfalz, die Marienkirche wurden,
wie Prudentius klagt, ihrer Schätze beraubt. Ein silberner Tisch aus Karls des Großen Hinterlassenschaft mit kunstvoller
erhabener Arbeit (signis eminentioribus sculpta), nach Prudentius „von wunderbarer Größe und Schönheit", der letzte
und schönste von drei ähnlichen (s. Karls Testament in Einhards Leben Karls: c. 33, Thegan: c. 8), wurde zersägt. Die
einzelnen Stücke wurden unter Lothars Anhänger, so weit sie noch nicht sich entfernt hatten, vertheilt. Aber selbst diese
werthvollen Geschenke halfen nichts mehr. „In Schaaren, haufenweise"[286]) verließen ihn seine Truppen. Schon ließ sich
ein Ueberfall Ludwigs und Karls, welche inzwischen das ripuarische Franken geplündert hatten, in nächster Zeit voraussehen.
(c. 7) Da verließ Lothar in den letzten Tagen des März (s. oben p. 41) Aachen. „Er zauderte nicht", sagt Nithard, „auch selbst
sowohl aus dem Reiche[287]), als aus dem Sitze[288]) desselben wegzugehen": er verließ den ehrwürdigen Mittelpunct desjenigen
(IV: c. 1). allumfassenden Reiches, wie es Karl der Große gestiftet hatte, „die Pfalz zu Aachen, welche damals der vornehmste Sitz des
ganzen fränkischen Reiches[289]) war". Diese Entfernung Lothars aus Aachen war ein Ereigniß von höchster Tragweite.
Selbst der im Uebrigen so dürftige Ado erwähnt gleich nach der Schlacht von Fontanetum, daß Karl und Ludwig „ihren
Bruder Lothar, den Kaiser, aus Aachen schrecken" (script. II: p. 322), und auch die Chronik von St. Wandrille sagt:
Clotharius de Aquis exiit (l. c: II: p. 302); ebenso enthalten die Annalen von Hersfeld (in ann. Hildesheim., Quedlinburg., Weissemburg. zu 842: l. c. III: pp. 44 u. 45) die Nachricht: Lotharius (Latheri) expulsus est de (a) regno.
Unaufhaltsam, „in äußerster Schnelligkeit" (Ado) eilte Lothar nach dem Süden: da entstand, wie schon oben in Karls
Geschichte gezeigt wurde (pp. 41 u. 42), das Gerücht[290]), welches uns Rudolf überliefert hat: Lothar verzweifele an
seiner Sache und fliehe nach Italien, er gebe nicht nur seine Ansprüche auf eine kaiserliche Oberherrschaft nach den Bestimmungen von 817, sondern auch den Besitz der Rhein- und Rhonelande auf (usque Lodhuwicus et Karolus Lod-
(c. 1) harium a regno suo abisse certis indiciis cognovere sagt Nithard). So schritten denn die verbündeten Könige in
den letzten Tagen vor dem Osterfeste zu Aachen zu Lothars Absetzung, zur Neutheilung des von ihm, wie es schien, gänzlich
verlassenen cisalpinischen Gebietes (s. oben pp. 41 u. 42).

Aber wenn Lothar auch, zunächst nur auf die Rettung seiner Person bedacht, erst in weiter Entfernung von
Aachen zuerst wieder sich sicher fühlte, so lag doch dieser Endpunct seiner Flucht durchaus nicht jenseits der Alpen:
(III: c. 7) „am Ufer der Rhone" (Nithard) machte er vielmehr Halt. Prudentius nennt uns zwei Orte, welche Lothar auf
seinem Wege dahin berührte: Chalons an der Marne, und Troyes, wo er das Osterfest feierte (2. April). Auch durch
Langres[291]) scheint er gekommen zu sein. Lyon jedoch ist unbedingt nach den einstimmigen Aussagen von Prudentius
(c. 1) und Ado als der Ort aufzufassen, an dem Lothar zuerst wieder festen Fuß faßte. „Wenige" nur hatten es nach Nithard
für gut befunden, bei ihm auszuharren (qui se sequi deliberaverunt). Seine Gemahlin und seine Kinder waren ihm,
wie Ado erzählt, gleichfalls gefolgt. — Allerdings hatte Lothar, „ohne eine Schlacht zu liefern, eine Niederlage
erlitten, die verhängnißvoller für ihn war, als selbst die Schlacht von Fontanet"[292]). Aachen, das ihm nach jener als
sicherer Zufluchtsort, als Stützpunct zu seinen neuen Unternehmungen gedient, hatte er jetzt preisgeben müssen. Doch
wenn die Könige in Aachen seine Stellung für vernichtet angesehen, sich als seine Erben betrachtet hatten, so sollten sie
bald durch die Wirklichkeit über diesen ihren Irrthum belehrt werden

Die Gegend von Lyon war der Boden, auf welchem Lothar sich am leichtesten von seiner Niederlage erholen,
wo er die ausgiebigsten Hülfsquellen finden konnte. In Ingelheim war sie durch die Bischöfe von Grenoble, Valence,
Tarantaise vertreten gewesen; dem Abte Hildegis von Donzère war durch Lothar am 10. October 840 Zollfreiheit zu
Theil geworden. Vor allen andern aber ist unter Lothars Anhängern Agilmar zu nennen, sein Erzcanzler, der Nachfolger Bernhards auf dem erzbischöflichen Stuhle von Vienne. In dem Erzbischof von Lyon, Agobard, war zwar Lothar
ein Hauptverfechter seiner Ansprüche seit bald zwei Jahren hinweggestorben. Aber indem in der Person von Agobards
Nachfolger, Amolo, ein Schüler dieses Prälaten den erzbischöflichen Stuhl von Lyon bestieg, darf wohl angenommen
werden, daß derselbe auch hinsichtlich seiner Beziehungen zu Lothar den Traditionen des Vorgängers und Lehrers treu
blieb[293]). Nach Ado's Zeugniß (qui . . . ac Viennam progreditur) hielt sich Lothar außer in Lyon besonders auch
(IV: c. 3) eben in Agilmars Stadt auf. Auch war er, wie Nithard berichtet, Herr über die Schiffahrt auf der Rhone: gehörte
doch nach zwei Urkunden vom 6. Februar 841 (Böhmer: n. 566 u. 567) auch der Bischof von Marseille zu seiner
(c. 3) Partei. Von allen Seiten und so viel er konnte, — erzählt Nithard weiter — zog Lothar nach der mittlern Rhone
Verstärkungen zusammen: verhältnißmäßig rasch sah er sich wieder an der Spitze eines Heeres, auf das er sich hinreichend verlassen konnte"[294]) (Rudolf; auch Ado sagt: ibi receptis copiis; ann. Xant: ibi viribus resumptis). In
(c. 3) Lyon und Vienne scheint er einige Zeit geweilt zu haben (Nithard: supra ripam Rodani resedit; ann. Xant: ibi
consedit; Ado: ibi aliquantulum substitit). Hierauf aber brach er in nördlicher Richtung auf und begab sich zum
15. Juni nach Macon.

Ludwig und Karl hatten sich nämlich, wahrscheinlich im Laufe des Mai, in Verdun getroffen und dort sich
davon überzeugt, daß sie zu frühe sich in die Beute getheilt hatten, daß Lothar, wenn auch von der Höhe der früher von ihm
angemaßten Stellung gestürzt, doch von neuem eine nicht verachtenswerthe Macht gewonnen habe (s. oben pp. 42 u. 43). Lothar
hatte auch seinerseits endlich einen klaren Einblick in seine Lage gewonnen und erkannt, daß er den siegreichen Brüdern
nicht mehr so, wie früher, entgegentreten dürfe, daß er seine Ansprüche herunterschrauben müsse: er war nach Rudolf pronior ad
faciendam cum eis pacem geworden. So war es Lothar denn, welcher die Friedensunterhandlungen begann
In Karls Geschichte (pp. 43 u. 45) wurde erzählt, wie in Verdun sein erster Bote durchaus nicht freundlich von den Königen

empfangen wurde, wie er dennoch, „obschon ungern“ (licet invitus: Prudentius), seine nächsten Vertrauten mit der Ueberbringung seiner neuen Vorschläge an die Brüder beauftragte (legatos quibus plurimum nitebatur dirigit: l. c.). Nithard nennt uns die Namen von dreien dieser Gesandten (una cum ceteris a parte Lodharii), welche in Clamecy mit (c. 3)
Ludwig und Karl zusammentrafen: Josippus[395]), Eberhardus[396]), Egbertus[397]), von denen wenigstens zwei, Markgraf Eberhard von Friaul und Josippus, auch früher schon als Anhänger Lothars erschienen. — Die Antwort, welche die Könige nach mehr als viertägiger Berathung aus Clamecy durch die Grafen Konrad, Kobbo, Adalhard und noch andere Bevollmächtigte Lothar übermittelten, ist bereits oben (p. 43) erwähnt. Diese Gesandten der Könige fanden Lothar nach Nit- (c. 3)
hards Angabe wieder „nur wenig von seinem gewöhnlichen Uebermuthe entfernt“[398]). War es das stets wachsende Gelingen, waren es die gemehrten Kräfte, die Hoffnung auf den Rückhalt, den ihm sein Königreich Italien bot, oder war es die Kenntniß von der Lage der Könige, von der Unlust ihrer Vassallen zu weitern Kämpfen (s. oben p. 43 ff.), was Lothar neuen Muth einflößte: er äußerte seine geringe Geneigtheit, auf der Grundlage der ihm überbrachten Vorschläge einen Stillstand einzugehen. Besonders beschwerte er sich, Nithards Worten zufolge, darüber, „daß er in dem ihm angebotenen Reichstheile (c. 3)
nicht die Mittel finde, um denjenigen, welche ihre Sache mit der seinigen verknüpft hätten, das, was sie verloren, zurückzuerstatten“[399]). Sei es durch Ueberlistung oder durch Bestechung geschehen: es gelang Lothar, wie wir bereits wissen (s. oben pp. 43 u. 46), den Brüdern die alleinige Entscheidung über den ihm einzuräumenden Drittheil zu entwinden, sich die erste Wahl zwischen den Reichstheilen in die Hände zu spielen, dabei Karl einen schönen Theil seines Reiches zu entreißen und, was das wichtigste war, die Erfüllung seines eidlichen Versprechens von der vorhergehenden Vollführung der den Brüdern aufgeladenen Verpflichtungen abhängig zu machen[400]). Diese Verabredungen zwischen Lothar und den königlichen Gesandten erlangten nachher auf Ansilla am 15. und 16. Juni ihre feierliche Bestätigung. Lothar hatte auf diplomatischem Wege wenigstens einen Theil von dem, was er durch seine moralische Niederlage im März eingebüßt hatte, wieder erobert: er durfte wieder ein gewichtiges Wort bei der Entscheidung der weitern Schicksale des Reichs mitreden. Aber in Einem Punkte hat auch er, wie früher Ludwig und Karl, den Großen des Reiches nachgeben müssen: 120 Bevollmächtigte sollten das Reich theilen, alle drei Söhne Ludwigs des Frommen aber während der Zeit, in der diese Männer ihre Arbeit erfüllten, von dem Orte, wo sie beschäftigt waren, d. h. von Metz, sich ferne halten (s. auch p. 48).

Nach den Festsetzungen vom 16. Juni sollte sich jeder der drei Fürsten friedlich in seinem Reichstheile bis zum 1. October, dem Tage, an welchem die Bevollmächtigten in Metz zusammentreten mußten, aufhalten (s. p. 47). — Lothar begab sich nach dem Norden zurück[401]). Die Francia superior[402]) war nach Ado sein Ziel. Genauer bestimmt dasselbe Nithard: „Lothar aber, wie er glaubte, schon der Auswahl über die Theile des Reiches im voraus sicher, begab (c. 4)
sich nach den Ardennen (s. Excurs XL) auf die Jagd, und beraubte alle Großen des Volkes in diesem Reichstheile, welche von ihm, während er aus dem Reiche abwesend war, durch die Nothwendigkeit gezwungen, abgefallen waren, ihrer Lehen“. Besonders das ripuarische Gebiet, welches sich Ludwig und Karl mit Waffengewalt im Frühjahr unterworfen hatten, das dann in der Theilung von Aachen Ludwig zugefallen war und wo dieser sich hatte huldigen lassen, mag hier gemeint sein. Doch kömmt Lothar, so weit wir nach Urkunden seinen Aufenthaltsort kennen, nur im südlich von Ripuarien gelegenen Mosellande vor. So hielt er sich u. a., jedenfalls vor dem 29. August, in Trier auf. Wie er selbst sagt[403]), war er, „um für das Beste seines ganzen Reiches zu sorgen“, gekommen. In diesen Gegenden wollte er wieder festen Fuß fassen: in großer Zahl waren die Vassallen bei ihm (er sagt: una cum multis ex fidelibus nostris). In Trier wurde Lothar auch nach seinem eigenen und Prudentius' Zeugniß[404]) die Ehre zu Theil, Gesandte des byzantinischen Kaisers[405]) zu empfangen. Am 29. August finden wir dann Lothar Marciaco villa S. Salvatoris de Prumia, d. h. zu Merzig an der untern Saar[406]). — Erzbischof Hetti von Trier, seit 814 an der Spitze dieser Erzdiöcese, war 835 einer der hohen Geistlichen gewesen, welche der Krönung Ludwigs des Frommen in Metz beiwohnten; im Juni 840 befand er sich unter denjenigen, die an dessen Sterbelager standen. Auch Hetti's Unterschrift befindet sich unter Ebbo's Restitutionsedict: er war also zu Lothar nach Ingelheim gekommen. Aber trotz Hetti's Anhänglichkeit an Lothar hatte seine Kirche in dem Bruderkriege durch diesen selbst Schaden erlitten: wegen der Verkürzung seines Gebietes (propter arduam et strictam regni nostri partem angustati et constricti sagt Lothar in der Urkunde: vgl. in IV: c. 3 Lothars Klagen) war von Lothar eine Besitzung der Kirche des h. Petrus, das Kloster Mettlach (Medelacus), unterhalb Merzig an der Saar gelegen, einem seiner Großen, Guido, Herzog von Spoleto, gegeben worden. Bei seinem Aufenthalte in Trier war Lothar durch Hetti um Rückgabe dieses Klosters an das Erzstift gebeten worden und willfahrte ihm nun durch diese schon mehrfach hier benützte aus Merzig erlassene Urkunde.

Schon die oben erwähnten Worte Nithards über Lothar: jam, ut sibi videbatur, de electione regni partium (c. 4)
securus, dann das ebenso unkluge, als niedrige Rachenehmen an Männern, welche ungerne genug ein Paar Monate früher von ihm abgefallen waren (s. n. 236) zeigen, daß Lothar sich wieder gesichert fühlte und damit der alte Uebermuth, die Nichtachtung aller Schranken ihn von neuem erfüllte. Nur so erklärt es sich, daß er, wie nachher in Coblenz zu Tage kam, den Theilungscommissären seiner Brüder entgegen seinem auf Ansilla gegebenen Versprechen ihre Arbeiten (c. 5)
in seinem Gebiete zu beginnen nicht gestattete (s. oben p. 51) und daß er, gleichfalls im directen Widerspruch mit den (c. 4)
Festsetzungen vom 16. Juni (Nithard: aliter, quam statuerat), am Ende des September[407]) nach Thionville sich begab, wie Nithard, Prudentius und Rudolf gleichmäßig bezeugen[408]). Daß man sich da nach Nithards Aussage ins Gedächtniß (c. 4)
zurückrief, „wie Lothar sich stets leicht geneigt und rasch fertig gezeigt hatte, seine Brüder zu täuschen“, als er jetzt gegen sein Wort nur vier Meilen von Metz entfernt sich aufhielt, ist leicht begreiflich. — In Karls Geschichte ist erzählt worden

(s. p. 47 ff.), wie Karl, nachdem er sich am 30. September persönlich in Metz von der Lage der Dinge überzeugt hatte, bei Lothar Beschwerde erhob, wie dann dieser nachgab und in die Zusammenkunft zu Coblenz einwilligte, wie er dieselbe mittelst Schwierigkeiten, die er ihr geschickt in den Weg geleg hatte, sprengte. Aber die Worte Hinkmars, daß die Söhne Ludwigs des Frommen, „sie mochten nun wollen, oder nicht", endlich durch ihre Vassallen zum Frieden genöthigt wurden, fangen nun auch für Lothar ihre Richtigkeit zu gewinnen an (s. oben p. 52). Nachdem am 5. November der zu Coblenz abgeschlossene Waffenstillstand abgelaufen war, wurde zu Thionville, wohin sich Ludwig und Karl zu Lothar begeben hatten (s. n. 294), eine neue Waffenruhe[409]) bis zum 14. Juli 843 abgeschlossen. Schon in (c. 6) einem andern Zusammenhang ist gezeigt worden (s. oben pp. 52 u. 53), daß nicht die Fürsten selbst, obschon sie anwesend waren, sondern ihre „Großen" (primates popali) dieselbe beschworen, daß, um eine gleichmäßige Theilung zu erzielen, eine Aufnahme des Reiches, gegen die sich Lothar früher so sehr gesträubt hatte, durch 300, statt, wie früher, durch 120 (c. 6) Bevollmächtigte angeordnet wurde. Allerdings sollte Lothar die erste Wahl unter den Reichstheilen bleiben: aber mit den Ansprüchen von 817 durfte er nicht mehr auftreten[410]). Wie die verbündeten Könige ein halbes Jahr früher, so war auch Lothar jetzt wieder an den Schranken seines in unerwartetem Maße raschen und glücklichen Erfolges nach kurzer Zeit angelangt.

Den ganzen October und einen großen Theil des November scheint Lothar in Thionville geblieben zu sein: wenigstens kennen wir Urkunden vom 17. October[411]) und 12. November (Böhmer: n. 575), welche Lothar Teidonis villa palatio regio und Theodonis palatio regio (Beyer: I. pp. 78 u. 79) ausstellte, jene für Bischof Verendar II. von Chur, diese für (c. 6) seinen treuen Anhänger, den Abt Markward des Klosters Prüm[412]). — Dann — und das ist Nithards letzte Nachricht über Lothar — begab er sich, um den Winter da zu verbringen, nach dem Mittelpuncte des Reiches, nach Aachen, „das er", wie mit Dümmler (p. 181) jedenfalls angenommen werden darf, „bereits wieder als seine Hauptstadt betrachtete". Auch Prudentius sagt (zu 842): „Lothar verweilt in den mittlern Theilen des Reiches der Franken". Am 18. Januar 843 finden wir ihn zwar noch in Gondreville (s. n. 468); doch schon am 17. Februar und 20. März hielt er sich in Aachen auf (Böhmer: n. 576 u. 577).

„Ludwig befand sich jenseits des Rheines" (Nithard: I. c. 8), als sein kaiserlicher Vater sein Leben endete: durch denselben verfolgt, hatte er vor kurzem noch bei den Heiden Zuflucht suchen müssen. — Ludwig ist der einzige unter den drei Söhnen Ludwigs des Frommen, dem der Wortlaut des Vertrages von Verdun nur die definitive Erfüllung und den endlichen Abschluß eines mehr als ein Decennium dauernden Strebens brachte. Er hatte nicht, wie Lothar, einer zu Grabe getragenen Reichseinheit nachzutrauern; ihm waren nicht, wie Karl, dem verzogenen Lieblinge des schwachen Vaters, schon im frühesten Kindesalter Hoffnungen erweckt und Ansprüche geschenkt worden, welche dem jungen Mann: nachher sich als gar nicht oder doch nur als theilweise erfüllbar darstellten: vielmehr hatte Ludwig von Anfang an seinen Plänen in weiser Selbstbeherrschung ein erreichbares Ziel gesteckt. Die Beherrschung der am rechten Rheinufer liegenden Reichstheile, wie man es wohl mit kurzen Worten nennen darf, war es, was er schon vor des Vaters Tode in unermüdlicher Energie anstrebte, was er in dem Bruderkriege zu gewinnen wünschte, was ihm im August 843 zu Theil wurde. In höherem Maße noch, als bei Karl und Lothar, ist also bei Ludwig von Baiern[413]), dessen Geschichte nach 840 nur die fortschreitende engere Schließung der seit 830 von ihm beworbenen Gebietstheile zum Gegenstande hat, ein Rückblick auf die Ereignisse vor 840 nothwendig.

Durch die Erbverfügung von 817 war der damals etwa dreizehn Jahre zählende Ludwig zum Unterkönige von Baiern designirt worden; aber erst im Juni 826 trat er seine Regierung daselbst nachweislich an. Regensburg wurde nun der Mittelpunct eines Gebietes, das westlich bis zum Lech reichte, südlich noch jenseits der durch die Alpen gebildeten natürlichen Grenzscheide den obern Theil des Flußgebietes der Etsch umfaßte, nördlich aber mit Ausnahme des bairischen Waldes wohl nicht über die Donau hinaus sich erstreckte. Nur diese Grenzen fallen für uns in Betracht. Daß der junge König außer den Marken noch bis tief nach Pannonien hinein von slavischen Stämmen Gehorsam fordern konnte, ob er seine Ansprüche gegenüber so kriegerischen Nachbarn, wie die Bulgaren, so unbotmäßigen und zweifelhaften Unterthanen, wie die Mähren und die czechischen Häuptlinge waren, aufrecht erhalten konnte, liegt außerhalb unserer Aufgabe. — 827 wurde Ludwig durch seine Vermählung mit Hemma mit dem in seinem Königreiche hoch angesehenen welfischen Grafengeschlechte verschwägert: seine Stiefmutter Judith wurde hiedurch seine Schwägerin. Auch ihn begann aber nunmehr der wachsende Einfluß der allmächtigen Kaiserin einzuschränken: „mit Unwillen erfüllte es ihn" (Thegan: c. 35), als durch die Uebertragung Alamanniens an den kleinen Stiefbruder unmittelbar an seiner westlichen Grenze der Grundstein zu einem Reiche für denselben gelegt wurde, dessen Vergrößerung sich nur zu leicht voraussehen ließ. Der Ausbruch der Erhebung im April 830 befreite ihn aus einer Haft, in der er längere Zeit am Hofe festgehalten worden war[414]): Mittheilungen, welche er den Verschworenen machte (s. oben p. 10), sollen den Ausbruch der Empörung beschleunigt haben. Dem Sturze der Kaiserin und Bernhards folgten Lothars Versuche, den Vater zur Niederlegung der Regierung zu vermögen, das kurze Regiment der Einheitspartei. Ludwig sah durch dasselbe nicht erfüllt, was er zu erreichen beabsichtigt hatte: so war denn er es hauptsächlich, der im Bunde mit den Sachsen und Friesen auf dem Reichstage zu Nimwegen im October 830 die Autorität des Vaters herstellte. Im Februar 831 schien ihm auf dem zu Aachen abgehaltenen Reichstage die Belohnung für diesen kräftigen Beistand durch den Vater zu Theil werden zu sollen. Eine

Theilungsacte vergrößerte sein Gebiet in sehr bedeutender Weise in nördlicher und nordwestlicher Richtung, so daß nach derselben sein Gebiet dem heutigen Deutschland (ausgeschlossen Alamannien und das Land zwischen Mosel und Mittelrhein), Holland und Belgien, inbegriffen einen breiten Gürtel französischen Bodens längs der belgischen Grenze, entsprochen hätte; völlig unabhängig von Lothar sollte dieses vergrößerte bairische Reich regiert werden. „Allein diese ganze Theilung schwebte in der Luft“ und kam nicht zur Ausführung (s. oben pp. 2, 4 u. 8, u. n. 6). Gereizt hiedurch, suchte Ludwig von sich aus die gewünschte Vergrößerung zu erringen. Mit einem Heere, wozu er selbst die Hörigen aufzubieten und Slaven herbeizuziehen nicht gezögert hatte (ann. Bertin. 832), brach er im Frühjahr 832 durch Schwaben nach dem mittlern Rheine hervor. Bis Lorsch war er gedrungen, als ihm der alte Kaiser entgegentrat; ohne Kampf mußte er sich nach Baiern flüchtig zurückziehen und im Mai zu Augsburg vor dem Vater sich demuthigen. Unzweifelhaft war diese Versöhnung mit einer noch strengern Einschränkung seiner Herrschaft auf Baiern verknüpft. Nicht im geringsten Maße kann es nach diesen Vorfällen auffällig sein, daß Ludwig 833 in regster Weise an der zweiten Erhebung gegen Ludwig den Frommen thätig sich betheiligte. In der Theilung, welche die drei Söhne der Irmingard nach den Vorgängen bei Sigolsheim im Juni 833 zu Kolmar vornahmen, fielen ihm dann nicht nur Schwaben sammt dem Elsaß, sondern auch Ostfranken, Sachsen, Thüringen, dazu auf dem linken Rheinufer die Gaue von (Mainz: n. *118*) Worms und Speier zu: fortan zählte er von dieser Epoche seine Regierungsjahre in orientali Francia. — Reue und Schmerz über das harte Schicksal des Vaters einerseits, andererseits die Einsicht, daß Lothar in einseitiger Weise die Früchte des Sieges gegen sie ausbeuten, ihre Stellung beschränken wolle, bewogen Pippin und Ludwig, für die Herstellung des Vaters abermals ihr Bestes zu thun. Zu Quiercy traf Ludwig in der Mitte März 834 den seiner Haft entlassenen Kaiser und blieb, auch nachdem Pippin den Hof wieder verlassen, bei dem Vater zum Schutze gegen Lothar, der seine Ansprüche noch bis in den August hinein kriegerisch zu verfechten fortfuhr. Zu Chevilly wohnte Ludwig der Unterwerfung Lothars bei. Ehe er vom Vater sich verabschiedete, hatte ihm dieser, wenn auch wahrscheinlich nur mündlich (s. Dümmler: p. 101), den Besitz seines ostfränkischen Reiches bestätigt: zu 838 redet Rudolf „von der Herrschaft über die östlichen Franken, die Ludwig früher unter Einwilligung (cum favore) des Vaters inne gehabt hat“. — In den nächsten Jahren tritt Ludwig wenig hervor: er mag seine Herrschaft unter den ihm zugetheilten Stämmen befestigt haben. Erst die Zuweisung des „besten Theiles des Reiches“ an Karl im October 837, wozu zwar Ludwig (nach Prudentius), in Aachen selbst anwesend, seine Zustimmung gegeben hatte, ließ ihn von neuem für den Bestand seines Reiches in Sorgen gerathen und deßhalb abermals zu dem Vater in eine gespannte Stellung kommen. Im März 838 hielt er zu Trient mit Lothar die oben mehrfach (pp. 10 u. 13) erwähnte Zusammenkunft, wofür er schon im April in Aachen vor dem Vater ein scharfes Verhör über sich ergehen lassen mußte. Im Juni kam er voll Gehorsam, wie es ihm befohlen worden war, nach Nimwegen. Hier aber beraubte ihn eine Verfügung des Kaisers seiner Länder, „alles dessen, was er jenseits und diesseits des Rheines von der Macht des Vaters sich angemaßt hatte“ (Prudentius): blos Baiern sollte ihm bleiben. Wie Rudolf sagt, verließ Ludwig Nimwegen „mit der klaren Einsicht, daß der Haß der väterlichen Rathgeber gegen ihn eine solche Willensäußerung desselben verursacht habe“. Den Erzbischof Otgar und den Grafen Adalbert, welche beide gleichfalls in Nimwegen anwesend waren (Dümmler: p. 125: n. 47), mochte er dabei wohl hauptsächlich im Argwohne haben. — Im Winter von 838 auf 839 erhob sich Ludwig zum zweiten Male: Frankfurt machte er zum Mittelpuncte seiner Unternehmungen. Aber wie 832, mußte er auch jetzt wieder, im Januar 839, von den Truppen, die er mit sich gebracht, verlassen, nach Baiern zurückfliehen. Ludwig der Fromme befestigte hierauf seine Herrschaft auf dem rechten Rheinufer während eines längern Aufenthaltes in Frankfurt und begab sich dann tief nach Alamannien hinein, bis an den Bodensee. Hier, zu Bodmann, kam Ludwig im April 839 demüthig um Verzeihung flehend zu ihm. Der Vater entließ ihn nicht unfreundlich: aber an eine Erweiterung des kleinen bairischen Reiches, nach welchem sich Ludwig nunmehr wieder begab (s. n. 342), war nicht zu denken. Aus Alamannien kehrte der Kaiser im Mai nach dem mittlern Rheine zurück. Dann erfolgte im Juni zu Worms die Aussöhnung mit Lothar, die neue Theilung des Reiches zwischen diesem und dem kleinen Karl. Diese, wie es schien, definitiven Festsetzungen beschränkten den unbeliebten bairischen König in der ungerechtesten Weise auf sein unbedeutendes Theilreich. „Ludwig“, sagt Rudolf zu 839, „wurde dafür, daß er den Vater beleidigt hatte, nur die Provinz der Bajoarier zugestanden“. Noch von Worms schickte, wie Prudentius erzählt, der alte Kaiser Gesandte an Ludwig, die ihn verpflichteten, Baierns Grenzen ohne die Erlaubniß des Vaters nicht zu überschreiten. Zu Kreuznach empfing er einen ihn für einstweilen zufrieden stellenden Bericht über die Gefügigkeit des Sohnes und brach dann gegen Pippin II. nach Aquitanien auf. — Daß Ludwig, sobald er seine Rüstungen vollendet hatte, abermals seine Ansprüche zu realisiren suchte, ist selbstverständlich. Schon im December 839 stand er wieder mit einem ansehnlichen Heere bei Frankfurt (s. n. 342), in der deutlichen Absicht, alles Land rechts vom Rheine sich zu gewinnen[15]). Aber unerwartet schnell war der greise Kaiser trotz seiner angegriffenen Gesundheit aus Poitiers über Aachen nach Hessen geeilt: Ludwig, der in Thüringen stand, gab seine Sache verloren und floh so rasch, als möglich, im April 840 durch slavisches Gebiet nach Baiern zurück. Ludwig der Fromme dagegen schickte Gesandte an Lothar nach Italien und lud ihn auf den 1. Juli nach Worms ein, „um mit ihm und seinen übrigen Vertrauten sich über Ludwig zu berathen“ (Nithard: I. c. 8, daraus Astronomus: c. 62; s. p. 15 unter *e*). Dümmler (p. 137 u. n. 5) glaubt, daß auf diesem Reichstage Ludwig selbst seines bairischen Reiches hätte beraubt werden sollen. Zu seinem Glücke starb der lieblose Vater schon eilf Tage vor diesem Termine. —

Fragen wir hier noch nach den hauptsächlichsten Stützen von Ludwigs Macht, so ist in erster Linie das bairische Land zu nennen, der Kern seines Gebietes. Baiern wird durch Astronomus: c. 47 als der Herd der Unruhen von 832 bezeichnet: cum omnibus Bajoariis, liberis et servis (ann. Bertin.) rückte damals Ludwig nach Lorsch vor[416]). Wie jetzt gegen, so zogen zwei Jahre später die Baiern für den Kaiser mit ihrem Könige in das Feld (ann. Bertin. zu 834): Adrevald (s. oben p. 60) zählt sie mit auf unter den „Völkern aus Germanien, welche bis nach Aquitanien zogen". Nach allen drei Aufständen war Baiern jedes Mal Ludwigs Zufluchtsort[417]): auf weiten und gefahrvollen Umwegen eilte er im Frühsommer des Jahres 840 aus Thüringen dahin zurück. Baiern war das Gebiet, welches Ludwig selbst in den schwierigsten Lagen stets zu Gebote stand, welches ihm immer wieder neue Hülfsquellen bot, ihm stets seine kriegerischen Anstrengungen zu wiederholen gestattete: „Die Baiern, schon längst ausgeschieden aus dem Reichsverbande (Prudentius sagt zu 839: „Baiern, welches Reich Ludwig vor langer Zeit vom Vater geschenkt worden war": s. n. 417), fochten für Ludwig mit Aufbietung aller Kräfte als für den König ihres Stammes, der ihr Gebiet gleichsam über ihre Nachbarn erweitern wollte"[418]).

Alamannien war schon 832, als es noch als ein besonderes Reich (Dümmler: p. 82: n. 58) Karl gehörte, Ludwigs Augenmerk gewesen (s. n. 415). 833 fiel es ihm zu und Spuren seines Regimentes über dieses Land liegen in mehreren Urkunden für die Klöster St. Gallen, Kempten u. s. f. (s. l. c: n. 57). Aber als er im Januar 839 bei Tribur dem Vater gegenüber stand, fielen nach Prudentius die Alamannen, welche er, obschon ihr Land ihm im Juni 838 abgesprochen worden war, zum Theil wieder für sich scheint in der Zwischenzeit gewonnen zu haben, plötzlich von ihm ab und gingen zum Heere Ludwigs des Frommen über. Dieser selbst hielt sich dann im Frühjahr 839 mehrere Wochen in Alamannien auf. Wie 832, so war auch 839 eine Pfalz dieses Landes der Schauplatz von Ludwigs Erniedrigung. Auch bei Ludwigs dritter Erhebung war es Alamannien, gegen welches er den ersten Stoß übte[419]), freilich mit ebenso wenig endlichem Erfolge, wie in den frühern Malen. Als dann Lothar nach Ludwigs des Frommen Tode über die Alpen kam, berührte er nicht nur nachweisbar ein Stück Alamanniens, den Elsaß (s. p. 55), sondern empfing auch daselbst Zeugnisse der Zuneigung an seine Person. In Straßburg ließen sich im Juli außer dem Bischof dieser Stadt auch Abt Sigimar von Murbach, dem Ludwig fünf Jahre früher (Böhmer: n. 731) einen Gütertausch bestätigt hatte und der nun (Böhmer: n. 558) das Kloster Luzern sich bestätigen ließ, und der Abt des fernen Pfävers Schenkungen und Verleihungen erneuern. Besonders über St. Gallen sind wir durch die treffliche Hauschronik näher unterrichtet. Ratpert betont ausdrücklich (casus s. Galli: c. 7: script. II: p. 67), daß Lothar „im Alter der erste" der Brüder war und sie auch an Macht und durch die Menge seiner Anhänger übertraf, und fügt bei: „Da also, wie wir sagten, der größte Theil der Völker Lothar folgte, so ereignete es sich, daß auch unser Abt Bernwik ein hülfreiches Glied jener Partei war." Zu St. Gallen und Weingarten und ebenso in den alamannischen Annalen wurde das Jahr 840 nach Lothars Regierung bezeichnet.

Die Ostfranken verhielten sich Ludwig gegenüber ähnlich, wie die Alamannen. Ihr Land galt als das ansehnlichste unter den von Ludwig beherrschten oder wenigstens beanspruchten nichtbairischen Gebieten: es war und blieb auch für Ludwigs ganzes Reich der eponymische Reichstheil. Kurzweg sagt Rudolf zu 838: imperator filio suo regnum orientalium Francorum interdixit. Ludwig zählt seit 833 nach Jahren des Regimentes in orientali Francia (Dümmler: p. 82: n. 58 u. p. 198: n. 45; Waitz: IV: p. 574: n. 3). Alle drei Erhebungen Ludwigs gegen den Vater waren auch zugleich auf die Besetzung von Ostfranken gerichtet: die Entscheidung über das Ende der ersten und zweiten vollzog sich auf ostfränkischem Gebiete, bei Lampertheim unweit Worms am 19. April 832, bei Mainz im Januar 839, und während des dritten Aufstandes hatte Ludwig wenigstens längere Zeit Frankfurt besetzt gehalten. Aber nie hatten die Ostfranken ernstlich seine Sache ergriffen. 832 hatten sie, wie der Kaiser befohlen hatte, sich zum 18. April bei Mainz zum Kampfe gegen Ludwig versammelt, und sie schlossen sich auch nachher nicht an denselben an, obschon er auf das bestimmteste auf eine solche Verstärkung, auf einen Abfall der kaiserlichen Truppen gerechnet hatte (ann. Bertin.). 839 fielen, wie die Alamannen, so auch die Ostfranken von ihm ab, als die Entscheidung nahte, und führten so sein Mißgeschick herbei (Prud.), und wenn auch Ludwig nach Rudolf (zu 840) im dritten Male viele Ostfranken bei seinem Heere hatte, so kann er doch unmöglich viel Vertrauen auf sie gehabt haben, da ihn sonst nicht so bald „das Vertrauen auf seine Sache verlassen" (Astron: c. 62) und er wohl nicht den gefährlichen Rückweg durch Feindesland sich erkauft hätte. — Zu Frankfurt hatte der Kaiser im Februar 839 nach Prudentius' Aussage die rechtsrheinischen Verhältnisse nach seinem Sinne geordnet, die bisher Ludwig unterworfenen Lande neu seiner Herrschaft eingefügt (marcas populosque Germanicos disponere sueque fidei arctius subjugare non distulit), und zu Worms einigte er sich vier Monate nachher mit Lothar über Ludwigs Enterbung. Nach Worms hatte Ludwig der Fromme Lothar auf den 1. Juli berufen: nach Worms zunächst richtete dieser im Sommer 840 seinen Weg.

Thüringen[420]) tritt in dieser Zeit wenig hervor. Durch Prudentius wissen wir, daß im Januar 839 auch thüringische Krieger Ludwig verließen. Ebenso waren im Winter von 839 auf 840 nach Nithard: I. c. 8 neben sächsischen gleichfalls thüringische Anhänger vom Anfang des Aufstandes an (Alamanniam invasit cum quibusdam Toringis sollicitatis) bei seinem Heere gewesen. In Thüringen stand er selbst, als der alte Kaiser von Aachen her durch den Lahngau (Dümmler: p. 134: n. 79) und über Hersfeld herankam. Durch Thüringen hindurch bis an dessen Ostgrenze wurde Ludwig, wie Rudolf ausdrücklich sagt (imperator filium per Thuringiam usque ad terminos barbarorum persequitur), durch den Vater getrieben, welcher hierauf nach dem Zeugnisse desselben Autors „die Verhältnisse dieser Gegenden ordnete."

Was endlich die Sachsen betrifft, so sind ihre Verhältnisse schon oben p. 59 ff. der Gegenstand einer ausführlichen Erörterung gewesen. —

Nach dieser Schilderung der Hülfsquellen, welche Ludwig zu Gebote standen, kann sein erstes Zusammentreffen mit Lothar folgen. — Gleich nachdem Ludwig die Nachricht vom Tode des Vaters bekommen hatte, muß er Baiern verlassen haben, um die Frist bis zur Ankunft Lothars aufs beste auszunützen. Daß das geschah, erhellt hinlänglich daraus, daß wir ihn unter den Ostfranken, am Rhein, in Sachsen in der kurzen Zeit zwischen Juni und September thätig finden. „Um den Anhängern Lothars ihren Sammelplatz zu entziehen"[421]), ließ Ludwig, wohl im Juli nach des (II: c. 1)
Vaters Tode, in Worms einen Theil seines Heeres als Besatzung zurück, wie Nithard erzählt, und brach dann nach dem sächsischen Lande auf, um sich auch dort seiner Anhänger zu versichern (Saxonibus sollicitatis, obviam illis perrexerat: s. oben p. 60). Während nun Lothar mit leichter Mühe, „nach einem kleinen Zusammenstoß", sich dieses wichtigen Ueber- (c. 1)
gangspunctes bemächtigte und hier (s. p. 55) Ebbo von Reims empfing, dann langsam nach Mainz weiter rückte, überall mit Begeisterung empfangen, besonders unter den Franken stets neue Anhänger gewinnend, hatte Ludwig seine Zeit trefflich benützt. Auch eine „starke Schaar Ostfranken" begleitete ihn nach Rudolfs Angabe, als er bald hierauf Lothar zum ersten Male feindlich entgegentrat. Denn „die Brüder waren", wie Rudolf da sich ausdrückt, „nicht einverstanden" mit Lothars Forderung nach kaiserlicher Oberherrschaft. Vor allem wollte Ludwig „den auf dem östlichen Ufer des Rheines liegenden Theil des Reiches vertheidigen" (Rudolf); auch nach den Annalen von Xanten hatte Ludwig, als er Lothar entgegentrat, ganz dasselbe Ziel im Auge, das er seit einem Decennium mit mehr und weniger Glück zu gewinnen gesucht und von 833 bis 838 erreicht hatte: Beherrschung der rechtsrheinischen Länder (iterum intercapere regnum orientale). Unvermuthet trafen sich (ann. Xant.: superveniente Lothario) „in den Vorstädten von Mainz" (Rudolf), d. h. zu Kostheim (Excurs XI.), Ludwig und Lothar; feindlich lagerten sie gegen einander; Ludwigs „männlicher Wider- (c. 1)
stand" (Nithard) entwand dem zaghaft unschlüssigen Lothar die Waffenruhe bis zum 11. November; für einmal war er von dem Feinde, der sich nach dem Westen wandte, befreit: alles das haben wir schon oben (p. 55) in Lothars Geschichte zumeist nach Nithards Berichte aufgeführt.

Am Ende von c. 1 des zweiten Buches verliert Nithard den bairischen König aus den Augen, und erst c. 7 kehrt seine Erzählung auch auf Ludwigs Verhältnisse zurück. — Im Laufe des September 840 verließ Lothar die Rheinlande. Ludwig aber begann im Winter von 840 auf 841 unermüdlich von neuem, seine Stellung zu befestigen, seinen Anhang zu vermehren. Rudolf schließt seinen Bericht über das Jahr 840 mit dem Satze: „Ludwig aber sichert sich durch Abnahme des Eides der Treue die Ostfranken, Alamannen, Sachsen und Thüringer", und Prudentius sagt zu 841, mit mehr Recht, als von Karl (s. oben p. 29), er habe durch Anwendung der verschiedensten Mittel, Gewalt, Drohungen, Güte, Gnadenbezeigungen, Austheilung von Lehen in seinen Landen rechts vom Rheine alle Bewohner zu unterwerfen oder für sich zu gewinnen gesucht. — Daß er im December 840 sich in Paderborn aufhielt und über sächsische Dinge Verfügungen traf, ist bereits (p. 60) erwähnt. Das hessische Kloster Hersfeld, in welchem Ludwig der Fromme nach der Angabe der ann. Hildesheim. (script.: III: p. 44) noch im April 840 auf seinem Kriegszuge nach Thüringen (insequendo filium venit ad Herolfesfeldi monasterium in 6. id. Apr.) abgestiegen war, scheint sich nunmehr Ludwig zugewandt zu haben: wenigstens bestieg ein Mönch desselben, Heimo, a Lodowico filio imperatoris Lodowici eingesetzt, den bischöflichen Stuhl von Halberstadt (s. n. 344), und die aus den Annalen dieses Klosters abgeleiteten Jahrbücher von Hildesheim, Quedlinburg, sowie diejenigen Lamberts (script.: III: pp. 44 u. 45) geben zu 840 die Nachricht von Ludwigs Regierungsantritt: cui Ludowicus filius ejus successit (auch zu 841: ann. Hildesheim.: regni vero Ludowici junioris). — Selbst zu Fulda scheint sich in diesem Winter ein Umschwung vollzogen zu haben. Allerdings hatte sich das Kloster schon am 5. Februar 834 (Böhmer: n. 730) durch Ludwig einen Schutz- und Immunitätsbrief geben lassen; aber eine Schenkung, die ihm der König in diesen vier Jahren seiner unbestrittenen Herrschaft „über die Ostfranken" gemacht hatte, ließ es sich durch den alten Kaiser im Frühjahr 839 nach der Besiegung Ludwigs augenblicklich neu bestätigen, da, wie Ludwig der Fromme sich in dem Diplome ausdrückt (am 26. Februar 839; Böhmer: n. 491; Dronke: cod. diplom. Fuld.: p. 231), die frühere Verleihung keine Geltung habe, „da unser Sohn, eben dieser Ludwig, sich die ihm nicht gebührende Vollmacht, das zu thun, unrechtmäßig angemaßt hatte"[422]). Der Abt von Fulda, der berühmte Raban, war ein ganz entschiedener Anhänger der Reichseinheit und noch dazu Lothar persönlich befreundet, mithin in jeder Weise Ludwig entgegenstehend[423]). Dennoch finden wir, daß in diesem ersten Winter nach dem Tode Ludwigs des Frommen, am 22. Februar 841, in einer Tradition an Fulda nach Ludwigs Regierungsjahren zu zählen begonnen wurde, und zwar, daß das erste Jahr (anno I. regnante juniore Ludowico rege in orientali Francia: Dronke: p. 236) genannt wird; denn früher, in den Jahren 833 bis 838, war nach Regierungsjahren Ludwigs des Frommen zu Fulda gezählt worden (s. Dümmler: p. 127: n. 53). — Eine Aenderung zu Ludwigs Vortheil ist uns endlich auch noch aus dem Süden Alamanniens, aus St. Gallen, bekannt. Sei es, daß Ludwig selbst im Laufe dieses Winters persönlich sich dahin begab[424]), oder nicht: „er setzte als Abt über unser Kloster", sagt Ratpert (l. c.), „unsern Mönch Engelbert ein"[425]). Auch wird in einer Aufzeichnung von St. Gallen (notae historicae: script.: I. p. 70) zu 840 bemerkt: post quem (sc. Ludwig dem Frommen) Hludowicus filius et aequivocus ejus in orientali Francia suscepit imperium.

Lothar versäumte den 11. November, den Termin, welcher bei Kostheim festgesetzt worden war, über den Versuchen, an der Loire Karl gegenüber seine Uebermacht zur Geltung zu bringen (s. oben p. 55). Das machte sich Ludwig

trefflich zu Nutze: übereinstimmend reden hievon Rudolf und der Annalist zu Xanten. Jener enthält (zu 841) die
Nachricht: „Unterdessen legte Ludwig in (circa „um, in die Umgebung“, hier wohl auch „in .. hinein“) die an den
Rhein stoßenden Orte[426]) Besatzungen und rüstete sich, das östliche Ufer gegen einen Einbruch der Westlichen zu ver-
theidigen“, dieser (zu 840): „Und Ludwig wiederum mit gesammeltem Heere das Ufer des Rheines besetzt haltend“.
Diese Vertheidigungsmaßregeln, die etwa Ende November oder Anfang December 840[427]) müssen getroffen worden sein,
zeigen, daß Ludwig genau das gegenüber Lothar durchzuführen beabsichtigte, was er gegen Ludwig den Frommen mehrmals umsonst hatte in das Werk setzen wollen: Ausschluß vom rechten Rheinufer[428]). Aber eben diese Rüstungen
Ludwigs waren es, welche nach den Versicherungen Rudolfs und der ann. Xant. einen neuen Angriff Lothars
im Frühjahr 841 zur Folge hatten. „Lothar, durch das Gerücht der Nachricht (von den Vertheidigungsmaßregeln am
Rheine) bewogen, gibt Karls weitere Verfolgung auf und kehrt zurück“ lautet der Bericht Rudolfs, „Lothar, nachdem er
das erfahren hatte, sein Heer herbei bewegend“ der der Annalen. Allerdings zog Lothar erst nach Aachen und verweilte
daselbst die ersten Monate des Jahres 841. Aber schon in seiner Geschichte war die Gelegenheit geboten, von dem
glücklichen Ausgange seines Zuges nach dem Rheine zu reden (s. p. 58). Nachdem er in der Fastenzeit bis Mainz
vorgerückt war und hier einige Zeit, ohne etwas auszurichten, Ludwig gegenüber gestanden[429]), bewerkstelligte er, unbemerkt von Ludwig, bei Worms in den ersten Tagen des April seinen Uebergang über den Rhein. Die „Drohungen
(c. 7) und einschmeichelnden Versprechungen“ der, wie Nithard angibt, durch Lothar verausgesandten Boten hatten auf den
Sinn der „beweglichen Menge“ nach dem Wunsche des Auftraggebers eingewirkt. Gewiß nicht blos die Furcht vor der
(c. 7) Uebermacht Lothars (Nithard: timens populus qui cum Lodhuwico erat, ne tantum exercitum ferre valeret) war
das Motiv der Mehrzahl der Truppen Ludwigs, ihren König abermals zu verlassen: mit Prudentius (perfidia populi
Hludowico inhaerentis) und Rudolf (Hludowicum a quibusdam suis proditum) darf vielmehr unbedingt an Verrath
(c. 7) gedacht werden. Nach Nithard ging ein Theil von Ludwigs Heer in offenem Treubruche direct zu Lothar über, während
ein anderer entfloh. Nur sehr wenige (Nithard: Lodhuwicum desolatum relinquunt ... cum perpaucis abiit) hielten
bei ihm aus, und ihm blieb keine andere Hülfe, als schleunige Flucht; ja, nach Rudolf wäre ihm beinahe noch der Rück-
(c. 7) weg abgeschnitten worden (pene circumventum). Baiern blieb abermals seine letzte Zuflucht, wie Nithard, Prudentius, Rudolf, die Jahrbücher von Xanten (freilich irrthümlich zu 840, mit dem beliebten, hier richtigen iterum: s. n.
287) gleichmäßig angeben. Wie im Januar 839 und fast an derselben Stelle, verließ ihn sein aus Ostfranken, Alamannen[430]), Thüringern, Sachsen bestehendes Heer. Aber nicht einmal direct, d. h. durch Theile Ostfrankens und durch
(c. 8) Alamannien, wagte Ludwig nach Baiern sich zu begeben. Er mußte, ebenso wie ein Jahr vorher, „Hülfe bei den Heiden
suchen“, d. h. durch slavisches Land heimkehren[431]), wie Karl kurz nachher Lothar vorwarf. — Lothars Wunsch, „durch
(c. 7) List oder Gewalt Ludwig am liebsten zu vernichten“, schien erfüllt; er glaubte, wie Nithard sagt, Ludwig werde künftighin nichts mehr gegen ihn vermögen, strafte aber seine Hoffnung augenblicklich selbst dadurch Lügen, daß er Maßregeln
dagegen traf, „wenn Ludwig etwa zu Karl ziehen wollte“. Lothar selbst sah sich nämlich, wie schon oben (p. 59) besprochen wurde, durch Karls Vorrücken über die Seine bewogen, gleich nachdem er über den Rhein gesetzt war, Ludwig
zur Flucht gezwungen hatte, diese Gegenden wieder zu verlassen. Daß er dann freilich ungeschickt genug zuerst nach
Aachen ging und im Mai erst nach Gallien aufbrach, ist gleichfalls bereits erzählt. — Um sich den Rücken gegen einen
unerwarteten Angriff Ludwigs zu schützen, ließ er den Grafen Adalbert von Metz[432]), Ludwigs bittersten Feind
(s. oben p. 58), mit einer ansehnlichen Macht auf dem rechten Rheinufer als Oberbefehlshaber und Organisator
(c. 7) (Nithard: ut et populum sacramentis sibi firmaret) zurück (s. p. 59).

Es wird nicht viele Stellen in Ludwigs Geschichte geben, an denen sich sein weit reichender Blick, seine ungetrübte Einsicht in das wahre Bedürfniß der vorhandenen Sachlage sowohl, als seine keine Schwierigkeiten scheuende Energie klarer beurtheilen lassen, als an diesem Wendepuncte seines Geschickes. — Von den Stämmen verlassen, deren Gehorsam gegen ihn nach vielen Anstrengungen endlich ein fester geworden zu sein schien, bedroht durch einen bedeutenden Truppentheil, an dessen Spitze sich eine der ersten Persönlichkeiten der feindlichen Partei befand, beschloß nun Ludwig, gegenüber Lothar die Defensive mit der Offensive zu vertauschen und dabei sich zum Alliirten jemanden zu erwählen, um dessen willen er bisher die größten Mühseligkeiten und Demüthigungen ertragen hatte: Ludwig sandte Boten an Karl und versprach ihm seine Hülfe (s. oben pp. 25 und 26). Allerdings ist oben (pp. 21 u. 24) in Karls Geschichte gezeigt worden, daß auch in Karls Umgebung das Bewußtsein über die Untrennbarkeit seiner Sache von derjenigen Ludwigs, über die Nothwendigkeit gemeinsamer Schritte gegenüber Lothar erwacht war. Aber die bloße Erwähnung in dem Vertrage von Orleans, der von keiner entsprechenden That begleitete Vorwurf gegen Lothar in der Botschaft aus Troyes treten vollständig in den Schatten neben diesem Anerbieten Ludwigs an Karl, dem die Erfüllung unmittelbar nachfolgte.
— Ganz wahr bezeichnen die Jahrbücher von Xanten zu 841 dieses rein politische, nicht auf persönlicher Freundschaft
beruhende Bündniß der Könige (s. oben p. 26 die Worte Dümmlers) in den Worten: „Ludwig verband sich mit
(c. 3) Karl, einsehend, daß er den Bruder nicht überwinden konnte“. Aehnlich sagte Karl im October 841 zu Lothars Boten in
St. Cloud, „durch die Nothwendigkeit gezwungen“, habe er sich mit Ludwig verbunden[433]).

In den ersten Tagen des Mai müssen Ludwigs Gesandte „sich durch Lothars Länder durchgeschlichen“ (Funck:
(8 u. 9) p. 109) haben: denn nach Nithard weilte Karl, der die Gesandten in Attigny empfing, nur vom 7. bis etwa
zum 12. oder 13. Mai daselbst[434]). Die Rückkunft der Boten erwartete Ludwig gar nicht, sondern machte sich
gleich nach dem Rheine auf den Weg. Die Nordwestgrenze seines bairischen Landes hatte er eben überschritten und wollte

(Rudolf: per Alamanniam iter facienti) durch Schwaben weiter ziehen: da trat ihm Adalbert[435]) mit den ostfränkischen (Nithard: duce Austrasiorum) und alamannischen (Ratpert: c. 7: quidam principes Alamannorum)[436]) Truppen (c. 9)
entgegen, um ihm, wie Ratpert angibt, das Betreten nichtbairischen, alamannischen Bodens zu verwehren (ne fines illorum intraret). Durch Rudolf und eine Nachricht der Garstener Fortsetzung der Annalen von Melk (script. IX:
p. 564) kennen wir das Schlachtfeld: in Retiense und ultra ripam Warinza: im Ries[437]) am Flüßchen Wörnitz,
das in seinem mittlern und untern (auch Donauwörth liegt im Ries: s. Stälin I: p. 308) Laufe diesen Gau durch-
fließt. Ein gewaltiger Kampf erhob sich nun sogleich[438]) (Ratpert: protinus). Obschon Adalbert ein großes Heer (Ratpert: cum exercitu magno) zu Gebote stand, erlitt er doch eine gänzliche Niederlage. In dem unermeßlichen Blutbade
kam der größte Theil seiner Leute um: die Uebrigen entflohen[439]). Was aber das wichtigste war: auch Adalbert selbst
fiel im Kampfe[440]). — An diesem 13. Mai[441]) „erlagen die Schwaben endlich und für immer". Während vor der Schlacht „so
sehr", wie Ratpert bezeugt, „die Mehrzahl der Völker Lothar folgte, daß mehrere Große der Alamannen gegen Ludwig mit einem starken Heere ausziehen" konnten, gelang es Ludwig, im Sommer dieses Jahres nach Prudentius alle Alamannen
sich zu unterwerfen. Was Karl durch die größere Schlacht bei Fontanetum nicht gewann, den festern Zusammenschluß
seiner Reichstheile, hatte Ludwig noch vor jenem großen Siege wenigstens hinsichtlich der „oberdeutschen Stämme" erreicht (Dümmler: p. 147).

Gleich vom Schlachtfelde eilte Ludwig ohne Aufenthalt weiter, dem Rheine zu, um dem Stiefbruder die versprochene
Hülfe zu bringen[442]): besonders Prudentius schildert in den Worten: Carolo fratri opem laturus properare
festinat beredt Ludwigs Eifer. So konnte denn Ludwig der Nachricht seines Sieges voraus eilen, so daß, wie Nithard (c. 9)
berichtet, Karl zu Chalons an der Marne die „plötzliche" Nachricht von Ludwigs Siege und dessen Anwesenheit diesseits
des Rheines zugleich erfuhr[443]). In kurzen Worten drängt Nithard hier die Erwähnung der Erfolge Ludwigs zusammen:
„daß Ludwig gegen Adalbert eine Schlacht geliefert und darin gesiegt hätte, daß er den Rhein überschritten und zur Unterstützung Karls, so schnell er könnte, heranrückte". — In vollständigster Weise gelang es Ludwig hiedurch, Lothar zu
überraschen; aber er hatte diesen Erfolg auch durch große Anstrengungen erkauft. Ausdrücklich betont Nithard, wie sehr (c. 10)
seine Truppen durch die Länge des zurückgelegten Weges[444]), durch den Kampf und die vielfachen Mühsale erschöpft waren,
wie vornehmlich ein empfindlicher Pferdemangel obwaltete. — Daß dennoch Ludwig sich entschloß, bei dem Verbündeten
auszuhalten, ist schon in Karls Geschichte, mit der diejenige Ludwigs bis zum 28. oder 29. Juni zusammenfällt (pp. 25—32),
erwähnt worden. —

Bei Brittas hatte Ludwig „thatkräftig" (Lodhuwicus ac Lodharius strenue confligunt) im Kampfe mit dem (c. 10)
durch Lothar selbst geführten Mitteltreffen (Excurs VI.) zum Siege beigetragen. Auch sein „bewundernswerthes Mitleid" (III: c.
(s. p. 30) bethätigte sich nach der Schlacht; das Bußfest feierte auch er mit. Ist aber schon, was Karl angeht, zu vermuthen, daß es wohl nicht blos das Mitleid war, was ihn abhielt, eine Verfolgung in's Werk zu setzen (vgl. auch
oben pp. 29—31), so darf das bei Ludwig noch mehr betont werden. Die letzten Tage vor der Schlacht boten, das einzige Fest des St. Johann Baptist abgerechnet, seinen erschöpften Truppen wohl nicht viel Gelegenheit, zu ruhen, sich von
den Anstrengungen zu erholen. Und wenn mit Funck: p. 199 (s. indessen Excurs VI.) angenommen werden darf, daß
der größere Theil seines Heeres aus Baiern bestand, so können seine Streitkräfte unmöglich bedeutend, müssen sie in ungleich ansehnlicherem Maße, als diejenigen Karls, von dem Verluste[445]) betroffen worden sein. Die mehrtägige Ruhe
war Ludwig noch in anderer Weise, als zur Begehung des Bußfestes, erwünscht.

Am 28. oder 29. Juni (s. p. 32) verließ Ludwig das Schlachtfeld, nachdem er gegenüber Karl sich verpflichtet
hatte, am 1. September mit demselben zu Langres behufs einer Unterredung zusammenkommen zu wollen. Nithard (c. 2)
nennt als das Ziel seines Marsches den Rhein (Lodhuwicus ut Renum peteret decrevit, Lodhuwicus cum suis Renum (c. 2)
petiit). Er wollte die Vortheile, welche nach dem Siege ihm zufallen mußten, so rasch als möglich
gewinnen (s. Excurs: VII: n. 5), und wir wissen, daß ihm das in einem weit reichern Maße, als Karl, gelang.
„Theils durch Anwendung von Schreckmitteln, theils durch Güte unterwirft Ludwig von den Sachsen zwar nur die Mehrzahl (s. oben p. 60), dagegen sämmtliche Ostfranken, Thüringer und Alamannen seiner Gewalt": sagt Prudentius. In
dem kürzlich durch die Niederlage im Ries endlich gedemüthigten Alamannien wechselte St. Gallen (s. n. 425) abermals
seinen Abt durch eine Verfügung Ludwigs, welche das Wahlrecht der Mönche verletzte. Ratpert erzählt (l. c.), daß
Ludwig nach der Schlacht „sogleich die Abtei des h. Gallus dem Grimald bestimmte und sie ihm übergab" und daß
derselbe sie, „so weit er vermochte, um des königlichen Machtgebotes (regia auctoritas) willen behauptete". Auch andere
Aufzeichnungen aus St. Gallen (ann. Sangall. min. u. maj.: script. I: pp. 69 u. 76) reden, freilich nur sehr kurz, zu
841 von der Einsetzung des neuen Abtes: Grimaldus abbas efficitur. Grimald war ein treuer Anhänger des Königs:
durch ihn wurde St. Gallen fest an Ludwigs Interessen geknüpft. Schon von 833 bis 837 war Grimald der Vorsteher
von dessen Canzlei gewesen: später, von 854 an, erscheint er als Erzcappellan und steht dann nach dem Tode Ratleiks
von 854 bis 870 wieder der königlichen Canzlei vor (s. Dümmler: pp. 867—875, auch in den Mittheil. d. antiquar.
Gesellsch. in Zürich: Bd. XII: pp. 249—252). Er war unbedingt nicht nur einer der treusten, sondern auch einer der bedeutendsten Diener Ludwigs. St. Gallen mochte er, wohl als Entschädigung (Dümmler: p. 159) für die Abtei Weißenburg (l. c.:
p. 867: n. 76) erhalten haben, die er wahrscheinlich im Frühjahr 839 (l. c.: p. 127: n. 52), an Otgar von Mainz
verloren hatte. Bezeichnend für den in diesen Monaten sich vollziehenden Uebertritt St. Gallens zur Partei Ludwigs
ist auch, daß in den notae historicae (l. c.) der Sieg von Fontanetum mit den Worten: victoria ad Hludowicum

et Carolum, qui simul erant, domino opitulante conversa est. — In diese Zeit nach dem Siege fällt ferner ein Gunstbeweis Ludwigs an noch einen andern seiner alten Anhänger, den Abt Gozbald des bairischen Klosters Niederaltaich (über ihn s. Dümmler: pp. 865 u. 866), der von 830 bis 833 Grimalds Vorgänger in der Vorsteherschaft der Canzlei gewesen war. Jetzt gab ihm Ludwig am 18. August 841 (Böhmer: n. 740) Besitzungen bei Ingolstadt mit zwei Kirchen darauf, die Gozbald bisher zu Lehen inne gehabt, zu eigen, „wegen seiner äußerst ergebenen gehorsamen Dienstleistung gegen unsere Gnaden", wie Ludwig sich ausdrückt (l. c.: p. 865: n. 64).

Zwei Aufenthaltsorte Ludwigs in diesen Sommermonaten kennen wir. Nach Rudolf kam er „etwa in der Mitte des August" nach der königlichen Pfalz Salz, von wo er, auf fränkischem Boden stehend, zugleich leicht auf das nahe Thüringen einwirken konnte. Am 18. August finden wir ihn dann laut der Urkunde für Gozbald nahe an der Nordgrenze Schwabens, im fränkischen Theile des Neckargau's (Stälin: I. p. 323): Heilicprunno palatio regio[116]). — Da wurde er plötzlich (c. 2) durch die Nachricht, „daß Lothar mit feindlichem Heere in sein Reich einfallen wolle", in seinen Plänen gestört. Er mußte Karl die Nachricht zukommen lassen, daß er nicht nach Langres kommen könne (Excurs VII: n. 6), die jenen zu Reims am 28. August (s. Excurs VII) erreichte. Lothar aber ging inzwischen, „unvermuthet wahrscheinlich und deshalb ungehindert"[117]), bei Worms über den Rhein und gedachte, wie es ihm im Frühjahr gelungen war, den Bruder zur Flucht über die Reichsgrenzen zu nöthigen. Aber kaum auf dem rechten Rheinufer angelangt, wohl noch ehe Ludwig hatte herankommen können, kehrte Lothar in den letzten Tagen des August nach Worms zurück: denn die Nachricht von dem Aufbruche Karls nach St. Quentin und den Maaslanden ließ ihm nicht die Muße, seinen Sieg zu vervollständigen (s. oben p. 63 u. Excurs VII). Schon am 1. September war er in Thionville. Karl hatte seine Absicht, Ludwig am Rheine Luft zu machen, durchaus erreicht. Gleich rasch, wie die Gefahr gekommen war, ging sie an Ludwig vorüber. Er konnte von neuem ungestört der Befestigung seiner Macht seine Zeit widmen.

Dürftig genug sind allerdings die Lichter, welche auf das, was Ludwig im Herbste des Jahres 841 und dem darauf folgenden Winter vollendete, fallen. Im November besetzte er den seit acht Monaten erledigten bischöflichen Stuhl von Würzburg, indem er ihn dem oben erwähnten Abte Gozbald von Niederaltaich verlieh (s. Dümmler: p. 159: n. 5), und am 9. Januar 842[118]) bestätigte er Gozbalds Kathedralkirche die Schenkung des Klosters Schwarzach bei Würzburg. Diese Urkunde Ludwigs ist zu Frankfurt ausgestellt und läßt demnach erkennen, daß er sich im Eingange des Jahres 842 in Ostfranken aufhielt — Eine bemerkenswerthe Ergänzung zu unserm Wissen über die rechtsrheinischen Verhältnisse liefern hingegen Rudolf und Nithard. Jener gibt an, daß der junge Lothar seinem Vater nach Speier (c. 3) sächsische Hülfstruppen hatte zuführen müssen (Excurs VII: n. 16). Dieser zählt bei dem Heere, welches Lothar im Herbste 841 nach der Seine und Loire führte, nicht nur Sachsen, sondern auch Ostfranken und Alamannen auf, und zwar „einen nicht geringen Theil" dieser Stämme, und versichert, Lothar habe auf die Hülfe dieser vom rechten Rheinufer zu ihm gekommenen Anhänger „ganz vorzugsweise sich verlassen". Beinahe möchte es bei Betrachtung dieser unzweifelhaft richtigen Angaben scheinen, als ob Ludwig selbst jetzt noch keineswegs im alamannischen und ostfränkischen Lande Meister gewesen sei. Aber mit Dümmler (pp. 159 u. 162) darf wohl angenommen werden, daß in diesen Gebieten selbst aller Widerstand erloschen war, daß die mit der Trennung nicht einverstandene Partei unter diesen Stämmen, wenn sie auch noch ziemlich zahlreich sein mochte, nur noch außerhalb der Grenzen, dadurch, daß sie unter Lothars Befehle Ludwigs Verbündeten bekämpfte, ihre feindselige Gesinnung zu zeigen wagte. So lagen die Dinge in Schwaben und Ostfranken. — Anders freilich waren die sächsischen Zustände beschaffen. Da ging der Same, welchen Lothar im Juli von Aachen aus gestreut hatte, in den nächsten Monaten üppig auf. Die Stellinga bedrohten Ludwig und seine sächsischen Anhänger (Prud. 842: qui sibi suisque fidelibus tantopere obstiterant) in der gefährlichsten Weise.

(c. 3) Schon in den ersten Tagen des September hatte Karl durch den Grafen Rabano noch von der untern Maas her Ludwig dringend gebeten, ihm „nach gewohnter Sitte" Hülfe zu bringen (s. p. 34). Als sich Karl hierauf nach (c. 3) Paris zurückgezogen, erwartete er auch hier Ludwigs Zuzug (fratris sui Lodhuwici adventum praestolaturus). Aber Ludwig, der doch, wie man in Karls Lager glaubte, allein durch dessen raschen Zug von Reims nach dem Norden gerettet worden war (doch s. n. 164), erschien nicht. Diese Vernachlässigung Karls durch den Genossen des Sieges von Fontanetum, allerdings befremdend beim ersten Anblick, führte Gfrörer (pp. 32—35) zu der Annahme, Karl sei „über das lange Zögern Ludwigs in hohem Grade erbittert" worden, „eine merkliche Erkältung des bisherigen Verhältnisses zwischen (c. 3) den beiden Brüdern" habe stattgefunden und Lothar habe in den von Nithard aufgeführten Vorschlägen an Karl „den vorausgesetzten Groll des Stiefbruders ausbeuten" wollen. Mag nun auch Gfrörer darin vielleicht Recht haben, daß Karl durch Ludwigs Ausbleiben in seinen Plänen gestört wurde: die Art, wie dieser Lothars Anerbieten von sich wies, wie er (c. 3) dann dem Rheine allmälig sich näherte und mit Ludwig sich zu vereinigen sich bestrebte (s. pp. 34 u. 37), zeigt, daß jedenfalls die politische, wenn auch vielleicht nicht mehr die persönliche „Bruderliebe"[119]) zu Ludwig bei Karl haften geblieben war. Der Beweis dafür aber, daß Ludwig weder im September, noch im November Karl zu Hülfe eilen konnte, ist nicht schwer zu leisten. Abgesehen von den Stellinga, gegen die er in diesem Winter noch nichts unternommen zu haben scheint (Funck: p. 211), war er hinreichend in dieser Zeit beschäftigt. Die in der Schlacht im Ries und bei Fontanetum (s. n 445) erlittenen Verluste mußten ersetzt werden: aus eigener Erfahrung kannte Ludwig die Gefahren eines mit geschwächten Truppen unternommenen Zuges (Ludhowicus et sui supra modum rem graviter ferentes — erant enim undique graviter . . . attriti — . . . elegerant omni penuriae, etiamsi oporteret (II: c. 10) morti, potius subire . . . mestitia oppressa). In erster Linie wollte also Ludwig seine Rüstungen vollendet haben, ehe er aufbrach[150]). Diese Vorbereitungen des Feldzuges zogen sich bis tief in die ersten Monate des folgenden Jahres hinaus. Noch als Otgar bereits den Mittelrhein geräumt, als Ludwig mit einer „nicht unbedeutenden Macht“ (Rudolf: collecta . . . non modica manu) über den Rhein gegangen war und sich mit Karl zu Straßburg schon vereinigt hatte, wollte Ludwig auf dem Wege nach Coblenz erst Karlmanns Ankunft abwarten, ehe Lothar angegriffen werde. (III: c. 5) Erst nachdem derselbe mit der „Hauptmacht“ (cum ingenti exercitu) etwa in der ersten Hälfte des März zu Ludwig (c. 7) gekommen war, fühlte sich dieser zum Aufbruche gegen den Feind stark genug[151]). Waren bei diesen spät eintreffenden Truppen Karlmanns selbst die Baiern (cum ingenti exercitu Bajoariorum), diese zuverlässigsten Unterthanen Ludwigs, (c. 7) mit einbegriffen, welche Schwierigkeiten mochte es vollends geboten haben, die eben erst gebändigten Alamannen und Ostfranken zum Heerbanne herbeizuziehen?

Im Beginne des Februar wahrscheinlich (s. p. 37) machte endlich Ludwig den Versuch, über den Rhein zu setzen und sich mit Karl zu vereinigen. Aber da trat ihm — das wird uns allein durch Nithard berichtet — in dem Erzbischof (c. 4) Otgar von Mainz, der „zugleich mit den Uebrigen“, den Führern der Lotharischen, dem Könige den Uebergang über den Rhein wehren wollte, ein Hemmniß entgegen[152]). Erst als Karl auf diese Nachricht hin sich in Eilmärschen dem Elsaß näherte (s. p. 37), verließ Otgar so rasch als möglich mit seinen Truppen das Rheinufer und zog sich zurück, wahrscheinlich nach Aachen zu Lothar. Bei Coblenz finden wir ihn zunächst wieder am 18. März. — Unthätig hatte Lothar in diesen Wochen zu Aachen verweilt (s. p. 65): die zweite Vereinigung Ludwigs und Karls, welche er hätte hindern können, vollzog sich sofort ohne weitere Störung. Denn Ludwig kam nun über den Rhein (Rudolf: Rhenum transiit) und unterwarf nach Rudolf „die auf dem westlichen Ufer des Rheines gelegenen Städte, die der Sache Lothars günstig waren“, d. h. Mainz, Worms, Speier, wie mit Dümmler: p. 166: n. 34 jedenfalls angenommen werden darf. Zu Straßburg erneuerten dann Ludwig und Karl am 14. Februar ihren Bund in der schon oben (pp. 37 u. 38) beschriebenen Weise.

Weil Karl unmittelbar nach Otgars Abzug im Elsaß anlangte und gleich darauf die Zusammenkunft in Straßburg stattfand (Karolus . . . iter . . . accelerans Elisazam . . introiit; quod cum Otgarius didicisset . . . ocius (c. 4) se abdidit. Ergo . . Lodhuwicus et Karolus . . . convenerunt), hat Ludwig jedenfalls die von Rudolf erwähnte (c. 5) Unterwerfung der am linken Rheinufer liegenden Städte vor dem 14. Februar sehr beschleunigen müssen. Indem er auf dem Wege rheinabwärts (s. oben pp. 38—40; c. 5: Lodhuwicus per Spiram Warmatiam iter direxit u. cum Warmatiam venissent; c. 7: Karlomannus ad patrem suum Magontiam venit) Speier berührte, in Worms zugleich mit Karl in einer ostensibeln Weise vor allem Volke seine Macht entfaltete (subsistente hinc inde omni mul- (c. 6) titudine), den Gau von Worms plünderte (s. p. 39), dann in Mainz seine gesammte Macht vereinigte, mußte es ihm besser noch gelingen, den Bewohnern dieser Städte Ehrfurcht und Schrecken vor seiner Macht einzuflößen. — Durch den bisherigen Verlauf seiner Kämpfe hatte ihm die Bedeutsamkeit, welche die Behauptung dieser drei Stützpuncte auf dem linken Rheinufer für den Beherrscher der rechten Seite hatte, immer deutlicher werden müssen. Mainz (s. auch n. 118), die Stadt seines erbitterten Feindes Otgar, hatte im April 832 dem Feinde als Sammelplatz gedient; von Mainz aus hatte Ludwig der Fromme am 7. Januar 839, hatte Lothar im Sommer 840 den Uebergang über den Rhein bewerkstelligt; bei Mainz mußte Lothar im April 841 den Bruder festzuhalten, während er selbst heimlich bei Worms den Strom überschritt. In ähnlicher Weise war Worms, wo der Bischof Samuel (s. leges I: p. 374) gleichfalls gegen Ludwig sehr feindselig gesinnt war, mehrmals die Ausgangsstelle von kriegerischen Expeditionen in diesen letzten Jahren gewesen. Schon 840 hatte Ludwig die Bedeutung von Worms[153]) erkannt und deßhalb eine Besatzung nach dem Tode des Vaters dahin gelegt (s. oben p. 71): im Beginn des April 841 war dann, obschon Ludwig vorher „die an den Rhein stoßenden Orte“ mit Besatzungen versehen hatte (s. oben p. 72), Lothar, wie schon erwähnt, bei Worms über den Rhein gegangen, und auch Ende August hatte ihm die Stadt als Waffenplatz gedient. Speier zwar ist in diesen Jahren nur ein einziges Mal genannt: der junge Lothar mußte dorthin die Sachsen im Spätsommer des Jahres 841 führen. Denn von Speier aus konnten diese Truppen eben so leicht für den östlichen Kriegsschauplatz verwandt, als über den Wasgau gegen Karl geführt werden. — Diese strategische Bedeutung der drei Städte bewog auch jedenfalls Ludwig in erster Linie, dieselben in der schließlichen Theilung von Verdun für sich zu erwerben. Bei Mainz mochte wohl die Rücksicht darauf noch mitwiegen, daß Schwaben, Ostfranken, Thüringen und Sachsen zu demselben in naher Verbindung als zu ihrer erzbischöflichen Metropole standen[154]). Daß die „Fülle des Weines“ (Regino: nonnullae civitates cum adjacentibus pagis trans Rhenum propter vini copiam, script. I: p. 568) nicht dabei den Ausschlag gab, ist unbedingt anzunehmen.

Mit einem nennenswerthen (non modica: Rudolf) aus Rechtsrheinischen (orientalium: l. c.) bestehenden Heere war Ludwig über den Rhein gekommen. Sachsen und Ostfranken hatten sich bei den Kampfspielen betheiligt (s. indessen (c. 6) über diese oben p. 40 u. n. 211). In Mainz stieß der schon zwischen Worms und dieser Stadt erwartete (Karlemanni (c. 5) adventum inter Warmatiam et Magontiacum praestolari statuunt) Karlmann (s. n. 212) mit einem sehr bedeutenden (ingens) Heere, das aus Baiern und Alamannen bestand, zu Ludwig[155]). Nach Mainz kam nach Nithard auch Graf Bardo, (c. 7) der Gesandte der Könige an die Sachsen (s. oben pp. 40 u. 65), vielleicht selbst ein Verwandter des in Sachsen hoch angesehenen Liudolf (s. n. 213), zu Ludwig mit guten Nachrichten zurück: „gerne wollten die Sachsen alles das vollführen, (c. 7) was Ludwig und Karl ihnen vorschrieben“[156]). — Die Fortsetzung des Zuges gegen Coblenz, das rasche Gelingen an der Mosel, der Einzug in Aachen, die Absetzung und Beerbung Lothars, lauter Ereignisse, die sich in die kurze Zeit zwischen dem 17. März und 2. April hineindrängen, sind schon oben in Karls Geschichte besprochen worden (pp. 40—42).

Aus Aachen begab sich Ludwig, wahrscheinlich am 1. April (s. p. 42), nach Cöln, „um der Sachsen willen“, (IV: c. 2)

wie Nithard sagt. — Oben schon (pp. 59—62) sind die sächsischen Verhältnisse, vorzüglich der Aufstand der Stellinga, der Gegenstand einläßlicher Besprechung gewesen. Daß wenigstens die Edelinge im Frühjahr 842 neue Anerbietungen und Aufforderungen Lothars entschieden von der Hand gewiesen hatten, sahen wir soeben. Jetzt erst scheint jedoch Ludwig, nachdem Lothar als besiegt erschien, ernsthaft an eine Bekämpfung des Aufstandes gedacht zu haben. — Eine unumgängliche Nothwendigkeit trat in der Vollführung dieser Aufgabe an Ludwig heran. Einhard schätzt im Leben Karls des Großen (c. 15) Sachsen doppelt so groß, als was vom fränkischen Stammgebiet auf dem rechten Rheinufer gelegen war, zwar gleich lang, doch noch einmal so breit (ejus, sc. partis Germaniae, quae a Francis incolitur, duplum in lato habere putatur, cum ei longitudine possit esse consimilis: script. II: p. 451), so daß also das in vollem Aufruhr befindliche Land einen äußerst bedeutenden Theil von Ludwigs Reiche ausmachte. Decennien hatte Karl der Große gerungen, ehe die Sachsen ihren Trotz gebrochen und sich der Einfügung in den Rahmen des fränkischen Reiches anbequemt hatten, und das zu einer Zeit, wo eine imponirende Persönlichkeit mit der Verfügung über unermeßliche Streitkräfte in unbestrittener Weise über das ungetheilte Reich herrschte und der fränkische Name auch über die Grenzen des Reiches hinaus Achtung einflößte: jetzt mußte Ludwig mit der alleinigen Hülfe der noch nicht ganz gefügigen Bewohner der rechtsrheinischen Gebiete dem durch seinen Bruder im Laufe eines Bürgerkrieges aufgewühlten Lande entgegentreten, während die Normannen von Jahr zu Jahr kühner und gefährlicher wurden und auch die Slaven ihrer Kräfte wieder inne zu werden begannen. Mit vollem Verständnisse der Sachlage sagt also Nithard (nach der Erwähnung der zu Aachen vollzogenen
(c. 2) Reichstheilung) von Ludwig: „In der Befürchtung, die Normannen und die Slaven möchten um der Nachbarschaft willen (s. n. 235) mit den Sachsen, welche den Stellinga sich zugesellt hatten (qui se Stellinga nominaverant), verbinden, in das Reich einfallen, um es sich anzueignen, und den Christenglauben in diesen Gegenden vertilgen (s. oben p. 61), ging Ludwig dahin und traf zugleich, so viel er vermochte, auch gegen die übrigen Schäden (scandala) seines Reiches Vorsichtsmaßregeln, damit nicht dieses unsäglichste Unheil der heiligen Kirche Gottes widerfahre". — Diesem nefandissimum malum, einer Verbündung der feindlichen Elemente, welche in den Stellinga, den Normannen, den Slaven dem Reiche Gefahr drohten, so rasch als möglich den Riegel zu schieben, wäre zwar die Pflicht aller drei Söhne Ludwigs des Frommen gewesen. — Aber Lothar hatte diese Gefahr selbst heraufbeschwören geholfen, und Karl besaß nicht einmal Kraft genug, die eigensten Angelegenheiten durchzuführen. Auf Ludwig blieb die schwere Aufgabe allein lasten.

An diesem Orte müssen die Beziehungen zu den Normannen und Slaven in der Zeit des Bruderkrieges kurz in das Auge gefaßt werden. — Da die Normannen eigentlich nur in der Person Herolds (s. oben pp. 62 u. 65) in die Verhältnisse der Söhne Ludwigs unter sich in den Jahren 840 bis 842 unmittelbar eingreifen, so ist es genügend, daran zu erinnern, daß sie seit dem Sommer 834 Jahr für Jahr theils in Frisland an den Mündungen des Rheines, der Maas, der Schelde plündernd sich einstellten, namentlich Duurstede stets von neuem heimsuchten, theils nach der Loiremündung, nachdem sie schon 820 bis nach Aquitanien gekommen waren, ihre Fahrten richteten. Erst zuletzt noch hatte Oskar im Frühsommer 841 den Unterlauf der Seine benützt, um Rouen zu gewinnen. Dann hatte Lothar, das unheilvolle Beispiel seines kaiserlichen Vaters befolgend, Herold durch die Verleihung Walcherens an sich zu fesseln gesucht. Und daß auch die Nachbarschaft der in ihrer Heimat bleibenden Dänen trotz des 839 zwischen ihrem Könige Horich und Ludwig dem Frommen geschlossenen Friedens eine beunruhigende blieb, ist leicht einzusehen. — Wichtiger, als das, sind für uns Ludwigs Beziehungen zu den Slaven an der Elbe, den andern „Nachbarn" der Sachsen. Wie enge wenigstens der zumeist nordwestlich sitzende unter diesen slavischen Stämmen, derjenige der Abodriten, mit den Dänen in Verbindung stand, zeigt die „unverschämte und ungeziemende"[457]) Forderung Horichs, die dieser 838 an Kaiser Ludwig gestellt, ihm außer Frisland auch das Land der Abodriten abzutreten. Noch in demselben Jahre erhoben sich die Abodriten, mit ihnen die Wilzen, wurden jedoch durch kaiserliche Heerführer (s. p. 36) besiegt. 839 wurde der ganzen mittlern und untern Elbe entlang, gegen die Serben einer-, und die Linonen, Abodriten, Wilzen andererseits (s. n. 341), dort durch die Franken und Thüringer, hier durch die Sachsen gekämpft, und wenigstens jene durften sich gegenüber den auf dem Vorgelände des Erzgebirges im Quellgebiete der Mulde sitzenden Colodizern (Prud.: zu 839) eines Erfolges rühmen. — 833 bis 838 hatte der bairische Ludwig als allgemein anerkannter König auch Thüringen und Sachsen verwaltet. Da zwang ihn der eigene Vater im Frühjahr 840, Thüringens, d. h. des Reiches, Ostgrenze[458]) zu überschreiten. Um nach Baiern zurückkehren zu können, mußte der König von den heidnischen Slaven sich den Durchzug erkaufen, wie mehrere Zeitgenossen, unter ihnen Nithard, ausdrücklich versichern[459]). Ebenso sah er sich im April des nächsten Jahres genöthigt, vom Mittelrheine weg vor Lothar, wohl mainaufwärts, nach dem slavischen Gebiete zu fliehen[460]). Im August hatte Lothar dadurch, daß er über den Rhein ging, den Bruder abermals in die Nothwendigkeit, den Reichsboden ganz zu verlassen, setzen wollen[461]). — Es darf gar nicht bezweifelt werden, daß diese furchtbaren Demüthigungen des den Slaven zunächst stehenden Repräsentanten der fränkischen Macht, welche sich unmittelbar vor ihren Augen vollzogen, im höchsten Grade dazu beitrugen, das Selbstgefühl derselben zu steigern. In ganz vorzüglichem Maße war das jedenfalls bei den Sorben der Fall, deren Gebiet Ludwig als Flüchtling durcheilt hatte[462]). —

Diese schwierigen Verwicklungen alle hatten Ludwig bewogen, sich nach Cöln, d. h. näher an die sächsische Grenze, zu begeben. In Cöln feierte er nach der Angabe des Prudentius das Osterfest und empfing auch daselbst die Huldigung zahlreicher Vassallen aus diesen niederrheinischen Gegenden, welche ihm durch die Theilung von Aachen zugefallen waren (Prud.: homines ipsarum partium ad sese refugientes suscipit). So weit es ihm die kurze Zeit und
(c. 2) die politische Lage erlaubten, scheint er Vorsichtsmaßregeln getroffen[463]), auch sonst Abhülfe gegen mehrere Uebelstände, die

Nithard nicht näher bezeichnet (cetera regni sua scandala), besorgt zu haben. Dann verließ er den Rhein und begab sich, wie wir durch Nithard erfahren, über Thionville nach Verdun, wo er mit Karl, wahrscheinlich in der zweiten Hälfte (c. 2) des Mai (s. p. 42), zusammentraf. — Wie dann die beiden Könige sich von der wieder gewachsenen Macht Lothars überzeugen und noch viel mehr, als blos die Theilung von Aachen, preisgeben mußten, sahen wir schon oben (s. p. 42 ff.). Auch Ludwig mußte sich die Vertauschung der von ihm und Karl ausgegangenen Vorschläge von Clamecy mit andern für ihn ungünstigern gefallen lassen. Daß die sächsischen Verhältnisse zu dieser seiner Nachgiebigkeit beitragen mochten, wurde bereits p. 46 hervorgehoben.

Am 16. Juni gingen die drei Brüder von Ansilla weg „in Frieden, wenn auch nicht in festem", wie die Annalen von Xanten sehr richtig (s. p. 48) sagen, aus einander. — Ludwig begab sich, nachdem er aus Burgund zurückgekehrt war, zunächst, wie Rudolf als alleinige Quelle hiefür angibt, nach der Pfalz Salz, wo er im August einen allgemeinen Reichstag (generalis conventus; s. Dümmler: p. 879: n. 117) hielt. Dann aber war Sachsen, wie Nithard, Pru- (c. 4) dentius, Rudolf und der Annalist zu Xanten übereinstimmend melden, sein Ziel. Was er in der Osterzeit nicht hatte vollenden können (s. Funck: p. 215), sollte jetzt durchgeführt werden: die Niederwerfung der Stellinga. Wie Pippin II. von Lothar auf Ansilla nicht mehr genannt wurde (s. oben p. 50), so gab dieser jetzt auch die sächsischen Aufrührer Ludwig preis. Obschon er zwischen dem Juni und October im Ripuarlande oder wenigstens südlich davon im Moselgebiete sich aufhielt (s. oben p. 67), regte er sich nicht, so viel wir erkennen können, zu Gunsten der Stellinga. — Besonders Prudentius redet einläßlich von dem Strafgerichte Ludwigs über die aufständischen Sachsen. Sein Bericht lautet folgendermaßen. „Ludwig durchzog ganz Sachsen und bändigte durch Gewalt und Schrecken alle diejenigen, welche ihm bisher Widerstand geleistet, so gänzlich, daß er, nachdem er alle Urheber dieser so großartigen verbrecherischen Unternehmung, welche auch den christlichen Glauben beinahe verlassen und ihm und seinen Anhängern so großen Widerstand entgegengesetzt, hatte ergreifen lassen, 140 derselben enthaupten ließ, 14 zum Tode am Galgen verurtheilte, unzählige durch das Abschneiden von Gliedmaßen zu Krüppeln machte und weit und breit keinen zum Widerstand gegen ihn tüchtigen zurückließ". Kürzer fassen sich Nithard und Rudolf. Des ersten Worte lauten: „Ludwig zähmte in Sachsen die Aufständischen, welche sich (c. 4) Stellinga genannt hatten, seinem edeln Sinne entsprechend[464]), doch mittelst eines den Gesetzen entsprechenden Blutbades", diejenigen Rudolfs: „Ludwig unterdrückte die sehr starke Verschwörung der Freigelassenen, welche ihre gesetzmäßigen Herren niederzuwerfen versucht hatten, in thatkräftiger Weise dadurch, daß die Urheber des Abfalles zum Tode verurtheilt wurden." Ganz kurz endlich äußert sich der Annalist von Xanten über die Strafvollziehung: „Ludwig schlug die Knechte der Sachsen, die sich übermüthig erhoben hatten, in adliger Weise (nobiliter: wie Nithard) nieder und setzte sie in die ihnen eigentlich gebührende Stellung zurück". — Wir sehen: in völligem Einklange schildern diese vier Quellen das glückbegleitete Einschreiten Ludwigs gegen die Urheber der Zerrüttung der sächsischen Verhältnisse, welche nun über ein Jahr gedauert hatte. Trat auch Ludwig zunächst, indem er die Stellinga niederwarf, im Interesse der seiner Partei angehörenden sächsischen Edelinge auf, so handelte er, wie wir oben erörterten (s. auch Wenck: p. 213), doch ebenso sehr für sich selbst, indem er persönlich sich der Lösung dieser Aufgabe mit unterzog. Und seinen Zweck scheint er erreicht zu haben. Denn die letzte nochmalige Erhebung der Stellinga im Laufe des folgenden Winters, von der nur Nithard beiläufig redet (Stellinga (c. 6) in Saxonia contra dominos suos iterum rebellarunt), konnte von den Edelingen allein in einer Schlacht, freilich unter gewaltigem Blutvergießen, unterdrückt werden. Furchtbare Strenge zeigte Ludwig den Besiegten gegenüber; aber der Umfang des Aufstandes, die Größe der Gefahr (s. oben p. 61 u. IV. c. 2: frilingis lazzibusque, quorum infinita multitudo est, promittens; Rudolf: validissima conspiratio) zwangen ihn dazu. Es war das wohl jene „äußerste Nothwendigkeit", von welcher der Mönch von St. Gallen redet (gesta Karoli Magni: II. c. 11 in script. II: p. 754), wo er sagt, Ludwig habe nie seine Hände mit der Vergießung von Christenblut befleckt, außer diesem einzigen Male, und nachher nie wieder ein Todesurtheil verhängen wollen[465]). Ist auch das Loos des sächsischen Volkes zu beklagen, dessen Lage jedenfalls nunmehr noch weit trauriger sich gestaltete, als sie vorher gewesen war (Dümmler: pp. 178 u. 179; über Kobbo s. oben pp. 45 u. 46): jetzt erst waren die Sachsen unweigerlich Ludwigs Gebote unterworfen. Wenn auch Sachsen durch Ludwig später weniger beachtet, nach 852 wenigstens für längere Fristen von ihm nicht mehr besucht wurde (l. c.: p. 355), so scheint doch das Land ihm ferner durch Widersätzlichkeit keine Schwierigkeiten mehr erregt zu haben (l. c.: p. 208).

Nach Worms hatten die beiden Könige Ludwig und Karl bei ihrer Trennung am 16. Juni eine Zusammenkunft verabredet. Auf dem Wege dahin war Karl am 30. September nach Metz gekommen und hatte sich dabei von dem vertragswidrigen Weilen Lothars in Thionville überzeugt. Alles das ist schon oben auf p. 47 ff. auseinander gelegt worden. — Im Laufe des October trafen die Beiden in Worms zusammen und blieben da „längere Zeit"[466]) (s. oben p. 50). Von da aus gelang es ihren Anstrengungen, den Zusammentritt der 120 Bevollmächtigten in Coblenz zu Stande zu bringen (s. n. 466: Prudentius). Aber nur vom 19. bis zum 24. October (s. pp. 50—52) waren diese daselbst beisammen, ohne zur Eröffnung ihrer Arbeiten zu gelangen. Endlich begab sich Ludwig mit Karl selbst nach Thionville (s. n. 294) zu Lothar, wo dann endlich definitive Festsetzungen zu Stande kamen und bis zum 14. Juli 843 ein Waffenstillstand beschworen wurde (s. p. 52). — Im November trennten sich wohl die Brüder. „Ludwig kam nach Baiern"[467]) (Prudentius: Hludowicus Germaniam repedat, s. n. 294): lautet der Schlußsatz von Nithards (c. 6) Geschichte Ludwigs. —

In der Einleitung zu dieser Geschichte Ludwigs in den Jahren 840 bis 842 wurde bereits gesagt, daß sich in derselben der stets engere Anschluß der durch Ludwig seit mehr als einem Decennium geforderten Gebiete an seine Person als Hauptinhalt darstellen werde. Das hat seine Bestätigung gefunden: noch die letzte größere That Ludwigs, die zu verzeichnen war, ist die Vertilgung der einige Zeit hindurch in Sachsen rege gewordenen Sonderbestrebungen. Erwies sich auch schon jetzt, daß Friesland, sowie die meisten linksrheinischen Gebiete, die Ludwig durch die Theilung von Aachen als Beute zugefallen waren, sich nicht behaupten ließen, hatte auch Ludwig gleichfalls durch die Uebergriffe einer erstarkten Adelsmacht zu leiden: seine Stellung erscheint doch nunmehr bereits weit sicherer, als die Lothars, oder vollends als diejenige Karls. Am Ende der Geschichte Karls mußte erwähnt werden, daß sein Winterfeldzug nach Aquitanien im Anfange des Jahres 843 erfolglos blieb (p. 50). Hier darf, ehe Ludwigs Geschichte abgeschlossen werden kann, noch beigefügt werden, daß er auch im Kloster Fulda nun endlich unbestritten anerkannt wurde[168]).

Schon oben (p. 71) wurde bemerkt, daß zuerst im Februar 841 in einer Tradition für Fulda nach Ludwigs Regierungsjahren gezählt wurde. Aber Abt Raban fuhr fort, Lothars Sache für die seinige zu erklären. Noch nach der Schlacht von Fontanetum, am 31. Juli, erließ Lothar aus Aachen für das Kloster Fulda einen Schutz- und Immunitätsbrief (Böhmer: n. 570), und am 20. August bestätigte er, als er auf seinem Zuge gegen Ludwig (s. Excurs VII) nach Mainz kam, dem Abte Raban, dessen in der Urkunde in ehrenvoller Weise gedacht wird, die Schenkung des Gutes Salzungen an der Werra (s. auch Dümmler: p. 162: n. 13), welches Kaiser Ludwig dem Kloster hatte zukommen lassen (Böhmer: n. 571 Dronke: p. 240). Allein Lothars Wagschale sank seitdem zusehends in den mittlern Landen rechts vom Rheine. Die Schwierigkeiten für seinen treuen Anhänger wuchsen. In dieser Zeit etwa, im Beginne des Jahres 842, wahrscheinlich etwas vor dem Zuge der Könige nach Sinzig und Aachen, schrieb Raban an seinen Parteigenossen Otgar von Mainz, daß er, „den Angriffen Vieler im Kloster ausgesetzt, mit den Seinigen in die Einsamkeit (in cellas: als Eremit) entfliehen würde, würde er nicht durch Otgar beschützt“[169]). Allein dieser Schutz fand nunmehr auch sein Ende. Otgar, welcher selbst mit den Waffen in der Hand im Februar und März 842 gegen Ludwig aufgetreten war (s. oben pp. 75 u. 65), wurde tief in Lothars Sturz mit verwickelt: er zog sich für einige Zeit ganz zurück und lebte weit entfernt vom Schauplatze der politischen Ereignisse unter einem „jung bekehrten Volke“, wahrscheinlich auf sächsischem Boden, seinem priesterlichen Berufe, um „die rohen und ungezähmten Gemüther“ genauer mit der ihnen noch zu wenig bekannten Heilslehre vertraut zu machen[170]). — Jetzt verließ auch Raban seine Stellung als Abt des Klosters Fulda, dem er zwanzig Jahre vorgestanden hatte. Zugleich mit Lothars Flucht aus Aachen melden die Annalen des benachbarten Hersfeld die Vertreibung Rabans aus Fulda: Rabanus, abba Fuldensis coenobii, expulsus de monasterio, et Lotharius de regno (in ann. Hildesh., Quedlinburg., Lamberti: script. III: pp. 44 u. 45). Im März, also gleichzeitig dem Vordringen Ludwigs und Karls rheinabwärts gegen Aachen hin, wurde Hatto, der Freund Rabans, zum Abte gewählt[171]). Vom 2. und 7. April existiren Urkunden von ihm (Dronke: p. 242), datirt nach Ludwigs (regis orientalium Francorum) drittem Regierungsjahre. Raban aber zog sich freiwillig nach dem nahen Petersberge zurück und lebte hier der Beschaulichkeit als Einsiedler[172]) — So war im Frühjahr 842 sowohl in **Mainz**, als in **Fulda** unweigerlich **aller Widerstand gegen Ludwig erloschen**.

Zum Schlusse mag hier noch darauf aufmerksam gemacht werden, daß sich nirgends besser, als in den durch **Rudolf**, den Mönch von Fulda, verfaßten **Jahrbüchern** des Klosters, der **allmälige Parteiwechsel** desselben, die Annäherung an Ludwig erkennen lassen. — Zu 838 und 839 redet Rudolf von Ludwig wenn auch nicht gerade wohlwollend, so doch eben so wenig mit ausgesprochener Abneigung: 838 erkannte Ludwig, daß die feindseligen Schritte des Vaters dem Hasse der Rathgeber desselben entflossen waren, und setzte sich deßhalb über dessen Befehle hinweg, und 839 sah er ein, wie sehr Unrecht es sei, wenn der Sohn wider den Vater die Waffen führe. 840 aber (s. oben p. 18) erblickte man in Fulda in Ludwigs dritter Erhebung eine unrechtmäßige Gewaltthat: „wie wenn es ihm rechtmäßig gebührte“, fiel Ludwig in Alamannien und Ostfranken ein. Rudolf eröffnet weiter zu 840 sein Buch dem „Gerüchte“ über die Sendung von Krone und Scepter an Lothar (s. oben p. 54); und die Rüstungen der Könige gegen Lothar nach des Kaisers Tode sind in Rudolfs Augen eine „Insurrection“. Doch schon zu 841 wird Adalbert, dieser treue Anhänger Lothars, „Anstifter des Zwiespaltes“ genannt, und stellt Rudolf einfach ohne Beurtheilung von seiner Seite das Factum hin, daß Lothar „die Alleinherrschaft als rechtlich ihm gehörend in Anspruch nahm“. Auch wird zwar das „Gottesgericht“ erwähnt, doch dasselbe noch als zukünftig vorausgesetzt: für wen der Spruch günstig gefallen sei, sagt Rudolf nicht. 842 aber hat sich in Fulda der Umschwung vollzogen. Rudolf redet im Anfangssatze offen von Lothars „alter Hartnäckigkeit“, seinem Eigensinne, der Ludwig zwang, abermals den Kampf zu beginnen, und in der Mitte des Jahres glaubt Rudolf, die reinste Friedensliebe habe die Könige bewogen, Lothar die Hand zu reichen (s. dagegen oben p. 45)[173]). — So bahnt sich in den Annalen von Fulda in diesen Jahren des Bruderkrieges jene politische Auffassung an, die später die Verfasser dieses Werkes zur Stelle „officieller Reichshistoriographen“ Ludwigs erhob (Wattenbach: p. 122).

In der bisherigen Untersuchung der drei letzten Bücher Nithards war es unser Hauptaugenmerk gewesen, dadurch, daß wir Nithards Erzählung zum Mittelpuncte der Darstellung machten und um dieselbe herum die Nachrichten der übrigen Quellen gruppirten, die Geschichte der drei Söhne Ludwigs des Frommen vom 20. Juni 840 bis an den

Ausgang des Jahres 842 vorzuführen und dabei stets möglichst Nithards Berichterstattung unter verschiedenen Gesichtspuncten zu prüfen. In diesem letzten Abschnitte unserer Arbeit wird es unsere Aufgabe sein, unter Benützung der bisher gewonnenen Resultate, erstlich Nithards schriftstellerischen Charakter festzustellen, ihm seine Stelle unter den Geschichtschreibern des 9. Jahrhunderts anzuweisen, dann zusammenzuordnen, was sich über sein Leben an Nachrichten erhalten hat, und diese durch die Aufschlüsse, die er in seinem eigenen Buche gibt, zu bereichern, um daraus ein Bild seiner Persönlichkeit so gut, wie es die spärlichen Fragmente unserer Kenntnisse gestatten, zu gestalten.

Zuerst wird es angemessen sein, die Geschichte der Entstehung und Abfassung von Nithards Werk zu geben. Dabei wird zunächst von den Vorreden seiner vier Bücher ausgegangen werden müssen. —

Ehe König Karl im Mai 841 (s. oben p. 1 u. Excurs I.), von Attigny kommend, in Chalons an der Marne, wohin ihm seine Mutter die aquitanischen Hülfstruppen zugeführt hatte (s. oben p. 25), eintritt, forderte er den Grafen (praef. I.) Nithard auf, „die Ereignisse ihrer Zeit" aufzuzeichnen und dem Gedächtnisse zu überliefern. Nithard war durch den Auftrag angenehm überrascht. Er nennt ihn „erwünscht" und „ansprechend"[174]). Aber von vorne herein verhehlt er sich nicht die Schwierigkeiten der „so großen Aufgabe", welcher er gerne eine „würdige Ausführung" zu Theil werden zu lassen wünscht. Er lebt der Besorgniß, manches möchte, nicht entsprechend der ihm inne wohnenden „Bedeutung", durch ihn „mit zu wenig Sorgfalt" dargestellt werden. Vorzüglich fürchtet er, der „Muße", die zur gediegenen Durchführung der Arbeit ihm als ganz unentbehrlich erscheint, in dem „wirren Treiben" der Tagesereignisse, in denen er mitten inne steht, nicht theilhaftig werden zu können. Doch ein Trost kömmt ihm zu Sinn, der ihm zum Beginne der Arbeit den Muth schenkt: sein König, dem das Buch bestimmt ist, steht ja ganz so, wie er, der Verfasser, in jenem „Wirbel" der Dinge und wird deßhalb einen Verstoß mit mehr „Nachsicht" aufnehmen. So macht sich denn Nithard an sein Werk, dessen Durchführung durch ihn als ein „mittelst des Schreibegriffels seinem Senior erwiesener Dienst"[175]) aufgefaßt wird. Daß sich dann Nithard am Schlusse seiner ersten Vorrede entschließt, auf die Geschichte Kaiser Ludwigs, wenn auch nur „in summarischer Weise"[176]), einen Rückblick zu werfen, ist bereits oben (p. 1) erwähnt worden.

Auf sein erstes Buch zurückweisend, sagt Nithard im Eingange der zweiten Vorrede, daß er die „Keime des (praef. II.) Krieges", „so weit es ihm Zeit und Kräfte gestatteten", in der Weise dargestellt habe, daß jeder Leser, der sich über den innern Zusammenhang der Dinge unterrichten wolle, denselben „erkennen" könne, wenn derselbe überhaupt die Arbeit, die von ihm bei der Durchlesung des Buches gefordert werden dürfe, „richtig durchgeführt habe". — Daß Nithard mit gutem Grunde von seinem ersten Buche hier erwähnen darf, es seien darin „die Uranfänge der Mißhelligkeiten aus einander gelegt", im eigentlichsten Sinne „entwirrt", haben wir schon oben (p. 18) mit rühmender Anerkennung bestätigen können. — Im zweiten Buche nun will Nithard dem „Warum" das „Wie" folgen lassen und vorführen, „wie" Lothar seinen Entschluß, Ludwig und Karl zu verfolgen, „ausgeführt habe". Abermals stellt er in den Vordergrund, daß er das, „so weit Gedächtniß und Kräfte ihm hinlänglich zu Gebote ständen"[177]), zu thun gedenke, und „fordert dringend"[178]), Karl möge die „Schwierigkeiten", „die sich seiner geringen Person entgegenstellten" und „eben dieser schwer lastenden" Verfolgung durch Lothar ihren Ursprung verdankten, „erwägen" und ihm etwaige „Nachlässigkeiten" „verzeihen". —

Aus Nithards eigenem Munde wissen wir, daß auf die Vereinigung Karls mit Judith hin Lothar eine ernstliche Verfolgung des Stiefbruders ins Werk setzte (II: c. 9); hierauf folgten das Zusammentreffen mit Ludwig, das ungewisse Hin- und Herziehen in den Gegenden an der obern Marne, Seine, Yonne, das Verhandeln zwischen Lothar und den Königen, endlich die Schlacht von Fontanetum, bei welcher sich Nithard selbst lebhaft betheiligte: da kann nicht viel Ruhe und Muße ihm vor dem Beginne des Juli zu Theil geworden sein. Nachher aber, in der zweiten Hälfte des Sommers, muß er sehr fleißig gearbeitet haben; denn das zweite Buch vollendete er, in dessen letztem Capitel die (II: c. 10) Schlacht vom 25. Juni beschreibend, „an der Seine (s. n. 180) bei St. Cloud", als Karl im October Lothar gegenüber stand (s. p. 35); während er schrieb, „ereignete sich eine Verfinsterung der Sonne in der ersten Stunde, am Dienstag, den 18. October, im Zeichen des Scorpion".

Die Ereignisse des Sommers 841 waren an Nithard nicht, ohne einen tiefen Eindruck ihm hinterlassen zu haben, (praef. III.) vorüber gegangen. Die Vorrede zum dritten Buche eröffnet er mit dem offenen Geständnisse, daß er eigentlich am liebsten die Feder ganz aus der Hand legen möchte. Er sagt nämlich da: „Wenn schon[179]) Scham mich erfüllt, wenn ich etwas widerwärtiges von unserm Volke nur höre, so verdrießt es mich im höchsten Grade, davon zu melden; und so war ich, nachdem ich" — das darf er im Hinblicke auf die beiden ersten schon vollendeten Bücher getrost Karl sagen — „den mir zu Theil gewordenen Befehl keineswegs böswillig verachtet, durchaus Willens, als das erwünschte Ende des zweiten Buches erreicht war, dieses Werk abzuschließen". Aber sein Gewissen ließ ihm das nicht zu. Ihm hatte sich das Zutrauen seines Königs zugewandt; er war, wie wenige, mitten im Gange der Dinge und in der Kenntniß der Ereignisse; die Furcht überfiel ihn, er möchte eine Unterlassungssünde begehen, es könnte ein anderer, in einer nicht angemessenen Weise die Ereignisse, zu deren Darstellung er selber berufen war, auffassend, dieselben der Nachwelt überliefern. „Damit nicht einer, irgend wie berückt[180]), die Ereignisse unserer Zeit nicht in der Weise, wie sie sich zutrugen, zu erzählen sich vornehme, habe ich mich dazu bequemt, aus dem, an welchem ich Antheil nahm, ein drittes Buch beizufügen."

Während Nithard noch das zweite Buch aus dem „Gedächtnisse" (prout memoria . . suppleverint) nieder- (praef. geschrieben hatte, beginnt in nachweisbarer Weise im dritten Buche die den Ereignissen gleichzeitige Aufzeichnung. — Nachdem Nithard im fünften Capitel desselben von dem Eidschwur von Straßburg geredet, fährt er folgendermaßen, erst (III: c.

in einem Rückblicke auf den Sommer und Herbst 841, fort: „Es ist aber der Sommer, in welchem die vorgenannte Schlacht (von Fontanetum) ausgeführt worden ist, über die Maßen kalt gewesen, und alle Früchte sind viel zu spät eingesammelt worden; der Herbst aber und der Winter haben ihren regelmäßigen Gang inne gehalten". Dann spricht er von dem 14. Februar 842, dem Tage, an welchem die Könige und die Großen die Eide schwuren: „nach demselben sei Kälte gefolgt und ein bedeutender Schnee gefallen". Hierauf redet er noch von einem Kometen, dessen Gang er einläßlich beschreibt: im December 841 und im Januar 842 und im Februar „bis zu der vorher genannten Zusammenkunft" (am 14.) erschien er und „verschwand, als diese Versammlung beendigt war" [491]). — „Diese kurze Abschweifung über die Reihenfolge der Jahreszeiten und der Gestirne", wie Nithard selbst sie nennt, vollends die Erwähnung des starken Schneefalles nach dem 14. Februar, haben dann allein einen Sinn, wenn wir annehmen, daß Nithard diese Worte nur ganz kurz nach dieser Zeit geschrieben hat, daß hier der dem Laufe der Ereignisse unmittelbar sich anschließende Theil seines Buches beginnt. —

War Nithard schon, als er zum dritten Buche die Vorrede schrieb, verstimmt, so hatten die seitherigen Ereignisse nicht dazu beigetragen, seine düstere Auffassung der Zeit, in der er lebte, aufzuhellen. — Deutlich spiegelt sich dieselbe in
(praef. IV.) seiner vierten Vorrede. Wie in der dritten (uti praefatum est), spricht er es auch hier wieder aus, daß er „sich freue, von dem Werke des Erzählens auszuruhen". Noch dazu aber fügt er bei, „sein von mannigfaltigen Klagen erfüllter Sinn beschäftige sich voll Unruhe in unablässigem Nachdenken" mit dem Gedanken, „gänzlich von der Beschäftigung mit den öffentlichen Dingen sich durchaus zurückzuziehen" (s. n. 501). Ebenso ungewiß, wie die Gegenwart, erscheint Nithard die Zukunft: er weiß nicht, „in welchen Hafen er endlich getrieben werde". Doch da stellt er — in plötzlicher Wendung der Rede geschieht das (interim autem quid oberit?) — an sich selbst die Frage, „was denn ihn hindere, falls er irgend eine Zeit der Muße gefunden haben werde, sich noch ferner zu bemühen, so, wie ihm befohlen sei, die Thaten der Fürsten und der Vornehmen (nostrorum fügt er bei; s. indessen auch n. 299) dem Gedächtnisse zu überliefern" (stili officio zum zweiten Male gebraucht: s. n. 475). „So will denn Nithard seinen Fleiß auf ein viertes Buch" (rerum, sc. Karoli temporibus gestarum, opus quartum nennt es Nithard) noch „verwenden". Das gereicht ihm dabei zur Freude, daß er, „wenn es ihm nicht vergönnt sein werde, in anderweitiger Hinsicht (als Staatsmann) den künftigen Geschlechtern nützlich zu sein", „wenigstens hierin (durch sein Buch) durch seine eigene Arbeit den Nachkommen den Nebel des Irrthumes verscheuchen" könne. —

Gefiel es Nithard schon früher, von der zweiten Hälfte des zweiten Buches an, mehrmals in auffallender Breite, nicht proportionirt gegenüber andern Stücken, gewisse unbedeutendere Partien mit besonderer Liebe einläßlich auszuführen, so waren das, z. B. das Ereigniß zu Troyes am 16. April (in II: c. 8, s. p. 24), Karls Aufenthalt in St. Medard am 27. August (in III: c. 2, s. p. 32), die Einnahme von Laon im November 841 (in III: c. 4, s. p. 36), ohne Ausnahme Begebenheiten, die Nithard ganz speciell interessirten, da sie zur Person Karls in nächster Beziehung standen. Dann kömmt zwar in III: c. 5 die Erörterung über das Wetter und den Kometen; doch ermahnt sich Nithard wenigstens
(III: c. 5) da noch selbst zur Wiederaufnahme des „Ganges der Geschichte" (ad historiae tramitem revertamur). Aber schon
(c. 6) unmittelbar nachher, im Anfange des sechsten Capitels, glaubt er, „es sei keineswegs unpassend" (ab re, sc. abhorrens), wenn es ihm „beliebe", „ein weniges" von der „erfreulichen und nach Verdienen auszuzeichnenden" Eintracht Ludwigs und Karls „mitzutheilen," und gibt dann in diesem Capitel jene belebte Schilderung der Kampfspiele (s. oben pp. 39 u. 40). — Im vierten Buche machen sich dieses Abschweifen vom Gegenstande, dieses breite behagliche Erzählen noch weit mehr
(IV: c. 2) bemerkbar. Nach der warmen Lobpreisung Karls des Großen als des Bezwingers der Sachsen, nach der gelungenen
(c. 3) Charakteristik dieses Volkes in c. 2 folgt im Anfange von c. 3 eine Nachricht, welche, rein zufällig durch ein per idem tempus zwischen die Erwähnung von Ludwigs und Karls Zusammentreffen in Verdun und die Angabe, daß Lothar am Rheinufer neue Kräfte sammelte, eingeschoben, zeigt, daß Nithard unmittelbar mit der Feder den Ereignissen nachzufolgen fortfuhr [492]). Der hier in Frage stehende Satz redet von der Plünderung von Contwig, Hamwig und Nordhunnwig durch die Normannen [493]). — Wenn auch auf den nächsten Seiten eine solche Unterbrechung des Zusammenhanges nicht zu finden ist, so fällt dem Leser dagegen eine andere schriftstellerische Sorglosigkeit Nithards in die Augen. Hatte er
(c. 2) schon in c. 2 an einer ihm gelegen dünkenden Stelle die ganze Entstehungsgeschichte der Stellinga, die eigentlich in das
(cc. 4 u. 5) dritte Buch gehört hätte, nachgeholt (s. n. 500), so erlaubt er sich in c. 4 und c. 5, wie in n. 272 einläßlich dargethan wird, noch mehrere solche nachträglich eingestreute Ergänzungen, zum Theil bei wichtigen Angaben, deren Mangel an der Stelle,
(c. 5) wohin sie gehörten, deutlich empfunden wird [494]). — Eine weitere große Abschweifung dagegen folgt am Ende von c. 5. Am 24. October 842, dem Tage, an welchem die 120 mit der Reichstheilung Beauftragten Coblenz verließen, wurde ein starkes Erdbeben „beinahe durch dieses ganze gallische Land" verspürt (s. n. 292), und an demselben Tage (s. n. 292) erfolgte im Kloster St. Riquier die Translation des h. Angilbert, des 814 verstorbenen Vaters unseres Geschichtschreibers: und Nithard kann da nicht umhin, besonders des zweiten von diesen beiden Ereignissen einläßlich zu gedenken und dabei „in wenigem seine Abstammung in der Erzählung zu berühren". Dann „kehrt er zum Faden der Erzählung wieder
(c. 6) zurück". — Das sechste Capitel des vierten Buches läßt uns einen noch tiefern Einblick in die Art und Weise, wie Nithard diese letzten Theile seines Werkes abfaßte, thun. Fast in der gleichen Weise, wie die klösterlichen Verfasser der Jahrbücher, zeichnete da Nithard alle bedeutendern Ereignisse, welche ihm neu zu Ohren kamen, gleich in sein Buch auf, unbekümmert durch die Buntheit der durch ihn an einander gereihten Notizen. So folgen sich denn in diesem Capitel die Beschwörung des Waffenstillstandes zu Thionville im November 842 (s. oben p. 52), die Angabe der Gegenden,

wohin die drei Fürsten sich begaben, der Einfall der Saracenen in das Beneventanische[165]), die letzte Erhebung der Stellinga (s. p. 77), Karls Hochzeit (s. p. 52), die Schilderung von Adalhards großem Einflusse (s. p. 44), Karls Abzug nach Aquitanien (s. p. 53), die Erwähnung des harten Winters von 842 auf 843: alles nachläßig mit einander verknüpft (eodem tempore; eodem etiam tempore; in hieme . . Fuit autem eadem hiemps; in c. 7: per idem tempus). Keine Spur von dem wohlgeordneten Rahmen der Darstellung, der alles weiter von Karls Person Abliegende ausgeschlossen hatte, ist hier mehr zu bemerken: schon hierin zeigt sich, daß Nithard dem Abschlusse seines Buches zustrebte. — Rasch fügt er in c. 7 dann noch bei, daß er am 20. März 843 eine Mondfinsterniß beobachtete und daß in derselben Nacht viel Schnee fiel.

Die schweren Unglücksfälle aller Art, das Wüthen der Elemente, die sich häufenden Verbrechen, die stets wachsende Anarchie, kurz die ganze traurige Lage der Zeit, die klägliche Aussicht in die Zukunft: alle diese Ereignisse und Zustände hatten in Nithard, während er sie niederschrieb, die Unlust an seiner Arbeit sich mehren, die Verdüsterung seiner Zeitbetrachtung wachsen lassen. „Ueberall" sah er nur „Mangel und Traurigkeit." „Die Noth," welche im Anfange des Winters schon „gedroht" hatte (c. 6: hinc inopia . . instante), war in Folge „des allzu kalten und langen Winters" eingetreten: der „Ackerbau" litt unter der Witterung und „dem Vieh und den Bienen" war der Winter auch „nicht zuträglich." Zu alle dem traten noch „zahlreiche Krankheiten" auf: nach der nähern Angabe der Chronik von St. Vandrille (script. II: p. 302) war es ein „sehr heftiger Husten", welcher viele Menschen wegraffte. Aber auch das kommende Frühjahr schien keine Hülfe bringen zu wollen: der starke Schneefall in der Nacht vom 20. auf den 21. März „erregte in Allen tiefe Betrübniß". — Zu diesen traurigen Aussichten auf die Ernte des nächsten Sommers kamen die gleich trüben Einblicke in den Stand der öffentlichen Dinge. Da fordert Nithard „jedermann" auf, zu „überdenken," „wie sehr das unsinnige Gebaren der Menschen das allgemeine Beste vernachlässige, welche tolle Handlungen nur zur Befriedigung der eigensten Gelüste die ungezähmten Willenskräfte sich erlaubten" (qua, sc. dementia, privatis ac propriis voluntatibus insaniat). „Jeder", so klagt er weiter, „beschreitet den Weg, welchen er wünscht: überall herrschen so öffentlich Zwiespalt und Streit". — All das läßt in ihm den Gedanken aufsteigen, daß es der durch solchen Wahnsinn der Menschen „beleidigte Schöpfer" sei, der „im gerechten Gottesgerichte" diese Strafen verhängt habe, daß der Zorn des Himmels bewirke, „daß auch alle Elemente der menschlichen Raserei feindlich werden". Er sieht den Ausspruch des Buches der Weisheit[166]) verkörpert: „Und die Welt wird mit ihm zum Streite ausziehen wider die Unweisen", und schließt sein Buch mit den Worten: „Von einem Gottesgerichte rede ich deßhalb, weil von hier und dort überall Plünderungen und Uebel aller Art sich fühlbar machten, anderseits die unangemessene Beschaffenheit der Witterung allen Guten die Hoffnung entriß." —

Hatte Nithard sich schon, nachdem er das zweite und das dritte Buch abgeschlossen hatte, nach dem Ende seiner Arbeit gesehnt, hatte er bereits in der dritten Vorrede es offen ausgesprochen, daß es ihn nicht nur schäme, sondern auch mit Mißmuth erfülle, über sein Volk so traurige Dinge berichten zu müssen: jetzt hat sein Widerwille am öffentlichen Leben seinen Gipfel erreicht. Sei es, daß er den „Hafen," von dem in der vierten Vorrede geredet, gefunden, oder daß ihn noch die „gewaltigen Stürme" dahin trieben: das „Werk des Erzählens" will er hiemit abschließen. — Aber selbst jetzt dürfen wir Nithard, so sehr wir bedauern müssen, daß der Abschluß des dreijährigen Kampfes, der Vertrag von Verdun, von ihm nicht mehr behandelt wurde[167]), das Zeugniß geben, „daß er den Befehl seines Königs nicht böswillig hintangesetzt hat": die dissensiones hatten in Thionville für einmal wenigstens ihre Begrenzung gefunden; die persecutio war hiedurch auch zum Stillstehen gebracht. Fast wie in ein Tagebuch hat Nithard in den letzten Capiteln sein volles Herz ausgeschüttet: wohl gleich nach dem 20. März 843 legte er den Griffel nieder[168]).

Fragen wir nach dem Grundgedanken, welcher Nithards Buch vom Anfang bis zum Ende durchzieht, so finden wir, daß es die Absicht ist, zu zeigen, wie sein Herr Karl und dessen Anhänger in ganz ungerechter Weise durch Lothar eine Verfolgung erlitten (praef. I: cum, mi Domine, jam pene anno vobis illatam a fratre vestro persecutionem vos vestrique haud quaquam meriti pateremini). Im ersten Buche hatte er den Nachweis liefern wollen, „weßhalb Lothar sich vorgesetzt habe, nach dem Tode des Vaters Karl und Ludwig zu verfolgen" (praef. II). In den weitern Theilen seines Werkes gedachte er durchzuführen, „mit welchem Nachdruck und beharrlichen Fleiße[169]) Lothar diesen Entschluß ins Werk gesetzt habe" (so sagt er in praef. II).

Dadurch, daß Nithard von vorne herein sich zu seinem Parteistandpuncte offen bekennt, unbedenklich die Sache Karls als die seinige bezeichnet, Lothar als einen ungerechten Verfolger seiner Brüder hinstellt, ist auch gleich von Anbeginn die Art und Weise uns vorgeschrieben, in der wir Nithards Buch auffassen müssen. In demselben liegt ein Werk vor uns, dessen Verfasser mitwirkend, thätig mitten im Werden der von ihm geschilderten Ereignisse gestanden, mehrere von ihnen selbst mit zu Tage gefördert hatte. Durchaus nicht darum war es Nithard beim Schreiben zu thun gewesen, die bloßen äußerlichen Thatsachen an einander zu reihen, ein Conglomerat verschiedenartiger Nachrichten in der Art der Jahrbücher zu geben: den innern Zusammenhang, die wahre Bedeutung der Dinge, die er gesehen, erlebt, zum Theil zu Stande gebracht hat, will er zu Tage fördern, seine eigensten Ideen, die durch ihn gemachten Erfahrungen in seiner Schrift niederlegen. Nicht Memoiren, geschrieben in der Muße eines von den Geschäften zurückgezogenen Lebens, sind Nithards vier Bücher Geschichten: mitten im Strudel der Ereignisse vielmehr sind sie entstanden, während Nithard, der ihre Abfassung[170]) als einen Theil seiner Karl geschuldeten praktischen Thätigkeit betrachtete, bald als Krieger, bald in diplomatischen Sendungen seinem Herrn nach besten Kräften zu nützen suchte. Er klagt, „daß ihn sein Geschick mit den sämmtlichen Ereignissen seiner Zeit bald hier, bald dort in Berührung gebracht habe und in gewaltigen Stürmen zu seiner tiefen Betrübniß dahin treibe" (praef. IV.), und äußert den Wunsch, „die Beschäftigung mit den Dingen des Staates gänzlich aufzugeben" (l. c.), und im dritten Buche will er Dinge erzählen, „an denen er selbst Antheil nahm". Wir haben in dem Buche Nithards ein pragmatisches Geschichtswerk im eigentlichsten Sinne des Wortes. —

Wie Nithard in seine vier Bücher den ganzen Inbegriff alles dessen, wofür er Jahre hindurch sich bemüht und gekämpft, was sein Herz erfüllt und seine Arbeit in Anspruch genommen hatte, niedergelegt hat, so ist auch darin das treueste Spiegelbild seines eigenen Charakters enthalten. Nur aus seinem Buche läßt sich Nithards Persönlichkeit darstellen.

Nach dem, was bisher über die Entstehung dieses Werkes gesagt wurde, wäre es eine Ungerechtigkeit, Nithard daraus einen Vorwurf zu machen, daß er durchaus nur eine Parteisache verficht, daß er gänzlich für die Ansprüche Karls und, so weit die beiden Könige als Verbündete erscheinen, auch für diejenigen Ludwigs einsteht, Lothar im höchsten Grade abgeneigt ist. Wer von vorne herein in Karl den ungerecht leidenden Theil sieht, kann nicht anders im Leben handeln, nicht anders eine Geschichte seiner Zeit schreiben. — So erscheint denn Lothar stets mit den schwärzesten Farben gezeichnet. In erster Linie immer wird seine bedenlose Unzuverlässigkeit, seine keinen Eid, kein Versprechen achtende treulose Gesinnung hervorgehoben; „wie aus bestimmtem Vorsatze" habe er sich nicht an sein Wort gehalten, heißt es einmal; „wie oft er sich leicht geneigt und gleich fertig dazu gezeigt, die Brüder zu täuschen", wird an einem andern Orte betont. Von der im Sommer 840 an Karl übersandten zweideutigen Botschaft, derselbe solle sich auf die brüderliche Liebe seines Pathen und Schützers verlassen, dabei aber Pipin II. nicht angreifen, bis zu dem Versuche, die Aufnahme des Reiches zu hindern, die Bevollmächtigten in Metz zu überfallen, erscheint Lothars Handlungsweise in Nithards Darstellung als Ein zusammenhängendes Netz von Verrath und Trug. Aber auch seine Unentschlossenheit, seine Vorliebe für unkriegerische Mittel, für hinterlistige Verhandlungen an der Stelle thatkräftiger Waffenführung, seine an Feigheit grenzende Zaghaftigkeit Angesichts jeder bevorstehenden wichtigen Entscheidung, welche nur einmal, in der Schlacht von Fontanetum, der ihm dennoch inne wohnenden persönlichen Tapferkeit Raum ließ: alle diese Fehler werden nicht mit Stillschweigen übergangen. „Durch List und ohne Kampf" suchte Lothar bei Orleans den Stiefbruder „zu täuschen und dergestalt zu überwinden", und — mehrfach ist das erwähnt — so oft Lothar einen seiner Brüder anzugreifen beabsichtigte, sandte er Boten in dessen Länder voraus, „welche das unbeständige Volk abwendig zu machen versuchen sollten". Schlecht stimmt zu diesen Kampfmitteln seine Anmaßung und Herrschsucht, sein hochfahrender Stolz, in dem er „nach gewohnter Weise" so oft die Friedensvorschläge seiner Brüder „verachtete", von welchem erfüllt er z. B. am Tage vor der Schlacht bei Fontanetum denselben als letzte Botschaft die höhnisch abweisenden Worte zukommen ließ, „sie werden wohl sehen, wie ihm zu handeln bestimmt sei". Und daß ihm im Falle der Noth keine Mittel zu abscheulich waren, dafür standen Nithard die Erwähnung des Bundes mit den Stellinga, diejenige der Belehnung Herolds mit christlichem Gebiete zu Gebote [171]).

Daß Karl im Gegensatze zu Lothar überall im hellsten Lichte erscheint, kann bei der Betrachtung eines Buches, wie dasjenige Nithards ist, natürlich durchaus nicht überraschen. Hell hebt sich Karls Person von dem dunkeln Hintergrunde der Erzählung von seinen ohne Schuld erduldeten Leiden ab. Die Tücken und Ränke des „Verfolgers" dienen nur dazu, einen um so lichtern Glanz um die Gestalt des jungen Königs zu verbreiten. Wie bemühte sich im Herbste des Jahres 840, wo bei Orleans Lothar mit gefährlicher Uebermacht dem Bruder gegenüber stand, die Umgebung des Jünglings, „ihren König zu retten": „denn Allen wohnte eine nicht geringe Hoffnung auf Karls natürliche Anlage inne" (II: c. 4). Und mußten nicht so treffliche Vorsätze, wie sie Karl kurz nachher zu le Mans vor seinen geheimsten Rathgebern enthüllte (II: c. 5), „daß er in allen Dingen dem gemeinen Besten folgen, für dasselbe, wenn es nöthig wäre, ungesäumt selbst in den Tod gehen wolle", auf die Gemüther seiner ergebenen Anhänger in hohem Grade erwärmend einwirken: „allseits glaubten sich da", sagt Nithard, „die Zuhörer an Kräften gewachsen". Nicht allzu oft zählt Nithard namentlich einzelne lobenswerthe Eigenschaften seines Herrn auf — nur nach der Schlacht bei Fontanetum und bei Anlaß des Zuges nach Laon wird von Karls admirabilis, immo et merito notabilis misericordia (III: c. 1), von seiner misericordia super ecclesiarum Dei sororisque necnon et populi christiani (III: c. 4) geredet, und in III: c. 6 ausdrücklich betont, daß Karl ebenso „kühn, freigebig, klug, beredt" war, wie Ludwig, daß aber sein „unantastbar und verehrungswürdig einträchtiges Leben" mit eben diesem Bruder „alle seine vorgenannten edeln Eigenschaften übertraf": — dagegen ist eben die ganze Darstellungsweise unseres Autors von der wärmsten Verehrung und Zuneigung zu dem viel versprechenden, jungen Fürsten belebt. Einzelne Beispiele dafür aufführen, hieße nichts anderes, als Karls Geschichte während dieser Jahre nochmals erzählen.

Ludwig, dessen in der zweiten Vorrede zum ersten Male in freundlicher Weise gedacht wird (quamobrem .. Lodharius vos fratremque persequi statuerit), findet sich auch nachher noch mehrmals in ehrenden Worten erwähnt [172]). Daß die Charakteristik Karls in III: c. 6 sich auch auf ihn bezieht (s. auch oben p. 39), ist soeben gesagt worden. Schon die Art und Weise aber, wie Nithard die erste Kunde von Ludwigs Hülfeanerbietungen bringt, dann die Ankunft der Nachricht vom Siege im Ries darstellt (beides in II: c. 9), darf hieher gerechnet werden. Mit hoher Achtung wird dann in II: c. 10 von dem Entschlusse des bairischen Königs, trotz der Ermüdung seiner Leute Karl beistehen zu wollen, „lieber jeglichen Mangel, wenn es sein müßte, selbst den Tod über sich ergehen zu lassen, als den unbesiegten Namen zu verlieren", geredet: in einer den vollen wohlthuenden Herzensfreude bezeichnet da Nithard diese Gesinnung Ludwigs als magnanimitas. Wie der „männliche Widerstand" des Königs gegen Lothar bei Kostheim (II. c. 1: cumque Lodhawicus viriliter resisteret), so ist auch seine „thatkräftige" Betheiligung bei der Entscheidungsschlacht von Fontanetum (II. c. 10: Lodhuwicus ac Lodharius strenue confligunt) rühmend erwähnt. Und zu der Milde, welche Ludwig gleich Karl gegen die besiegten Lotharischen zeigte (III: c. 1), stimmt die „adelige Weise", in der er das unvermeidliche Strafgericht über die Stellinga verhängte (IV. c. 4: seditiosos nobiliter . . compescuit; s. n. 464). —

In dieser Weise stellen sich aus Nithards drei letzten Büchern die Persönlichkeiten der drei Söhne Ludwigs des Frommen dem Leser dar. Während auf die einen lauter klares Licht fällt, erscheint der dritte in den tiefsten Schatten gestellt. Diese ungleiche Vertheilung der Färbung ist es, was auf den ersten Blick hin einen als nicht ungegründet erscheinenden Verdacht gegen Nithards Darstellung, oder vielmehr, weil Nithards Werk unbestritten die Hauptquelle für unsere Kenntniß dieser Zeit ist, gegen die ganze Geschichte des Bruderkrieges, wie wir sie aus Nithard schöpfen, einflößt. Aber einmal finden wir mehrere Angaben Nithards, die Karl günstig lauten oder gegen Lothar einen Vorwurf enthalten, z. B. über die erste Anknüpfung eines Bündnisses zwischen Ludwig und Karl (s. oben pp. 25 u. 26), über Lothars schroffe Abweisung jedes Antrages zum Frieden vor der Schlacht von Fontanetum (s. p. 29), über die Erfolglosigkeit seines am Ende des Jahres 841 nach Westfrancien unternommenen Verwüstungszuges (s. p. 64), über sein Weilen in Thionville am Ende des September 842 (s. n. 408), durch andere Quellen, und zwar nicht blos durch den Lothar gleichfalls abgeneigten Prudentius, bestätigt. Dann wird unten gezeigt werden, daß Nithard, wenn auch nicht über Karls Person, so doch über die knappen Verhältnisse, in denen sich derselbe mehrmals befand, in einer unverhohlenen Weise sich ausläßt, welche nicht im geringsten einer Parteischrift gewöhnlichen Schlages oder gar einem glatten höfischen Panegyrikus angestanden hätte, vielmehr, wenn irgend etwas das zu thun im Stande ist, für die Glaubwürdigkeit seiner Erzählung ein unbestreitbares Zeugniß ablegt. Und endlich darf wohl, was Lothar anbetrifft, darauf aufmerksam gemacht werden, daß aus seinem frühern und spätern Leben durchaus passende Analogien zu der Art und Weise, wie ihn Nithard im Bruderkriege auftreten läßt, in hinreichendem Maße beizubringen sind. Lothars Verhältniß zu dem kaiserlichen Vater, die Jahre vor 840, wo er sich der Hoffnungen, welche eine nach der Wiederkunft besserer Zeiten sich sehnende, für ein einheitlich großes und starkes Reich begeisterte Partei auf ihn setzte, unwerth genug zeigte, bieten Züge, die sich nicht nur während des Bruderkrieges, sondern auch nach der Reichstheilung von Verdun ähnlich wiederholen. Der übermüthigen Mißhandlung des Vaters im Winter von 833 auf 834, der durch eigennützige Anmaßung selber verschuldeten Entzweiung mit den beiden Genossen des unblutigen Sieges auf dem Rothfelde folgten der rasche Abzug aus St. Denis, die bedingungslose Unterwerfung von Chevilly in ähnlicher Weise, wenn auch nicht so rasch, wie 842 die Flucht aus Sinzig dem hochfahrenden Auftreten gegen Ludwigs und Karls aus Worms entsandte Friedensboten. Wie Lothar im Februar 831 sich zu Aachen dazu hergegeben hatte, über seine eigene Partei mit zu Gerichte zu sitzen, wie er im Juni 839 seinen Bruder Ludwig, mit dem zusammen er noch im März 838 gegen den Vater conspirirt hatte, preisgab, so stand er nicht an, Karl schon im Herbste 841 die Aufopferung seines ihm verbündeten Neffen Pippin gleichsam in einem Tauschhandel der Eidbrüche anzubieten, gab er im Juni 842 sowohl, als im August 843 die Sache dieses aquitanischen Kronprätendenten gänzlich auf, wie er ja schon im Herbste 842 keinen Versuch gemacht hatte, zu Gunsten der gerade durch ihn aufgestachelten Stellinga bei Ludwig zu interveniren, wie er, um ein Beispiel aus Lothars letzter Lebenszeit anzuführen, Hinkmar von Reims zu Liebe 854 die durch Ebbo geweihten Geistlichen plötzlich fallen ließ. Und gleicht nicht haargenau die Art und Weise, in der er im Frühjahr 830, für seine Person scheinbar unbetheiligt, durch seine Anhänger den Ausbruch der Erhebung gegen den Kaiser herbeiführen ließ, um hernach bei seinem Eintreffen sich den Boden bereitet zu finden, der zuwartenden Stellung, die er im Sommer 840 einnahm, ehe er rheinabwärts über Straßburg gegen Mainz zog, den Aufreizungen, die er im Juli 841 von Aachen aus zur Beunruhigung Ludwigs unter den Sachsen in das Werk setzte, bevor er diesen selbst anzugreifen sich aufmachte? In vollstem Maße entsprechen im weitern die Unschlüssigkeit und Unzuverlässigkeit Lothars, die in ihren Bethätigungen stets nur dazu beitrugen, seiner Treulosigkeit die verdiente Strafe zu bringen, z. B. sein Doppelspiel gegenüber Karl und Pippin II. im Sommer 840, seine Ränke in den letzten Tagen vor der Schlacht bei Fontanetum behufs der Vereinigung seiner Truppen mit denjenigen seines aquitanischen Neffen, dem Verhalten, das er nach 843 gegenüber Ludwig und Karl zeigte. Derjenigen Vortheile, welche ihm seine Stellung als Beherrscher des noch immer von gewissen erhabenen Traditionen umschimmerten, räumlich die Gebiete des ost- und westfränkischen Königs trennenden Mittelreiches, als Besitzer des freilich nahezu inhaltlos gewordenen Kaisertitels nahe legte, ging er eben hiedurch verlustig. Lange Jahre blieb zwar die Freundschaft der verbündeten Könige auf dem Grunde der Festsetzungen von Straßburg eine ungetrübte. Aber auch als im Sommer 853 dieses Verhältniß sich zu lösen begann, als Ludwig der Jüngere in Aquitanien einzufallen sich rüstete und Karl den Bulgaren Geldunterstützung zukommen ließ, schwankte Lothar zwischen den Parteien hin und her: seiner Zusammenkunft mit Karl zu Valenciennes im November 853, derjenigen zu Lüttich im Februar (s. Dümmler: p. 364: n. 11) 854 folgte erst, etwa im Mai dieses Jahres, seine Versöhnung mit Ludwig bei einem Zusammentreffen am Rheine, dann abermals eine Unterredung mit Karl im Juni zu Attigny, wo er wieder zu gemeinsamen Schritten gegen Ludwig die Hand bot. — Nehmen wir nach diesem Charakterbilde Lothars dasjenige Ludwigs, wie es sich aus den freilich dürftigern Nachrichten Nithards ergibt, und vergleichen wir es mit den Darstellungen der übrigen Quellen, so ist das Resultat gleichfalls ein befriedigendes. Gerade einige besonders hervorstechende Eigenschaften Ludwigs finden sich mehrfach durch Handlungen bezeugt, die Nithard von ihm zu berichten weiß. Die kriegerische Tüchtigkeit bewies sich vor allem bei Fontanetum: aber schon vorher sprachen sein Sieg im Ries[illegible]), die rasche Ausbeutung desselben durch den Zug nach Westfrancien für dieselbe. Und wüßten wir von Ludwigs standhafter Entschlossenheit, welche keine Hindernisse scheute und stets am rechten Orte angriff, nichts weiteres, als seine Ermannung im Mai 841, sein Aufbruch gegen Adalbert und Lothar, unmittelbar nach der erschütternden Niederlage vom Anfang des April, oder auch nur seinen Willen, trotz der ermüdeten Truppen und der erschöpften Kraft mit Lothars Uebermacht den Kampf im Bunde mit Karl aufzunehmen: schon darum verdiente er dem „Kentauren bändigenden Herkules“ (s. n. 209) an die Seite gestellt zu werden. „In unvergleichlicher Zähigkeit war er dazu tüchtig, allen Nachstellungen der Feinde zuvorzukommen und sie zu überwinden“, rühmt von Ludwigs klugem Sinne der Mönch von St. Gallen (II: c. 11 in script.: II. p. 754), und seine unermüdlichen Anstrengungen, seine Herrschaft über Alamannien und Ostfranken auszubreiten, besonders aber die Energie, mit welcher er die Stellinga vernichtete, dürfen hier wohl als Beispiele hiefür erwähnt werden. Daß Nithard selber auch durch den persönlichen Umgang mit Ludwig dessen gewinnendes Wesen kennen lernte, daß er durch die Freundlichkeit, die man an dem Könige rühmte (dulcedine plenus semper exstitit sagt der monachus: l. c.: p. 755), gefesselt wurde, mag aus der Ludwig günstigen Umstimmung erhellen, die in den spätern Theilen von Nithards Werk stets mehr bemerkbar wird (s. n. 492). In Ludwig sehen wir einen Fürsten vor uns, dessen persönliche Vorzüge auch ohne alle Nebenrücksichten die Theilnahme seiner Zeitgenossen hervorriefen: wenn Lothar etwa mit Lobsprüchen bedacht werden ist, „so galten sie fast nur seiner erhabenen Würde, nicht seiner Person“[494]).

Fragen wir, wie Karl in den spätern Jahren seiner Regierung allgemein beurtheilt gefunden wird, so ist das Ergebniß höchst unerfreulich. — Unkriegerisch im höchsten Grade, feige jedem Zusammenstoß ausweichend, feldflüchtig vor dem Beginne der Schlacht, durch Geld eine nur vorübergehende Schonung von den gefährlichsten Reichsfeinden erkaufend, so zeigt sich Karl in der Erfüllung des militärischen Theiles der ihm durch seine königliche Stellung angewiesenen Pflichten. So nennen ihn denn u. a. die Annalen von Fulda zu 875 (I: p. 389) „furchtsamer, wie ein Hase“ und bezeichnen zu 877 (p. 391) als seine „Gewohnheit“, „die Flucht zu ergreifen“: „denn an allen Tagen seines Lebens pflegte er, so oft es nothwendig war, den Gegnern zu widerstehen, entweder offen denselben den Rücken zu wenden, oder heimlich seinen Kriegern zu entfliehen“. Aehnlich sind die Worte des Annalisten von Xanten zu 869 (II: p. 233), in denen Karl vorgeworfen wird, er habe „sehr häufig die Anfeindung der Heiden erduldet“, aber „immer denselben Geld angeboten (censum opponens), sei nie als Sieger im Kampfe da gestanden“, und die Belege dafür sind in der Geschichte des westfränkischen Reiches nur zu zahlreich vorhanden, daß die viel heimgesuchten Landstriche am Kanal und dem Gestade des Oceanes zuerst beinahe unerschwingliche Summen zur Zufriedenstellung der Feinde aufbringen mußten, um nachher dessen ungeachtet alle Schrecknisse der Plünderung zu erdulben. Und diese gleiche Zaghaftigkeit zeigte Karl auch in der innern Verwaltung seines Reiches: wie oft ließ er sich nicht dazu herbei, mit Aufrührern zu verhandeln und mit ihnen einen Vertrag zu schließen. Keineswegs aber schloß diese Unbeherztheit aus, daß, wo es sich thun ließ, eine unmenschliche Grausamkeit und Gefühllosigkeit sich in ihm fühlbar machte: Karl war 873 der schauderhaften That fähig, seinen eigenen Sohn Karlmann blenden zu lassen. Noch schlechter aber vertrug sich diese Furcht mit dem Uebermuth, den Karl bei günstigen Gelegenheiten entfaltete; in grellem Gegensatze stehen seine mehrmaligen schmählichen, die königliche Würde wiederholt in ihm arg erniedrigenden Demüthigungen zu den weitreichenden Plänen, den ehrgeizigen Entwürfen, die er daneben mit Vorliebe zuweilen in sich trug. Daß er seine Ziele dennoch einige Male erreichte, daß er u. a. nicht ganz zwei Jahre vor seinem Tode endlich sogar noch die Kaiserkrone sich gewann, das verdankte er erstlich dem Glücke, das ihn von seiner Jugend an nach einzelnen vorübergehenden Stürmen stets wieder von neuem begünstigte, dann aber vorzüglich der seinem Charakter angemessenen Art einer durchaus im Verborgenen sich haltenden, schlau berechneten, für Andere aber schwer erkennbaren Politik. Daß ein solcher Mann nichts Gewinnendes an sich haben konnte, ist einleuchtend. Ist auch der Beiname eines novellus Sennacherib, den ihm (zu 876: I. p. 391) die Annalen von Fulda gaben, einer ihm feindlichen Feder entflossen, so zeigte doch Karl in vollstem Maße die beiden Eigenschaften, die ihm am angegebenen Orte weiter beigelegt werden (l. c.): avaricia et superbia. Geiz und unersättliche Habgier vertrugen sich in ihm mit einer prahlerischen Eitelkeit, einer an reichem Prunke Gefallen findenden Prachtliebe. — Wenden wir von diesem Bilde unsern Blick auf die warme, begeisterte Darstellung Nithards von Karls Wirken und seinen Thaten in den Jahren von 840 bis 843, so herrscht ein scheinbar unverträglicher Gegensatz zwischen jenem und der hier in Nithards Buch sich zeigenden Auffassung. Abgesehen gänzlich davon, daß Karl durchaus, wie schon oben (p. 82) bemerkt wurde, als der auf eine höchst ungerechte Weise in seinem unzweifelhaften Rechte gekränkte Märtyrer erscheint, wie das bei Nithards eingestandenem Parteistandpuncte nicht anders sein kann, nicht eingerechnet die ferner bereits erwähnte (p. 82) Aufzählung der Karl zierenden Eigenschaften, tritt der junge Fürst noch reich an anderweitigen Vorzügen vor uns, die nachher nicht mehr an ihm zu entdecken sind. Die vorsichtige, diplomatisches Talent verrathende Art des Verhandelns freilich, die Karl allmälig gegenüber Lothar sich aneignete (s. oben pp. 24 u. 34), der unvermuthete Ueberfall, der im Januar 841 zu Bourges gegen Bernhard von Septimanien ausgeführt wurde (s. p. 21) und nur ein Vorspiel des Strafgerichtes von St. Saturnin (s. p. 33) war, dann die äußerliche Religiosität, die Karl mehrmals an den Tag legte[495]), stehen so ziemlich im Einklang mit Stücken seines spätern Lebens. Wie aufopferungsfähig dagegen zeigt er sich im Beginne von 841 zu le Mans (s. p. 21); welche Entschlossenheit zum Kampfe offenbart er in den Wochen und Tagen vor der Schlacht bei Fontanetum (pp. 25 u. 27). In untadelhafter Weise bewerkstelligt er seine Vertheidigungsmaßregeln bei Paris im September 841 (s. p. 35); die Wegnahme von Laon im November desselben Jahres ist ein durchaus geschickt ausgesonnener und energisch durchgeführter Handstreich (s. p. 36); mit vollem Rechte nennt Schwartz (p. 63) den Zug nach dem Elsaß im Winter von 841 auf 842 „ein wahres Meisterstück der Strategie“. Bescheiden, wenn auch seinem Rechte Nachdruck gebend, tritt Karl, so weit wir ihn aus Nithard kennen, auf: als der jüngere, unerfahrenere läßt er es willig zu, daß der verbündete Bruder ihm zumeist nur die zweite Rolle zugesteht, und er folgt gehorsam dessen Anordnungen (s. n. 268). Hochfahrenheit und Habsucht sind ihm fremd: in rührender Weise ist er für das Wohlbefinden seiner Anhänger besorgt (s. pp. 21 u. 47). — Wenn also irgendwo, so scheint es, daß Nithard an diesen Stellen, sei es täuschend, sei es selbst getäuscht, in widerwärtiger Weise die Wahrheit zu bemänteln sucht, daß er da die Eigenschaften eines charakterlosen Panegyrikers in schamloser Weise zu erkennen gibt. Aber die unsern Autor durchaus rechtfertigende Antwort auf diesen scheinbar berechtigten Vorwurf liegt nahe genug. Karl war bei dem Tode Ludwigs des Frommen ein Jüngling von siebzehn Jahren, der bisher wohl nie selbständig aufgetreten war, für den Andere gedacht, Andere gehandelt hatten. Da liegt die Annahme nahe, daß auch in der ersten Zeit seines selbständigen Regimentes, vor allem während der unsichern Zustände des mehrjährigen innern Krieges, seine Angelegenheiten, vor allem die militärischen Dinge, nicht durch ihn geleitet wurden. Gerade unser Nithard mag nicht nur bei Fontanetum sein strategisches Talent bethätigt haben: wenigstens legen die in seinem Buche enthaltenen trefflichen derartigen Schilderungen, auf welche weiter unten die Aufmerksamkeit gerichtet werden soll, diese Vermuthung nahe. Aber auch was Karls Person selbst angeht, ist wohl bis zu einem gewissen Grade, wo das Auge des allzu sanguinisch hoffenden, zu sehr der begeisterten Liebe zugänglichen Anhängers nicht mehr zu unterscheiden vermochte, Nithards Erzählung unbedingtes Vertrauen zuzumessen. Karl war — das ist allgemein bezeugt — reich begabt, mit einer nicht geringen Bildung ausgestattet. Und der junge Fürst wird gewiß zu einer Zeit, wo es sich so sehr noch darum handelte, ob seine Sache überhaupt Dauer gewinnen werde, sich, sei es in redlicher Absicht, oder nur um sich beliebt zu machen, eifrig bestrebt haben, seine guten Eigenschaften leuchten zu lassen, seine Leidenschaften und Fehler zu verdecken: konnte ihm doch eine unvorsichtige Enthüllung seiner wahren Gesinnung theuer zu stehen kommen. Nithard hörte zu schreiben auf, als Karl noch nicht zwanzig Jahre alt war. Kann man da vernünftiger Weise ihn dafür verantwortlich machen, daß sich in seinem Buche nichts davon findet, wie Karl in seinen übrigen 34 Lebensjahren den Zeitgenossen nach und nach erschien? —

Wohl aber wird an mehreren Orten von Nithard unumwunden zugestanden, wie schwach und allseits angefochten Karls Stellung mehrfach sich dem besorgten Rathgeber und Freunde darstellte. Nicht im geringsten scheut sich derselbe, in sein Buch derartige Beobachtungen, wann sie sich ihm darboten, niederzulegen, deutlich auch darin anzumerken, wo er sich mit den von seiner Partei ergriffenen politischen oder militärischen Maßregeln nicht einverstanden erklären konnte (hiezu s. n. 500). Schon zum ersten Buche wurden ein Paar Stellen angemerkt, in denen Nithard diese Freimüthigkeit seines Urtheiles an den Tag legt. Mehrere noch ungleich gewichtigere Zeugnisse der Art lassen sich aber aus den drei letzten Büchern hier zusammenstellen. Die am meisten in die Augen fallende Stelle ist diejenige über die Motive Karls bei seiner Verehelichung mit der Irmintrud (IV: c. 6): sie war bereits der Gegenstand einläßlicher Besprechung (s. p. 44): ebenso ist von den Worten Nithards, in denen er die Ursachen der Geringfügigkeit der Erfolge Karls nach der Schlacht von Fontanetum nennt (III: c. 2), sowie von denjenigen, wo die Nöthigung zum Friedensschlusse zugegeben wird, welche den Königen von der Seite ihrer Vassallen kam (IV: c. 6), bereits gehandelt worden (s. pp. 32 u. 33, 43 u. 44). Einige freilich weniger hervortretende Puncte ähnlichen Inhaltes können an dieser Stelle aus Nithards Werke noch weiter beigefügt werden. Ohne weiteres wird z. B. zugegeben, daß die im Spätsommer 840 (wenigstens sagt Nithard: II. c. 4: Pippinus infestus erat), im Juli 841, nach der Mitte des Juni 842 durch Karl nach Aquitanien unternommenen Feldzüge im Ganzen wirkungslos blieben (s. pp. 49 u. 50). In II: c. 8 steht, daß die Boten, welche, aus Aquitanien kommend, am Vorabende des Osterfestes 841 in Troyes eintrafen, „eine überall von Raub und Plünderung jeglicher Art erfüllte Strecke Weges“ hatten zurücklegen müssen (s. p. 24), und wie ungewiß die Aussichten der verbündeten Könige vor der Schlacht von Fontanetum nach Nithard sich darstellen, war schon oben (s. p. 28) zu zeigen ermöglicht. Wie dringend Karl die Nothwendigkeit der Hülfe des bairischen Königs empfand, beweisen die wiederholten Andeutungen Nithards, Karl habe Ludwigs Ankunft erwartet (s. p. 74). Und so liegen noch einige Zeugnisse für die durch keine Menschenfurcht getrübte Unbefangenheit, mit welcher Nithard die Geschichte seines Herrn niederschrieb, im Verlaufe der eben gegebenen, an Nithards Buch sich anschließenden Erzählung. — Nur auf zwei Stellen, welche zum Theil schon früher berührt wurden (s. pp. 29—31, u. pp. 43 u. 45), liegt der Schein einer theilweisen Entstellung der Wahrheit: zuerst wenn in III: c. 1 gesagt wird, nur die misericordia tam regum quam et universorum habe am 25. Juni 841 zur Einstellung der Verfolgung geführt, während die Erschöpfung der Truppen das freilich vielleicht nicht eingestandene ungleich nähere Motiv hiezu war, und anderseits die Angabe von IV: c. 3, daß Ludwig und Karl durch die Anträge der lotharischen Gesandten, welche sie 842 in Clamecy empfingen, angenehm berührt worden seien (quod . . . cum illis . . perplacitum esset, gratanti animo conferunt). Die in der erst genannten Stelle enthaltene Auffassung ist schon oben (p. 31) als eine wenigstens theilweise gerechtfertigte erklärt worden, und es liegt, was die zweite Stelle betrifft, die Annahme nahe, daß sich die Könige wohl hüteten, selbst vor ihrer nächsten Umgebung ihre wahre Gesinnung zu zeigen, und es vorzogen, dem Unvermeidlichen mit heiterer Stirne sich zu unterziehen. Und überdieß treten diese Stellen zu sehr zurück, als daß sie gegen Nithards Wahrheitsliebe irgendwie endgültiges Zeugniß ablegen könnten.

All das bisher Gesagte trägt nur dazu bei, die Bezeichnung von Nithards vier Bücher Geschichten als eines zwar in bewußter Weise von einem ganz einseitigen Standpuncte, doch innerhalb desselben mit seltener Wahrheitsliebe und anerkennenswerther Unbefangenheit geschriebenen Werkes zu rechtfertigen. Wohl ließe sich nun noch mit Gfrörer an manchen Stellen fragen, warum einzelnes, das wir aus Prudentius z. B. wissen, durch Nithard nicht erwähnt wurde (s. z. B. n. 142). Aber bei einem Werke der Art, wie das vorliegende ist, dessen Ursprung und Entstehung mit der Individualität des Schreibers in einem so engen, untrennbaren Zusammenhange steht, sind solche Fragen sehr vorsichtig anzubringen. Gar ungleich vertheilt Nithard, je nach dem ihn die Dinge näher berührten oder er sich bei ihnen betheiligt hat oder sie ihm von Erheblichkeit schienen, für die einzelnen Partien seiner Geschichten den Umfang der Darstellung: oft ergeht er sich in behaglicher Breite und oft genügen ihm wenige Worte. Darf man da mit ihm darüber rechten, daß er etwa die Nachricht über ein Ereigniß, das wir gerne auch durch ihn erwähnt gefunden hätten, von dem er aber vielleicht nicht einmal irgend welche Kunde hatte, umsonst bei ihm suchen? Und vollends mit Gfrörer fein berechnete Verschweigungen hinter den Worten zu suchen (s. freilich oben p. 12), verbietet sich von vorne herein bei demjenigen Autor, der uns sagt, weßhalb Karl der Kahle zur Ehe mit Adalhards Nichte schritt.

Bisher wurde versucht, die Stellung, welche Nithard in seinem Buche gegenüber den Ereignissen seiner Zeit einnahm, die ungleiche Art und Weise, in der er zu den drei fränkischen Herrschern sich verhielt, den Gesichtspunct, unter dem also seine Geschichten am passendsten aufgefaßt werden, anzugeben. Im Anschlusse daran folgt hier eine Aufzählung dessen, was zu einer Charakteristik Nithards dessen eigene Worte an die Hand geben.

Vorher aber soll das spärliche Material zu Nithards Lebensgeschichte zusammengestellt werden. — Dank des Verfassers eigenen am Schlusse des fünften Capitels vom vierten Buche enthaltenen, in der anspruchslosesten Weise gemachten Angaben, sind wir über seine Abstammung hinlänglich unterrichtet. „Angilbert, der erwähnenswerthe Mann, entstammt einem zu dieser Zeit nicht unangesehenen Hause, zeugte mit der Tochter des großen Königs Karl (bei dem er sowohl, als seine Brüder Madhelgaud und Richard[496]) mit Recht hoch angesehen waren), Namens Berchta, den Harnid, meinen Bruder, und mich, den Nithard“: heißt es da. Nithard war also der Sohn des „Homer“[497]) unter dem um die Person Karls des Großen versammelten Freundeskreise gelehrter Männer und selbst durch seine Mutter ein Enkel des erhabenen Kaisers. Dieses Liebesverhältniß zwischen Angilbert und Bertha, dem Nithard seinen Ursprung verdankte[498]), ist es wohl, welches durch eine Vermengung der handelnden Personen den Anlaß zu der lieblichen Sage gab, die sich in der Geschichte von Einhard und Emma auf spätere Zeiten vererbte[499]). — Bis zum Sommer des Jahres 840 erfahren wir dann nichts über Nithard. Zu dieser Zeit aber, etwa im Juli oder August, ging er mit dem Grafen Adalgar als Gesandter Karls von Bourges aus zu Lothar (s. oben p. 19) und bewies durch sein Auftreten demselben gegenüber seine durchaus nicht niedrige Denkensart. Wie Adalgar, wies auch er die Verlockungen Lothars entschieden zurück und brach selbst dann nicht seinen Karl geschworenen Eid der Treue, als Lothar ihm die Lehen wegnahm, die er von Ludwig dem Frommen bekommen hatte (II: c. 2). Bei Fontanetum wurde es ihm vergönnt, „mit Gottes Hülfe“ dem von Pippin II. bei Solémé hart bedrängten Heertheile Adalhards „eine nicht unbeträchtliche Hülfe zu gewähren“ (II: c. 10; s. Excurs VI). Am 18. October 841 stand er bei Karls Hauptquartier zu St. Cloud (II: c. 10; s. oben p. 35 u. n. 500). 842 war er in den letzten Tagen des März einer der zwölf durch Karl mit der Theilung von Lothars Reich Beauftragten (IV: c. 1; s. oben p. 41). Außer diesen vier Malen redet Nithard nie von sich selbst. Wie wir aber schon vom ersten Buche sagen durften, daß nur ein den Regierungskreisen und dem Hofe sehr nahe stehender Mann dasselbe habe schreiben können (s. oben p. 6), so ist auch unbedenklich anzunehmen gestattet, daß Nithard in den Jahren 840 bis 842 noch ungleich häufiger, als er selbst davon redet, „den Dingen beiwohnte“, welche er erzählt. An einigen Stellen läßt sich ohne Zwang diese seine Betheiligung aus seinen eigenen Worten erkennen[500]). — Wo jedoch Nithard zu schreiben aufhört, erlischt zugleich auch die letzte Spur, welche wir von ihm haben (s. indessen n. 501). Erst aus einer Nachricht des 12. Jahrhunderts erfahren wir von der Auffindung seiner Leiche im Kloster St. Riquier, die unter der Regierung des im Jahre 1074 gestorbenen Abtes Gervinus stattfand[502]). —

Ist es an und für sich schon nahe liegend, anzunehmen, daß König Karl keinem andern Manne einen Auftrag von der Art gab, wie Nithard ihn empfing, als einem solchen, von dessen unwandelbarer Treue er überzeugt war, so befinden wir uns auch im Falle, außerdem noch mehrere Stücke aus dem Werke Nithards herausheben zu können, welche für seine warme Anhänglichkeit an seinen König das beste Zeugniß geben. Ganz abgesehen sei hiebei von der soeben erwähnten mehrfachen Verwendung seiner Person in wichtigen Geschäften, und ebenso soll nicht eingerechnet werden, daß Nithard vielleicht im Dienste seines Königs sein Leben ließ (s. n. 501). Nur im Vorübergehen mag hier nochmals auf jene Worte von II: c. 2 (s. p. 20) aufmerksam gemacht werden, in denen Nithard so anspruchlos von sich und Adalgar meldet: „Ueberdieß auch beraubte Lothar die Gesandten Karls der Lehen, die ihnen sein Vater gegeben hatte, weil sie ihren Treueid nicht brechen und zu ihm sich wenden wollten“; auch wie sehr die Theilnahme und das ganze Sinnen der Umgebung des jugendlichen Fürsten, unseres Nithard natürlich voran, in der Sorge für Karls Wohlergehen aufging, sahen wir schon oben (p. 82). Und das einzige Mal, wo der stets ernsthafte Nithard von Scherz und Lust und fröhlichen Festen redet, ist es wiederum sein König, dessen einträchtiges Zusammenleben mit Ludwig ihn dazu bewegt, „von dieser erfreulichen und nach Verdienen bemerkenswerthen Erscheinung ein Paar Worte zu reden“ (III: c. 6). Nicht anders konnte das bei einem Manne sein, der von einer Berathung, wo es sich um die Wahl zwischen einer Capitulation und dem Kampfe um Leben und Tod handelte, nichts weiter zu sagen weiß, als: „daß der leichte Entschluß sehr leicht gefunden werden sei“, eben der, „in dem Falle, wo außer Leib und Leben nichts übrig blieb, lieber auf ehrenwerthe Weise den Tod zu finden, als den König verrathen im Stiche zu lassen“ (II: c. 4). Einer solchen die äußern Güter so tief unter der Liebe zur Pflicht und dem Bewußtsein von deren Erfüllung achtenden Gesinnungsart mußte der krämerhafte Eigennutz der Vassallen, welche die beschworene Treue je dem mehr Bietenden ohne Zögern aufopferten, niedrig genug erscheinen: „wie die Unfreien zu thun pflegen" — so urtheilt Nithard einmal über einige solche Ueberläufer — „zogen sie vor, die Treue zu brechen, ihre Eide zu verachten, anstatt für einige Zeit ihre Besitzthümer zu missen" (II: c. 3). Alles, was mit dem Bruche eines Versprechens zusammenhing: die rohe Entfesselung der Einzelnen von den wohlthätigen Banden der staatlichen Ordnung, die individuelle Willkür, der Abfall von der gesetzlichen Gewalt, ist ihm im höchsten Grade widerwärtig. „Was ohne den Willen des Herrschers sich zu erheben erfrecht, hat durch dessen Machtgebot sein Ende gefunden": mit diesen Worten (IV: c. 6) verzeichnet er den Untergang der Stellinga, und eben darin erblickt er einen der ersten Vorzüge jener goldenen Zeit des großen Karl, daß damals „sein Volk (hic populus, sc. Francorum) den Einen und denselben rechten Weg und deßwegen den allgemeinen Weg Gottes beschritt", während „jetzt ein jeder, wie es ihm gefalle, seinen Weg einschlage" (IV: c. 7).

Die zuletzt genannten Worte sind jenen ergreifenden Klagen entnommen, in welche Nithard am Schlusse seines Werkes ausbricht. Diese lassen uns einen tiefen Blick in einen andern Kreis von Gedanken thun, die ihn unablässig erfüllten. Nicht weniger nämlich, als an seinem Könige, hing Nithard an seinem Volke. „Uebles über dasselbe nur zu hören, läßt ihn schon schamroth werden: was demselben nicht zur Ehre gereicht, vollends erzählen zu müssen, erfüllt ihn mit Widerwillen" (praef. III.). Und nichts anderes, als daß er von ihm des Guten stets weniger zu berichten vermochte, bewog ihn, dem Schreiben ein Ende zu setzen. — Nach der ganzen Beschaffenheit von Nithards politischer Stellung, zufolge der ihn erfüllenden Zuneigung zu Karls Sache mußte sich ihm von vorne herein eine andere Auffassung der Schlacht von Fontanetum ergeben, als den Anhängern der Reichseinheit. Was diesen alle fernere Hoffnung erst zwar nur für den Augenblick, in seinen weitern Folgen aber für immer abschnitt, war in seinen Augen die Gewährung einer Garantie für die Sicherheit, die Ansprüche seines Herrn, erschien ihm als ein den Besiegten verdammendes „Gottesgericht." Der erschütternde Jammer über „jenen verfluchten Tag, dem künftig im Kreislaufe des Jahres der Strahl der Sonne fehlen, dessen Dämmerung des Morgenrothes entbehren soll" (s. Excurs VI.), wie ihn Angilbert, der, wie Nithard, selbst in der Schlacht gefochten, in sein Lied niederlegte, die beredten Klagen des Florus, der es nicht fassen kann, daß „das geeinte Reich in dreifacher Theilung zusammengestürzt ist", daß „statt des Königs das Königlein, statt des Reiches die Bruchstücke des Reiches" geblieben sind [102]), konnten in Nithards Buch keinen Wiederhall finden: Lothar, dem er ja nie den Kaisertitel zugesteht, ist in Nithards Augen gänzlich des Nimbus baar, den die Verherrlicher der Reichseinheit seiner Krone beilegten, und gilt ihm nur als der ungerechte Anmaßer, der nunmehr die verdiente Strafe gefunden, und eben einer der Reguli des Florus ist es vielmehr, der den Mittelpunct von Nithards Wollen und Thun ausmacht. Daß aber Nithard dessen ungeachtet unmittelbar nach der Erwähnung der Schlacht von dem sinistrum quiddam ex genere nostro auditum atque relatum (praef. III.) redet, daß auch nicht eine Spur von lauter Siegesfreude sich in seinem Buche entdecken läßt, daß vielmehr in ernstem Tone allein von dem „Gerichte Gottes" geredet und daneben nur „der Betrübniß, welche die Könige und ihre Völker über den Bruder und das christliche Volk empfanden", „der mitleidigen Theilnahme der Könige sowohl, wie der sämmtlichen Krieger" Erwähnung gethan wird: all das darf gewiß als Zeugniß dafür vorgeführt werden, daß wenigstens Nithard nur seiner Stimmung Ausdruck gab, als er im Kriegsrathe bei der Frage über die Einstellung oder Fortsetzung der Verfolgung „rieth, das Mitleid des allmächtigen Gottes walten zu lassen" (III: c. 1; s. oben p. 29). Aber so wenig Nithard irgendwie Siegesjubel erhebt, sondern einfach den Ausgang der Schlacht als einen glücklichen bezeichnet, ebenso wenig findet sich bei ihm auf der andern Seite etwa eine weitere Auslassung über dieselbe in der Art, wie sie die zeitgenössischen Quellen in reicher Fülle bieten, sei es, daß sie mit Lucans Worten von „einem Kampfe, mehr als Bürgerkrieg", oder von „einer wechselseitigen Zerfleischung der Christen", oder von „einer so großen Niederlage, wie sie das gegenwärtige Zeitalter früher beim Volke der Franken niemals erlebt zu haben sich erinnert", reden [103]): er begnügt sich mit der Erwähnung des factischen Verlaufes und fügt keine weitere Betrachtung über denselben bei. Daß aber der weitere Verlauf des Bürgerkrieges, die stets steigende Anarchie, das schwindende Ansehen der Krone, das Hervorragen einer immer übermüthiger und einflußreicher werdenden selbstsüchtigen Aristokratie, verbunden mit den an Gefährlichkeit wachsenden Einfällen heidnischer Reichsfeinde von außen, dem von Tag zu Tag deutlicher sich herausstellenden Zerfalle der geordneten Zustände und des behaglichen Wohlstandes im Innern des Reiches, unsern Autor nicht weniger tief bekümmerten, als eben die ihm sonst so entgegengesetzten Anhänger Lothars, welche wohl allein die wahre Liebe zur Größe des fränkischen Volkes zu hegen sich dünkten und in ihren Schriften wenigstens den Cultus auch der gesunkenen stolzen Reichseinheit noch fortzusetzen sich bestrebten: schon der flüchtigste Einblick in die Schlußworte Nithards lehrt dies zur Genüge. Die Vergleichung der Zeit Karls des Großen mit derjenigen des Bruderkrieges, wie sie Nithard da vor die Augen führt, war ihm nur dann möglich, wenn auch ihm die gesunkene Blüthe des Reiches ein zerstörtes Ideal war. „Zu den Zeiten des großen Karl guten Andenkens" — so jammert er in seinem Schlußcapitel — „war überall Friede und Eintracht: jetzt aber herrschen allenthalben öffentlich die Uneinigkeit und der Streit; damals sah man allerwärts Ueberfluß und Fröhlichkeit: jetzt fehlen nirgends Mangel und Jammer; jeglichem Dinge halfen damals selbst die Kräfte der Natur: jetzt aber zeigen sie sich an keinem Orte einer Sache freundlich". Wahrlich, zwischen diesen Worten und den Klagen eines Florus und Radbert Paschasius [104]) ist eine traurige Uebereinstimmung vorhanden. Und wollte damals ein Raban mit der politischen Welt nichts mehr zu thun haben (s. p. 78), so sehnte sich auch Nithard danach, in „einen Hafen der Ruhe" sein Lebensschifflein lenken zu können.

Daß für einen Mann, der, wie unser Nithard, so sehr den Namen eines ächten Franken verdient, das Andenken Karls des Großen von einer höhern Weihe umgeben erscheinen mußte, ist einleuchtend. Und das muß noch um so mehr der Fall sein, da er ja, wie er seinen Lesern nicht vorenthalten kann, selbst sich rühmen darf, eine Tochter des erhabenen Kaisers seine Mutter nennen, einen Freund desselben als seinen Vater bezeichnen zu können. Da erzählt er von Angilbert (IV: c. 5; s. auch p. 86), wie er „zu Centulum dem allmächtigen Gott und dem heiligen Richarius zum Preise ein bewundernswerthes Bauwerk aufgeführt[505]), wie er die ihm anvertraute klösterliche Familie in außerordentlicher Weise gelenkt, wie er sein Leben in voller Glückseligkeit geendet habe", daß „er zu Centulum in Frieden ruhe und sein Körper bei dessen Uebertragung im 29. Jahre (s. n. 67) nach seinem Tode unversehrt, obschon er nicht einbalsamirt worden war, gefunden wurde". Leiht hier Nithard schon der kindlichen Liebe zu dem Vater warme Worte, so ist das noch ungleich mehr der Fall, so oft er auf den Großvater, „guten Angedenkens und nach Verdienen als der große Kaiser[506]) durch alle Nationen bezeichnet" (I: c. 1), zu reden kömmt. Findet es Nithard für gut, „das verehrungswürdige Andenken Karls keineswegs zu übergehen", vielmehr „den Anfang seines Buches an die Erwähnung desselben anzuknüpfen" (praef. I; s. oben p. 1), so ist es, wie wir vorhin sahen, ein wehmüthiger Rückblick auf die Regierungszeit dieses Kaisers, der auch in Nithards Schlußcapitel die erste Stelle einnimmt. Nicht leicht vermag man sich einen mehr von Verehrung und Begeisterung erfüllten Nachruf zu denken, als den, welchen Nithard nach dem in der Vorrede geäußerten Vorsatze dort im „Beginne seines Buches" Karl dem Großen gewidmet hat: „Karl hat ganz Europa mit allem Segen erfüllt hinterlassen; war er doch ein Mann, der in jeglicher Weisheit und Tugend das menschliche Geschlecht zu seiner Zeit so sehr übertraf, daß er Allen, welche den Erdkreis bewohnen, furchtbar, der Liebe würdig, zugleich auch der Bewunderung werth erschien; und so hat er das ganze Reich in aller Weise, wie es vor Allen offenbar leuchtete, zu Ehren gebracht und es tüchtig gemacht." Wird dann da noch von Karl gerühmt, er habe vollbracht, „was selbst die römische Macht nicht vermocht hat", „die Bändigung der wilden und eisernen Herzen der Franken und Barbaren" — Nithard nennt das „über Alles bewundernswerth" — so finden wir an einem andern Orte, an welchem sich die Gelegenheit dazu bot (IV: c. 2), die Unterwerfung der Sachsen ebenso gebührend erwähnt.

Ein regen religiösen Stimmungen offenes Gemüth werden wir Nithard ohne Zweifel zugestehen[507]), wenn wir den Eindruck erwägen, welchen auf ihn die seit dem Beginne des Jahres 842 immer häufiger sich folgenden schreckhaften Erscheinungen der Natur machten, und die oben (p. 81) eingerückten Worte betrachten, in denen er in den letzten Theilen seines Werkes diesen Stimmungen beredten Ausdruck verlieh. — Aber leider dürfen wir daneben nicht verhehlen, daß auch Nithard sich insofern als ein Kind seiner Zeit darstellt, als er abergläubischen Regungen nicht immer sich verschloß. Hält er sich freilich von jener kleinlichen Wundersucht der klösterlichen Historiographen ferne, welche bei jeder Gelegenheit der miraculösen Kraft ihrer Heiligen sich zu rühmen pflegen[508]), so erscheint bei ihm wenigstens eine, allerdings höchst unerwartet eintreffende, doch auf sehr einfache Weise erklärbare Begebenheit sicherlich in einem zu mysteriösen Lichte: es ist das die plötzliche Anschwellung der Seine im September 841. Nithard sagt da (III: c. 3): „Ueberdieß aber begann die Seine — sonderbar zu sagen — plötzlich bei heiterem Himmel anzuschwellen, während wir von keinen Regengüssen wußten, die irgendwo seit zwei Monaten zu dieser Zeit gefallen wären", und läßt dabei gänzlich unbeachtet (s. auch Schwartz: p. 58: n. 3), daß im Quellgebiete der Seine, sowie in dem der Marne (zwischen 30 und 35 Meilen in gerader Linie von der Gegend von Paris entfernt) oder sogar näher noch gar wohl sogar gewaltige Wolkenbrüche sich entladen konnten, ohne daß bei Paris davon etwas im Augenblicke zu spüren war. Auch daß die Boten aus Aquitanien am 16. April 841 in einer allerdings bemerkenswerthen Weise gerade in einem so sehr gelegenen Momente zu Karl kamen, erscheint Nithard sehr verwunderlich (II. c. 8: quis non miretur? et quod maximo mirandum fateor fore), und er glaubt diese „gewiß merkwürdige und nach Verdienen aufzeichnenswerthe Sache" einer besondern „Gnade", einem „Winke Gottes" zuschreiben zu müssen. — Aber diese zwei kleinen Stücke sind so geringfügig, daß sie eben nur dazu dienen können, zu zeigen, daß es selbst Nithards nüchternem Sinne nicht gelang, sich gänzlich den Einflüssen der Wunderseherei zu entziehen. —

Einige weitere Züge noch, welche als Beitrag zur Kenntniß von Nithards geistigem Wesen aus der Lecture seines Werkes sich ergeben, werden am besten mit der Besprechung seiner schriftstellerischen Leistungen als solcher verbunden.

Richten wir in erster Linie unsere Aufmerksamkeit auf das rein Formale, auf die sprachliche Ausdrucksweise, und vergleichen wir Nithards Latein mit demjenigen aus der Blüthezeit der karolingischen Litteratur, so zeigt sich allerdings ein bedenklicher Abstand gegen die Gewandtheit und Feinheit, in der vor allem Einhard sich auszudrücken, den classischen Mustern in der Form sich anzulehnen verstand. Es wäre zwar ungerecht, dem Buche Nithards etwa Dunkelheit und Unverständlichkeit vorwerfen zu wollen; denn allein die Unbeholfenheit seines Stiles läßt zuweilen aus seinen Sätzen nicht gleich anfangs den rechten Zusammenhang heraustreten und nur der zufällige ähnliche Klang dem Sinne nach ganz verschiedener Wörter führte ihn zuweilen zu einem den Leser anfangs irre leitenden Fehlgriffe (Beispiele hievon s. in n. 474—479). Daß aber außerdem der Verstöße gegen die Grammatik, gegen die Regeln des Satzbaues noch genug sich finden, zeigt schon die vorübergehendste Einsicht in sein Werk[509]). Wenn auch an einzelnen Stellen, wo ein lebhaftes Interesse, warme Begeisterung, oder etwa die Schilderung eines selbst erlebten Ereignisses den Verfasser mit einem sonst ungekannten Feuer erfüllte und selbst höhere Ansprüche da sich bis zu einem gewissen Grade befriedigt finden, wie z. B. in dem oben aufgenommenen Nachruf an Karl den Großen (I: c. 1), oder in der Beschreibung der Kampfspiele (s. pp.

39 u. 40), so auch in der schon mehrmals erwähnten gramerfüllten Schlußbetrachtung, so sind dagegen wieder längere Stücke in nur zu großer Anzahl vorhanden, in denen die Erzählung in unbefriedigender Weise einförmig und allzu häufig derselben Formen und Bewegungsmittel sich bedienend mühsam sich weiter schleppt[510]). Doch wird, wenn irgendwo, hier zur theilweisen Entschuldigung solcher „geringerer und ungeschickter angelegten Stücke" (praef. I.: si quid minus vel incultius ... insertum) auf jene wiederholt durch Nithard an Karl gerichteten Hinweisungen auf die Entstehungsweise des Buches Bezug genommen werden dürfen, und ebenso wäre es die größte Ungerechtigkeit gegen unsern Autor, wenn je der Umstand bei der Beurtheilung seiner schriftstellerischen Leistung unbeachtet gelassen würde, daß in seinem Werke die Schöpfung eines der nähern Beziehung zu wissenschaftlichen Dingen durch seinen Wirkungskreis entzogenen Kriegers vor uns liegt, welcher allerdings der Sohn eines der ersten Glieder von Karls des Großen auserlesener gelehrter Umgebung war, der selbst jedoch in einer für die Pflege der Wissenschaften und der Litteratur sehr ungünstig gearteten Zeit lebte und wirkte. Und man darf wohl unbedingt einer Schrift, welche von vorne herein darauf verzichtet, ein stilistisches Kunstwerk zu sein, manchen Verstoß gegen die lateinische Rechtschreibung zu Gute halten[511]), wenn sie, wie diese, uns sprachliche Denkmäler von solcher Bedeutung[512]), wie die Eide von Straßburg es sind[513]), überliefert hat.

War es schon am Ende der einläßlichen Erörterung über das erste Buch (s. p. 18) möglich, Nithard zuzugestehen, daß es ihm in jenem gelang, seinen höchst lobenswerthen Vorsatz, zur Erleichterung des Verständnisses der Geschichte Karls des Kahlen eine zusammenfassende Uebersicht der Ereignisse bis zum Jahre 840 vorauszuschicken (praef. I.; s. p. 1), in durchaus zufrieden stellender Weise auszuführen, so zeigt er auch im weitern Verlaufe seines Buches ein fortdauerndes Verständniß seiner Aufgabe[514]). — Nicht nur würdigte er fort und fort durch die That das Vertrauen seines Königs, das ihm in ehrenvoller Weise sich zugewandt — wohl das deutlichste Zeugniß für diese gewissenhafte Anhänglichkeit an die ihm gewordene Aufgabe ist jene Angst Nithards, die ihm anvertraute Pflicht möchte ein Unberufener an sich reißen und unwürdig erfüllen, der er in der dritten Vorrede Worte leiht (s. p. 79): er zeigt auch, daß er weiß, wie ein historisches Ereigniß aufzufassen sei, und er verstand es, eine Seite der hohen Bedeutung wenigstens einer der Weltgeschichte angehörenden großen Persönlichkeit gebührend zu würdigen. Die erste der beiden hier in Frage kommenden Stellen ist im Eingange der zweiten Vorrede enthalten, wo Nithard angibt, in welcher Weise er die Lesung des ersten Buches bewerkstelligt sehen wolle: nur dergestalt, so heißt es an dieser Stelle, werde der Leser sich eine Kenntniß von den Anfängen von Karls Geschichte verschaffen können, wenn er den folgenden Weg einschlage. Der erste Schritt solle der sein, daß die einzelnen Beobachtungen „geschieden, gesondert wahrgenommen" werden (de-cernat: s. n. 478); diesem Processe will Nithard den des „sammelnden Verbindens, des logischen Zusammenstellens, des Ueberdenkens" folgen lassen (colligat); zuletzt dann kann, wenn die beiden ersten Aufgaben „richtig durchgeführt sind", das „Erkennen" folgen (cognoscat: s. n. 478). — Die Proben kurzer und zutreffender Schätzung einer einen weitern Gesichtskreis zu ihrer Beurtheilung in Anspruch nehmenden Wirksamkeit dagegen sind in Nithards Worten über zwei Thaten Karls des Großen enthalten. Karl hat einen großen Bruchtheil des spätern deutschen Volkes seiner frühern feindlichen Abgeschlossenheit gegen die Gemeinschaft des christlichen Glaubens und die Theilnahme an den Aufgaben einer höhern Cultur entrissen: diese Unterwerfung der Sachsen glaubt Nithard „keineswegs übergehen zu dürfen" (IV. c. 2: quorum casus quoniam maximos esse perspicio). „Die Sachsen" — als „von Anfang an ebenso sehr mit edler Gesinnung ausgestattet, wie durch höchste Kampfbegierde oft bei vielen Gelegenheiten hervorragend" bezeichnet sie Nithard — „hat, wie es allen Bewohnern Europa's bekannt ist, Karl (s. n. 506) nach vieler und mannigfaltiger Anstrengung von dem eitlen Götzendienste zu dem von Gott eingesetzten wahren christlichen Glauben bekehrt." Weiter aber bestrebte sich Karl, nicht nur diese „Neubekehrten" in den Zusammenhang seines Reiches einzufügen: auch sonst tritt er für sein Reich in großartiger Weise, wenn auch innerhalb der vorgefundenen Grundlagen sich haltend, als Ordner und Verbesserer auf. Dieses zweite hatte wohl Nithard im Auge, als er (I: c. 1) die folgenden Worte schrieb: „Karl allein hat die trotzigen Gemüther der Franken und der Barbaren durch die Einflößung eines gemäßigten Schreckens so zu beschwichtigen gewußt, daß sie im Umfange seines Reiches offen nichts zu unternehmen wagten, was nicht dem gemeinen Besten entsprach." —

Nithard war Staatsmann und Krieger zugleich. Und daß er in beiden Richtungen so sehr selbst sich bethätigt, macht eben den Werth seiner Aufzeichnungen aus. Fand sich, daß schon in das erste Buch ein urkundliches Document aufgenommen ist, andere officielle Aufzeichnungen Nithard bei der Bearbeitung jedenfalls vorlagen (s. p. 14 u. n. 68), so ist das selbstverständlich in den drei letzten Büchern, welche er unter reger Betheiligung an dem Gange der politischen Ereignisse verfaßte, noch ungleich mehr der Fall: beträchtlichen Theilen derselben liegen mehr oder weniger gelungen verarbeitete Documente deutlich erkennbar zu Grunde[515]). Wort für Wort dagegen mitgetheilt sind nur die Rede der beiden Könige vom 14. Februar 842, sowie die an jenem Tage geschworenen Eide (in III: c. 5) und der die Regierung von Lothars Reichsantheil Ludwig und Karl zuweisende Ausspruch der nach Lothars Flucht Ende März desselben Jahres in Aachen versammelten Geistlichen (in IV: c. 1). — Der Betheiligung Nithards an den politischen Dingen hält seine eifrige Wirksamkeit für die Ansprüche Karls auf dem militärischen Gebiete jedenfalls die Wage; denn wenn er selber auch nur bei der Schilderung der Schlacht von Fontanetum von einem thätigen Miteingreifen seinerseits redet, so ist doch nicht zu bezweifeln, daß er Karl wohl bei den meisten kriegerischen Unternehmungen dieser Jahre rathend und helfend zur Seite stand. Das geht aus der Art und Weise hervor, in der er eben diese Verhältnisse, die dahin gehörenden Ereignisse in seinem Werke vorführt. Ganz abgesehen von der Schlacht von Fontanetum, von deren Gange man sich, wenn das überhaupt möglich ist, allein nach Nithards Angaben ein ungefähres Bild machen kann (s. Excurs VI.), ergeht sich Nithard an einigen Stellen in so eingehender Weise in der Schilderung militärischer Einzelheiten, daß es dem Leser ermöglicht wird, zuweilen Schritt für Schritt Karls Bewegungen zu folgen. Da finden wir genaue, fast tagebuchartige Angaben über die gewählten Marschrouten, wofür der Zug von St. Germain nach Troyes vom 12. bis 15. April 841, derjenige von Mainz nach Coblenz am 17. und 18. März 842 als Beispiele dienen mögen, oder, wie bei dem überhaupt mit großer Vorliebe behandelten Zuge nach Laon, Aufschlüsse über die Zeit des Aufbruches und der Ankunft, über den Nebenumstand, daß ein hoher Kältegrad dem raschen Vorwärtskommen Hindernisse in den Weg legte; oder es wird endlich durch Nithards Bemerkungen sogar ermöglicht, die Dispositionen bis in das Detail hinein zu verfolgen: so bei Karls Vertheidigungsmaßregeln an der Seine im September 841 (s. p. 35).

Auch ohne all das bisher Gesagte spräche schon der Umstand allein, daß Nithard überhaupt in schriftstellerischer Weise sich bethätigt hat, dafür, daß er jedenfalls im Besitze einer weit höhern Bildung sich befand, als das wohl bei der Mehrzahl seiner Standesgenossen der Fall sein mochte. Näheres über ein specielleres Interesse für eine einzelne Disciplin läßt sich nicht anführen, wenn man nicht vielleicht in der Angabe über den Lauf des Kometen[516]), der sich vom December 841 bis in den Februar 842 zeigte (in III: c. 5), ein Zeugniß für astronomische Kenntnisse Nithards sehen will.

Ein Hauptbestreben bei der von p. 18 bis p. 78 versuchten Zusammenstellung der Nachrichten zur Geschichte der Söhne Ludwigs des Frommen in den Jahren des innern Krieges war es, zu zeigen, in welchem überwiegenden Maße dieselben Nithards Werk entfließen, wie seine drei letzten Bücher ohne Frage die Hauptquelle unserer Kenntniß über diese Zeit sind[517]). Es mag hier genügen, auf diese oben einläßlich auf dem Grunde vergleichender Zusammenstellung gegebenen Resultate zu verweisen[518]), und dafür an dieser Stelle in kurzen Worten noch auf die Beschaffenheit der aus den ansehnlichern zeitgenössischen historischen Aufzeichnungen uns zukommenden Nachrichten eingegangen werden.

Nithard wollte Karls Person zum Mittelpuncte seiner Darstellung machen: selbstverständlich also ist sein Buch zunächst für die Geschichte dieses Königs weit die erste Quelle unseres Wissens. Aber daß auch auf diejenige Lothars und Ludwigs manches helle Licht fällt, war gleichfalls oben mehrmals zu zeigen die Gelegenheit geboten[519]). — Von den drei hier noch zu besprechenden annalistischen Werken — denn wenn auch außerdem z. B. aus St. Gallen über die Schlacht im Ries und alamannische Verhältnisse überhaupt, aus St. Vandrille zu einigen Partien von Karls Geschichte schätzenswerthe Bereicherungen kommen, Ado besonders über die abermalige Kräftigung Lothars im Frühsommer von 842 nach seiner Flucht aus Aachen zu vergleichen ist, auch noch von anderer Seite her etwa eine Notiz geringern Belanges hinzukam, so ist doch das alles zu unbedeutend, um hier weiter erwähnt zu werden — verbreitet sich Prudentius hauptsächlich über die auf Karl bezüglichen Ereignisse, während Rudolfs Aufmerksamkeit durch das, was rechts vom Rheine sich vollzog, in Anspruch genommen wurde; daran schließen sich noch die Annalen von Xanten.

Prudentius[520]) zeigt, was seine politische Gesinnung anbetrifft, eine gleich starke Abneigung gegen Lothar, wie Nithard: sei es nun, daß seine Annalen, was man nach einem Zeugnisse Hinkmars von Reims zu schließen wohl berechtigt ist[521]), einen wirklich officiellen Charakter an sich trugen, wie Wattenbach: p. 154 es ausspricht, oder daß keine so enge Beziehungen zwischen ihm und dem westfränkischen Hofe vorhanden waren, wie von Noorden: p. 153: n. annimmt; damit hängt wohl der Umstand zusammen, daß Prudentius mit dem Tode Ludwigs des Frommen anfängt, auch über die Ansprüche des baierischen Königs sich günstig auszusprechen, von dessen Person eine bessere Meinung zu hegen (s. dagegen oben p. 13). Als ein hauptsächliches Beispiel dieser Antipathie kann besonders jene längere heftige Auslassung erwähnt werden, in der Lothar wegen seiner 841 mit Heriold eingegangenen Verbindung durch Prudentius getadelt wird (s. p. 62); auch die unwilligen Aeußerungen über Lothars Versuche, nach dem Tode des Vaters die Anerkennung seiner Herrschaft im ganzen Reiche zu gewinnen, gehören hieher (z. B. jura naturae transgressus .. secundum suam insolentiam .. pravitatem suae cupiditatis atque crudelitatis). Zeigen sich hierin rhetorische Ausmalungen, welche gegen Lothar gerichtet sind, so fehlen anderseits auch solche nicht, welche Anerkennungen Karls enthalten, so z. B. die rühmende Erwähnung des Seineüberganges am 31. März 841 (s. p. 24). Zu vielen Stücken von Karls und Lothars Geschichte bringt Prudentius Nithard gegenüber ergänzende Einzelheiten, und was wir z. B. über den Feldzug Lothars nach der Loire im Herbste des Jahres 841, über den Weg, welchen Karl in dieser Zeit von Paris nach dem Rheine einschlug, über die Umstände bei Lothars Flucht aus Aachen wissen, beruht sogar hauptsächlich auf seinen Angaben. Auch Ludwigs Wirksamkeit wird an einigen Stellen betont, z. B. etwas über die Ausbreitung seiner Herrschaft über die rechtsrheinischen Stämme gesagt, das Einzelne über die Bestrafungsweise der sächsischen Aufständischen angegeben. Dessen ungeachtet behält Wenck's Urtheil über Prudentius (p. 471 u. n. 2) seine Richtigkeit, daß „auch, wo derselbe wortreicher erscheint, dieser Wortreichthum gewöhnlich mehr ein rhetorischer ist, als daß er zur nähern Beleuchtung oder Ausführung der Thatsachen diente." — Indessen nehmen Prudentius' Annalen nach Nithard als Quelle doch den ersten Rang ein.

Rudolf ist für alles, was Ludwig betrifft, hauptsächlich zu Rathe zu ziehen, und eben in den Nachrichten, die er zu diesen Jahren gibt, läßt sich die zu Ludwigs Gunsten sich vollziehende Aenderung des Parteistandpunctes der fuldensischen Annalen beobachten, wie oben (p. 78) schon gezeigt wurde[522]). — Nach dem Westen hin erscheint Rudolfs Gesichtskreis ziemlich enge begrenzt (s. p. 24 u. n. 311): nur die Schlacht von Fontanetum und die Zusammenkunft der drei Fürsten bei Macon haben von solchen Ereignissen, die in größerer Entfernung vom linken Rheinufer ihren Schauplatz hatten, Aufnahme gefunden; sonst verliert Rudolf den Lothar oder Ludwig, so bald sie „nach dem Westen, nach Gallien" aufbrechen[523]), gänzlich aus den Augen. Und daß selbst für die Geschichte eines Feldzuges, der ein dem Mönche von Fulda gar nicht ferne gelegenes Gebiet berührte, Nithards Angaben unbestritten vor denjenigen Rudolfs durch Einläßlichkeit und Reichthum eine Stelle behaupten, zeigt, daß Rudolf zu 842 alles, was zwischen dem Zusammentreffen Ludwigs und Karls zu Straßburg und Lothars Flucht aus Sinzig liegt, in den kurzen Worten: unde (sc. von Straßburg) pari intentione pergentes abfertigt. Doch verdienen diese Annalen auch für diese Jahre das Lob, das ihnen Wattenbach (p. 123) zuertheilt, „daß in ihnen mit knapper Beschränkung das Wichtigste übersichtlich zusammengestellt ist."

Von ganz besonderem Interesse wäre es, da wir in Nithard, Prudentius und Rudolf nur gegen Lothar gesinnte Zeugen haben, für uns, wenn die Annalen von Xanten, deren Verfasser, ein Chorherr des Stiftes zu St. Victor daselbst (Wattenbach: p. 142), durchaus auf Lothars Seite steht[524]), eine reichere Ausbeute lieferten. Allein nicht nur füllt unter den zu dem Jahre 841 gegebenen Nachrichten die Beschreibung dreier Ringe, welche am 28. Juli am Himmel erschienen, gerade die Hälfte aus: auch was an solchem Stoffe, der für die politische Geschichte dieser Jahre verwerthet werden kann, daneben vorhanden ist, darf einerseits nur mit äußerster Vorsicht benützt werden (chronologische Verstöße: s. n. 287, anderweitige Irrthümer: s. n. 215, 271 u. 382) und ist anderseits allzu dürftig[525]). —

Auch diese Vergleichung weist uns demnach wieder in letzter Linie zu Nithards Werk zurück. — Wer immer die Geschichte des Brüderkrieges sich vergegenwärtigen will, wird Nithards vier Bücher Geschichten zum Ausgangspuncte nehmen müssen. Nicht nur wird er in denselben den reichsten Aufschluß finden, und nicht allein führen sie in ihrer leidenschaftslosen und ernsten, einfach edeln und schlicht wahren Schreibweise mitten in die viel und wild bewegte Zeit hinein: sie gestatten auch manchen wohlthuenden Blick in das tüchtige Wesen eines unserer Achtung durchaus werthen Mannes, der vor allem eine unter seinen Zeitgenossen selten gewordene Tugend besaß, diejenige der unwandelbaren Treue. Und mag der Leser sich nun mit Nithard auf die Seite der Könige stellen, oder mag er es beklagen, daß in diesen Jahren das erhabene Gebäude des einheitlichen Reiches unrettbar zusammenzustürzen begann: sicherlich wird er dafür dem Sohne der Judith Dank wissen, daß er einem Nithard die Anregung zu historiographischer Thätigkeit gegeben hat.

# Noten.

[1]) Hierüber handelt Excurs I.

[2]) Der Zusatz hora videlicet plus minus diei tertia im ersten Satze von c. 1 ist so unpassend, daß unmöglich angenommen werden darf, Nithard habe in diesem begeisterten Nachrufe an den großen Karl eine so kleinliche Notiz, wie diese, zumal noch ohne Beifügung des Todestages, mit aufgenommen. Vielmehr ist sie gewiß der Feder eines Abschreibers zuzuweisen, der aus der vita Karoli des Einhard (c. 30 zu Ende), wo freilich eine Angabe der Todesstunde (hora diei tertia) in die ausführliche Aufzählung der Umstände bei Karls letztem Krankenbette gut hineinpaßt, sie entnahm und mit einem videlicet in oder neben Nithards Text schrieb.

[3]) Nithard bespricht diese Verhältnisse ungewöhnlich einläßlich. Was ihn dazu bewog, wage ich nicht zu entscheiden. Zu vergleichen ist hiezu eine Stelle des Briefes Hinkmars an Ludwig den Stammler (op. II: p. 180): cum regni primorum consilio pacifice regnum disposuit (sc. Ludwig der Fromme).

[4]) Daß Nithard freilich die Verfügungen von 817, diesen Sieg des Einheitsprincipes, diesen Triumph der geistlichen Partei, eines Wala, nicht so offen und unumwunden heraussagt, wird im Verlaufe des Textes (s. p. 7) gezeigt werden.

[5]) Eine Zusammenstellung dieser Ereignisse s. z. B. in Heyer: p. 27 ff., überhaupt einer sehr übersichtlichen Darstellung der Triebfedern und Ereignisse, welche zu der schließlichen Reichstheilung von Verdun führten (vgl. indessen auch Excurs X.).

[6]) Dümmler: p. 64 u. n. 72, womit Waitz: IV. p. 571: n. 2 ganz gut zusammenstimmt.

[7]) vgl. dagegen: Thegan: c. 35: Karolo filio suo terram Alamannicam et Redicam et partem aliquam Burgundiae tradidit; ann. Xant. 829: imperator tradidit Karolo filio suo regnum Alisacinse et Coriae et partem Burgundiae; ann. Weissemburg. 829: Karolus ordinatus est dux super Alsatiam, Alamanniam et Riciam (script. I: p. 111). — Dümmler: p. 54 sagt hiezu, diese Lande seien Karl „durch diesen Befehl des Kaisers ohne Beschluß der Reichsversammlung“ übertragen worden, faßt also edictum im Sinne der römischen Imperatoren als „gesetzliche Vorschrift aus eigener Machtvollkommenheit“. Allein die Bezeichnung edictum galt in dieser Zeit eben so gut, wie constitutio oder capitulare für die vom Kaiser oder König zugleich mit der Reichsversammlung gefaßten Beschlüsse, und hat die altrömische Bedeutung abgestreift (Waitz: III. p. 505 u. n. 1; IV: p. 540). Ueberdieß sagt Thegan: c. 35 ausdrücklich vom Kaiser: venit Wormatiam, ubi et Karolo filio etc. Es war die Wormserversammlung vom August 829, derselbe große Reichstag, welcher nach den vier Synoden vom Juni die Reichsreform besiegeln sollte, was Waitz: IV: p. 566 ausdrücklich betont.

[8]) s. Stälin: I: p. 251 und Dümmler: p. 54 u. n. 41.

[9]) Astronomus: c. 59 gibt ganz gut diesen innern Zusammenhang.

[10]) s. Excurs II.

[11]) Der von Nithard hier genannte Richard ist sicherlich der ostiarius Richardus, welchen der Kaiser am 26. Juni 839 wieder zu Gnaden annahm (Beyer: I. pp. 74 u. 75: Wormatia civitate; Böhmer: n. 496; Dümmler: p. 129: n. 62), also einer der suorum complures (sc. Lothars), die Ludwig der Fromme damals beschenkte (Prud. 839). Nach Ludwigs des Frommen zweitem Sturze war er als eifriger Anhänger Lothars neben Otgar einer der Gefangenhüter des Kaisers (s. p. 58): Thegan nennt ihn da „den treulosen Richard“ (c. 47). Er ging mit Lothar im Herbste 834 nach Italien, begleitete mit andern Wala im Mai 836 nach Thionville (Thegan appendix; abermals Richardus perfidus neben dem Eberhardus fidelis: s. unten n. 396); im Sommer dieses Jahres gehörte auch er zu den schwer Erkrankten (Astron. c. 56: sed et Richardus vix evasit, non post multum et ipse moritur; doch s. Excurs III.). — Ueber das angesehene Hofamt des Oberthürwartes ist zu vergleichen Waitz: III. pp. 420 u. 421.

[12]) Eine genauere Ortsangabe haben hiezu außer Nithard blos noch Thegan: c. 42: in magnum campum qui est inter Argentoriam et Basilam und ann. Bert. 833: in loco qui dicitur Rotfelth, id est rubeus campus, juxta Columbarium.

[13]) Astron. c. 52 sagt blos, daß Matfrid und Lambert in Neustriae partibus waren und ebenso gibt Adrevald (acta sanct. März: III: p. 307) in den mirac. s. Benedicti: II: c. 1 außer Neustriae partibus residentes keine Ortsangabe, am wenigsten über die Schlacht selbst. — Ueber marca Brittanica ist Waitz: III. p. 315: n. 2 zu vergleichen.

[14]) Hier haben ann. Bert. 834: juxta Blisum castellum, Astron. c. 53: ad fluvium Ligerim propter castrum Blesense, quo Cisa fluvius Ligeri confluit. Neben Nithard bezeichnet auch Hinkmar den Ort genauer (de villa Novilliaco: op. II: p. 839); allein er nennt ihn (ad villam, quae Calcincus dicitur) Calcincus, nicht Calviacus. Wenn aber mit Wedekind (Noten: II: p. 449) Chevilly als der moderne Name dieses Ortes angenommen wird (auch Dümmler: p. 99: n. 37 scheint das zu thun), so hat jedenfalls das v Nithards vor dem c Hinkmars den Vorzug. — Chevilly ist ein Dorf im Arrond. Orleans des Dep. des Loiret.

[15]) ann. Einh. 822: fratribus suis quos invitos tondere jussit (daraus Astron. c. 35: fratres invitos attondi fecerat), Thegan: c. 24, chron. Moiss.: 817, ann. Lobiens.: 825 (script. II: p. 195) sprechen gleichfalls von diesem Factum, allein ohne Namhaftmachung der Ursache. Auch das unbestimmte discordiam ad mitigandam des Thegan ist mit Nithards deutlichem: hinc autem metuens, ne post fratres populo sollicitato eadem (sc. wie Bernhard) facerent nicht zu vergleichen. — Himly: p. 59: n. 4 glaubt an dieser Stelle, besonders bei der Bestrafung Bernhards, Nithards Darstellung mit derjenigen der andern Quellen nicht vereinigen zu können. Allein derselbe erzählt ganz nur, freilich blos in den Hauptpuncten, was jene weit ausgeführter enthalten. — Was den conventus publicus anbetrifft, so gibt Astron. c. 35 wenigstens eine Andeutung davon, indem er von einer legalis sententia spricht (s. hierüber: Roth im B. W.: p. 129: n. 63).

16) Die Stelle der ann. Bert. (831) lautet: hi quoque qui in exilium missi fuerant, adducti et absoluti, gratiamque domni
imperatoris adepti sunt, die bei Astron. (c. 46): Ipso denique tempore, consuetae non immemor misericordiae, eos quos dudum
exigentibus meritis per diversa deputaverat loca, evocatos bonis propriis restituit; et si qui attonsi fuerant, utrum sic manere, an
in habitum redire pristinum vellent, facultatem contribuit: s. auch Dümmler: p. 67: n. 4.

17) Adrevald (l. c.) gibt die nähere Auskunft: auxiliares ex superiori Burgundia ad id bellum properantes.

18) vgl. Wenck: pp. 378—381, auch Dümmler: p. 61: n. 68 u. p. 197.

19) Auch Dümmler redet p. 97 von einem dreitägigen Sturme.

20) Am nächsten an Nithard reicht an Kenntniß der Sachlage hier die vita Walae: II. c. 10 (II: pp. 555 u. 556): Honorius qui
erat longe diu consors a patre et ab omnibus procreatus imperator, removetur a potestate, repellitur a consortio, sacramenta universorum quae illi facta fuerant, auctoritate paterna violantur; boni quoque atque incliti viri .... dispergentur universi qui ei (Ludwig dem Frommen) prius fidem servarant, senatus exiliatur et magnati omnes atque olim carissimi et primi damnantur palatii.
Aeußerst dürftig hingegen ist Astronomus: c. 46, sowie ann. Bertin.: 831, nach welchen beiden Lothar in aller Freundschaft so, wie Pippin
und Ludwig nach ihren Ländern, seinerseits nach Italien vom Vater entlassen worden wäre.

21) vgl. Dümmler: p. 63: n. 72 und Waitz: IV. p. 571.

22) c. 13: divisionem facere decrevimus, ut post nostrum ab hac mortalitate decessum unusquisque illorum scire
valeat, si eos divina pietas nobis superstites esse voluerit, quae portio sibi ad tenendum atque gubernandum a nobis adsignata
sit. Auch daß sich in demselben Capitel Ludwig ausbedingt, einen der Söhne, der höhere Ehre und Macht verdient, in seinem Antheil auf
Kosten eines der Brüder, „der nicht dafür gesorgt hat, gefällig zu erscheinen", vergrößern zu wollen, ist bezeichnend. Judith will
hiedurch bezwecken, daß Pippin und Ludwig sich hüten, ihr zu mißfallen.

23) c. 4: undique affluere contendunt; cernens praedictam animositatem Viennam petit.

24) c. 5: Lodharius et sui, duobus proeliis feliciter gestis, magnanimes effecti, universum imperium perfacile invadere sperantes,
und: Lodharius eadem spe qua Francos abducere consueverat animatus. — Zu dem in unserem Texte an zweiter Stelle folgenden Satze
(aus c. 6) ist sui juris esse zu vergleichen mit III. c. 4: urbem sui juris restituit.

25) Lothar sprach die Worte des verlorenen Sohnes: Lukas: c. 15: v. 21: *Πάτερ, ἥμαρτον εἰς τὸν οὐρανὸν καὶ ἐνώπιόν σου.* Zu
vergleichen ist IV: c. 3, was Lothar im Mai oder Juni 842 den Brüdern nach Clamecy melden ließ: dicentes (sc. die Gesandten), quod
Lodharius cognovisset, se in Deum et illos (Ludwig und Karl) deliquisse.

26) ann. Bertin. 830: alium conventum dominus imperator cum filio suo Hlothario Noviomago condixit.

27) Waitz sagt IV: p. 567, der Kaiser sei das erste Mal „in mehr schonenden Formen, indem man ihn nur factisch von den Geschäften
entfernte", der Herrschaft beraubt worden. Aber in n. 3 scheint er an Nithards libera custodia Anstoß zu nehmen. — Wenck: p. 17 redet
von „einem augenblicklichen Zustand völliger Ohnmacht."

28) s. Dümmler: pp. 60 u. 61.

29) Soissons liegt nicht einmal fünf geogr. Meilen östlich von Compiègne. Nicht ganz so weit (vier Meilen) in nordöstlicher Richtung von Soissons entfernt ist Laon, die Hauptstadt des heutigen Dep. der Aisne, zu welchem auch Soissons gehört. In diesem gleichen
Departement und zwar im Arrondissement Laon, demnach gar nicht weit davon entfernt finden sich Samoussy und Servais (ein Dorf, etwas
links von der Oise abliegend, zwei Drittelmeilen südlich von la Fère), ersteres etwas mehr als eine Meile ostnordöstlich, dieses (la Fère) nicht
viel mehr als drei Meilen westnordwestlich von Laon entfernt (links an der obern Oise). Es dürfen also Compiègne sowohl, als Samoussy und Servais zu der weitern Umgebung von Soissons gerechnet werden.

30) Mabillon: ann. o. Bened. tom. II: p. 621: lib. 32: § 33 redet von dieser Urkunde.

31) Nach der im Texte gegebenen Auffassung, welche, wie ich glaube, mit dem erkennbaren Gange der historischen Ereignisse in Uebereinstimmung steht, glaube ich noch eine Vermuthung über diese Textstelle Nithards zurückweisen zu müssen, welche bei der ersten Lectüre sich
zu ergeben scheint. — Da einzig Nithard von einer libera custodia unter Mönchen spricht, welche den Kaiser nach seiner ersten Macht-
beschränkung traf, Astron.: c. 48, ann. Xant. u. Bertin.: 833, chron. Remense: 833 hingegen einstimmig zu 833 von einer Einsperrung des
Kaisers in ein Kloster, und zwar in das des h. Medardus, berichten, welche er nach seiner Entthronung 833 erlitten habe, so könnte gemuth-
maßt werden, Nithard trage von den Begebenheiten von 833 Elemente auf diejenigen von 830 über. Allein die Haft von 833
war eine arta custodia, wie Astron.: c. 48, oder eine magna custodia, wie Nithard selber: I. c. 4 sie nennt; eben in der Klosterkirche zu
St. Medard fand die schmähliche Bußceremonie statt; ferner war 833 Karl von des Vaters Seite fort und nach Prüm gebracht worden:
alle diese Elemente stimmen so gar nicht zu Nithard: I. c. 3 und sein erstes Buch ist sonst mit kleinen Ausnahmen so rein von derartigen
Verwechslungen, daß wir ihn nicht dieses großartigen Verstoßes anklagen dürfen. — Waitz III: p. 447 scheint die Nachricht Nithards über
Gundbald unbedenklich zu verwerthen.

32) Zur Wahrung des Zusammenhanges im Texte muß dort eine Anticipation aus der weiter unten (pp. 14—18) erst folgenden
Untersuchung über das Verhältniß des Nithard zum Astronomus stattfinden. Die Stelle Nithards I: c. 6 (p. 16: unter λ) scheint nämlich
eine derjenigen zu sein, von welchen weiter unten zu zeigen versucht werden soll, daß sie dem Astronomus verlagen, so daß also die Auffassung
Nithards, obschon sie in c. 54 des Astronomus wiederholt ist, doch zu seinen originellen Nachrichten von uns gezählt werden darf. Freilich
zerreißt Astronomus, wie in Excurs III. (zu c. 54) aufgeführt ist, auch hier wieder den Zusammenhang. Er setzt die Motive zu dem am
Ende von c. 59 erzählten Entschlusse der Kaiserin, Lothar durch Gesandte aus Italien zu berufen und ihm für die Verpflichtung, Karls Schutz
übernehmen zu wollen, die Verzeihung und die Hälfte des Reiches, Baiern ausgenommen, als Gegengabe anzubieten, schon an das Ende von
c. 54, in den Winter von 835 auf 836, statt in denjenigen von 838 auf 839.

33) Der von Nithard übergangene Umstand, daß in der soeben erledigten Erbschaft Pippins unzweifelhaft ein neuer Zankapfel vorlag,
verdient hier ergänzt zu werden.

34) Das bezeugt auch Astronomus: s. unten n. 56.

35) Es ist die Stelle: ac reverti Pippinum in Aquitaniam, uti petiverat, permisit.

36) Astron.: c. 48: imperium inter fratres trina sectione partiuntur; ann. Xant. 833: tripertitum est regnum Francorum.

37) Daß Nithard jedoch nicht blind war und die Uebelstände im fränkischen Reiche, sowie deren Ursprung, selbst wenn dieser in engem
Zusammenhang mit der Person seines Herrn Karl stand, wohl erkannte, zeigt z. B. die Stelle in IV: c. 6 über Adalhard, einen der durch
Königsgut gewonnenen Anhänger Karls (Dümmler: p. 46; in meinem Texte: pp. 32 u. 33, 44).

38) Einhard 832: inde (ab Aquitania) cum magna difficultate ad Aquense palatium regressus est; ann. Xant. 832: sed
non potuit (sc. capere filium suum Pippinum); sogar Astron. hat c. 47: quod et fecit (sc. den Rückzug nach Francien) licet minus
honeste quam decuit: s. hiezu und zu n. 39 auch oben pp. 48 u. 49.

39) Rudolf sagt zu 840: imperator de Aquitania infecto negotio redire compulsus. Prudentius schildert zu 839 die zweite
Hälfte der Expedition als völlig gescheitert. Astronomus (c. 61) hingegen dreht allerdings die Sache so, daß es scheint, der Kaiser habe
volles Glück gehabt; nur Einzelne hätten widerstanden, seien aber eingefangen und bestraft worden.

40) Dümmler: p. 44: n. 11 macht zu der Stelle von c. 3 zu Anfang: cumque anxius pater pro filio filios rogaret die Bemerkung, daß der Vater sicher blos den allein mächtigen filius Lothar anging, nicht aber die kleinen Machthaber Pippin und Ludwig.

41) Dümmler (vergl. oben n. 7) sagt p. 54, „durch bloßen Befehl des Kaisers ohne Beschluß der Reichsversammlung" sei Alamannien an Karl übertragen worden, scheint also Nithards per edictum mit „durch kaiserliche Kabinetsordre" übersetzen zu wollen, in dem Ausdrucke etwas Außerordentliches zu erblicken. Allein auch III: c. 2 braucht Nithard das Wort aedictum, und zwar von einer Uebertragung einer königlichen Villa an ein Kloster als Geschenk, so daß wohl per edictum bei ihm nichts anderes, als „urkundlich" heißt. Hierüber ist auch zu vergleichen Waitz: IV: p. 598: Nachträge; zu p. 540, u. III: p. 305 n. 1.

42) Eine sehr übersichtliche Darlegung der dem ersten Aufstande vorangegangenen Ereignisse gibt Himly: pp. 112—132. Erwähnenswerth sind hier Einhards Mahnungen an Lothar (ep. 34: op. ed. Teulet: II. p. 54), z. B. die Warnungen vor den Aufreizungen „etlicher Menschen, die mehr auf ihren, als auf euren Vortheil ausgehen", d. h. Hugo's und Matfrids, u. a. m.

43) Daß z. B. auch Ludwig sich betheiligte, hat Dümmler: p. 58: n. 57 durch die Sammlung der Beweisstellen sattsam dargethan.

44) vita Walae: II. c. 16 (II: p. 562): quia erat cum Augusto Justina tunc temporis, quae movebat totius monarchiae rursus sceptra, concitabat fluctus et maria, impellebat ventos, et corda virorum ad omnia quae vellet convertebat; ähnlich ist ihre Macht über den Kaiser geschildert in II. c. 9. (p. 554): non enim alium in fide recipiebat (der Kaiser) nisi quem Justina vellet: neque alium aut audire, aut diligere valebat, aut assentire, quo neque ista viguerunt, nisi quem illa ei in fide commendabat, et quod prodigiosius est, ut ajunt, nec aliud velle, praeter quae ipsa vellet. Auch Agobard sagt (lib. apologet.: op.: p. 367), daß Judith an Ludwigs Sinnesänderung Schuld sei: cujus instigationibus mutata est mens rectoris et coepit duris cornibus ventilare filios et conturbare populos.

45) Diese Stelle steht II: c. 18 (p. 565). Allerdings heißt es an diesem Puncte: ut eum relevaret et acciperet. Im ersten Augenblick möchte dieser Schreibfehler dazu verlocken, das Pronomen auf patre zu beziehen; aber der ganze Inhalt zwingt, ein id, d. h. imperium, an die Stelle des eum zu lesen. — Gegen Radberts Erzählung äußert Funck: pp. 265 u. 266 ein Paar sehr bemerkenswerthe Bedenken.

46) Nithard sagt: insuper autem et Gregorium, Romanae summae sedis pontificem, ut sua auctoritate liberius quod cupiebant perficere possent, sub eadem specie magnis precibus in supplementum suae voluntatis asciunt.

47) vita Walae: II. c. 14 (p. 560): quod omnes simul cum eodem sanctissimo advenissent, pro pace et unitate, pro indulgentia et satisfactione patris, ut veniam impetrarent auctoritate pontificis, et salvaretur imperium; Nithard: c. 4 spricht von Gregors Reue: itineris poenitudine correptus und ebenso der Astronom: c. 48: cum maximo moerore Romam regreditur. — Die Zweifel Funcks (p. 266) werden durch Dümmler: p. 83: n. 62 jedenfalls mit Recht zurückgewiesen. — Zu vergleichen ist auch Waitz: III, p. 529.

48) c. 6: nuntiatur, quod Lodhuwicus a patre suo descivisset, et quicquid trans Renum regni continebatur, sibi vindicare vellet.

49) s. Dümmler: p. 82: n. 57 und oben p. 69. Das findet eine Bestätigung in den Worten der Francorum regum historia (script. II: p. 324) über den Antheil Ludwigs bei der Reichstheilung von Verdun: Hludowicus .... tenuit regna quae pater suus illi dederat: Alamannien, Thüringen, Austrasien, Sachsen, die Ostmark (doch hatte er auch diese gleich Baiern schon früher: s. auch Dümmler: p. 193: n. 35).

50) Daß Judith in ihren Beziehungen zu den Söhnen aus Ludwigs des Frommen erster Ehe bei Nithard stets als mater, nie als noverca erscheint, ist beim ersten Anblicke befremdlich. Man möchte es für den Ausdruck der Parteilichkeit Nithards halten und annehmen, daß derselbe Alles von seinem Herrn Karl aus bemißt. Allein dieses Wort findet nicht sich allein bei Nithard, sondern ist auch z. B. in ann. Xantens. append. 834: Ludowicus de custodia revocavit matrem (script. II: p. 236), für Judith in Gebrauch.

51) Bernhards selbstsüchtige Pläne sind z. B. durch Himly p. 119 ff. sehr klar aus einander gelegt. — In der vita Walae: II. c. 9 (II: p. 554) wird als der Zweck der Erhebung von 830 bezeichnet: ut hostis (Bernhard) pelleretur una cum suis complicibus und in c. 10 (p. 556) als eine der guten Thaten der boni atque incliti viri (d. h. der Anhänger der Einheitspartei) erwähnt: qui .... tyrannum (Bernhard) fugarunt .... qui (dadurch) patriam et populum salvarunt. Ueber Bernhard s. auch Funck: pp. 260 u. 261.

52) Dümmler: p. 58: n. 57 vertheidigt diese Angabe Radberts.

53) An dieser Stelle Agobards liegt auch noch ein Beweis für das über die gewöhnlichen Rücksichten sich hinwegsetzende Benehmen der Kaiserin: dicunt etiam aliqui, quod domina palatii senioris ..., ludat pueriliter expectantibus etiam aliquibus de ordine sacerdotali et plerisque conludentibus. (Funck möchte: p. 261 unter diesen „unschuldigen Possen, die Judith in ihrer munteren Art trieb, die gottlosen Zaubereien" vermuthen, um deren willen sie von ihren Gegnern „verschrieen" wurde: s. z. B. vita Walae II: c. 8 (p. 553): fit palatium prostibulum, ubi ... concervantur crimina, requiruntur nefanda et sortilega maleficiorum omnium genera und II: c. 10 (p. 556) qui (die Empörer von 830) moechiam et universa turpia a conspectu palatii pepulerant).

54) s. hierüber Funck: p. 236, Dümmler: p. 233: n. 17 und besonders Wenck: pp. 85 u. 86. Jener nennt es „die Volkssage", dieser „eine alte Sage". Letzterer sagt a. a. O., daß „die Einbildungskraft des Volkes, lebhaft angeregt durch die Theilnahme am Schicksale hervorragender Großer, in dem allgemein geglaubten Verhältnisse Bernhards zu Karls Mutter Veranlassung genug finden konnte, sein durch Karl herbeigeführtes Ende mit den schrecklichsten Umständen auszuschmücken."

55) Daß Nithard in c. 4 am Ende Dinge, welche in die Geschichte der ersten Restauration Judiths gehören, zur zweiten setzt, ist im Texte: pp. 13 u. 14 gezeigt.

56) Hier ist der geeignetste Ort, noch über die Stelle des Astronomus in c. 59: quandam partem imperii imperator Karolo tradidit; sed quia inofficiosa remansit, a nobis quoque silentio premitur ein Paar Worte beizufügen. Es handelt sich um die Zuweisung des großen Ländergebietes an Karl im October 837, deren Inhalt Nithard I: c. 6 und Prudentius zu 837 angeben. Waitz: IV. p. 573: n. 2 sieht in dem Ausdrucke inofficiosa remansit eine Andeutung, daß das Ganze „nur eine Bestimmung für die Zukunft" gewesen sei. Es hießen diese Worte also: „Da aber diese Verfügung nie zur praktischen Ausführung kam, so berühren wir sie nicht weiter." — Daß officium diesen Sinn haben, nicht blos „Pflicht", sondern auch „Gegenstand der Pflicht, Dienst, Amt, Verrichtung, Geschäft" (πρᾶξις) bedeuten kann, erhellt z. B. aus Caes. bell. civ. I: 8, 2: privati officii mandata, und III: 5, 4: toti officio maritimo: „Privatdienst", „Seedienst". Ducange-Henschel: IV. p. 702 erklärt officiare durch munere fungi, officium suum exercere, in der Art des französischen exploiter, officier (z. B. von geistlichen Verrichtungen). In entsprechender Weise übersetzt Forcellini (II: p. 236) das saepe frequenter in officio des Cic. fam. 15, 20 durch saepe in officio suo adimplendo versari. — Daß ferner trotz der 837 geleisteten Huldigung u. a. das in der Urkunde genannte Friesland 839 in Worms keineswegs zu Karls Antheil gerechnet wurde, geht aus der von Prudentius zu 839 aufgeführten Urkunde hervor. Bekannt ist ferner, daß weder bei den vielen Verabredungen und Verhandlungen von 840 bis 843, noch endlich beim Schlußvertrage von Verdun auf diese Theilung von 837 Rücksicht genommen wurde. — Dümmler: p. 123: n. 40 faßt die Stelle des Astronomus anders. Er nimmt inofficiosus im Sinne von inhumanus, illiberalis, qui contra officium facit, improbus, wie es in inofficiosum testamentum, bei Paul. sentent. 4, 5 und bei Ascon. zu Cic. Verr. 2, 42 (nach Forcellini: I. p. 534) steht. So schreibt er dem Astronomus ein gewisses Zartgefühl zu (Funck p. 264: der Astronom „schämt sich", etwas Näheres zu sagen). „Mißbilligend" habe er sich dergestalt ausgedrückt, weil diese Theilung „unrechtmäßig", eine Beleidigung der älteren Brüder gewesen sei. Allein abgesehen von der gewiß nicht angemessenen Auffassung von inofficiosus, ist Astronomus, der in c. 47 und c. 61 bei ähnlichen Anlässen (gegenüber Pippin, dem Vater und dem Sohne) die Wahrheit so schamlos verdreht, nicht der Mann, dem ein solch zarter Gerechtigkeitssinn zugeschrieben werden dürfte.

57) Hier muß zwar die Kürze der Fuldaerjahrbücher von 829 bis 838 mit in Betracht gezogen werden.

58) Zwei sinnstörende Fehler im Texte Nithards beruhen wohl blos auf unrichtiger Abschrift desselben. — In c. 2 wird von Ludwig dem Frommen gesagt, er habe 814 nach Karls Tod in Aachen viel Volk vorgefunden und sich huldigen lassen; dann wird fortgefahren: de ceteris qui sibi credali videbantur deliberans. Diese Worte sind unverständlich. Nun aber wissen wir, daß Ludwig 814 in Aachen einen Reichstag hielt (ann. Einh.: c. 814; daraus Astron.: c. 23), auf dem er nach dem Zeugniß der Chronik von Moissac mit Bischöfen, Aebten, Grafen, Herzogen de causis necessariis verhandelte. Diese Rathgeber sind es jedenfalls, die als „Leute, die ihm Vertrauen zu verdienen schienen", in Nithards Erzählung erscheinen. Wenn wir aber de vor ceteris als aus dem de von deliberans unvorsichtig herüber genommen auffassen und es mit cum vertauschen, so ist die Schwierigkeit gehoben. — Zu c. 4 macht die Note b) zu script. II: p. 653 die unzweifelhafte richtige Emendation ultra statt citra in der Stelle: qui eum (d. h. Boten des Kaisers den Lothar) citra Alpes festinare juberent. Denn Lothar stand ja noch in Burgund, d. h. citra Alpes, von Nithards Standpuncte aus gefaßt, und er sollte aufgefordert werden, sich nach Italien, seinem Königreiche, zurückzuziehen, also „über die Alpen hinüber" zu gehen.

59) Es verdient wohl in zweiter Linie gegenüber der im Texte gerügten Unrichtigkeit hier gerühmt zu werden, daß die folgenden Worte Nithards: undique ad sanctum Dyonisium, ubi tunc Lodharius patrem et Karolum servabat, affluere contendunt unzweifelhaft die Wahrheit enthalten. Daß Karl in der zweiten Hälfte des Winters nicht mehr in der Eifel ferne vom Vater war, sondern seine Haft theilte, wenigstens mit ihm zugleich aus St. Denis am Ende des Februar 834 befreit wurde, das scheinen auch die Worte des Astronomus über Ludwig den Frommen in c. 52 zu belegen: Karolum jamdudum secum habebat; denn dieselben beziehen sich auf ein Ereigniß, das nur sechs Wochen zum höchsten nach der Befreiung des Kaisers fällt, in den Anfang des April. Dümmler muthmaßt in einer sehr ansprechenden Weise: p. 93: n. 17, daß Karl in den ersten Wochen von 834 aus Prüm weggebracht worden sei, als Lothar, welcher den Vater Ende 833 mit nach Aachen geschleppt hatte (Astron.: c. 49, ann. Bertin.: 833 u. 834), aus den rheinischen Gegenden wieder nach der Seine zurückging.

60) Dieser Satz Nithards: tandemque Lodhuwicum venientem gratanter excepit schließt durch das Wort tandem einen zu großen Zwischenraum zwischen der Vereinigung mit Pippin und der mit Ludwig in sich und ist in sofern unrichtig; denn Ludwig war zu dem Vater gekommen, ehe derselbe nach Aachen sich begab, welches letztere jedoch durch Nithard vor tandemque bis excepit erzählt wird (s. Dümmler: p. 94: n. 23: „unklar ist die Erzählung Nithards"). — Das verderbte Wort gematum ist jedenfalls nicht in hiematum umzuändern (n. 6 zu script. II: p. 653); denn dieser auch von Astronomus: c. 52, Thegan: c. 48, ann. Bertin.: 834 genannte Aufenthalt in Aachen fällt in die Monate April bis Juli. Wie alle diese Quellen berichten, feierte Ludwig der Fromme in Aachen das Osterfest (5. April). Außerdem enthält auch nachher noch Nithards c. 5 lauter solche Ereignisse, die sich im Sommer 834 zutrugen.

61) s. oben n. 32 u. im Texte: p. 15 unter J.

62) Das Mittel, durch welches script. II: p. 651 diesem Fehler abzuhelfen versucht wird, ist zu gezwungen. Es wird nämlich an den Rand zu der Verfügung über die Reichstheilung die Jahreszahl 821 gesetzt, so daß also Nithard nicht den ersten Erlaß der Acte im Jahre 817, sondern die im Mai 821 erfolgte Bestätigung derselben im Auge gehabt hätte, von welcher die ann. Einh. zu 821 reden (conventus mense Majo Noviomagi habendus condictus est . . . ibique imperator constitutam annis superioribus atque conscriptam inter filios suos regni partitionem recensuit etc.); s. Dümmler: p. 25: n. 18.

63) Auch Dümmler: p. 63: n. 68 macht auf diesen Fehler aufmerksam.

64) Hierüber ist die Erörterung zu Astron.: cc. 60 u. 61 in Excurs III. zu vergleichen.

65) Der neueste Bearbeiter dieses Zeitraumes, Dümmler, nimmt (s. Jahrbücher: I. p. 135 u. Voigtel-Cohn: Stammtafeln: 1. Heft: Anm. zu Tafel 16) die Angabe des Astronomus, also 778, auf. Die n. 26 zu script. II: p. 648 thut sicherlich sehr Unrecht, dieses Jahr zu verwerfen und dafür 777 anzunehmen, nach der Angabe der ann. Weissemburg., während doch nach n. 1 zu script. I: p. 111 diese Angabe nicht einmal gleichzeitig ist und auch sonst diese Annalen sehr dürftig sind.

66) An Ostern 781, am 15. April, wurde Ludwig zum König von Aquitanien geweiht. Im Juli 817 wurde Aquitanien an Pippin übergeben. Es lagen demnach blos 36 Jahre und 3 Monate dazwischen.

67) Ganz consequent ist Nithard hierin freilich nicht. In I: c. 1 heißt es von Karl dem Großen: regnavit feliciter per annos duos et quadraginta (triginta ist unbedingt ein Verstoß des Abschreibers). Vom 4. December 771 bis zum 28. Januar 814 ergibt sich aber ein Ueberschuß von 55 Tagen zu diesen 42 Jahren, den Nithard nicht berücksichtigt, während er unmittelbar nachher einen solchen von 34 Tagen zu 13 Jahren (vom 25. December 800 bis zum 28. Januar 814: per annos quatuordecim) nicht übersieht. — Die Zeitangabe in IV: c. 5 über Angilberts Translation (s. n. 292): anno post decessum ejus 29° ist hier nicht zu verwerthen, da sich Nithard darin damit bescheidet, von einem laufenden Jahre wie von einem laufenden zu reden, nicht wie von einem vollendeten. Er sagt ganz richtig, die Translation (am 24. October 842) habe im 29. Jahre nach Angilberts Tode stattgefunden; genauer bestimmt, sind es 28 Jahre, 8 Monate, 6 Tage (script. II: p. 391: Vorrede z. d. carmen Angilberti). — In IV: c. 7 ist evoluto jam pene anno 30° vielleicht auch so zu verstehen, daß Nithard eine runde Zahl, „fast dreißig Jahre, beinahe drei Decennien", brauchen wollte.

68) Stumpf: die Reichskanzler: I: p. 24 macht darauf aufmerksam, daß Nithard mit den Verhältnissen der Reichskanzlei nicht unbekannt gewesen sein muß.

69) Prudentius stimmt mit Nithard ganz überein bis zu consistant, hat jedoch irrigerweise Batua statt Hactara (Dümmler: p. 123: n. 40).

70) Blos die unter λ) und φ) aufgeführten Stellen liegen bei Astronomus außerhalb der bezeichneten Grenzen, in c. 54 jene, in c. 64 diese.

71) Funcks Buch erschien 1832, also zwei Jahre nach dem zweiten Bande der monumenta.

72) s. p. 32 der in Excurs IV. erwähnten Schrift von Roß.

73) Eine Stütze für die im Texte p. 14 angenommene Ansicht Pagi's, daß in c. 3 Nithards et per menses sex zu streichen sei, liegt auch darin, so viel ich glaube, daß bei Astronomus in c. 64 dieser Fehler nicht vorkömmt, der andere über das Lebensalter aber aus Nithard abgeschrieben ist. — Was die Angabe von 64 statt 62 Lebensjahren anbelangt, so ist gewiß mit le Cointe anzunehmen, daß sowohl Nithard, als Astronomus sich geirrt haben. Pagi zu 840: num. 2 wollte, wie Bouquet berichtet (script. II: p. 648: n. 26), nicht zugeben, daß zwei gleichzeitige Geschichtschreiber sich dergestalt irren können, und dadurch eine Abhülfe zu erreichen suchen, daß er sagte, Nithard und Astronomus hätten beide das Jahr mit Ostern begonnen und so von Ostern 778 bis zu Ostern 840 totale 62 Jahre erhalten und dazu die zwei incompleten, d. h. die Monate vor Ostern 778 und die Zeit von Ostern 840 bis zu Ludwigs Todestag als zwei Jahre mitgezählt.

74) s. oben p. 14 und Excurs III.

75) Von der Loiremündung bis Auxerre beträgt die Entfernung 60 geographische Meilen.

76) s. Funck: p. 120 und Dümmler: p. 72: n. 20.

77) Zu jedem Kapitel wird eine kurze Inhaltsübersicht gegeben und derselben werden dann die darauf bezüglichen Stellen der übrigen Quellen angereiht. Alle Angaben, welchen keine solche Parallelstellen beigegeben sind, dürfen, auch wenn dieses jedes Mal nicht ausdrücklich erwähnt wird, als Eigenthum Nithards angesehen werden. Auch sachliche Erläuterungen verschiedener Art sollen, wenn solche als nöthig erscheinen, im Texte oder in den Noten gegeben werden.

78) Karl scheint seit dem Winter von 839 auf 840 Aquitanien nicht verlassen zu haben. Wenigstens war er im Juni in diesem Lande (I: c. 8); Lothar schickt seine Boten nach Aquitanien (II: c. 1). Bourges liegt so ziemlich am Nordostende von Aquitanien, 23 Meilen ostnordöstlich von Poitiers, wo Judith und Karl den Winter zugebracht hatten. — Agebard starb am Todestage Ludwigs des Frommen nach Ado (script.: II. p. 321): apud Sanctonas in expeditione regia positus. Diesen Tod Agebards im Dienste des Königs (hist. litt. de la France: IV. p. 570: les affaires publiques l'ayant appelé en Saintonge) sucht Funck: p. 223 („im Gefolge Karls auf dem Heerzug gegen den jüngern Pippin") mit dem Zuge Karls in Verbindung zu bringen; doch liegt die Landschaft Saintonge immerhin noch etwa 40 Meilen von Bourges.

79) placitum ist hier jedenfalls „Verhandlung, Gespräch, Besprechung", so wie colloquium (z. B. in I: c. 6), nicht „Reichsversammlung" (s. Dümmler: p. 879: n. 117).

80) Die Worte ex omnibus nuntio recepto sind nicht ohne Schwierigkeit. Wer sind die omnes, welche die Botschaft brachten? Oder soll ex omnibus heißen de omnibus rebus? Was enthielt in diesem Falle diese Botschaft? Karls Aufenthalt in Bourges erstreckte sich höchst wahrscheinlich noch bis in den August hinein; also kann es kaum die Anzeige von Ludwigs Tode sein, die unter nuntio verstanden ist. Ob die Botschaft Lothars (von c. 1) gemeint sein kann, ist gleichfalls zweifelhaft. Am ehesten ist zu vermuthen, daß die Worte besagen, Karl sei „von dem Stande der Dinge überhaupt unterrichtet" gewesen.

81) honores steht hier in dem von Waitz: IV. p. 183: n. 4 namhaft gemachten Sinne.

82) Schwartz: p. 13: n. 2 schlägt vor, in a Carbonariis et infra statt infra zu lesen: intra. Mehrere Gründe scheinen mir dafür zu sprechen. — Der Kohlenwald zog sich von Thuin an der mittlern Sambre in nordwestlicher Richtung gegen Tournay und die Schelde hin, also in der heutigen belgischen Provinz Hennegau und ziemlich gleichlaufend der französischen Grenze (s. Richthofen in den kritischen Jahrbüchern von Richter: X. pp. 1000—1003 und Waitz: das alte Recht der salischen Franken: p. 59 u. n. 3 gegen Hermann Müller: der lex salica Alter und Heimat: p. 13 ff., dem noch Schwartz folgte). „Unterhalb" der Carbonarien heißt also so viel, wie „nordöstlich", da die ganze Abdachung des Gebirges, die Dender, die Senne, die Dyle, nach Nordosten gerichtet ist, ebenso die Sambre, welche das südöstliche Ende bespült. Zu den Gebieten infra Carbonarias gehört demnach u. a. auch der Maasgau. Giselbert aber, der Graf desselben (s. n. 158), wird gerade unter denen genannt, die nicht an Karl sich anschlossen, sondern von ihm abfielen. Zu alle dem kommt ferner, daß nach dem bisherigen Texte die a Carbonariis et infra den extra entgegengesetzt waren. extra muß hier räumlich gefaßt werden; es kann nicht „ausgenommen" bedeuten. Zu extra aber ist nie infra, sondern blos intra ein Gegensatz. — Auch zu Nithards Auffassung an dieser Stelle paßt nur intra; denn Quierzy, wo Karl damals weilte, liegt an der obern Oise, etwas mehr als 15 Meilen südwestlich vom Kohlenwalde. — Ganz ähnlich ist in II: c. 6 an der gleich lautenden Stelle (p. 658) die gleiche Aenderung von f in t zu bewerkstelligen.

83) Durch diese von Ost nach West sich ausdehnende Aufstellung sollte Pippin II. von der Loire und dem an diesen Fluß stoßenden Theile Aquitaniens ferne gehalten werden. Das Felsennest Carlat bei Aurillac, in dem sich im Herbst 839 einige Anhänger Pippins so lange mit Erfolg vertheidigt hatten, liegt südlich von Clermont am Abhange des rauhen Cantalgebirges. — Aus dem Briefe Odo's dürften vielleicht ein Paar für die aquitanische Parteistellung sehr wichtige Aufklärungen gezogen werden können. Ademar (allerdings die interpolata historia, doch benutzt sie Dümmler: p. 133: n. 74) berichtet, daß Kaiser Ludwig im Herbst 839 die Grafschaft Poitou an Rainulf, den Sohn des Grafen Gerhard von Auvergne, Angoumois an Turpio, Limousin an Raterius, einen Schwiegersohn Pippins I., verlieh (III: c. 16: in script. IV: p. 120). Nun aber sagt der Brief ausdrücklich: „An die Spitze des dritten Heerkörpers wurde gestellt Reinhard, der über Angoumois eingesetzte Graf". Reinhard war also nicht blos Heerführer, sondern Graf in dem Gau, wo seine Truppen standen, und man darf wohl, ohne den Worten einen Zwang anzuthun, sagen, daß dasselbe bei der Grafschaft Limousin der Fall war. Das involvirt jedoch nothwendig die Annahme, daß Turpio und Raterius wieder zu Pippin II. abgefallen waren. Auch Poitou scheint schon jetzt seinen Grafen gewechselt zu haben. Wenigstens erscheint im chron. Namnet. (Bouquet: VII. p. 217) ein Richowinus, nach dessen Tode die früher von ihm verwaltete Grafschaft Poitou durch Karls Verfügung nach dem 25. Juni 841 an Rainald kam.

84) Verwunderlich ist es, daß Karl trotz der Eile, welche er hatte (c. 2: hoc iter accelerans), doch von Bourges nach Orleans den sehr bedeutenden Umweg über Tours machte.

85) Schwartz: p. 19 und Dümmler: p. 149: n. 52 setzen die in diesem Briefe erwähnte Grenzbewachung erst lange nach der Rückkehr Karls von Quierzy an, als er den Pippin in die Flucht gejagt (Nithard: II. c. 3) und im Begriffe stand, sich nach Orleans zu begeben. Scholle: p. 27: n. 12 zeigt sehr zutreffend die Unzulässigkeit dieser Annahme.

86) Bestimmt läßt sich nur so viel über die Zeitpuncte, in denen Karl die in c. 1 erwähnte Botschaft Lothars empfing und die in c. 2 aufgeführte Gesandtschaft an Lothar abschickte, sowie über die zwischen Karl und Pippin obwaltenden Beziehungen sagen. — Pippin hatte versprochen, sich in Bourges, höchst wahrscheinlich behufs der Anknüpfung von Unterhandlungen über den Frieden, vor Karl stellen zu wollen (per idem tempus zu Anfang von c. 2 ist eine der bei Nithard so häufigen nichts sagenden Uebergangsformeln), und dieser sich eigens deshalb nach dieser Stadt begeben. Indessen redet dann Nithard, welcher doch in Bourges anwesend war, da ihn Karl von da aus an Lothar sandte, im Weitern kein Wort von einem Eintreffen Pippins in Bourges. Wie im Texte zu c. 1 erzählt wurde, verwandte sich Lothar bei Karl für Pippin. Aber Karl erwähnt in seiner durch Nithard und Adalgar überbrachten Botschaft an Lothar mit keinem Worte Pippins (Gfrörer freilich sagt p. 9: „Karl schickte Lothar durch Nithard und Adalgar die Meldung entgegen, Lothars Bitte in Betreff Pippins sei bereits erfüllt, er habe diesen zu einem Tage nach Bourges eingeladen (!), um sich in Güte mit ihm zu vergleichen"): doch wissen wir wegen der mangelnden chronologischen Anhaltspuncte nicht, ob dies blos geschah, weil Karl Lothars Gesandte noch nicht gehört hatte, oder ob man darin einen Beweis dafür erblicken darf, daß Karl Lothars trügerische Absichten durchschaute, Pippins Gefährlichkeit erkannte. Unverkennbar dagegen war dieses der Fall, als Abt Odo von Ferrières seinen Brief an Bischof Jonas schrieb (am 11. August): das bezeugen die darin erwähnten militärischen Anordnungen Karls. — Pippins Verhalten läßt sich am leichtesten wohl folgendermaßen erklären. Sobald er von Lothars Fortschritten, von der Fürsprache, die für ihn durch Lothar bei Karl eingelegt worden war, gehört hatte, stieg sein Muth von neuem, und er verschmähte es, der Verpflichtung seiner Unterhändler (ad placitum, quo Pippinum sui juraverant venturum) gegenüber Karl nachzukommen. Karl hingegen hielt sich hierauf auch nicht für verpflichtet, Pippin zu schonen, und ordnete, ehe er nach Quierzy aufbrach, durchgehende Vertheidigungsmaßregeln gegen Pippin an.

87) Unzweifelhaft blieb auch diese Gesandtschaft ohne allen Erfolg. Nithard erwähnt sie gar nicht weiter.

88) Schwartz: p. 19: n. 4 schlägt vor, in dem Satze: quoniam matrem ubi tuto relinqueret non habebat das non in ein nunc zu verwandeln. Diesen Vorschlag stützt er mit Gründen, die denselben sehr annehmbar machen. — Karl war von Quierzy herbeigeeilt, um die von Pippin bedrohte Mutter zu beschützen. Es gelang ihm, den Feind zurückzuweisen. Am Ende von c. 3 erscheint er als der, „welcher zurückkehrt, nachdem er Pippin und dessen Leute in die Flucht geworfen." Dieser schien für einige Zeit wieder unschädlich gemacht zu sein, wenn auch die Worte von c. 4: hinc Pippinus infestus erat allerdings nicht unbeachtet gelassen werden dürfen. Aber wenigstens für den Augenblick hatte es den Anschein, als ob Judith nun mit mehr Sicherheit in Aquitanien weilen könne. „Karl hatte einen Ort, wo er seine Mutter in Sicherheit zurücklassen konnte". So lautet Nithards Stelle mit Adoptirung der Schwartz'schen Emendation. Gesetzt aber auch, Karl hätte in Aquitanien nicht gesiegt und sich genöthigt gesehen, seine Mutter von dort fortzunehmen, so wäre sie in Neustrien, in welches Lothar eingerückt war, um kein Haar weniger gefährdet gewesen. Vielmehr liegt blos dann ein Sinn in den Worten, wenn wir sie so interpretiren: Karl muß Lothar entgegentreten, über die Loire nach Neustrien gehen; er kann das beruhigt thun, da er seine Mutter sicher vor

Gefahr weiß. — Sehr geschickt macht Schwarz a. a. O. auch darauf aufmerksam, daß Judith, wo sie in Nithards Buche zunächst wieder auftaucht (II: c. 9), im Mai 841, cum Aquitaniis anrückt und ihr Karl von Attigny weg in südlicher Richtung entgegeneilt.

89) Francia ist an dieser Stelle als Bezeichnung für Neustrien aufzufassen (Waitz: II. p. 68: n. 2 u. p. 97, III: p. 299). Interessant für den ungleichen Gebrauch des Namens Franci, Francia (Wenck: p. 379: n. ist hier nicht zutreffend) oft bei einem und demselben Geschichtschreiber ist eine Vergleichung der Stellen Nithards in diesem c. 3 gegenüber c. 1. In den Versen (p. 656): Francos inibi omittens ist der Name „Franken" gleicherweise, wie hier, in dem Sinne „Neustrier" gebraucht; denn der Kohlenwald bildete die Grenze Austrasiens und Neustriens (Waitz: das alte Recht ff: p. 59) und Quierzy selbst lag auf neustrischem Boden. Die extra Carbonarias freilich wären nach dieser Auffassung keine Franci gewesen. Wenn dagegen in c. 1 steht: Lodharius nuntios praesertim per totam Franciam mittit, so begreift Nithard hier unter Francia nicht Neustrien als solches, sondern überhaupt die altfränkischen Provinzen im nördlichen Gallien und am Rheine (Waitz: IV. p. 579), also sowohl Theile von Austrasien, als von Neustrien, die a Carbonariis et intra und die extra bekommen. In einem dritten, weitesten Sinne: „das ganze vom fränkischen Könige in seiner Eigenschaft als Kaiser beherrschte Reich" (das Reich Karls des Großen) steht Francia z. B. in II: c. 10 und in IV: c. 1 (s. unten n. 129 u. n. 389).

90) Mit Note b) auf p. 657 der script. ist sicherlich vor quid ein Wort zu ergänzen, das den Begriff der „Ungewißheit", des „Schwankens" zeigt.

91) Wie überall, sind im Texte unter Meilen geographische Meilen verstanden. Die Leuca ist zu einer Drittelmeile berechnet.

92) s. n. 89: in dem Sinne von II: c. 1. Lothars „Rechnung" beim Abschlusse des Vertrages von Orleans schildert Funck: pp. 192 u. 193 ganz gut.

93) Gfrörer: I, p. 10 sagt allzu bestimmt, er sehe hier „einen Beweis, daß nunmehr eine Uebereinkunft zwischen Karl und Ludwig zu Stande gekommen war". Er will „einen gemeinsamen Plan beider" erkennen. Es ist dies eine seiner Anticipationen.

94) Am 10. October war Lothar noch in Ver (über Ver redet Bouquet: VIII: p. 367 in n. c): es ist ein vicus, Ver, bei Latiniacum, Lagny le sec, in der Nähe von Senlis, in dioecesi Silvanectensi, inmitten zwischen Compiègne und Paris; die n. 13 zu script. I. p. 432 sagt: Vernum locus est Ver dictus, Crispiaco et Selvao et Isarae propinquus. — lento itinere (II: c. 3) rückte er weiter über Chartres nach Orleans. Am 4. December war er schon wieder auf dem Rückwege nach den Rheinlanden bis Luciniacum gekommen (Dümmler: II. p. 685: Nachlese zu pp. 144—145). Am 15. December war er noch bei Chalons an der Saone, wohnte also jedenfalls nicht, wie Funck: p. 194 meint, Ebbo's Wiedereinsetzung bei.

95) Ein kurzer Rückblick auf Bernhards Leben, seitdem dieser bei Hofe in Ungnade gefallen war, dürfte hier am Platze sein. Schon im Herbst 832 galt es als ein erwünschter Vorwand, gegen Pippin einzuschreiten, daß dieser sich Bernhards Rath bediente (Astron.: c. 47). Dem früheren Günstling der Kaiserin wurden dann alle Lehen abgesprochen. Im Anfang des Jahres 834 hingegen bemühte sich derselbe eifrig für die Herstellung Ludwigs (l. c.: c. 49). Dennoch harrte er noch 835 der Wiedereinsetzung als Graf von Septimanien und Markgraf in der spanischen Mark. Er stritt sich mit dem ihm zum Nachfolger gesetzten Grafen Berengar von Toulouse darum. Der Reichstag von Cremieux im Juni 835 sollte darüber entscheiden (l. c.: c. 57; Prud.: 835); doch der Tod räumte den Rivalen hinweg. Im Herbste 838 kamen vor Ludwig nach Quierzy bittere Klagen über die willkürlichen und ungerechten Maßregeln (Dümmler: p. 233: n. 16) des in seine Würde wieder eingesetzten Bernhard (l. c.: c. 59). Daß Bernhard auch nach Ludwigs Tode derselbe blieb, und wie er zwischen Karl einer-, und Lothar und Pippin II. anderseits zu laviren suchte, wird sich im Texte (p. 33) ergeben. — Wie schon oben p. 11, tritt hier von neuem die wichtige, nicht zu entscheidende Frage über die seductiones (Nithard: II. c. 5) an uns heran. — Noch ist an dieser Stelle beizufügen, daß nach der Auseinandersetzung von Wenck: pp. 491 ff. (bes. p. 496: n. 5), die gegen Gfrörers Phantasien über die Herstellung der Herzogswürde gerichtet sind, Dümmler: p. 53 und im Verlaufe häufig (z. B. pp. 110, 163 ff.) irrthümlicher Weise von Bernhard als einem „Herzoge", von Septimanien als einem „Herzogthum" redet. Oder faßt er vielleicht hier ducatus in dem Sinne, den er diesem Worte in der Einleitung zu der Uebersetzung Regino's (Geschichtschreiber der Deutschen Vorzeit: 30. Lief.): p. XIII, giebt? Doch ist über diese „Herzöge" Regino's zu vergleichen Waitz in den Forschungen: III. p. 158 u. n. 2.

96) Die hier erwähnten Geschenke Nominoe's dürfen wohl nicht als ein schuldiger Tribut betrachtet werden in der Art, wie er in den ann. Einh.: 786 (script. I: p. 169) erwähnt ist: is populus (d. h. der Brittannia cismarina) a regibus Francorum subactus ac tributarius factus, inpositum sibi vectigal, licet invitus, solvere solebat, oder wie zu 863 und 864 durch Hinkmar in den Annalen erzählt wird, daß Karl den vom bretonischen Herzog Salomon „nach dem Beispiel seiner Vorfahren" überbrachten Tribut (census) empfing. Es waren freiwillige Gaben (munera) des Herzogs Nominoe; denn Karl befand sich noch nicht in der Lage, fordern zu können. — Indessen vertrug sich ein geringer Tribut mit Erispoe's fast unabhängiger Stellung nach dem Siege von 851 (Dümmler: p. 334).

97) fideles ist an dieser Stelle aufzufassen, wie bei Waitz: III. pp. 500 u. 501. Es sind die angesehenen Männer, geistliche und weltliche Beamte, welche auf dem Reichstage die eigentliche Berathung hielten und den Entscheid gaben, welche aber im Namen der Gesammtheit des Volkes, der Unterthanen (fideles), als Vertreter aller Freien im Lande handelten. Ein schlagendes Beispiel hiefür liegt bei Prud.: 842 vor, der die von Nithard: III. c. 5 primores populi genannten Beschwörer des Straßburgereides als fideles populi bezeichnet.

98) Die in n. 94 genannte villa Luciniacum ist der 11½ Meilen östlich von Nevers gelegene Flecken Lucenay l'Evêque, nördlich von Autun in der Nordspitze des Departements der Saone und Loire gelegen. — Die Urkunde n. 563 ist Caliniaco villa comitatus Cabillonensis (Bouquet: VIII. p. 371) ausgestellt. Gondreville liegt (l. c.: p. 371: n. a) eine Leuca von Toul.

99) Diese quaedam tyrannica potestas (nachher memorati tyranni) des c. 57 der gesta Aldrici gehört zu den Beispielen, welche Waitz: III. p. 269: n. 4 dafür anführt, daß das feindliche Auftreten einzelner usurpatorischer Vornehmer gegen die Frankenfürsten gewöhnlich mit dem dem Alterthum entnommenen Worte Tyrannis bezeichnet wird. Ein anderes Beispiel steht bei Nithard: I. c. 8: quomodo tyrannos compesceret, zur Bezeichnung der aquitanischen Anhänger Pippins II. gebraucht. — Dümmler: p. 165: n. 31 setzt diese Erhebung zu spät an. Sie begann schon vor der Schlacht bei Fontanetum.

100) Dümmler nennt Lambert schon jetzt „Markgraf von Nantes" (p. 145), während sich erst nach der Schlacht von Fontanetum für ihn überhaupt die Aussicht eröffnete, diese Grafschaft zu bekommen (s. besonders Wüstenfeld in den Forschungen: III. p. 427). In dieser Abhandlung (s. Exkurs II: n. 2) wird auch gegenüber der Annahme Dümmlers: p. 190, daß dieser jüngere Lambert der Sohn des 837 in Italien an der Pest verstorbenen Lambert gewesen sei, auf pp. 395 und 427 dargethan, daß dieser ältere Lambert vielmehr zum Sohne den Herzog Guido von Spoleto hatte. Dagegen gibt Wüstenfeld auf p. 427 zu, daß der von Nithard: II. c. 5 genannte Lambert, sowie sein Bruder, der in c. 6 genannte Werner, mit dem Geschlechte der Guidonen in Verbindung zu setzen seien. — Völlig irrig ist natürlich Scholle's Angabe (p. 6: n. 7 u. p. 29: n. 18), daß der Lambert, welcher hier nach le Mans kam, und der Lambert, welcher 834 über Odo gesiegt, dieselbe Person seien. — Lambert (der Jüngere) war nach Wenck: p. 75 durch Erziehung und Umgebung zum halben Bretonen geworden, weßhalb er wohl auch in den Augen Karls nicht als dazu geeignet erschien, der bretonischen Mark als Wahrer der fränkischen Reichsinteressen vorzustehen (s. oben: p. 37).

101) Es ist wohl unter dem Rainaldus Pictaviensis (s. n. 83) des chron. Namnet., der statt des sich mitbewerbenden Lambert von Karl nach Richwins Tode (s. Exkurs VI.) die Grafschaften Nantes und Poitiers bekommt (Bouquet: VII. p. 218), mit Wenck: p. 74 und Dümmler: pp. 168 u. 190 der Rainaldus Arbatilicensis des chron. Aquitan.: 835 (script. II: p. 252 u. auch p. 253 zu 843 und 844 Rainaldus genannt; Ademar: III. c. 16 hat: Rainoldus comes Arbatilicensis in script. IV: p. 120), der am 20. August 835 durch die Normannen besiegt worden war, sowie der Reginardus comes des Astronomus: c. 61 zu verstehen, der 839

sich enge an Ludwig und Karl anschloß. Dümmler: p. 149: n. 52 identificirt auch den Grafen Reinhard von Angoumois (s. n. 33) mit unserm Grafen Rainald von Herbauge, was sicherlich nur zu billigen ist. Die ann. Engolismens. reden zu 835 von einem Rainaldus, zu 843 von einem Reinaldus (XVI: pp. 485 u. 486), Prudentius zu 843 (I: p. 439) von Rainaldus Namnetorum dux, das fragm. hist. Brit. Armor. (bei Bouquet: VII. p. 46) von Rainaldus Caroli dux, Nannetice urbis comes, das chron. Fontanell. zu 843 (script.: II: p. 302) von Reginoldus dux, Adrevald (mirac. s. Bened.: acta, März: III. p. 312) von marchisiis Britannici limitis . . dissidentibus (Rainald und Lambert) . . Rainoldo occumbente und von Herimus als dem primus nautorum Rainoldi. — Wir sähen also in dem aquitanischen (genere Aquitanicus in fragm. hist. Brit. Armor.: l. c.) Grafen Rainald, wenn er sich 843 auch als Markgraf von Nantes hätte behaupten können, einen der bedeutendsten und angesehensten Männer aus Karls Reiche vor uns, den Nithard auffallender Weise gar nicht erwähnt, einen Mann, der bei längerer Lebensdauer wohl dem mächtigen Adalhard hätte den Vorrang streitig machen können. Ausgegangen von der kleinen Grafschaft Herbauge am linken Ufer der untern Loire, vereinigte er mit dieser und dem Angoumois zuletzt, wenn wir die Markgrafschaft Nantes und die mit derselben ihm zugefallene Grafschaft Poitou einrechnen, unter sich ein Gebiet, das von der Vilaine im Norden bis zur Dronne im Süden, vom Ufer des Oceans im Westen bis zur Grenze im Osten, dort 42, hier 25 Meilen weit sich erstreckte.

102) An dieser Stelle liegt ein Beispiel für die Worte Carl Ritters (Europa: Vorlesungen, edirt von Daniel: Berlin 1863: p. 90) vor: „Das breitere und tiefere Westende des Canals la Manche ist allen großen Fluthen und Strömungen des Atlantischen Oceans ausgesetzt. Die Fluthen steigen hier bis zu 40 Fuß auf, und tragen dann, mit größter Schnelligkeit, bei günstigen Winden die Schiffe auf ihrem hohen Rücken hinein".

103) Daß dasselbe aus Cavallerie bestanden haben muß und also der Ausdruck „reiten" für pergere, adire, iter facere, iter arripere, oder wie Nithard sonst die Truppenbewegungen benennen mag, der allein richtige ist, wird in Excurs IX. dargethan werden.

104) Bei Bouquet: VII. p. 40 Anm: ist zweifellos quinta statt sexta zu lesen; denn der 31. März war ein Donnerstag, und die Sonntage am Anfang und Schluß dieser Woche fallen auf den 27. März und 3. April.

105) Schwarz: p. 27 u. p. 28: n. 1 folgert sehr zutreffend aus dem Verlaufe von c. 6, daß vor Karl an der Seine nur ein kleinerer Wachposten zurückwich, Gerhard und Arnulf schon vorher abgezogen waren.

106) Zu Wasser auf der vielfach sich windenden Seine ist allerdings der Weg viel länger. Die Ruinen des Klosters des heiligen Wandrigisel liegen bei dem Dorfe St. Wandrille-Rançon, eine halbe Meile östlich von der am rechten Seineufer gelegenen Stadt Caudebec-en-Caux im Departement der Niederseine.

107) Mabillon ann. S Benedicti: II. p. 615: lib. 32 § 22 hat die Stellen des Nekrologs von St. Germain und von St. Denis zu diesem Tage. Jene lautet: depositio domni Hilduini abbatis, diese: obiit Hilduinus, beati Dyonisii monachus et abbas. — Waitz: III. p. 437: n. 3 sagt, Hilduin sei durch Kaiser Ludwig seiner Stelle als Erzcappellan beraubt worden. Allein nach allen Anzeichen liegt kein Grund vor, dieses anzunehmen: schon an der zweiten Erhebung Lothars gegen Ludwig 833 scheint er nicht mehr theilgenommen zu haben (von Noorden: pp. 6 u. 7: indessen muß doch immerhin in Erwägung gezogen werden, daß Lothar im Februar 834, als sich die Erhebung für den alten Kaiser stets bedrohlicher für ihn gestaltete, denselben nach St. Denis zum Gewahrsam brachte, wo auch Ludwig bei Lothars Flucht zurückblieb, s. Nitzsch. cc. 50 u. 51, besonders Nithard: I. c. 4: ad sanctum Dyonisium, ubi tunc Lodharius patrem et Karolum servabat).

108) Ludwig ist nicht, wie von Noorden: p. 7 sagt, ein Oheim, sondern ein Vetter Karls des Kahlen; denn seine Mutter Rotrudis, vermählt mit dem Grafen von Maine, Rorich, war die leibliche Schwester Ludwigs des Frommen, wie Nithards Mutter Bertha eine Tochter Karls des Großen von der Hildegard (Voigtel—Cohn: 16. Tabelle). — Ueber Ludwig als Abt von St. Denis s. auch oben pp. 24 u. 35.

109) Es muß vom 14. April an, dem Donnerstag der Charwoche (coenam Domini quieti indulgens), zurückgerechnet werden. Dabei frägt es sich aber, ob die vereitelte Streiterei im Othewalde in die Nacht vom 13. auf den 14. April oder in die vom 12. auf den 13. zu legen ist. Ersteres scheint mir wahrscheinlicher. Der Othewald liegt nämlich in einer ost-westlichen Ausdehnung zwischen den Flüssen Vanne, der seine Nordseite bespült und bei Sens in die Yonne mündet, und dem Armançon und Armance im Süden, in den Departements der Yonne und Aube. Das Westende des Waldes, etwa bei dem Dorfe Arces, ist nur drei Meilen südöstlich von Sens entfernt. Wenn demnach Karl noctu Sens verließ, so konnte er sich sehr wohl noch vor dem hellen Morgen des nächsten Tages darüber vergewissern, daß sich seine Gegner der Falle entzogen hatten, und dann noch den ganzen Tag als Ruhetag einräumen. Nehmen wir also den 13. als den Tag des Aufbruches von Sens, so fallen auf diesen auch die aurora diluculescens, bei der sich Karl am Einfluß des Loing in die Seine mit Theotbald, Warin und Odbert vereinigte, und die Ankunft in Sens; denn erstens liegt diese Mündung nicht einmal volle sechs Meilen von Sens entfernt, und zweitens weisen der Zweck der Expedition, wie die Worte uno eodemque itinere auf große Beschleunigung hin. Die „ganze Nacht" endlich (in per totam noctem iter faciens) ist die vom 12. auf den 13. In St. Germain war also dann Karl noch am Dienstag der Charwoche gewesen. — Am Charfreitage war er schon in Troyes, wie aus in crastinum hervorgeht. — Ueber diesen Feldzug s. auch Funck. p. 197.

110) Ein bis liegt auch in Nithard vor. Als tertium ließe sich allenfalls anführen, daß Karl so ganz ungestört in der Nähe von Paris weilen konnte, dem Sitze des Grafen Gerhard.

111) comitatus ist die Gesammtheit der den Herrscher umgebenden Personen (Waitz: III. p. 413: n. 2).

112) Karl sagt hier in c. 8: de regno quod Deus paterque suus suorum consensu illi dederat, Worte, welche ganz ähnlich wie die von c. 5 (s. oben p. 22) lauten: quicquid regni pater suus auiborumque fidelium consensu illi dederat. Also die Einwilligung der fideles Lothars wird nicht wiederholt. Lag vielleicht eine gewisse Rücksichtsnahme dem zu Grunde?

113) Funck's Vorschlag (p. 273: n. 1) convenerat anstatt venerat zu lesen, ist unbedingt zu billigen.

114) Die ganz erste Erwähnung eines Gottesgerichtes liegt, so viel ich finden kann, in dem Waffenstillstand von Kostheim (II: c. 1), wenn auch nicht so klar ausgesprochen (quid cuique deberetur armis decernant). Auch in c. 3 in dem Kriegsrath zu le Mans fielen Worte, wie: „im Vertrauen auf die Gerechtigkeit und hiedurch auf Gottes Hülfe" solle Karl streiten.

115) Schwarz: p. 31: n 3 sagt ganz unrichtig, daß Nithard in der Unterscheidung von Catalaunum und Cabillonum nicht durchgehend consequent sei. Vielmehr versteht dieser unter Cadhellonensis urbs oder civitas, sowie unter Cadhellonica urbs (praef. I, II: c. 9, III: c. 2, IV: c. 3) stets Chalons an der Marne, unter Cavillonum, Cavillo (I: c. 5 u. c. 8) Chalons an der Saone. — Die Zeit von Karls Anwesenheit in Chalons läßt sich daran bemessen, daß er hier die erste Nachricht über den am 13. Mai erfochtenen Sieg im Ries erhielt (c. 9: ibi (in Chalons) matre recepta, repente nunciatur etc).

116) Der Ort der Zusammenkunft läßt sich nur vermuthen. Funck verlegt ihn p. 199 in die Gegend von Toul, Gfrörer: p. 18 an die Seinequellen: doch in n. 3 zu p. 34 führt Schwarz in überzeugender Weise aus, daß die Vereinigung nicht sehr weit von Chalons an der Marne stattgefunden haben muß (Dümmler: p. 148: n. 49 ebenso).

117) Gfrörer: p. 15 schließt aus der einläßlichen Schilderung Nithards auf dessen Anwesenheit.

118) Dümmler rechnet p. 82 bei den von Ludwig von Baiern beanspruchten und wenigstens in den Jahren 833 bis 838 besessenen Gebieten Mainz nicht mit ein (vgl. indessen p. 194 seine Worte über Ludwigs Antheil zu Verdun: „Diese Länder hatte er nebst dem Elsaß sämmtlich schon einmal bei Lebzeiten seines Vaters unter dessen Oberhoheit von 833 bis 838 besessen"; also den Sprengel von Mainz mit eingeschlossen?). — Ludwig aber (s. auch oben p 75) scheint Mainz gerade so gut, wie Worms und Speier, zu seinem Reiche gerechnet zu

haben. Wenigstens hielt er bei seiner zweiten Empörung gegen den Vater in der Weihnachtszeit des Jahres 838 hartnäckig Castel, den Brückenkopf von Mainz, besetzt (Prud. 839), und stand bei der dritten Erhebung im Winter von 839 auf 840 zu Frankfurt (Rudolf: 840), also zugleich näher an Mainz, als an Worms. Auch nach des Vaters Tode richtete er neben Worms (Nithard: II. c. 1) ein Hauptaugenmerk auf Mainz. Bei dieser Stadt stieß er mit Lothar zusammen (Rudolf: 840, Nithard: II. c. 1). Bis Mainz ging Lothar in der Fastenzeit 841 gegen Ludwig vor (Prud.: 841). Und mochte nicht auch der grimmige Haß Otgars, des Erzbischofs von Mainz, gegen Ludwig (Nithard: II. c. 7), aus solchen Quellen seinen Ursprung genommen haben?

119) Nachträglich mag hier noch bemerkt werden, daß dadurch, daß im Texte die Grenzen von 833 als Ludwigs Forderung dargestellt werden, die Schwierigkeit hinsichtlich des Ripuarlandes, an welcher sich Funck: pp. 273 u. 274 stößt, ganz hinweg fällt.

120) Uebrigens scheint Schelle (n. 84: Funkius putat, Nithardum dicere voluisse, Karolum concedere Lothario terras, quae a patre ei attributae sunt exceptis autem iis, quas ipse Karolus Ludovico fratri jam concesserit) Funck's Worte (p. 273: „Caroli consensus betraf die Länder, welche Ludwig in Anspruch nahm") gänzlich mißverstanden zu haben, indem er von einem Zugeständniß Karls für Lothar spricht.

121) Schelle: p. 14 glaubt aus dieser Angabe Nithards darauf schließen zu dürfen, daß der größte Theil der großen Vasallen, „welche am meisten zu Pferde den Kriegsdienst leisteten", auf Lothars Seite stand. Daß vielmehr auch Ludwigs und Karls Truppen überwiegend, wenn nicht ganz aus Reiterei bestanden und „die Schlacht von Fontenoy vorzüglich als ein Reiterkampf zu betrachten ist" (Dümmler: p. 154), wird in Excurs IX. dargethan werden.

122) In dem Satze Quod cum otius bis nomen invictum amittere sinit Lodhuwicus et sui Subject. Zu Quamobrem bis ibant müssen jedoch Ludwig und Karl — so erfordert es der Sinn — als solches gedacht werden. Daß im ersten Satz blos Ludwig von Nithard ins Auge gefaßt wird, hat Schwartz: p. 36 übersehen.

123) Wenn die Vereinigung nach n. 116 bei Chalons stattfand, so ging der Marsch der Heere in südsüdwestlicher Richtung (gegen Auxerre).

124) Nach n. 91 und nach Schelle: p. 28: n. 15, wonach eine leuca gleich 1500 passus ist.

125) s. Excurs VI: n. 3, wie denn überhaupt fortan auf diesen Excurs zu verweisen ist.

126) Die hora diei secunda erkläre ich mit Funck: p. 201, Gfrörer: p. 19 und Dümmler: p. 152 gegen Schwartz: p. 41, der die „zweite Tagesstunde" faßt als die zweite Stunde nach Sonnenaufgang.

127) Ueber den Sinn der nun folgenden Worte: insuper autem haud se libenter utrorumque quaerere profectum wage ich blos Vermuthungen auszusprechen. Wedekind: Notae II p. 466 übersetzt: „überdem könne er auch ihrer beiden (Ludwigs und Karls) Vergrößerung nicht wohl zugestehen". Waitz: IV. p. 578: n. 1 bezweifelt die Richtigkeit dieser Auffassung. Schwartz liest p. 39 jedenfalls nicht mehr angemessen: „übrigens sei er gerne bereit, auch das Interesse seiner Brüder zu berücksichtigen", nämlich wenn dasselbe mit seinem kaiserlichen Rechte nicht collidire. Dümmler erwähnt die Worte gar nicht. — Folgendes darf hier wohl in margine proponirt werden. Unter utrorumque versteht Lothar sich selbst und den Pippin; es ist eine neue Art der Hinterlist von ihm, zu heucheln und seine eigene Uneigennützigkeit in helles Licht zu stellen: „überdies aber suche er nur sehr ungerne nur seinen eigenen Vortheil und den des mit ihm verbundenen Pippin", d. h. auf Unkosten Ludwigs und Karls.

128) Ein Hauptfehler der Auseinandersetzung von Schwartz: p. 38: n. 2 liegt darin, daß er die schon äußerlich bemerkbare Steigerung (nolle, hingegen renuere) gänzlich übersieht (ähnliche Gegenüberstellungen hat Nithard in IV: c. 3 durch ein aliter, in IV: c. 4 durch ein aliter, ein aliter, ein etiam et hoc nollet getrennt). — Allerdings waren die Worte Lothars, in denen er sich Bedenkzeit ausbat: non illum aliquid tale antea illi mandasse („dieser Vorschlag lasse sich nun endlich einmal anhören, doch er erfordere längeres Nachdenken"), nicht ernsthaft gemeint. Aber daß sie überhaupt nur ausgesprochen wurden, beweist ebenfalls, daß dieser letzte Punct alle frühern übertraf. — Daß dieser Vorschlag für Ludwig und Karl durchaus ungünstig war, darüber s. auch Schelle: p. 64: animadvertendum est Ludovicum et Karolum, alterum Bajoariam, alterum terras inter Sequanam et Ligerem sitas jam multo ante a se possessas diviso regno perdere noluisse.

129) Wie schon Schelle gegen Schwartz annahm, so erklärt auch Dümmler (Waitz: IV. p. 582: n. 4 ist noch zweifelhaft) mit vollem Rechte, wie sich aus dem Zusammenhang ergibt, hier universa Francia im allerumfassendsten Sinne, Italien inbegriffen (vgl. Waitz: III. p. 204: n. 2 u. p. 299: n. 1; s. meine n. 89).

130) Leibnitz: ann. imperii: I. p. 492 sagt, was niemand bestreiten wird, ein Friede sei unmöglich gewesen, glaubt aber auch, Ludwig und Karl hätten überhaupt nicht ernstlich denselben gewollt. — Was die Vorschläge der Könige betrifft, so geht er von der Ansicht aus, daß Karl die Theilung von 839, Ludwig die von 837 anstrebte. Er zeigt im folgenden die Zurückweisung eines solchen Vorschlages: Lothario pater et Carolus Germaniam omnem extra regnum Bavariae promiserant (839 in Worms). Id si non praestabatur (indem Ludwig auch Gebiete außer Baiern beanspruchte), nec Carolus cum Neustria Burgundiae partem totamque Septimaniam Provinciam Aquitaniamque jure retinebat.

131) Als Beispiel für die viri ließe sich wohl Bernhard (c. 5), mit dem aber freilich anfangs auch mittelst conditiones verhandelt worden war, anführen. Und daß die honores bei den Zusammenkünften in Quierzy (c. 2), in Orleans und le Mans (c. 5) eine bedeutende Rolle spielten, ist wohl nicht zu bezweifeln.

132) palantes (s. auch Prud.: palantium caedes passim agitabatur) sind die flüchtigen Lotharischen, die sich „aufgelöst, zerstreut hatten", „hier und dort (passim) einzeln und ohne Ordnung" ihren Weg nahmen, nur bestrebt, ihr Leben zu retten.

133) Ist unter den castra Nithards das Lager der Könige bei Thury oder das Lothars bei Fontenoy zu verstehen? Wohl das erstere Denn zwischen in eodem campo, wo die Berathung über die weitern Maßregeln begann, und ad castra redeunt („zurückgehen"), wo sie fortgesetzt wurde, macht Nithard einen deutlichen Unterschied. Darauf aber, daß am folgenden Tage nicht mehr bei Thury, sondern auf dem Schlachtfelde selbst gelagert wurde, scheinen Prudentius' Worte zu zielen: ut die crastina (Sonntags, den 26. Juni), qua ejusdem rei gratia (der Bestattung der Gefallenen wegen) in loco eodem (d. h. dem Schlachtfelde) stativa habuerunt, cadavera sepulturae mandarent.

134) Wedekind (l. c.): pp. 469—471 will fere mediante die übersetzen: „kaum noch bei Tageslicht". Er bringt mehrere Gründe hiefür vor. Einmal hält er den Kampf für zu großartig, als daß er so rasch hätte entschieden werden können, zumal da das Schlachtfeld eine Länge von zwei deutschen Meilen gehabt habe. Er übersieht dabei, daß die Schlacht ein Reiterkampf war, der an sich schon einen rascheren Verlauf nehmen mußte, als ein Fechten von Fußtruppen, und die zweite Schwierigkeit fällt durch die Annahme von Paumot's Fontenoy statt Lebeuf's Fontenailles hinweg. Sehr wahr hingegen ist, was Wedekind weiter zu bedenken gibt, daß es höchst auffällig ist und nicht recht zu der misericordia tam regum quam et universorum (Nithard) stimmen will, daß die Sieger einen vollen halben Sommertag es versäumten, sich der Verwundeten anzunehmen (er sieht als Grund dieser Unterlassung eben das Eintreten der Nacht). Allerdings muß auch uns die lange Frist auffallen, während welcher die Verwundeten auf Pflege warten mußten. Bedenken wir aber, daß das Heer der Könige „bei Tagesanbruch" schon das Lager verlassen, dann nicht ohne schweren Verlust (s. unten n. 445) vier Stunden an einem Sommertag „angestrengt" (strenue: III. c. 1) gekämpft hatte, so wird es uns begreiflich werden, daß es vorerst der Ruhe bedurfte.

135) Dümmler: p. 153: n. 61: „Nach Nithard fand gar keine Verfolgung statt" geht also zu weit. Ueberhaupt dürfte es sich wohl fragen, ob überhaupt von einer „Verfolgung" gesprochen werden darf. Wenigstens wollen die quidam ira correpti bei Nithard erst jetzt persequi hostes, und Prudentius sagt: „Ja sie standen sogar davon ab (desierunt), die Flüchtlinge in eine weitere Entfernung vom

Lager verfolgen zu lassen". Auch war die palantium caedes, die interfectio noch keineswegs eine „Verfolgung" im technischen Sinne des Wortes, sondern nur das Ende der Schlacht, die völlige Vertreibung des Gegners aus dem von ihm beim Anfange des Kampfes besetzt gehaltenen Terrain. Es darf wohl hier zur Vergleichung die Verfolgung der Franzosen nach der Niederlage von la Belle-Alliance herbeigezogen werden. Da kann gewiß das Vorrücken der arg geschwächten englischen Linien von Mont St. Jean auf der Chaussee nach la Belle-Alliance hinter dem fliehenden Feinde her nicht als „Verfolgung" betrachtet werden. Die „Verfolgung", durch die Preußen unter Gneisenau's Leitung so trefflich durchgeführt, begann erst von la Belle-Alliance an, jene kräftige Fortsetzung des Sieges, die diesem erst seinen vollen Erfolg sicherte (Beitzke: Geschichte des Jahres 1815: II. p. 314 ff.) — Zu einer solchen „Verfolgung" wäre auch nach der Schlacht von Fontanetum gar nicht genug Zeit vorhanden gewesen. Um 8 Uhr Vormittags war der Kampf eröffnet (s. n. 126), um 12 Uhr etwa zu Ende. Wo ist da Raum zu einer persecutio? — Endlich ist hier noch anzuführen, daß Ludwig am 14. Februar 842 zu Straßburg vor seinem und Karls Heere ausdrücklich sagt: hinc: (nach der Schlacht) persequi atque delere illos noluimus (Nithard: III. c. 5).

136) Wir wissen ebenso wenig die Stelle, wo Lothars Lager sich befand, als wann es genommen wurde.

137) Muratori: l. c.: p. 185: ut exiret de sub potestate Romani pontificis, et privilegia, quae Maurus et caeteri pontifices Ravennani meruerunt a sacris principibus, omnia deportabat. Auch 844, als während der Anwesenheit des italischen Königs Ludwig die Untersuchung über die Gültigkeit der Wahl des Papstes Sergius II. geführt wurde, war neben dem Erzbischof von Mailand, dem andern Rivalen des Papstes, auch der Erzbischof Gregor von Ravenna in Rom zugegen, um die Gelegenheit, seine Ansprüche vielleicht geltend machen zu können, nicht vorübergehen zu lassen (Dümmler: p. 239, u. p. 495 ff. der Streit des Papstes Nikolaus mit Johannes von Ravenna).

138) Die tres dies der excubiae (excubiae, sonst „das Wachen, Wachehalten", oder „die Wache, der Wachtposten" kann hier in Bezug auf Georg nichts Anderes als so viel als custodia „Gewahrsam" bedeuten) sind wohl die Tage des triduanum jejunium Nithards.

139) Agnellus bezeugt also gleichfalls, daß geplündert wurde: opes Ecclesiae distractae sunt per manus praedantium.

140) Karl begann (l. c.): „O du Kirchenhirt, wenn überhaupt dieser Name dir noch bleiben darf, was hast du die dir anvertraute Kirche verlassen, dein Volk dadurch in Unglück gestürzt, dich nicht zu demselben zurückbegeben? Wenn du um den Preis der langwierigen Reise deshalb gekommen bist, um eine Schlacht zu sehen, weshalb mußtest du denn deine Kirche plündern, und wofür hast du in Einer Stunde preisgegeben, was durch christliche Fürsten oder Kaiser deiner Kirche zugebracht und von deinen Vorgängern erworben worden ist? Solltest du auch noch hundert Jahre leben, so wirst du es nicht wieder erhalten." In diesem Tone geht es weiter.

141) l. c. sagt Georg: „Wir sind gekommen, Frieden zu fordern, nicht gegen Euch Kampf zu rüsten."

142) Gfrörer wittert natürlich hinter „diesem völligen Stillschweigen" allerlei, „daß die Sendung des päpstlichen Botschafters (Agnellus sagt ausdrücklich: qui fuerant tres) gegen die Könige gerichtet war und den Zwecken Lothars diente" (pp. 22 u. 23). Allein er hat, wie schon früher Funck (p. 202), den Bericht des Agnellus ganz flüchtig gelesen. So übersah Gfrörer die Worte: ad impetrandam inter fratres pacem, und theilt den Irrthum des Prudentius („entweder kannte Prudentius das wahre Sachverhältniß nicht"), indem er (wie Scholle: p. 36: n. 42) Georg für den Bevollmächtigten Gregors IV. ansieht. Was hingegen Gfrörer: p. 23 über die Abhängigkeit Gregors von Lothar spricht, ist wohl als richtig anzunehmen (Dümmler: pp. 75 u. 218). — Schon Wenck: p. 429: n. 1 sagte über diese sogenannte „Verschweigung" Nithards: „Hier ist die Annahme, daß Nithard geschwiegen, weil ihm als einem Anhänger Karls die Sache verdrießlich war, nicht unwahrscheinlich, aber auch durchaus nicht nothwendig." — Jaffé: regesta pontificum (zu 841): p. 228 führt ebenfalls nicht ganz zutreffend mit Prudentius an dieser Stelle auf, daß Georg „pacis gratia" gekommen sei.

143) obtentu christianitatis fugientes persequi desierunt lauten die Worte. Prudentius steht auf der Seite Karls. Er kann dessen Sache allerdings vielleicht beschönigen, keineswegs aber in ein schiefes Licht stellen wollen. Letzteres geschähe aber, wenn wir obtentu in dem gewöhnlichen Sinne nehmen würden: „Vorwand". Vielmehr ist es nicht in dieser abgeleiteten, sondern in der ursprünglichen Bedeutung an dieser Stelle zu fassen. Das Wort kömmt von obtendere (ob „gegen .. hin, nach .. zu" und tendere „spannen", dann „hinlenken, darreichen"), heißt also „das Hinhalten, Hinstrecken". Demnach ist obtentus, von einer innerlichen Gesinnung gebraucht, zunächst das „Zeigen, Zuerkennengeben" derselben, dann freilich in Uebertragung das „Entgegenhalten" qua solches allein, die rein äußerliche Handlung ohne die innere Gesinnung: „der Vorwand, die trügerische Decke."

144) Ludwig sagt zu Straßburg (Nithard: III. c. 5): tandem coacti rem ad judicium omnipotentis Dei detulimus … in quo nos, sicut nostis, per misericordiam Dei victores extitimus. Ratpert schreibt in den casus S. Galli: c. 7 (script: II. p. 67): die constituta (gleichsam an dem für das Gericht festgestellten Termine) … Domino disponente juniores extiterant victores. In dem liber revelationum Audradi (Duchesne: II. p. 391) erscheint Gott in eigener Person als Richter. Von Lothar sagt er: quia dixit: ego sum, dejiciatur, von Karl: propter obedientiam et humilitatem stabilitatur. Ueber Ludwig wird nach längerer Discussion so entschieden: quia opus bonum inventum est in eo, stabilitur et ipse, und zwar bestand das opus bonum darin, ut de alienigenis loco eorum (sc. multorum, qui ejus causa de suo sint absumpti servitio) sibi alios adquirens subrogat.

145) Es sind Aeußerungen Hinkmars (op.: II. p. 159), der ann. Lugdun. (script.: I. p. 110), des chron. Fontanell. (script.: II. p. 301: aus Lucan: l. 1: v. 1).

146) Die ersten Worte Dümmlers stehen: II. p. 671, die zweiten Gfrörers: p. 24.

147) Waitz: IV. pp. 288 (n. 4) u. 289 bemerkt, daß die Vasallität auch auf die Stellung der höheren Beamten im Reiche Einfluß bekam, diese wohl geradezu als Vasallen behandelt und bezeichnet wurden. Dann fährt er fort: „Als Inhaber von Beneficien hatten sie ohne Zweifel die Commendation zu leisten; aber es scheint, daß auch der Empfang des Amtes selbst schon eine solche Verpflichtung auferlegte, vielleicht noch ohne Rücksicht darauf, daß man sich allmählich gewöhnte, das Amt selbst ähnlich, wie ein Beneficium, zu behandeln." Zu unserer Stelle wird darauf in der Note bemerkt, daß hier honores wohl noch nicht allgemein für beneficium stehe. Doch geht ja wohl eidem auf den damals 15 Jahre alten Wilhelm, so daß an dieser Stelle vielleicht gerade eher honores den von Waitz: IV. p. 183 namhaft gemachten Sinn hat.

148) Judith muß der Schlacht beigewohnt oder ganz in der Nähe des Schlachtfeldes sich aufgehalten haben. Karl traf sie in Chalons an der Marne (II: c. 9) kurz vor der Schlacht; nach derselben legte sie nach dem Berichte des Agnellus für Georg von Ravenna Fürsprache ein, und jetzt (III: c. 2) bricht sie mit Karl nach der Loire hin auf.

149) Wie mir scheint, weist Schwarz: p. 48: n. 2 ganz zutreffend nach, daß Karl besser gethan hätte, zuerst nach Neustrien zu gehen; das Gegentheil meint Funck: p. 203.

150) Gfrörer: p. 21 erblickt hierin natürlich ein Symptom des Kampfes um ständische Rechte: „Der neustrische Adel focht zwar für Erringung nationaler Unabhängigkeit willig unter Carls Banner; aber keineswegs wollte er die Macht des jungen Fürsten über ein gewisses Maß (!) hinaus anschwellen lassen." Es war nichts als die zügellose Selbstsucht und Ungebundenheit, was das Heer auflöste.

151) Unter Franci sind in c. 2 und bei Prudentius (Franciam permeans) die Neustrier zu verstehen (s. oben n. 89).

152) Schwarz: p. 50: n. 3 irrt jedenfalls selber, wenn er Luden vorwirft, er habe Nithards Worte unrichtig verstanden, indem er in der Bewegung Adalhards nach Paris eine Flucht sah. Vielmehr war Adalhard wirklich hülfsbedürftig (quatinus, sc. Karl, illis adjutorium praeberet) und mußte sich vor der Uebermacht zurückziehen.

153) Hätte Karl seinen Weg in der beabsichtigten Weise von Paris (Prud.) über Beauvais u. s. f. bis nach Langres verfolgt, so wäre er vom geraden Wege sehr beträchtlich in nördlicher und nordöstlicher Richtung abgewichen: ein deutlicher Beweis dafür, wie viel ihm daran gelegen war, möglichst viele Orte zu berühren.

[154]) nos cum ceteris bezieht sich jedenfalls auf die übrigen Vasallen jener Gegend (vgl. z. B. II. c. 2: Herenfridus, Gislebertus, Bovo ac ceteri).

[155]) Dümmler: p. 165: n. 31 setzt die schon oben p. 22 erzählte Anordnung, die quaedam tyrannica pravitas in Maine, deren Ursprung zwischen den Tod Ludwigs des Frommen und die Schlacht von Fontanetum fällt, viel zu spät an, gleichzeitig mit den Anordnungen, welche Lothars Aufenthalt in Westfrancien im Herbste 841 begleiteten. — Scholle: p. 41 hingegen glaubt, daß es bei diesem Aufenthalte Karls in le Mans gewesen sei, wo derselbe die bretonische Mark und die Grafschaft Poitou dem Grafen Rainald zusprach, statt sie dem andern Bewerber, Lambert, einem Verwandten des 837 (s. Excurs III.) gestorbenen Grafen Lambert, zu geben. Die Analogie, daß Lambert auch im Frühjahr 841 schon (Nithard II: c. 5) in le Mans zu Karl gekommen war, scheint für Scholle zu sprechen. Gegen diese frühzeitige Ansetzung des Ereignisses darf hingegen wohl eingewendet werden, daß das Treffen am Isacflusse, in dem Rainald gegen Lambert und die mit demselben verbündeten Bretonen fiel (24. Mai 843 nach Bouquet: VII. p. 223), erst beinahe 22 Monate, die Einnahme von Nantes (24. Juni 843) beinahe 23 Monate nach dem Aufenthalte Karls zu Bonneval stattfanden. — Nachträglich mag hier noch beigefügt werden, daß Urkunden Ludwigs des Frommen, zu Gunsten Aldrichs und seines Bisthums ausgestellt, sehr zahlreich aufzuführen sind: von 832 (Böhmer: n. 432 u. 433), 833 (n. 434), 835 (n. 454), 836 (n. 465—468), 837 (n. 473 u. 475), 838 (n. 479—481, 485—487), 839 (n. 499), 840 (n. 502 u. 503).

[156]) Schon oben p. 6 wurde nachzuweisen versucht, was Nithard zu dieser weitschweifigen Erzählung der Translation bewegen konnte. — Dazu, daß Karl viel hat daran liegen müssen, den Mönchen von St. Medard ihre Bitte ja nicht abzuschlagen, also zu einer noch höhern Schätzung dieser königlichen Gunsterweisung, trägt die Erwägung bei, daß Karl „ängstlich war, weil der 1. September nahe bevorstand", und „in beschleunigter Reise" seinen Weg zurücklegen wollte und dennoch zu St. Medard anhielt. Nochmals sagt Nithard: praefatum iter accelerare coepit. Wirklich war es schon der 27. August, als er noch in Soissons war, und von da über Reims und Chalons nach Langres beträgt die Entfernung noch mehr als 30 Meilen. — Einen frommen Betrug erlaubten sich wohl die Mönche von St. Medard dadurch, daß auch der Leib des h. Marcellinus unter den Reliquien ihrer Kirche durch sie aufgeführt wurde, während doch der Theil von dessen Reliquien, welcher 826 entwendet worden war, Ostern 827 durch den Abt Hilduin (s. oben p. 6) an Einhard zurückgegeben worden war (transl. s. Marcellini: c. 3, § 26: duos clericos ad recipiendas sacras reliquias Augustam Suessionum pergere jussi. Qui ubi ad monasterium s. Medardi . . venissent . . recepto illo, propter quem missi fuerant, incomparabili thesauro; nachher in Aachen, § 28: postquam divulgatum est, reliquias sancti Marcellini martyris in eum locum esse delatas, in Teulet: op. Einh. II: pp. 230 u. 234): s. auch O. Abel in den Geschichtschreibern der deutschen Vorzeit: Einhards Leben: p. 9 u. Einhards Jahrbücher: pp. 160—162 und W. Giesebrecht im Münchener Jahrbuch für 1865: pp. 229—238. — Ueber die Ankunft der Reliquien des h. Sebastian in St. Medard s. ann. Einh.: 826, Böhmer: n. 388.

[157]) In dem liber Dodanae manualis redet die fromme Mutter ihren Sohn folgendermaßen an (Mabillon: acta: saec. IV: 1. Th.: p. 750: in d. praefatio): desideratissime fili primogenite. Wilhelm war geboren in 13. anno regni ejus (Kaiser Ludwigs), 3. Kal. Decemb.: vom August 813 aus gerechnet also am 29. November 825. In der zweiten Vorrede sagt Dodana: audivi, quod genitor tuus Bernardus in manus domini te commendavit Karoli regis, in c. 15 (p. 751): seniorem quem habes K., quando Deus et genitor tuus B. in tuae inchoationis juventute florigerum vigorem (Wilhelm zählte zur Zeit der Schlacht 15½ Jahre) tibi ad serviendum elegit. In c. 19 ermahnt sie den Sohn: sisque fidelis Seniori tuo Karolo. — Ueber Wilhelms späteres Leben s. auch Wenck: p. 167 ff.

[158]) Giselbert wird von Nithard hier comes Mansuariorum genannt. Die Note 23) zu p. 663 (script.: II.) erklärt das durch comes pagi Masago. Auch Dümmler: pp. 164, 292 (u. n. 31) u. p. 891 (Register) nennt ihn einen Grafen vom Maasgau und hält also den Gau der Mansuarier und den Maasgau für denselben Bezirk. K. Wittich: die Entstehung des Herzogthums Lothringen (Göttingen 1862) äußert sich p. 33: n. 4 gleichfalls für die Identität, sagt aber p. 34: n., daß er auf eine eingehendere Untersuchung der Gau- und Grafschaftsverhältnisse Lothringens verzichten müsse. Schwartz: p. 52: n. 2 hält Giselbert für den Grafen des Haspengau's, dessen Einwohner die Mansuarier gewesen seien. Diese Frage harrt noch der Entscheidung. Indessen darf vielleicht gegen den Vorschlag von Schwartz angeführt werden, daß nach Nithards III: c. 3 und Prudentius Karl hatte nach dem Haspengau kommen können, ohne Giselbert persönlich zu sehen. — In Voigtel-Cohn's Tabellen (Tafel 28) heißt Giselbert „Graf vom Maasgau".

[159]) Die Stellen über diese abermalige Vertreibung Ebbo's sind folgende. Flodoard: hist. eccl. Remensis sagt: II. c. 20 (Bouquet: VII. p. 212): per totum circiter annum hoc episcopium tenuit, donec Carolus, resumptis viribus, in Belgicam reversus est; quod audiens Ebo, relicta sede Remensi, ad Lotharium profectus est, et in ejus familiaribus mansit obsequiis (s. Dümmler: p. 246). Das Schreiben der zu Troyes am 25. October 867 zusammengetretenen Synode an Papst Nikolaus (Sirmond: conc. Gall.: III. pp. 355 und 356) hat über diese Flucht Ebbo's: per illud temporis spatium Ebbo Remensem Ecclesiam tenuit, donec Carolus resumptis viribus et copiis Sequanam transmeavit, et in Belgicam regionem iterum reversus fuit. Quod audiens Ebbo, relicta Remensi Ecclesia, ad Hlotharium secessit et in ejus familiaribus obsequiis, vario eventu accidente inter illum et fratres ejus, mansit. — Die Ausführungen von Noorden's (Hinkmar: pp. 26 u. 34, und schon früher in von Sybel's historischer Zeitschrift: Bd. VII (1862): p. 327 in d. Abhandlung: Ebo, Hinkmar und Pseudo-Isidor), daß Ebbo vorzugsweise eben damals, zwischen der Wiedereinsetzung im Jahr 840 und dieser seiner Flucht, an den pseudoisidorischen Decretalen in Reims zum eigenen Vortheil zu arbeiten begonnen habe, fallen wohl vor dem neuesten Nachweis von Hinschius (Decretales Pseudo-Isidorianae: p. CLXXXIII ff.), daß die Zeit der Entstehung dieser Fälschung wahrscheinlich in die Jahre 851 und 852 gehört, dahin.

[160]) Mabillon: anal. vetera: Nova editio, Parisiis 1723: p. 413; vv. 37—40.

[161]) Da in Excurs VII. ein beträchtlicher Theil des c. 3 bereits erzählt ist, so wird hier die Uebersicht etwas verkürzt werden.

[162]) Schwartz: p. 57 legt in die Worte Nithards: quos fordere quo valerent sibi adnecterent, den nicht darin vorhandenen Sinn: „Karl ließ Giselbert und die Uebrigen auf's dringendste ersuchen, sich mit ihm zu vereinigen". Besser sagt Scholle: p. 43: ad Gislebertum recipiendum. Uebrigens soll die Möglichkeit, daß Giselbert unter den ceteri fideles sui, quos undique (nach Paris) convocaverat, sich befand, nicht geleugnet werden.

[163]) Graf Rabano ist wohl, wie auch Dümmler: p. 161: n. 25 annimmt, der Anhänger Karls, der am 14. Juni 844 am Agout als Karls Bannerträger (Waitz: IV. p. 523: n. 2) fiel (Prud.: Ravanus comes, Rudolf: Rhaban signifer).

[164]) Daraus, daß Karl es für nöthig hält, Ludwig eine förmliche Schilderung seiner Lage zu geben, glaube ich schließen zu dürfen, daß Karl voraussetzte, Ludwig sei noch nicht genügend darüber unterrichtet, d. h. daß Ludwig nicht lange nach dem 1. September diesen Boten von Wils aus abschickte. — Dümmler sagt: p. 164, Karl habe durch Rabano „seinen Zug nach der untern Maas als eine zu Ludwigs Gunsten unternommene Ablenkung des Feindes dargestellt", scheint also in die Aufrichtigkeit dieser Worte ein Mißtrauen zu setzen. Allerdings mag wohl die versprochene Huldigung Hugo's und Giselberts zunächst den Anstoß zu diesem Zuge gegeben haben. Daß dieser dann aber Ludwig, ob mit oder ohne Karls ausdrücklichen Willen, wirklich frei machte, zeigt Excurs VII. hinlänglich.

[165]) Ueber diesen venerabilis episcopus Eremeno, nach Bouquet: VII. p. 25 (script. II: p. 664; n. 25) Bischof von Noyon, also einen neustrischen Anhänger Karls, wußte ich nichts Weiteres zu finden.

[166]) Daß Nithard sagt, Karl habe sich solito more „demüthig flehend" an Lothar gewandt, und daß Karl Eremeno in manchen Stücken beinahe dasselbe Mandat mitgab, wie im Sommer 840 Nithard und Adalgar (II. c. 2: z. B. insuper etiam fraternae filiique

conditionis meminerit und hier: meminerit quod frater filiolusque ejus sit), sind Anzeichen dafür, daß trotz des Sieges Karl noch stets schwach gegenüber Lothar auftrat.

167) Karl macht sich den Ausspruch der Synode vom 26. Juni zu Nutze: meminerit quod novissimo judicio Dei inter illos voluntas ejus declarata sit.

168) Ueber die Verpflichtungen des Senior gegen den Vassallen ist zu vergleichen: Waitz: IV. pp. 227 u. 228.

169) Gfrörer: p. 32 sagt, hieran anknüpfend, recht willkürlich: „Karl gelang es, bis tief in den Winter hinein den Kaiser in der Gegend von St. Denis festzuhalten".

170) Hier liegt ein Beispiel vor für die Aussage von Waitz: IV. p. 184: n., daß honores zuweilen einfach „Besitzthümer" bedeutet.

171) nach Waitz: III. p. 413: n. 2.

172) Hugo heißt bei Nithard hier (III: c. 2) ausdrücklich: Hug avunculus ejus, so daß an dieser Stelle kein Zweifel obwalten kann. Anders ist das bei den II: c. 10 und III: c. 3 (in der Stelle: Hugonem et Adhelardum ad Gislebertum direxit) Hugo genannten Männern, wovon der erste als Bevollmächtigter Lothars, der zweite als solcher Karls erscheint. Ueber den II: c. 10 erwähnten ist im Exkurs VI: n. 26 gesprochen. Noch ein dritter Hugo erscheint II: c. 3 als Bote Karls an Lothar im August oder September 840. Dafür, daß der Hugo von II: c. 3 und III: c. 3 der Abt Hugo sein könnte, scheint mir einzig der Umstand zu sprechen, daß er von Nithard beide Male vor dem mächtigen Grafen Adalhard genannt wird, obwohl auch hiegegen anzuführen ist, daß in II: c. 6 der bedeutende Graf Gerhard von Paris unter vier Namen zuletzt steht. Sollte Abt Hugo inzwischen (II: c. 10 steht Hugo hinter Drogo) zu Lothar abgefallen sein, und wollte er jetzt, im September 841, zu Karls Sache zurückkehren? Ein gewisses Resultat wird kaum zu gewinnen sein. — Odo erwähnt in dem schon mehrfach genannten Briefe an Bischof Jonas (Duchesne: II. p. 743) einen Ugo, der damals, als er den Brief schrieb, also Mitte August 840, zu Karls Partei zurückkehrte (redit supplex ad regem, et proprios honores recuperaturus creditur).

173) Gislebert wird noch 840, wo er Lothars Tochter raubte, von Rudolf ein Vassall Karls genannt.

174) variis fictionibus illi se per pravorum subdere distulerunt ward damals von Nithard (c. 2) über die Neustrier gesagt.

175) Wenigstens hatten Guntbold, Werner, Arnolf und Gerhard im Frühlinge dieses Jahres in einem ähnlichen Falle alle Fahrzeuge auf der Seine verdorben oder versenkt (II: c. 6).

176) Meulan liegt im Departement der Seine und der Oise unterhalb Paris auf dem damals von Lothar besetzten rechten Seineufer. Allein da Nithard ausdrücklich sagt: Milidunum custodiri praecepit, so darf wohl angenommen werden, Meulan selbst und nicht etwa blos ein Punct gegenüber auf der linken Seite sei besetzt worden. Und diese Annahme wird wenigstens durch die gegenwärtige Beschaffenheit des Seinebettes bei Meulan unterstützt: mehrere lang gestreckte Inseln sind hier in den Fluß gelagert, wovon drei gleich bei und unterhalb Meulan liegen; die oberste, kleinste derselben befindet sich vor Meulan selbst, und auf ihr setzt die Brücke ab, welche hier das linke Ufer mit der Stadt verbindet.

177) Auf dieser zweiten Halbinsel liegen u. a. Nanterre und Courbevoie, an ihrer Wurzel St. Cloud. Auf sie passen die Worte e regione sancti Dyonisii juxta sanctum Flodoaldum durchaus. Allerdings liegt sie nicht „in der Mitte" zwischen Paris und Meulan (Schwarz bezieht, gewiß weniger angemessen, p. 58 meditullium auf Paris und St. Denis), aber doch noch ungleich mehr, als die erste Halbinsel, die gleich vor den Thoren von Paris liegt und worauf Passy, Neuilly, Boulogne sich befinden.

178) Waitz: IV. p. 520: n. 3 sieht in diesen more maritimo getroffenen Anordnungen Karls eine Uebertragung des schon von Karl dem Großen angeordneten, dann unter Ludwig dem Frommen fortgesetzten regelmäßigen Wachdienstes an der Seeküste auf Flüsse, und redet von demselben als einem solchen, „der sich auch längs der Ufer der schiffbaren Flüsse hinzog". Doch sind wenigstens diese hier von Nithard erwähnten Anstalten nicht als bleibend zu betrachten. Karl richtete sie erst nach seiner Ankunft ein (residere fecit; signa atque custodias deputavit). Auch die übrigen in n. 3 aufgezählten Stellen über diesen Wachdienst beziehen sich, so weit von Flüssen die Rede ist, nur auf die Mündungen (s. ann. Einh.: 820: in ostio Sequanae resistentibus litoris custodibus und vita Karoli: c. 17: (II: p. 452) per omnes portus et hostia fluminum qui naves recipi posse videbantur, stationibus et excubiis dispositis, ne qua hostis exire potuisset, tali munitione prohibuit.

179) Es waren wohl Holzstöße, welche im geeigneten Augenblicke entzündet wurden, wie mir durch die Analogie des zusammenhängenden Systemes von „Hochwachten" zu vermuthen nahe liegt, die früher in der flachen Schweiz auf allen eine weitere Aussicht bietenden Höhen vom Bodensee bis nach Genf hin bestanden und mit einander correspondirten.

180) Ganz unzweifelhaft ist mit Funck: p. 274 und Dümmler: p. 164: n. 27 anzunehmen, daß super Ligerim verschrieben ist statt super Sequanam. In zweiter Linie schlägt Funck zwar vor, daß Nithard vielleicht Truppen an der Loire betheiligte. Doch würde derselbe in seinem tagebuchartig abgefaßten Werke sicherlich davon gesprochen und in diesem Falle die Stellung an der Seine, sowie den Zug nach Laon (c. 4) nicht so einläßlich und mit Liebe behandelt haben (s. auch n. 500). — Daß übrigens Sequana und Liguris, diese beiden Hauptströme des mittlern Frankreich (etwa Elbe und Oder zu vergleichen in ihren benachbarten Quellgebieten, dem ziemlich parallelen Lauf, der Trennung der Mündungen durch gewaltige Halbinseln), auch sonst verwechselt wurden, ist z. B. aus den ann. Vedast.: 895 (Dümmler: II. p. 409: n. 54) und der Stelle Rudolfs zu 858: Carolus pugnans contra Nordmannos super Ligerem fluvium (vielmehr bei der Seineinsel Oissel nach Prud.: 858) zu ersehen. Die erste Stelle steht script. I: p. 529

181) Dieses dies stimmt ganz gut zu Nithard und der Urkunde Karls vom 6. November. Es erstreckt sich auf den Schluß des Septembers und wohl den überwiegenden Theil des Octobers. — Daß Funck's Annahme (p. 274), Lothar sei nicht vor der Mitte November nach der Seine aufgebrochen, vor dem Datum der Urkunde: n. 1534 dahin fällt, braucht kaum angeführt zu werden.

182) Ueber einige Nebenumstände dieses Zuges nach Laon ist Excurs IX. zu vergleichen.

183) Die infinita multitudo ist wohl, sowie weiter unten der ingens exercitus, etwas übertrieben (s. auch p. 75 zu n. 7).

184) Ueber Samoussy s. auch oben: n. 29. Das Dorf dieses Namens liegt etwas mehr als 7000 Meter ost-nordöstlich von Laon an der Straße nach Montcornet.

185) s. Waitz: III. p. 296: n. 4.

186) Nithard sagt, Karl sei zu den Seinigen, die er circa Parisium gelassen, zurückgekehrt, Prudentius, er habe sich apud Parisius „länger" aufgehalten: darunter kann man sehr wohl auch St. Denis verstehen.

187) Es ist bemerkenswerth, daß schon damals der Weg aus dem obern Mosellande durch den Wasgau nach dem Elsaß die Linie über Elsaß-Zabern (Saverne im Departement des Niederrhein) einhielt, wo jetzt noch die Hauptstraße aus dem Elsaß nach Lothringen der Zorn entlang durchdringt, daneben auch der Rhein-Marne-Canal und in neuerer Zeit die Eisenbahn von Straßburg über Saverne und Sarrebourg nach Lunéville.

188) Hildegard war wohl die Aebtissin desselben Klosters, das 830 der Kaiserin Judith eine Zeit lang als Zufluchtsort gedient hatte (s. Astronomus: c. 44: uxorem Lauduni esse et in monasterio sanctae Mariae consistere voluit [Ludwig der Fromme] . . . ., dann: Judith reginam ex civitate monasteriique basilica eductam; in script. II: p. 633).

189) In den genealogiae comitum Flandriae (script.: IX. p. 303) heißt es unter der Genealogie der fränkischen Könige: Hludovicus ymperator genuit Hlotharium Pipinum et Hludovicum Rotrudim et Hildegardim ex Yrmengardi regina, Karolum et Gislam ex Judith ymperatrice.

190) Karl verzeiht der ihm bisher feindselig gesinnt gewesenen Schwester: omnia quae hactenus erga illum deliquerat.

191) Astronomus nennt ihn Aldgar statt Adalgar.

192) In folgenden Umständen liegen die Bedingungen für die Festigkeit der Lage Laons. Die Stadt ist auf einem 80 bis 100 Meter hohen, steilen und isolirten Felsen erbaut, welcher sich beinahe halbkreisförmig herumzieht und die nördliche, nordwestliche und westliche Wand eines fast kreisrunden, nur nach Südosten sich öffnenden Kessels bildet. Die Umgebung der Stadt ist weithin flach, so daß der Besitz des hochragenden, sie durchaus beherrschenden Felsens von großer militärischer Bedeutung ist. „Wer Laon gesehen hat", sagt ein Mitkämpfer von 1814, „muß in der That gestehen, daß es wie dazu gemacht war, einer zurückgehenden Armee (d. h. der preußischen, als im Anfang des März Bülow Laon halten sollte) zum Haltpuncte zu dienen" (Häusser: deutsche Geschichte: 3. Aufl., IV: p. 537). — Am Ende des 9. Jahrhunderts hielt Laon zwei Male feindliche Angriffe glücklich aus, 882, wo die Normannen sich mit der Verheerung der Umgegend begnügten, und 895, wo es einer förmlichen Belagerung durch Zwentibald und Karl (den Einfältigen) trotzte. Jenes wird in Hinkmars Annalen (script.: I. p. 515) erzählt: usque circa Laudunum castellum venerunt (d. h. die Normannen), et quae in gyro ipsius castelli erant, depraedati sunt et incenderunt, dieses von Regino (I: p. 606): Zuendibold collato immenso exercitu Lugdunum Clavatum venit, et civitatem obsidione cinxit; sed minime eam capere potuit, quamvis multis diebus summis viribus certatim dimicatum esset.

193) s. Dümmler: II. p. 686: Nachlese zu I: p. 165.

194) Die Zeugnisse für Lamberts Abfall, bes. das chron. Namnet. bei Wenck: p. 768, und bei Dümmler: p. 150 u. Noten.

195) Der pagus Alsensis liegt nach Lebeuf (Bouquet: VII. p. 60: e) jedenfalls zwischen Troyes und Teul, und zwar soll sein Name in dem Ländchen Azois zwischen Troyes und Bar an der Aube, zwischen den Flüssen Seine und Aube, im Departement der Aube, erhalten sein.

196) Nithard sagt vier Male in diesem Capitel: teudisca lingua. Ueber den Begriff dieses Ausdruckes redet nach Grimm Wenck pp. 210: n. 1, 366 u. 367: n., 376 ff. in der erschöpfendsten Weise, ebenso Dümmler: pp. 206 u. 207 (n. 3). Es ist „die Volks-, die Vulgarsprache" schlechthin (lingua popularis). Ratpert in der vita Adalhardi: c. 77 (script.: II. p. 532) schildert sie kurz und gut als die barbara quam teutiscam dicunt lingua. Ficker sagt: „Die Aufnahme des Ausdruckes in die Schriftsprache erklärt sich leicht; es gab eben eine romanische und eine deutsche Volkssprache; wo nur die letztere gegenüber der romanischen lingua vulgaris zu bezeichnen war, gebrauchte man den naheliegenden barbarischen Ausdruck lingua theotisca" (in: das deutsche Kaiserreich in seinen universalen und nationalen Beziehungen: p. 46).

197) nach der Uebersetzung von Schwarz: p. 64.

198) Nithard sagt erst, uterumque populus habe geschworen, verbessert sich dann aber zu der Beschränkung: primores populi, in Einklang mit den fideles populi partis utriusque des Prudentius (Schwarz: p. 65: n. 3). Zu vergleichen ist Waitz: IV. p. 277: n. 1. und oben n. 97.

199) Karl sagt zu St. Cloud im Herbst 841 zu Lothars Boten (c. 3), er habe necessitate coactus mit Ludwig im Mai 841 sich verbündet; hier in c. 5 heißt es in der Rede der Könige vom 14. Februar 842, die ihrem zweiten Bundesschwur voranging: quamobrem nunc, necessitate coacti, convenimus.

200) vergl. Wenck: p. 438: n. 1.

201) Die Art und Weise, wie Gfrörer bei Anlaß dieses c. 5 Nithards seiner Phantasie vollen Lauf ließ, ist von Wenck (die Sprachenfrage: pp. 369—371, die „ständischen Rechte": p. 267 ff. und vor Allem in Anhang IV: pp. 425—500) genügend charakterisirt, seine Schlüsse zurückgewiesen werden. Dennoch kann ich mir nicht versagen, wenigstens ein Paar Proben von dem hier „auf einer wahrhaft schwindelnden Höhe stehenden calculatorischen Genie Gfrörers" (Wenck: p. 430: u.) zu geben. — Einmal die Sprachenfrage. p. 67 sagt Gfrörer: „Plötzlich verlor die Sprache Latiums ihren so lange und ausschließlich geübten Vorzug als Geschäfts- und Kanzleisprache". „Die anscheinend so gleichgültige Handlung" (der zweisprachige Eid) ist in seinen Augen „folgerichtig und natürlich". Sie fand „vor derselben Straßburger Versammlung" statt, „welche den Sieg der Nationalitäten über die von Lothar vertretene Einheit des Weltreiches entschied." Gfrörer vergleicht p. 68 „den stärkern Widerwillen gegen die bevorzugte Sprache (Saels des Greken in Germanien" mit der „schwülen Stimmung, die sich während des Druckes, der durch die siegreichen Waffen des corsischen Eroberers auf uns Deutschen lastete, aus dem Hasse gegen die Fremdlinge auch wider die zahlreichen Worte und Wendungen ihrer Sprache, die in die unserige eingedrungen waren, sammelte". — Der Schwur selbst aber ist in Gfrörers Augen (p. 35) „der erste Sieg ständischer Rechte über das von Karl dem Großen unter der Maske der Fortdauer alter germanischer Freiheit eingeführte unbeschränkte Königthum" und „ständisches Mißtrauen gegen die Redlichkeit der beiden Könige war der Hebel dazu" (p. 36). Ferner soll in den Anreden Ludwigs und Karls noch „ein ihnen abgenöthigter Vorbehalt" stecken, der sich darin offenbarte, „daß sie sehr deutlich die Rechte Lothars auf ein Drittheil des Reichs vorbehielten" (!). „Schon müssen damals geheime Einverständnisse zwischen den Vasallen Carls und Ludwigs einer- und Lothar anderer Seits angeknüpft gewesen sein". „Die Vasallen der drei Brüder" — so faßt er p. 70 nochmals seine Ansicht zusammen — „welche seit dem Tage von Straßburg das Heft in die Hände genommen hatten, sorgten dafür, daß die während des Kampfs von den Fürsten gegebenen Verheißungen zu Verdun erfüllt werden mußten."

202) Auch Prudentius nennt Straßburg als den Ort des Zusammentreffens: Carolus penes Argentoratum urbem fratri Hludowico conjungitur.

203) Es ist kaum zwingend, mit Dümmler: p. 168: n. 40 anzunehmen, daß Prudentius irrig glaubte, die Boten seien von Straßburg abgegangen. Dieser nennt überhaupt nach Straßburg keinen Ort mehr, den die Verbündeten die Coblenz berührt hätten. Ueberdieß scheidet auch Prudentius die Nachrichten über den Schwur und die Boten durch ein: quibus patratis.

204) Das Krongut Rumilly war schon am 13. August 840 durch Lothar der Metzerkirche geschenkt worden (Dümmler: II. p. 685: Nachlese zu I: p. 189). Die Urkunde Karls über dasselbe Gut, die uns hier beschäftigt, war also wohl eine Art Bestätigung, obschon von der vorhergehenden Schenkung Lothars in dem Instrumente selbst nicht die Rede ist. Drogo wird darin von Karl: honorabilis atque amabilis patruus noster Drogo, weiter unten clarissimus patruus noster genannt (Bouquet: VIII. p. 430).

205) Den Titel eines Erzbischofs hatte Drogo wegen der ihm von Rom zu Theil gewordenen persönlichen Auszeichnung des Palliums (Wenck: p. 97: n. 1).

206) Ueber Drogo's späteres Leben s. besonders Wenck: p. 99 ff. und Dümmler: pp. 237—240, 234 u. n. 46, 383 u. n. 2.

207) In der vierten Strophe des Liedes: in mortem Hugonis abbatis (Bouquet: VII. p. 305) steht von Pippin II. folgendes: nam Rex Pipinus lacrymasse dicitur, | cum is vidisset illis absque vestibus nudum | jacere turpiter in medio pulvere campi.

208) Karl zählte zu dieser Zeit etwa 18¾ Jahre; Ludwigs Alter betrug das Doppelte, ungefähr 38 Jahre (Dümmler: p. 19: n. 2).

209) Ueber Karls äußere Eigenschaften redet auch der Abt der Reichenau, Walafrid Strabo. Er rühmt von Karl: forma decore nitens animaque capacior aevo | et, quod praecipuum est, nelus amorque dei (Dümmler II: p. 57: n. 72, wo alle übrigen Stellen sich nur auf Karls wissenschaftliche Ausbildung, besonders auf sein Interesse an der Theologie beziehen: z. B. Johannes Scotus: vere sapientissimus rex atque theologus idem). Die calvities, die für ihn eponymisch gewordene äußerliche Auszeichnung, hatte damals wohl noch nicht bei ihm Platz gegriffen. — Ueber Ludwig haben wir auch vom Mönch von St. Gallen und von dem Zürcher Ratpert, Mönch zu St. Gallen, der die Einweihung der Fraumünsterkirche zu Zürich besang, solche Erwähnungen. Der monachus schildert ihn in II: c. 11 (script. II: p. 754) als statura optimus, forma decorus, oculis astrorum more radiantibus, voce clara et omnino virili, sapientia singularis, quam acutissimo fretus ingenio scripturarum assiduitate cumulatiorem reddere non cessabat; in I: c. 34 (l. c.: p. 747) wird Ludwigs Tracht ein bellicis rebus aptior habitus genannt. Ratpert preist die zweite Aebtissin des Fraumünsters, Ludwigs Tochter Bertha, als die filia pugnacis multumque ad proelia fortis. | religione pii et cuncto moderamine justi | praeclari Germanorum Regis Chludo-

wici (vv. 4—6 v. Beilage II. zu G. von Wyß: Geschichte der Abtei Zürich, in Mitth. d. antiqu. Ges. z. Zürich: VIII). Der Priester und Mönch von Ellwangen, Ermanrich (später Bischof von Passau), schrieb an Abt Grimald von St. Gallen folgendes über Ludwig: qui virtute vincit Herculem Centaurum domitantem et agilitate Ulixem (Dümmler: St. Gallische Denkmale in Mitth. XII: p. 205); s. auch Dümmler: pp. 211—213, p. 850 ff.

210) Von diesen Spielen redet Nitzsch: Verarbeiten z. Gesch. d. staus. Periode: I. p: 39 als von „fürstlichen Reiterspielen, die wir jene berittenen, edlen Schlachthaufen schon nach der Schlacht bei Fontanetum halten sehen". Weiteres s. in Excurs IX.

211) Scholle z. B. schließt zu viel hieraus für die Basken (p. 46: n. 67): hos usque ad id tempus a Pippino impeditos, quominus se cum Karolo conjungerent, tunc regi se applicare potuisse. — Daß die Basken gute Reiter waren, ist daraus zu ersehen, daß der kleine Ludwig (der Fromme), der in ihrem Lande erzogen wurde, schon 785, in seinem siebenten Jahre, jam bene equitans (Astron.: c. 4) heißt. Die Bretonen erscheinen in einer Schlachtbeschreibung Regino's (zu 860) als sehr gewandt im Reiterkampfe.

212) Karlmann, Ludwigs und der Königin Hemma ältester Sohn, starb nach Dümmler: II. p. 139 u. n. 78 im Jahr 880, etwas über fünfzig Jahre alt. Demnach zählte er, als er dem Vater bairische und schwäbische Hülfsschaaren nach Mainz zuführte und hernach einen Drittheil des Heeres mit selbstständigem Commando von Bingen bis Coblenz brachte, jedenfalls nicht viel mehr als zwölf Jahre. Dieser seiner schon in so zarten Jahren gezeigten kriegerischen Tüchtigkeit entsprach sein späteres tapferes Auftreten besonders in den mährischen Kriegen. Er war seines Sohnes Arnolf, des letzten großen Karolingers, würdig.

213) Graf Bardo, der hier als Gesandter bei den Sachsen vorkömmt, fällt im Herbste 856 auf einem von Ludwig, der vorher die Dalemintzier (Zeuß: die Deutschen u.: p. 644 setzt sie in den zwischen der Elbe und Mulde von Meissen bis Torgau sich dehnenden Landstrich; Schafarik: slavische Alterthümer: II. pp. 603 u. 604 verlegt die Glomatscher, Dalemintzer, Deleminzer gleichfalls auf das linke Elbeufer, doch mehr nach Süden (Lommatzsch, Döbeln, Mügeln, Zehren), südlich von den bei Belgern sitzenden Nischanern: p. 601) besiegt hatte, gegen die Böhmen unternommenen Zuge zugleich mit dem Grafen Erph (Rudolf: 856). Dümmler: p. 169: n. 44 macht darauf aufmerksam, daß ein Bardo comes in einer Urkunde über eine Schenkung im Verdengau an das Stift Korvei hac ei potestate contradita ab uxore Ludolfi atque a suis propinquis übergibt (Wigand: Traditiones Corbejenses: p. 76: n. 350). Ob der III: c. 7 genannte Bardo eine und dieselbe Person mit diesem Verwandten Liudolfs ist, wagt er nicht definitiv festzustellen. Für diese Identität scheint mir zu sprechen, daß Bardo eben zu den Sachsen in einer ziemlich schwierigen Sache (s. oben p. 75) geschickt wird.

214) Wie die Verhältnisse der Sachsen in Lothars Geschichte (p. 59 ff., p. 65) nachzusehen sind, so muß auch hinsichtlich der Stellung Lothars in Sinzig, der Vorsichtsmaßregeln, die er an der Mosel getroffen, des Rückzuges der dortigen Wache und Lothars Flucht nach Aachen und weiterhin auf seine Geschichte (pp. 65 u. 66) verwiesen werden.

215) Nithard setzt den Abzug von Mainz auf den 16. Kalend. Aprelis, die Ankunft in Coblenz ausdrücklich „auf den folgenden Tag ungefähr in die sechste Tagesstunde", also auf den 18. März. — Was Rudolfs Zeitangabe betrifft (script. I: p. 363: Z. 23 im Texte: 18. Kal. Aprilis, und in Note m): XVII. kal. april. nach 17, 4, 5) so schwanken die Lesarten. Im Texte steht der 15. März, in der Note der 16. (XVII. kal. april.) als der Tag, an dem die Könige durch ihr Erscheinen in Coblenz Lothar zur Flucht nöthigten. Ueberdieß verdient der einläßliche, fast tagebuchartige Bericht Nithards auch sonst mehr Glauben, als der hier so dürftige Rudolf (s. oben p. 91). — Zu bemerken ist auch noch, daß niemand, der den römischen Calender kennt, von einem 18. Kal. April., sondern stets von Idibus Martiis reden wird, also auch dieser Umstand Rudolfs Angabe verdächtigt. — Ganz unrichtig ist natürlich das: aestivo tempore der ann. Xant.

216) Daß hier Wasagus einen sehr ausgedehnten geographischen Begriff hat, bemerkten schon Schwartz: p. 69: n. 8 und Dümmler: p. 169: n. 45; s. indessen auch in Excurs XI.

217) In der Besprechung von Dümmlers Buch in von Sybel's histor. Ztschft: IX: p. 262 wird gesagt: „Zu S. 169, wo Dümmler Karl den Kahlen in anderthalb Tagen, Nithards Berichten gemäß, von Mainz nach Coblenz über den Hunsrück mit der Reiterei marschiren läßt, wäre zu bemerken, daß lokale Kenntniß die Möglichkeit dieses Marsches binnen so kurzer Frist nicht zugeben kann". Daß Analogien aus Nithards Buche die Möglichkeit beweisen, soll in Excurs IX. gezeigt werden. — Nn. stützt sich jedenfalls bei seiner Einwendung auf die Rauhheit des Hunsrückens, welcher zudem in der Mitte des 9. Jahrhunderts wohl noch ganz unbesiedelt war, wie denn auch der Name des Gebirges weit jüngern Datums ist (s. Excurs XI.): wenigstens kommen in dem südlich bis Bacharach, Dierbach, Mannbach reichenden Trechirgau, soweit derselbe den Hunsrücken umfaßt, urkundlich noch lange Zeit später keine Ortsnamen vor (Eltester: p. XXXIII). Aber eben der Umstand, daß derselbe eine Hochebene bildet und die tief eingeschnittenen, steil zum Rheine und zur Mosel sich senkenden Thäler (z. B. das Morgenbachthälchen bei der Clemenskirche, das Blücherthal bei Bacharach, das Engehöllerthal bei Oberwesel) wirgends lang sind und nicht weit ins Gebirge hinaufreichen (die zur Mosel sich senkenden Thäler sind allerdings länger, als die nur Schluchten zu nennenden Seitenthäler des Rheines, und je mehr sich das Plateau nach Norden hin zuspitzt, desto näher rücken die Quellgebiete der Moselzuflüsse an den Rheinlauf hin; aber doch findet, wer z. B. von der untern Mosel bei Brodenbach ausgeht und nach Boppard zu, also nur noch zwei Meilen südlich von dem Nordende des Hunsrückens, das Gebirge überschreitet, oben eine wenn auch nicht mehr lange Strecke weit vollkommen den Charakter eines Plateau's), befördert auch die Passirbarkeit, indem man, einmal oben angelangt, ziemlich ebenen Boden findet. Der von Nithard in c. 5 genannte Schneefall liegt um einen ganzen Monat früher, kann also hier zunächst nicht erwähnt werden.

218) Die St. Castorskirche, geweiht am 12. November 836 (Thegan: appendix) durch Hetti von Trier (s. auch Dümmler: p. 180: n. 35), liegt ganz in der Spitze zwischen Rhein und Mosel, wo diese Ströme im rechten Winkel sich vereinigen (auch 860 wurde hier am 5. Juni von den Bischöfen verhandelt, am 7. durch die Könige der Friede von Coblenz feierlich verkündet). Uebrigens befand sich die Kirche damals außerhalb der noch sehr kleinen auf das Römercastell sich beschränkenden Stadt Coblenz und war nur durch eine kleine Vorstadt mit ihr verbunden (Eltester: p. XCV u. XCVI). Die Könige verrichteten also Angesichts des Feindes ihre Andacht.

219) Prudentius sagt von Sinzig, es sei a Mosella flumine octo ferme milibus entfernt. — Diese Distanz ist jedoch viel zu gering geschätzt, da sie in Wirklichkeit etwas mehr als vier geographische Meilen beträgt.

220) Der Beweis dafür, daß statt der Conjectur Growcorum die ursprüngliche Lesart Grouucorum herzustellen ist, soll in Excurs VIII. geführt werden. Ebenso soll dort zu zeigen versucht werden, daß diese Ortsangabe sich auf Karlmanns Heerestheil bezieht.

221) Natürlich muß bei der Kürze der Zeit, in der nach Nithard die Truppen den Weg nach Coblenz zurücklegten, der Abmarsch von Mainz in die Frühstunden des 17. März gesetzt werden.

222) Der Ausdruck Nithards: per Einrichi hätte auch die Annahme nicht von vorne herein ganz verunmöglicht, daß Karlmann schon in Mainz von Vater und Oheim sich getrennt habe und von da, resp. von Castel, über Biebrich gegen den Taunus gezogen sei, also ungefähr die Linie eingeschlagen habe, welche noch heute die Landstraße von Wiesbaden über Langenschwalbach nach Nassau einhält. Allein ganz abgesehen davon, daß (n. 226) ein genauer Kenner des nassauischen Landes Karlmann nicht diesen Weg ziehen läßt, sind auch noch andere Einwände dagegen zu erheben. — Erstlich sagt Nithard deutlich bloß: per Einrichi. Der Einrich (Eltester: pp. XXIV u. XXV; Schliephake: Geschichte von Nassau, Wiesbaden: 1864, I: p. 57) umfaßt ein Gebiet, das westlich vom Rheine (von oberhalb Caub — Lorch gehört noch zum Rheingau — bis Lahnstein), nördlich von der Lahn (von ihrer Mündung aufwärts bis Diez), östlich von der Aar (einem linken Zufluß der Lahn, der von Langenschwalbach kömmt und bei Diez mündet), südlich größtentheils durch die bei Lorch in den Rhein mündende Wisper begrenzt wurde. Hieraus ergibt sich, daß sich zwischen den Rhein bei Mainz und die Südanfänge des Einrich ein etwa drei Meilen breiter Bezirk hineinlagert, der nicht zum Einrich, sondern zum Gau Kunigeshundra (so Castel selbst, dann Biebrich, Wiesbaden u. s. f.) gehört, den vom Rheingau der Bach Waldaffe (bei Niederwalluf in den Rhein fließend) trennte und der nördlich bis zur obern Aar und

bis zur Höhe des Taunus reichte (Schliephake: pp. 36 u. 57). Schon 820 wird die Kunigesundra in einer Urkunde Ludwigs des Frommen genannt (Böhmer: n. 332): kannte also Nithard den Einrich, so würde er sicherlich auch die Kunigeshundra aufgeführt haben, wenn Karlmann sie berührt hätte. — Warum Karlmann nicht diesen nähern Weg wählte, sondern bis Bingen mitging und dann erst von Lorch aus die Höhe des rechtsrheinischen Gebirges gewann, wissen wir nicht. Sollte aber nicht vielleicht folgender Umstand damit in etwelcher Berührung stehen? Der eifrig lotharisch gesinnte Graf Adalbert, der 841 im Ries gegen Ludwig kämpfend fiel, hatte nach Dümmler (p. 146: n. 41) Güter in der Kunigeshundra, ebenso im Wormsfeld (Joannis spicilegium: pp. 441 u. 442: da sagt am 20. November 834 Kaiser Ludwig: quia concessimus fideli nostro, Adalberto nomine, ad proprium quandam rem, quas idem ipse nostro munere in pago Wormaciense et Cuniges Bunteri hactenus jure beneficiario possedit), und nach Dümmler: Nachlese: II. p. 685 (zu I: p. 147) war Graf Hatto, der im Auftrage Lothars in diesen Tagen gegen das feindliche Heer die Mosellinie sollte vertheidigen helfen, ein Bruder Adalberts, und dazu war er, was hier noch wichtiger ist, der Graf in der Kunigeshundra (s. meine n. 385). Wäre es nicht möglich, daß Karlmann es deshalb vermeiden wollte, von Castel direct nach dem Einrich zu gehen? Auch die durch die ann. Xant. genannte Plünderung des Wormsfeldes steht vielleicht mit den in diesem Gau gelegenen Gütern Adalberts irgendwie in Zusammenhang.

[223]) Die Brücke über die Nahe oberhalb Bingen ist römischen Ursprungs. Ein späterer Neubau ist das Werk des Erzbischofs Willigis von Mainz, in dessen Epitaphium u. a. gesagt wird: bene duxit [illegible] se pontem per Nahe (s. Euler's Abhandlung: p. 42 in dem Einladungsprogramm zur Stiftungsfeier von Pforta: 1860). Vielleicht also stand hier in dieser Zeit keine Brücke.

[224]) Der Name der Burg Soonneck, am linken Rheinufer zwischen Bingen und Bacharach, bezeugt, daß der Soonwald hier sich in östlicher Richtung bis an den Rhein ausdehnt.

[225]) Daß dies von Ludwig gesagt wird (c. 7): terra ... per Bingam ... ad Confluentim venit, während Karl und Karlmann mit ihm vereint bis Bingen gleichfalls „zu Lande" zogen, hat darin seinen einfachen Grund, daß Nithard zwischen Ludwigs Landweg und der Wasserfahrt, die in Bingen sich von jenem ablöste, deutlich unterscheiden will.

[226]) Die im Texte stehenden Worte über Karlmanns Zug sind einer äußerst verdankenswerthen Mittheilung von Herrn Dr. Nissel in Wiesbaden entnommen, die mir durch die gütige Vermittelung von Herrn Conrector Vegler daselbst zukam. — Herr Nissel sagt noch, um die Verlegung des Anfangs von Karlmanns Zug auf das linke Rheinufer (bis Heimbach) zu rechtfertigen: „Zwischen Rüdesheim und Lorch, gegenüber Bingen, war, selbst für den einzelnen Mann beinahe, vor dem 15. Jahrhundert am Rheine entlang zu gehen eine physische Unmöglichkeit." Ueberdieß wäre auch Karlmann bis Lorch in diesem Falle auf rheingauischem Boden (am Fuße des Niederwaldes hin und über Aßmannshausen) gezogen, der selbst noch Lorchhausen unterhalb Lorch und der Wispermündung in sich begriff.

[227]) Ueber equestri apparatu (Prud.), sowie über die Länge des Weges, über die dazu erforderliche Zeit ist Excurs IX. zu vergleichen. — Hier muß noch bemerkt werden, daß Karlmann auf der kurzen Strecke von Ems bis Coblenz nicht mehr den Einrich, sondern den Engersgau durchschnitt (Eltester: p. XXV).

[228]) Scholle: p. 49: n. 79 macht hier, vielleicht etwas allzu bestimmt, darauf aufmerksam, daß wohl die meisten Geistlichen, die einst in Ingelheim zu Lothar gestrümt waren, ihn in Aachen verdammen halfen: quod Lotharium regni unitatis pacisque restituendae capacem non esse intelligerent.

[229]) Gfrörer verdächtigt die Könige hier der absichtlichen Verbreitung dieses Gerüchtes (p. 38).

[230]) Was hier die ann. Xant. unter regio Ripuariorum verstehen, ist von Zeuß: p. 344 und Waitz: II. p. 41: n. 4 dahin entschieden worden, daß das Mosellland hier mit inbegriffen sei (Zeuß meint, unter ganz mißbräuchlicher Anwendung des ripuarischen Namens; Waitz dagegen will (l. c.) nur zugeben, daß allerdings hier der Name Ripuarien für ein weiteres Gebiet, als sonst gewöhnlich, gebraucht wird). Zunächst ist hier jedenfalls die Gegend von Coblenz an nördlich rheinabwärts gegen Bonn und Cöln, dann westlich gegen Aachen hin, gemeint, welche die verbündeten Könige plündernd durchzogen, mithin der Südrand des eigentlichen Ripuarien. Wenn dann freilich Lothar II. zu 861 und 870 rex Ripuariorum, Ripuariae genannt wird, so ist hierunter ein Gebiet verstanden, welches weit über die Grenzen des alten rheinfränkischen Landes hinaus reichte: alles nicht burgundische Land, welches durch Lothar II. beherrscht wurde, wie aus der Stelle zu 869: ipse Ripuariam, Burgundiam (atque Provintiam: s. Dümmler: p. 491: n. 74) possedit, hervorgeht.

[231]) Dümmler sagt p. 172 sehr zutreffend, daß besonders in den jetzt zum ersten Male unterworfenen Rheinlanden und bei der vermuthlich unter den Geistlichen daselbst weit verbreiteten Ueberzeugung von Lothars Alleinberechtigung eine solche feierliche Verkündigung ganz am Platze war.

[232]) Worte Dümmlers: p. 173.

[233]) Gfrörer sieht freilich in der Synode eine andere Absicht der Könige ausgedrückt (p. 39): „Die Grundsätze der Mäßigung schlugen sie sich aus dem Sinne, zu denen sie sich in Straßburg feierlich bekannt" — Treue hatten sie sich dort gelobt: von „Mäßigung" war kein Wort laut geworden — „sie wollten das Drittheil Lothars unter sich vertheilen. Da sie jedoch hiezu den zu Straßburg geschworenen Eiden gegenüber (warum?) eines heiligen Vorwandes bedurften, wurden Kirchenmänner vorangeschoben."

[234]) Auch Scholle: p. 49: n. 80 und Dümmler: p. 173: n. 61 sehen die Grenze Karls in der Maas gegeben. Schwartz: p. 74: n. 3 sucht die Grenze in der Mitte zwischen Maas und Rhein; Waitz: IV. p. 586: n. 3 geht nicht näher auf diese Theilung ein. Dümmler redet zwar (p. 172) zunächst nur von einer Occupation der „jetzt zum ersten Male unterworfenen Rheinlande"; doch schließt dann (p. 173) der Ausdruck „Theilung der Mittellande" eine weitere Ausdehnung des zu theilenden Gebietes nicht aus. Dümmler glaubt, daß die Theilung von Mersen von 870 Ludwig etwa die hier angestrebten Grenzen brachte. — Wie bei all diesen rasch sich in den Jahren des Bruderkrieges ablösenden Theilungsprojecten und interimistischen Theilungen, welche durch Nithards Buch uns überliefert sind, so muß gewiß auch hier zur richtigen Würdigung der Theilung von Lothars Reich zwischen den zwei Brüdern die Lage, in der sich die handelnden Personen befanden, müssen die Verhältnisse, von denen beeinflußt sie ihre Maßregeln trafen, genau erwogen werden. Als Ludwig und Karl vor der Schlacht von Fontanetum an Lothar ihre letzten Anträge stellten, stand ihnen eine höchst wichtige Krisis bevor. Sie mußten sich auf einen möglicherweise übeln Ausgang gefaßt halten. Jetzt, neun Monate später, hatten sie nach zweimaligem Siege über Lothars verlassenes Reich zu verfügen. Sie durften nunmehr wohl glauben, am Ziele ihrer kühnsten Wünsche sich zu befinden. Oben wurde ausgeführt (pp. 26 u. 28), daß in den Tagen vor dem 25. Juni 841 Karls äußerste Forderung die Herstellung der Grenzen von 839, das Ziel Ludwigs das Gebiet von 833 gewesen war. Jetzt schien Lothar ein länderloser Flüchtling zu sein; jetzt standen Ludwig und Karl im unbezweifelten Besitze des Sieges: und nun gingen sie einen Schritt weiter und schlugen alles cisalpinische Gebiet des ältesten Bruders zu ihren Reichen. Gänzlich scheint mir also Schwartz: p. 74: n. 3 die Sachlage zu verkennen, indem er, verweisend auf die letzten Vorschläge vom 23. Juni, sagt: „Warum nahmen überhaupt die Brüder jetzt eine Reichstheilung vor? Sie waren ja schon früher über eine Theilung unter sich übereingekommen, welche in Kraft treten sollte, sobald der Sieg über Lothar erkämpft wäre. Dieser Augenblick war jetzt gekommen; warum erhoben nun die Brüder die frühere Theilung nicht zur Wirklichkeit, anstatt zu einer neuen zu schreiten?" Die Antwort hierauf liegt sehr nahe. Was das Ultimatum vom 23. Juni 841 angeht, so erscheinen die beiden Brüder darin bittend, nicht fordernd, so daß hievon gänzlich abgesehen werden kann. In dem Vorschlage aber (II: c. 9), welchen einige Tage früher die Bischöfe und Laien an Lothar gebracht hatten, ist nur von „Abtretung" der ihnen 833 und 839 zugewiesenen Lande die Rede; von einer Theilung der Gebiete Lothars in der Weise, wie sie hier in Aachen jetzt durchgeführt ward, steht auch nicht ein Wort darin und konnte nicht darin die Rede sein. Durchaus andere Voraussetzungen liegen jener und dieser Erscheinung zu Grunde. — Wohl zu genau will Funck: p. 215 bei der Lückenhaftigkeit unserer Nachrichten eine

Linie von Namur zur Nordgrenze des Elsasses, dann den Bliesgau als Grenze zwischen Karl und Ludwig feststellen. Darin, daß man auch Burgund für „so gut als erobert" ansah, ist ihm natürlich beizupflichten.

[235]) Wenck: p. 363: n. 1 und p. 433 ff. (mit ihm Scholle: p. 49: n. 80 und Dümmler: p. 173: n. 61) führt überzeugend aus, daß affinitas nicht „den innerlichen Zusammenhang und die Verwandtschaft der Bevölkerung" bedeutet, wie Gfrörer: p. 65 behauptet (s. auch Excurs X). Waitz stimmt weder Gfrörer, noch Wenck eigentlich bei, sondern schlägt einen mittlern Weg ein. Er sagt: IV. p. 587: n.: „Es heißt nur allgemein, daß auf Verwandtschaft der Gebiete, und das heißt offenbar auch der Bevölkerungen, Rücksicht genommen wurde." — Zwei Umstände sprechen auch noch für Wenck, die er bei Seite ließ. Erstens wurde auch hier in Aachen schon, wie ein Jahr nachher in Verdun, das deutsch redende Flandern zu Karls Theile geschlagen. Zweitens geht aus einer Stelle Nithards selbst deutlich hervor, was er unter affinitas verstand. In IV: c. 2 redet er von Ludwigs Angst, es möchten die Normannen und Slaven propter affinitatem den Sachsen, d. h. der Stellinga, zu Hülfe eilen. Hier von „Blutsverwandtschaft" zu reden, ist unmöglich (W. Giesebrecht: wendische Geschichten: I. p. 118 sieht zwar hiebei auf „den dienstbaren Theil der Bevölkerung des Wendenlandes" hin; allein eine solche Erhebung des von den Slaven unterjochten germanischen Elementes in der Bevölkerung zwischen Elbe und Oder, worüber I. p. 37 daselbst, hätte ja Ludwig nur erwünscht sein können, da sie die Wenden im eigenen Lande beschäftigt hätte). Angenommen auch, Nithard habe, was jedoch sicherlich nicht der Fall war, die gemeinsame ursprüngliche Wurzel des normännischen und sächsischen Volkes, die Verwandtschaft der Scandinavier und Deutschen, gekannt: an eine Verwandtschaft der Sachsen mit den so verabscheuten Slaven konnte er nicht von ferne denken (vgl. Dümmler: p. 212: n. 18).

[236]) Gfrörer übersieht hier (p. 39): „jetzt fanden sich diese in Aachen ein", viel richtiger, als Schwartz: p. 75, der „sämmtliche Getreuen" huldigen läßt. — Prudentius sagt: homines ipsarum partium huldigten den Brüdern. Es waren also gemeint, was Ludwigs Gebiet angeht, Ripuarier. Auf diese Gegenden zumeist als die Heimat der hier in Frage stehenden Leute weist auch die Nachricht Nithards in IV: c. 4 hin, wonach Lothar im Spätsommer und Herbste dieses Jahres, als er in der Arduenna jagte, an den omnes primores eius portionis populi qui a se, dum a regno habiret, necessitate coacti desciverant, seine Rache ausließ (s. oben p. 67). Zugleich lehren diese Worte eines Gegners Lothars, daß weit die größte Zahl dieser Rheinfranken nur gezwungen Lothars Sache verlassen hatte. Die Mosellande durchzog Ludwig dann nachher, als er sich von Cöln über Thionville (IV. c. 2: per Teotonis villam) nach Verdun begab.

[237]) Prudentius schließt das wohl nur aus der Handlungsweise der Könige. Nithard wenigstens weiß nichts von einer Berathung derselben über die Zulässigkeit oder die Unvortheilhaftigkeit einer Verfolgung. Einen einzelnen Mann zu verfolgen, schien den Brüdern wahrscheinlich ganz unnöthig.

[238]) Blie, von wo Karl nach Nithard: III c. 3 im September 841 nach Paris zurückging, liegt nicht viel mehr als eine Meile von Herstall maasabwärts.

[239]) Nach IV: c. 1 fand die Berathung über die Neuordnung der Dinge im Reiche Lothars am Tage nach der Ankunft in Aachen statt (sequenti die). Da nach der Theilung laut dem ersten Satze von c. 2 auch noch Huldigungen in Aachen stattfanden, der ganze Aufenthalt daselbst aber nur etwa drei, höchstens vier Tage dauerte, so muß das Theilungsgeschäft rasch abgewickelt worden sein. Auch das stimmt zu dieser kurzen Frist, daß nach Nithard keine umständliche imbreviatio (c. 5), keine statistischen Angaben behufs der Festsetzung der neuen Grenzen erforderlich waren, sondern einfach die jedem Bruder bequem liegenden Gebiete angeschlossen wurden (congruentia).

[240]) Daraus, daß der im übrigen hier so einläßliche Nithard nichts davon sagt, daß Ludwig und Karl schon bei ihrer Trennung ein Zusammentreffen nach Verdun abgeredet hatten (vgl. hingegen: II. c. 4 die Festsetzung des Tages von Attigny zwischen Lothar und Karl, III: c. 3 die des Gespräches zu Langres zwischen Ludwig und Karl, IV: c. 4 eine Verabredung zwischen Ludwig und Karl auf den Herbst 842 nach Worms), glaube ich schließen zu können, daß beide Brüder bei ihrer Abreise aus Aachen sich ihrer Sache noch ganz gewiß glaubten und Lothars Wiedererstarkung keineswegs voraussahen, daß erst später, als von neuem gemeinsame Schritte als nothwendig erachtet wurden, eine neue Zusammenkunft in Aussicht genommen wurde.

[241]) Die kurze, höhnische Antwort, welche die Könige noch in Verdun Lothar hatten zu Theil werden lassen: mitteret quos vellet; facile quemlibet scire posse, qua illis deveniret esse, welcher bald nachher die großartige und unbeirrt gebliebene Vollmachtsüberschreitung ihrer Gesandten folgte, erinnert an die übermüthige Abweisung Lothars unmittelbar vor seiner großen Niederlage bei Fontanetum (II. c. 10: viderent se, quid agere deberent).

[242]) Scholle: p. 50: n. 84 führt sicherlich gegen Pertz (script.: II. p. 669: n. 61) und Schwartz: p. 77 mit vollem Rechte aus, daß hier nur Chalons an der Marne gemeint sein kann (so auch Dümmler: p. 174: n. 64; s. meine n. 115), sowie daß Nithard einen Irrthum sich zu Schulden kommen läßt, indem er Troyes vor Chalons setzte. Allein wenn Scholle (l. c.) die Worte Nithards in der praefatio von Buch I. (antequam Cadhellonicam introissemus civitatem) auf diesen Aufenthalt in Chalons bezieht, so irrt auch er (Excurs I).

[243]) Die n. 62 zu script.: II. p. 669 sieht in Milicincum den Ort Mussy l'Evêque an der obern Seine, am Südrande des Departements der Aube, etwa 7 Meilen südöstlich von Troyes. Scholle: p. 51 folgt dieser Annahme. Schwartz hingegen (p. 77: n. 3) und mit ihm Dümmler (p. 174: n. 65) schlagen dafür Climiciacum, d. h. Clamecy an der obern Yonne (am Nordrande des Departements der Nièvre, nur $3\frac{1}{2}$ Meilen südöstlich von Fontenoy en Puisaye) vor. — Allerdings liegt Clamecy etwas weit rechts ab vom nächsten Wege von Troyes (über Dijon, Chalons, Macon) nach Lyon, Mussy hingegen gerade auf dieser Linie (von Bar an der Seine über Mussy nach Chatillon an der Seine). Von dem, was Schwartz für seinen Vorschlag vorbringt, ist die Stelle des Prudentius (gradu tardiusculo) am meisten zutreffend. Ein Beweismittel, welches noch stärker dafür spricht, ist ihm dadurch entgangen, daß er in der catalaunischen die cabillonische Stadt erblickt. Wer, wie Karl, von Reims über Verdun (c. 2.) nach Chalons an der Marne geht, d. h. wer nicht anstrebt, statt des geraden Weges von $5\frac{1}{2}$ Meilen einen Umweg von 13 plus 11 Meilen zu wählen, nur um jemanden in Verdun abzuholen (Karl ging jedenfalls Ludwig, der von Cöln herankam, zu Liebe so weit nach Osten), scheut gewiß auch nicht den viel weniger Zeit in Anspruch nehmenden Abstecher nach Clamecy.

[244]) Wie Ludwig und Karl am 23. Juni 841 (II: c. 10) drei (p. 28) verschiedene Vorschläge Lothar übermacht hatten, so proponirte Lothar jetzt zwei Mittel eines friedlichen Austrages, die er deutlich durch ein aliter trennt: Vermehrung seines Drittheils um seiner kaiserlichen Würde willen, oder eine neue Theilung, mit Abrechnung der drei zum voraus ausgeschiedenen Königreiche. Funck: p. 216, Schwartz: p. 79: n. 2, Gfrörer: p. 42, Scholle: p. 51, Waitz: IV. p. 587 wahren erkennbar diesen Unterschied; Dümmler: pp. 174 u. 175 hingegen verwischt denselben. — Es möchte nun auffallend sein, daß Ludwig und Karl den zweiten Vorschlag, die neue Theilung, den sie selber am 23. Juni 841 nur ungerne und erst in dritter Linie gemacht hatten, gratanti animo annahmen. Allein einmal hatte es sich damals um die universa Francia gehandelt; jetzt drehte sich die Frage um eine tertia pars totius regni absque Langobardia Bajoaria et Aquitania. Dann wurde jetzt durch Lothar ihnen, den zweimaligen Siegern, die Bitte vorgelegt, „ihm einen Drittheil zuzugestehen", während damals Lothar ein sehr gewichtiges Wort mitzureden gehabt (quod et si renueret, universam Franciam aequa lance dividerent) und ihm die erste Wahl unter den Theilen (von Lothars Recht der ersten Wahl war jetzt in Clamecy noch nicht die Rede; erst durch die Vollmachtsüberschreitung der königlichen Gesandten wurde es, allerdings nicht lange nachher, hergestellt: esset super his partibus sua electio) zugestanden hätte. — Aus nichts anderem geht deutlicher hervor, wie sehr sich der kürzlich noch seines Erfolges so gewisse Vertreter der Reichseinheit gedemüthigt fühlte, als aus einem Vergleiche der Art und Weise, wie er am 24. Juni 841 und jetzt von seiner Stellung als Kaiser redete. Damals hieß es kühn und übermüthig (mandat fratribus suis): quoniam scirent illi imperatoris nomen magna auctoritate fuisse impositum, ut considerent, qualiter ejusdem nominis magnificum posset explere officium (II. c. 10). Jetzt klang es ganz bescheiden:

si vellent aliquid illi supra tertiam partem regni propter nomen imperatoris, quod illi pater illorum concesserat, et propter dignitatem imperii, quam avus regno Francorum adjecerat, augere, facerent. Waitz: IV. p. 587: n. 1 macht auch darauf aufmerksam, daß in den Worten: regeretque quisque illorum bis pax pacta perpes ein Zugeständniß des gleichen Rechtes liege.

[245]) legem ist ganz einfach der Gegensatz zum Kriegszustand: „Friede und Recht" (Wenck pp. 442 u. 443). Gfrörer allerdings enträthselt den „geheimen Sinn dieser Worte" folgendermaßen: „gemeinschaftlicher Entwurf einer Verfassung für die Völker des Reiches" (p. 42 u. n. 1, p. 58).

[246]) Waitz: IV. p. 582: n. sagt über die Friedensvorschläge Ludwigs und Karls an Lothar am 23. Juni 841: „Am wahrscheinlichsten scheint mir, daß die Vorschläge der Brüder IV, 3. p. 670. ungefähr dasselbe enthalten". — Indem wir für einstweilen von der Lacune gänzlich absehen, ergibt sich allerdings, daß der erste Vorschlag der Könige vom 23. Juni (s. pp. 26 u. 28) dem hier in Clamecy für Lothar abgegrenzten Drittheile des Reiches in mehreren Stücken entspricht. Jener hatte für Karl die Grenzen von 839 gefordert: und diese finden sich hier von der Maasmündung bis zur Einmündung der Saone wiederholt. Dann aber sollte von Lyon an rhoneabwärts jetzt nur noch das rechte Ufer dieses Stromes Karl angehören, während nach der Theilung vom Juni 839 auch alles Land auf dem linken Ufer der untern Rhone vom Genfersee süd- und der Alpenkette westwärts (also Savoyen mit inbegriffen) zu seinem Gebiete gezählt hatte. Ludwigs Begehr war damals die Rheingrenze von 833, mit Einschluß von Mainz, Worms und Speier, gewesen: auch jetzt wieder wird der Rhein (inter Renum) genannt. Ob nach absque eine Hinweisung auf diese drei linksrheinischen Sprengel vermuthet werden dürfe, das wird n. 248 zum Gegenstande der Erörterung haben. — Die obigen Worte von Waitz stützen sich wohl auf Nithards: agebant (sc. die Könige) se hoc in exordio dissensionis voluisse. Diese öffentliche Erklärung der Brüder darf sicherlich auch zur Stütze für die Ansicht verwandt werden, daß blos der erste Vorschlag vom 23. Juni ihren Wünschen entsprochen hatte, der zweite und dritte nur durch die Nothwendigkeit ihnen abgerungen worden waren.

[247]) Die episcopatus werden (wie schon in I: c. 6) bei den Theilungen neben den Abteien, Fiscalgütern und Grafschaften aufgeführt; denn auch die Bisthümer gaben finanzielle Vortheile (Waitz: IV. p. 136 u. n. 1).

[248]) Nithards dritte Lacune trifft auf die Aufführung derjenigen Reichstheile, welche sich die Könige bei ihrem Theilungsvorschlage zu Clamecy vorbehielten. — Die n. d) zu script: II. p. 669 will Langobardia nach absque einsetzen, welchem Vorschlage Schwartz: p. 79: n. 3 folgt. Gfrörer schlägt p. 63 die Ergänzung von Mogontia, Wormatia et Nemeto vor, und Wenck stimmt ihm p. 432 bei. Dümmler redet p. 176 nur von „einigen nicht näher bekannten Besitzungen, welche sie sich vorbehielten". An Langobardien darf nicht gedacht werden: dieses Königreich war ja von vorne herein, gleich Baiern und Aquitanien, von jeglicher weitern Discussion gänzlich ausgeschlossen. Und dann muß nach absque ein Land genannt gewesen sein, das die Könige (oder wenigstens einer von ihnen) im Besitz hatten und behalten wollten (s. Dümmlers Worte). Gfrörers Vorschlag würde nun, auch nach n. 246, ausgezeichnet zu der Sachlage stimmen. Doch ist blos für ein, höchstens für zwei Worte in der Lücke Platz, während Gfrörer drei bis vier hineinsetzen will. Daß ein Stück gemeint ist, das zu Ludwigs Reiche gehört, ist wohl als sicher vorauszusetzen, indem die Grenzen Karls vom einen Meere bis zum andern auf das allergenaueste angegeben, die Ludwigs jedoch fast gar nicht beschrieben sind. Nur unsichere Vermuthungen lassen sich vorbringen. Sollte vielleicht omnis Frisia gemeint sein, das Nithard in IV: c. 2 als Ludwigs Gewinn in der Aachenertheilung bezeichnet, oder Ripuaria, in dem sich Ludwig so eben erst hatte huldigen lassen, oder gar alle beide? Für Ripuaria dürften vielleicht die von Nithard überlieferten Worte Lothars Zeugniß ablegen: se non esse contentum, quia aequa portio non esset (er hätte seine Hauptstadt Aachen verloren), und ferner seine Klage, es sei ihm keine Möglichkeit gegeben, seinen treuen Anhängern ihre Verluste zu ersetzen (es waren ihm wohl auch Rheinfranken nach Burgund gefolgt; s. n. 236).

[249]) Wohl nicht mit Unrecht sagt Gfrörer auf p. 42: „Größer war sicherlich die Freude auf Seite der Vasallen, als der Könige". Nithard selber war jedenfalls auch nicht einverstanden. Ueberhaupt faßte er diese Ereignisse in sehr lebhafter Weise auf: führt er sich doch selbst in diesem c. 3 in erster Person redend ein: ignoro qua fraude decepti.

[250]) Schwartz schreibt: p. 81: n. 1, daß er im letzten Satze dieses Capitels statt enim lieber etiam lesen möchte; allein dadurch würde der Zusammenhang sehr geschwächt werden. Denn eben „weil (enim) Lothar schwur, er wolle auch seinerseits seinen Eid unter der Bedingung (in eo) halten, daß vorher (adimplessent, nicht adimplerent) die Könige den Inhalt der Eide erfüllt hätten, welche ihre Gesandten abgelegt hatten", hatten die Gesandten Ludwigs und Karls jetzt (si aliter non crederet) eidlich im Namen ihrer Herren beschwören und versprechen (jurant illi, sc. die Gesandten, und sacramento promitterent, sc. die Gesandten) müssen, daß die Könige (se facturos falsch statt illos, sc. fratres, facturos: nämlich eben das, was als Object zu adimplessent zu denken ist, die Erfüllung der eidlichen Versprechungen der Gesandten an Lothar) die Verhandlungen zwischen ihren Gesandten und Lothar als bindend erachten würden. — Dafür, daß Nithard das Reflexivpronomen meist in sehr willkürlicher Weise braucht, lassen sich zahlreiche Beispiele fast auf jeder Seite aufweisen, z. B. in IV: c. 1 in dem Satze: quod ob suam (statt illius) nequitiam vindicta Dei illum ejecerit, regnumque fratribus suis (statt illius) melioribus se (statt illo) juste ad regendum tradiderit, wo drei Male das Reflexivpronomen am unrichtigen Orte verwandt ist, und bald nachher in dem Satze: et sicut illis (statt sibi) congruum, ut inter illos (statt se) hoc regnum divideretur, visum est, contenti sunt, in welchem er an zwei Stellen des Demonstrativpronomens in durchaus unrichtiger Weise statt des Reflexivpronomens sich bedient.

[251]) Igitur zu Anfang des c. 4 ist vielleicht eine Hinweisung darauf, daß die Zusammenkunft am 16. Juni zwischen den Königen und Lothar noch von diesem mit den Gesandten jener verabredet worden war. Oder ist es ein bloßes Uebergangswort, wie quo expleto, quibus peractis, ergo, his ita se habentibus u. s. w.?

[252]) Die Stelle Hinkmars steht: op.: II. pp. 180 u. 181. In derselben bezeichnet der Ausdruck seniores die Könige (ähnlich IV. c. 4: dum seniores sui in Warmatia essent und c. 5: quid seniores sui recipere vellent). Dieselben heißen hier in prägnanterem Sinne, jedenfalls in Bezug auf die Vasallitätsverhältnisse: „Herren" (Waitz: IV. pp. 207: n. 1 u. 241: n. 2). Im Rückblicke auf diese Verhältnisse jedenfalls schreibt Hinkmar weiter an Ludwig (l. c.: p. 181): derselbe wird ermahnt darauf zu achten: ne in exordio regni inter primores regni de regimine (sc. Ludwigs) oriatur discordia, quae non sine impedimento possit esse sedata; et regni primores, qui vobiscum sunt, sic seipsos et suas voluntates contemperent, ne alios istius regni primores ad scandalum per suam cupiditatem aut negligentiam provocent. — Ueber dieses Ermahnungsschreiben Hinkmars ist zu vergleichen: von Noorden: pp. 351 u. 352.

[253]) Diese Stelle aus dem 26. Briefe des Abtes Lupus (Duchesne: II. p. 743: Marewardo abbati et Eghardo) ist abgedruckt bei Waitz: IV. p. 581: n. 2. Sie lautet vollständig: Nos autem in quodam meditullio positi fluctuamus incerti, dum deprehendere non valemus quinam potissimum regionem nostram sibi debeat vindicare. Namque sicut relatio vestrorum hominum declaravit, varia hinc fertur opinio. Tamen suppliciter vestram poscimus paternitatem, ut si consensus omnium in Lotharium pronior fuerit etc. — Ueber diese Verhältnisse vergl. überhaupt a. a. O., dann Wenck: pp. 46 ff. u. 67 ff. und Dümmler: pp. 137, 175, 193, 203—205, und später öfters.

[254]) res publica ist hier „das öffentliche Vermögen" nach Waitz: IV. p. 5.

[255]) Ueber Adalhard interpretirt Gfrörer (p. 70) Nithards Worte so: „Durch demagogische Künste, durch Verleihung politischer Rechte an die Einen, durch Vergebung von Staatsgütern an die Andern war Adalhard so mächtig in Aquitanien geworden. Das Streben nach politischer Freiheit muß schon allgemein in einem Lande sein, wenn Männer wie Adalhard eine solche Rolle spielen". Die Widerlegung Wenck's steht pp. 441 u. 442.

[256]) Gfrörer's Lehre von der Bedeutung der dreifachen Gesandtschaft und von Konrads eigenthümlicher Doppelnatur (pp. 42 u. 43) fällt dadurch einfach zu Boden, daß sich erweist, daß er die zwei Worte et ceteros übersieht. Es waren mehr als drei Gesandte. Nithard nennt nur die Namen der übrigen nicht (vgl. II. c. 2: Herenfridus, Gislebertus, Bovo ac ceteri: c. 3: Pippinus ceterique; c. 5: Lant-

bertum Ericumque una cum ceteris u. s. s.). Sonst ist, was er sagt, richtig: daß nämlich Adalhard zu Karl, Kobbo zu Ludwigs Aristokratie zählte, Konrad seinem Besitze nach beiden Reichen angehörte.

257) Diesen von Wenck: p. 307 ff. entdeckten Dualismus, den Wettkampf zwischen den Welfen und den Adalharden, nimmt Dümmler: p. 421 ff. (n. 47) in sein Werk auf. Ueber Adalhards Macht redet Wenck auch noch p. 141: n. 4 u. p. 349 ff., über seine Besitzungen im später lotharischen Mittelreiche Dümmler: p. 464 u. n. 67 (s. auch Nachlese: II. p. 689). Ueber Konrad ist auch die Stelle Heriche (in n. 44. zu Dümmler: p. 422) zu vergleichen.

258) Hienach ist zu verbessern, was Gfrörer: pp. 43 u. 47 über Kobbos und Liudolfs enge Verwandtschaft anführt. Dümmler: II. p. 685. Nachlese zu I: p. 142 berichtigt seine frühern Annahmen selbst. — Neuestens will H. Böttger: die Brunonen (Hannover 1865) diesen Kobbo I. bald nach 845, nicht erst 883 (nach 845 wird er nicht mehr genannt) sterben lassen (pp. 35 u. 36).

259) Nach Gfrörer hingen Adalhards, Konrads und Kobbo's Motive aufs engste mit der „ständischen Bewegung" zusammen: „Der Nerv der Unterhandlung war den Händen der Könige entwunden worden und in die der Stände gerathen" (p. 44).

260) Der Verlust gerade dieses Landstriches war für Karl höchst empfindlich. Hier hatte er sich im September 841 (III: c. 3) und dann vor wenigen Wochen erst (IV: c. 2, Prud.) aufs eifrigste bemüht, Anhänger zu werben, das zweite Mal wenigstens nicht erfolglos. — Am 23. Juni 841 hatte der zweite Vorschlag der Brüder an Lothar die Abtretung eben dieses Gebietes: usque Carbonarias in Aussicht gestellt (II: c. 10; s. oben p. 28).

261) Die Bedeutung der Inseln inmitten von Flüssen für den Abschluß von Friedensverträgen hebt Dümmler: p. 177: n. 73 hervor. Ein weiteres Beispiel aus der karolingischen Geschichte ist die Zusammenkunft Ludwigs und Karls auf der Insel Niederwerth im Rheine unterhalb Koblenz (auf diese Insel passen trefflich die Worte des Prudentius: inter Antunnacum et Confluentes) im Sommer 859.

262) Das Wort sui in dem Satze ut ad placitum regnum omne in tribus partibus sui dividerent muß wohl beachtet werden. Die Bevollmächtigten der Könige und nicht diese selbst sollten die Theilung besorgen. Deßhalb darf auch nicht, wie die n. d) zu script.: I. p. 439 vorschlagen will, in der Berichterstattung des Prudentius über den Vertrag auf Ansilla zwischen de regni totius aequiportionibus diligentius faciendis Kalendis Octobribus in urbe Mediomatricorum Metis vocabulo und decreverunt ein iterum convenire eingeschoben werden (s. auch Schwartz: p. 82: n. 4).

263) Das placitum, von dem hier die Rede ist, sind die am 1. Oktober in Metz zu eröffnenden Conferenzen der 120 Bevollmächtigten. Ob aber die fideles illorum die Gesandten von c. 3: Conradus, Cobbo, Adelhardus et ceteri sind, möchte ich trotz Schwartz (p. 81 u. n. 4) nicht für ganz sicher annehmen. Wenigstens wäre in diesem Falle jedenfalls inzwischen eine etwelche Modification der zwischen diesen Gesandten und Lothar getroffenen Verabredungen eingetreten; denn in c. 3 heißt es ausdrücklich: jurant (die Gesandten) quod fratres sui (Ludwig und Karl) regnum dividerent, hier in c. 1 jedoch: juraverunt (alle drei Brüder) ut regnum sui dividerent. Wären die fideles illorum wirklich die Gesandten, so läge in inibi ein Fingerzeig, daß auch die Verhandlungen zwischen diesen und Lothar schon in Macon, nicht mehr in Lyon oder Vienne, stattgefunden hätten.

264) Die Verheißung der Gesandten an Lothar (c. 3: esset super his partibus sua electio) hielten Ludwig und Karl hier aufrecht (c. 4: ut electio partium esset Lodharii). Auch bei der Theilung von Verdun behielt Lothar gewiß dieses Anrecht, wie gegen Waitz: Programm: p. 18: n. 31 (hier ist auch die Lage Ludwigs und Karls etwas in allzu günstiges Licht gestellt: „Sie waren unzweifelhaft im Vortheil vor dem Vertrage und blieben es durch denselben", vgl. jedoch Nithards IV: c. 1 mit dessen c. 3, so wie die Vorschläge von Glanneu und deren Verschlimmerung durch Lothars Umtriebe) durch Waitz: IV. p. 592: n. 1 und Dümmler: p. 193: n. 34 ausgeführt wird.

265) Diese Stelle ist nach der Emendation von Schwartz: p. 82: n. 1 übersetzt: in eo si adversus fratrem et se frater suus similiter faceret.

266) Nach der einläßlichen Erörterung Wencks: p. 165: n. 1 ist dieser Egfridus, comes Tolosae Nithards dieselbe Person, wie der anderweit genannte Toloisanermarkgraf Humfrid (s. auch Wenck: pp. 82: n. 4, 86: n. 4). Ein aquitanischer Großer, Namens Egfrid, wird auch in Hinkmars Annalen zu 864 aufgeführt: Egfridus, qui transactis temporibus cum Stephano filium et aequivocum regis (Karls des Kahlen Sohn Karl, König von Aquitanien) ab obedientia paterna subtraxerat (script. I: p. 466). — Humfrid scheint nach dem Frieden von Fleury (Prud. 845: unde et omnes Aquitanici, qui catenus cum Carolo fuerant, ad eundem Pippinum continuo sui conversionem efficere studuerunt) zu Pippin abgefallen zu sein; aber vier Jahre später war er rasch dazu bereit, Toulouse in Karls Hände zu überantworten (Wenck: p. 166, Dümmler: p. 322).

267) Der Warinus quidam dux (s. Gruare VI, weiterhin auch n. 18) ist derselbe, welcher sich auf Seiten Karls in der Schlacht von Fontanetum hervorgethan hatte: Graf Warin von Macon, später auch im Besitze der Abtei Flavigny (Dümmler: pp. 232 u. n. 13 u. 275). Dümmler: p. 232 zählt Warin „in erster Reihe" zu den „erprobten Anhängern" Karls. Dieser nennt ihn am 24. Februar 852 in einer Urkunde: dilectus et amabilis nobis comes vir illuster Werinus (Dümmler: I: p. 881, Nachträge). — Schwartz stößt sich p. 85: n. 2 in durchaus unnöthiger Weise an dem quendam bei Nithard: steht doch I: c. 3 § 26. selbst von Markgraf Bernhard: Bernardum quendam.

268) Bemerkenswerth ist, daß Karl in seinem Itinerar in diesen Jahren stets als der erscheint, welcher sich nach Ludwig richtet. Blos im Juni 841 kam dieser zu ihm nach dem Westen. — Karl beeilt sich (III: c. 2), nach Langres zu kommen, um am 1. September 841 dort rechtzeitig einzutreffen; Ludwig aber läßt ihm sagen: quod ad conventum venire non posset. Im Spätherbste dieses Jahres ist Karl bei Paris: fratris sui Lodhuwici adventum praestolaturus und läßt nachher Lothar ungestört von St. Denis nach Sens gehen, denn Metz das beschäftigt ihn, qualiter Lodhuwicum in adjutorium suum recipere posset (III: c. 3); aber er hört, Ludwig könne nicht kommen, und macht sich deßhalb zu ihm nach dem Elsaß auf den Weg (III: c. 4). Im Mai 842 geht er ihm von Reims bis Verdun entgegen (s. n. 243). Und jetzt im September 842 verläßt er Aquitanien (Nithard sagt da: Warinum quendam ducem ceterosque ... ob custodiam ejusdem patriae mihi (in Aquitanien) reliquit und braucht also patria hier in einem sehr uneigentlichen Sinne: s. Waitz: III p. 263: n. 5; denn weder Karl selbst, noch der burgundische Graf Warin waren ja Aquitanier: höchstens auf die ceteri qui Karolo fidi videbantur kann es sich allenfalls beziehen), um nach dem fernen Mittelrheine zu ziehen. — Ein Uebergewicht der Autorität des ältern (s. n. 208), erfahrenern, dazu mächtigern, sicherer gestellten Ludwig in dem Brüderbunde geht auch schon hieraus klar hervor. Diese mehrfachen Analogien zu dem in III: c. 3 vorkommenden Falle widerlegen allein schon Gfrörers Schlüsse (pp. 32—34) über „eine merkliche Erkältung des bisherigen Verhältnisses zwischen den beiden Brüdern", über „die gerechte Unzufriedenheit Karls über das neuliche Zögern Ludwigs", ganz abgesehen von den in Ludwigs Geschichte (s. oben pp. 74 u. 75) erörterten Abhaltungsgründen.

269) Nithards verba pacifica involviren wohl alle diese Freundschaftsversicherungen.

270) Aus pp. 47 u. 48 erhellt deutlich, daß Prudentius in den Worten: Carolus ad memoratum placiti locum et tempus venire non distulit (vgl. l. c.: Lotharius ejusdem placiti tempore palatio quod Theodonis-villa dicitur resedit) die Unkenntniß der Bestimmung des Vertrages vom 15. Juni, wonach keiner der Brüder Metz zu nahe kommen sollte, verräth. Prudentius hält Karls Durchreise durch Metz auf dem Wege nach Worms für ein Eintreffen desselben zu den am 1. October beginnenden Theilungsverhandlungen.

271) Die eingeklammerten Worte: illisque intervenientibus viris strenuis, iterum tripertito regno Francorum passen durchaus nicht auf die Verhandlungen auf Ansilla. Vielleicht versteht der Annalist darunter den Theilungsvorschlag von Glanneu, kaum jedoch die

Verhandlungen von Coblenz, da die (allerdings zu 843 gestellten) Sätze: praefati tres reges bis dissensio facta est sich allein auf diese letztern beziehen können. Zu welcher frühern Theilung das iterum einen Gegensatz bilden soll, bleibt gleichfalls unklar.

272) Die im Texte (pp. 80 u. 81) dargelegte etwas nachlässigere Schreibweise Nithards in diesen letzten Partien seines Werkes macht sich vor Allem hier in c. 4 geltend. Daß am 16. Juni verabredet worden, in Metz (qui propter divisionem regni Mettis residere debuerant .... ut Mettis regnum dividerent) durch je vierzig Bevollmächtigte Lothars, Ludwigs und Karls (erant quidem octoginta electi .... ut Confluentum missi illorum, centum viginti (Schwarz: p. 86: n. 3, Waitz: IV. p. 588: n. 3, Dümmler: p. 179: n. 83) videlicet, convenirent) das placitum quod fideles illorum inibi statuerunt abhalten zu lassen, sowie daß zur Zeit des placitum keiner der Brüder Metz sich nähern dürfe (aliter quam statuerat, aliter quam convenisset: d. h. kam Lothar nach Thionville), erfährt der Leser von Nithard erst im Verlaufe des Capitels, nicht einzurechnen die verspätete Erwähnung der Verabredung einer Zusammenkunft in Worms zwischen Ludwig und Karl (vgl. dagegen III: c. 2 die nach Langres).

273) Dafür, daß Ludwig und Karl das westliche Ufer besetzt hielten, spräche auch ohne dieß der Umstand, daß sie vom Nordwesten herangezogen kamen.

274) Schwarz macht es p. 83 Ludwig und Karl zum Vorwurfe, „daß sie bei dem Vertrage auf Ansilla das Schicksal dieser Männer gegen Lothars rachsüchtige Verfolgungen durch eine besondere Bestimmung festzustellen vergaßen."

275) Wie wenig ernst es z. B. Karl mit dem Waffenstillstand vom 16. Juni meinte, zeigt, daß er noch an demselben Tage vielleicht eine Verletzung desselben dadurch in Aussicht stellte, daß er die Zusammenkunft in Worms mit Ludwig verabredete; denn um dorthin zu gelangen, konnte er nicht in sua portione bleiben, sondern mußte von der Maas an Lothars Gebiet durchziehen. Worms war wohl bei Ludwigs Antheil geblieben (doch s. n. 248).

276) s. z. B. Wenck: p. 126: n. 2, Dümmler: p. 209: n. 14 u. p. 361 u. n. 1. Die beiden Stellen Adrevalds in den mirac. s. Benedicti in acta sanct.: März: III: pp. 312 u. 314, die Hinkmars in der vita prolix. s. Remigii (s. von Noorden: p. 393 ff.) im October: I. p. 164. Sie lauten, jene: Aquitania bellorum nutrix und faciles Aquitanorum animi ad nova quaeque molienda, diese: cum, defuncto Ludovico imperatore, Aquitani gentilitia mobilitate absque jugo principis, prout quisque poterat, se efferre et ad invicem impugnare ac per hoc contiguos pagos debachare coeperunt.

277) Die Belege hiefür stehen bei Astronomus: cc. 47 u. 61, Prudentius: 839.

278) Nithard ist an dieser Stelle dadurch etwas ungenau, daß er das Zusammentreffen Ludwigs und Karls in Worms mit Stillschweigen übergeht. Karl allein machte, wohl noch von Metz aus, an Lothar die vier Vorschläge (Karolus ad Lodharium dirigit). Aus den Worten des Prudentius hingegen erhellt, daß unter hinc inde Thionville und Worms zu verstehen sind (Prud.: quibus inibi (in Worms) immorantibus et missis intercurrentibus). Karl allein ohne Ludwig hätte ja ohnehin nicht definitiv mit Lothar abschließen können. — Eine etwas parteiische Auffassung Nithards läßt sich, wenn man will, in diesem c. 4 aufweisen. Ausführlich und unverkürzt werden die gerechten Vorwürfe von Nithard in seine Erzählung verwoben, welche Karl Lothar wegen des Aufschlagens seiner Residenz in Thionville machte. Aber — so zu fragen wird nahe liegen — ist denn nicht auch Karl ante condictum placitum nicht nur bis nahe an Metz, sondern bis nach Metz selbst gekommen? Hatten denn nicht die vierzig Vasallen Lothars eben so viele Ursache, sich zu beklagen? Dagegen läßt sich einwenden, daß, während Lothar zu Thionville seinen bleibenden Sitz aufgeschlagen hatte (Nithard: residebat, Prud.: resedit), Metz nichts als eine Durchgangsstation für Karl war (Nithard: Karolus Warmatiam iter direxit, cumque Mettis venisset; Prud.: ab urbe Mediomatricorum Vangionum profectus). Und sicherlich nicht ohne Absicht setzt Nithard ausdrücklich den Tag der Ankunft Karls zu Metz in seine Erzählung: pridie Kalend. Octobris; d. h. er wollte am Tage vor dem Beginne der Verhandlungen durch Metz reisen, als die Furcht seiner Vasallen und derjenigen Ludwigs vor einem Ueberfalle Lothars ihn zum Bleiben bewogen.

279) Die beiderseitigen Bevollmächtigten müssen, nach Nithards Worten: ne forte quoddam scandalum inter homines illorum oriretur zu schließen, ein nicht unbedeutendes bewaffnetes Gefolge bei sich gehabt haben.

280) Unter diesen variae querimoniae mögen sich wohl auch Klagen über den vertragswidrigen Aufenthalt Lothars in Thionville befunden haben.

281) Funck: p. 219 und Schwarz: p. 87: n. 1 glaubten, diese Frage sei von den Bevollmächtigten Ludwigs und Karls ausgegangen und an diejenigen Lothars gerichtet gewesen. Auch Gfrörer (pp. 49 u. 50) faßt die Stelle so auf: aber auf diese Weise muß eine vollständige Verdrehung des wirklichen Sachverhaltes eintreten. Ganz abgesehen von dem Sinne der Worte, zwingt schon das rein Formale des Satzes, illorum auf hi qui a Lodhuwico et Karolo missi fuerant zu beziehen, als Subject des unpersönlichen quaesitum est (sc. ex missis Lodhuwici et Karoli) hingegen die lotharischen Gesandten zu denken.

282) Hever: p. 13 zieht u. a. diese Stelle bei, um gegen Gfrörer zu beweisen, daß die Theilung von Verdun gleichmäßige Portionen und nicht die Abscheidung von Nationen im Auge hatte.

283) Nithard gibt von diesen Coblenzerverhandlungen, vollends von der Discussion der Bischöfe in St. Castor nur einen unverarbeiteten, rasch hingeworfenen Bericht, vielleicht nur einen flüchtigen Protokollauszug. Die Hauptgedanken der Erörterungen stehen zwar alle da; doch fehlen einige Zwischenglieder. — Die von der Partei Lothars gehen von der Ansicht aus, daß die Gegnerischen einen Meineid durch Unterlassung der Schätzung auf sich geladen hätten (si in sacramento quilibet deliquisset); einen solchen könne man jedoch sühnen (hoc expiare posse); in diesem vorliegenden Falle bestehe die Sühne im raschen Abschlusse des Friedens; dieser sei für die Kirche eine Wohlthat; deßhalb sollten sie auch ohne vorangegangene Schätzung (also möglicherweise Ludwig und Karl zum größten Schaden) Frieden schließen (ac per hoc melius esset ut hoc facerent (die Sühne, d. h. den Frieden), quam diutius bis paterentur). — Die volle Perfidie dieses Vorwurfes ist leicht erkennbar. Erst rückt man den Gesandten vor, sie hätten nicht geschätzt und hiedurch die Theilung verunmöglicht, d. h. einen Meineid begangen. Hernach sucht man sie zu überlisten, indem man ihnen vorschlägt, sie sollten durch den sofortigen Abschluß eines Friedens ihre Schuld sühnen, d. h. dadurch der Sache ihrer Könige schaden.

284) Auf n. 283 fußend, erkläre ich neutrum folgendermaßen — Den Gesandten Ludwigs und Karls hatten die Lotharischen einen Meineid vorgeworfen, weil sie das Reich hätten theilen wollen, ohne es zu kennen, und sie selbst wollten nun die Theilung gleich vornehmen, d. h. gleichfalls ihren Schwur brechen (vgl. Rudolf, dem zufolge nach der Verabredung von Ansilla die Schätzung vor der Theilung mußte vollendet sein). Hier und dort drohte Meineid. Die Gesandten Ludwigs und Karls aber wollten weder selbst ihren Eid brechen (nec se ledere in sacramento vello), noch es bei andern zu einem Meineide kommen lassen (nec cupiam, ut faceret (sc. ledere in sacramento), licentiam dare). Sie sagten demnach, dadurch, daß die Schätzung dennoch stattfinde und dann auf Grundlage derselben das Reich getheilt werde, sei dieser, wie jener Meineid vermieden, bleiben zwei durchaus leichtsinnige und unnöthige Versündigungen gegen Gott ungeschehen (dum neutrum necesse esset, cur in Deum peccare deberent?). — Schwarz: p. 87 sieht in der zweiten Hälfte des Doppelbegriffes neutrum die Schrecken des Bürgerkrieges; allein das paßt nicht zu ac per hoc bis tentabantur.

285) Schwarz sagt p. 88 (u. n. 3) sicherlich ganz richtig, daß Nithard unter omnes die Gesandten (primores bei Rudolf) und die episcopi zusammenfaßt.

286) Prudentius sagt gar nichts von der Zusammenkunft in Coblenz. Sein Bericht erstreckt sich nur auf den Friedensschluß zu Thionville.

287) Gegen Waitz (Programm: p. 16 u. n. 27; IV: p. 590 u. n. 1), Schwarz: p. 95 u. n. 3, Gfrörer: p. 52, Scholle: pp. 55 u. 56 u. n. 2 führt Dümmler: p. 192: n. 30 aus, daß die Worte des Annalisten: Praefati tres reges bis zu dissensio facta

ent, die er zu 843 stellt, sich auf die Coblenzerverhandlungen beziehen, nicht aber auf Unterhandlungen, die im Juli 843 der Theilung von Verdun vorangingen. Diesem Vorschlage Dümmlers darf wohl unbedingt Folge geleistet werden. Allerdings betont derselbe etwas zu sehr, daß die Annalen chronologische Verstöße auch sonst zeigten. In diesen Jahren finde ich von solchen außer diesem nur noch einen und zwar unter 840 am Ende, wo (von quo comperto bis und mit in Bejoariam) Ludwigs Rückzug nach Baiern (April 841) zu früh, also nicht „um ein Jahr zu spät" angesetzt ist; denn die Verwüstung Galliens durch Lothar (842: Lotharius vastata Gallia, rediens ad Aquis) fällt zwar in ihren Anfängen noch in den November und December 841, der Abzug jedoch in den Januar 842, und wenn Bodo's Ketzerei zu 838 statt zu 839, wie Prudentius thut, gesetzt wird, so hat das erste Datum das gewichtige Zeugniß der ann. Alamann. (script. I: pp. 65 u. 68: ann. Weingart. u. Augiens.: zu 838: Puato diaconus de palatio lapsus est in judaismum) für sich: Bodo selbst war ja ein Alamanne. — Auch nachher kann ich bis zu 852, wo ein Anderer die Annalen fortzusetzen beginnt (s. n. 524), außer zu 846 (auch hier ist in: Sergius papa migravit ex hac luce ein Ereigniß um ein Jahr zu früh, nicht „zu spät" gestellt) keinen chronologischen Verstoß entdecken.— Gewiß mehr ist einerseits das Mißverständniß zu betonen, welches sich der Annalist schon zu 842 hinsichtlich der Besprechungen auf Ansilla zu Schulden kommen ließ (s. n. 271: ein iterum steht auch hier zu 843 wieder; s. auch p. 72), andrerseits die Unmöglichkeit einer solchen zweiten dissensio nach dem 14. Juli 843 (dieser Vorschlag Scholle's: p. 57: n. 2 hat zwar viel verlockendes) wegen der deutlichen Worte Rudolfs. Nithard, der einzige Annalist (s. n. 286), der die Coblenzerzusammenkunft und den Verdunervertrag zugleich erwähnt, weiß nur von einer einmaligen Uneinigkeit (zu 842: zu Coblenz), sagt über die Verdunerverhandlung nichts, als: (843) descripto regno a primoribus et in tres partes diviso. Die drei Worte per descriptas mansos stören die Uebertragung auf die Coblenzerbesprechung nicht: der Annalist wußte dies davon, daß eine descriptio beschlossen worden war; darüber, ob sie ausgeführt worden sei, oder nicht, war er nicht unterrichtet: er kennt die Ursache der dissensio nicht. — Die weitern Worte der Annalen dagegen: convenerunt ipsi reges in unum locum et dissonantiam illorum condunaverunt beziehen sich unzweifelhaft auf die Zusammenkunft in Verdun.

[288]) Ueber divisio regni der ann. Augiens. und Colon.: 842 (script.: I. pp. 68 u. 98) und die zu weit gehenden Schlüsse Wenck's: p. 135: n. 2 s. Dümmler: p. 181: n. 90.

[289]) imbreviare bedeutet nach Ducange-Henschel: III. p. 766 so viel als in breves redigere, describere; eine imbreviatura ist ein protocollum. Roth: F. u. V.: p. 218 redet von einem Presbyter Williberl, der zum Bischof von Chalons befignirt war und vom Könige die urkundliche Decharge von seiner Amtsführung erhielt: derselbe sagt von sich: imbreviator sive descriptor stipendiorum regalium et relator a domno rege sum constitutus (Hardouin: conc. coll. reg. max., Paris: V. p. 731: conv. ep. apud Carisiacum: 868). — Es ist also eine Bezeichnung für „zu Protokoll nehmen, aufnehmen, beschreiben", nicht, wie Scholle: p. 53 (i. e. singulae regiones lustratae) zu glauben scheint, für „bereisen, mustern." Muster einer solchen Schätzung sind erhalten in leges: I. p. 176 ff. (Waitz: Programm: pp. 15 u. 16 u. n. 26).

[290]) I: c. 7 heißt es, Lothar habe sich im Juni 839 zu Worms drei Tage umsonst bemüht, das Reich zu theilen, und sei endlich zum Vater gekommen, mit der Bitte, die Theilung besorgen zu wollen, und zwar einzig und allein um der sola ignorantia regionum willen. Ludwig der Fromme theilte dann das Reich. Ihm standen wohl die „statistischen Urkunden" (Gfrörer: p. 49, dessen weitere Auseinandersetzungen über die Coblenzerverhandlungen freilich durchaus nicht zu billigen sind) noch zu Gebote, welche Karl der Große hatte entwerfen lassen (capit. Aquisgran.: 812: c. 7 in leges: I. p. 174). Dümmler: p. 181 (oben) scheint anzunehmen, daß die imbreviatio jetzt im Jahre 842 genau so, wie drei Decennien früher, angeordnet wurde, indem er c. 7 des Aachenercapitulars übersetzt, und zwar gewiß mit vollem Rechte. — Mit Gfrörer: p. 50 darf man vielleicht daran denken, daß Lothar das Reichsarchiv in seinem Besitz hatte, also auch diese Aufzeichnungen ihm zu Gebote standen. Eher aber sind sie wohl im Laufe des Bürgerkrieges, etwa bei Lothars Flucht aus Aachen, verloren gegangen.

[291]) vgl.: III. c. 1: unanimes omnes episcopi confluunt, IV. c. 1: omnibus unanimiter visum est atque consentiunt u. c. 3: cum undique episcopis et sacerdotibus melius videretur.

[292]) qua quidem die bezieht sich jedenfalls auf den letztgenannten Tag, d. h. denjenigen, an dem die Gesandten aus einander gingen (discedunt), nicht auf die Nonae Novembris. — Dazu stimmt genau folgendes. Das Erdbeben, welches von Nithard als gleichzeitig mit der Auflösung der Versammlung erwähnt wird, fiel auf den 24. October nach dem chron. Fontanell. (script.: II. p. 302): ipso anno 9. Kalend. Novembris feria tertia, hora noctis prima, terrae motus validus extitit, et perseveravit hujus sonus per septem dies. Ohne genauere Zeitbestimmung, doch mit Beschränkung der Ortsangabe spricht auch Prudentius (zu 842 am Ende) von diesem Ereignisse: inter haec terrae motus in inferioribus Galliae factus est. — Ganz gut paßt in der Frist vom 24. October bis zum 5. November der Satz Nithards: hoc (nämlich die Einholung von Verhaltungsmaßregeln in Thionville und Worms) fieri posse visum est. — Allerdings stellen nun das chron. Centulense Hariulfs: III. c. 5 (in d'Achery: spicil. veterum aliquot scriptorum: nova editio: II. p. 313), die translatio Angilberti: § 17 (Mabillon: acta: IV. 1. pars: p. 121), sowie die vita desselben von Anscher (l. c.: pp. 128 u. 129), und nach diesen Mabillon selbst in den ann. S. Benedicti: II. p. 643: l. 32: § 38 die Translation auf den 5. November; allein alle jene drei schöpften blos aus Nithards Stelle, auf welche sie sich ausdrücklich berufen, und haben wohl sicherlich mißverständlich den Ausdruck: qua die auf Nonis Novembris bezogen. Ihr Irrthum erhellt aus dem Tage des Erdbebens, den die Chronik von St. Wandrille gibt.

[293]) Wie Waitz: IV. p. 591: n. 2 und Dümmler: p. 193 annehmen, blieben jedenfalls, auch ohne daß Nithard das hier abermals bemerkt, Italien, Baiern und Aquitanien von der Theilung ausgenommen.

[294]) Dafür, daß die Könige Ludwig und Karl nebst Lothar selber in Thionville waren (Schwarz: p. 90 leugnet das), scheint mir folgendes zu sprechen. Nach Nithard: IV. c. 5 war am 5. November der Waffenstillstand zu Ende, und es darf wohl angenommen werden, daß so bald als möglich nach dem Ablaufe desselben der neue bis zum 14. Juli 843 in Thionville geschlossen wurde. Lothar aber war noch am 12. November in Thionville (Böhmer: n. 575). Erinnern wir uns nun daran, daß Karl anderthalb Monate früher nicht eher geruht hatte, als bis der Versammlungsort der Bevollmächtigten möglichst aus Lothars unheimlicher Nähe entfernt worden war (c. 4), so wäre es doch wunderlich, wenn Ludwig und Karl nun unter Lothars Augen, ohne selbst in Thionville anwesend zu sein, den Abschluß des Stillstandes sich hätten vollziehen lassen. — Das Wort hinc heißt bei Nithard allerdings meistens: „daher" oder „hierauf"; doch erscheint es auch in dem räumlichen Sinne von: „von da weg", und zwar sehr häufig in der Zusammenstellung hinc inde, seltener allein (z. B. II. c. 5: hinc (von Orleans) Nivernensem urbem petit, c. 6: hinc (von Sens) motu consurgit u. s. w.) Also kann auch (nach Teudonis villam) hier hinc discessit, und zwar quisque heißen: Lothar, Ludwig und Karl begeben sich von Thionville hinweg. — Die Worte des Prudentius über Ludwig hingegen: Hludowicus Germaniam repedat könnten freilich ebenso gut auf Worms, wie auf Thionville, sich beziehen, da nach Wenck: p. 373: n. 1 und Waitz: III p. 298 u. n. 1 Worms schon zu Gallia gerechnet wurde; vgl. z. B. Prud.: 840: Lotharius ab Italia Galliam ingressus, d. h. zunächst den Elsaß (Böhmer: n. 557—559), Worms (Nithard: II. c. 1), Mainz (Dümmler: II. p. 685: Nachlese zu I: p. 139), Ingelheim (Böhmer: n. 560).

[295]) Ganz willkürlich will Schwarz: p. 91: n. 6 diesen Adelardus und den Adhelardus von II: c. 10 und III: c. 3 und den Adelhardus von IV: c. 3 nicht als dieselbe Person anerkennen. Also wären der Hug von III: c. 2 und der Hugo von c. 3 auch verschiedene Männer?

[296]) Irmintrud starb am 6. October 869 (Hinkmar: ann. zu 869) zu St. Denis nach einer sehr kinderreichen Ehe, die beinahe 27 Jahre gedauert hatte. — Nithards Angabe in Betreff des Hochzeitstages ist irrig. Er nennt als solchen den 14. December 842; allein es war der 13. December, ein Mittwoch. Karl selbst sagt in zwei Urkunden für St. Denis (Böhmer: n. 1706 „vielleicht die größte Urkunde,

welche ein Karolinger ausgestellt hat" n. 1707), datirt vom 19. September 869: in Idibus Decembris, quando deus me dilectam conjugem Hirmentrudem uxorio vinculo copulavit (Bouquet: VIII. pp. 579 u. 582). In einer Urkunde vom 21. Januar 845 (Böhmer: n. 1572; Bouquet: VIII. p. 471) heißt es von seinem Aufenthalte in Quiercy zur Zeit seiner Hochzeit: habito consilio cum nostrae curiae optimatibus, et cum archiepiscopis, episcopis, abbatibus, ducibus et comitibus, nobiscum tum apud Carisiacum congregatis propter solemnitatem ad nostras felicissimas nuptias cum gloriosa domna Hermentrude sublimi regina honorandas.

[297]) Die von Schwartz: p. 90: n. 3 trefflich entwickelten Gründe für seine Emendation trecenteni (statt trecitini: script.: I. p. 439: n. 71: id est triceni) sind von Waitz: Programm: p. 16: n. 26, u. IV: p. 589: n. 1, von Scholle: p. 54: n. 87, von Dümmler: p. 180: n. 87 durchaus gebilligt worden.

[298]) Nach der Stelle Rudolfs zu 843 (descripto regno a primoribus et in tres partes diviso, apud Viridunum Galliae civitatem tres reges convenientes, regnum inter se dispertiunt) war die imbreviatio (diligentior descriptio) maßgebend bei der Theilung von Verdun (vgl. auch Waitz: p. 589, wo in n. 1 das „vielleicht" („vielleicht ist mit den letzten Worten Lothars Zustimmung ausgedrückt", d. h. bei Nithard c. 6 in: ut in eodem conventu, ut aequius possent, omne regnum dividerent), wie ich glaube, eine unnöthige Einschränkung der definitiven Aussage Nithards ist.

[299]) Die Stelle Hinkmars: vellent nollent s. oben n. 252. Die andere, welche vollständiger so lautet: Hludovicus regno sanctissimo jurisjurandi interventu olim Francorum judicio confirmato inhiavit (Heric. monach. de mirac. s. Germani: II. c. 8 in Bouquet: VII. p. 355) s. bei Wenck: p. 47: n. 1 u. Dümmler: p. 193: n. 33. — Auch darauf darf wohl die Aufmerksamkeit gerichtet werden, daß Nithard in seiner vierten Vorrede von den facta principum procerumque nostrorum redet, die er stili officio memoriae mandare müsse.

[300]) Worte Wenck's auf pp. 46 u. 47.

[301]) Schwartz: p. 92: n. 4 sagt, Karl habe am 24. Februar 843 Tours berührt, nach einer Urkunde bei Mabillon: ann. ord. S. Benedicti: II. p. 639: n. 65, die Böhmer nicht aufgenommen hat. Scholle: p. 55: n. 95 verwirft diese Urkunde: quod dies ei subscriptus a tempore reliquorum diplomatum abhorret. Allerdings liegt Limoges, wo Karl nach n. 1539 schon am 8. Februar war, weit südlich von Tours; aber dieser Umstand allein genügt doch noch nicht, die Unächtheit der Urkunde hinzustellen. Die Sache ist deshalb nicht unwichtig, weil dadurch bezeugt würde, daß Karl seine Mutter nicht ganz zwei Monate vor ihrem Tode nochmals aufsuchte (s. unten n. 488). Sie starb am 19. April 843 zu Tours im Martinskloster.

[302]) Bezeichnend für Karls schwache Stellung im Vergleiche zu derjenigen seiner Brüder ist der Umstand, daß als der Kern seines Reiches stets das erst zu erobernde Aquitanien genannt wird, neben Langobardien und Baiern, als dem unveränderlichen Besitzthume Lothars und Ludwigs, die sich auf die treue Anhänglichkeit der in diesen beiden Reichen sitzenden Völker fest verlassen konnten.

[303]) Scepter und Krone sind die Abzeichen der Herrschaft. Sie waren als solche jetzt allgemein in Gebrauch (Waitz: III. p. 213: n. 4). In gleicher Weise hatte Karl der Große 813 seine Herrschaft an Ludwig den Frommen übertragen (l. c.: IV. p. 557: n.). — Waitz glaubt (III: p. 237), Ludwig habe durch diese Uebersendung noch eine Entscheidung in dem Streite der Brüder herbeiführen wollen, und sagt, während Ludwig in der letzten Zeit der Vorrechte Lothars nicht mehr gedacht habe, habe er ihm jetzt die Reichsinsignien übersandt (IV: pp. 577 u. 578): „ob mit der kaiserlichen Würde, die jenem verblieb, auch eine solche Obergewalt wie früher verbunden sein sollte, muß dahingestellt bleiben" (ebso. Scholle: pp. 15 u. 16: n. 44). Schwartz stellt es p. 12 entschieden in Abrede. Auf p. 578: n. erklärt sich Waitz auch gegen die Auslegung, daß Lothar die Gesandtschaft anders verstanden, als der Vater gemeint. Aber mit Schwartz: p. 12: n. 2 und Dümmler: p. 136 darf wohl dennoch gesagt werden, daß Lothar die allerdings zweideutige Uebersendung der Reichsinsignien nach seinem Interesse darstellte, den letzten Willen des Vaters willkürlich ummodelte.

[304]) qui sibi monarchiam vindicabat: Waitz (IV: p. 578: n. 1) verweist hier auf die vita Walae: II. c. 18 (script.: II p. 565): Honorius suscepit totius monarchiam imperii (nach dem Juni 833) und Regino zu 838 (statt 833): regni monarchia Hlothario datur (script.: I. p. 567).

[305]) Hiezu bemerkt Waitz: III. pp. 329 u. 330: n. 1, daß die Nachfolger regelmäßig und immer allgemeiner die Verfügungen ihrer Vorgänger bestätigten und so die Erblichkeit sich factisch vorbereitete. — Roth: B. W.: p. 422: n. 14 macht auch hierauf aufmerksam und fügt p. 429: n. 53 bei, es liege hier ein Fall vor, wo bei der Vertheilung von Beneficien die Rücksicht auf den aus den Dienstleistungen der Beliehenen zu ziehende Nutzen überwog: Lothar wünschte den eigenen Anhang zu verstärken, und die Treue und der Beistand mächtiger Vassallen waren ihm wichtig.

[306]) Verdächtige mußten von neuem schwören: Waitz: III. p. 259.

[307]) Francia ist hier das fränkische Stammgebiet (s. Waitz: IV. p. 579, Dümmler: p. 138); vgl. auch n. 89.

[308]) Nithard sagt: antequam Alpes excederet. Diese Worte lassen die Annahme zu, daß sich Lothar schon auf der Nordseite der Alpen befand, Italien bereits verlassen, doch den Nordsaum des alpinen Gebirgssystemes noch nicht überschritten hatte. — Funck: p. 189 läßt ihn entweder über Aosta, durch das Wallis und die heutige Westschweiz nach Basel, oder über den Paß von Maurienne und westlich vom Jura ziehen.

[309]) Rudolf sagt: Hlotharium de Italia sero venientem Franci suscipiunt. Ob dieses „zu spät" sich wohl auf die freilich nur von Nithard (I: c. 8) erwähnte Zusammenkunft zu Worms bezieht, welche Ludwig der Fromme und Lothar auf den 1. Juli 840 verabredet hatten? Jedenfalls macht Funck: p. 188 mit Recht darauf aufmerksam, daß Lothar am 20. Juni nicht mehr hätte in Italien weilen (Nithard: I. c. 8. cum Lodharius in Italia esset, Lodhuwicus obiit), sondern schon auf dem Wege nach Worms sein sollen. — Oder ist das sero auf Ludwigs von Baiern Umsichgreifen zu beziehen?

[310]) placitum ist hier gewiß so viel, als Nithards: ut rursum conveniant.

[311]) An dieser Stelle mag darauf aufmerksam gemacht werden, wie sich Nithards und Rudolfs Erzählung aufs beste hinsichtlich der Verhältnisse Ludwigs ergänzen. Nach Nithard benützte Ludwig die seiner Sache günstige Ruhe dazu, sich in Sachsen einen größern Anhang zu erwerben; Rudolf weiß, daß eine ansehnliche Verstärkung, aus ostfränkischen Truppen bestehend, ihm beistand. Nithard erzählt von der Besatzung, welche Ludwig nach Worms gelegt hatte; Rudolf gibt genau den Ort des Zusammentreffens der beiden feindlichen Brüder (Ercues: XI). Nithard berichtet eingehender über den Inhalt des Kostheimervertrages; Rudolf ergeht sich ausführlich in der Schilderung dessen, wie Ludwig den Frieden zur Befestigung seiner Macht anwandte. — Ueber Karl hingegen ist Rudolf nicht sehr gut unterrichtet: hier sagt er von ihm nichts, als das sehr unbestimmte, nur halb wahre (s. Karls Botschaften an Lothar: II. cc. 2 u. 3): fratres ejus contra eum insurgere parant und: Hlotharius contra Karolum occidentem proficiscitur.

[312]) Eben weil die Zeit, in welcher Lothar und Ludwig ihren Waffenstillstand schlossen, uns nicht genau bekannt ist, läßt sich nicht sagen, ob Karl durch die Nachricht hievon zu seinem schleunigen Aufbruche nach Quiercy veranlaßt worden war (II. c. 2: cum perpaucis hoc iter accelerans: s. oben p. 20; vgl. aber auch n. 84). Aber auch ganz abgesehen von einer solchen nicht ganz unmöglichen Veranlassung, war die Eile Karls schon durch die Art der Einladung bedingt, sowie durch die Dringlichkeit der Zeitumstände. Eine occupatio durch Lothar ließ sich voraussehen, auch als sich Lothar noch nicht von Ludwig weggewandt hatte: hatte doch Lothar die Franci beschickt. Zwei Dinge scheinen hingegen dafür zu sprechen, daß der Aufbruch Karls nach Quiercy noch vor dem Kostheimervertrage vor sich ging, nicht durch ihn bedingt war, daß dieser also erst kurz vor Lothars Aufbruch nach dem Westen geschlossen wurde: einmal die Worte: si opprimere vellet in c. 3, welche einen Angriff Lothars noch in ziemlich weite Ferne stellen, dann die Leichtigkeit, mit der sich Karl

ohne alle Bedenken entschloß, Quierzy und das durch eine feindselige Haltung Lothars in erster Linie bedrohte Neustrien zu verlassen, um der Mutter Hülfe zu bringen (s. oben p. 20).

[313]) Pertz in den leges: I. p. 374, Dümmler: p. 139: n. 11 nehmen le Cointe's und Pagi's Datum an: 23. August. Aber von Noorden: p. 23: n. 1 will blos zugeben, daß das Edict vor Ende September ausgestellt worden ist, da nachher Lothar in Westfrancien erscheint. Für jenes oder ein anderes früheres Datum scheinen mir jedoch die Worte der epist. synod. concil. Tricass. (Sirmond: conc. Gall.: III. p. 355) zu sprechen: Cui (sc. Lothar) ad Wormaciam civitatem Ebbo occurrit, eique Hlotharius post aliquot dies per edictum imperiale sedem restituit, nach welchen die Versammlung in Ingelheim also nur „etwelche Tage" nach dem Aufenthalte Lothars in Worms, der in den Anfang des August fallen muß, stattfand. Auch darauf mag verwiesen werden, daß Lothar am 13. August zu Mainz (s. n. 301) dem Bischof Drogo, der in Ingelheim auch anwesend war (s. p. 39), eine Schenkung zu Gunsten der Kirche von Metz machte.

[314]) Ueber diese Schreibung des Namens s. die Arbeit meines Freundes Dr. G. Grunauer: de fontibus historiae Frechulfi: p. 60 (Turici 1864).

[315]) Nicht so genau, wie dieses Schreiben der Synode (cui, sc. Hlothario, ad Wormaciam civitatem Ebbo occurrit), ist die narr. cleric. Remens. (Bouquet: VII. p. 278), welche Lothar und Ebbo in Ingelheim sich zuerst sehen läßt (obviavit illi, sc. Lothario, apud Ingelenhaim). Die Synode sagt (p. 355): deducente Bosone abbate, cui commendatus ad custodiendum fuerat, Karl (p. 361): praefatus Ebo ab illo qui eum custodiebat fratri nostro Hlothario ductus est; quem isdem frater noster venerabiliter et benigne suscipiens. Ueber die Restitution Ebbo's spricht jene: ei Hlotharius per edictum imperiale sedem et dioecesim restituit, dieser: communi consensu (der Bischöfe) suis gradibus est restitutus.

[316]) Auch die Worte Nithards: c. 3: cum Lodharius a Lodhuwico reverteretur scheinen mir eher dafür zu sprechen, daß der Kostheimer Stillstand nicht viel vor dem Abzuge gegen Karl geschlossen wurde (s. auch oben p. 20).

[317]) Dieser Odulfus ist vielleicht der in Lupi epist. 43 u. 88 (aus 844 u. 845: Duchesne: II. pp. 755 u. 771) und in einer Urkunde Karls vom 27. December 843 (Böhmer: n. 1547) genannte Laienabt des Klosters des h. Jodocus (St. Josse an der Canche, im Dep. Pas de Calais); s. Dümmler: p. 278 u. n. 18.

[318]) omnes citra Carbonarias halte ich für die intra Carbonarias von c. 2; denn wenn Nithard in c. 2 unter den extra Carbonarias diejenigen im Nordosten des Kohlenwaldes versteht, d. h. von seinem Standpuncte aus „innerhalb" und „außerhalb" auffaßt, so wird das bei „diesseits" nicht anders sich verhalten. Auch erscheinen ja die omnes a Carbonariis et intra in c. 6 auf Lothars Seite. — Die Pfalz Vern ist die heutige Ortschaft Ver am Südrande des Departements der Oise, im Arrondissement Senlis, Canton Nanteuil-le-Haudouin gelegen, unweit Dammartin.

[319]) Pippin wird durch Regino zu 818 (script.: I. p. 567) als Bernhards Sohn erwähnt. Er muß mehrmals seine Parteistellung gewechselt haben. — Im Jahre 834 war einer von denen, welche die Kaiserin aus ihrer Haft in Italien befreiten und dem Gemahle nach Aachen zurückbrachten (ann. Bert.: 834. Auch Astronomus: c. 52 nennt ihn bei diesem Anlasse, verwechselt ihn aber mit dem aquitanischen Könige gleichen Namens: script.: II. p. 638: Z. 27: Pippinum recepit filium, während Z. 24 unmittelbar vorher ganz richtig — ann. Bert. sagen ausdrücklich, Pippin sei nach Hause entlassen worden, blos Ludwig beim Vater geblieben — steht: Pippinum dimisit; n. 3 zu p. 638 will, um filium zu retten, statt Pippinum auf Z. 27 Hludowicum setzen oder wenigstens diesen darunter verstehen: doch einerseits war Ludwig schon vorher bei dem Vater, konnte also nicht erst in Aachen angetroffen werden, und andererseits muß nach der Nennung des Ratolt und Bonifacius nothwendig an dieser Stelle der Name des Pippin, des Sohnes Bernhards, folgen). 836 scheint Lothar auch den Pippin in seinen Rechten geschädigt zu haben; wenigstens ermahnte der Kaiser den Sohn durch Gesandte auch „hinsichtlich der Bischöfe und Grafen", qui dudum cum Augusta fideli devotione de Italia venerant, ut eis et sedes propriae et comitatus ac beneficia seu res propriae redderentur (Prud. zu 836). Nachher hing er, wie aus Nithard hervorgeht, Karl eine Zeit lang an; jetzt dagegen ergriff er Lothars Sache. Wohl nichts Anderes, als alle Uebrigen, bewog ihn hiezu, und Schelle erweist ihm sicherlich zu viel Ehre, wenn er p. 16 sagt: ob iracundiam et odium, quod post patrem mortuum in dilectum filium (des Mörders, Karl) habuit, ad Lotharium defecisse videtur.

[320]) Gfrörer sagt: p. 69: „Was können in solcher Verbindung die Ausdrücke „einschmeichelnde Versprechungen, gewisse Bedingungen" anderes besagen, als das Anerbieten politischer Rechte". Wenck: p. 413 findet das „denn doch etwas stark".

[321]) Ueber Erich s. oben p. 22. Dazu verdient noch bemerkt zu werden, daß Erich inter Sequanam et Ligerem genannt wird und daß Chartres nur 14 Meilen von le Mans und noch weniger weit von der Grenze von Maine nach Osten liegt.

[322]) Auch die hist. eccles. Remens. Flodoards: II. c. 20 (Bouquet: VII. p. 212) redet hievon: ita eo tempore, quo Lotharius Carolum a regno expulit, et ultra Sequanam fugavit, Ebo sedem Remensem post sex annos suae depositionis recepit, et episcopale ministerium agere coepit. Ebbo's Restitutionsedict steht bei Sirmond (conc. Gall.: III. pp. 631 u. 632). — Unrichtig ist es, wenn Flodoard (l. c.) sagt, Ebbo sei post totum circiter annum wieder seines Stuhles beraubt worden: es waren vom 6. December 840 bis etwa zum 28. August 841 (Fontenoy VII) nicht einmal drei Vierteljahre vergangen, als Ebbo wieder fliehen mußte (s. n. 150). — Da hier blos das Factum der Rückkehr Ebbo's uns näher angeht, so ist es nicht nöthig, auf das Wie seiner Wiedereinsetzung einzugehen (s. von Noorden: pp. 23 u. 24).

[323]) Guntbold wird auch noch III: c. 2 von Nithard als der Anführer der Lotharischen genannt, welche 841 nach der Schlacht von Fontanetum Karls nach Neustrien entsandte Boten zum Rückzuge von Quierzy nach Paris zwangen. Einen Gumboldus führt Lupi ep. 28 neben einem Ogo auf, als einen, der sich im August 840 wieder zu Karls Partei zurückwandte (s. n. 172 am Ende). — Werner ist der Bruder Lamberts des zu den Bretonen abgefallenen Hochverräthers (Forschungen: III. pp. 427 u. 429). Als offener Feind Karls wurde er 850 vom Grafen Gauzbert von Maine gefangen genommen und im Anfang des Jahres 852 hingerichtet. Er endete sein Leben ziemlich zugleich mit Lambert (s. p. 37; das chron. Fontanell. stellt zu 851, Prudentius zu 852 den Tod beider Brüder zusammen). Prudentius nennt zu 852 die beiden Brüder: pars vel maxima discordiarum. — Arnolf finde ich sonst nirgends genannt.

[324]) Lothars Verhältniß zu der Provence verdient nähere Beachtung. — Im Juni 839 war dieselbe auf Karls Reichstheil gefallen. Aber nicht nur waren mehrere Prälaten aus diesen Gegenden auf Lothars Synode zu Ingelheim erschienen; Lothar empfing auch, obschon er im Vertrage von Orleans (II: c. 4) Karl im Besitze der Provence gelassen hatte, Verstärkungen aus derselben auf seinem Wege von Orleans nach der Saone im December 840; im Februar 841 bestätigte er dem Bischof von Marseille Rechte seiner Kirche. Dagegen empfing Karl bedeutenden Zuzug aus der Provence vor der Schlacht bei Fontanetum (Fontenoy VI, und daselbst: n. 20): Karl errang mit denselben bedeutende Erfolge. Aber nach dem Theilungsvorschlage von Mâcon (Mai oder Juni 842) wurde die Provence an Lothar abgetreten und durch den Vertrag von Verdun an Karl nicht mehr zurückerstattet. Zwei Parteien müssen in dem Lande sich ziemlich die Waage gehalten haben. Die Anhänger Karls machten 845 noch einen letzten Versuch, unter der Anführung des Grafen Fulcrad von Arles Lothars verhaßte Herrschaft abzuschütteln. Erst im Herbste des Jahres konnte Lothar die Empörung für beendigt ansehen, war das Land wenigstens größtentheils zum Gehorsam zurückgekehrt (Wenck: pp. 114 u. 115: Prud. u. Rudolf zu 845). — An dieser Stelle ist die beste Gelegenheit gegeben, noch die Namen einzelner Anhänger Lothars aufzuführen, die in Urkunden desselben vorkommen. Dieselben sind nur wenig bekannt. Aiolar erhält durch Lothar am 5. Februar 842 (Böhmer: n. 573; Beyer: I. p. 76), alle vor dem Zuge nach Sinzig Güter im Meielgau geschenkt. Was Graf Richard (s. n. 11) dem Kloster Prüm schenkte, wird am 12. November dieses Jahres dem Abte Markward bestätigt (Böhmer: n. 575; Beyer: I. pp. 78 u. 79). Nach dem Elsaß weist n. 576, eine Schenkung an den Grafen Erchanger, nach Ripuarien n. 577, eine Verwandlung von Lehen in Eigenthum, zu Gunsten des Grafen Eslch, die letzten beiden vom 17. Februar und 20. März 843. Darüber, daß Graf Erchanger im Elsaß begütert war, s. auch Dümmler: p. 475: n. 30.

325) In c. 7 weist Nithard doch uti praefatum est auf das Ende von c. 4 zurück, wo er bereits sagte: quemadmodum Lodhuwicum dolo aut vi superare posset, intendit (sc. Lodharius).

326) Scholle macht p. 12 (Otgarius . . . cujus auctoritas maxima erat in plurimis terris transrhenanis a Ludovico affectatis) auf eine Hauptquelle des Hasses Otgars gegen Ludwig aufmerksam. Noch schärfer betont Ficker: pp. 51 u. 52, daß „der Erzbischof von Mainz" als solcher „ein eifriger Verfechter der Einheit des Kaiserreiches" sein mußte.

327) Worin die von Prudentius erwähnte „gewisse Kriegslist" (astu quodam), die Lothar bei Worms anwandte, bestand, wird uns nicht gesagt.

328) Adalbert war der „Oberbefehlshaber", der „kriegerische Anführer" der von Lothar zurückgelassenen custodes partium illarum (Rudolf), der custodiae (Prudentius): das will dux bei Nithard: cc. 7 u. 9 besagen. Ebenso benennt eine Nachricht von St. Gallen (notae hist. Sangall. in script.: I. p. 70) die von Rudolf als comites, von Ratpert (l. c.: II. p. 67) als principes bezeichneten andern Anführer des Heeres mit dem Titel duces. Schon Schwartz hatte (p. 24: n. 2) gegen Müller (auch Funck: p. 195) die durchaus unpassende Ansicht zurückgewiesen, daß dux hier „Herzog" heiße, als Gfrörer: p. 13 (p. 17: „eine aristokratische Gesellschaftsverfassung") von neuem darauf zurückkam und dann auf pp. 170—173 die kühnsten Folgerungen daran knüpfte (seit Ludwigs des Frommen Tode beginnen in den „deutschen" Landen Herzoge häufiger genannt zu werden; Ludwig der Deutsche ahmt das nach: er ist der rechte Adelskönig gegenüber dem französischen Bürgerkönige Karl). In umfassendster Weise vernichtet Wenck (p. 491 ff., p. 497; über Adalbert insbesondere: p. 496: n. 5 u. p. 497: n.) alle diese Erdichtungen. — Funck betont auf p. 195, daß Adalbert von 838 her viele Bekannte unter den Sachsen hatte.

329) Die Zeit, in welcher sich Lothar auf dem rechten Rheinufer aufhielt, läßt sich nur annähernd bestimmen. Nach Rudolf geschah der Uebergang über den Strom: inchoante mense Aprili: nach Nithard (c. 7 am Ende) machte sich Lothar vor dem 17. April nach Aachen auf (Aquis pascha celebraturus). Nach den Worten des Prudentius ging er erst, nachdem er von dem Rückzuge der von ihm an der Seine zurückgelassenen Truppen gehört hatte (audita suorum fuga), über den Rhein zurück. Nach einer Nachricht der Chronik von St. Wandrille (s. oben p. 23) fand dieser Rückzug (die Flucht der lotharischen Truppen im Odenwalde kann hier nicht in Betracht kommen, da sie erst in die Nacht vom 13. zum 14. April fällt: s. n. 100) zwischen dem 31. März und 4. April statt: so wird denn auch nach diesem Fingerzeige die Rückkehr Lothars nach dem linken Rheinufer etwa an das Ende des ersten Drittheils des Monats April zu setzen sein.

330) Dümmler scheint (p. 146: n. 40) aus dem iterum Rhenum transponit des Prudentius entnehmen zu wollen, daß Lothar zwei Male über den Rhein gegangen sei, einmal, um Ludwig nach Baiern zurückzujagen, dann ein zweites Mal, um für die Zeit seiner Abwesenheit seine militärischen Maßregeln zu treffen. Allein in Uebereinstimmung mit Nithard und Rudolf ist wohl nur an ein einmaliges Betreten des rechten Rheinufers zu denken: iterum transponit (vom rechten Ufer wieder auf das linke) ist einfach der Gegensatz zu (Lothario) transeunte (d. h. vom linken zum rechten); das disponere der custodias kann er auch vom linken Ufer aus ins Werk gesetzt haben.

331) Nehmen wir Worms als Aufenthaltsort Lothars, Troyes als denjenigen Karls an, so betrug die directe Entfernung zwischen beiden Orten etwa 47, der Umweg über Aachen ungefähr 70 (28 und 42) Meilen. Wohl die zutreffendste Erklärung für Lothars Handlungsweise, wenn dieselbe überhaupt überlegt war, bringt Gfrörer (p. 14): Lothar habe sich, nachdem er unter Adalbert einen Theil seiner Truppen zurückgelassen, erst wieder verstärken müssen.

332) Wann sich Lothar aus Aachen aufmachte, ist nicht bekannt: nur so viel geht aus Nithard (c. 9) hervor, daß er bereits gegen Karl im Felde stand, als es diesem gelang, sich mit Ludwig zu verbinden (Funck glaubt auf p. 199, erst die Nachricht von Adalberts Tod habe Lothar aus seiner „Starrsucht" aufgeschreckt). — Folgende dürftige Angaben Nithards und der annales Xantenses verbreiten ein nur geringes Licht über die Thaten Lothars zwischen dem 17. April und dem Beginne des Monats Juni. Zur Zeit, wo Karl in Attigny war, also nach dem 7. Mai, fürchtete Lothar (c. 8 am Ende: ne forte ex improviso Karolus supra illum irruere posset, cavebat), unversehens von demselben überfallen zu werden, und traf Vorsichtsmaßregeln dagegen. Da Attigny selbst in gerader Linie immer noch 24 Meilen von Aachen entfernt ist, so darf kaum angenommen werden, daß Lothar damals, also im ersten Drittheil des Mai, sich noch in Aachen befand. Auch der Umstand, daß Karl in der kurzen Zeit vom 7. bis 12. oder 13. Mai frequenter von Lothar missi variis querimoniis referti (c. 8) empfangen konnte, weist auf eine nicht sehr große Distanz ihrer Aufenthaltsorte. Nachdem sich Karl zu Chalons an der Marne mit seiner Mutter vereinigt (jedenfalls nicht viel nach der Mitte des Monats, da er hier die erste Nachricht von Ludwigs Sieg auf dem Ries bekam), mußte er bereits eine nahe Verfolgung Lothars befürchten, wie sie auch wirklich nachher eintrat (c. 9: cum Karolus a Lodhario persequi se didicisset). Hingegen muß Lothar immerhin durch einen etwas langen und anstrengenden Zug seine Truppen ermüdet haben, wenn er eine zweitägige Rast seinen Pferden zu gönnen sich genöthigt sah (l. c.: allerdings ist das veluti vor fessis wohl zu beachten). Da aber alle nähern Ortsbestimmungen fehlen, so ist kein genaues Resultat zu gewinnen. — Nur so viel steht fest, daß erst die gelungene Vereinigung der Heere Ludwigs und Karls Lothar zu einem thatkräftigern Handeln bewog (ann. Xant. zu 841: quod (die Vereinigung) cum Lotharius perspiceret, moto cum exercitu venit adversus eos etc.). — An dieser Stelle muß auch noch erwähnt werden, daß Gfrörer (pp. 24 u. 26) in die Zeit nach dem 17. April, wo Lothar sich in Aachen aufhielt, eine Handlung desselben verlegt, die er ihm auf völlig haltlose Weise andichtet, wohl nur um Lothars „scheinbare Unthätigkeit" zu erklären. Er soll von Aachen aus eine Schaar Normannen zu der Plünderung von Rouen (Prudentius zu 841) aufgehetzt haben, die nachher im Mai erfolgte, und zwar in der Absicht, Karl Feinde zu erwecken. Das schloß Gfrörer aus der Stelle Nithards in IV: c. 2, wo von Lothars spätern normannischen Bundesgenossen gehandelt wird. Allein einmal gehörte ja Rouen und fast das ganze Seinegebiet zu dem Theile Galliens, den sich Lothar im Vertrag von Orleans ausbedungen hatte; ferner war vor dem 25. Juni für Lothar durchaus kein Grund vorhanden gewesen, zu solchen verzweifelten Mitteln zu greifen, und bezeugt Prudentius ausdrücklich, daß Lothar erst nach seiner Niederlage (restaurandi proelii gratia) an die Sachsen und den Normannen Heriold sich um Hülfe wandte; endlich hätte Nithard sicherlich nicht versäumt, den verhaßten Lothar schon bei diesem Anlaß ob eines solchen Bundes mit dem Reichsfeinde zu brandmarken, wenn wirklich ein solcher stattgefunden hätte: war doch Karl nur ganz kurz vor dem Ueberfall in St. Wandrille gewesen, einem Kloster, welches ebenfalls heimgesucht ward (chron. Fontanell.: 8. Kal. Junii redemptum est Fontinellense coenobium libris 6; s. script. II: p. 301), und war es doch ein Vassall des Königs (l. c.: Vulfardus regis homo), der dem Feinde entgegen trat (s. oben p. 23). Dümmler redet hierüber: p. 159: n. 23.

333) In c. 10 nennt Nithard als Unterhändler Lothars neben Drogo (s. oben p. 39), Hugo (s. n. 172 u. n. 26 von Excurs VI.), Richwin (s. in Excurs VI.) auch die Grafen Hegibert, Hirmenald und Friedrich, die ich sonst nirgends aufgeführt finde.

334) Ueber den Ausgang der Schlacht, über die Gefangenen, über die Frage, ob eine Verfolgung stattgefunden habe, oder nicht, u. a. m. ist schon oben in der Geschichte Karls ausführlich gesprochen worden.

335) Da nach der Erzählung des Agnellus in der Geschichte Gregors von Ravenna: c. 2 (s. oben p. 30) Gregors IV. Gesandte nach Auxerre ihre Zuflucht nahmen (legati vero Romani episcopi, fuga arrepta, venerunt Antisiodorum) und die Lage dieser Stadt (nordöstlich von Fontanetum) der Richtung vom Schlachtfelde nach Aachen entspricht, so liegt die Vermuthung nahe, Lothar sei mit den Resten seines Heeres über Auxerre geflohen. Pippin II. hingegen wandte sich jedenfalls gleich südwestlich nach der Loire hin. — War es wohl Lothar selbst, der auf dieser Flucht das Gerücht verbreitete, das hernach in Neustrien von manchen geglaubt wurde: in praelio Karolum cecidisse, Lodhuwicum vulneratum et fuga lapsum abisse (III: c. 2.)? Daß aber dieses Gerede überhaupt nur gläubige Ohren finden konnte, zeigt, daß Lothars Rückzug nach Aachen nicht den Charakter einer eigentlichen verzweifelten Flucht hat an sich tragen können.

336) Prudentius: Lotharius terga vertens et Aquasgrani perveniens; Rudolf: Hlotharius ipsa die ad Aquense palatium coepit reverti; Ado: tercius elabitur, atque Aquisgrani in regia tandem se recepit (script.: II. p. 321).

337) Worte Dümmlers am Schlusse von Abschnitt VI. (p. 158), gestützt auf das zeitgenössische Urtheil Hinkmars in dessen Brief an Ludwig den Stammler (daselbst in n. 74).

338) res publica bedeutet hier „öffentliches Vermögen, Finanzwesen" (s. Waitz: IV. p. 5).

339) Ganz willkürlich übersetzt Gfrörer (p. 27) die Worte Nithards: populus qui cum illo fuerat durch „der Lothar bisher getreue Theil des sächsischen Adels". Er stützte sich wohl hiebei auf Nithards Worte: his ita se habentibus (d. h. his „die sächsischen Dinge"): aber diese Hülfs- und Ausfüllungsredensart ist, wie quibus peractis, per idem tempus, his ita compositis, igitur, ergo, eodem tempore u. a. m., die fast in jedem Capitel wiederkehren, nur eine jener Krücken, an denen sich Nithards unkünstlerischer Satzbau oft mühsam genug weiter bewegt; irgend einen Schluß aus irgend einem dieser gefälligen Sätzchen ziehen zu wollen, führt nur auf Irrwege. Ebenso bezieht Gfrörer ohne jeden zwingenden Grund Nithards ganz allgemeine Mittheilungen über Lothars Maßregeln (von hinc rem publicam bis promitteret) speciell auf „rheinische oder mainische Franken und Alamannen" (p. 29), um allerlei nachher daraus zu folgern.

340) s. Dümmler: p. 61: n. 64. Worin diese milde Handlung Ludwigs des Frommen bestand, ist hier nicht zu untersuchen nöthig.

341) Zu 838 redet Prudentius von den Erfolgen, welche zwei eigens durch den Kaiser entsandte Grafen über die Wilzen und Abodriten erfochten hatten. Zu 839 erzählt er erstlich, daß der Kaiser im Juni zu Worms u. a. auch festgesetzt habe, wer mit den sächsischen Mannschaften die dänischen und slawischen Einfälle abwehren sollte, und weiter unten, daß er einen Heerzug der Sachsen gegen Wilzen, Abodriten und Linonen anordnete (s. Funck: p. 272: n. 3 zu Abschnitt XXV., auch Dümmler: p. 255: n. 22; nach Zeuß: die Deutschen und ihre Nachbarstämme, wohnten die Linonen am rechten Ufer der untern Elbe, unterhalb der Havelmündung östlich gegen den Müritzsee (p. 652), die Wilzen an der Ostsee von der Warnow an östlich bis zur Oder (p. 653 ff.), die Abodriten gleichfalls an der Küste, westlich von der Warnow bis zur Trawe (p. 654), während die das mittlere Elbegebiet besitzenden Sorben die Nachbarn der Thüringer waren).

342) Sickel (I: pp. 363 u. 364) setzt die von Böhmer zu 845 gestellte Urkunde Ludwigs: n. 752 zum Jahre 839, in eine Zeit, wo sich Ludwig nach Rudolf (zu 840: per Alamanniam facto itinere venit ad Franconofurt) ganz gut bei Friedberg (Ober- und Niederroßbach sind zwei benachbarte Ortschaften am Südabhange des Taunus, nicht ganz eine Meile westlich von Friedberg und beinahe drei nordöstlich von Frankfurt in der großherzoglich hessischen Provinz Oberhessen gelegen) aufhalten konnte: Dümmler schließt sich ihm auf p. 133 n. 77, sowie auf p. 142: n. 23 an („wegen der weiten Entfernung zwischen Paderborn und Friedberg": indessen wäre in der Zeit von 14 Tagen, vom 10. bis 24. December, ein Weg von 21 Meilen wohl zurückzulegen gewesen). — Sickel äußert sich übrigens (p. 363: n. 2), der oben citirten Stelle Rudolfs widersprechend, dahin, daß Ludwig wohl nicht erst im Anfang des Winters von 839 auf 840 aufbrach, sondern schon früher nach dem im Spätsommer erfolgten Abzuge des Vaters aus den mittelrheinischen Landen (von Worms nach Kreuznach — 8. Juli —, nach der Eifel, dann nach Aquitanien: s. Geurs III.) aufs schnellste nach Franken zurückkehrte. Von Bodmann hatte er sich zuerst wie mit Waitz (IV. p. 576: n. 3 über in regno reliquid des Astron.: c. 61) gegen Wiederlind unbedingt anzunehmen ist, nach Baiern begeben müssen: unter regnum kann Ostfranken nicht verstanden werden (Prudentius zu 839 meldet, daß Ludwig im Juni oder Juli befohlen wurde, finea Bajoariae nullatenus egredi).

343) Ueber Böhmer's n. 750 (u. 751) sagt Sickel: p. 367, daß Erhards Vorschlag (reg. hist. Westf. I: Anh. 11), sie in das Jahr 841 zu setzen (Böhmer stellte sie gleich n. 752 zu 845), schon deßhalb zu verwerfen sei, weil dann sowohl Indiction (IV.), als Regierungsjahr (VII.) verbessert werden müßten: er erklärt sich dafür, daß erstere maßgebend sei, also hier 840, worin ihm Dümmler: p. 141: n. 23 folgt (vgl. die Tabelle in Sickel: II. p. 164). — Auffallend ist nur auf diese Weise, daß sich Ludwig nur wenige Monate nach der Synode von Ingelheim zu Paderborn aufhielt, dessen Bischof Badurad, ein treuer Anhänger des verstorbenen Kaisers (Dümmler: p. 99: n. 39), an jener theilgenommen hatte. — Paderborn war für den Winter von 830 auf 831 nach Astron.: c. 45 der Verbannungsort des Abtes Hilduin von St. Denis gewesen, Badurad im Sommer 834 als Gesandter Ludwigs des Frommen zu dem in seiner Widerspänstigkeit beharrenden Lothar gegangen (Thegan: c. 54); die transl. s. Liborii: c. 6 (script. IV: p. 151) redet von Badurad als von einem Manne: qui praeclarae morum nobilitatis, magnanimitatis et industriae merito familiaritatem regiam intime consecutus.

344) Die Stelle des Ann. Saxo über Heimo's Einsetzung durch Ludwig steht bei Dümmler: p. 142: n. 24.

345) Deutlich setzt Prudentius die Saxonum complures den Austrasiorum (etc.) omnes entgegen.

346) Es kann sich hier nicht um eine ausführliche Darlegung dieser Verhältnisse, sondern nur darum handeln, die Richtigkeit der Angaben Nithards zu prüfen.

347) In der lex Saxonum (ed. Merkel) wird in Titel XVII. nach dem servus a nobili occisus von dem (servus) a libero vel lito (occisus) (p. 10) gesprochen, in XVIII. von einem dominus liti (p. 11). Rudolf redet in der translatio s. Alexandri: c. 1 (script. II: p. 675) so vom sächsischen Volke: quattuor igitur differentiis gens illa consistit; nobilium scilicet et liberorum, libertorum atque servorum. Einige weitere Beweisstellen dafür, daß Liten und Knechte nicht dasselbe sind, hat Dümmler: p. 159: n. 7.

348) Nach Waitz: III. p. 115: n. 2 waren sogar die sächsischen Liten sehr gut gestellt gewesen.

349) s. hierüber Waitz: III. pp. 137—139 (bes. n. 2 zu p. 137, auch: I. p. 176 n. 1, 2. Aufl.), Dümmler: pp. 159—161. — Waitz sagt III: pp. 119 u. 120 im Anschluß an die Stelle der ann. LaureshAm. zu 782: constituit (Karl der Große) super Saxoniam ex nobilissimis Saxones genere comites (p. 119: n. 3), daß der Adel durch die fränkische Occupation bei den Sachsen zu höherer Geltung kam; allein in von Sybel's hist. Zeitschr. (Bd. IX: p. 257: Besprechung der Schrift von G. Bolze: die Sachsen vor Karl dem Großen) äußert er sich (1863): „daß das besonders hohe Wergeld eine Einrichtung Karls des Großen sei, wird mir immer weniger wahrscheinlich" (s. I: p. 215: 2. Aufl.).

350) Prudentius sagt: Saxones ceterosque confines sibi conciliare studet, jedenfalls mit Uebertreibung. Denn an die Slaven wird von vorne herein nicht zu denken sein; die Thüringer blieben sich auf Ludwigs Seite (Th. Knochenhauer: Geschichte Thüringens in der karolingischen und sächsischen Zeit: p. 22, Gotha 1863); die Friesen, bei denen allerdings (Waitz: III. p. 137) der Adel eine ähnliche Stellung, wie bei den Sachsen, einnahm, können auch nicht darunter verstanden sein, da keine einzige Quelle von einem Aufstande derselben redet, am wenigsten Nithard, welcher darüber sicherlich nicht geschwiegen hätte. — Von Anhängern Lothars wüßte ich außer dem episcopus Hudarensis (legere: I. p. 374) höchstens den Grafen Banzleib (Kanzleghus comes et Saxoniae patriae marchio), als Bruder Adalberts und Hatto's, zweier eifriger Parteigänger Lothars, zu nennen (s. Dümmler: II. p. 685: Nachlese).

351) Hier irrt Prudentius. Der Name Stellinga (s. Dümmler: p. 160: n. 8) war ein nomen novum (IV: c. 2), das sich die Empörer erst nach ihrer Erhebung beilegten.

352) Dümmler hebt p. 161 ausdrücklich hervor, daß diese angebahnte Herstellung der durch Karl den Großen ein halbes Jahrhundert früher gebrochenen Zustände gewissermaßen auch eine Begünstigung des alten Heidenthums in sich schloß. Auch Ficker sagt p. 38: „Zur Zeit der Reichstheilung wurzelte das Christenthum in Sachsen noch keineswegs so fest, um nicht neben den andern auch den religiösen Gegensatz zu begründen."

353) Scholle (p. 39) betont diese paganitas Saxonum auch viel zu sehr und verdächtigt insbesondere in sehr ungerechter Weise Lothar: cum imperator seditiosis etiam ut deis gentilibus cultus tribuerent permitteret. Kein Wort sagt Prudentius davon, daß Lothar zum Abfalle vom Christenthume aufforderte; vielmehr ist wohl unbedingt Schwarz: p. 55: n. (am Ende) darin beizupflichten, daß eine Untergrabung der christlichen Kirche, wie sie auch keineswegs in Lothars Interesse lag, durchaus nicht von ihm beabsichtigt wurde.

354) Sind unter diesen domini legitimi neben den weltlichen Beamten vielleicht auch die geistlichen Machthaber zu verstehen, welche um der Zehnten willen so verhaßt waren (Dümmler: p. 160)?

355) Am Schlusse dieses Abschnittes über die Stellinga mögen noch einige weitere darauf bezügliche Urtheile hier erwähnt werden. — O. Hartwig (über die ersten Anfänge des Gildewesens, in Forschungen: I) führt (l. c.: p. 146) gegen Eichhorn aus, daß die Stellinga keine gildeartige Verbindung war. Roth (B. W.: p. 378: n. 47.) stellt die Stellinga unterschiedslos in eine Reihe mit andern Aufständen unter den Karolingern, und verkennt so jedenfalls den ihr allein inne wohnenden durchaus originellen Zug, den Wenck: p. 441 (s. auch pp. 231 u. 233) vor die Augen führt. — Dümmler würdigt: p. 207 den Beweggrund, welchen Lothar dazu hatte, diese sächsische Erhebung ins Leben zu rufen, folgendermaßen: „Für die Strebungen der einzelnen Stämme bot das Gesammtreich in seinem weiten, Völker der verschiedensten Art umspannenden Rahmen unzweifelhaft einen günstigeren Boden, als die kleineren und gleichartigeren Theilreiche. In diesem Sinne hatte Lothar gerade die Regungen besonderer Selbständigkeit für die Erhaltung des Ganzen aufgeboten, indem er den einzelnen Stämmen freieren Spielraum zur Entfaltung ihrer Eigenthümlichkeit gewährte."

356) Die Vermuthung Dahlmanns (Geschichte von Dänemark: I. p. 40), daß Heriold 829 vertragsweise wieder aufgenommen wurde, weist Dümmler: p. 263: n. 57 nicht geradezu zurück, gibt aber blos ihre Möglichkeit zu.

357) In den ann. Einh. zu 793: (script.: I. p. 179) heißt es: in pago Hriustri juxta Wisuram fluvium. Aber der noch heute unter dem Namen Rustringen bekannte Landstrich im Oldenburg'schen liegt nicht unmittelbar an der Weser, sondern mehr westlich, und bildet das Westgestade des Jadebusens. Freilich paßt auf dieses Gebiet durchaus nicht die Schilderung des Ermoldus Nigellus in IV: vv. 613 u. 614: (script.: II. p. 513): illius ast propter tribuit sibi praedia fines, | et loca vinifera multimodasque dapes. Ueber die Huldigung sagt Ermoldus (vv. 601 u. 602: p. 512): mox manibus junctis regi se tradidit ultro | et secum regnum, quod sibi jure fuit.

358) Worte Dümmlers (p. 267) über Ludwig den Frommen, die sich aber gleich gut auf Lothar anwenden lassen.

359) In der Geschichte von Dänemark: I. p. 43 sagt Dahlmann, Heriold sei in das Heidenthum zurückgefallen. Wie wir aber überhaupt über seine letzten Jahre nichts wissen, so ist auch dieser Punct durchaus fraglich. Doch mißtraut auch Dümmler (pp. 161, 267 u. dort n. 67) der Aufrichtigkeit von Heriolds christlicher Gesinnung.

360) Walcheren war schon 837 durch die Normannen in furchtbarer Weise heimgesucht worden, wobei u. a. Hemming, ein Bruder Heriolds, der im Dienste des Kaisers ihnen entgegengetreten war (Thegan im appendix nennt ihn Hemminch qui erat ex stirpe Danorum dux christianissimus), durch diese seine Landsleute getödtet wurde. 839 wurde Walcheren abermals geplündert: die Annalen von St. Amand (script.: V. p. 12) zeugen davon: Normanni in Walacris (das ist die quaedam Frisiae pars, die nach Prudentius, zu 839, damals non parum incommodi erlitt) interfecerunt Francos.

361) In dieser Verleihung überhaupt (s. auch Wenck: p. 183) bemerkt Waitz (IV: p. 185), es liege in diesem einen Falle, wo ganze Städte und Landstriche mit den Hoheitsrechten in Form des Beneficiums gegeben wurden, auch mit „der Ansatz zu einer für die folgenden Jahrhunderte so bedeutende Entwicklung" (p. 184). — Ueber Duurstede redet Wenck: p. 148, über Friesland: p. 147 ff.

362) Ueber diesen Anzug s. auch in Excurs VII. — Aus Nadolf geht deutlich hervor, daß diese Sachsen nicht mit Lothar über den Rhein gingen (Gegensatz von cum Hlothario und ipse autem). Allzu bestimmt hingegen sagt Dümmler: p. 162, daß er dieselben von vorne herein zu seinem Zuge nach dem Westen verwenden wollte: als er seinem Sohne die Marschordre zukommen ließ, konnte er noch nicht wissen, daß er so bald seine Pläne ändern, gegen Karl seine Waffen richten werde (omisso Lodhuvico, quem paulo ante persequi statuerat: III. c. 3). — Der junge Lothar ist der spätere König Lothar II., der durch seine Ehehändel eine so traurige Berühmtheit erwarb. Da sich Lothar I. 821 vermählt hatte und Lothar II. sein zweiter Sohn war, so mußte dieser 841 noch sehr jung sein; denn nach Regino (zu 864) war er noch etwa zehn Jahre später ein adolescens, als er, schon vor des Vaters Tode und noch nicht mündig (Dümmler: p. 379), mit seiner Beischläferin Waldrada (s. Prud. zu 853: aliiqui filii ejus (Lothars I.) similiter adulteriis inserviunt) zusammenlebte, und den 869 (also 28 Jahre nach der Zeit, die uns hier beschäftigt) gestorbenen nennt noch bei seinem Tode eine Quelle juvenis (s. Dümmler: I. p. 682: n. 59: die ann. Laubacens.). Indessen deuten auch Nadolfs eigene Worte: filius parvulus auf ein sehr zartes Alter.

363) Wenigstens ging er nachher nach Worms zurück (Nadolf: redit Wormatiam; Nithard: a Warmatia iter arripuit).

364) Prudentius sagt ausdrücklich: Lotharius, Rheni amne transposito, Hludowicum bello impetere moliens. Erst auf dem rechten Rheinufer dachte er an die Möglichkeit eines Kampfes.

365) Der Umstand, daß Lothar schon am 30. August am Rheine im Besitze der Nachricht über ein Ereigniß sich befand, das sich nicht vor dem 28. weit im Westen zu Reims vollzogen hatte, läßt darauf schließen, daß er durch seine Kundschafter wohl bedient war (vgl. Dümmler: p. 124 über Ludwigs des Frommen Spione).

366) Welche Tochter es gewesen sei, erörtert Dümmler: p. 162: n. 16.

367) Auf diese Bedeutung der „Wiege fränkischer Größe" in Lothars Augen lenkt Gfrörer: p. 31 gewiß mit vollem Rechte an diesem Orte unsere Aufmerksamkeit. — Zu wenig Gewicht legt Dümmler: p. 162 darauf, wo er sagt: „Auch das Unternehmen gegen Ludwig brach der Kaiser, ohne Beharrlichkeit, wie immer, in der Mitte ab" u. s. w. Nicht mangelnde Festigkeit des Willens war es gewesen, was Lothar dazu bewog: die bei ihm völlig ungewohnte Eile der Bewegungen weist vielmehr auf einen bestimmten Gedanken, der ihn bewog, seinen schon vorher beabsichtigten (vgl. die Ordre an Lothar den Jüngeren, ebenso die Berufung einer Versammlung nach Thionville) Aufbruch nach dem Westen so sehr zu beschleunigen, und den er dann so energisch durchführte.

368) Indem Gfrörer (vgl. n. 339), auf IV: c. 2 fußend, die Erscheinung des sächsischen Aufstandes kurzweg auf die andern rechtsrheinischen Gebiete überträgt, sagt er p. 30: „Es waren Söhne ehemaliger Freibauern aus Ostfranken, Alamannien (und Sachsen), welche Karls des Großen Gesetze in die Knechtschaft gestürzt hatten, und die nun, durch den Sirenenton der Freiheit gelockt, für Lothar zum Gewehr griffen". Keine Quelle redet auch nur ein Wort von einer den Stellinga ähnlichen Erhebung an Rhein, Main oder Donau.

369) Wir wissen nicht, ob Lothar nach Paris unmittelbar von Thionville aus zog, oder ob er schon früher jene Stadt verlassen hatte. — So viel jedoch darf wohl als sicher angenommen werden, daß es nicht ein „plötzlicher Entschluß" Lothars war, „Karls Vordringen Einhalt zu thun und sich von Diedenhofen aus mit gesammter Macht auf ihn zu werfen", wie Dümmler: p. 164 sagt. Diese Absicht hatte ihn vielmehr schon vorher nach Thionville geführt, und das „Plötzliche" (Prudentius: in Carolum subito vertitur) liegt in der Aenderung des Kriegsplanes am 30. August, der unerwarteten Schwenkung gegen Karl.

370) nach Lebeuf (s. die Note 65 zu script.: I. p. 438): s. auch Schwartz: p. 59: n. 4.

371) Da der saltus Pertica auf dem linken Seineufer liegt, Karl aber den dahin dirigirten Theil seines Heeres erst über die Seine mußte übersetzen lassen (partem exercitus Sequanam trajecit: c. 4), so muß er bei der Entsendung desselben in St. Denis sein Hauptquartier bereits aufgeschlagen gehabt haben. — Funck sagt p. 209, Karl habe bei Blois an der Loire eine Abtheilung seines Heeres stehen gelassen, und gegen diese sei Lothar gezogen, als er nach Sens aufbrach. Aber wäre das der Fall gewesen, so würde Nithard unbedingt davon geredet haben.

372) Die Note 29 zu script.: II. p. 665 und mit ihr Schwartz: p. 61 setzen den saltus Pertica an die Marne. Doch Schelle (p. 44: n. 64) machte darauf aufmerksam, daß er in der Nähe der bretonischen Grenze liegen müsse. — Der Perche genannte Walddistrict hat gegenwärtig von Ost nach West eine Ausdehnung von etwa 9000, von Süd nach Nord eine solche von ungefähr 7000 Meter, und liegt am Ursprung der Avre, eines linken Zuflusses der Eure, gleich nördlich von Tourouvre und nordöstlich von Mortagne an der Chalune, im Departement der Orne.

[373]) Das soll wohl: ex suis neminem recepit bedeuten. Nithard braucht unterschiedslos für dieses „bei sich empfangen, zur Entgegennahme der Huldigung aufnehmen“: excipere (z. B. II. c. 4: ut e Provinciis ad se venientes exciperet u. c. 5: Teotbaldum et Warinum ... ad se venientes ... excepit), suscipere (II. c. 2: a Carbonariis et intra ad se venientes ... suscepit u. IV. c. 2: e populo qui se secuntus est suscepit), recipere (hier, I. c. 8: partem populi recepit u. III. c. 3: ut hos recipere posset).

[374]) Daß die von Hund: p. 210 und von Dümmler: p. 165: n. 31 hieher in den Herbst 841 gerückte quaedam tyrannica pravitas der gesta Aldrici (Bouquet: VII. pp. 341 u. 342) in das Jahr 840 gehört, darüber s. oben n. 155. In dieser ausführlichen Erzählung wird die Erwähnung jener pravitas sogar durch ein vertente tempore ausdrücklich von derjenigen der Anwesenheit Karls in Bonn (am 1. August 841, also wenigstens ein Vierteljahr vor diesem Aufenthalte Lothars zu le Mans) getrennt.

[375]) Auch die Nachricht des chron. Namnet. (Bouquet: VII. p. 217): his contentionibus mediantibus (d. h. in dem Bruderkriege) Francia est devastata, et etiam Neustria (Francien und Neustrien einander entgegen gesetzt: s. n. 89) et Aquitania hat zum Theil wohl hierauf Bezug. — Mit vollem Recht weist Dümmler: p. 165: n. 31 die Zweifel zurück, welche Schwarz: p. 61: n. 3 in die im Texte verwertheten Nachrichten des Prudentius setzt.

[376]) Einmal daraus, daß Prudentius Lothars Rückzug zu 842 stellt, dann aus der allerdings in ihrem Wortlaute übertriebenen Angabe Rudolfs (zu 841: toto hiberni tempore consumpto) geht hervor, daß Lothar bis nach dem Eintritte des neuen Jahres im Südwesten blieb. Dafür spricht auch der Umstand, daß Karl zur Zeit des Rückzuges seine Stellung bei Paris jedenfalls schon verlassen haben mußte; denn sonst hätte derselbe dem flüchtigen Feinde unzweifelhaft den Paß verlegt. — Schwarz irrt p. 62, wenn er meint, Lothar habe sich zwischen die Brüder werfen wollen, dann aber, wie stets unschlüssig, sich nach Aachen zurückgezogen. In diesem Falle wäre er von Tours sicherlich nicht nach Paris gezogen, sondern direct östlich gegen den Rhein hin aufgebrochen. Er wollte vielmehr, wie schon im August und September 841 bei seinem plötzlichen Aufbruche nach Thionville, nichts weiter erreichen, als die Rettung Aachens.

[377]) Francia ist hier, wie in II: c. 1 (s. n. 89) das altfränkische Land, vor Allem die Gegend an der Maas und um Aachen.

[378]) Unter inferiores Galliae partes ist wohl an dieser Stelle zu verstehen: der untere Theil des Loire- und des Seinegebietes.

[379]) Ungemein wahr sind hierüber Scholle's Worte: p. 59 (vgl. p. 64: ... Lotharius fratribus usque in anni 842 initium superior fuit) imperatori omnibus viribus nitendum erat, ut fratres, quominus se conjungerent, impediret und die folgenden Sätze.

[380]) Diese Auswahl darf eine sehr umsichtige genannt werden; denn rheinabwärts folgen sich von der Mosel an, stets in verhältnißmäßig kleinen Zwischenräumen, noch mehrere Vertheidigungslinien, welche dieser ersten ziemlich parallel laufen, und durch die Flußbetten der Nette, des Brohlbaches, besonders jedoch der Ahr dargestellt werden: am rechten Ufer der Ahr, des letzten dieser linken Nebenflüsse des Rheins, liegt, wenn auch nicht hart am Flusse und südlich von demselben, nicht nördlich (also vor, nicht hinter dem schützenden Graben), Sinzig, Lothars Hauptquartier, eine Drittelmeile etwa von der Ahrmündung landeinwärts am Rande einer kleinen Fläche.

[381]) Nithards Worte: quos Lodharius ob hoc inibi reliquerat, ut illis transitum prohibuissent möchten, falls reliquerat richtig ist, zu der Annahme führen, daß Lothar selbst bis nach Coblenz zuerst vorwärts gegangen sei und dort die Truppen „zurückgelassen“ habe, ehe er dauernd nach Sinzig sich begab.

[382]) Diese Stelle der ann. Xant., dürftig genug, lautet im Ganzen: Ibique (zu Coblenz) hostiliter venit Lotharius contra eos; sed cum vidisset, quod a suis deceptus esset, fugiens usque Lingonas pervenit. Wie schon vorher aestivo tempore (n. 215), so sind auch die Nachrichten, daß Lothar selbst nach Coblenz wider die Könige gezogen und daß Langres der Endpunct von Lothars Flucht gewesen sei, irrig.

[383]) Die Namen der Anführer sprechen für die Bedeutsamkeit ihrer Truppen.

[384]) Daß Odgar kein vorzüglicher Heerführer gewesen, singt der Spottvers bei Dümmler: p. 171: n. 57.

[385]) Hatto ist wohl der von Schliephake: I. p. 106 aufgeführte Hatto I., Graf in der Kunigesbuntra, der (l. c.) 854 gestorben sein soll. Dümmler hält ihn (p. 169: n. 46) für den ostfränkischen Grafen Hatto, der in der epist. Einhardi LXIII.: ad N. comitem (Teulet: op. Einh.: II. p. 112) genannt wird: domnus imperator (Ludwig der Fromme) mandavit, [ut] N. omnes faceret convenire ad unum locum illos comites qui sunt in Austria, id est Hattonem et Popponem et Gebehardum, et caeteros socios eorum, ut inter se considerarent quid agendum esset, si aliquid novi de partibus Bajoariae fuisset exortum. Teulet (n. 1 zu p. 113) bezieht das auf den Aufstand Ludwigs von Baiern im Jahre 832; allein Dümmler (p. 131: n. 68) setzt den Brief in den Sommer 839.

[386]) Ueber turmatim ist zu vergleichen Waitz: IV. p. 516: n., über per contubernia: l. c.: p. 522: n. 3.

[387]) regnum dürfte wohl hier und in IV: c. 1 (quomodo patrem suum regno pepulerit; doch ist regnum einer von Nithards schwankenden Ausdrücken, s. n. 89; über de regno a fratre relicto, a proprio regno fugam iniisse, quod regnum ad regendum tradiderit, aequa portio regni ist p. 42 zu vergleichen) im Sinne von Waitz: III. p. 304: n. 1 zu fassen sein: „das gesammte Reich“, also „Reichseinheit, Alleinherrschaft“. Lothar gab das „Gesammtreich, die kaiserliche Hegemonie“, die Ansprüche von 817 auf.

[388]) Unter sedes ist hier Aachen zu verstehen (s. IV: c. 1), das Reichscentrum (s. Waitz: III. p. 218: n. 2 u. IV. p. 576: n. 3, wo er aber sedes regni bei Rudolf: 839 für „austrasisches Land“ erklärt; auch Dümmler: II. p. 625: n. 9 u. 10).

[389]) Francia ist hier unzweifelhaft das „ganze fränkische Reich“; s. Waitz: III. p. 204: n. 2.

[390]) Das Gerüchthafte zeigt sich besonders auch in den verschiedenen Angaben über den Endpunct der Flucht.

[391]) Unrichtiger Weise nennen die ann. Xant. Langres als Endpunct. Dümmler: p. 170: n. 51 hält das für eine Verwechselung von Lingones und Lugdunum. Aber mit Schwarz: p. 72 u. n. 4 und Scholle: p. 48 läßt sich ganz ungezwungen annehmen, Lothar habe Langres berührt, das ja durchaus nicht ferne links ab von dem geraden Wege von Troyes über Dijon nach Lyon liegt.

[392]) Diese Worte Dümmlers stehen p. 170. — Heyer: pp. 10 u. 11 legt gleichfalls ganz richtig hierhin die Wendung in Lothars Geschick: Sed subito magna incidit rerum commutatio. Lotharius paullo ante propter copiarum multitudinem ferocissimus nec fratrum precibus quidquam concedens „a suis, quamvis summa mercede conductis per contubernia turmatim deseritur“, ita ut, qui antea pacem et concordiam semper sprevisse dicitur, jam ipse a fratribus eam petere coactus sit.

[393]) s. Dümmler: p. 143: n. 29. Ado sagt über Agobard und Bernhard (II: p. 321): Bernardus adhuc et Agobardus Viennensem ecclesiam et Lugdunensem regebant. Qui ambo apud imperatorem delati, desertis ecclesiis in Italiam ad filium imperatoris Clotharium se contulerunt (Dümmler: pp. 94 u. 111), et postmodum, piis imperatoribus agentibus, Agobardus Lugdunensem, Bernardus Viennensem sedem recepit (Dümmler: p. 120 u. n. 26). Agobard starb dann (apud Sanctonas in expeditione regia positus) am 6. Juni 840. Ado fährt p. 322 fort: Bernardus Viennensis episcopus moritur (n. 42: 23. Januar 842), et Agilmarus Viennensem suscepit episcopatum. Amulo (n. 43: ordinirt am 16. Januar 841) quoque Lugdunensis episcopus efficitur. Ueber Amolo redet die hist. litter. de la France: V. pp. 104 u. 105. Am 22. October 843 bestätigte Lothar Agilmar alle erworbenen und ererbten Güter und restituirte an demselben Tage seinem Erzstifte ein Besitzthum (Böhmer: n. 582 u. 583).

[394]) In collecto fido satis exercitu konnte nur Gfrörer einen Beweis dafür sehen, daß Rudolf die „geheime“ Geschichte jener Zeit kannte; die natürliche Erscheinung, daß die nun bei Lothar sich einfindenden Anhänger ihm wirklich „treu“ waren, findet er „sonderbar“ (p. 40 u. n. 3): s. auch Dümmler: p. 175: n. 66. — Auch 834 war Lothar am 28. Februar aus St. Denis nach Vienne geflohen (Nithard: I. c. 4; Astron.: c. 51). Hier in Burgund erholte er sich von seiner Niederlage und überfiel dann nach Odo's Besiegung das unglückliche Chalons an der Saone.

[395]) Dümmler hält (p. 174: n. 65) diesen Josippus für den Begleiter Lothars im Juni 839 auf den Reichstag zu Worms (Nithard: I. c. 7: Josippum ad patrem direxit: s. oben p. 3).

[396]) Eberhard erscheint schon 836 als einer der Gesandten, die mit Wala im Mai 836 im Auftrage Lothars auf dem Reichstage zu Thionville erschienen, um die Versöhnung zwischen Ludwig dem Frommen und Lothar anzubahnen (Thegan im appendix nennt ihn Ebarhardus fidelis neben dem „treulosen" Richard (s. n. 11): script.: II. p. 603). Auch in der Urkunde Lothars für den Dogen von Venedig (Böhmer: n. 572) wird er (am 1. September 841) „getreuer Graf" genannt (Muratori: script. rer. Ital.: XII. p. 176). Eberhard war Karls des Kahlen Schwager, der Gemahl von Ludwigs und Judiths Tochter Gisela (Agnellus: lib. pontif., Leben Georgs: c. 1: Gisolam filiam suam tradidit marito Evrardo nomine, sc. Ludwig der Fromme: Muratori: l. c.: II. Th. 1: p. 185). Er war Markgraf von Friaul und bekämpfte als solcher die Saracenen und Slaven in Dalmatien. Sedulius Scottus besang seine Thaten in fünf Gedichten, z. B. in III: vv. 9—12: Maurus agnoscit tua facta clara, et Saracenus tumidus superbus, quos piis armis superare nosti munere Christi (s. Wiener Jahrbuch für vaterländ. Gesch.: I. pp. 180—186 die Gedichte, pp. 172—176 über Eberhard). Wie dieses irischen Dichters, so war Eberhard auch der Freund anderer gelehrter Männer, wie des Mönches Gotschalk, der einige Zeit hindurch bei ihm lebte, Hinkmars, Rabans, der im April 848 an ihn über Gotschalk ein Schreiben richtete (Sirmond: op. var.: II. p. 1019 ff.): s. Dümmler: I. p. 317, II: p. 649.

[397]) Egbert finde ich sonst nicht genannt.

[398]) Für diese Auffassung von paululum, die allein dem folgenden enim einen Sinn gibt, ist Schwarz: p. 79: n. 8 zu vergleichen. Uebrigens kann hier Nithard unter animatus nur das verstanden haben, was animosus, und zwar im üblen Sinne des Wortes, ausdrückt („hitzig, stolz, auf etwas erpicht").

[399]) Diese Worte haben viel Interesse für uns, indem sie zeigen, daß ein Motiv der Anhänger, welche sich wieder um Lothar sammelten, die Hoffnung auf Lohn, auf Ersatz für erlittenen Schaden war (s. Dümmler: p. 202: n. 61.) Wenck folgert aus dieser Stelle (p. 19 u. n. 3), daß man als natürlich voraussetzte, daß jeder Bruder seine Anhänger in seinem Antheile für die erlittenen Verluste schadlos halten müsse. — Roth bemerkt dazu (B. W.: p. 418), Lothar sei deßhalb mit der Theilung unzufrieden gewesen, da das Innehaben von Beneficien durch fremde Unterthanen verboten war, Lothar also seine Anhänger für den Verlust ihrer Beneficien aus seinem kleinen Antheile nicht schadlos halten konnte (Heimfall des Beneficiums durch Thronfall).

[400]) Noch fragt sich hier, wo Lothar sich befand, als diese Verhandlungen im Mai und Juni hin und her gingen (discurrentibus legatis: Ado). Sicher ist, daß sich Lothar längere Zeit in Lyon und Vienne aufhielt (s. im Texte: p. 66). Rudolf dagegen scheint anzudeuten, daß er auch zu Macon einige Zeit blieb (apud Matisconem consedit). Prudentius gibt hierüber den deutlichen Ausschlag. Er sagt: electo ad hoc negotium Matisconis urbis vicinio, illuc utrimque coitur: also erst nachdem Macon, resp. die Insel Ansilla, definitiv als der Ort der Zusammenkunft bezeichnet war, machten sowohl die Könige, als Lothar sich dahin auf den Weg: vgl. hiezu auch den Schluß von n. 263.

[401]) Die ann. Xant. (discesserunt a se, Lotharius ad Aquis) sagen, Lothar habe sich nach Aachen begeben; allein da keine andere Quelle hievon redet und diese Annalen hier sehr häufig irren, so ist diese Nachricht nur mit großem Mißtrauen aufzunehmen.

[402]) superiores Franci sind nach Waitz: II. p. 67: n. 1 (in den gesta Franc. a. m. O.) die Austrasier. An dieser Stelle muß aber der Ausdruck wohl ein etwas enger begrenztes Gebiet bezeichnen wollen, etwa die Länder an und zwischen Mosel und Maas, also die Ardennen z. B. im damaligen Umfange des Wortes und die Gegend von Trier, wo sich Lothar nachweislich in diesen Monaten aufhielt, vielleicht auch Ripuarien.

[403]) Lothar spricht hievon in seiner (von Böhmer übergangenen) Urkunde für Erzbischof Hetti von Trier vom 29. August 842 (Beyer: I. pp. 77 u. 78.)

[404]) Lothar sagt: propter . . . . suscipiendam Graecorum legationem, Prudentius: Lotharius apud Augustam Treverorum legatos Grecorum suscipit, eisque absolutis etc.

[405]) Da Kaiser Theophilos, von welchem Lothar im October 833 zu Compiegne Gesandte empfangen hatte (Astron.: c. 49), am 20. Januar 842 gestorben war, so müssen diese Boten von Michael III., d. h. seiner Mutter und Vormünderin Theodora, abgesandt worden sein.

[406]) Es ist wohl unbedingt hierunter das Städtchen Merzig, nicht ganz 5 Meilen südlich von Trier, und ebenso weit östlich von Thionville, zu verstehen; es ist ein Kreishauptort im preußischen Reg.-Bez. Trier und nicht in Luxemburg (Dümmler: p. 177: n. 75) gelegen. Mettlach liegt nicht ganz eine Meile nördlich von Merzig. — Ueber Guido ist Wüstenfeld: über die Guidonen, zu vergleichen. Er ist der Sohn des Grafen Lambert, des eifrigen Anhängers Lothars welcher 834 über Odo siegte und 837 (s. Excurs III.) starb. Nach Wüstenfeld (Forschungen: III. pp. 395 u. 396) war Guido im Bruderkriege sehr thätig für Lothar gewesen und deßhalb nach der Schlacht von Fontanetum zum Herzog von Spoleto ernannt worden; das alte Familienpatronat über Mettlach sei ihm erstattet worden, um die Güter für kriegerische Zwecke zu verwenden; für Mettlach habe Guido nachher wohl ihm bequemere italiänische Lehen erhalten. Was aber Wüstenfeld weiter noch über eine Sendung Guido's nach Spoleto sagt, scheint mir allzu gewagt.

[407]) Am ersten Tage des October sollten die 120 Bevollmächtigten in Metz zusammentreten, und nach Nithard: c. 4 war Lothar ante condictum placitum nach der villa Teotonis gekommen. Prudentius verlegt Lothars Aufenthalt daselbst in ejusdem placiti tempore. Rudolfs Zeitbestimmung lautet unbestimmter: circa autumnum.

[408]) Nithard: Lotharium in villa Teotonis reperit (sc. Karl); Prudentius: palatio quod Theodonis-villa dicitur resedit; Rudolf: Hlothario in villa Thiotonis morante.

[409]) Prudentius sagt zu 843: Lotharius et Hludowicus intra fines regnorum suorum sese cohibentes pacifice degunt. Ueber Lothars Beziehungen zu Karl in diesem Winter ist oben p. 73 zu vergleichen.

[410]) s. Waitz: IV. p. 593: n. 1.

[411]) Ohne nähere Gründe anzugeben, setzt Dümmler: p. 179: n. 84, während er p. 140: n. 14 noch zu schwanken scheint: „841 (oder 842)", die bei Böhmer nicht bemerkte Urkunde Lothars für Verendar II. zu 842. Der Herausgeber derselben, Th. von Mohr, stellt sie im codex diplomat. zur Geschichte Graubündens (I: pp. 39 u. 40) in das Jahr 841, worin ihm das „schweizerische Urkundenregister" (I: p. 86: n. 451, Bern 1863) folgt. Die Datirung ist folgende: data XVI. kl. novembris (Regierungsjahre nicht angesetzt!) indict. IIII. Aber unbedingt ist trotzdem dieses Diplom mit Dümmler zu 842 einzureihen. Denn nach Nithards (III: c. 3) uti mense Septembrio solet hatte Lothar schon im September 841 nicht mehr in Thionville, sondern an der Seine gestanden, und daß er am 18. October desselben Jahres noch da war, darf wohl daraus geschlossen werden, daß Nithard an diesem Tage zu St. Cloud (s. n. 180), d. h. in Karls Hauptquartier (s. oben p. 35), am linken Seineufer, war (II: c. 10). Auch würden wohl unbedingt der so sehr einläßliche Nithard oder Prudentius etwas davon bemerkt haben, wenn Lothar nicht direct von St. Denis nach Sens gezogen wäre (III: c. 3: a sancto Dyonisio Senones iter direxit, zu 841: superiores Sequanae fluminis expetens partes Senonas penetrat).

[412]) Abt Markward wurde 833 zum Hüter des kleinen Karl durch Lothar bestellt (epist. Karoli, bei Sirmond: III. p. 360: nos custodia Prumia monasterio mancipandum). Allerdings erscheint er dann im Sommer 834, vielleicht auch schon etwas früher (s. hierüber Dümmler: p. 98: n. 35) im Interesse Ludwigs des Frommen gegen Lothar wirkend (Thegan: c. 53). Aber nach Ludwigs Tode kommt Markward zwei Mal als bei Lothar in Gunst stehend vor (Böhmer: n. 568 u. 576). Am 17. Februar 841 bestätigte ihm Lothar die Pri-

wegen seines Klosters, am 12. November 842 eine Schenkung an dasselbe (s. oben n. 324). Auch ferner noch wurde Prüm unter Markward und seinem Nachfolger Eigil (s. Böhmer: n. 592, 595, 597, 607, 616, 617, 622, 624) reichlich durch Lothar bedacht, der daselbst seine Grabstätte erwählt hatte (s. n. 624) und nach seinem Wunsche hier sein Leben endete. In n. 616 sagt er am 25. Februar 854: ergo praefatum coenobium more praedecessorum nostrorum specialem dilectionem servantes (Beyer: I. p. 91).

[413]) Ueber den (wenigstens für diese Jahre noch) nicht zulässigen Beinamen „der Deutsche" ist zu vergleichen n. 196 u. Excurs X.

[414]) vita Walae: II. c. 9 (script.: II. p. 554) sagt hierüber: advolavit extimis a custodiis et sacramentis diu detentus, quae cum patre eo in tempore pertulerat Gratianus . . . . . quia in his longe diu commoratus nihil aliud jam quam mortem imminere sibi videbat. Darauf bezieht sich wohl auch in c. 10 (p. 556) die Nachricht: qui (Lothars Anhänger, durch den Aufstand) Augustam et filios liberaverant.

[415]) Was Ludwig 832 beabsichtigte, sagen die ann. Bertin. zu 832: Ludoicum . . . Alamanniam . . . ingredi velle eamque . . . suo regno adunare, . . . et his peractis, in Franciam (das Gebiet des fränkischen Stammes) . . . hostiliter venire etc.; zu seinem Aufstande im Jahr 838 sind zu vergleichen Nithard: I. c. 6: quicquid trans Renum regni continebatur, sibi vindicare vellet (und Astronomus: c. 61: quicquid regni trans Renum fuit, sibi vindicandum statuit, hätte nach oben p. 15 nach s eingefügt werden sollen: quicquid trans Renum regni und sibi vindicare mit einem Verbum des Wollens sind herübergenommen), zu demjenigen von 839 Prudentius (zu 840): Ludoicum . . . (consueta jam dudum insolentia) usque ad Rhenum regni gubernaculum usurpare und Rudolf (zu 840): partem regni trans Rhenum (jedenfalls rechts vom Rheine: aber wie kommt Rudolf, selbst rechts vom Rheine lebend, hier dazu, trans statt cis zu sagen?) quasi jure sibi debitam affectans.

[416]) Nach den ann. Bertin. zu 832 wurde Ludwig auf dem Rückzuge nach Baiern von vielen verlassen: „weil die Mehrzahl" seiner Truppen ging zu dem Kaiser über. Allein mit Dümmler: p. 70 darf man wohl in diesen Deserteuren (plurimi eorum qui cum illo erant, ad domnum imperatorem regressi sunt), eher Leute, „die sich unterwegs seinen Fahnen angeschlossen", als den bairischen Heerbann vermuthen.

[417]) Zu vergleichen sind z. B. zu 839 Nithard I: c. 6: pater . . . fugere illum in Bajoariam compulit und Prudentius: Norejamque, quae nunc Bajoaria dicitur, regnum videlicet sibi olim a patre traditum, revertitur (ebs. Rudolf zu 839), zu 840: c. 8: pater . . . . eum in Bajoariam (daher war er auch gekommen: l. c.: Lodhuwicus a Bajoaria egressus) fugere compulit und Rudolf: in Bajoariam redire compellit. Zu 832 gehört die Nachricht der ann. Bertin.: Bajoariam per eandem viam, qua venerat, festinanter reversus est (Thegan: c. 39 sagt: revertens domum.)

[418]) Worte Dümmlers (p. 207), enthoben aus der äußerst anziehenden Vergleichung der drei Theilreiche in Abschnitt IX. des ersten Buches. — Scholle redet pp. 20—22 über Ludwigs Anhang. Dabei zählt er pp. 20 u. 21 eine Anzahl bairischer, alamannischer, fränkischer Bischöfe und Aebte auf, denen Ludwig von 831 bis 837 sich günstig erwies, von denen aber nicht feststeht, wie sie nach 840 sich zu ihm verhielten. Aus den Jahren des Bruderkrieges haben wir nur eine Urkunde für den Abt Gozbald von Niederaltaich vom 18. August 841 (Böhmer: n. 740; s. oben p. 74) und eine solche für die Kirche des h. Kilian zu Würzburg vom 9. Januar 842 (Böhmer: n. 741; s. oben p. 74).

[419]) Rudolf sagt: per Alamanniam facto itinere, Nithard: I. c. 8: Alamanniam invasit (ähnlich Astronomus: c. 62: nuntius advenit, dicens Hludowicum filium suum . . . Alamanniam invasisse).

[420]) Dümmler bemerkt p. 207, daß „die Thüringer auch in diesem Streite kein Gewicht in die Wagschale der politischen Entscheidung warfen." Ueber Thüringens Stellung ist auch Knochenhauer (s. n. 330): p. 22 zu vergleichen.

[421]) Worte Funcks: p. 188, auch bei Dümmler: p. 138.

[422]) Die Tradition wird als inutilis et irrationabilis bezeichnet; die Stelle steht auch bei Dümmler: p. 127: n. 53.

[423]) Sehr einläßlich handelt Dümmler über Raban: p. 299 ff.

[424]) Ratpert (script. II: p. 67): nec minus interea Hludowicus Alamanniam penetrans, singula loca suae suorumque dicioni subjecit (vgl. Rudolf: Hludowicus . . . Alamannos . . . sibi fidelitatis jure confirmat) scheint hiefür zu sprechen. Funck nimmt p. 194 eine Anwesenheit Ludwigs an, ebenso Scholle: p. 30.

[425]) Ratpert klagt, daß nun, „wie die Reiche, so auch die Klöster durch verschiedene Irrungen und Mühen erschüttert würden." — Folgendes läßt sich in dieser Hinsicht über St. Gallen sagen. Abt Bernwik erscheint zuletzt noch am 22. October 839 (convenit nos cum viro venerabili Berawigo abbate: n. 381 in Wartmann: Urk.-Buch d. Abtei St. Gallen: I. p. 355; s. daselbst auf p. 320 über die Datirungsweise in den Jahren 833 bis 840). Im Jahr 840 erscheint Engelbert als Abt in der donatio Cotelindae et Fridaberti (Neugart: cod. diplom. Alemanniae: I. pp. 242 u. 243); doch wird darin gerechnet: anno I. Hlotharii imperatoris: so stark war noch Lothars Ansehen in diesen alamannischen Gegenden, obschon Engelbert durch Ludwig eingesetzt worden war (Ratpert: Hludowicus . . . abbatem . . . constituit Engilbertum). Wohl um dieser Ursache willen wurde auch Engelbert durch den König bald entsetzt, Grimald ihm als Nachfolger gegeben (s. oben p. 73). Die traditio Heilrammi, in welcher dieser als Abt vorkömmt (Neugart: p. 245), paßt dem Regierungsjahre nach (anno Hludowici regis IX.) nur zu 842 (so auch Dümmler: p. 159: n. 3), während freilich der Tag (notavi diem lune III. id. April.) auf 841 führte. Die precaria Herivarti (Neugart: p. 246: Grimaldus abbas monasterii sancti Galli notavi diem lune: X. Kal. Mar. anno Hludowici regis IX.) vom 20. Februar 842 (s. schweiz. Urk. Reg. n. 455 in I: p. 57) wäre also die Urkunde, in der Grimald zum ersten Male als Abt vorkömmt.

[426]) Sind das wohl die Städte Speier, Worms, Mainz selbst, oder ihnen auf dem rechten Rheinufer gegenüber liegende Orte? Nach der Analogie vom Sommer 840 (Nithard: II. c. 1: Lodhuwicus partem exercitus in urbe Vangionum causa custodiae reliquerat) scheint das erste wahrscheinlicher.

[427]) Rudolf und die ann. Xant. setzen dieselben mit Lothars Aufbruch von Orleans in Verbindung: dieser aber erfolgte um den 1. December (s. oben p. 57).

[428]) Zur Vergleichung dienen Prudentius' Worte über Ludwigs zweiten Aufstand: (zu 838) verum etiam Rheni fluminis moliri transitum inhibere, (zu 839): sed nequaquam valuit revocare, quin insuper consistenti Magontiae imperatori, ipse ex adverso in Castello ultra Rhenum posito pertinaciter atque hostiliter immorans, transitu fluminis cohibebat . . . in quibus omnibus (sc. loca alia transpositioni opportuna) contra ripis insistentem et transfretare conantibus obsistentem Hlud. conspicatus.

[429]) Funck sagt p. 195 wohl ganz richtig, daß Ludwig, wie zwei Jahre früher (Prud. 839), mit seiner Hauptmacht in Castel stand und einzelne Abtheilungen links von der Mainmündung aufgestellt hatte.

[430]) Hiemit zusammengehalten, klingen die tendenziösen Worte des Schwaben Gfrörer wie Ironie: p. 17, wo er von der Schlacht im Ries (nur etwa vierzig Tage nach der großen Desertion bei Mainz!) sagt: „In jener verhängnißvollen Zeit, da die Scheidung zwischen Wälschen und Germanen unaufhaltsam vor sich ging, fühlten, so glaube ich, viele meiner Stammgenossen, daß der Alamanne sich nicht von dem Baier trennen dürfe, und sie liefen lieber von der Fahne weg, als daß sie gegen den künftigen Nationalkönig die Lanze schwangen."

[431]) Weil Ludwig, wahrscheinlich dem Maine entlang, slavisches Gebiet zu erreichen suchte, schrieb Funck: p. 207 (freilich von dem Zuge Lothars im August 841, und so noch unwahrer), Lothar habe den Bruder nach dem Thüringerwalde hin getrieben. Daß Slaven im Fichtelgebirge saßen, s. z. B. in Zeuß: die Deutschen &c.: p. 649: Anm.

[432]) Wahrscheinlich sich auf Nithards Worte über Adalbert (c. 7: erat eo in tempore ita prudens consilio, ut sententiam ab eo prolatam non quilibet mutare vellet) stützend, sagt Funck: p. 196 wohl nicht ganz unrichtig, daß es „Adalberts klug angelegter Plan" war,

den Lothar adoptirte, „daß der Kaiser mit der Hauptmacht sich auf Karl werfen, diesen vernichten und dann nach Deutschland zurückkehren sollte, um Ludwig, welchen unterdessen in Baiern zurückzuhalten Adalbert sich anheischig machte, ein ähnliches Schicksal zu bereiten."

433) Erst jetzt im Mai 841 wurde zwischen Ludwig und Karl ein Bündniß geschlossen. Also irrt Funck: p. 196, wenn er sagt, Karl habe durch den Zug nach Troyes im April 841 „dem bedrohten Baiernkönig Luft machen wollen." Gfrörers „Erklärung der Schlacht im Ries" ist schon oben p. 25 beurtheilt.

434) Nach c. 9 empfing Karl die Boten interea, d. h. während er umsonst Lothars Ankunft erwartete (quattuor vel eo amplius dies) und statt dessen nur stets neue Beschwerden desselben vernahm.

435) Prudentius nennt das feindliche Heer: Lotharii adversus eo (Ludwig) dispositae turmae, Rudolf: comites quos Hlotharius tutores partium suarum dimiserat, die notae hist. Sangall. (script. I: p. 70): duces Hlotharii.

436) Stälin sagt: I. p. 256: „Ludwig vernichtete den 13. Mai 841 ein Beobachtungsheer . . . ., schlug den Widerstand einiger Lothar ergebener, alemannischer Grafen zu Boden und rückte in Frankreich ein", trennt also den Bericht Ratperts (von ut quidam principes bis Carolum pervenit) von der Niederlage Adalberts. Aber mit Schwartz: p. 32: n. 2 und Dümmler: p. 147: n. 45 ist nur Ein Zusammenstoß anzunehmen.

437) Ueber „das Ries" s. Stälin: I. pp. 307 u. 308. Gfrörer macht p. 16 auf die Bedeutung desselben aufmerksam und betont, daß die Söhne Ludwigs des Deutschen hier im November 876 das väterliche Reich theilten und daß Hohenaltheim im Riesgau liegt. Das Wichtigste ist jedenfalls, daß derselbe der Grenzgau Alamanniens gegen Baiern und Ostfranken war.

438) Dümmlers n. 47 zu p. 147 hat die Stellen, welche gegen die von Schwartz: p. 33: n. 1 benützte Aussage der St. Galler Nachricht, also gegen die Annahme von Verrath (Funck: p. 199, Gfrörer: pp. 16 u. 17), sprechen, schon aufgezählt. Diese lautet (l. c.): duces Hlotharii cum Hludowico rege pugnam committere volentes, antequam ad punctum lancearum pervenissent timore exterriti refugerunt, ac per hoc innumerabiles in eadem fuga extincti sunt und bezeugt wenigstens gleichfalls den großen Verlust.

439) Prudentius' Bericht lautet: Hludowicus . . . . magnaque ex parte internecioni donans, ceteros in fugam egit, der Rudolfs: innumerabilis hominum multitudo prosternitur; Ratpert sagt: maximam partem prostravit, reliquos vero omnes in fugam convertit; die notae s. bei n. 438.

440) Außer in Nithard (II: c. 9), Rudolf, den Hersfelderannalen (ann. Hildesh., Quedlinb., Weissemb., Lamberti gleich lautend: Adalbertus comes occisus est), dem auctar. Garstense (l. c.) ist Adalberts Tod auch in dem necrol. Wirziburg. erwähnt (Dümmler: II: p. 685: Nachlese).

441) Den Tag: III Id. Maji nennt neben Rudolf und dem St. Galler (in den notae) das in n. 440 genannte Nekrologium.

442) Rudolf sagt: Itaque Hludowicus hac congressione victor, Rhenum transiens, Karolo fratri suo auxilium laturus in Gallias pergit, Ratpert: et sic ad fratrem suum Carolum pervenit.

443) Darauf machte schon Schwartz: p. 33 aufmerksam.

444) Aus dem Ries beträgt die Entfernung bis Chalons mehr als 60, von Chalons bis Auxerre etwa 18 Meilen.

445) Ueber die Verluste der Könige reden z. B. Prudentius: multis utrimque cadentibus, Rudolf: tanta caedes ex utraque parte, ann. Xant.: magna ac caedo in invicem debachati sunt, Angelbert in Strophe X. (s. Excurs VI), Ado (II: p. 322): cruenta victoria, Regino (I: p. 568): tandem non sine gravi dispendio suorum Carolus et Hludowicus vicerunt.

446) s. auch Excurs VII: n. 4. — Daß, daß die Urkunde: n. 740 in das Jahr 841, nicht zu 840 zu setzen ist, hat Dümmler: p. 158: n. 1 der Ansicht Sickel's: I. p. 367 u. n. 2 (das Regierungsjahr freilich ist um eine Einheit zu niedrig angesetzt: VII. anstatt VIII.) vollständig beigepflichtet. Ludwig war im August 840 zu dieser Zeit höchst wahrscheinlich in Sachsen, von wo er nach Nithard: II. c. 1 nach Mainz gerückt zu sein scheint (obviam Saxonibus perrexerat). — Mit Sickel will Dümmler den Aufenthalt zu Salz nach demjenigen in Heilbronn setzen. Aber ich glaube, daß das Gegentheil anzunehmen ist. Der 1. September rückte heran, an welchem Ludwig in Langres einzutreffen versprochen hatte. 21 Meilen hatte er bereits von Salz bis Heilbronn zurückgelegt; 42 (in gerader Linie) folgten ihm noch bis nach Langres. Ueberdieß stand Lothar am 20. August schon in Mainz und es ist kaum zu vermuthen, daß ein so umsichtiger Mann, wie Ludwig, jetzt noch sich nach dem 18. August nach dem fernen Salz begeben hätte.

447) s. Dümmler: p. 162. Daß Ludwig dieses Mal keine Maßregeln zur Vertheidigung des rechten Rheinufers getroffen hatte, zeigt, wie völlig unerwartet ihm Lothars Angriff kam. Daß kein Zusammenstoß zwischen ihm und Lothar erfolgte, glaube ich daraus schließen zu dürfen, daß der hier sonst sehr einläßlich erzählende Rudolf nichts von einem solchen weiß.

448) Böhmer's n. 741 will Sickel: I. p. 378 zu 844 stellen, vornehmlich weil Humbert erst am 9. März 842 gestorben sei (die ann. Wirziburg. haben zu 842: Humbertus episcopus Wirziburgensis obiit 7. Idus Martii, in script. II: p. 240; denselben Tag gibt das chron. Wirziburg. in VI: p. 27). Allein da nach Dümmler: n. 5 zu p. 159 laut der Angabe des chron. Wirziburg. (VI: p. 28) über die Dauer von Gozbalds bischöflicher Regierung der 12. November 841 der Tag von Gozbalds Weihe war, so muß Humbert schon 841 gestorben sein. Auch sonst will Dümmler (l. c., auch p. 166: n. 32, p. 231: n. 9, p. 865) diese Urkunde, trotz des Regierungsjahres (XI: die Indiction V. stimmt zu 842), lieber zu 842 einreihen.

449) Daß Karl diese Gesinnung gegenüber Lothar nicht verhehlte, zeigt sein Wort (III: c. 3): foedus, quod necessitate coactus inierat.

450) Die Zusammenkunft in Langres, zu welcher sich Ludwig im August auf dem Wege befand (n. 446), darf hiergegen nicht aufgeführt werden. Ein bloßer conventus (c. 2) ist etwas anderes, als ein bewaffneter Zuzug (c. 3: adjutorium praebere, in adjutorium recipere).

451) Auch Dümmler lenkt auf diesen Punct die Aufmerksamkeit und betont besonders die Schwierigkeiten des Rheinüberganges: p. 169: n. 43.

452) Funck zeigt: p. 195, daß Otgar durch seinen Einfluß auf die zu seinem erzbischöflichen Sprengel zählenden Länder Ostfranken, Thüringen, Schwaben ganz gut zu einer solchen Aufgabe zu verwenden war. — Da wir nicht wissen, ob Lothar den Otgar gleich bei seinem Abzuge im August 841 am Rheine zurückgelassen hatte, so läßt sich auch nicht beurtheilen, ob diese Besetzung des linken Rheinufers mit zu Ludwigs spätem Erscheinen auf demselben beitrug.

453) Worms liegt an demjenigen Puncte, wo sich die längs des Rheines führende Straße (Ludwigs) mit der dem Abhange des Haardtgebirges folgenden (Karls) vereinigt, indem zugleich die letzten nördlichen Ausläufer des Wasgau sich hier östlich und nordöstlich vom Donnersberg (Weißenburg ist von dem Einflusse der Lauter in den Rhein noch 3½, die Abzweigung der Haardt bei Neustadt vom Rheine bei Speier 3 Meilen entfernt) schon bei Worms, vollends aber bei Oppenheim dem Rheinlaufe nähern, um von Oppenheim bis Mainz (in den Abhängen von Nierstein, Nackenheim, Bodenheim) den Strom unmittelbar zu begleiten.

454) Dümmler redet hierüber: p. 197 (u. n. 41). Gfrörer betont pp. 54 u. 104 die Bedeutung des kirchlichen Verbandes mit Mainz wohl allzu stark. Auch Ficker geht p. 53 wohl zu weit in den Worten: „Wenn im Vertrage von Verdun von der Rheingrenze abgegangen wurde, so hatte das lediglich in der Rücksicht auf den Erzbischof von Mainz, dessen Erzbisthum nicht zerrissen werden sollte, seinen Grund." — Die Worte Regino's werden von Heyer: p. 15 in unangemessener Weise hervorgehoben (ähnlich durch Schwartz: pp. 100 u. 101: n. 3), indem er sie als Belege dafür benützt, daß bei der Theilung nicht auf die Größe der Theile gesehen wurde, sondern: quot in unaquaque portione essent episcopatus . . . . et quot qualesque reditus ex iis regibus provenirent.

455) Ueber diese endliche Ankunft der Hauptmacht ist auch oben p. 40 zu vergleichen. Gfrörer freilich, dem Ludwigs ganzes Leben „ein Gewebe von Treulosigkeiten" ist, äußert p. 37 die Ansicht, „Ludwig habe absichtlich die Ankunft dieser Truppen hinausgezogen, damit diese nicht Gelegenheit erhielten, zu Straßburg gleich den anwesenden Vasallen auf den Bund („den Sieg ständischer Rechte": p. 35) beeidigt zu werden".

456) Dümmler sieht p. 169 in den Saxones „vornehmlich die Edelinge." — Funck sagt p. 213 von dieser Gesandtschaft, Bardo habe die Edelinge des Beistandes der Könige bei ihrem Kampfe gegen die Stellinga versichern sollen; Bardo habe den Hülferuf der Edelinge nach Mainz gebracht; dennoch hätten die Könige ihren Völkern vorgespiegelt (nur um die Zuversicht zu erhöhen), aus Sachsen sei Zuzug zu hoffen. Zu n. 4 auf p. 274 vergleicht Funck die Nachricht Bardo's mit der von der Vergebung Seelands an unchristliche Dänen (Walcherens an Heriold: nach p. 207 lediglich leeres Geschrei der Königlichen, um Lothar verhaßt zu machen): „ein Mittel, das Kriegsvolk aufzuregen, wie dort zum Haß gegen Lothar, so hier zur Hoffnung auf Beistand aus Sachsen". Schoße erklärt Nithards Worte: p. 46 (Dümmler gleichfalls: p. 169: n. 44) und n. 68 richtig: nuncio allato, Saxones edhilingos novis Lotharii, ut ad ipsum defficerent, illecebris spretis regibus fideles fore.

457) Worte des Prudentius; die Stelle lautet (zu 838): cujus petitio, quanto imperatori indecens sive incongrua visa est, tanto vilius spreta et pro nihilo ducta est.

458) Es ist die Saale; s. Knochenhauer: p. 12: n. 1, Dümmler: p. 810 über den Zug Liutberts und Ratolfs im Jahr 874 (ann. Fuld.).

459) Nithard: I. c. 8: per Sclavos itinere redempto (daraus Astron.: c. 62, s. p. 15 unter d); Prudentius (zu 840): paganorum exterarumque gentium adminicula etiam sui praesentia compluribus datis muneribus expetente; Rudolf sagt blos (zu 840): illum per Thuringiam usque ad terminos barbarorum persequitur, exclusumque a finibus regni per Sclavorum terram cum magno labore in Bajoariam redire compellit. — Hier darf auch daran erinnert werden, daß Ludwig 832 bei seinem ersten Aufstande auch Slaven mit sich nach dem mittlern Rheine geführt hatte (ann. Bertin.: Ludoicum cum .... Slavis quos ad se vocare poterat, Alamanniam .... ingredi velle).

460) Karl wirft Lothar vor: quod fratrem suffragium a paganis quaerere compulit (Nithard: II. c. 8).

461) Rudolf sagt von Lothar: quasi Hludowicum fratrem suum usque ad exteras nationes fugaturus.

462) Dümmler schließt (p. 255): „Ohne Zweifel nutzten die Sorben den Bürgerkrieg, um sich dem fränkischen Joche zu entziehen". Aehnlich urtheilt Palacky: Geschichte Böhmens (I: p. 111): „Die Scenen von Zwietracht und Unnatur, welche das Haus des unglückseligen Kaisers Ludwig vor und nach dessen Tode bewegten, gaben den Slaven Zeit, sich mit sich selbst zu beschäftigen". Zu vergleichen ist auch Ludwig Giesebrecht: wendische Geschichten: I. pp. 118 u. 119. — Da nothwendig angenommen werden muß, daß Ludwig, um aus dem Sorbenlande nach Baiern, resp. dem Nordgau (Dümmler: p. 29: n. 36), zu gelangen, böhmisches Land durchziehen mußte, so verwerthet Dümmler (de Bohemiae condicione Carolis imperatoribus: p. 12, 1854) die Worte Rudolfs: exclusum a finibus regni auch hinsichtlich Böhmens (freilich hier zu einseitig nur für Böhmen, ohne die Sorben in Betracht zu ziehen): maximi est momenti, quod scriptores aequales Ludovicum „finibus regni exclusum" atque exterarum gentium adjumentum muneribus datis expetentem hac via in Bavariam rediisse referunt: sequitur inde, Bohemos, sive a Carolo Magno subjecti sive non subjecti fuerint, tunc certe non juris fuisse nec regno Francorum adnumerari. Aehnlich sagt Büdinger: österreichische Geschichte: I. p. 302 über Böhmen: „Dasselbe wurde noch im Jahr 840 als außerhalb des fränkischen Reiches liegend angesehen", jedenfalls auf exterarum gentium des Prudentius (zu 840) Bezug nehmend.

463) Ob und wie weit Ludwig in Sachsen eindrang, wissen wir nicht. Ueberdieß trifft hier die zweite Lacune, über etwa vier Worte, sich erstreckend (quamobrem, uti praetulimus, praemaxime — Lacune — adiit), in dem Text Nithards; s. unten n. 484.

464) Nithard (ähnlich die ann. Xant.) sagt: Lodhuwicus seditiosos nobiliter compescuit. Dieses Wort übersetzt Gfrörer: p. 45 (nach Luden, den Schwarz: p. 84: n. 2 schon widerlegte) ganz gezwungen durch „in edelmännischer Weise" („hauptsächlich der Adel war es, welcher die Empörer unterjochen half"). nobiliter will natürlich nichts anderes sagen, als daß Ludwig zwar in der unerbittlichsten Weise nach dem Buchstaben des Gesetzes (legali caede) die Anstifter des Aufstandes bestrafte, daß er aber auch hierin darüber hinaus seine „edle Gesinnungsart" nicht verleugnete.

465) Wenck, p. 353: n. 1 zog zuerst die genannte Stelle hieher: darin folgte ihm Dümmler: p. 178: n. 81.

466) Die zumeist schon in Karls Geschichte verwertheten Stellen über diese Zusammenkunft in Worms sind folgende. Nithard redet blos von der Verabredung hinsichtlich derselben: c. 4: Karolus ad placitum quod cum Lodhuwico fratre suo Warmatiam condixerat, iter direxit, dann: dum seniores sui in Warmatia .. essent, hernach: mitteret ille missos suos Varmatiam ad illos. Prudentius, der freilich (I. p. 48) sich hier einen Irrthum zu Schulden kommen läßt, sagt: Carolus mense Octobri .. Vangium profectus, Hludowico fratri conjungitur und gibt dann folgende bemerkenswerthe Nachrichten über den Verbleib der Könige in Worms: quibus inibi diutius immorantibus, et missis alternatim ad Lotharium intercurrentibus, ac de regni portionibus multum diuque consultantibus. Rudolfs Worte lauten: Hludowicus .. circa autumnum apud Wormatiam Karolo fratri occurrit.

467) Daß Ludwig diesen Winter in Baiern blieb (Prud.: Lotharius et Hludowicus intra fines regnorum suorum sese cohibentes otiosi degunt) und den sächsischen Edelingen es überließ, die von Nithard in c. 6 erwähnte nochmalige Erhebung der Stellinga niederzukämpfen, sagt Schwarz: p. 91: n. 4.

468) Daß hingegen Bischof Verendar von Chur auch noch nach dem 17. October 842 (s. n. 411) auf Lothars Seite blieb, zeigt die Urkunde Lothars vom 18. Januar 843 bei von Mohr: cod. diplom.: I. p. 41 (im schweiz. Urk.-Reg.: n. 458 auf p. 87). Lothar nimmt (zu Gondreville) das Volk von Chur und dessen Bischof Verendar in seinen Schutz und Schirm und gewährt dem bischöflichen Schiffe auf dem Wallensee Zoll- und Steuerfreiheit.

469) Die Worte der Magdeburger Centurien (bei Dümmler: p. 171: n. 53) kehren wieder in den Forschungen: V. p. 378 (Dümmler: über eine verschollene fuldische Briefsammlung) unter XII. (s. pp. 391 u. 392 die Erläuterung): nur steht coenobio anstatt monasterio.

470) Ueber Otgar ist zu vergleichen in Dümmler: pp. 171 u. 172. Wann er sich mit Ludwig versöhnte, ist unbekannt (l. c.: p. 213: n. 21 u. p. 295: n. 6 gegen Gfrörer: pp. 105 u. 110). Im October 843 saß Otgar wieder auf dem erzbischöflichen Stuhle zu Mainz (l. c.: pp. 229—231 u. p. 295: n. 6). Otgar starb „nach einem in seinen wesentlichen Zielpunkten verfehlten Leben" (l. c.: p. 309) am 21. April 847.

471) Aufzeichnungen aus Fulda (über ihre Provenienz s. Dümmler: p. 171: n. 54), die in dem annalista Saxo (script. VI: p. 575) und den Annalen von Iburg (XVI: p. 436) in fast völliger Uebereinstimmung sich finden, geben über diese Ereignisse Auskunft. — Raban verließ Fulda (relicta potestate) und begab sich über den Rhein nach dem Reiche Lothars (ist diese Aufzeichnung eine den Ereignissen gleichzeitige, so zeigen die Worte: ultra Renum in regnum Lotharii — ann. Yburg., beinahe gleich im Annalisten —, daß man in Fulda im Frühjahr 842 sich schon unbedingt als zu Ludwigs Reiche gehörend fühlte); um ihn zurückzurufen, folgten ihm einige unter den Brüdern. Da er sich weigerte, zurückzukehren, wählten sie den Hatto an seine Stelle: Hattonem super se abbatem eligunt (ann. Saxo: constituerunt). Raban aber kehrte „wenige Tage nachher" nach Fulda zurück, und begab sich, in voller Uebereinstimmung mit Hatto und den Brüdern (cum

concordia abbatis et fratrum), freiwillig (ann. Saxo: spontanea voluntate) nach der von ihm gewünschten Stätte, welche ihm zugefunden worden war (auf den Petersberg: ad orientalem plagam ejusdem monasterii), in die Einsamkeit (montanus efficitur).

[172]) Ueber Raban redet Dümmler: pp. 171, 301 u. 302. Nur seine „Mißstimmung", „nicht die Feindschaft der Brüder" (war ja Hatto sein Freund!) hatte ihn bewogen, seine Abtwürde niederzulegen. Und während Otgar wie zu Ludwig in ein näheres Verhältniß trat (l. c.: p. 295), erfolgte, noch während Raban auf dem Petersberge weilte, (in einem unbekannten Zeitpuncte: p. 302: n. 38, vielleicht als Ludwig im Herbste des Jahres 843 in Hersfeld anwesend war, Böhmer: n. 743 und eine zweite Urkunde: l. c.: p. 231: n. 7: 31 October; Rasdorf liegt beinahe 3 Meilen südöstlich von Hersfeld, 3¼ — das stimmt genau nach n. 91 zu X. et eo amplius leucis, f. Dümmler: p. 302: n. 38 — nordöstlich von Fulda, in Kurhessen, nur eine halbe Meile westlich von dem zu Eisenach gehörigen Städtchen Geisa) seine Versöhnung mit König Ludwig. „Ohne Zögern" (p. 303) bestätigte Ludwig 847 Rabans Wahl zum Erzbischof von Mainz.

[173]) Die Stellen lauten: zu 838: ille autem intelligens, ex invidia consiliantium talem prodisse sententiam, edicto posthabito; zu 839: Illudowicus nefas esse sciens filium patri repugnare, cedendumque tempori judicans; zu 840: partem regni trans Rhenum quasi jure sibi debitum affectans und: fratres ejus contra eum insurgere parant; zu 841: Adalbertus incentor discordiarum und: Hlothario qui sibi monarchiam vindicabat und: dei judicio causam examinandam decreverunt; zu 842: Illudowicus, videns Illotharium in pristina pertinacia perdurantem nec adhuc velle desistere victum und: fratres sui foedus inire maluerunt, quam contentionibus diutius deservire. Auch daß Rudolf erst zu 842 von den Stellinga redet, von den Beziehungen Lothars zu denselben gänzlich schweigt (f. oben p. 61), ist wohl eher dieser Vorsicht des unter Abt Raban schreibenden frühern Zöglinges der fuldischen Klosterschule (Wattenbach: p. 123), als dem Umstande, „daß Rudolf die klaffende Wunde nicht zu berühren wagte" (Gfrörer: p. 29), zuzuschreiben.

[174]) Anstatt von einer opportuna placidaque res wollte Nithard ohne allen Zweifel von einer optata placitaque res reden.

[175]) Nithard sagt: praecepistis, ut res vestris temporibus gestas stili officio memoriae traderem. — officium steht hier für servitium, ministerium. Es ist „das Amt, der Dienst", die sich hier „im Führen des Griffels", „im schriftlichen Abfassen" zeigen. Aehnliche Stellen hat Waitz: II. p. 404 u. n. 4 u. III. p. 346: n. 3 gesammelt, wo officium „Amtsbezirk, Geschäftskreis" bedeutet, z. B. in officium legationis.

[176]) Auch hier braucht Nithard mehrere schiefe Ausdrücke: summotenus für summatim („obenhin, kurz zusammenfassend"), ratum statt rationabile („vernunftgemäß"). Auch praelibare („vorher zu kosten geben"? vgl. his paucis delibatis in III: c. 5 u. IV: c. 5) statt praemittere, praefari ist sehr gewagt. Ebenso paßt altercationes „Wortwechsel" nicht gut auf den Bruderkrieg.

[177]) Statt prout suppleverint wollte Nithard wohl prout suppetiverint, für ex eadem molestia aber ex eadem mole („Last, Beschwerlichkeit, Mühe") sagen.

[178]) Oder ist deposco nur eine mißverstandene Verstärkung des einfachen posco, wie im ersten Satze der praef. II. decernat („entscheidend bestimmen") für cernat („wahrnehmen")? — In dieser Vorrede wollte Nithard durch cognoscat das ausdrücken, was richtiger Weise durch die temp. perf. dieses Verbums ausgesprochen wird.

[179]) quoniam („weil denn, da doch") hat hier keinen Sinn; Nithard wollte sagen: „wenn, wenn schon" (quum): „dann ganz insbesondere" (tum), wie besonders auch im nächsten Satze das praevertim (statt tum) deutlich zeigt. Im weitern soll animus decrevit gleich haberi in animo, fuit mihi in animo sein. Statt praeter quam („mehr", d. h. „vorzüglicher, als") wollte er selbstverständlich: aliter ac sehen, für nequivi aber me accommodavi. — Unter genus nostrum versteht Nithard wohl ohne Zweifel „das fränkische Volk."

[180]) deceptus ist ein von Nithard mit vieler Vorsicht angewandtes Wort. Auch in IV: c. 3 braucht er es und zwar für Konrad, Robbe und Adalhard (f. p. 46): ignoro qua fraude decepti.

[181]) Von diesem Kometen redet auch Rudolf (zu 841): Cometes stella 8. Kal. Januarii (zum Weihnachtsfeste) sub signo Aquarii apparuit und die Chronik von St. Wandrille (script. II: p. 301) läßt ihn „vom 7. Januar bis zum 13. Februar 37 Tage lang" am Himmel stehen (stella cometis a plaga occidentali). Auch Florus Diaconus erwähnt ihn in seinem Klageliede (v. v. 101—104): Cum diri caelo totiens ardere cometae, | humano cladem generi excidiumque minantes. | Inter quos unus flammanti crine coruscus | mense fere toto (also nur beinahe Einen Monat) truculento lumine fulsit (f. n. 160).

[182]) Die Plünderung von Quentawich wird zwar durch Prudentius (zu 842), zugleich mit der von Arles durch die Saracenen, erst nach dem Vertrage auf Ausille erwähnt; doch schließen seine allgemeinen Einleitungsworte: ea tempestate die Möglichkeit nicht aus, dieselbe mit Nithard schon an das Ende des Mai oder in den Beginn des Juni (über das Eintreffen in Verdun f. p. 42; Dümmler: p. 189: „im Anfange des Sommers") zu setzen. — Ein Fingerzeig dafür, daß Nithard hier nicht mehr aus dem Gedächtnisse schrieb, liegt auch darin, daß er an dieser Stelle diese normännischen Plünderungen aufzeichnete, während er im zweiten Buche die ungleich bedeutendere Plünderung von Rouen im Mai 841 ganz überging, weil sie mit Karls Geschichte in keinem innern Zusammenhange sich befunden hatte.

[183]) Von der Plünderung von Quentawich (f. Wenck: pp. 117 u. 118; das Flüßchen Canche durchzieht den südwestlichen Theil des Departements der Straße von Calais und mündet drei Meilen südlich von Boulogne) redet ausführlich Prudentius (zu 842). — Nach Nithard (inibi mare trajecto) schifften dann die Normannen über den Canal nach Britannien, wo Hamwig und Nordhunnwig jedenfalls zu suchen sind. Ueber sie handelte (gegen die Noten 59 u. 60 zu script. II: p. 669) erst Wedekind (Noten: II. p. 480: n. 688 u. 689), der Dunwich und Earmundham (beides Städte in der Grafschaft Suffolk, jenes an der Küste der Nordsee, dieses 1¼ Meilen von derselben, 1½ Meilen südwestlich von Dunwich, 4 Meilen nordöstlich von Ipswich gelegen), dann Lappenberg (in Schmidt's histor. Zeitsch.: V. p. 548, in der Besprechung von Klippel's Lebensbeschreibung Ansgars), der Southampton und Norwich, also einen Seehafen an Englands Südküste und eine 4 Meilen landeinwärts von seiner äußersten Ostküste (beide freilich 36 Meilen weit aus einander liegend), in Vorschlag bringt (f. Dümmler: p. 189: n. 24; die Stelle der vita s. Willibaldi episcopi lautet: ad locum venerunt .... juxta illud mercimonium quod dicitur Hambich; in Mabillon: acta IIIb): p. 371). — Gfrörer benützt (p. 40) diese zufällige Einschiebung der Nachricht durch Nithard kurz nach der Erwähnung Herioldʼs dazu, die Behauptung aufzustellen, „Lothars Dienstmann Heriold habe diesen Schlag ausgeführt." Ist auch das durchaus von der Hand zu weisen, so lassen sich doch diese neuen Plünderungen durch die Normannen als Belege für die Richtigkeit der von Nithard in c. 2 erwähnten Befürchtungen Ludwigs aufführen.

[184]) Hier ist der Ort, noch im Zusammenhange über die drei Lacunen zu reden, welche sich im Texte von Nithards viertem Buche vorfinden. — Auch hier muß zuerst eine Aufstellung Gfrörer's an der Hand Wenck's entfernt werden. Gfrörer nämlich sagt auf p. 63: „Trotz Nithards Behutsamkeit erschien das, was er sagt, mächtigen Männern allzu offenherzig: unbefugte Hände erlaubten sich mehrere Stellen, welche Anstoß erregt haben müssen, aus der Urschrift zu vertilgen. Man wird mir, hoffe ich, zugeben, daß diese Censurstriche auf verborgene Gedanken hinweisen und nicht ein Werk des Zufalls sind." Wenck weist diese Hypothese auf pp. 431 u. 432 entschieden zurück. — Und hätte eine derartige Tilgung wirklich irgendwo stattgefunden, so würde sie doch sicherlich andere verfänglichere Dinge betroffen haben, wie z. B. die Nachricht von der Eigenmächtigkeit der königlichen Gesandten (in IV: c. 3), oder diejenige über die Ursachen der Verheiratung Karls mit Irmintrud (in c. 6). Denn in der ersten Lacune (in c. 1), welche zwei Male je drei Zeilen umfaßt (nach Noten f) u. g) zu p. 668), kann von nichts anderem die Rede gewesen sein, als von den in der zu Aachen veranstalteten Theilung von Lothars Reich den beiden Königen zufallenden einzelnen Gebietsstücken (eveniteque Lodhuwico omnis Frisia — Lacune — Karolo vero — Lacune), die zu verheimlichen sicherlich kein Grund vorlag (Gfrörer: p. 63; Wenck: p. 432). Die zweite (in c. 2) erstreckt sich über vier Worte (nach Note a) zu p. 669) und enthielt jedenfalls, wie Wenck (p. 431) sagt, eine genauere Angabe des Ortes, wohin sich Ludwig von Aachen aus im Beginne

des April des Jahres 842 begab, — quamobrem, uti praemisimus (d. h. weiter oben: Coloniam petit), praemaxime — Luonne — adiit —, in keinem Falle aber (schon der Raum hätte nicht ausgereicht: s. Wenck: p. 432), wie Gfrörer glaubt (p. 63), die Mittheilung „der Mittel, welche Ludwig der Deutsche ergriff, um der Stellinga den ersten Schlag beizubringen." Die in c. 3 vorhandene dritte Lücke, ein Wort oder zwei umfassend, ist schon oben in n. 248 besprochen worden. — Wenck erklärt (pp. 432 u. 433) die Entstehung dieser Lacunen dadurch, daß der Abschreiber die hier stehenden Eigennamen nicht habe lesen können und deßhalb leeren Raum gelassen habe. Wedekind hingegen glaubt (Noten: II. p. 479: n. 686), Nithard habe diese Lücken selber nachträglich ausfüllen wollen. Einiges scheint auch mir hiefür zu sprechen. Daß das vierte Buch in einzelnen Stücken, wie das ja auch durch seine Entstehungsweise herbeigeführt wurde, nachlässiger, als die früheren, geschrieben ist, wurde schon in n. 272 und n. 283 an zwei Beispielen gezeigt. An der Stelle dieser Lücken nun hätten überall einzelne, zumeist geographische Notizen stehen sollen. Wie leicht mochten nun Nithard im Momente des Niederschreibens diese Namen nicht gegenwärtig gewesen sein (allerdings kann hiegegen vielleicht eingewandt werden, daß Nithard Ende März 842 in Aachen selbst bei der Theilungsarbeit beschäftigt war, s. IV. c. 1: quorum unus extiti), und konnte er die Absicht gehabt haben, sie, wenn er sich genauer darüber unterrichtet, oder bei einer allfälligen Ueberarbeitung des Buches nachzutragen. Daneben soll aber Wenck's Erklärung keineswegs in den Hintergrund gestellt werden (vgl. z. B. oben n. 2, Excurs I: n. 2 über andere Spuren der Thätigkeit des Abschreibers).

[485]) Nithards Angabe, daß Sikenolf, der Bruder Sikards, die Mauren zu seinem Beistande in das Land rief und daß dieselben (das Herzogthum) Benevent plünderten, ist zwar sehr kurz, doch in ihren Hauptzügen richtig. Zwar hatte die Ueberrumpelung von Bari (denn diese zunächst, dann aber überhaupt die Festsetzung der Mauren im Beneventanischen versteht Nithard wohl unter: Beneventum invadunt) schon 841 stattgefunden. Doch redet davon auch Prudentius erst zu 842 (Rudolf sogar zu 843: Et Mauri Beneventum occupaverunt): interea Beneventanis inter se dissidentibus, Sarraceni ab Africa ab eis invitati primo quidem auxiliatores, postmodum vero violenti insecutores, (d. h. im Verlaufe ihrer Eroberungszüge) plurimas civitatum vi obtinent (Ado sagt: script. II: p. 322: Segari, Beneventanorum dux, a suis interficitur, et ab interfectoribus Sarraceni a Beneventanis evocati infra civitatem Beneventum recipiuntur). Das Nähere enthalten besonders die Chronik von Montecasino (script. III: pp 223 u. 225), Erchemperts beneventanische Geschichte (l. c.: pp. 246 u. 247), die Chronik von Salerno (l. c.: p. 508), die Chronik von Venedig des Diaconus Johannes (script. VII: p. 17): s. auch die Darstellung Dümmlers: pp. 184 u. 185 u. daselbst n. 7.

[486]) Den Nachweis dieser Stelle gibt Schwarz: p. 93: n. 5. Sie steht in c. 5: v. 21, wo von dem ungleichen Schicksale der Frommen und der Gottlosen geredet wird.

[487]) Hier ist es nothwendig, noch in kurzen Worten auf Gfrörers Ansicht von „dem räthselhaften Schlusse" des Nithard'schen Buches einzugehen, wobei freilich fast ganz auf Wenck verwiesen werden muß, welcher „die räthselhafte Dämmerung", in die Gfrörer Nithards Buch gehüllt hat, durchaus erhellt hat. — Einmal sagt Nithard nach Gfrörer (p. 63) überhaupt „bei weitem nicht Alles, was er weiß" (p. 135 sagt Gfrörer: „Kraft versteckter Beziehungen deuten die besseren mittelalterlichen Chronisten Wissenden Dinge an, die sie nicht offen zu sagen wagten"; s. Wenck: p. 418: n. 1 u. pp. 427 u. 428 u. oben n. 142 u. n. 201); dann aber „sind die letzten Capitel des vierten Buches getilgt" (pp. 51 u. 63), und zwar, weil der „Verduner Staatsvertrag" darin stand und in demselben „Bestimmungen über die Theilung, über eine gemeinschaftliche Verfassung (s. Wenck: p. 429), über allgemeine Frankentage" (l. c.: p. 437 ff.) enthalten gewesen waren, und weil „die Gewalthaber des 9. Jahrhunderts nicht wollten, daß die kommenden Geschlechter aus Nithards Buche erfahren, was eigentlich in Verdun vorgegangen sei" (p. 65; was da wirklich vorging, sagt Wenck: p. 437 ff. u. p. 440). — Daß vielmehr der Schluß ganz trefflich zu Nithards Buche passe (eine Vertilgung zwischen cc. 6 u. 7 weist Wenck: p. 436: n. 2 mit vollstem Rechte von der Hand), legt Wenck: pp. 434 u. 435 dar. Abgesehen davon, daß Nithard vielleicht den Vertrag von Verdun nicht erlebte (darüber s. meine p. 501), deutet Wenck (p. 434) darauf, daß es thöricht von uns wäre, von einem „memoirenartig, während der Ereignisse geschriebenen Werke" zu verlangen, daß es gerade bis zu der Begebenheit sich erstrecke, welche wir, ein Jahrtausend nach Nithard lebend, als den wahren Endpunct der durch ihn beschriebenen Ereignisse kennen. Wenn dann auch Wenck in n. 2 zu p. 435 auf die Nachricht der schwäbischen Jahrbücher (s. oben n. 288: er sagt, „das Jahr 842 sei in den Augen der Zeitgenossen epochemachend gewesen") zu viel Gewicht legt, so kann doch zugegeben werden, daß auch der Tag von Thionville als Abschluß der Präliminarien nicht übel zum Schlußpuncte von Nithards Werk taugt. Daß der Schluß von c. 6 und c. 7 sich trefflich noch anfügen, zeigt Wenck auf pp. 435 u. 436. — Dann aber hätte Wenck, um eine Analogie zu gewinnen, nicht nöthig gehabt, bis zu Schiller vorzugehen. Das Werk eines Zeitgenossen unseres Nithard bietet eine solche. Der Trierer Chorbischof Thegan schließt seine Biographie Ludwigs des Frommen schon mit dem Jahr 835 ab, und auch der Anhang erstreckt sich nicht weiter, als bis in den Sommer von 837; und doch lebte er noch vier Jahre nach Ludwigs des Frommen Tode, am 25. October 844, wie aus der von Dümmler: p. 297: n. 14 erwähnten Stelle der hist. transl. s. martyr. Chrysanti et Dariae: c. 1 (Mabillon: acta: IV a): p. 612) hervorgeht. Diese lautet: translata sunt sanctorum corpora et ab episcopo Theganberto admodum religioso VIII. Kal. Novembr. in loco quo nunc venerantur tumulata. — Eine Aeußerung von Leibniz (ann. imperii: I. p. 507) über den Abschluß von Nithards Buch mag hier noch Platz finden: Nithardus historiam civilis belli abrupit magis quam finivit. Aehnlich sagt die hist. litter. de la France: V. p. 207: malheureusement nous n'avons pas ce dernier livre en tout son entier etc.

[488]) Daß Nithard kurz nach dem 20. März 843 sein Buch endete, schließe ich aus folgenden Umständen. — In c. 6 redet er von den Plünderungen der fernen Saracenen: hätte er noch nach dem 24. Juni geschrieben, so würde er die Heimsuchung des ungleich näher liegenden Nantes durch die Normannen nicht übergangen haben. — Die Worte am Schlusse des Buches: aëris intemperies spem omnium bonorum eripiebat gestatten nicht, den Abschluß in den Mai zu setzen, da nach der Chronik von Brescia (script. III: p. 240): fuit fames valida in mense Majo in diesem Monate bereits die Folgen dieses schlechten Wetters sich zeigten. — Daß Nithard endlich auch nach dem 19. April nicht mehr mit Schreiben beschäftigt war, darf man wohl daraus schließen, daß der Tod von Karls Mutter, der Kaiserinwittwe, nicht erwähnt ist. — Die Worte in IV. c. 7: magni Karoli qui evoluto jam pene anno 30° decessit sind hier nach p. [illegible] und n. 67 nicht maßgebend. — Ueber die letzten Lebensjahre der Kaiserin Judith, „welche ihr ränkevolles Dasein in Dunkelheit beschloß", mögen hier noch einige Angaben Nithards zusammengestellt werden. — Gemahlin und Sohn hatte Ludwig der Fromme im Beginn der Fastenzeit von 840 zu Poitiers zurückgelassen (Nithard: I. c. 8). Im August dieses Jahres weilte Judith noch in Aquitanien, denn weil Pippin II. sie zu überfallen strebte, wurde Karl gezwungen, seinen Aufenthalt in Quierzy abzubrechen und über die Loire zurückzueilen (II: c. 3; s. oben pp. 20 u. 49, u. n. 98). Bis in den Mai des Jahres 841 scheint sie Aquitanien nicht verlassen zu haben; denn nach Nithard (II: c. 3) konnte Karl sie nach dem Feldzuge gegen Pippin „sicher zurücklassen," als er wieder nach Neustrien ging. Wie Karl angeordnet hatte (II: c. 6), kam die Mutter im Mai 841 (am 11. oder 12. Mai war sie schon unterwegs nach II. c. 9: cumque qualiter vel eo amplius dies praestolaretur .... comptionem advocat .... quoniam mater sua una cum Aquitaniis veniebat) mit den aquitanischen Hülfstruppen (s. Funck: p. 225) herangezogen: in Chalons an der Marne traf sie mit ihrem Sohne zusammen (II: c. 9; s. oben p. 25). Auch auf dem Schlachtfelde von Fontanetum war sie wohl anwesend (s. n. 148): Agnellus redet von ihr im Leben Georgs (s. oben p. 30), und nach Nithard (III. c. 2: Karolus una cum matre Ligerim adiit) brach sie am 28. oder 29. Juni mit Karl nach der Loire auf. Später aber wird sie von Nithard nicht mehr erwähnt. Doch auch die andern Quellen, die einzigen Annalen von Xanten ausgenommen, schweigen über die letzten 21½ Monate ihres Lebens. Was diese Annalen zu 843 berichten, ist: Judhit imperatrix mater Karoli predata a filio substantia omni (Turonis civitate migravit a seculo). Allerdings sind diese Annalen Karl durchaus nicht wohlwollend gesinnt; aber mehrere Umstände lassen ihre Nachricht doch als ziemlich glaubwürdig erscheinen. Nichts steht der Annahme entgegen, die oben n. 257 erwähnte, von Wenck entdeckte Erbfeindschaft der Welfen und der Adalbarden schon in diese Zeit zu setzen. Nithard beklagt in IV: c. 6 die hoch gestiegene

Macht des Grafen Adalhard; er erwähnt daselbst die aus rein politischen Motiven von Karl eingegangene Ehe mit der Irmintrud (s. oben pp. 44, 45 u. 52). Karl mußte, um sich auf dem Throne zu erhalten, den Adalharden ungemessenen Einfluß zugestehen: konnte nicht eben dieser ihn auch von seiner Mutter getrennt (vgl. auch n. 301), diese unkindliche Behandlung derselben hervorgerufen haben? Dümmler spricht das p. 422 deutlich aus. Auch darauf darf wohl aufmerksam gemacht werden, daß Graf Adalhard durch Nithard erst von der Schlacht bei Fontanetum an (II: c. 10; III: c. 2 bis, c. 3; IV: c. 3, c. 6 bis) häufiger genannt wird (vorher nur ein Mal in II: c. 3), während Judith eben seit Ende Juni 841 aus seinem Buche verschwindet (s. auch Wenck: pp. 66 u. 67).

489) In einer eigenthümlich bitter ironischen Weise braucht Nithard hier die Worte virtus und industria für Lothars Auftreten.

490) Daß die Nithard durch Karl gestellte Aufgabe durchaus nicht zu den ungewöhnlichen gehörte, dafür darf wohl die folgende von Dümmler: p. 677: n. 100 aufgenommene Stelle des Lebens des h. Benedict von Aniane, welche sich freilich zunächst nur auf die Abfassung von Annalen bezieht, angeführt werden: perantiquam siquidem fore consuetudinem hactenus regibus usitatam quaeque gerantur accidantve annalibus tradi posteris cognoscenda nemo, ut reor, ambigit doctus (Mabillon: acta IVa): p. 194).

491) Die Belege zu der im Texte nach Nithards Darstellung gegebenen Charakteristik Lothars liegen zumeist in den hier folgenden Stellen. — Auf die einläßliche Verurtheilung des ganzen Auftretens Lothars, wie es durch die königliche Partei zu Aachen im März 842 ausgesprochen wurde (IV: c. 1), muß zuerst hingewiesen werden. Wie Ludwig und Karl über ihn dachten, zeigen die Worte der zu Straßburg gehaltenen Rede (III: c. 5); hieher gehören ferner auch die Aeußerungen, welche zu le Mans im Frühjahr 841 über Lothar in dem Kriegsrathe laut wurden (II: c. 5), die Vorwürfe, welche Karl demselben im April oder im Beginne des Mai 841 machte (II: c. 8): über diese Stellen ist schon pp. 41, 37 u. 38, 22, 24 gesprochen. Auch was sich die Könige vor der Schlacht von Fontanetum klagend mittheilten, gehört hieher (II: c. 9; s. p. 25). — Einzelne Auslassungen Nithards dagegen sind: callide sendet Lothar im Sommer 840 Boten an Karl (II: c. 1); simulans (quae, sc. Karls Anerbieten, se benigne suscipere) empfängt er den Adalgar und Nithard, zeigt aber gleich nachher seine wahre Gesinnungsart (honoribus . . . privavit; ita, quid fratri facere cogitaret, volens indicium dabat: II. c. 2); voluntate ex consulto versäumt es Lothar, nach Abfassung der Verabredung gemäß zu kommen (II: c. 3); Karls Abzug nach Châlons wird durch ihn dazu benützt, falsche Gerüchte auszubreiten: circumfusae plebi, Karolum fugam inisse persequique illum quantotius posset velle, denunciat (II: c. 9); zwei Male, am 22. und 23. Juni, wählt Lothar vor der großen Schlacht more solito das Mittel, durch unwahre Botschaften Zeit zu gewinnen (II: c. 10), und der Waffenstillstand vom 23. Juni ist durch ihn nur deßhalb geschlossen worden, um in dieser Zeit Pippins Heer vollends heranziehen zu lassen (quo sacramento Ludhovicus et Karolus creduli effecti: s. p. 27); die doppelte Treulosigkeit, welche Lothar im Herbste 841 Karl und Pippin gegenüber im Sinne hatte, findet sich in Nithards Sage: re vera, sic se utrosque facilius decipere posse, putabat (III: c. 3) ausgedrückt; unlautere Mittel braucht Lothar im Frühsommer 842 zur Gewinnung der königlichen Gesandten (fraude decepti: IV. c. 3); geradezu heißt es in IV: c. 4, Lothar liebe trügerische Mittel vor allem (quod Lodharius in fratrum deceptione saepe perfacilis promptusque extiterat). Im weitern sind Stellen, welche von Lothars Thatenlosigkeit und Unentschlossenheit reden, an den folgenden Orten vorhanden. Nach des Vaters Tode schickt er Boten voraus um den Boden sich zu bereiten; er selbst wartet (ipse autem pedetemptim, quo se res verteret, . . scire volens: II. c. 1); more solito geben ihm im Herbste auch gegen Karl Boten voraus (II. c. 3); und nur durch die Größe des Abfalls, den Karl unter seinen Vasallen erleidet, ist er magnanimis effectus und bewegt sich langsam vorwärts (ipse, uti consueverat, lento itinere subsecutus: II. c. 3); wie er bei Kostheim Ludwig hatte absque praelio unterwerfen wollen (II: c. 1), „gab er sich“ bei Orleans „Mühe“, quo astu absque praelio Karolum decipere ac superare posset (II: c. 4); und nicht anders, als praemittens more solito, qui minis blanditiisque pendulam plebem subducere temptarent (II: c. 7), hat er im April 841 über Ludwig gesiegt; weil er im September 841 nicht gleich entschlossen den Uebergang über die Seine ins Werk setzte (jactabant se sui facile transire posse, et hoc utique simulabant se maxime velle: III. c. 3), vermochte Karl mit Erfolg Widerstand zu leisten. Proben von Urtheilen Nithards über Lothars Uebermuth liegen endlich in II.: c. 10 (qua Lodharius solito more insolenter sprevit), in III: c. 7 (Lodharius missos inconsulte audire distulit), in IV: c. 3 (repererunt illum paululum minus solito more animatum: s. n. 398) vor.

492) An dieser Stelle mag darauf hingewiesen werden, daß Ludwig durch Nithard im ersten Buche durchaus nicht in einem besonders günstigen Lichte aufgefaßt wird (s. oben pp. 9 u. 10). Aber auch dieses erste Buch ist im Sommer 841, also zu einer Zeit entstanden, wo zwischen Ludwig und Karl bereits freundschaftliche Beziehungen obwalteten: daß also dennoch sich in Nithards Rückblick auf die Jahre 814 bis 840 auch jetzt noch diejenige Art der Auffassung abspiegelte, in der ihm in jenen frühern Zeiten Ludwigs Thaten und Verhältnisse erschienen waren, erhöht unbedingt den Werth auch seines ersten Buches als unmittelbarer Kundgebung der Ansichten eines Zeitgenossen.

493) Ludwigs siegreicher Kampf gegen Adalberts Uebermacht hätte von Dümmler: p. 830 neben der Schlacht von Fontanetum und dem Treffen gegen die Stellinga wohl auch aufgeführt werden dürfen.

494) Worte Dümmlers: p. 214.

495) Hieher gehören in II: c. 6 die Sätze: ad sanctum Dionisium laudis observationisque causa iter direxit und ad sanctum Germanum causa orationis perrexit und in III: c. 2 die Stelle über die Translation zu St. Medard: uti monachi postulaverant, beatorum corpora propriis humeris cum omni veneratione transtulit. — Ein vorne auf seinem Schiffe errichtetes Kreuz diente Karl am 31. März 841 dazu, seine abergläubischen Feinde in Gewissensangst zu setzen und sie in schleunige Flucht zu treiben (crucem in qua juraverant et Karolum ut cognoverant, . . . fugerunt: II. c. 6).

496) Nadalgaud wird im Jahr 802 in den capitula missis dominicis data (leges: I. p. 98) als Sendbote für die Gegenden zwischen Seine und Loire (neben Bischof Magenard) erwähnt. Auch in dem Capitulare vom December 805 (von Thionville: l. c.: p. 133) steht sein Name in c. 7: de negotiatoribus qui partibus Sclavorum et Avarorum pergunt, quousque procedere cum suis negotiis debeant . . . ad Schezla (Scheeßel im Lüneburgischen) ubi Madalgaudus provideat, et ut arma et brunias non ducant ad venundandum (hierüber s. Waitz: IV. p. 43: n. 3; (die Stelle hat auch Dümmler: p. 252: n. 7). — In Astronomus: c. 6 wird neben Willebertus (später Erzbischof zu Rouen) zum Jahre 795 ein Richardus comes genannt, den Mabillon (acta: IVa): p. 92 und ann. s. Benedicti: II. p. 248, in l. 26: § 38) für den Bruder Angilberts ansieht.

497) Ueber Angilbert handelt die Vorrede in script. II: p. 391 und ferner sehr einläßlich Wattenbach: pp. 99—103.

498) O. Abel glaubt (Geschichtsschreiber: Karls Leben: p 61), Angilbert sei „durch die nachträgliche Einwilligung Karls“ der „rechtmäßige“ eheliche Gemahl der Bertha geworden. Wattenbach (p. 101) und Waitz (III: p. 232: n. 8) stellen das in Abrede oder bezweifeln es wenigstens, und nach Einhards deutlichem Zeugnisse (in Karls Leben: c. 19; s. auch Astron.: c. 21) muß wohl angenommen werden, Angilbert sei seiner Bertha nichts weiter, „als der glückliche Geliebte“ geblieben. — Nithards Geburtsjahr ist uns nicht bekannt. Doch läßt sich wenigstens mit einiger Wahrscheinlichkeit dasselbe annähernd bestimmen. Da Hildegard, die Mutter der Bertha, sich (nach S. Abel: Jahrbücher des fränkischen Reiches unter Karl dem Großen: I. pp. 85 u. 369) mit Karl 771 oder wenigstens vor dem 30. April 772, und zwar 13 Jahre alt, vermählt hatte, und dieselbe 783 starb, da ferner Angilbert nach 781 (l. c.: pp. 320 u. 321; seit wann, wie lange, wissen wir freilich nicht) eine Zeit lang in Italien und spätestens 792 im fränkischen Reiche wieder zurück war, liegt es nahe, mit der Einleitung zu Angilberts Gedicht in script.: II. p. 391 (ex Italia redux, Bertae amore devinctus, puellam uxorem duxit) den Anfang des Liebesverhältnisses in den Beginn des letzten Decenniums des 8. Jahrhunderts zu setzen. Denn vor Angilberts Abgang nach Italien wäre Bertha wohl noch allzu jung gewesen. — Ob folgende Nachricht der gesta abbatum Fontanellensium (c. 16, in II: p. 291): iste (König Offa von Mercien, gest. 26. Juli 796) hoc non acquiescente (daß ein Sohn Karls seine Tochter heirate), nisi Berta, filia Caroli magni,

ejus filio nuptui traderetur, aliquantulum rex potentissimus commotus praecepit, ut nemo de Brittannia insula ac gente Anglorum mercimonii causa littus oceani maris attingeret in Gallia, welche freilich der Zeit nach hieher gehört (vgl. Alcuini op.: I. p. 6, ep. 3: ad Colcum lectorem in Scotia, von 790, die Worte: Aliquid dissensionis, diabolico fomento inflammante, nuper inter regem Carolum et regem Offam exortum est, ita ut utrinque navigatio interdicta negotiantibus cesset; s. Mabillon: acta IVa) p. 161), hiemit in Verbindung zu bringen ist, wage ich nicht zu entscheiden. Die hist. litt. de la France (V: p. 204) will das Jahr, „in welchem Angilbert in das Kloster ging", als eine Zeitgrenze aufstellen: dieser zufolge wäre Nithard nicht nach 794 geboren. Allein Angilbert wurde mit St. Riquier nur als mit einer ein reiches Einkommen gewährenden Pfründe ausgestattet. Allerdings sorgte er für das Kloster in besserer Weise, als das sonst wohl die Laienäbte zu thun pflegten (s. Wattenbach: p. 100).

[499] Ueber die Uebertragung dieser Sage auf Einhard und Emma s. O. Abel: l. c.: pp. 56—62 und vornehmlich p. 61, ihm folgt Wattenbach: p. 101.

[500] Das individuelle Moment, welches sich in Nithards drei letzten Büchern geltend macht, sowohl was deren Abfassung im Ganzen und Großen, die schon dem äußern Umfange nach so sehr ungleiche Behandlung des Stoffes in den einzelnen Partien betrifft (man vgl. z. B. die kurze Nachricht über Karls Zug gegen Pippin im Herbst 840 in II: c. 3 mit der einläßlichen Darstellung der Ereignisse an der Seine im Frühjahr und Herbst 841 in II: c. 6 und III: c. 3), als hinsichtlich einzelner eingestreuter subjectiver Aeußerungen des Autors, macht es möglich, mit einer gewissen Wahrscheinlichkeit noch an mehr Stellen, als an den oben p. 86 nach Nithards eigenem Zeugnisse bemerkten, eine persönliche Betheiligung desselben bei den von ihm geschilderten Ereignissen anzunehmen. — Schon die Worte von II. c. 4: qua quidem arte et regem omnem a periculis subtrahunt, et se mox a sacramento absolvunt, in denen Nithard eine Erklärung der Grundsätze geben will, nach welchen Karls Bevollmächtigte bei Orleans mit Lothar verhandelten, gehören vielleicht hieher. Mit mehr Sicherheit läßt sich das aber von den folgenden Stellen sagen: was Karl im Frühjahr 841 zu le Mans redete, hörten nur die participes secretorum, und diese beschlossen, daß der Zug nach Attigny unternommen werden müsse, und gerade über diese Verhandlungen handelt Nithard sehr einläßlich (II: c. 5); in ähnlicher Weise dürfte ein Urtheil Nithards als eines Augenzeugen (his qui per praesens aderant) in den Worten über den Zug nach der Seine und daß er unternommen wurde, und zwar: quamquam difficile videretur liegen (II: c. 6); daß Nithard selber mit Karl über die Seine gefahren ist, und daß er besonders in Troyes am königlichen Hofe (in suo comitatu, commilitonibus: II. c. 8) bei der Ankunft der aquitanischen Boten anwesend war, legt an beiden Orten die belebte Schilderung (quod maxime mirandum fateor fore, die erste Person: s. n. 249) zu vermuthen nahe. Schon Gfrörer (s. oben n. 117) hat ferner geäußert, daß Nithard den König wohl auch nach Attigny begleitet habe: fast möchte man glauben, er sei da im Kriegsrathe einer derjenigen gewesen, welche Lothar entgegenziehen oder wenigstens dessen Angriff abwarten wollten; denn einläßlich erwähnt er die Gründe, welche diese endlich doch unterliegende Mehrheit für ihre Meinung vorbrachte (zu beachten ist hier: II. c. 9 besonders: quod et evenit, etwa: „und so hat sich, was diese sagten, doch bestätigt"). Daß Nithard, wie die Schlacht von Fontanetum selbst, so auch, was ihr unmittelbar voranging und nachfolgte, selbst mitgemacht, ist wohl kaum zu erwähnen nothwendig (II: c. 9 bis III: c. 2 im Eingang), und daß er am 27. August 841 wohl mit in St. Medard anwesend war, ist schon anderswo (p. 6) bemerkt. Unzweifelhaft (s. p. 35 u. n. 181) aber stand er im September und October mit Karl an der Seine: das geht aus dum nos usquequo ea in tempore infra duos menses pluvias esse novimus (III: c. 3) hervor. Auch zu den ad hoc opus expediti (III: c. 4), welche Karl nach Laon begleiteten, dürfen wir wohl unsern Autor zählen. Nach einer kleinen Lücke (s. p. 37: über die Mitte des Winters von 841 auf 842) folgt in den drei letzten Capiteln des dritten Buches die höchst werthvolle einläßliche Erzählung über den Feldzug der Könige am Rhein. Außer der zwingenden eigenen Aussage Nithards (in IV: c. 1) sind da, auch abgesehen von der Aufnahme der Reden und Eide vom Schwure zu Straßburg (darüber s. auch n. 513) und der lebensvollen Schilderung der Kampfspiele in c. 6, noch zwei Puncte, welche die Annahme einer persönlichen Betheiligung Nithards äußerst anempfehlen. Hier am Rheine lagen ihm die sächsischen Verhältnisse räumlich nahe, und die Stellinga mußten jetzt seine Aufmerksamkeit erregen, während sie sonst den Vasallen des westfränkischen Königs nicht sehr beschäftigen konnten: und da, im zweiten Capitel des vierten Buches, versäumt er nun auch nicht, davon zu sprechen. Und ebenso wurde dem romanisch redenden Franken der Gegensatz der „vulgären" Sprache, der lingua teudisca, wie sie die Bewohner der Gegenden, die er nun an der Seite seines Königs betreten, redeten, jetzt recht auffällig. So hat er die deutschen neben den romanischen Eiden eingerückt, und so bemerkt er über Straßburg: in civitate quae olim Argentaria vocabatur, nunc autem Strazburg vulgo dicitur (s. auch Excurs XI.); ähnlich heißt ihm Zaberne Zabarna (III: c. 4), nicht mehr Taberna, und während in I: c. 7 u. 8 II: c. 1 noch von einer urbs Vangionum, in I: c. 6 u. c. 8 von Magonciacum gesprochen worden war, heißen Worms und Mainz von nun an (III: c. 3, c. 5 drei, IV: c. 4 vier Male) Warmatia und (schon: II. c. 7: Magontia, dann III: c. 4 u. c. 7: zwei Male) Maguntia, Magontia, Moguntia (in III: c. 5 nochmals Maguntiacum), und ebenso wird Coblenz in III: c. 7 Confluentum, in IV: c. 4 Confluentum genannt. — Eigenthümlich rasch geht Nithard dann über den ganzen April hinweg. Erst zu Verdun, wohl im Mai, finden wir Karl wieder. Den hernach folgenden Verhandlungen zwischen Lothar und den Königen ist Nithard wieder mit regem Interesse gefolgt. Er hat wohl in Clamecy zu jenen gehört, welche den Theilungsvorschlag zu günstig für Lothar lautend fanden; er kann da seine Mißbilligung nicht unterdrücken: quamquam ultra quod justum ac congruum, ut quibusdam videbatur, inventum foret, und vollends die Vollmachtverletzung, welche die lothringischen Boten begingen, läßt ihn in die unwilligen Worte: ignoro (s. n. 249) qua fraude decepti (IV: c. 3) ausbrechen. Ausführlich erörtert er in IV: c. 4, was Karl in Metz zur Sicherstellung der achtzig Bevollmächtigten erwog: da mag er vielleicht bei dem Könige gewesen sein. Kaum aber hat er in Coblenz mitgestritten, so sehr auch die belebte Verhandlung aus der St. Castorskirche in seinem c. 5 erkennbar ist: er würde sich wohl, wie in c. 1, genannt haben, wenn ihn sein König dahin gesandt hätte. Sicherlich jedoch war er, als er den Schluß von c. 5 schrieb, nicht mehr in Austrasien; denn da heißt es: terrae motus per omnem paene hanc Galliam factus est. — Hat Graf Nithard vielleicht zu jenen Grafen gehört, welche, ohne ein bestimmtes Amt zu bekleiden, am Hofe lebten: einer der comites palatini in dem von Waitz: III. p. 425: n. 6 namhaft gemachten Sinne, oder einer der optimates, wie sie l. c.: p. 450: n. 4 (auch II: pp. 384 u. 385 u. Noten) aufgeführt sind?

[501] Die Grabschrift Nithards (in den Gedichten des Micrigardus, eines Mönches von St. Riquier, der um 870 lebte, im annuaire de la bibliothèque royale de Belgique, durch von Reiffenberg edirt: Bd. IV: p. 116), deren Nachweis ich der Güte des Herrn stud. phil. Wohlwill (in Göttingen) verdanke, bezeugt, daß Nithard (Cujus de Karoli genuino — (gremio?) — processit origo | nobilis ac celsa Caesaris egregii) an einem 15. Mai (Occubuit junii octavo decimoque kalendas; warum nicht idibus Maji? wohl um des Verses willen) gestorben ist, und zwar hostili gladio (Ehen quod subito in bello rapuit gemebundo | mors inimica satis seu furibunda nimis | invida, si quidem multatus hostis iniqui, | qui primus socum perstitit innocuis, | aste nune belli riguit quasi fortis asylus — (asylus?) —). Dem entspricht die Verletzung, welche im 11. Jahrhundert an dem Kopfe Nithards gefunden wurde, als man dessen Grab öffnete. — Am 7. März 1074 starb nämlich nach dem chronicon Centulense des Hariulf (lib. IV: c. 35 auf p. 353: s. n. 292), der Abt Gervinus des Klosters St. Riquier. Unter seiner Regierung hatte man zu St. Riquier Nithards Leiche gefunden, wie dieselbe Chronik (in c. 32: p. 351) erzählt: Gervinus . . cupiens eumdem Sanctum (se. den Angilbert) dignius honorare, coepit perquirere ad fores ecclesiae, quo comperierat illum primo tumulatum fuisse, sanctam corporis ejus glebam: et illius quidem non illic corpus invenit, sed in eodem quo putaverat sarcophago invenit lectulum ligneum coriatum Domni Nithardi, filii ejus, abbatis et comitis corpus continentem sale perfusum: in ejus capite videbatur illa percussura, qua eventu praelii fuit occisus. Das ist Alles, was wir über Nithards Lebensende wissen. — Die Art und Weise, in der Nithard in der vierten Vorrede seinen Wunsch, sich vom öffentlichen Leben zurückzuziehen, betont (quo ab universa re publica totus secedam, mens variis querimoniis referta, assiduis meditationibus anxia vexat), die Art der Abfassung des Schlußcapitels scheinen die Annahme nahe zu legen, daß sich Nithard für die allernächste

Zukunft nach Ruhe, d. h. wohl nach der Abgeschiedenheit eines Klosters, sehnte. Aber in St. Riquier wenigstens ist er (nach dem März 843) zunächst nicht Abt geworden. Denn der Richbodo, welcher nach Prudentius am 14. Juni 844 am Agout fiel, war schon 840 Abt von St. Riquier gewesen (Hariulf: III. c. 5: quo, sc. Ribbodone, coenobii curam administrante, Hlodowicus imperator moritur, auf p. 313): wie Nithard, war auch er durch seine Mutter ein Enkel Karls des Großen (Prud. zu 844: consobrinus regum, nepos videlicet Caroli imperatoris ex filia). Den Richbodo bezeichnet Hariulf in III: c. 5 (p. 313) als Nachfolger des Abtes Helisachar, diesen in III: c. 4 (p. 312) als denjenigen des Herich; von Herich wird in III: c. 1 (pp. 308 u. 309) gesagt: eodem quo sanctissimus Angilbertus abbas obiit anno . . . hic Hericus abbatiae Centulensi praelatus est. Nach Richbodo's Tode wurde laut III: c. 7 (p. 314) unmittelbar Ludwig, Abt von St. Denis, auch Abt von St. Riquier, und als dieser (9. Januar 867) gestorben war, trat nach III: c. 9 (p. 316: marino abbate Lodovico, abbatis Centulensis rectorem habuit egregium virum Hruodulphum) Rudolf, der Bruder der Kaiserin Judith, an seine Stelle. Wo hat hier Nithard Platz? Höchst ungenügend und keine einzige bestimmte Handhabe reichend sind Hariulfs Angaben über die Zeit, in der Nithard Abt gewesen sein soll. Solche stehen in calce libri accessario in II: c. 7 (p. 308): Nithardus . . . Centulensibus jure abbaticio praelatus, pauciaque diebus in regimine expletis, interemptus praelio praesentis luminis caruit visu (und zwar mit: regnante Domino nostro Jesu Christo in saecula saeculorum als Zeitbestimmung), dann in III: c. 5 (am Ende, nach der Erwähnung Richbodo's: p. 313): ipse Nithardus coenobio huic praefuisse asseveratur (zu beachten!) post decessum patris (also irgend einmal nach 814); quique cum paucissimis diebus ministrasset, bello interfectus, juxta patrem sepulturam meruit (beide Stellen beinahe wörtlich gleich in der vita Angilberti des Hariulf, in Mabillon: acta IV a): pp. 114 u. 115). Hiezu kömmt nun noch, daß Rudolf schon 856 als Abt von St. Riquier erscheint (Karl sagt: voluntate et licentia dilecti avunculi nostri Hruodulfi Rectoris Centulensis sacri Coenobii, in Bouquet: VIII. p. 539, s. Böhmer: n. 1663), also lange vor Ludwigs Tod, daß aber Hariulf diese Urkunde in III: c. 9 (p. 316) ganz unbekümmert um den sich ergebenden Widerspruch (s. oben die Stelle von III: c. 9) aufgenommen hat (s. auch in III: c. 10, pp. 316 u. 317, wie sich Hariulf den Umstand zu erklären suchte, daß die Aebte von Centulum zugleich weltliche Machthaber waren, z. B. Rudolf; s. Dümmler: p. 278, Waitz: IV. p. 133). All das macht Hariulfs Angaben durchaus unbrauchbar, und wenn die Grabschrift nicht wäre, läge die Ansicht ziemlich nahe, daß, was über Nithards ganze Stellung als Abt gesagt wird, auf einem Mißverständnisse beruht: Nithard war, wie Richbodo, der nachweislich Abt von St. Riquier war, ein Enkel Karls des Großen; sein Vater hatte sich als Abt von St. Riquier um dieses Kloster große Verdienste erworben: nun fand man mehr als zwei Jahrhunderte später die Leiche des Grafen Nithard, dessen Werk Hariulf kannte (s. III: c. 5. p. 313), eben in Centulum im Grabe Angilberts. Eine auf Mißverständniß beruhende Uebertragung gehörte da sicherlich nicht zu den Unmöglichkeiten. Allein die Grabschrift zwingt dazu, in Nithard einen Abt zu erblicken (Nithardi...., nomen rectoris qui modico tenuit und extitit . . . | (contra,) commissum pacificumque gregem), und zwar, da sie in St. Riquier entstand, einen dieses Klosters (hac requiescit homo). — Wann freilich Nithard nun das Kloster geleitet, ist auch nicht zu beantworten (wohl nicht vor 842: sonst hätte er wohl IV: c. 5 davon gesprochen; Mabillon: ann. S. Bened.: II. p. 623 will ihn nach Ludwig einschieben (übereinstimmend mit der Marginalbeifügung zu Hariulf: III. c. 9, l. n. d) zu p. 316), s. auch Paulus Petavius in Bouquet: VII. p. 7); man wird demnach kaum mit der Vorrede zu Nithards Werk in den scriptores: II. p. 649 (idem . . . cum jam anno 843 occisum) Nithards Tod kurz nach dem Abschlusse seines Werkes ansetzen dürfen. Sicher ist nur, daß er kämpfend gestorben ist (die hist. litter. de la France: V. p. 205 glaubt gegen die Normannen 858 oder 859 — so spät erst? — bei dem nahen Amiens) und dann zu St. Riquier seine Ruhestätte fand. — Schon Mabillon hat (acta: IVb): p. 468: in der Vorrede zu dem Leben Ansbald's und in annal.: II. p. 623) die Ansicht Baluze's zurückgewiesen, daß der vom Abte Lupus (epist. 55 u. 72) genannte Mönch Nithard von Prüm unser Nithard sei.

502) Besonders gehören hieher der Vers 76: Pro rege est regulus, pro regno fragmina regni, dann die Verse 69—74: At nunc tantus apex tanto de culmine lapsus flores ceu quondam capiti dejecta corona, | quam varius texit redolenti gramine fulgor, | cunctorum teritur pedibus: diadema nodus ; perdidit imperii pariter nomenque decusque | et regnum unitum concidit sorte triformi. Wie voll klingen ferner vv. 85—88: Quid faciant populi, quos ingens alluit Hister, | quos Rhenus Rhodanusque rigant, Ligerisve, Padusve? | Quos omnes dudum tenuit concordia nexos, | foedere nunc rupto divortia maesta fatigant (Mabillon: vet. anal. p. 413).

503) Eine Zusammenstellung dieser Stellen gab Dümmler: pp. 153—158, u. n. 64 ff.

504) Es braucht hier nur auf das Klagelied des Florus verwiesen zu werden (eine sehr bezeichnende Stelle hat Dümmler: p. 183: n. 3), so wie auch auf Radbert Paschasius.

505) Ueber Angilberts Kirchenbau sind zu vergleichen: Hariulfs Biographie desselben (Mabillon: acta IVa): p. 109 ff.), diejenige Anscheri (l. c.: p. 126 ff.), dann das chron. Centulense: II. c. 3 u. f. f. (s. n. 293; p. 303 ff.).

506) Beinahe mit denselben Worten wird in I: c. 1 und in IV: c. 2 von Karl gesagt: merito Magnus imperator ab universis nationibus vocatus (non immerito vocatus); zu vergleichen ist Waitz: III. p. 94: n. 2.

507) Zur Vergleichung herbeizuziehen sind auch in II. c. 10: haud modicum supplementum Domino auxiliante praebuit, und in IV: c. 7 einmal: rectam ac per hoc viam Domini, dann: scriptura divino munere prolata.

508) S. z. B. Wenck: pp. 121 u. 122 über das, was der heilige Germanus zu Wege brachte.

509) Wenn hier der Versuch gemacht werden soll, wenigstens in einigen Worten bei einem Stücke Nithards über dessen Latinität ganz kurz zu reden, so muß zum voraus bemerkt werden, daß irgend welche Vollständigkeit hier ganz und gar nicht erstrebt wird, wie ja auch überhaupt die Form, in der sich Nithards Buch zeigt, zu charakterisiren nicht in dem Umfange unserer Arbeit liegt. — Die vierte Vorrede soll hier unter diesem Gesichtspuncte besprochen werden. Da wäre im ersten Satze schon wohl besser statt me quiescere delectat gesetzt worden: delector quiescendo, dann weil in secedam die erste Person angewandt ist. versor meditando für mens versatur (versat ist natürlich unrichtig, ähnlich in III: c. 1, wo ut praestolaretur passivisch gebraucht ist, ebenso l. c.: quid acturum — statt agendum — videretur). Anstatt quo (. . . secedam) wollte Nithard sicherlich quod (richtig ist natürlich der acc. c. inf.) lesen, ebenso cum . . . junxit für de . . . junxit. Ganz auf einem Mißverständnisse beruht die Anwendung von immo vero (Nithard will in lebhafter Weise dadurch den Eindruck des Satzes beim Leser noch steigern). In dem Satze: qua partem ferar wäre statt der adverbialen wohl besser die adjectivische Form im Anschluß an das Substantiv (in quem) zur Verknüpfung der Sätze verwandt worden. Quominus curem wäre nach quid oberit an der Stelle von si curabo erforderlich. Unter den futuri versteht Nithard wohl die posteri. Ein eigentlicher Fehler endlich ist detergam statt detergeam (Conjugations- und Declinationsfehler sind im Ganzen sonst sehr selten). — Eine Vermischung der Constructionen zweier Verba ist in III: c. 1, wo miserantes fratris plebisque steht (miseret alqm. alcjs. und miseror alqm.). — Ueber das Reflexivpronomen ist n. 259 zu vergleichen. Für die Anwendung des unrichtigen Modus nach einer Conjunction ist II: c. 6 (quamquam . . . . videretur) ein Beispiel; was Anakoluthien anbetrifft, so ist besonders auf die zahlreichen indirecten Reden zu verweisen, wo über Verhandlungen u. dgl. berichtet wird (s. z. B. II. c. 6: omnes Aquitanos . . . post se venire praecepit; insuper quicunque e Burgundia . . . sui juris esse vellent, similiter fecit) u. s. f.

510) S. oben n. 239. Eine Haupteigenschaft des Nithard'schen Satzbaues, durch welche vorzüglich die Einförmigkeit desselben hervorgebracht wird, ist die fast jeder Abwechselung entbehrende Art der Einleitung der Sätze. Als Beispiel dafür möge eine Aufzählung der Capiteleröffnungen Nithards hier Platz finden. Von seinen 32 Capiteln beginnen vier mit Per idem tempus, drei mit Eodem tempore, drei mit Interea, vier mit Ergo (eines mit Igitur); eines hat His ita compositis, ein anderes His ita rebus peractis, ein drittes His ita se habentibus, ein viertes Quibus peractis als Eröffnungsworte; in dreien steht autem an der zweiten Stelle, in zweien quidem (mit

Mira sane beginnt II: c. 8); Hic quoque haud quaquam ab re (in III: c. 6) und Hic quique colligat (IV: c. 7) zeigen gleichfalls viel Aehnlichkeit; in III: c. 1, praef. IV., IV: c. 6 steht uti praefatum est im ersten Satze (in II. c. 7: haec quae praemisimus). — Nicht anders ist das im Verlaufe der einzelnen Capitel beschaffen. In II: c. 3 z. B. finden wir kurz nach einander Eodem tempore, Per idem tempus, ebenso Hinc quoque, Ipse quoque, Karolus quoque. Sehr gern knüpft Nithard die Sätze durch Relativpronomina enge an einander, was auf die Länge ermüdet (in II. c. 3. Quo dum, Quod quidem, in c. 4: Quamobrem, Quod cum, quamobrem zur Verbindung zweier Satzhälften, Qua quidem, ebenso in c. 5 sechs Male). Auch innerhalb der einzelnen Satzgefüge, deren Theile beinahe immer sehr kurz, selten durch reichere Gliederung bunt belebt sind, findet diese monotone, auf den Gebrauch weniger Conjunctionen sich beschränkende Verbindung statt: eine der wenigen Ausnahmen bildet davon der überhaupt in sehr gelungener Weise aufgebaute Satz von III: c. 6 über die Kampfspiele. — Wie in n. 509, möge auch hier das Gesagte als Beleg für die Behauptung im Texte genügen.

511) Nithard bedient sich stets des römischen Calenders (I: c. 8 bis; II: c. 1, c. 4, c. 10 ter; III: c. 2, c. 5, c. 7; IV: c. 4 bis, c. 5 bis, c. 6, c. 7). Ueber die Berechnung der Tagesstunden (II: c. 10; III: c. 4, c. 7) s. oben n. 126.

512) Auch die Namen edhilingi, über welchen s. Waitz: IV. p. 275: n. 2, (frilingi, lazzi) überliefert Nithard in IV: c. 2.

513) Mit vollem Recht sagt Wenck: p. 369, daß Nithard „die Straßburger Versammlung mit vieler Liebe behandelt."

514) Sehr geschickt ist auch die Art, wie Nithard seine Bücher abtheilte. Der Schluß des ersten Buches ergab sich von selbst; das zweite und dritte aber beendigt er mit diesen Worten: Qua finem primi certaminis dedit Lodharius, terminetur liber secundus und Qua finem secundi certaminis dedit Lodharius, terminetur liber tertius.

515) Längere oder kürzere Stücke, in welchen sich aus dem Wortlaute von Nithards Darstellung ziemlich mit Sicherheit darauf schließen läßt, daß ihm Documente irgend welcher Art, etwa ein Vertragsinstrument oder ein Protokoll oder eine schriftliche Instruction für Gesandte, vielleicht auch nur eigene, behufs der Unterstützung seines Gedächtnisses, seit dem Mai 841 bei wichtigen Geschäften, welchen er beiwohnte, im betreffenden Augenblicke gemachte Aufzeichnungen, vorlagen, sind wohl vornehmlich an den folgenden Stellen enthalten. Schon in II: c. 1 vielleicht das Mandat der lotharischen Gesandten, sicher aber in c. 2 die mit mandans ac deprecans eingeleiteten Worte Karls, welche Nithard selbst mit Adalgar zu Lothar brachte, ebenso in c. 4 der Stillstand von Orleans (ea pactione: „ut cederet" etc. und statutis eo tenore convenitur: „ut deinceps" etc.); ferner gehören hieher in c. 5 die Versprechungen Bernhards von Septimanien (dicens: „se cum Pippino" etc., besonders tentatum est: „ut illos" etc., hernach dicens: „et fidelem" etc.), dann eben daselbst Karls Rede und die Berathungen, welche daran sich knüpften („quemammodum" etc. .... deposcit etc., dann reminiscentes ... ajebant. „se omnem" etc.; s. auch n. 500); in c. 6 mag, was Karls Boten den lotharischen Truppen am 31. März 841 in das Gewissen redeten, hieher gehören (qui „se venturum", praemuntient, „unicuique" etc.); unbedingt aber sind aus c. 8. die Botschaft Lothars (quaeritatur: „cur absque" etc.), die Antwort Karls („se ob hoc" etc. .... respondit, „quoniam" etc., wo von Nam saorum bis quaerere compulit in directer Rede die Klagegegenstände als ein Theil von Nithards Erzählung erscheinen), aus c. 9 die Verhandlungen des Kriegsrathes, welcher zu Attigny gehalten wurde (die Einen ajebant: „quoniam" etc., dann die Ansicht der maxima pars, s. auch n. 500), der Beschluß der Könige, eine aus Bischöfen und Laien componirte Gesandtschaft an Lothar zu senden (visum ..., „ut tam ... mandent"), und deren Mandat (vornehmlich: obsecrent, „ut memor sit" etc.) anzureihen; reich an solchen Stellen ist vor allem auch c. 10: der Vorschlag der Könige vom 22. Juni (mandant: „sibi valde .... rogarre", petunt), die Friedensanerbietungen vom 23. (mandaverunt: „ut memor ... relicta", dann von Et in manere bis Renum in die Erzählung zurückfallend, zuletzt wieder „quod et ... ditionis esset"), Lothars Antwort hierauf (mandat: „non illos ... velle", ajebat), seine zweite Botschaft (praecepit: „quod ..., quaerere volebat"), Lothars Forderung vom 24. (mandat ...: „quoniam sciret ... profectum") und was sich an diese knüpfte (Interrogati ..., „si quiddam ... mandasset", „nihil ... injunctum", responderunt), das Ultimatum der Könige (mandant illi: „si mellius ... venturum", worauf Lothars Antwort: „sicuti se, quid agere deberet"). In III: c. 1 ist vielleicht der Bericht über die Berathung der Könige hinsichtlich des Schicksales der flüchtigen Lotharischen hieher zu rechnen; ohne Frage gehört aber der Beschluß der Synode vom 26. Juni zu den hier aufzuführenden Stücken (inventum ... est: „quod pro sola" etc.); unbedeutender sind in c. 2 der durch Wilhelm überbrachte Antrag Bernhards und Karls Bescheid darauf und noch einige Sätze (z. B. was die Neustrier Adalhard antworteten), in c. 3 die Botschaft Rabans, höchst umfangreich aber eben da das Mandat Ermene's (praecepit: „ut roget" etc., vor allem „meminerit quod frater" etc.) und Lothars Friedensvorschlag („eo tenore ... se velle" mandavit, „ut foedus" etc.), hernach Karls Antwort (respondit: „se foedus" etc.); aus c. 4 wäre etwa die Capitulation von Laon zu erwähnen. Vorzüglich aber besteht der Werth des vierten Buches in erster Linie darin, daß es eine Reihe von Stücken enthält, die in diese Rubrik zu rechnen sind. Die bemerkenswerthesten sind: in c. 1 die Berathung und Beschlußfassung der zu Aachen versammelten Bischöfe (considerantibus: „quomodo" etc.; dann conveniunt: „quod ob suam" etc.; endlich percontati sunt, „utrum illud" etc.), die Antwort der Könige (respondentibus: „in quantum" etc.), die Nachricht über die Reichstheilung, in c. 3 vor allem (auch die erste Anfrage Lothars: „si sciret" etc., die kurze Erwiederung der Könige: „mitterent quos" etc. sind erwähnenswerth) die Botschaft Lothars nach Mellecey (dicentes: „quod Lodharius ... pacta perpes"), weiter (die Worte der Könige vor der Eröffnung der Theilungsarbeit: agebant, „se hoc" etc.), der Vorschlag Ludwigs und Karls an Lothar (visum est: „ut inter ... decernant"), dessen Aeußerung („se non esse ... restituere posset") und der ganze Rest des Capitels, wo über die Verabredungen zwischen Lothar und den königlichen Gesandten gehandelt wird. Aus c. 4 müssen der Waffenstillstand von Ansilla („videlicet ut ... similiter faceret") und die Beschwerdeführung Karls gegenüber Lothar („quoniam aliter ... inferre jacturam") hieher gezogen werden. Ueber die Verhandlungen der Theilungsbevollmächtigten und der Bischöfe zu Coblenz (c. 5) wurde schon oben (besonders n. 283) gesprochen. Das letzte Stück, von welchem hier die Rede sein kann, ist in c. 6 das Resultat der Zusammenkunft zu Thionville (jurant: „ut ipsi reges .. ejusdem regni").

516) In II: c. 10 steht genau: eclipsis solis hora prima (das steht mit n. 126 nicht im Widerspruch) ... in Scorpione contigit, und von dem Kometen wird gesagt: per Pisces centrum ascendit, et inter signum quod a quibusdam Lyra a quibusdam vero Andromeda vocatur, et Arcturum obscuriorem (Rudolf hingegen, zu 841, läßt denselben sub signo Aquarii erscheinen: s. n. 481).

517) Nithard ist für diese Zeit die Haupt-, meist die einzige Quelle, ihn bis ins einzelne zu controlliren nur in verhältnißmäßig geringem Umfange möglich. Verstöße, welche sich nachweisen lassen, sind, sämmtlich im vierten Buche (s. n. 272 und in n. 484 über den Ursprung der Saxonen): in c. 3 die Aufstellung von Chalons und Troyes (s. n. 272), ein Versehen in c. 4 am Ende, worüber n. 278 handelt, in c. 6 die Angabe des Hochzeitstages Karls des Kahlen: der 14. statt des 13. Decembers (s. n. 296).

518) Den Beweis nochmals zu führen, daß Karls Geschichte in ganz einziger Art auf Nithard beruht, ist nach dem, was im Texte: pp. 19—53 ausgeführt ist, wohl überflüssig: es mag nur auf Stücke, wie II: c. 10, IV: c. 3 u. c. 5 kurz hingewiesen werden, ebenso etwa auf die in III: c. 2 liegende Erklärung dafür, daß Karl nach der Schlacht von Fontanetum nicht mächtiger da stand, als vorher (s. pp. 32 u. 33), oder auf das Licht, das durch Nithard aus III: c. 2 (am Ende) u. c. 3 (im Eingang) auf die Bedeutung von Karls Zug nach der untern Maas fällt (s. Excurs VII., oben pp. 34 u. 35), u. a. m.

519) Auch hier darf wohl auf pp. 54—68, 71—78 verwiesen werden. Ueber Lothar sind z. B. II: c. 3 (s. p. 20) u. c. 7 (s. p. 58), IV: c. 2 (s. p. 59 ff.) u. c. 4 (s. p. 67), über Ludwig II: c. 1 (s. pp. 71 u. 55), c. 7 (s. pp. 58 u. 59, 72) u. c. 9 (s. pp. 25 u. 26), der Schluß des dritten Buches (s. pp. 74 u. 75), IV: c. 2 (s. pp. 75—77), c. 4 u. c. 6 (s. p. 77) zu vergleichen.

520) Natürlich wird hier nur auf die Jahre 840 bis 843 Rücksicht genommen.

521) Die auch in scriptores: I. p. 420 abgedruckte hier fragliche Stelle aus dem (25.) Briefe Hinkmars an Egilo, Erzbischof von

Gent (op.: II p. 232, wo auch der Hinweis auf Prudentius als den Verfasser) lautet: ipsum autem annale quod dico, rex habet, et ipse est ille liber, quem coram vobis in ecclesia, ubi vos nobis commendavit, coram vobis ab illo mihi praestitum ei reddidi.

522) Es ist bemerkenswerth, daß Rudolf schon zu 843 (Karolus Aquitaniam quasi ad partem regni sui jure pertinentem, affectans, Pippino nepoti suo molestus efficitur) und zu 844 (Karolus Bernhardum incautum et nihil ab eo mali suspicantem occidit: nach Prudentius zu 844 erlitt ja Bernhard als majestatis reus nach dem Francorum judicium die capitalis sententia jussu Karoli; s. auch Hinkmar zu 864 über Bernhard, den Sohn Bernhards: Karolus patrem suum Francorum judicio occidi jusserat) sich über Karl den Kahlen (vgl.: ann. Xant. 844: Bernhardus comes a Karolo est occisus) sehr gereizt äußert.

523) Zu 840 läßt Rudolf den Lothar nach „dem Westen" ziehen (occidentem proficiscitur; dann verliert er ihn aus den Augen), zu 841 erst den Ludwig, dann den Lothar nach „Gallien" (in Galliam pergit: wörtlich gleich von beiden); 841 bleibt Karl nach der Schlacht von Fontanetum in den „westlichen Gegenden" (in occidentalibus remanente); Macon (zu 842) ist eine Galliae urbs, ebenso Verdun (zu 843) eine Galliae civitas; über die Stelle zu 841: Karolo qui jam tunc ultra Mosam castra ponere moliebatur ist schon oben (p. 24) geredet. Der Rhein, Rudolfs nächste Gesichtskreisgrenze, trennt eben diesen „Osten" und „Westen" (840: partem regni ab oriente Rheni, 841: litus orientale, sc. Rheni, contra occidentalium irruptionem; 842: collecta orientalium .. manu und civitates in occidentali Rheni litore positas).

524) Stellen, in denen sich die Annalen von Xanten besonders deutlich als durchaus lotharisch gesinnt erweisen, sind, zu 834: Illius Ludewicus astute cogitans, contra fratrem suum Lotharium, cui priori anno omnem fidem promiserat, insidias molitus est und die Angabe, daß Graf Odo und die andern 834 magna persecutores strage ceciderunt und Kaiser Ludwig und Judith persecuti sunt Lotharium, zu 840 die Worte über Lothar: imperator profectus est, ... concessum sibi a patre possidere regnum. (Nachher hören solche Spuren auf; im Gegentheil beginnt von 844 an Ludwig in den Vordergrund zu rücken, und ein Fortsetzer, der mit 852 seine äußerst dürftigen Mittheilungen (bis 860, dann bis zum Schlusse stets reicher an Inhalt werdend) beginnt, redet zu 855 nicht einmal vom Tode Lothars I.; s. auch die Einleit. zu den Annalen in script. II: p. 219).

525) Von besonderem Werth sind eigentlich nur einige geographische Angaben der Annalen: zu 840, daß apud Wormatiam civitatem Lothar (im April 841) über den Rhein ging (s. p. 58), zu 842 die beiden Angaben: predato pago Vangionensium (s. p. 39) und per angustum iter asperum Grunnoorum (s. p. 40 u. Excurs VIII.), ferner usque Lingonas pervenit (s. n. 391) und vastata omni regione Ripuariorum (s. p. 41).

# Excurs I.

## Ueber den Zeitpunct, in welchem Nithard von König Karl mit der Abfassung des Buches beauftragt ward.

Nithard selbst gibt in der Vorrede des ersten Buches in den Worten: antequam Cadhellonicam introiremus civitatem praecepistis, ut res vestris temporibus gestas stili officio memoriae traderem eine genaue Angabe der Umstände, unter welchen sein Herr ihn zum Historiographen auserlas. Es wird also zur Feststellung des Zeitpunctes, in welchem dieses Ereigniß sich zutrug, vor allem nothwendig sein, aus dem Itinerar Karls die Anwesenheiten desselben in Chalons an der Marne in den Jahren 840 bis 843 kennen zu lernen. Aus demselben ersehen wir, daß Nithard: II. c. 9, Prudentius: 841 (am Ende), Nithard: IV. c. 3 von Anwesenheiten Karls in Chalons sprechen. Davon fällt die erste (s. p. 25) in die Mitte Mai 841, die zweite (s. p. 37) auf das Weihnachtsfest desselben Jahres, die dritte (s. p. 43) um den Anfang Juni 842 [1]). Um nun zu wissen, welcher von diesen drei Zeitpuncten der hier in Frage stehende sei, ist es erforderlich, in Nithards Buche nach einem Fingerzeige zu suchen, der über die Abfassungszeit desselben Auskunft gibt. Ein solcher liegt in der Stelle von II: c. 10, wo es heißt, daß Nithard die Geschichte der Schlacht von Fontanetum während einer Sonnenfinsterniß 15. Kal. Novembris, d. h. (s. script. II: p. 661: n. 13 u. oben p. 79) am 18. October 841 niederschrieb. Laut seiner eigenen Aussage (praef. II: explicitis dissensionum vestrarum initiis . . . . . . hinc jam . . . . notare curabo) hat aber Nithard das zweite Buch nach dem ersten, im Anschlusse an dasselbe verfaßt. Mithin kann auch die Anregung zum Schreiben überhaupt unmöglich nach dem October 841 erfolgt sein. Es bleibt also blos der erste Eingang in Chalons, im Mai 841, übrig.

Scholle: p. 50: n. 84 sucht hingegen nachzuweisen, daß das introire der praef. I. sich auf den dritten Aufenthalt in Chalons beziehen müsse, und stützt sich dabei auf den Wortlaut der praef. I: cum jam pene annis duobus illatam a fratre vestro persecutionem pateremini. Allerdings waren um den 1. Juni 842 „beinahe zwei Jahre" seit dem Tode Kaiser Ludwigs vergangen, und so scheint Scholle dem Wortlaute des Textes nach Recht zu haben. Allein fassen wir noch einmal das deutlich sprechende Zeugniß von II: c. 10 in das Auge, berücksichtigen wir, daß Nithards Worte mehrmals erst nach Anbringung einer oft nur kleinen Aenderung des verderbenen Textes Sinn bekommen [2]), und sehen wir, daß zu illatam das Object im Dativ fehlt, so ist es wohl gestattet, die Worte annis duobus in anno vobis umzuändern. Auf diese Weise nur wird eine Uebereinstimmung mit der Stelle in II: c. 10 erzielt. Lothar war seit Kaiser Ludwigs Tode Karls Feind geworden, wenn auch nicht von Anfang an, so doch bereits heimlich intriguirend (die Verwendung für Pippin: II. c. 1 war mittelbar schon persecutio zu nennen); Ludwig starb am 20. Juni 840 und Karls Aufforderung an Nithard erfolgte nach dem 13. Mai 841: es war demnach „beinahe ein Jahr" schon die Verfolgung im Gange gewesen.

# Excurs II.

## Ueber die Personen Uodo et Odo, Vivianus, Fulbertus in I: c. 5.

Folgende historische Quellen nennen die im Juni 834 an der bretonischen Grenze gefallenen Heerführer der kaiserlichen Partei:

a) Nithard: c. 5: Uodo et Odo, Vivianus, Fulbertus (II: p. 653).

b) Astronomus: c. 52: Odo cum fratre Willelmo (II: p. 638).

---

[1]) Nithard sagt zwar (III: c. 2): ratum duxit (sc. Karl), ut . . . hinc per Remensem et Cadelonensem Lingonicam peteret urbem. Aber aus dem Schlusse des c. 2 und dem Eingange von c. 3 (ad sanctum Quintinum iter direxit) sehen wir, daß Karl nur bis Reims gelangte und hier seinen Plan änderte (s. Excurs VII).

[2]) Beispiele hiefür liegen u. a. vor in I. c. 1: triginta statt quadraginta (n. 67), c. 2: de ceteris statt cum ceteris (n. 58), c. 4 ultra statt citra (n. b) zu script. II: p. 653 u. n. 58), II. c. 9: intra statt infra (n. 82), c. 3: nunc statt non (n. 88), c. 8: venerat statt convenerat (Rund: p. 273 u. n. 113) u. s. w.

c) ann. Bertin.: 834: Odo et Wilhelmus frater ejus, ac Fulbertus comites, et Theoto . . . abbas (I: p. 428).
d) Einhard: 834: Uodo comes Aurelianensium, et Theodo abbas (I: p. 360).
e) ann. Xant.: 834: Uodo comes et Theodo abbas (II: p. 226).
f) ann. Engolismens.: 834: Oddo comis (XVI: p. 485).
g) ann. Masciacens.: 832: cum Oddone (III: p. 169).
h) chron. Aquitan.: 830: Odo Aurelianorum comes (II: p. 252); daraus Ademar: III. c. 16 (IV: pp. 119 u. 120).¹)
i) chron. Andegav.: Odo comes Aurilianensium, Willelmus frater ejus comes Blesensium, Guido comes Cenomannensium, Teuto abbas (Bouquet: VI. p. 241).
k) Adrevaldi mirac. s. Benedicti: II. c. 1: Hodo, frater illius Guillelmus comes Blesensium, Teuto abbas, Guido comes Cenomannensis (acta sanctorum: März: III. p. 307).

Der von Nithard in erster Linie genannte Uodo ist aus folgenden Gründen unzweifelhaft der von i) zugleich als Bruder Wilhelms und als Graf von Orleans aufgeführte Odo (als Bruder Wilhelms ist er auch durch b), c), k), der ihn freilich Hodo nennt, bezeichnet, als Graf von Orleans gleichfalls durch h) und d), der ihm allerdings den Namen Uodo, nicht Odo gibt). Einmal wird dieser Mann, heiße er nun Uodo, Odo, Oddo oder Hodo, von all den hier in ihrem Wortlaute aufgeführten Quellen (als Anführer, s. Astronom. c. 52: quam rem aegre ferentes Odo comes et alii multi etc) zuerst angegeben oder gar allein genannt: von f) und g), und es wird demnach wohl auch der von Nithard vorangestellte Name derjenige des Hauptes der Expedition sein, um so mehr, als schon vorher ausdrücklich dieser Uodo in den Worten missus est Uodo als Heerführer bezeichnet ist. Dann aber nennt Nithard selber IV: c. 6 den eben hier fraglichen, 834 gefallenen Grafen Odo von Orleans abermals Uodo (als Vater der Irmintrud: s. pp. 44 u. 52), so daß sicherlich kein Zweifel darüber herrschen darf, daß er auch I: c. 5 unter Uodo diese selbe Person versteht. — Der an zweiter Stelle durch Nithard genannte Name: Odo ist wohl nach Funck's Annahme²) als der des nur von i) und k) erwähnten Grafen Guido von Maine zu bestimmen³). — Nithard allein kennt den Namen Vivianus. Leibniz in den ann. imperii: I. p. 439 will dafür als Emendation Wilhelmus vorschlagen, so daß also Nithard in dritter Linie den von b), c), i), k) erwähnten Grafen Wilhelm von Blois gemeint hätte. In diesem Falle dürfte freilich der Name Vivianus nicht mehr unter Nithards Eigenthum (s. oben p. 31) gerechnet werden. — Fulbert endlich wird auch von c) genannt, als comes. — Der Abt Theudo von Tours fehlt bei Nithard. — Es wäre also Odo durch alle zehn Quellen erwähnt, Guido durch a), i), k), Wilhelm durch a), b), c), i), k), Fulbert durch a) u. c), Theudo durch c), d), e), i), k).

# Excurs III.

## Ueber die Zerrüttung der Chronologie in den letzten Theilen des Astronomus.

Mit c. 43 (II: p. 632)¹) hört der Astronom die annales Einhardi zu benützen auf. Von c. 44 bis und mit c. 53 (pp. 632—639) ist die chronologische Reihenfolge mit einziger Ausnahme des von Funck (p. 267 oben) bereits gerügten Widerspruches zwischen c. 50 u. c. 51 (dort: hieme autem exacta et vere jam roseam faciem praetendente, hier: partim hausteritate atque intemperie aëris retardati), so viel ich finde, noch nicht gestört. Anders wird das Verhältniß von c. 54 an.

In c. 54 enthält schon der erste Satz (p. 639: Z. 43) eine Unrichtigkeit: Transegit imperator maximam partem hiberni temporis Aquisgrani. Denn was den Schluß des Jahres 834 anbetrifft, so war der Kaiser (Böhmer: n. 447—449) im November (nach dem Martinstage: Astron. c. 53, p. 639: Z. 30—32: Habuit . . . circa missam sancti Martini conventum generalem in Attiniaco palatio, u. ann. Bertin. 834: ad Attiniacum veniens, ibi placitum . . . circa missam sancti Martini habuit, in I: p. 428: Z. 31 u. 32) und noch bis in die ersten Tage des December hinein in Attiano. Und für das Weitere bringt Astronomus in den nächsten Sätzen (Indideque profectus — agendam constituit: p. 639: Z. 44 — p. 640: Z. 2) selbst das Richtige, ganz in Uebereinstimmung mit den ann. Bertin.: 834 u. 835. Thegan ist hier jedenfalls genauer: c. 56: venit ad Palatium Theodonis, et ibi totam (das ist zu ausgedehnt) hiemem peregit (II: p. 602: Z. 38 u. 39).

Weiter unten in c. 54 stellt Astronomus zwei Ereignisse um. Ebbo's Entsetzung zu Thionville (s. darüber z. B. von Noorden: pp. 21 u. 22) fand nämlich am 4. März 835 statt nach der narratio clericorum Remensium: sub die Kalendarum IV. Nonarum Martii (Bouquet: VI. p. 253). Es ist das der Donnerstag zwischen dem 28. Februar und 7. März, zwei Sonntagen, die durch Astronomus folgendermaßen bezeichnet werden: dominica quae sacrae quadragesimae initium praecedebat, und: dominico sacro quadragesimae tempore inchoante (p. 640: Z. 14 u. 15 u. Z. 20 u. 21). Am ersten dieser beiden dergestalt durch Astronomus selber näher bezeichneten Sonntage fand die feierliche Herstellung und Krönung des Kaisers in Metz statt; am zweiten wurden durch ihn die Theilnehmer an der Synode von Thionville wieder entlassen. Astronomus aber erzählt unrich-

¹) zu p. 119 add. 2 (de historia interpolata): et frater ejus Willelmus.
²) p. 267: Funck gerade verwechselt jedoch Nithards Uodo und Odo, indem er eben den Uodo (statt des Odo) als den Wido faßt.
³) Wüstenfeld: über die Guidonen als Herzoge von Spoleto (Forschungen: III. p. 394) macht (Z. 8 u. 9 v. o.) irriger Weise aus dem Grafen Odo von Orleans zwei verschiedene Personen, einen „Hodo, Bruder des Grafen Wilhelm von Blois" und einen „Grafen Huodo von Orleans", und sieht (Z. 11 u. 12 v. o.) unrichtigermaßen in dem Oberanführer Vodo des Einhard den Grafen Guido von Maine.

¹) Die in Parenthesen gesetzten Zahlen beziehen sich auf Pertz: script.: Bd. I. u. II.

tigerweise die Entsetzung Ebbo's, die also zwischen diese Sonntage hineinfällt (auf den Tag nach dem Aschermittwoch), vor der Krönung Ludwigs (Ebbo's Entsetzung, dann: Sequenti vero dominica die Krönung: Z. 14).[2]

Was ferner Astronomus in demselben Capitel in den Worten: Post festivitatem — essent obtemperaturi (p. 640: Z. 22—33) erzählt, gehört zwar unbestreitbar in diesen Zusammenhang, in den Sommer 835, wird aber unrichtig statt nach Crémieux (Prud.: 835: in Stremiaco prope Lugdunum civitatem ist am genauesten; es ist die kleine Stadt Crémieux am Nordrande des Dep. der Isère, wenig südlich von der Rhone, 4 Meilen östlich von Lyon; s. auch Enhard: 835, Thegan: c. 57, Böhmer: n. 454 u. 455) nach Worms verlegt, infolge einer Verwechselung mit einem Reichstage, der allerdings in Worms, doch erst im September 836 stattfand (Prud.: 836; Thegan: appendix; s. auch Funck: pp. 268 u. 269 über die Absetzung Barbards); diesen Irrthum hat sich Astronomus schon in c. 53 zu Schulden kommen lassen: de his singulis sibi in proximo placito generali Warmatiam renunciarent (p. 639: Z. 40 u. 41).

Die Nachricht, daß der Kaiser an Lothar Boten schickte (filio suo — ratio investigaretur: p. 640: Z. 35 u. 36) ist richtig (Thegan: c. 57; Prud.: 836, p. 429: Z. 27, sagt: missos iterum ad Lotharium direxit, läßt also erkennen, daß schon vorher eine Gesandtschaft nach Italien gegangen sein mußte). Allein die Motivirung im Folgenden (Augusta Judith — caritate uniri, p. 640: Z. 37—43) paßt, wie sie hier steht, wohl in das Jahr 838, wo auch Nithard: c. 6 solches erzählt (s. oben p. 16 unter 7), keineswegs aber hieher. Altersschwäche nämlich, die durch den hier in Frage stehenden Passus unzweifelhaft vorausgesetzt ist, zeigte sich 835 bei Kaiser Ludwig noch nicht. Viele Belege lassen sich hiefür anführen. 837 denkt er im voller Crafte an eine kriegerische Expedition nach Italien (Astron.: c. 55. Thegan: appendix, Prud.: 837). Alle Jahre liegt er eifrig seinen Jagdfreuden ob, worüber Prud. zu 835, 836 (im Sommer und wieder im Herbst), 838 (locis venationi congruis statiya habuit, p. 432: Z. 13 u. 14), 839 (sese venationibus alacriter exercendo, p. 435: Z. 27 u. p. 436: Z. 8 u. 9: venatu sese delectabiliter exercens: bei Kreuznach und in den Ardennen), Astron. selbst in cc. 55, 57, 58, 59, 61 berichten. Sogar 839 noch verfolgt er im Frühling seinen Sohn Ludwig bis an den Bodensee und bekriegt im Spätjahre seinen Enkel Pippin in dem eigenen Lande desselben. Auch spricht Astron.: c. 62, wo der Kaiser wirklich erkrankte, dann so ausführlich über dessen Zustand, daß er, wenn Ludwig der Fromme wirklich schon 835 leidend geworden wäre, uns hier in c. 54 gewiß mit einer eingänglichen Krankheitsgeschichte nicht verschont hätte.

Es folgt uns c. 55.

Der Anfang, enthaltend die Verhandlungen Wala's und der andern Beauftragten Lothars mit dem kaiserlichen Hofe zu Thionville im Mai 836, dann die für Lothars Anhänger so verderbliche Seuche vom Sommer 836, hernach die Sendung Hugo's und Adalgars, ist fehlerlos. Allein wie aus Dümmlers klarer Darstellung (pp. 119 u. 120) unzweifelhaft hervorgeht, sollte sich dann an die Erwähnung dieser Gesandtschaft unmittelbar Lothars Antwort anschließen: Sed Hlotarius de his conventus — non posse respondit (p. 641: Z. 31—33)[3]. Es geht das deutlich aus der Erzählung des Prudentius hervor, welcher dem Astronomus ganz entsprechend Lothars Bescheid gibt (zu 836: I. p. 430: Z. 6—8): Ad haec Lotharius per missos suos, oppositis quibusdam conditionibus, non in omnibus se assentiri posse mandavit, denselben jedoch unmittelbar nach der Botschaft Hugo's und Adalgars erwähnt. Auch enthält der Bericht des Prudentius den ganzen Auftrag, welchen der Kaiser den „missi fidelissimi" Hugo und Adalgar (s. oben pp. 35 u. 36 u. n. 191) gab, in den Worten: Ad quem directis — tes propriae redderentur (zu 836: p. 430: Z. 1—6), während Astronomus nur halb denselben ausspricht: omnia ejus incommoda resarcire studuit (c. 55: p. 641: Z. 11).

Der Rest von c. 55, d. h. At vero postquam — lujuncta perlaturus und Et Fulco quidem — sese convertit (p. 641: Z. 12—31 u. Z. 33—36) enthält (Ereignisse, die zwar schon dem Jahre 837 angehören[4]), stimmt aber genau zusammen. — c. 56 hat die Eigenthümlichkeit, daß es mehreres erzählt, was schon in c. 55 hätte erwähnt werden sollen.

Der Anfang freilich, Adrebalds Aufenthalt in Italien und seine Rückkehr (Adrebaldus at vero — imperatori porrexit: p. 641: Z. 37 — p. 642: Z. 2), mag hier am richtigen Orte stehen, d. h. chronologisch dem Schlußsatze von c. 55 so ziemlich parallel sein. Denn nach Böhmer: n. 551 war Lothar am Ende des Jahres 837 in Oberitalien (Papia civitate am 9. November), konnte also, aus der Nähe wirkend, die Verbindung zwischen Adrebald und Kaiser Ludwig um so leichter erschweren.

Die folgenden Sätze des c. 56 hingegen (Ea tempestate quanta lues — gemitu precatus est: p. 642: Z. 2—17) stehen hier viel zu spät und hätten im Zusammenhange der ersten Hälfte von c. 55 ihren Platz finden sollen. Auf diese Weise ist Wala's Tod durch Astronomus gedankenlos zwei Male aufgeführt. Die Seuche berichte 836 (Prud.: 836; Enhard: 836), und nach der vita Walae: II. c. 23, script.: II p. 568: Z. 27—29) waren Wala, der am 31. August 836 starb[5], und Lothar zugleich krank (quo, d. h. das Fieber, correptus sollicitior, d. h. Wala, pro Augusto imperatore, apud quem tunc agebat, quam pro se erat: ne forte quod nuper patri promiserat, d. h. im Mai 836 zu Thionville Ludwig dem Frommen, obmitteret occasione accepta, quin ipse, d. h. Lothar, febribus vexabatur; s. auch Enhard zu 836: Hlotharius ... graviter et usque ad desperationem aegrotavit: p. 360: Z. 31). Wohl aber starben Hugo und Lambert, welche Astronomus: c. 56 mitten unter den andern Opfern der Krankheit nennt, erst 837 (Prud.: 837; Enhard: 837)[6]. Richard endlich starb gar nicht (Astron. sagt: sed et Richardus vix evasit: non post multum et ipse moritur: Z. 8 u. 9), sondern erholte sich wieder (s. oben n. 11). — Wie Astronomus, so zerreißt auch Thegan (c. 55 und appendix) die Geschichte dieser Seuche.

---

[2]) Ungenau setzt H. Rückert de Ebonis archiepiscopi Remensis vita: diss. hist. Berlin. 1844 auf p. 24 die Synode von Thionville in den Herbst 835 (convocato conventu autumno anni 835) und auf p. 25 Ebbo's Entsetzung auf den 5. März (ille rite poenitentiam publicam egit Non. Mart.)

[3]) Zu n. 43 zu p. 124 scheint hingegen Dümmler diesen Bescheid in eine spätere Zeit rücken zu wollen, wohin er kaum paßt, versöhnlich gestimmt, wie er im Ganzen ist.

[4]) Dümmler: p. 120: n. 30 bemerkt gegen Jaffé (reg. pontif. Roman.: n. 1960) unleugbar richtig, daß die Gesandtschaft Adrebalds durchaus in den Sommer 837 zu setzen ist.

[5]) Dümmler: I. p. 118: n. 18 u. 11: Nachlese p. 684; Himly: p. 202: n. 3 will den Todestag in den September 836 setzen, begeht dann aber p. 208 die Unvorsichtigkeit, mit Astronomus den Tod Matfrids, Burgards, Jesse's in das Jahr 837 zu stellen.

[6]) Gewiß mit Unrecht folgt Wüstenfeld „über die Guidonen als Herzoge von Spoleto" (Forschungen: III. p. 395) hinsichtlich Lamberts Tode auf dem hier ganz verwirrten Astronomus.

Auch der Schluß von c. 56, die Versammlung der Bischöfe zu Aachen (In ipsis etiam — impressionem constituit: p. 642: Z. 19–28) gehört in das Jahr 836, steht demnach hier zu spät. Merkwürdiger Weise begeht an dieser Stelle der sonst so genaue Prudentius (zu 837) auch den Fehler, diese Synode um ein Jahr zu spät anzusetzen. Dümmlers Vorschlag zur Abhülfe (p. 122: n. 37) scheint mir etwas zu gewagt zu sein.

Zwischen der Seuche und der Aachenersynode nennt Astronomus noch ein Ereigniß, einen Aufstand der Bretonen[7]) (Hoc eodem tempore — voluerit posse: p. 642: Z. 17—19), der in das Jahr 837 und jedenfalls (Prud.: 837) vor die große Reichstheilung zu Gunsten Karls im October desselben zu setzen ist, also den im Schlußsatz von c. 55 aufgeführten Begebenheiten parallel geht. Funck: p. 163 schlägt sogar vor, ihn als dem dort erwähnten Einfall der Dänen gleichzeitig in den Juni 837 einzureihen, was ich dahin gestellt lassen will.

c. 57 vollends ist ganz unheilbar verwirrt.

Hier erzählt Astronomus im Eingange in den Worten: Proximo huic placitum — componerent statum (p. 642: Z. 29–40), was er c. 54 schuldig geblieben war, die weitern Verkommenheiten vom Reichstage zu Crémieux zu 835 (Thegan: c. 57 u. 58; kürzer Prudentius u. Einhard: zu 835)[8]). Dazwischen aber sind die Worte: nam quod Hlotharius non adfuit, invalentia aegritudinis supradictae obstitit (Z. 30 u. 31), die auf den Reichstag zu Worms von 836 Bezug haben. Diesen eben hatte er, wie schon oben gezeigt ward, in c. 54 mit dem zu Crémieux verwechselt.

Die Schlußworte des Capitels: imperator autumnali venatione — ibidem celebravit (p. 642: Z. 40—43) lassen sich nirgends sicher einreihen; denn es ist ungewiß, ob sie auf den Winter $83^{5}/_{6}$, oder $83^{6}/_{7}$ oder $83^{7}/_{8}$ sich beziehen. Vom ersten sprach Astronomus nämlich schon c. 54 (ad hiemandum Aquisgrani contulit se: p. 640: Z. 34 u. 35), vom dritten am Ende von c. 55 (hiematum Aquis sese convertit: p. 641: Z. 35 u. 36). Hingegen wissen wir, daß Prudentius zu 836 von einer Herbstjagd des Kaisers spricht, 837 jedoch nicht, und Thegan erwähnt im appendix (p. 603: Z. 40 u. 41), daß der Kaiser am 18. November 836 in Coblenz weilte und dann nach Aachen ging und zwar dahin „zurückkehrte“ (er kann also das Fest des heiligen Martin ganz gut in Aachen verbracht haben: Astronomus c. 57): rediit Aquis ad sedem suam et ibi totam hiemem permansit. Es stehen mithin der Annahme, daß sich diese Stelle auf den Winter $83^{6}/_{7}$ beziehe, noch die geringsten Schwierigkeiten entgegen.

c. 58 ist bei der allgemeinen chronologischen Zerrüttung nicht beizukommen, da für den übrigens sehr unwichtigen Inhalt desselben auch das bisher stets hülfreiche Correctiv, das in den zeitgenössischen Autoren liegt, größtentheils wegfällt.

Astronomus redet da von einem Kometen, der am Osterfeste erschien. Einhard spricht nun zwar unter 837 (p. 361: Z. 1) ebenfalls von einem Kometen: derselbe erschien jedoch im Zeichen der Waage, nicht der Jungfrau, und zeigte sich am 11. April, nicht am Osterfeste, das 837 auf den 1. April fiel. Auch wird am Ende von c. 58 von einer Jagd des Kaisers gesprochen, während Prudentius unter 837 keine solche anführt. — Prüfen wir nun die Zulässigkeit der Annahme, daß c. 58 auf 836 anzuwenden sei, so ergibt sich zwar, daß die hier erwähnte Jagd nicht viel nach Ostern (Quibus rite dispositis, uti ordinaverat, venatum in Arduennam perrexit: p. 643: Z. 31 u. 32), also nicht erst im Herbste stattfand und demgemäß mit der von Prudentius (zu 836: ipse circa Rumerici montem diebus aliquot venatione patrata: p. 429: Z. 37 u. 38) genannten, welche im Sommer, wenigstens zwischen Mai und September vor sich ging, identisch sein könnte; allein die Ortsangaben, bei Prudentius Remiremont, bei unserm Autor die Ardennen, stimmen nicht zu einander. — Was endlich den Schlußsatz von c. 58 angeht: omnia quae illo tempore illi placuerunt, prospero eventu concurrerunt (p. 643: Z. 32 u. 33), so ist er in seiner allgemeinen, nichts besagenden Fassung nicht geeignet, irgendwie die Ungewißheit zu entfernen.

c. 59 enthält in im Ganzen richtiger chronologischer Reihenfolge Ereignisse, die sich vom October 837 durch 838 bis in den Anfang von 839 hinziehen.

Unrichtigkeiten liegen indessen an folgenden Stellen vor. — Die erste Nachricht gleich sollte mit dem Schlusse von c. 55 innig verknüpft sein. Denn was in den Worten: Praeterea insistente — silentio premitur (p. 643: Z. 34—36) enthalten ist, die Zutheilung eines Reichstheiles an Karl, geschah im Anfange des Winteraufenthalts des Kaisers in Aachen (c. 55: hiematum Aquis sese convertit: p. 641: Z. 35 u. 36). — Ferner ereignete sich Pippins Tod nicht, wie aus diesem Capitel des Astronomus geschlossen werden könnte (aus dem Satze nämlich: Kalendis Januarii saevus cometae ignis . . apparuit: cujus minacem vultum non multo post excessus est Pippini subsecutus (p. 644: Z. 16—18), erst im Januar 839, sondern noch 838, am 13. December (Prud.: 838; Dümmler: p. 128: n. 58). Astronomus hatte hier vielleicht die Zeit der Ankunft der Todesnachricht am kaiserlichen Hofe im Auge. — Eine dritte Stelle, welche Berichtigung erfordert, ist folgende: ad tempora hiemalia exigenda se Aquis collegit (p. 644: Z. 15 u. 16); denn es war gar nicht des Kaisers Absicht, den Winter 838 auf 839 in Aachen zu verleben; vielmehr wollte er ihn in Frankfurt zubringen, wie Prudentius: ad Franconofurd hiemandi gratia profectus est (p. 432: Z. 23 u. 24) und Rudolf: 3. Kal. Decembris ad Franconofurt cum suis venit (p. 361: Z. 18) bezeugen.

Auch c. 60 und ein Theil von c. 61 leiden an chronologischen Verstößen.

Die richtige Zusammenstellung der Hauptdaten der Jahre 838 und 839 ist die folgende. — Der Kaiser ist (Astron.: c. 59) den Sommer 838 hindurch in Aachen und besucht von da im Juni (Böhmer: n. 482—484; Rudolf u. Prudentius zu 838) Nimwegen. Mitte September[9]) (Nithard: c. 6; s. p. 15 unter *x*) geht er nach Quierzy. Später erscheint er an verschiedenen Orten in der Nähe von Paris (Prud. zu 838), dann in Attigny, am 14. und 21. November in Ingelheim (Böhmer: n. 488; Dümmler: p. 126: n. 49), und feiert das Weihnachtsfest und das Fest der Erscheinung in Mainz auf dem Zuge gegen Ludwig (Prudentius u. Rudolf: 838 u. 839). Am Tage nach Epiphania, den 7. Januar 839 (Rudolf: 839), geht er über den Rhein und befindet sich in der zweiten Hälfte des Februar (Böhmer: n. 489—491; Rudolf zu 839: jejunium quadragesimale inchoavit; Prudentius nur: Franconofurd perrexit, ubi aliquot diebus perendinans) noch in Frankfurt, am 6. April, an Ostern, aber auf Schloß Bodmann am Bodensee (Prudentius u. Rudolf: 839), wo er mit Ludwig zusammen kömmt und noch am 18. und 2?. April weilt (Böhmer: n. 492 u. 494). Am 18. Mai ist der Kaiser in Ingelheim (Prud.: 839); am 30. (Rudolf nur: post pascha

[7]) Einläßlichen Bericht über diesen Aufstand gibt das Leben des heiligen Convoio, abbas Rotonensis in Armorica (Redon): c. 12, in Mabillon: acta, saec. IV b): p. 194.

[8]) Ueber Agobard und die andern vorgeladenen hohen Geistlichen s. Funck: pp. 153 u. 154, 268 u. 269.

[9]) Prudentius setzt diese Reichsversammlung irrthümlich in den August (Dümmler: p. 126: n. 48).

mense Majo, Prudentius: tertio Kalendas Iunii) kömmt er nach Worms, unterhandelt hier mit Lothar und bleibt wenigstens bis zum 26 Juni (Böhmer: n. 495 u. 496) daselbst. In den ersten Tagen des Juli (Rudolf: 839) bricht er nach dem Westen auf. Am 8. Juli ist er in Kreuznach (Böhmer: n. 497 u. Dümmler: II. p. 167: n. 46; s. auch Prud. zu 839). Dann geht er (über Coblenz)[10] nach der Eifel und liegt hier der Jagd ob (Astron.: c. 61; Prud.: 839; Dümmler: p. 131: n. 69). Aber Nachrichten vom Aufstande seines Enkels Pippin rufen ihn nach Aquitanien. Ueber Chalons an der Saone, wo er am 1. September, wie er vorher verkündet hatte, eine Reichsversammlung hält (Prud.: 839; Astron.: c. 61: Böhmer: n. 498), zieht er in den Krieg gegen Pippin.

Astronomus nun stellt die Dinge von 838 und 839 gänzlich um. Auf c. 59, das mit Pippins Tod und der versuchten Anbahnung einer Allianz zwischen Judith und Lothar schließt, sollte der erste Theil von c. 61 (Hludowicus vero audiens — in regno reliquid: p. 645: Z. 5—15) folgen, Ludwigs zweiten Aufstand (Ende 838 und Anfang 839) und die Versöhnung in Bodmann enthaltend, hierauf c. 60, die Darstellung des Gespräches von Worms im Juni 839, endlich der Rest von c. 61 (atque in redeundo Hrenum etc., von p. 645: Z. 15 an), die aquitanischen Dinge besprechend, sich anschließen.

Auch noch eine einzelne Stelle von c. 60, nämlich dessen Schlußsatz, ist hier hervorzuheben. Er lautet: Egit (sc. der Kaiser) ergo natalis Domini atque paschae Aquis celeberrime sollempnitates (p. 645: Z. 3 u. 4). Es ist das nichts als eine gedankenlos hingeschriebene, aus der Erinnerung an frühere Aufenthälte des Kaisers entflossene Notiz. Denn der Kaiser hatte zwar die Weihnachtszeit 837 und Ostern 838 in Aachen zugebracht; aber das Weihnachtsfest von 838 wurde in Mainz, Ostern 839 in Bodmann, Weihnacht 839 in Poitiers gefeiert, und erst Ostern 840 verlebte Ludwig der Fromme wieder in Aachen auf dem Zuge nach Thüringen.

In c. 61 sagt Astronomus von Kaiser Ludwigs Auftreten gegen Ludwig nach dessen zweiter Empörung: Quod cum imperatori delatum esset, in transactam festivitatem paschalem differendum iudicavit. Qua peracta, nequaquam procrastinandum in talibus ratus, cum multis viribus Hrenum quidem Mogontiamque transiit et Triburas venit, ibique aliquandiu ob colligendum consedit exercitum. Quo coacto, usque Bodomiam perrexit (p. 645: Z. 7—11). Offenbar trägt hier Astronomus Theile der Geschichte der ersten Empörung (vgl. ann. Bertin. zu 832) auf diese zweite über, während in c. 47 (p. 634: Z. 47—49: nuntiatum est imperatori, quosdam excitatos motus in Bajoaria; ad quorum conpressionem festinus abiit, ad Hausburg usque pervenit), d. h. am gegebenen Orte, von derselben nur sehr kurz gesprochen wird. — Von den Worten in c. 61: Atque in redeundo Hrenum in loco etc., also vom Juni 839 an, bis zum Schlusse des Buches ist die chronologische Reihenfolge nicht mehr gestört.

---

# Excurs IV.

## Die Umarbeitung des dritten Theiles der fränkischen Königsannalen durch Astronomus.

Daß die fränkischen Königsannalen in den Jahren 814 bis 829[1]) eine durchgehende große Aehnlichkeit mit der größern Biographie Ludwigs des Frommen in den cc. 23 bis 43 zeigen, ist auf den ersten Blick deutlich erkennbar und auch von früher her erkannt und verschiedenartig aufgefaßt worden. Nahe liegt zuerst die Vermuthung, daß beide Werke einen und denselben Urheber haben. — Der erste, so viel ich glaube, welcher diese Ansicht aufstellt, ist Justus Reuber in dem catalogus auctorum qui in hoc volumine continentur zu seinem Sammelwerke, betitelt: veterum scriptorum tomus unus: Francofurti 1584. Er sagt daselbst von den letzten sechszehn Jahren der sogenannten ann. Einh. folgendes: scripti sunt a quodam ejus aetatis Astronomo, qui Caroli magni et Ludovici familiaris et domesticus fuit. Aehnliches that Freher 1613 in der historia Francica: II. p. 381 ff., wo er dem von Astronomus in der Vorrede als Quelle erwähnten Mönche Ademar diesen Theil der Annalen zuschreibt. Wahrscheinlich in Bezug hierauf steht bei Leibniz: ann. imperii (op. I: p. 484): non desunt, qui Astronomo annales Francorum ascribunt, quos alii Eginhardo tribuunt. — Diese Frage schien aber dadurch erledigt zu sein, daß die „fränkischen Königsannalen", wie W. Giesebrecht (Münchener historisches Jahrbuch für 1865: p. 190) das hier fragliche Annalenwerk betitelt, bis zum Jahr 829 als das Werk Einhards in der Weise aufgefaßt wurden, wie sie Pertz im ersten Bande der scriptores edirte. Allein nachdem erst Ludwig Giesebrecht (Wendische Geschichten: III. p. 282 ff.), dann vor Allem Julius Frese (de Einhardi vita et scriptis specimen: Berolini 1845) diese Ansicht von dem einzigen Urheber des ganzen Annalenwerkes glücklich zu bekämpfen begonnen und so eine neue Untersuchung angeregt hatten, ist endlich das dritte Stück der Annalen, vom Tode Karls des Großen bis 829, durch W. Giesebrecht (l. c.: pp. 211—214) Einhard fast definitiv abgesprochen („Ich glaube, man hat allen Grund zu bezweifeln, ob diese dritte Fortsetzung der Königsannalen aus Einhards Feder geflossen sei.") und so von neuem gleichsam herrenlos geworden. Es läge also abermals nicht sehr weit ab, den Urheber der Annalen von 814 bis 829 und den Bearbeiter derselben in den cc. 23 bis 43 der vita Ludowici zu identificiren. Hiegegen hat sich aber schon B. Simson in der bereits (n. 1) genannten Dissertation erklärt, der auf p. 19 ausführt, daß weder Astronomus die Quelle war, woraus die Annalen schöpften, noch daß beide Werke denselben Verfasser haben. Dann sagt er weiter, es müssen also entweder die Annalen unter den von Astronomus in der Einleitung aufgeführten res palatinae, den Erkundigungen und Nachrichten, die er am Hofe einzog, in-

---

[10]) Astronomus sagt: c. 61: Atque in redeundo (von Bodmann) Hrenum in loco qui Confluentes dicitur, transmeavit, in Arduenna venationem solitam peracturus. Auf diesem Wege von Kreuznach nach der Eifel hat Ludwig kaum Coblenz berührt, wenigstens den Rhein (Kreuznach ist ja links vom Rhein) wohl nicht „überschritten". Wohl aber mag Ludwig der Fromme im Frühjahr 840 (bald nach dem 28. März) Coblenz berührt haben, als er von Aachen nach Hersfeld durch den pagus Logana zog (s. Dümmler: p. 134: n. 79).

[1]) Daß es die ann. Lauriss. (script.: I. p. 198: Note) und nicht die ann. Einhardi sind, welche hier in Frage kommen, hat B. Simson: de statu quaestionis sintne Einhardi necne sint quos ei ascribunt annales imperii specimen: diss. inaugur. hist.: Regiomonti 1860 auf p. 18: n. 5 bewiesen.

begriffen sein, oder es müßte angenommen werden, daß das Buch des Astronomus, wie es uns überliefert ist, nicht in unverderbtem Zustande auf uns gekommen sei. Für das letztere, dafür, daß die zahlreichen Mißverständnisse und groben Verstöße blos auf die Rechnung dieser Verderbtheit des Textes zu setzen seien, entscheidet sich Simson schließlich[2]) und sucht in einem Excurse: p. 55 ff. diese Auffassung näher zu begründen. — W. Giesebrecht gibt in der bereits erwähnten Untersuchung über die fränkischen Königsannalen (Jahrbuch: pp. 220 u. 221) auch eine Erörterung über dieses Verhältniß des Astronomus und des dritten Stückes der Annalen zu einander. Er führt aus, daß der Biograph des Kaisers nicht der Verfasser der Annalen sei, daß er hingegen diese vor sich gehabt und benützt habe, und zwar vornehmlich deßhalb, „weil in der Lebensbeschreibung eine ganze Reihe von Irrthümern offen darliegt, die sich nur aus Mißverständniß und flüchtiger Benutzung der Annalen erklären lassen". In n. 44 zu p. 220 weist dann, hieran anknüpfend, Giesebrecht Simson's Annahme, daß das Werk des Astronomus nicht mehr in seinem ächten Zustande sich befinde, zurück. — Dem ist wohl unbedingt beizustimmen; denn Simson's Aufstellung scheint mir besonders darauf zu beruhen, daß er von Astronomus eine viel zu günstige Meinung hat, indem er ihn p. 55 einen scriptor diligens nennt und p. 56 durchaus nicht für einen leichtsinnigen Schriftsteller halten möchte[3]), während doch die sträfliche Flüchtigkeit der Schreibweise des Astronomus u. a. aus Excurs III. genugsam erhellt.

Schon Foß (Ludwig der Fromme vor seiner Thronbesteigung ꝛc.: p. 33, im Programm des Friedrich-Wilhelms-Gymnasiums zu Berlin: 1858) und Simson (l. c.: pp. 56—58) haben für ein Paar Stellen eine Vergleichung der Annalen und des Astronomus gegeben. Im weitern Verlaufe dieses Excurses soll erstlich ganz durchgeführt werden, wo Astronomus die Annalen vor sich hatte, und im Anschlusse daran seine dabei beobachtete Methode an einigen Beispielen einläßlicher geschildert werden.

Zuerst werden hier die jedes Mal durch Astronomus benützten Stellen der Annalen und die durch ihn gegebene Umbildung derselben behufs ihrer leichtern Vergleichung neben einander rubricirt werden.

| annales (script.: I. pp. 201—218) | Astronomus (II. pp. 619—632) |
| --- | --- |
| p. 201: Zeile 10—24: primo — darent | p. 619: Zeile 7—24: Post — puplicae |
| 201: 24—31: tunc — potuisset | 619: 25—31: Eodem — operiri |
| 202: 1—15: Jussum — venerunt | 620: 1—10: Jusserat — venerunt |
| 202: 15—26: adlatum — satisfecerunt | 619: 39—620: 1: Hoc — objectis |
| 202: 27—30: Pax — detulerunt | 620: 11—15: Eodem — gratissimum |
| 202: 35—40: Romani — nunciavit | 620: 15—20: Eadem — imperatorem |
| 203: 1—13: Hieme — suggererent | 620: 21—36: Postquam — satisfaceret |
| 203: 13—20: Quod — dispositis | 620: 36—621: 6: Imperator — insignitus[4]) |
| 203: 20—23: pontifex — est | 621: 6—10: domnus — petiit |
| 203: 24—204: 2: Legati — impetravit | 621: 11—30: Jusserat — est[5]) |
| 204: 2—13: Feria — habuit | 621: 31—45: Sub — Aquisgrani |
| 204: 13—31: in — discesserunt | 622: 33—39: postquam — petiit[6]) |
| 204: 31—47: Interea — Aurelianensis | 622: 39—623: 19: Interea — Aurelianensem |
| 205: 1—13: Detecta — renuneret | 623: 20—42: Postquam — voluntatem[7]) |
| 205: 13—25: Qua — est | 623: 43—624: 10: Quibus — contulit |
| 205: 26—31: Sclaomir — datum | 624: 10—13: Qua — traditum |
| 205: 31—36: Simili — deportatus | 624: 14—18: Eodem — dampnatus |
| 205: 36—39: Conventus — sunt | 624: 18—25: Qua — servantur[8]) |
| 205: 39—206: 4: Quo — curavit | 624: 27—35: undecumque — sotiabat |
| 206: 7—14: Exercitu — evasit | 624: 35—625: 3: Post — evasit |
| 206: 16—27: Guduscani — videretur | 625: 3—12: sed — destinaverat |
| 206: 30—33: Imperator — revertitur | 625: 12—14: His — Aquenae[9]) |
| 206: 34—37: Mense — suggessit und 206: 41—207: 12: Transacta — curavit | 625: 15—21: In — dederunt[10]) |
| 206: 37—41: In — est | 625: 22—27: In — jussus |
| 207: 12—14: Foedus — est | 625: 34—35: inruptaque — indictum |
| 207: 15—21: de — sunt | 625: 27—31: Ipso — sunt |
| 207: 32—33: Conventus — vastarent | 625: 32—34: In — directi |
| 207: 35—208: 6: Iterumque — dicitur | 625: 35—46: In — advenientibus |
| 208: 14—19: Medio — muneribus | 625: 46—626: 4: Eodem — muneribus |
| 208: 21—31: Eminuit — misit | 626: 4—14: Imperatoris — est |

---

[2]) p. 19: restat, ut aut annales nostros in numero „rerum palatinarum" ab hoc scriptore habitos, aut ipsius librum non incolumem servatum nobis esse, ita ut huic ejus statui crebra quoque et mira vitia ac falso intellecta imputanda sint, putemus . . . quanto magis ad hanc proximam sententiam inclinem.

[3]) p. 55: Satis enim mirum, scriptorem diligentem, quem magno studio rem suam egisse manifestum sit, tam incuriose alius cujusdam opus exscripsisse; p. 56: At tanta etiam in levissimo auctore vix credibilis negligentia, a qua noster alienissimum se praestat.

[4]) erweitert durch die Umarbeitung.

[5]) mit allerlei Umstellungen in den einzelnen Sätzen.

[6]) verkürzt, mit bloßen Anklängen und in sehr freier Benützung.

[7]) mit Erweiterung durch Beifügung eigener Nachrichten.

[8]) sehr ausgearbeitet.

[9]) bedeutend verkürzt.

[10]) sehr zusammengezogen.

209: 6—13: Domnus — curavit
209: 13—19: Exercitus — promisit
209: 21—210: 2: Comites — hiemavit
210: 3—18: Mense — remisit
210: 23—30: Hlotharius — curaret
210: 30—32: Drogonem — promoveri
210: 32—38: In — interfectus
210: 38—211: 18: Nunciatum — remisit
211: 31—212: 6: Hoc — consumpsit
213: 9—14: Aeblus — est
213: 14—19: Hlotharius — consolati
213: 28—38: Quo — est
213: 38—214: 3: Imperator — est
214: 12—20: Cum — fecit
214: 20—36: Interea — daturum
214: 37—41: Eodem — potuisset
214: 41—215: 3: Baldricus — imperavit
215: 3—12: Condictoque — opperiri
215: 23—35: Dum — est
216: 1—30: Imperator — est
216: 30—32: Interea — compulerunt
216: 34—40: Eugenius — absolvit
217: 1—7: Conventus — est
217: 7—13: Halitgarius — dimisisset
217: 14—20: atque — revertitur
217: 20—31: Interea — maneret
217: 31—218: 3: Bonifacius — est
218: 9—13: Post — denudaret
218: 13—17: Imperator — adpropinquare
218: 20—32: Sed — celebravit

626: 16—25: In — crudelitate[11])
626: 26—31: Exercitum — promisit
626: 31—627: 7: Nuntiatum — hiemavit[12])
627: 8—18: In — amicos[13])
627: 18—28: Interea — Mauringo
627: 28—35: Gundulfo — dedit[14])
627: 35—37: In — indixit[15])
627: 38—628: 11: Sub — absolvit
628: 11—15: Eo — animalium[16])
628: 20—25: Eodem — pepercerant
628: 26—34: Interea — laetitiam[17])
628: 40—629: 11: Quo — vitae
629: 11—18: Dimissis — palatium[18])
629: 18—25: Ab — negotio
629: 26—35: Ipso — remisit[19])
629: 35—40: Necnon — posset
629: 41—630: 1: Interea — mandavit[20])
630: 1—10: Ipso — operiri[21])
630: 10—19: Per — credenti[22])
630: 20—631: 1: Praeterea — instituit[23])
631: 36—37: Interea — expulerant[24])
631: 1—8: Eodem — remisit[25])
631: 13—20: Mense — dissecta
631: 21—29: Ipso — remisit
631: 29—36: Et — rediit[26])
631: 37—632: 2: Sed — maneret
632: 2—12: Bonifatius — Domini
632: 15—20: Hieme — detegeret[27])
632: 20—24: In — regionem
632: 25—39: Sed — peregit[28])

Im Folgenden soll an ein Paar Beispielen nachgewiesen werden, wie Astronomus bei der Benützung der ihm vorliegenden Annalen zu Werke ging.

Sehr gerne erweiterte er die Sätze der Annalen, wobei er sich oft in übel verstandenen Ausmalungen und poetischen Reminiscenzen auf eine fast lächerliche Weise gefiel. — So umschreibt er in c. 26 (p. 620: Z. 21 u. 22) die zwei einfachen Worte der Annalen zu 816 (p. 203: Z. 1): hieme transacta dergestalt: Postquam imperator hiemis inclementiam serena valitudine et tranquillo transegit successu, succedente aestivi temporis gratissima blanditie. In c. 32 (p. 625: 4 u. 5) wird aus ferro et igni devastat (zu 819: p. 206: 17 u. 18) folgendes gemacht: ferro quae animata erant perimens, inanimata vero igni contradens. In c. 39 (p. 629: 9—11) steht: ut oppressus cum malorum omnium fine terminum quoque sortiretur vitae für: donec circumventus atque interfectus est (zu 825: p. 213: 37 u. 38); und in c. 40 genügte Astronomus das einfache baptizatus est des Annalisten (zu 826: p. 214: 39) nicht: er setzte dafür (p. 629: 37): baptismatis sacri perfusus est unda.

An andern Stellen ließ Astronomus eine Verkürzung gegenüber den Annalen eintreten. Das ist z. B. in c. 27 (p. 621: 20 u. 21) der Fall, wo quae legatio tamquam inutilis et simulata ab eo rejecta est an die Stelle von: cum haec simulata magis quam veracia viderentur, velut inania neglecta sunt (zu 817: p. 203: 37) getreten ist. — Aus der großen Menge ähnlicher Fälle sind diese sehr bezeichnend. In c. 31 (p. 624: 11) steht exhibitus est ei Sclaomirus Abotritorum rex a ducibus Saxonum statt der folgenden großen Erzählung der Annalen (zu 819: p. 205: 26—29): Sclaomir, Abodritorum rex, ob cujus perfidiam ulciscendam exercitus Saxonum et orientalium Francorum eodem anno trans Albiam missus fuerat, per praefectos Saxonici limitis et legatos imperatoris qui exercitui praeerant, Aquasgrani adductus est. Noch

11) ziemlich frei umgearbeitet unter Beifügung eigener Angaben.
12) gegen Ende mehr nur flüchtig benützt.
13) sehr verkürzt.
14) beträchtlich erweitert.
15) sehr verkürzt.
16) stark abgekürzt.
17) sehr frei bearbeitet.
18) bedeutend verkürzt.
19) nur kürzlich excerpirt.
20) was den Priester Georg anbetrifft, sehr ausgeführt.
21) zum Theil stark verkürzt.
22) sehr abgekürzt.
23) unter Umstellungen in lauter kurze Sätze zusammengezogen
24) verkürzt.
25) sehr frei benützt.
26) mehr ausgeführt.
27) mehr ausgeführt.
28) sehr frei, durch eigene Nachrichten vermehrt.

kürzere Sätze gestaltete Astronomus in c. 41 und c. 42. Dort machte er aus: cum Aizonis insidiis et eorum qui ad eum defecerant calliditati ac fraudulentis machinationibus pertinacissime resisteret (zu 827: p. 216: 11 u. 12) die vier Worte: illorum protervíae pertinaciter restiterunt (p. 630: 28 u. 29), und hier aus: (reges Danorum) Herioldum de consortio regni eicientes, Nordmannorum finibus excedere compulerunt (zu 827: p. 216: 31 u. 32) gar nur: (filii Godefridi) Herioldum regno expulerunt (p. 631: 36 u. 37).

Sehr häufig sind endlich natürlich auch die beinahe wörtlichen Herübernahmen ganzer Stellen. Hier treten solche Sätze, wie in c. 39: peracta autumni tempore venatione (p. 629: 17) statt autumnali venatione completa (zu 825: p. 214: 2 u. 3) wegen ihrer Häufigkeit und Einförmigkeit für uns zurück. Bemerkenswerth hingegen sind folgende Beispiele:

| annales: zu 817 (p. 204: 31—35) | Astronomus: c. 29 (p. 622: 39 — p. 623: 5) |
|---|---|
| Interea cum . . . venatione (peracta) . . . . Aquasgrani reverteretur, nuntiatum est ei, Bernhardum nepotem suum, Italiae regem, quorundam pravorum hominum consilio (tyrannidem meditatum), jam omnes aditus quibus in Italiam intratur . . . inpositis (firmasse praesidiis), atque omnes Italiae civitates in illius verba jurasse | Interea venatione . . . (expleta), cum . . . Aquisgrani reverteretur, nuntiatur ei, Bernardum nepotem suum, Italiae regem, . . . consiliis quorundam pravorum hominum (adeo dementatum, ut) . . . omnes civitatum . . . (principes) Italiae in haec verba conjuraverint, sed et omnes aditus quibus in Italiam intratur, positis . . . (custodiis observarint) |
| zu 821 (p. 208: 22—25) | c. 34 (p. 626: 6—9) |
| qui . . . contra caput ac regnum suum conjuraverunt . . . non solum vitam et membra concessit, verum etiam possessiones . . . magna liberalitate restituit | qui contra vitam suam regnumque conjuraverant, non modo vitam membraque donavit, sed et possessiones . . . cum magno liberalitatis testimonio restituit |
| zu 826 (p. 214: 41) | c. 40 (p. 629: 40) |
| ut in eum se cum rebus suis, si necessitas exigeret, recipere potuisset | quo se suosque, si necessitas exigeret, tuto recipere posset |

Kleine Veränderungen treten zuweilen noch bei solchen wörtlichen Entlehnungen daneben ein, wie etwa in c. 25 (p. 620: 10): Quo in loco principes Sclavorum orientalium omnes primoresque venerunt statt: Ibi ad eum omnes orientalium Sclavorum primores et legati venerunt (zu 815: p. 202: 14 u. 15), und in c. 29 (p. 623: 14 u. 15): regalium primus amicorum statt: inter amicos regis primus (zu 817: p. 204: 42).

Auf diese Weise ging Astronomus mit der ihm vorliegenden Arbeit des Annalisten um. Willkürlich hier abschreibend, dort zusammendrängend, an einem dritten Orte breit ausmalend, zerstört er das Ebenmaß seiner Quelle. Der einzige Ersatz hiefür liegt in einigen sehr willkommenen selbständigen Zusätzen.[19]) Das Urtheil W. Giesebrecht's ist also gewiß nicht zu hart, welches er im Jahrbuch: p. 221 über Astronomus' Umarbeitung fällt, daß sie „entschieden als eine Verschlechterung, sowohl in Betreff des Inhalts als der Form, zu bezeichnen" sei.

# Excurs V.

## Vergleichung der Parallelstellen des Nithard und Astronomus mit denjenigen der fränkischen Königsannalen und des Astronomus.

In dem zweiten Theil von Excurs IV. wurde an einigen Beispielen zu zeigen versucht [1]), welches Verfahren Astronomus bei seiner Ueberarbeitung der Annalen einschlug. Es wird demnach in einem Falle, wo es sich darum handelt, ob Astronomus durch einen andern Autor benützt worden sei, oder ob er selbst diesem abgeschrieben habe, sehr wichtig sein, festzustellen, ob sich auch an den hier fraglichen Stellen Merkmale derjenigen Methode entdecken lassen, gemäß welcher Astronomus dort bei der Benützung eines Werkes sich verhielt [2]). Gelingt es, solche aufzufinden, so ist jedenfalls ein sehr ansehnliches Gewicht für die Behauptung gewonnen, daß Astronomus auch hier für den Plagiator gehalten werden müsse. Hier nun soll eine solche Erörterung über einige der oben im Texte (pp. 15 u. 16) gegebenen 21 Stellen versucht werden, wo sich etwa für dieselben entsprechende Beispiele aus der Vergleichung der Königsannalen und des Astronomus gewinnen ließen.

Eine Erweiterung, eine unnöthige Verdoppelung, ein Häufen synonymer Ausdrücke zeigt die Stelle β). Eine ähnliche verschwenderische Diction erscheint in c. 23 (p. 619: Z. 20 u. 21): Bernardum . . . ad se evocatum et oboedienter parentem amplis muneribus donatum ad proprium remisit regnum, welcher Satz in den Annalen: zu 814 (p. 201: Z. 21 u. 22) so lautete: Bernhardum . . . ad se evocatum, muneribus donatum in regnum remisit. — Zu β) hat Astronomus ein multis muneribus statt des bloßen muneribus Nithards und in γ) ein facillime statt eines facile. Solches Steigern liebt Astronomus. In c. 31 genügen ihm dona (deferentes: p. 205: 19, zu 818) nicht: er setzt dona quam maxima (deferentes

[19]) Dieselben sind zum Theil den Noten zu der zweiten Columne der hier gegebenen Vergleichung zu entnehmen.

[1]) Die in Excurs IV. gegebenen Beispiele machen nicht im geringsten den Anspruch auf irgend welche Vollständigkeit: sie sollen nur, indem sie auf die Manier des Astronomus, beim Abschreiben mit einem ihm vorliegenden Werke umzugehen, aufmerksam machen, für Excurs V. als Voraussetzung dienen.

[2]) Aus diesem Grunde war es nothwendig, im Anfang von Excurs IV. mit einigen Worten auf die Frage über das Verhältniß des Astronomus zu den Königsannalen einzugehen.

p. 624: 4). Die Worte der Annalen (zu 823; p. 210: 43) ad quod . . diligenter investigandam werden amplificirt zu: rem enucleatissime investigandam (c. 37; p. 627: 43). Der Satz der Annalen (zu 824; p. 213: 15): honorifice suscipitur wird umgestaltet zu: libentissime atque clarissime susceptus est (c. 38; p. 628: 27).

Zusammenziehungen gehören nicht weniger, als Erweiterungen, zu den Kunstgriffen des Astronomus. So verkürzt er z. B. einen Relativsatz gerne in ein Substantiv mit adjectivischem Attribut, und macht also aus de his quae domino suo obiciebantur, .. satisfecerant (zu 815; p. 202: 25 u. 26) die drei Worte: criminibus purgavere objectis (c. 25; p. 620: 1). Es ist das ein Gegenstück zu γ), mittelbar auch zu π). — Ferner löst Astronomus sehr häufig absolute Ablative in Substantive mit Präpositionen auf, z. B. in c. 35 (p. 626: 33) cum magna praeda für: capta non modica praeda (zu 822; p. 209: 23) und ganz entsprechend in c. 29 (p. 623: 7) cum maximo exercitus robore für: congregato magno exercitu (zu 817; p. 204: 37); ähnlich lautet in c. 32 (p. 624: 35 u. 36) post reversionem exercitus a Pannoniae finibus für: exercitu de Pannonia reverso (zu 819; p. 206: 7). Es sind das alles Parallelstellen zu ρ).

Ganz kleine Aenderungen, Umstellungen (z. B. in π), Tausch von synonymen Wörtern, wie ein solcher z. B. in ϑ), ν), τ) vorkömmt, lassen sich auch genug nachweisen. Beispiele hiefür sind:

| Annalen. | Astronomus. |
|---|---|
| 815: pax velut inutilis irrupta (202: 28) | c. 25: tamquam inutilis rejecta (620: 12) |
| 820: equestri pugna (206: 39) | c. 33: equestri proelio (625: 24) |
| 822: comites marcae Hispanicae (209: 21 u. 22) | c. 35: custodes limitis Hispanici (626: 32) |
| 828: culpabiles (217: 3) | c. 42: culpae auctores (631: 16) |

Wie in α), so hat Astronomus auch in c. 23 den Ausdruck aequum libramen bei der Umformung verwandt. Der Satz der Annalen (zu 814, p. 201: 19, u. 20): habito Aquisgrani generali populi sui conventu ad justitias faciendas et oppressiones popularium relevandas legatos in omnes regni sui partes dimisit lautet bei ihm: generalem conventum Aquisgrani habuit, et per universas regni sui partes fideles ac creditarios a latere suo misit, qui . . . omnibus congruum jus aequo libramine penderent (p. 619: 17—20).

Auch die Ergebnisse dieser Vergleichung[3]) dürften wohl dazu beitragen, den Verdacht gegen Astronomus als einen gewohnheitsgemäßen Plagiator zu vermehren (s. oben pp. 14—18). Denn an ein Paar Stellen ist das Ergebniß der oben pp. 15 u. 16 und der hier in Excurs IV. u. V. angestellten Vergleichung so überraschend ähnlich, daß ein blos zufälliges Zusammentreffen nicht angenommen werden kann.

# Excurs VI.

## Ueber die Schlacht bei Fontanetum.

Nachdem schon Schwartz: p. 40 ff. eine einläßliche Schilderung der großen Entscheidungsschlacht vom 25. Juni 841 gegeben und neulich Dümmler: p. 151 ff. u. n. 55 ff. (dabei Nachlese: II. pp. 685 u. 686) alle Nachrichten, selbst das dürftigste Material aus den Quellen zusammengetragen[1]), wäre es hier eine völlig unnütze Mühe, diese Arbeit zu wiederholen, und darf wohl an dieser Stelle auf jene vollständige Zusammenstellung über Zeit, Ort, Folgen der Schlacht, besonders auch über die Größe der Opfer derselben (p. 153 ff. u. n. 62 ff.) verwiesen werden. Vielmehr handelt es sich hier darum, den einzigen einläßlichen Bericht über die Schlacht, den wir besitzen, eben den unseres Nithard, vorzunehmen und dabei einerseits das Angelberti carmen de pugna Fontanetica zu vergleichen, andererseits einzelne speciellere Angaben der übrigen Quellen über die Schlacht beizuziehen. — Besonders die Localität der Schlacht wird uns hier beschäftigen. Diese letztere Frage soll vorher in einigen Worten erörtert werden.

Die erste gründliche Untersuchung der Oertlichkeit[2]) der Schlacht von Fontanetum[3]) gab der hochverdiente Abbé Lebeuf (s. darüber Dümmler: p. 151: n. 55). Er verlegte die Schlacht nach Fontenailles. Ihm folgten nach einander Wedekind (Noten: II. pp. 463—469), Pertz (in der Ausgabe des Nithard), Funck (p. 201 ff.), Schwartz (p. 37 ff.), Scholle (pp. 35 u. 37) u. a. m., so auch von Spruner, der in seinem historisch-geographischen Handatlas (2. Aufl.: Abtheil. II: dreizehn Karten zur Geschichte Deutschlands ꝛc.: 2. Karte: (Carton) ein Kärtchen der Umgebung von Fontenailles gibt. — Aber schon 1811 war in Frankreich eine andere Ansicht an das Tageslicht getreten. In den annales des voyages von Malte-Brun (XIII: pp. 171—215: Paris 1811) war eine Abhandlung von Pasumot erschienen: dissertation sur le lieu où s'est donnée la bataille de Fontenay en 841, die das Schlachtfeld nach Fontenoy en Puisaye setzt. An Pasumot schließt sich, wenn auch nicht ohne Einschränkung, Dümmler: p. 151: n. 55 an[4]).

[3]) Daß auch hier nur einzelne Beispiele herausgehoben wurden, daß sich die Zahl derselben noch leicht vermehren ließe, mag auch hier wieder betont werden.

[1]) S. z. B. die Besprechung des Buches durch No. (von Noorden?) in von Sybel's histor. Zeitschrift: IX. p. 262.

[2]) Dümmler: p. 151: n. 55.

[3]) Bei Nithart: c. 10 steht zwar locum quo castra poneret Fontaneum petit; aber nur noch Agnellus nennt sie so. Die Franc. reg. hist., Angelberts Lied, die Chronik von Novalese haben Fontanetum, die ann. Mettenses: Fontenet, Rudolf: Fontinata, chron. Remense: Fontenedum, Prudentius und Hinkmar: Fontanidus etc. (l. c.), so daß wohl mit dieser überwiegenden Mehrzahl ein Dentallaut, sei es nun die tenuis, oder die media, vor der Endung (um, us, a) einzuschalten ist.

[4]) Waitz: IV. p. 582 u. n. 2 führt beide Ansichten neben einander auf. Die von ihm da genannte Histoire de Chablis von Duband sah ich nicht; dagegen scheint das weiter daselbst genannte Buch Daru's: Bibl. histor. de l'Yonne Pasumet's Aufsatz gar nicht zu kennen (es gibt I: pp. 259—266 einen Abdruck Nithards und Angelberts. Von ersterm sagt er: on reproche a cet auteur de se borner à indiquer les faits sans les developper et leur donner les détails qu'ils exigeraient, témoin la célèbre bataille de Fontenoy: aus der Lection Pasumet's entsprungen?) Das durch Dümmler genannte Werk, Duméril: poésies populaires nimmt p. 249: n. 2 auf Pasumet Bezug (pp. 249—251 ist daselbst Angelberts Lied abgedruckt).

Hier soll näher auf die Annahme Pasumot's eingegangen, die Schlachtschilderung auf dieselbe angewandt werden, da sie mir aus verschiedenen Ursachen[5]) vor derjenigen Lebeuf's den Vorzug zu verdienen scheint[6]). Um aber die Vergleichung zwischen den beiden Hypothesen zu erleichtern, wird als Beilage zu diesem Excurse eine Karte der Umgegend von Fontenoy en Puisaye gegeben.[7]) —

Betrachten wir zuerst an der Hand Pasumot's das Terrain in der Gegend von Thury und Fontenoy. Die Yonne entspringt in dem wald- und kuppenreichen Gebirge der ehemaligen Landschaft Morvant, dessen Südostseite durch den Arroux, einen rechten Nebenfluß der obern Loire, bespült wird, während diese selbst auf seiner südwestlichen Seite dahin fließt. Diese Terrasse zeigt eine mittlere Höhe von 1500 Fuß, erhebt sich aber in einzelnen Gipfeln bis über 2600 Fuß. In nordwestlicher Richtung ziehend, begleitet nun ein Ausläufer des Morvantgebirges den Lauf der Yonne, deren Gebiet von dem der Loire scheidend und dabei allmälig sich senkend. Wo dieses Bergland die Nordgrenze des Departements der Nièvre überschreitet und in dasjenige der Yonne übertritt, gewinnt es hier Wichtigkeit für uns. Es zeigt da noch immer eine mittlere Höhe von 1200 Fuß, erhebt sich aber in einzelnen Puncten, z. B. dem als Centrum zu betrachtenden Lerchenberge, südlich von Thury (364 Meter), bedeutend höher und entsendet durch ziemlich tief eingeschnittene Schluchten und Thäler nach mehreren Seiten zahlreiche Flüsse und Bäche, z. B. nach Nordwesten den Loing und die Ouanne, nach Südosten zu der nahen Yonne die Andries, nach Westen die Brille zu der gleichfalls nicht fernen Loire. Einer dieser Bäche, der nach Norden fließt, und ein Theil seiner Angelände beschäftigen uns hier, indem wir auf Pasumot's Auseinandersetzungen eingehen.

2¾ Stunden nordnordöstlich vom Lerchenberge liegt am obern Eingange einer Schlucht das Dorf Sementron, zu dem Arrondissement Auxerre des Departements der Yonne gehörig, wie auch alle nachher zu nennenden Ortschaften. Ein Bach entspringt bei diesem Dorfe, der erst eine kurze Strecke südlich, dann von dem Dorfe Coulon an westlich, bald aber nordwestlich fließt und dabei eine Zeit lang die Marken der Dörfer Fontenoy en Puisaye und Levis scheidet. Zwischen denselben tritt der Bach in ein etwas erweitertes Thal und setzt seinen Lauf nachher in nördlicher Richtung fort. Er ergießt sich von links bei Toucy in die Ouanne, welche selbst wieder ein rechter Zufluß des Loing ist und oberhalb Montargis in denselben einmündet. — Dieser Bach heißt (P.)[8]) erst Bach von Sementron, dann von Coulon, von Fontenoy, je nach den Orten, die er bespült, und rivolus Burgundionum ist (P.) nicht so sehr der Name des Baches, als die Bezeichnung der Gegend, welche dem alten burgundischen Reiche, dessen Grenzen hier nahe lagen, angehört hatte. — Wie bereits erwähnt, liegt an der Erweiterung des Thales links das Dorf Fontenoy, rechts das Dorf Levis, jenes 4, dieses 7 Minuten von dem Bache entfernt. Levis zieht sich am Nordrande einer Schlucht empor, deren Gewässer, ebenfalls ohne Namen, sich von der östlichen Seite her mit dem Bache von Fontenoy vereinigen. In geringer Entfernung südwestlich von Levis, ebenfalls am Nordabhange dieses namenlosen Thälchens, in halber Höhe auf sanftem Abhange (P.: à l'exposition du midi, à micôte sur une pente très-douce, et sur le territoire de la paroisse de Levis: Livodieus) lag, vom 5. bis zum Ende des 12. Jahrhunderts nachweisbar, ein Kloster (monasterium Fontanetense): „am obern Rande einer Wiese, die durch mehrere Quellen und den von Sementron kommenden Bach bewässert ist, welcher selbst sehr nahe am Kloster vorbeifloß" (P.), und alle Ländereien in der Nähe hießen noch 1811 terres des moines. Schon damals aber hatten fast alle Spuren, besonders die baulichen Reste, der Agricultur weichen müssen. Der Platz heißt St. Bonnet (lit. a) auf der Beilage). — Südlich von dem Dorfe Fontenoy, südwestlich vom Laufe des Baches von Sementron, in einer Meereshöhe von 250 bis 280, ja bis zu 300 Meter dehnt sich ein Theil der oben beschriebenen Berghöhe aus, über den die Heerstraße von St. Fargeau über St. Sauveur nach Coulange-la-Vineuse und Auxerre hinzieht. Dieselbe geht erst von Westsüdwest (in gerader Linie von St. Sauveur an) nach Ostnordost, macht dann, nur eine kleine halbe Stunde südöstlich von Fontenoy, eine kleine Biegung nach links, setzt diese nun direct nordöstliche Richtung 13 Minuten hindurch fort und ist am Ende derselben im Thale unseres Baches angelangt. In demselben zieht sie dessen Bett entlang in ostsüdöstlicher Richtung bis zum Dorfe Coulon und durch dasselbe hindurch 18 Minuten weit in gerader Linie, um dann in nordöstlicher Direction nach Ouanne hin von neuem die Höhe zu ersteigen. — Etwas vor dem Puncte, wo die Straße aus der Linie nach Ostnordost in die nach Nordost übergeht, setzt sie über eine schmale von keinem Gewässer durchflossene Schlucht, die von le Deffand her erst in nordöstlicher, dann in nahezu nördlicher Richtung nach dem Thale des Baches von Fontenoy 26 Minuten lang sich hinzieht. Gehölz bedeckt den linken Abhang dieses Einschnittes in seinem untern Theile; rechts ziehen sich die Häuser des Weilers Solémé empor (lit. b): das Solennat Nithards (P.), 19 Minuten südlich von St. Bonnet. — Eine zweite Einsenkung, gleichfalls schmal, tief, ohne Bewässerung, der ersten beinahe parallel und gleichfalls nach Nordost laufend, erstreckt sich südöstlich von jener, welche man die Schlucht von Solémé nennen kann, 18 Minuten in die Länge und mündet gerade da in das größere Thal unseres Baches, wo die mehrgenannte Straße nach Ostsüdost umsetzt. Von dieser Schlucht (lit. d, d.) sagt Pasumot folgendes: „Es existirt die Tradition, daß in diesem

[5]) Besonders folgende Puncte scheinen mir gegen Lebeuf zu sprechen. — Von einem antreffen der Könige gegenüber Lothar kann nicht die Rede sein, da Thury und Fontenailles ungefähr gleich weit von Auxerre abliegen, jenes südwestlich, dieses nahezu südlich. Wichtiger aber ist, daß sich die Lage der durch Nithard genannten Oertlichkeiten nach der durch Lebeuf ihnen gegebenen Erklärung mit der Schlachtbeschreibung nicht vereinigen läßt. Der Gipfel des Lerchenberges (vertex montis), welcher castris Lodharii contiguus sein sollte, liegt mehr als 2½ Stunden (Schweizerstunden, zu 4800 Meter) westlich von Fontenailles. Gulene und Bertignelle allerdings sind einerseits näher an Fontenailles (30 und 40 Minuten westsüdwestlich und südwestlich) und andrerseits nur eine Viertelstunde von einander entfernt (Bertignelle südlich von Gulene); aber le Fey hinwiederum liegt drei Viertelstunden hinter Bertignelle nach dem Südwesten zu, also mehr als 1½ Stunden von Fontenailles und befindet sich durchaus nicht in Einer Linie mit den zwei andern Kampfplätzen, sondern bildet mit denselben einen stumpfen Winkel, dessen Scheitel in Bertignelle liegt. Endlich fließt die Andries, der rivolus Burgundionum, an welchem (super) nach Nithard gefochten wurde, nur an Gulene vorbei; Bertignelle und vollends le Fey liegen auf einer Hochfläche, jenes etwas mehr als 20 Minuten, dieses eine starke Stunde von dem Flüßchen entfernt.

[6]) Es mag hier bemerkt werden, daß nach Brockhaus (Conv.-Lex. (11. Aufl.) Heft 54: p. 353, unter Art. Fontenoy, am 25. Juni 1860 auf einem Hügel bei diesem Dorfe ein 17 Fuß hoher Obelisk (Monolith) als Denkmal errichtet worden ist.

[7]) Im Buche Malte-Brun's ist allerdings zu Pasumot's Aufsatz eine Karte beigegeben; doch entspricht dieselbe den heutigen Anforderungen in keiner Beziehung mehr. — Die Beilage ist dem Blatte Clamecy (Section 110) der französischen Generalstabskarte (publicirt 1845) entnommen und auf den Maßstab von 1,5:80000 vergrößert. (Die Besorgung verdanke ich der Güte meines Freundes, Herrn Ingenieur L. Sist aus Basel: auf derselben ist statt St. Banny zu lesen Pt. (petit) Banny).

[8]) (P.) verweist auf den Aufsatz von Pasumot.

Thälchen eine Villa, les Vallées-de-Solémé, bestanden habe, von der der alte Name unbekannt ist und mit dem Orte, der ihn trug, verschwand. Aber in der Tiefe dieses Thälchens, wo die Straße sich biegt (ungefähr 25 Minuten südöstlich von St. Bonnet), existiren in einem Felde Keller und andere Gebäudereste als Zeichen, daß der Ort bewohnt war. Auch Münzen u. dgl. wurden gefunden. Warum sollte das nicht Fagit sein?" (lit. d¹)[9]). — Ein kleines Wäldchen findet sich an der nordwestlichen Seite dieser Schlucht, nur 2 bis 3 Minuten rechts von der Straße, blos 400 Toisen (P.) südöstlich von Solémé; es heißt Bois-des-Briottes (lit. c), ein Name, der deutlich auf Nithards Brittas hinweist (P.). — Wer die Schlucht von Solémé aufwärts geht, erreicht an ihrem obern Ende auf der Höhe einen Weiler, welcher sich um das Schloß le Deffand gebildet hat, und sieht links von sich nahe die zerstreuten Häuser von Buisson Hery. Hat er le Deffand durchschritten, so führt ihn über ein etwas welliges Terrain in einer Höhe von 270 bis zu 300 Meter eine Feldstraße in ziemlich gerader Linie nach Südsüdwest in weniger als einer Stunde nach dem Kirchdorfe Thury (lit. e), in welchem Pasumot — und Lebeuf stimmt hierin mit ihm überein — Nithard's Tauriacus erblickt. Thury liegt 282 Meter über Meer und wird nordwestlich von dem 47 Meter höhern Berge überragt, auf welchem 10 Minuten vom Ausgang des Dorfes entfernt die Windmühle von Thury steht.

Versuchen wir nun, nachdem wir dergestalt an Pasumot's Hand das Terrain der Schlacht kennen gelernt haben, auf dasselbe Nithards und Angelberts Darstellung anzuwenden, wobei freilich ein deutliches Bild des Ganges der Schlacht sich nicht einmal in einer auch nur halb befriedigenden Weise gewinnen läßt.

Nach Nithard: II. c. 10 (s. oben pp. 27 u. 28) kamen Ludwig und Karl von der urbs Alciodorensis am 22. Juni hinter Lothar her und „überholten diesen" (antecesserunt illum), welcher bei dem locus Fontanetum (s. jedoch p. 136: n. 3) sich gelagert hatte. Bei dem vicus quod Tauriacus dicitur, schlugen sie ihr Lager auf. — St. Bonnet nun liegt etwa 3¼ Meilen westsüdwestlich von Auxerre. Wer daselbst lagert, kann also nur durch einen solchen „überholt" werden, welcher von Auxerre aus in derselben Richtung weiter geht. Hiezu paßt Thury ganz genau, weil es etwas mehr als 4 Meilen südwestlich von Auxerre liegt. Vielleicht benützten die Könige dabei die alte Römerstraße, welche von Ouanne aus südwestlich über den Lerchenberg gegen Entrains streicht und nur etwa 40 Minuten östlich von Thury sich hinzieht. Pasumot sagt, Lothar habe sich wahrscheinlich bei Solémé gelagert, Ludwig und Karl bei Lain und Test Milon, da diese mit Lothar Deputirte gewechselt hätten. Allein auch Thury ist ja nur 1¼ Stunden von Solémé entfernt, und vom Windmühlenberge bei Thury ließ sich jedenfalls Lothars Stellung überblicken. — Pippin II. war inzwischen von der Loire herüber St. Amand, St. Sauveur, Saints en Puisaye ziehend, wie Pasumot meint, zu Lothar gestoßen.

Am 25. Juni, einem Sonnabend[10]), verließen die beiden Könige ihr Lager beim Beginn des Tages und besetzten „den Gipfel eines Berges, der an das Lager Lothars stieß", „mit dem dritten Theile ihres Heeres". Der Beweggrund zu dieser Maßregel kann in verschiedenen Umständen erblickt werden. In erster Linie war durch diese Aufstellung auf einem dominirenden Puncte Lothar in seinen Bewegungen gehindert, während sie den Königen zur Stütze, ihren Truppen zur moralischen Kräftigung dienen konnte. Zweitens aber kann es auch deßhalb geschehen sein, um in dem dort placirten Drittel des Heeres eine Reserve zu haben, die im Moment der Gefahr an den Orten, wo solche drohte, eingreifen konnte. Für das letztere entscheidet sich Schwartz: p. 40. — Die Straße von Thury nach Solémé erreicht etwa 20 Minuten nördlich von Thury eine Meereshöhe von 300 Meter und senkt sich dann wieder nach dem Einschnitte, in welchem der Hof Petit Banny liegt. Nachher ersteigt sie wenig östlich von einer Windmühle von neuem abermals ein höheres Bergplateau, und zwar dasjenige, auf welchem le Deffand und Buisson Hery liegen und welches sich östlich von le Deffand bis zu einer Höhe von 310 Meter erhebt und nach Nordosten die beiden bereits erwähnten Schluchten entsendet. Dieses Plateau ist nach Pasumot der vertex montis castris Lodharii contigui. — Hier und in der Nähe warteten die Brüder bis acht Uhr Morgens (s. oben n. 126) nach der Ankündigung vom 24. Juni[11]) auf Lothars Angriff.

Auf der Abdachung der Höhe von le Deffand nach dem Bache von Sementron hin, in und zwischen den beiden Schluchten, auf dem Terrain, welches gegenwärtig die Straße von St. Sauveur nach Ouanne durchzieht, und das etwa eine halbe Stunde lang, eine Viertelstunde breit ist, entspann sich nun der Kampf: super („auf der Höhe," „oberhalb": „auf dem — linken — erhöhten Ufer") rivolum Burgundionum. — Lothar, der im Mitteltreffen stand, war nach der Höhe bis nach dem Orte Brittas vorgedrungen, wo er mit Ludwig zusammenstieß. Angelbert und Agnellus[12]) bezeugen, daß Lothar es jetzt wenigstens an Muth und persönlicher Tapferkeit nicht fehlen ließ. Allein mitten im Feinde, hoch zu Roß und wohl gewappnet, brachte er mächtiges Verderben in die gegnerischen Reihen. Aber umsonst spornte er sein Pferd stets mehr in das Gewühl hinein und bewährte er dergestalt seine Kraft, daß „das Reich nicht getheilt worden wäre, hätten nur zehn, so wie er, dem Feinde widerstanden", wie Agnellus sagt, oder, wie Angelbert sich ausdrückt, daß „bald Eintracht geworden wäre, wenn die Uebrigen so gefochten hätten". Denn er allein focht mit solcher Tapferkeit; die Seinigen wandten den Rücken; selbst von Verrath will Angelbert wissen. Die anfänglichen Vortheile gingen verloren, und Lothar mußte gleichfalls an den Rückzug denken. — Noch weniger Widerstand, als hier Ludwig, hatte Karl auf dem linken Flügel von Lothars Aufstellung bei Fagit (? lit. d¹) gefunden: da flohen Lothars Leute ungesäumt. Nur auf dem rechten Flügel Lothars, bei Solémé, blieb die Entscheidung länger ungewiß. Graf Adalhard, Karls mächtiger Anhänger, befehligte hier den linken Flügel der königlichen Truppen, und die allzu siegesgewissen Krieger Karls, welche sich zum Theil aufgelöst und durch die Felder zerstreut hatten, erlitten bedeutende Verluste[13]). Pippin II. scheint an dieser Stelle die anfangs geworfene Abtheilung von Lothars Heer durch sein Eintreffen wieder zum Stehen gebracht zu haben. Aber unser Nithard warf hier durch sein Eingreifen ein bedeutendes Gewicht in die Wagschale, sei es, daß er von Anfang an der Abtheilung Adalhards zu-

---

[9]) Unleugbar ist diese Heimweisung von Fagit der schwächste Punct in Pasumot's Ausführungen.

[10]) s. hiezu Dümmler: p. 152: n. 56.

[11]) Nithards Angabe wird bestätigt durch einen Mönch von St. Gallen (notae hist. Sangall.: script.: I. p. 70): hora diei quasi secunda, der überhaupt über Ort und Zeit der Schlacht sehr einläßlich sich ausdrückt: 7. Kal. Jul. feria septima hora diei quasi secunda . . . . in pago Antissiodoro juxta villam, quae Fontis nuncupatur, quae distat a civitate Autissiodoro miliaria 8 (allerdings viel zu niedrig gegriffen).

[12]) Agnelli lib. pontif.: de s. Georgio c. 2 (Muratori: script. rer. Italic.: II. a: p. 185).

[13]) Dümmler: p. 152: n. 58 bezieht die Worte des Agnellus (l. c.): sed postquam venit Pipinus (er kam also erst nach dem Beginne des Kampfes in die Schlachtlinie), confortatus exercitus Lotharii, iterum commissum est praelium, et aliquanti ex parte Caroli ceciderunt, quia erant vagi per loca, gewiß richtig auf diesen rechten Flügel Lothars, da nur hier eine Zeit lang die Entscheidung schwankte.

gewiesen war, oder daß er, wie Dümmler: p. 152 sagt, durch Karl mit einer Verstärkung nach dem linken Flügel gesandt wurde (etwa als bei Fagit der Sieg schon gewonnen war), oder daß wir mit Schwartz: p. 42 vermuthen, er habe zu dem auf dem vertex montis castris Lodharii contigui aufgestellten Truppentheile gehört und sei nun nach dem Orte geeilt, wo seine Anwesenheit erforderlich erschien. Den gemeinsamen Anstrengungen Nithards und Adalharts gelang es, den Sieg der Könige endgültig festzustellen. „Um Mittag" (s. oben n. 134) war die Flucht in Lothars Heer allgemein. Sie wälzte sich über den Bach von Sementron und die Höhen auf dem rechten Ufer desselben gegen das Dorf Sementron und neben dem Kloster von Fontanetum vorbei nordostwärts, wie man wohl mit Palumot annehmen darf (s. n. 335). Der Sieg war unleugbar in den Händen Ludwigs und Karls.

Noch zwei Puncte aus Palumet's Ausführungen verdienen wenigstens erwähnt zu werden. — Er sagt (pp. 196 u. 197), daß im Grunde des Bachthales zwischen Coulon und Fontenoy Namen verkommen, wie étang de la guerre, fosse aux gens d'armes, champ du malheur, fügt aber selbst bei, daß dieselben wohl spätern Ursprunges seien. Und p. 199 heißt es bei ihm, daß zu Test Milen eine Capelle Johannes des Täufers stehe, und daß hier (Testae Milonis) vielleicht die Begräbnißstätte sei und der Gottesdienst nach der Schlacht stattgefunden habe. Mit Recht stellt er auch das als höchst fraglich hin. —

Neben Nithard ist Angelberts Lied die Hauptquelle für die Schlacht. Aber auch außerdem ist dieses Leben athmende Gedicht eines Augenzeugen ein bemerkenswerthes Stück der Litteratur des 9. Jahrhunderts und dabei von einer solchen Wichtigkeit bei der Beurtheilung der Ansichten der Lotharischen über den Ausgang des großen Kampfes, daß wenigstens der Versuch einer deutschen Uebersetzung [14]), soviel ich weiß, der erste, nicht ungerechtfertigt erscheint. Ein Paar erläuternde Anmerkungen lassen sich daran noch leicht anknüpfen.

1) Roth begann der frühe Morgen und durchschnitt die schwarze Nacht; doch zum Sabbath ward er nimmer: heidnisch wüstes Thun begann. [15]) Ob dem Bruch der Brübereintracht jauchzt gottlos des Bösen Macht.

2) Kriegsruf schallet; hier und dorther steigt empor die schwere Schlacht: Bruder rüstet Tod dem Bruder, Tod dem Schwestersohn der Ohm; nicht erweist der Sohn dem Vater, was die Pflicht ihm auferlegt.

3) Niemals war ein größ'res Morden, nie selbst auf dem Feld des Mars; nie geschah solch' Christenmorden, solch' Vergießen Christenbluts, das die finst're Schaar der Hölle schlürft mit solcher Kehlenlust.

4) Es beschirmte Gottes Rechte übermächtig den Lothar; Sieg entströmte seiner Faustkraft und er kämpfte mannesstark: hätten Alle so gestritten, bald wär' Eintracht hergestellt.

5) Doch, sieh' da, wie den Erlöser einstmals Judas übergab, also gaben dich dem Schwerte, König, deine Führer preis. Uebe Vorsicht, daß nicht Trugnetz stelle schlau der Wolf dem Lamm!

6) Fontanetum nennt die Quelle, nennt den Hof des Bauern Mund, wo das edle Blut der Franken Untergang und Tod nun fand. Felder starren, Wälder starren; auch die Sümpfe starren roth.

7) Thau und Regen, jede Feuchte bleibe ferne jener Trift, wo die Tapfern niederfielen, in der Schlacht die Tüchtigsten: jene wird man stets beklagen, die des Todes Hand hier traf.

8) Diesen Frevel, hier vollführet, jetzt geschildert versgerecht, ich selbst sah ihn, Angelbertus, einer aus der Streiter Schaar. Ich, allein von vielen übrig, blieb am Quell in erster Reih'.

9) In das Thal sah ich zurück noch tief und auf des Berges Höh', wo der tapf're König Lothar seine Feinde weithin trieb; siegreich jagt er sie, die Flücht'gen, bis zur Uferhöh' am Bach.

10) Doch wo Ludwigs Heer gestanden, und da, wo die Schaar des Karl, waren weiß die Felder alle von der Todten Leingewand, so wie wohl von Vögeln weiß sind Felder in des Herbstes Zeit.

11) Preis verdienet diese Schlacht nicht, noch besinge sie ein Lied. Nein, im Osten, Süden, Westen, und wo weht der kalte Nord, wird man weinen der Gefall'nen, die des Todes Hand hier traf.

12) Ewig sei der Tag verfluchet; nicht im Jahr sei er gezählt; ausgetilgt sei dem Gedächtniß Aller er auf alle Zeit. Sonnenlos soll er vergehen, fehlen ihm das Morgenroth.

13) O du Nacht, du Nacht des Jammers, allzu harte, bitt're Nacht, wo die Tapfern alle fielen, in der Schlacht die Tüchtigsten. Vater, Mutter, Schwester, Bruder, Freunde haben sie beweint. —

Dieses tief erschütternde, in seiner einfachen Fassung doppelt ergreifende Lied ist zwar allerdings als ein Product der Poesie Nithards klarer Berichterstattung durchaus nicht gleichzustellen. Aber ein Paar brauchbarer Winke liegen doch auch darin enthalten. Bereits verglichen sind Angelberts Angaben über Lothars Tapferkeit und den Verrath (Strophe IV. u. V.) mit denjenigen des Agnellus. — In Strophe VI. weiß Angelbert von einem „Hofe" Fontanetum, sowie von einer „Quelle" gleichen Namens, bei denen der Franken Blut floß. Ob der von les Brenillés herunterkommende kleine Bach, welcher die Klostermauern bespülte, oder ob unser größerer Bach, der von Sementron und Coulon her fließt, hier unter fons zu verstehen ist, wage ich nicht zu entscheiden. Weiter redet Angelbert von „Feldern", „Wäldern", „Sümpfen" (VI.), von „Grase", also von Wiesen in VII. Daß vorzüglich auch noch am Bache von Sementron gefochten ward, geht genugsam hieraus hervor. Dort „blieb" Angelbert „allein in der ersten Schlachtreihe an der Quelle" (VIII.). In der Strophe IX. versetzt er sich in den Gang der Schlacht zurück (etwa auf einen Punct in der Nähe von le Sablon, oder sonst auf eine Stelle am rechtseitigen Abhang des Thales von Coulon) und sieht da hinunter „in die untersten Tiefen des Thales" und „zurück nach dem Scheitel des Bergjoches" (etwa der Höhen auf dem rechten Bachufer?), wo Lothar noch immer kämpfte. [16]) — Die „leinenen Kleider der Todten" (X.) sind nach Dümmler: p. 153 die Kittel, welche aus weißem Linnen gemacht waren und von den Kriegern über der Rüstung getragen wurden. — In XIII. ist „Nacht" wohl bildlich, etwa wie dies ater, aufzufassen; denn nach Nithard ward ja am Tage gekämpft. —

[14]) nach dem Texte in der Handausgabe Nithards aus den Monumenten: pp. 55 u. 56.

[15]) Was soll in Strophe I. Saturni dolium bedeuten? Jedenfalls ist es ein Wortspiel über dies Saturni. Vielleicht wollte Angelbert durch Saturnus, den Heidengott, die böse Macht andeuten, die an jenem Tage entfesselt war und denselben nicht zum Sabbath werden ließ, so daß also Saturnus dem daemon impius, der gula Cerberi an die Seite zu stellen wäre. Aber wie der Begriff „Faß" in diesen Zusammenhang geräth, ist dadurch noch nicht aufgehellt.

[16]) Die Worte: Ubi suos inimicos . . . Illotharius expugnabat fugientes sind unklar: jagte vielleicht Lothar die siegreichen Verfolger noch einmal den Abhang hinunter zum Bache zurück? — forum ist wohl Accusativ von forus, — i. m., „abgetheilte Fläche, Gang", z. B. für „Schiffsgang" gebraucht, hier also „Gang des Bächleins": poetische Umschreibung statt usque ad rivulum.

Ein Paar Worte über die Zusammensetzung der beiden Heere mögen hier noch ihren Platz finden. — Von Karl wissen wir aus Nithard: II. c. 6, daß zu dem Heere, mit welchem er von der Loire über le Mans nach der Seine gerückt war [17]), am 13. April früh am Einfluß des Loing in die Seine „Theotbald, Warin, Otbert und die Uebrigen, welche nach seiner Verfügung zu ihm kamen", stießen. „Warin mit seinen Genossen" wird diese Verstärkung genannt; also war wohl Warin unter ihnen der angesehenste. Schon zu Orleans (c. 5) hatten „Theotbald und Warin mit etwelchen aus Burgund" Karl gehuldigt. Als sich Karl entschloß, nach Attigny zu gehen, befahl er (c. 6), daß ihm „Alle aus Burgund und zwischen Loire und Seine, die ihm angehören wollten", nachfolgen sollten. Diese Burgunder und Neustrier waren es wohl, welche ihm Warin, wie schon erwähnt, zuführte. — Warin, Graf von Macon [18]), war schon längst als ein eifriger Gegner Lothars aufgetreten. 830 half er die Kaiserin zu Ludwig dem Frommen zurückbringen (Astron.: c. 44); Anfang 834 bemühte er sich aufs eifrigste, Ludwigs Befreiung herbeizuführen (l. c.: c. 49: .... Werinus in Burgundia consistentem populum suasionibus accendebant); er hat nachher das schreckliche Gericht mit durchgemacht, das von Lothar über Chalons an der Saone verhängt wurde (Nithard: I. c. 5; Astron.: c. 52); Anfang 836 ging dann Warin (duosque comites, quorum alter Warinus ... vocabatur) mit Erzbischof Otgar von Mainz, Bischof Hildi von Verdun und einem andern Grafen im Auftrage Kaiser Ludwigs als Gesandter an Lothar nach Pavia (s. die Stelle der transl. s. Severi, bei Dümmler: p. 112: n. 3). Auch dem Lieblingssohne Ludwigs bewahrte Warin seine Treue: Karl hatte Ende 840 im Vertrage von Orleans u. a. auch Burgund an Lothar abgetreten; aber unmittelbar nachher huldigte ihm zu Orleans Graf Warin (s. oben p. 21). Wie sehr er am 25. Juni 841 zur Niederlage Lothars beitrug, wird alsbald angeführt werden. — Aus c. 5 geht hervor, daß Theotbald ebenfalls ein burgundischer Graf ist. Otbert war wohl desselben Ursprunges [19]), vielleicht aber auch ein Anführer der Neustrier, jedenfalls jedoch kein Aquitanier, da dieselben erst in c. 9 als im Anrücken begriffen erwähnt werden. Unter den Burgundern in Karls Heere werden besonders die Provenzalen [20]) genannt. Warin wird vom chron. Aquitan. (script.: II. p. 253) sogar Provinciae dux genannt, d. h. „militärischer Anführer der provenzalischen Truppen", wie Adalbert von Nithard: II. c. 9 dux Austrasiorum betitelt wird [21]). Aus dieser Nachricht Ademars, verglichen mit Nithard: II. c. 4 (am Ende), erhellt deutlich, daß in der Provence Karl neben Lothar einen starken Anhang hatte [22]). — Einen Hauptbestandtheil von Karls Heer machten ferner bei Fontanetum die Aquitanier aus [23]). Im Anfang von c. 6 meldet Nithard, daß Karl omnes Aquitanos qui suae parti favebant una cum matre post se venire hieß. Zu Chalons an der Marne (c. 9) kam Judith mit diesen Truppen zu ihm. Jedenfalls waren es, da wir wissen, daß auch Pippin II. mit ansehnlicher Macht an der Schlacht theilnahm, bei weitem nicht alle, wohl meist Nordaquitanier. Um so auffallender ist es, daß sowohl Ademar, als der Verfasser der transl. s. Genulfi (l. c.; jener: Warinus dux cum Tolosanis ... bellum restauravit, dieser: Lotharius ab Warino duce Tolosano et Aquitanis fugatus est) unter den auf Karls Seite stehenden Aquitaniern ganz besonders die Tolosaner ausdrücklich hervorheben. Denn Toulouse, die bedeutendste Stadt des aquitanischen Landes, hielt wenigstens später so fest an Pippin, daß sie im Sommer 844 Karls Anstrengungen mit Erfolg Trotz bot. Da jedoch so bestimmt versichert wird, daß bei Fontanetum die Tolosaner zu Karl hielten, so ist es nothwendig, anzunehmen, daß dieselben erst später zu Pippin wieder abfielen.

Warins Einwirkung auf den Gang der Schlacht ist hier noch kurz zu würdigen. — Ihm schreiben die aquitanische Chronik, Ademar, die transl. s. Genulfi einen hauptsächlichen Antheil an dem Siege über Lothar bei. Die erste sagt kurzweg: „Kaiser Lothar ergriff, durch Warin, den Anführer der Provenzalen, überwunden, die Flucht." Nach Ademar „war Lothar zuerst Sieger; doch plötzlich stellte Warin der Feldherr, mit den Tolosanern und Provenzalen über ihn kommend, den Kampf wieder her." [24]) Die Translatio hat: „Und Lothar zwar stand nach dem ersten Angriffe als Sieger da; aber bald, nachdem man neue Kraft geschöpft, wurde er durch Warin, den Anführer der Tolosaner, und die Aquitanier in die Flucht gejagt." — Wann und wo Warin in den Gang der Schlacht eingriff, ist wegen des Mangels aller nähern Anhaltspuncte nicht genau zu bestimmen. Dümmler: p. 153 weist jede Vermuthung ab, ebenso Scholle: p. 37: n. 42. Schwartz: p. 42 spricht sich auch nicht bestimmt aus. Gleich wenig auf untrüglichen Beweismitteln fußt natürlich der folgende Versuch. — Aus superveniens bellum restauravit und mox renumtis viribus der freilich abgeleiteten translatio würde deutlich folgen, daß Warin an einem Puncte erschien, wo die Lotharischen siegreich waren. Das würde allein auf Karls linken Flügel, bei Solémé, anwendbar sein, wo Adalbard mit Pippin rang und auch Nithard haud modicum supplementum hinbrachte. Woher aber Warin kam, ob aus dem Mitteltreffen [25]), wo Lothar von Ludwig schon geworfen war, oder von dem Berge bei le Deffand, wo er bei der tertia exercitus pars als Reserve gestanden hätte, ist nicht auszumachen.

Sehr schlecht sind wir über die Zusammensetzung der Heere Ludwigs, Lothars und Pippins unterrichtet. — Von Lothar sagt Ademar (l. c.), er sei cum exercitu Italiae gekommen; Agnellus bezeugt die Anwesenheit des Erzbischofs von Ravenna, der aber wohl keine Truppen bei sich hatte. Aus Nithard: c. 9 (cum Adhelberto, duce Austrasiorum, proelio commisso) schließt Dümmler: p. 153 sicherlich mit allem Rechte, daß Lothar „seine ostfränkischen Mannen" größtentheils im Ries zurückgelassen hatte [26]). —

---

[17]) Was die Bestandtheile dieses Heeres gewesen waren, sagt uns Nithard freilich nicht.

[18]) Das Register zu script.: II., p. 837, hält den Warin Nithards (pp. 657, 670) für identisch mit einem Werinus Arvernorum comes des Astron.: c. 32 (p. 624), dem Warinus Arverni comes der ann. Einh.: 819 (script.: I. p. 205.)

[19]) Für einen Burgunder hält ihn z. B. auch Scholle: p. 19.

[20]) Ademar: III. c. 16 (script.: IV. p. 120): Warinus dux cum ... Provincianis superveniens bellum restauravit.

[21]) Ganz auf demselben Grunde beruht auch der dux Tolosanus der transl. s. Genulfi: c. 7 (Mabillon: acta: IVb): p. 228), nicht auf der Leichtfertigkeit des aquitanischen Verfassers, wie sich Wenck: p. 82: n. 4 ausdrückt; s. Waitz: III. pp. 310 u. 311: n. 1.

[22]) Wenck (p. 114 u. n. 2) sieht in diesem Auftreten der Provenzalen gegenüber Lothar (Dümmler: p. 209: n. 10) sehr passend ein Gegenstück zu der Opposition der an Lothar sich anlehnenden Sachsen gegen Ludwig, zu dem Widerstreben der auf Pippin sich stützenden Aquitanier wider Karl (s. auch oben n. 324).

[23]) Ademar nennt als Hauptbestandtheile des verbündeten Heeres die Franci und Aquitani (cod. 2, über den s. Waitz in script.: IV. pp. 110 u. 111, doch auch oben n. 83: noch die Germani): hier schöpfte die transl. s. Genulfi wohl aus Ademar (Wenck: l. c.).

[24]) cod. 2 hat hier noch (p. 120): super Lotharium irruit, et ingravatum est praelium, fugatusque est et victus Lotharius

[25]) Dieser Ansicht ist Schwartz.

[26]) Nach II: c. 10 war Bischof Drogo von Metz bei Lothar. Ob der nach Drogo genannte Hugo der Abt von St. Quentin war, ist nicht festzustellen. Wenck: p. 200, Schwartz: p. 39, Scholle: p. 6: n. 7 behaupten die Identität, ebenso Dümmler: p. 163: n. 23: doch s. oben n. 172.

Ueber Ludwig urtheilt Funck: p. 199, sein Heer habe wohl zumeist aus Baiern bestanden, vielleicht etwas zu einschränkend. Nach Adalberts Fall mögen viele Ostfranken, wohl auch Alamannen von neuem Ludwig sich zugewandt haben. Von Pippin sprechen außer Nithard, Prudentius (tandem recepto ab Aquitania Pippino, Pippini dudum defuncti fratris filio) und Agnellus noch die Francorum reg. hist. (script.: II. p. 324) und die transl. s. Glodesindis abb. Mettens.: c. 28 (Mabillon: acta: IV a): p. 443), doch ohne speciellere Angaben[27]). — Mit Bernhard endlich, dem Grafen von Septimanien und Markgrafen von Barcelona, waren wohl die Truppen Gothiens und der fränkischen Mark dem Kampfe ferne geblieben (Nithard: III. c. 2).

Drei Namen, welche in Verbindung mit der Schlacht genannt werden, beschäftigen uns hier noch. — Nithard spricht in c. 10 von einem Ricuinus, der als Beauftragter Lothars zu Karl kam. Ist dieser der Richowinus, qui comitatum Pictaviensem antea regebat, occiderat in proelio des chron. Namnet. (Bouquet: VII. pp. 217 u. 218), der Graf Richwin von Nantes und Poitiers, der in der Schlacht fiel und dessen Tod den verhängnißvollen Streit zwischen dem Grafen Rainald von Herbauges und Angoulême (s. oben n. 101) und Lambert herbeiführte? In diesem Falle müßten wir annehmen (vgl. n. 83), daß Richwin inzwischen von Karl wieder zu Pippin, d. h. zu Lothar, abgefallen war. Oder ist es der Graf Richwin, Anhänger Karls, der in der Schlacht am Agout am 14. Juni 844 als einer der Gefangenen in die Hand des siegreichen Pippins II. fiel (Prud. 844: Richuinus comes)? Nochmals erscheint ein Richwin (Ricuinus) im Herbste 843 als Gesandter Karls an Ludwig (Dümmler: p. 232: n. 14). — Die beiden andern Persönlichkeiten sind die von Ademar[28]) genannten aquitanischen Grafen (qui uterque erat genere Arvernis) Raterius und Girardus, die in der Schlacht umkamen. Hatten sie zu Karls oder zu Pippins Heer gezählt? Dümmler p. 153: n. 63 entscheidet sich, was wenigstens den Raterius betrifft, für das erstere wohl allzu bestimmt. Denn aus n. 83 ergibt sich mit ziemlicher Wahrscheinlichkeit, daß Graf Rater durch Karl seiner Grafschaft Limoges entsetzt worden war, höchst wahrscheinlich zur Strafe für den Abfall zu Pippin. An seiner Stelle stand im August 840 Graf Gerhard von Auvergne[29]) nach Karls Anordnung dem Limousin vor (s. oben p. 20)[30]). —

Welches Volk in der Schlacht die meisten Verluste erlitt, zeigen deutlich die Worte der Chronik des Andreas von Bergamo: c. 12 (script.: III. p. 235): „Eine große Niederlage wurde angerichtet, vorzüglich unter den edeln Aquitaniern", und weiter: „So sehr wurde der Adel der Aquitanier vernichtet, daß die Normannen ihre Länder in Besitz nehmen und keiner ihrer Gewalt Widerstand leistet"[31]). — Auf die Nachricht des Agnellus (vita Georgii: c. 2): ex parte Lotharii et Pipini ceciderunt amplius quam XL. millia hominum kann kein großes Gewicht gelegt werden (s. auch oben n. 445).

# Excurs VII.

## Zu Karls Zug von Reims nach Visé: (Nithard: III. c. 3).

In den letzten Tagen des August und den ersten des September 841 stehen die Bewegungen Lothars, Ludwigs und Karls in einem sehr bemerkenswerthen und engen Zusammenhange unter einander, und es lassen sich, wie an wenigen Orten in der Geschichte dieser Jahre, mit der Hülfe von Urkundendaten die einzelnen Thatsachen ziemlich genau feststellen, so daß dieser Theil des Bruderkrieges einer einläßlichern Besprechung nicht unwerth erscheint.

Die Angelpuncte, um die sich das Ganze dreht, sind einerseits die Zusammenkunft zu Langres, die Ludwig und Karl auf den 1. September verabredet hatten[1]), und dann der Zug Lothars nach dem mittlern Rheine, der eben dieses Zusammentreffen vereitelte und eine neue militärische Bewegung Karls hervorrief.

Ludwig hatte sich um die Mitte des August in der königlichen Villa Salz, bei Neustadt auf einer Insel in der fränkischen Saale gelegen[2]), aufgehalten.[3]) Von da begab er sich, um nach Langres zu gehen, mehr nach dem Südwesten und näher

---

[27]) Jene sagt: adjuncto sibi Pippino cum Aequitanorum populo, diese: adjuncto eis Pipino Aquitanorum rege.

[28]) l. III: c. 16 (p. 120), allerdings in cod. 2, doch auch von Dümmler: p. 153. n. 63 benützt. — Diese beiden waren im Herbste 839 mit Ebroin nach Chatten gekommen: Gerardus comes et gener quondam Pippini, necnon Ratharius similiter comes Pippini gener (Astron.: c. 61). — Der cod. 2 fährt folgendermaßen fort: extitit Willelmus comes, Lemovicae vero Raimundus. Wenn hier, wie wohl nicht zu bezweifeln ist, extitit bedeutet: „blieb in der Schlacht am Leben", so erhebt sich eine neue Schwierigkeit. Nach n. 83 muß man annehmen, Gerhard habe als Graf dem Limousin vorgestanden, und zwar auf der Seite Karls. Hier aber wird noch ein zweiter Graf von Limoges genannt, der an der Schlacht theilnahm. War vielleicht Gerhard zu seinem Schwager abgefallen, Raimund durch Karl eingesetzt worden? Nur so viel steht fest, daß im Mai 841 im Limousin eine lotharisch gesinnte Partei existirte. Das zeigt die von Dümmler: p. 149: n. 52 erwähnte Urkunde, deren Datum: anno primo quo domnus Lotarius excellentissimus imperator assumpsit imperium lautet. — Der Willelmus comes ist wohl der gleichfalls von cod. 2 genannte Bruder Gerhards (Ramnulfum .. nepotem Willelmi fratris Girardi).

[29]) Dümmler: p. 149: n. 52 nennt ihn Graf von Poitiers; aber damals stand Richwin wohl dieser Grafschaft vor. Schon zu 814 wird von Astronomus: c. 23 ein Richoinus Pictavium comes genannt.

[30]) Ein Gerhardus ging von Quierzy als Gesandter Karls an Lothar (Nithard: II. c. 3). Scholle: p. 19: n. 66 identificirt ihn mit dem hier fraglichen Grafen Gerhard. Allein der Gerhard in dem p. 20 genannten Briefe stand wohl eben zur Zeit dieser Gesandtschaft in Aquitanien?

[31]) s. auch Dümmler: p. 546. — Daß vor allem die Aquitanier furchtbare Verluste hatten erleiden müssen, geht auch aus folgendem hervor. Pippin war wohl mit seinen gesammten Anhängern gekommen. Daß er aber den weiten Weg aus dem Garonne- bis nach dem obern Seinegebiete unternehmen und sich mit Lothar vereinigen konnte, zeigt, daß Karl die nördlichen Gegenden Aquitaniens ganz von Truppen hatte entblößen müssen, d. h. daß auch auf der Seite der Könige eine sehr beträchtliche Zahl Aquitanier mitfocht.

[1]) Nithard: III. c. 2: conventus quod cum fratre in Lingonicam urbem Kal. Septembris condixerat.

[2]) Dümmler: p. 158. n. 1.

[3]) Rudolf: Hludowicus quasi mediante mense Augusto venit ad villam regiam, quae vocatur Sala (s. oben p. 74)

an den Rhein. So gelangte er nach Heilbronn, wo er am 18. August vorkömmt.[4]) Aber in diesen selben Tagen sah er sich gezwungen, seine Pläne zu ändern. Lothar nämlich gedachte, die Schwierigkeiten, welche er gegen Ludwig in Sachsen angezettelt hatte, zu benützen[5]), und kam mit ansehnlicher Macht nach dem Rheine hin. Am 20. August stand er in Mainz (Böhmer: n. 571). Da ließ Ludwig dem Bruder melden, er könne nicht nach Langres kommen, weil er in seinem eigenen Reiche bedroht sei[6]). Karl empfing nach Nithard diese Nachricht auf dem Wege nach Langres zu Reims, und zwar nach dem 27. August und vor dem 1. September[7]). Er entschloß sich nun, da eine Fortsetzung des Weges nach Langres unnöthig geworden war und überhaupt ein neuer Kriegsplan festgestellt werden mußte, einmal deßhalb, weil ihn Abt Hugo und Graf Giselbert (c. 2) eingeladen hatten, dann, um Ludwig Luft zu machen[8]), nach St. Quentin aufzubrechen. Allein er eilte anfangs durchaus nicht rasch vorwärts. Bis zum 1. September war er erst bis nach Carbonacum palatium regium (Böhmer: n. 1533) gekommen, dem heutigen Flecken Corbeny (Bouquet: VIII. p. 431: n. a) im Departement der Aisne, von Reims nordwestlich an der Straße nach Laon gelegen und nur vier Meilen von Reims entfernt. Allerdings mochte die Neuordnung der Verhältnisse der Reimserkirche nach Ebbo's Flucht den König etwas aufgehalten haben[9]); doch dieser Umstand genügt nicht, Karls Langsamkeit zu erklären. Der Grund davon liegt vielmehr wohl darin, daß Karl noch keine Ahnung von dem Einflusse besaß, welchen die Aenderung seiner Marschroute auf die Maßregeln Lothars geäußert hatte.

Lothar war nämlich inzwischen von Mainz nach Worms gekommen und hatte hier nach den Berichten des Prudentius und Rudolf (s. oben p. 83) in voller Siegeshoffnung den Rhein überschritten. Aber mitten in seinem Beginnen überraschte ihn die unerwünschte Nachricht, daß Karl beabsichtige, nach den Maasgegenden aufzubrechen[10]), und vereitelte alle seine Pläne[11]). Er gab alle Feindseligkeiten gegen Ludwig auf und eilte nach dem Westen, um die ihm ungleich wichtigeren Maaslande, vor allem wohl Aachen, zu beschirmen. Schon am 1. September war er in Thionville (Böhmer: n. 572).

Dieses Datum ermöglicht nun eine ziemlich genaue Feststellung sowohl des Tages, an welchem Karl zu Reims Ludwigs Botschaft erhielt, als desjenigen, an dem Lothar bei Worms von Karls geänderten Absichten hörte. Nach den bereits gegebenen Zeitgrenzen folgen für den ersten dieser Tage, d. h. für den Satz Nithards: cum Remensem urbem venisset, nuncium recepit etc., als möglich der 28., 29., 30. oder 31. August. Weil aber Lothar am 1. September schon in Thionville ist, das von Worms in gerader Linie etwa 22 Meilen entfernt liegt, nicht eingerechnet das bergige Terrain zwischen beiden Städten[12]), und inzwischen noch die Hochzeit einer seiner Töchter zu Worms gefeiert hatte[13]), so muß er die Kunde aus Reims nothwendiger Weise spätestens am 30. August schon gehabt haben. Daraus folgt, daß Karl jedenfalls am 28. in Reims eingetroffen sein[14]) und die Botschaft Ludwigs, sowie Hugo's und Giselberts Einladung empfangen haben muß. — Am 1. September waren demnach Karl und Lothar einander verhältnißmäßig ziemlich nahe, nur noch 23 Meilen in gerader Linie von einander entfernt, während die directe Distanz von Reims und Worms etwa 43 Meilen ausmacht. Jedenfalls hatte Karl an diesem Tage zu Corbeny noch keine Idee von der Nähe der ihm drohenden Gefahr; denn sonst wäre sein langsames Vorrücken geradezu unerklärlich. Für die weitere Fortsetzung seines Zuges nach St. Quentin und an die untere Maas fehlen leider alle Daten. Nur so viel wissen wir, daß noch in diesem September[15]) die gegenseitige Beobachtung Karls und Lothars an der Seine bei Paris stattfand.

Ein Punct ist noch zu erörtern. — Wunderlich erscheint es beim ersten Anblick, daß Lothar, der doch in Thionville nur etwa 20 Meilen von den Gegenden an der Maas, wohin Karl sich begab, entfernt war, den feindlichen Bruder hier ungestört ausführen ließ, was sich derselbe vorgesetzt hatte. Allein es ist zu bedenken, daß Lothar höchst wahrscheinlich mit wenigem Gefolge aufs schleunigste nach Thionville vorausgeeilt war und hier erst das Nachkommen seiner Truppen, die er zur Bekämpfung Ludwigs hatte verwenden wollen, dazu der Sachsen, die er vorher nach Speier beordert hatte[16]), abwarten mußte. Außerdem hatte er schon vorher nach Thionville eine Besprechung angesagt[17]), welche er wohl nunmehr noch vor seinem Aufbruche gegen Karl abhalten wollte. Erst als wohl Lothar nicht nur die Sachsen herangezogen, sondern auch mit seinen übrigen Truppen sich wieder vereinigt hatte[18]),

---

[4]) Sickel und mit ihm Dümmler: p. 158: n. 1 setzen die Urkunde Ludwigs, Böhmer: n. 740, in das Jahr 841. Doch stellt wohl Dümmler kaum richtig unter Acceptirung dieser Einreihung den Aufenthalt Ludwigs zu Salz nach demjenigen zu Heilbronn (s. oben n. 446).

[5]) Wie Prudentius ausdrücklich bezeugt, gingen die Verlockungen der Sachsen durch Lothar erst von Aachen aus, also nicht vor dem Juli. Dessen ungeachtet läßt Gfrörer ohne Bedenklichkeit p. 30 Ludwig gleich Ende Juni schon vom Schlachtfeld von Fontanetum deßhalb nach dem Rheine zurückeilen, „um wo möglich den Brand zu löschen“. Hiedurch meint er zu erklären (p. 24), „warum sich Ludwig wenige Tage nach dem Siege von Carl trennte“.

[6]) c. 2: quod Lodhuwicus . . . venire non posset, eo quod Lodharius in regnum illius hostili manu irruere vellet.

[7]) Es ist unrichtig, wenn Schelle: p. 42 annimmt, Karl sei initio mensis Septembris nach Reims gekommen. — Die im Texte enthaltenen Grenzen geben das Chartular von St. Medard (s. oben p. 32) und die Urkunde Karls (Böhmer: n. 1533).

[8]) c. 3: pro fratris adjutorio.

[9]) s. oben p. 34. — Hinco wurde wieder Verweser.

[10]) Nithards ut haec audivit (c. 3) ist etwas zu unbestimmt: Lothar konnte erst von Karls Absicht, nach St. Quentin und Mastricht zu gehen, nicht von deren Ausführung unterrichtet sein, die ja erst nach dem 1. September fällt.

[11]) Nithard sagt ausdrücklich: omisso Lodhuvico, quem paulo ante persequi statuerat; Prudentius nennt Lothar: cogitatuum suorum consilibus frustratus; Rudolf hat die Worte: infecto negotio redit Wormatiam.

[12]) Das Haardtgebirge, die Berge des pfälzischen Westrich, ein Theil des Hochwalds, die Gebirge am linken Saarufer füllen diese Strecke Weges aus.

[13]) Rudolf setzt mit deutlichen Worten die Hochzeit zwischen die Rückkehr vom rechten Rheinufer und den Zug nach „Gallien“. Wenn auch die Feierlichkeit noch so rasch abgemacht werden mochte, so war es doch immer „ein nachtheiliger Aufenthalt“ (Dümmler: p. 162).

[14]) Das ist sehr leicht möglich; denn Reims ist nur 7 Meilen von Soissons entfernt.

[15]) c. 3: uti mense Septembrio solet.

[16]) Rudolf: Saxones cum Hlothario, filio suo parvulo, obviam sibi Nemeti venire praecepit. — Speier liegt fünf Meilen links ab vom geraden Wege von Worms nach Thionville. Aber auch schon die Anstrengung, welche der von Worms nach Thionville gemachte beschleunigte Ritt erfordern mußte, läßt es als unwahrscheinlich erscheinen, daß Lothar irgendwie eine größere Truppenzahl bei sich hatte, und läßt nicht zu, Schelle: p. 42 beizustimmen, der die Sachsen gleich mit Lothar ziehen läßt.

[17]) c. 3: ad conventum quod Teotonis villam indixerat. Hier mag wohl Ebbo zu ihm gekommen sein.

[18]) c. 3: habebat enim tam Saxonum . . . partem haud modicam secum.

machte er Miene, feindlich gegen Karl vorzugehen[19]. Daß freilich bei dieser Zögerung Lothars gewohnte Unentschlossenheit daneben auch ihren Antheil hatte, soll freilich nicht in Abrede gestellt werden. — Karl inzwischen hatte die Zeit, welche Lothar in Thionville unthätig verbrachte, benützt. Erst begab er sich nach St. Quentin, dann nach dem Haspengau, wie Prudentius, weiter nach der Gegend von Mastricht, wie Nithard berichtet, mit bestem Erfolge. Schon wollte er nach dem Maasgau vorgehen[20]), als er in Visé[21]), an der Maas unterhalb Lüttich gelegen, von Lothars vollendeten Rüstungen hörte[22]). Augenblicklich kehrte er nun um und suchte so rasch als möglich Paris und damit die wichtige Seinelinie zu erreichen. Lothar schlug von Thionville aus dieselbe Richtung ein[23]). — Daß Lothar Thionville noch nicht oder wenigstens erst ganz kurze Zeit verlassen hatte, als Karl in Visé von seinen Absichten hörte, geht daraus deutlich hervor, daß er die Maas (d. h. die Grenze von Karls Reichsantheil nach der Theilung von 839)[24]), die nur acht bis neun Meilen westlich von Thionville vorüberfließt, nach den Worten Nithards (im Mandat des Exemeno): regnum a patre suo consensu sibi datum ut ingrediatur omittat noch nicht überschritten hatte; und daß er doch ziemlich lange in Thionville geblieben sein muß, erhellt gleichmäßig aus eben diesem Umstande, verglichen mit der ansehnlichen Wegstrecke (von Reims, mit dem Umweg über St. Quentin, nach Visé: Reims — St. Quentin: etwa 12 und St. Quentin — Visé: 27 Meilen), welche Karl während der Zeit dieses Aufenthaltes zurückgelegt hatte.

---

# Excurs VIII.

## Ueber die Stelle der annales Xantenses zu 842 (script. II: p. 227: Z. 27 u. 28): per angustum iter asperum Gronneorum.

Die einzige Ortsbestimmung, welche der Annalist zu Xanten für den Weg der verbündeten Könige und des Prinzen Karlmann von Mainz nach Coblenz (s. oben p. 40) gibt, lautet in der Handschrift der Annalen so, wie in der Ueberschrift dieses Excurses angegeben ist (s. script. II: p. 227: Note a): cod. gronneorum). In der Edition der Annalen aber ist das nn in ein au umgeändert[1]) und so für den Text die Form Groweorum aufgestellt worden. — In diesem Excurse soll einmal der Beweis dafür geführt werden, daß die frühere Lesart herzustellen ist, und im Anschlusse daran wenigstens versucht werden, ein Gronneorum nachzuweisen, wobei jedoch von vorne herein bemerkt wird, daß diese zweite Hälfte des Excurses nur darauf Anspruch machen kann, als ein Versuch beurtheilt zu werden. —

In n. 21 zu p. 227 wird die Oertlichkeit als das Gröwenreich oder Cröwenreich erklärt (gegenwärtig das Dorf Cröv oder Cröff im Kreise Wittlich des preuß. Reg.-Bez. Trier, am linken Moselufer, wenig oberhalb Trarbach). — Zwei Umstände aber sprechen dagegen.

Erstlich lautet die Form des Namens dieses Dorfes im frühern Mittelalter nicht Groweorum. — Zuerst (von der Urkunde Pippins für Echternach, vom 5. Mai 752, bei Beyer: I. p. 14, kann nach Böhmer: n. 2 wohl abgesehen werden) wird Cröv urkundlich im Jahre 862 genannt: fiscus noster Crovius, durch Lothar II. (Martene u. Durand: coll. ampliss.: II. p. 26), dann 874: Cruvon (Lacomblet: niederrhein. Urk.-Buch: I. p. 67; Beyer: I. p. 121); 895, 915, 927 lautet der Name Crovia (s. Beyer: I. p. 205, II: p. 16, I: p. 232). Im 11. und 12. Jahrhundert erscheint er (s. Beyer: I: pp. 427, 453, 518, 546, 591, 635, 683; II: pp. 25, 40, 77, 126, 172, 177, 184) in folgenden Formen, als Crovia: sechs, Crove: sechs, Crova: zwei Male. Von einem Genetiv des Plural ist hier noch nirgends eine Spur vorhanden: diese Form konnte vielmehr erst stattfinden, als man von einem Reiche von Cröv zu reden anfing, was vor dem 14. Jahrhundert nicht der Fall war (s. in Ledebur: allgemeines Archiv: XIV. p. 3 ff. den Aufsatz von Engelmann: über Geschichte und Verfassung des Cröverreiches.)

---

19) c. 3: qualiter super Karolum irrueret, intendit.

20) c. 3: inde (von St. Quentin) in partes Trajecti iter direxit.

21) Nithards Text nennt den Ort: Wasiticum. In n. 24 zu script.: II. p. 663 findet sich die Vermuthung des Valesius, daß Vassy in der Champagne gemeint sei, doch unter Beifügung von: sed inter s. Quintinum et Trajectum quaerendum esse, ex superioribus patet. Wedekind (Noten: II. p. 474: n. 683) dachte bei dem jedenfalls corrumpirten Worte an das Land von Waes, den nordöstlichen Theil der Provinz Ostflandern zwischen Schelde und Durme, nordöstlich von Gent. Schwartz: p. 56: n. 5 will Wessem (er verlegt es irrthümlicher Weise zwischen Lüttich und Mastricht) vorschlagen, eine Ortschaft im Herzogthum Limburg zwischen Mastricht und Venlo, am linken Maasufer. Aber wie Vassy (im Department der obern Marne, 14 Meilen südöstlich von Reims) viel zu weit südlich liegt, so sind das Waesland und Wessem zu sehr nördlich. — Vielmehr kann hier unter Wasiticum einzig und allein die Stadt Visé verstanden werden, welche am rechten Maasufer, 2 Meilen nordöstlich von Lüttich, 1½ südlich von Mastricht liegt und noch zu dem Gau von Lüttich gehörte (s. im Theilungsvertrag von Meersen, in legem: I. p. 517 u. ann. Hincm. zu 870: Lingas quod . . . pertinet ad Veosatum; s. auch n. 45 zu script.: I. p. 489), aber gleich südlich von der Südgrenze des Maasgau's (s. oben n. 158) sich befand (gegenwärtig zieht gleich nördlich von Visé die Grenze zwischen der belgischen Provinz Lüttich und dem holländischen Herzogthum Limburg). Ferdinand Henaux will auch eine um 876 in Visé (in vico Viosato) geprägte Münze (?) kennen (in seiner hist. de la bonne ville de Visé, im bulletin de l'institut archéologique Liegeois: I. p. 363: 1852).

22) c. 3: qualiter super Karolum irrueret, (Lodharius) intendit; quod cum Karolus in Wasiticum didicisset.

23) c. 3: Quod cum Lodharius didicisset (d. h., daß Karl schon auf dem Wege nach Paris sei), ad eandem urbem (sc. Paris) iter direxit. Von Thionville hätte Lothar gegenüber Karl einen Vorsprung von 5 Meilen auf dem Wege nach Paris gehabt (Thionville-Paris: 38, Visé-Paris: 43 Meilen).

24) Daß Karl auch jetzt wieder auf dieser fußte, darüber s. oben p. 34.

1) s. in der Einleitung: p. 219: pauca tamen aperte vitiosa emendavi.

Zweitens spricht gegen die Lesart Groweorum die geographische Lage von Cröv [2]. Es ist ganz undenkbar, daß die Könige, resp. einer derselben, ihren Weg über Cröv gewählt hätten, das, alle Terrainschwierigkeiten abgerechnet, von Bingen beinahe acht, von Coblenz etwas mehr als sieben Meilen in gerader Linie links vom Wege ab liegt. Gesetzt auch, man wolle mit Schwartz (a. a. O.) annehmen, der Annalist habe sich eine Umstellung zu Schulden kommen lassen (er sagt: per etc. Confluentes civitatem petierunt) und die Könige seien erst nach ihrem Eintreffen in Coblenz auf dem Wege nach Aachen über Cröv gekommen, so ist doch dieser Ausweg höchst bedenklich. Abgesehen davon, daß Cröv nicht mehr zu der regio Ripuariorum (im engern Sinne: s. indessen oben n. 230), welche die Könige verwüsteten (s. p. 41), gehörte, fragt es sich, was die Verbündeten zu dem Umwege [3]) über Cröv hätte bewegen können [4]): höchstens der Wunsch, Trier zu besetzen. Hätte dieser sie wirklich beseelt, so würden unsere Quellen sicherlich davon nicht schweigen. Endlich ist zu bedenken, daß nach p. 41 nur zehn bis zwölf Tage zwischen dem Eintreffen der Könige in Coblenz und ihrer Ankunft in Aachen liegen. —

Das angustum iter asperum Gronneorum muß sich vielmehr auf die Marschroute, resp. den Weg eines der drei Heere beziehen, d. h. auf den Rhein, den Hunsrücken oder das Nassauische. — Ueber die Möglichkeit, es in dieses letztere, in den Einrich, zu verlegen, soll hier geredet werden. — Im Testamente des Erzbischofs Johann von Trier (sine dato: 1190—1212, in Beyer: II. p. 330) wird nach Arnstein und vor Schonawe, Ditkirchen, also mitten zwischen Orten des heutigen Nassau [5]), ein Ort Grunowe genannt. Hier stand ein Kloster Benedictinerordens, von dem ein Abt Wichmann am 29. October 1156 in einer Urkunde des Erzbischofs Hillin von Trier als Zeuge erscheint [6]): Wichmannus abbas de Grunowe (Beyer: I. pp. 653 — 655). Um 1130 soll, wie freilich erst Trithemius berichtet [7]), das Kloster gestiftet worden sein [8]). Gronau ist jetzt ein Weiler „am obern Klausbach, einem östlichen Zufluß des Mühlbachs“ (Schliephake: p. 176), nicht ganz eine Meile nordnordöstlich von Schönau, etwas mehr als zwei nordöstlich vom Rheine [9]), im Amte Langenschwalbach.

Daß auch hier zwischen den Formen Grunowe und Gronneorum ein beträchtlicher Unterschied herrscht, daß Gronau erst mehr als drei Jahrhunderte nach 842 urkundlich genannt wird, daß es endlich auch etwas weit vom Rheine landeinwärts liegt [10]): alle diese Umstände sprechen sehr dagegen, Gronau hier vorzuschlagen. Aber es ist der einzige Ortsname ähnlichen Klanges aus diesen Gegenden, dem urkundliche Zeugnisse wenigstens bis in eine gewisse weitere Vergangenheit zur Seite stehen [11]).

# Excurs IX. [1])

Durch Nitzsch: Ministerialität und Bürgerthum: p. 38, Waitz: IV. p. 459: n. 1, Dümmler: p. 204: n. 65 (auch II: pp. 633 u. 634: n. 30) ist hervorgehoben worden, daß eben in den Jahren des Bruderkrieges die Reiterei in den Kämpfen eine hervorragende Rolle spielte [2]). — Hier sollen die darauf bezüglichen Stellen Nithards vollständig zusammengestellt werden. — Eine

[2]) Das fiel schon Schwartz: p. 70: n. 8 auf, ebenso Dümmler: p. 169: n. 45.

[3]) Cröv liegt 8½ Meilen südsüdwestlich von Sinzig.

[4]) Man bedenke die Lage des Ortes: tief in dem zwischen unwirthlichen Höhen und Hochflächen, nordwestlich der Eifel, südöstlich des Hunsrückens, eingerissenen, vielfach sich windenden Moselthale, verglichen mit den einladenden Flächen des am Nordfuße der Eifel von Bonn, Düren, Aachen nördlich sich dehnenden Ripuariens, welchem die Könige, indem sie nach Sinzig aufbrachen, überhaupt schon sich genähert hatten.

[5]) Arnstein oberhalb Nassau an der Lahn, ebenso Dietkirchen oberhalb Limburg; Schönau ist im Quellgebiete des bei Nassau in die Lahn fließenden Mühlbaches, 1½ Meilen nordöstlich von Caub.

[6]) Er steht nach dem Abte Hildelin von Schönau.

[7]) in Joh. Trithemii opera ed. Freher: Francofurti 1601: II. p. 247 (im chron. Sponheim.). Da steht: Circa ista tempora (1130) monasterium nostri ordinis, quod Gronaw vocatur, in confinibus Treverensis dioecesis (wenig südlich von Gronau zog sich die Grenze zwischen den Sprengeln von Trier und Mainz hin, die mit derjenigen des Einrich zusammenfiel), non procul a Schonaw per comitem de Larenburg fundatum est, in quo caput s. Sebastiani martyris ostenditur, quod allatum per comitem perhibetur.

[8]) s. Schliephake: Geschichte von Nassau: p. 176 u. n., der aber von keiner Urkunde weiß, die über das sechszehnte Jahrhundert zurückreichte; s. dagegen oben. — Die Vogtei der Grafen von Katzenellenbogen über Gronau hatte später zur Landesherrschaft geführt.

[9]) Derselbe kömmt an der Lurlei Gronau am nächsten.

[10]) Im Anschlusse an p. 40 darf wohl Karlmanns Route folgendermaßen angegeben werden: von Lorch über Kaub nach Schönau (¾ Meilen nordöstlich von Kaub), dann wahrscheinlich im Thale des Mühlbaches abwärts (über Nastätten, Miehlen nach Nassau) in das Lahnthal (von Schönau bis Nassau in gerader Linie nicht ganz drei Meilen): da liegt freilich Gronau ¾ Meilen rechts, östlich vom Wege ab (ließe man Karlmann von Mainz nach Coblenz direct durch den Taunus über Langenschwalbach nach Nassau ziehen, wogegen aber oben n. 222 gewichtige Bedenken geäußert sind, so läge Gronau dicht am Wege, indem noch heute die große Straße von Wiesbaden nach Coblenz nur ¼ Meile nördlich von Gronau vorüber streicht).

[11]) Was freilich die Beschreibung der Oertlichkeit betrifft, die der Annalist gibt, so trifft das Urtheil angustum iter asperum noch heute auf jene Gegenden. So weit ich dieselben kenne (von Kaub über Sauerthal nach Lorch, bei St. Goarshausen die Umgebung von Patersberg, Reichenberg, beim Offenthalerhof), sind es rauhe unwirthliche Hochflächen, in welche enge, viel gewundene Thäler schluchtenartig tief eingerissen sind (s. auch in der schon oben n. 226 namhaft gemachten sehr verdankenswerthen Mittheilung: „Eine ähnliche Darstellung würde selbst heute, nachdem eine tausendjährige Cultur in jenen Gauen Platz gegriffen hat, noch nicht unpassend sein“).

[1]) Excurs IX., X., XI. haben keine weitere Ueberschrift, da in ihnen jedes Mal einzelne Stellen aus Nithards Werk oder einige andere auf die Geschichte dieser Jahre bezügliche Puncte verschiedener Art zusammengestellt und besprochen werden sollen. Der Hauptinhalt dieser Excurse ist im Inhaltsverzeichnisse nachzusehen.

[2]) Nitzsch sagt: „Zunächst die Bruderkriege der Söhne Ludwigs trugen dazu bei, daß die berittenen Aufgebote des Adels allein die militärischen Entscheidungen an sich rissen“.

solche auf einen Reiterkampf weisende Stelle sind erstlich, in II: c. 6, die Worte, welche erklären sollen, weshalb Karl am 31. März 841 an der Seine nicht eine Verfolgung der Lotharischen ins Werk setzen konnte: quoniam in traiciendo, d. h. über die Seine, equi moram fecerant; s. p. 23. In demselben Capitel wird die Rücksicht auf die erschöpften Kräfte der Pferde mit als eines der Motive aufgeführt, welche Karl bewogen, den 14. April seinen Truppen als Ruhetag einzuräumen (necnon equisque fessis coenam Domini quieti indulgens: s. a. a. O.) Lothar braucht einmal Karl gegenüber in den Wochen vor der Schlacht bei Fontanetum die Ausrede, seine Pferde seien müde, als Vorwand, um einem Kampfe auszuweichen (II. c. 9: velut fessis equis biduo requiem dedit; s. p. 25 u. in n. 332). Der Pferdemangel (II. c. 10: equorum inopia; s. pp. 27 u. 73), unter dem seine Truppen litten, war es vor allem (maxime) gewesen, was Ludwig vor der Schlacht bei Fontanetum an einem glücklichen Ausgange derselben anfangs hatte zweifeln lassen. Was die „ritterlichen Spiele" bei Worms (III: c. 6) betrifft, so muß auf pp. 39 u. 40 verwiesen werden. Hiezu kömmt noch eine Stelle des Prudentius zu 842: es ist der schon oben (p. 40) betonte Gegensatz zwischen dem navalis und dem equester apparatus[3]). — Enge hängt mit dieser Frage diejenige zusammen, ob und wo Nithard von dem Vorhandensein eines Trains redet. Hier kommen fünf Stellen desselben zur Besprechung. In Bourges wurde im Januar 841 mit Karls Erlaubniß das Gepäck des unbotmäßigen Markgrafen Bernhard von Septimanien geplündert (II. c. 5: suppellectilem universam diripere permisit: s. p. 21): ein einzelner, freilich sehr mächtiger Großer hat also seinen eigenen Train mitgebracht. In II: c. 8 (s. p. 24) hingegen betont Nithard ausdrücklich, daß Karl und seine Umgebung zu Troyes am 16. April 841 absque quod corpore gerebant et absque armis et equis nichts bei sich hatten: „das erste bedeutende Karolingische Heer, was ohne einen Train im Felde deutlich erscheint", wie Nitzsch: l. c. sich ausdrückt. Von einem Trosse ist ferner in II: c. 9 und c. 10 die Rede: zwei Male, das zweite Mal am 23. Juni, bieten da Ludwig und Karl Lothar an: quicquid absque equis et armis in universo exercitu habere videbantur (s. oben pp. 25 u. 27), was nach Dümmler: p. 149 und der oben pp. 26 u. 27 gegebenen Erörterung allerdings bei den obwaltenden Umständen nur sehr geringfügig sein konnte. Lothar hingegen muß bei Fontanetum ein sehr bedeutendes Gepäck bei sich gehabt haben: ausdrücklich redet Nithard von einem ingens numerus praedae (III: c. 1; s. oben p. 30), welcher den Siegern zu Theil wurde. — Sowohl daß die Krieg führenden Heere ganz überwiegend aus Cavallerie bestanden haben müssen, als daß man nothwendiger Weise an gar keinen oder doch nur an einen geringen Troß bei denselben denken darf, wird aus der zweiten Hälfte dieses Excurses noch deutlicher hervorgehen. —

Nithard schildert uns nämlich (s. p. 90) einzelne militärische Expeditionen so eingehend, daß u. a. nach seinen Angaben mit ziemlicher Bestimmtheit wenigstens an einem Beispiele, mit einer gewissen Wahrscheinlichkeit an zwei andern die Geschwindigkeit nachgewiesen werden kann, mit der sich die Truppen vorwärts bewegten. Das Verhältniß der dabei sich ergebenden Zahlen zu den Distanzen zwingt aber, jedes Mal an berittene Heerkörper zu denken.

Den Anhaltspunct bei diesen Bestimmungen gibt der Zug nach Laon in III: c. 4 (s. oben p. 36). Der Aufbruch erfolgte: decedente jam die, d. h. also zwischen dem Sonnenuntergang und dem Ende der Dämmerung, eine Zeit, welche, wenn wir den Zug in den Anfang des November setzen (s. p. 36)[4]), für die Gegend von Paris etwas vor fünf Uhr Abends eintrifft[5]), die Ankunft vor Laon: hora fere diei tertia, also um neun Uhr Vormittags am nächsten Tage (s. n. 126): per totam noctem (labor praeteritae noctis) war man ohne Unterbruch vorwärts geeilt. Wenn wir St. Denis (s. p. 35 u. n. 186) als Ausgangspunct annehmen, so ergibt sich eine Weglänge von 16 Meilen, die also in etwa 16 Stunden zurückgelegt worden war[6]), und zwar, wie wohl zu beachten ist: impediente gelu praevalido. — Eine andere Stelle der Art, bei welcher aber leider die Zeit des Aufbruches nicht so genau bezeichnet ist, wie hier, findet sich in II: c. 6. Da wird angegeben, daß Karl in der Nacht vom 12. auf den 13. April 841 (s. p. 24 u. n. 109) auf dem Wege von St. Germain nach dem Einflusse des Loing in die Seine begriffen war und aurora dilucescente den letztgenannten Punct erreichte. Daraus, daß Nithard blos von einem Nachtmarsche (per totam noctem iter faciens) redet, darf wohl darauf geschlossen werden, daß Karl erst am späten Abend des 12. St. Germain verlassen hatte. Für 48° 30' n. Br. erfolgt am 13. der Sonnenaufgang genau 5 Uhr 19 Minuten, und setzt man den Aufbruch etwa in die Zeit des Sonnenunterganges (d. h. um 6 Uhr 40 Minuten), so hat man für die in gerader Linie 11 Meilen betragende Strecke eine Zeitlänge von ungefähr 10 Stunden. Auch hier fand, sogar noch weiter, als bis zum Loingeinfluß, bis nach Sens, kein Aufenthalt statt (uno eodemque itinere). — Ein drittes Beispiel liegt noch in III: c. 7 vor, bei dem aber gleichfalls nur die Stunde der Ankunft bemerkt ist. Am 17. März 842 verließen Ludwig, Karl und Karlmann Mainz, und am 18. waren sie in der Mittagsstunde in Coblenz[7]). Die ersten 3¾ Meilen von Mainz bis Bingen boten keine Terrainschwierigkeiten. Um so mehr Hemmnisse fanden von da an Karl und Karlmann, jener auf einem zu ungefähr 8 Meilen[8]) anschlagbaren Wege, dieser auf einem solchen von etwa 9 Meilen.

Daß Truppenbewegungen, welche so, wie wir sie hier festzustellen versuchten, ausgeführt worden sind[9]), nur von berittenen Corps haben ins Werk gesetzt werden können, ist man anzunehmen gezwungen: als Mittelmaß darf wohl festgestellt werden, daß eine Meile bei dem Wegfall erheblicherer Schwierigkeiten durchschnittlich in einer Stunde und weniger zurückgelegt wurde. —

---

[3]) Daß die Könige nach III: c. 7 vor den Augen der Lotharischen die Mosel zu überschreiten sich anschicken (p. 65), die letztern aber dessen ungeachtet entfliehen konnten (fugerunt), ist nur dann möglich, wenn man sich dieselben als beritten denkt.

[4]) Es mag, was die Zeitbestimmung anbetrifft, hier noch darauf aufmerksam gemacht werden, daß Nithard den Zug nach Laon zwischen den Abzug Lothars von St. Denis und dessen Ankunft in Sens (s. p. 63) einschiebt.

[5]) Am 1. November ist der Sonnenuntergang für 48° 50' n. Br. 4h. 37m., das Ende der Dämmerung 5h. 17m., am 15. aber jener 4h. 15m., diese 4h. 58 m. Diese und die weitere im Texte folgende zweite genaue Angabe verdanke ich der Güte des Herrn stud. phil. J. Lüroth aus Mannheim.

[6]) Schwarz allerdings setzt die Ankunft auf 11 Uhr (s. zu n. 126). Funck redet (p. 210) von einem in achtzehn Stunden zurückgelegten zwanzigstündigen Wege.

[7]) s. oben p. 40 und Noten; in n. 221 setzte ich den Auszug aus Mainz in die Frühstunden des 17. März.

[8]) über den Hunsrücken, doch nicht eingerechnet die Bodenbeschaffenheit; ebenso ist Karlmanns Weg berechnet: nach p. 40 u. n. 10 zu Excurs VIII.); natürlich sind alle diese Distanzen nur äußerst approximativ.

[9]) Dieser Maßstab darf nun wohl z. B. auch für Lothars Weg von Gondreville nach Aachen im December 840 (Dümmler: p. 145 u. oben p. 37: von Gondreville bis Aachen in gerader Linie etwas mehr als 30 Meilen), denjenigen von Worms nach Thionville Ende August 841 (s. Excurs VII.), von Aachen nach Troyes im April 842 (s. p. 41) angewandt werden.

Schließlich sollen hier noch ein Paar Angaben Nithards über Distanzen[19]) geprüft werden. Bei dreien derselben läßt sich die Richtigkeit beurtheilen. In III: c. 4 sagt er von Laon: distabat urbs eadem plus minus leuvas 30 (d. h. wohl von St. Denis); in IV: c. 4 hat er die Angaben: Distat Warmatia a Mettis leuvas plus minus 70, Teotonis autem villa plus minus octo. Von diesen stimmt nach n. 91 blos die zweite, von Worms nach Metz: 23 Meilen, fast genau, während die beiden andern (jene 10 statt 16, diese 2⅔ statt 4 Meilen) zu tief gegriffen sind.

# Excurs X.

Nithards Geschichte redet nicht mehr von dem Vertrage von Verdun, und so ist es bei einer Besprechung derselben nicht dringend nothwendig, auch diesen noch in ihren Bereich zu ziehen. Da jedoch in ihm der nächste Abschluß derjenigen Ereignisse und Entwicklungen, von denen hier die Rede sein mußte, liegt, so ist es dennoch erforderlich, hier wenigstens in ein Paar Worten von der Bedeutung desselben zu reden, selbst auf die Gefahr hin, nur längst Bekanntes wiederholen zu müssen.

Zuerst soll hier von der Bedeutung des Verdunervertrages, die derselbe für die drei Söhne Ludwigs des Frommen hatte, von der Reichstheilung als solcher, als dem thatsächlichen Resultate des mehrjährigen Krieges, gehandelt werden. Auf das engste hängen während desselben, wie oben im Texte zu zeigen versucht wurde, die einzelnen Phasen, in welche nach einander die Theilungsfrage tritt, mit den Schwankungen der kriegerischen Erfolge zusammen: vor der Schlacht bei Fontanetum setzen die Könige, Lothars Uebermacht erkennend, ihre Forderungen auf ein ziemlich geringes Maß hinunter; nach Lothars Flucht aus Aachen folgt die Theilung von Aachen, welche das Gebiet Lothars vielleicht auf Italien hat beschränken sollen; die Vorschläge von Clamecy, die Uebereinkunft von Ansilla sind durch den Umstand, daß Lothar von neuem eine ansehnliche Truppenmacht zusammenbrachte, bedingt; zuletzt freilich bemächtigt sich die eben durch diesen Krieg zu gesteigerter Macht gelangte Aristokratie der Frage und entreißt die Entscheidung derselben dem unmittelbaren Einfluß der Herrscher. — Selbstverständlich ist daneben die größere oder geringere Festigkeit der Stellung, welche die Könige in den Gebieten, worauf ihre Macht vornehmlich beruhte, besaßen, von hohem Gewichte gewesen: so erklärt es sich, daß, während Ludwig und Karl die Hauptentscheidungen Lothar gegenüber vereint ins Werk gesetzt hatten, nur jener zu Verdun erreichte, was er im Auge gehabt hatte, dieser aber sogar bedeutende Schmälerungen sich dort mußte gefallen lassen.

In den oben im Texte der Geschichten Karls, Lothars und Ludwigs vorausgeschickten Uebersichten der Ereignisse vor 840 wurde darzustellen versucht, mit welchen rechtlichen Ansprüchen die drei Brüder zunächst nach dem Tode Ludwigs des Frommen auftreten konnten. Im weitern Verlaufe zeigte sich dann, daß von denjenigen beiden, deren Verhältnisse durch die Theilung von Worms hätten endgültig geregelt werden sollen, Karl zwar sich stets von neuem auf den dort geäußerten letzten Willen des Vaters bezog, Lothar aber jene Festsetzungen gänzlich vernachlässigte und all sein Streben nur darauf richtete, das gesammte Reich unter seiner kaiserlichen Herrschaft zu vereinigen, den Brüdern eine möglichst geringe oder noch besser gar keine Macht zu lassen. Ludwig vollends, gegen den hauptsächlich jener Wormser Beschluß gerichtet gewesen war, entledigte sich alsbald der ihm durch denselben gesteckten engen Schranken und setzte, bald im Bunde mit dem Stiefbruder, den Kampf um die schon zu Lebzeiten des Vaters erstrebte Machtstellung unermüdlich fort.

Reden wir zuerst von Ludwig. Dasjenige Gebiet, welches er 833 besessen hatte, wünschte er wieder zu gewinnen. Diese Absicht verrieth er deutlich in thatsächlicher Weise durch sein Auftreten gegenüber Lothar, und Ansprüche dieses Inhaltes erhob er auch in den Verhandlungen vor der Schlacht von Fontanetum: doch war er nach dem zweiten Vorschlage vom 23. Juni auch gewillt, im Nothfalle mit der Rheingrenze sich zu begnügen. Ueber die Ende März 842 in Aachen vollzogene Theilung des lotharischen Reiches ist uns nur so viel bekannt, daß Ludwigs Reich durch dieselbe um Friesland und das ripuarische Gebiet zwischen dem untern Rheine und der untern Maas vermehrt worden war. Zu Clamecy schlug er Lothar den Rhein als Grenze vor, wollte also Friesland größtentheils behalten: daneben bedang er noch einige nicht näher bezeichnete linksrheinische Striche für sich aus. — Die Theilung von Verdun brachte nun dem Könige, was er längst erstrebt, die rechtsrheinischen Lande; Friesland hingegen wurde ihm nicht zu Theil, und auch der Elsaß, den er nach 833 beherrscht hatte, kam ihm nicht wieder zu: nur in den Sprengeln von Mainz, Worms und Speier dehnte sich sein Reich auch auf das linke Rheinufer aus[1]).

Karls Grenzen waren im Juni 839 bis an die Maas, die Saone, den Genfersee und die Alpenkette vorgeschoben worden. Daß er dieses ganze Gebiet nicht werde behaupten können, zeigte sich alsbald nach dem Tode des Vaters. Schon im Spätherbste 840 stand Lothar an der Loire: nach dem Vertrage von Orleans sollten Karl nur Septimanien, die Provence und ein Stück Land zwischen Seine und Loire außer Aquitanien bleiben. Freilich hielt sich derselbe nach Lothars Vorgang nur die kürzeste Zeit an diesen Vertrag: er forderte vielmehr stets von neuem die Grenzen von 839. Am 23. Juni 841 bot er Lothar, als er jene Forderung diesem gegenüber nicht mehr glaubte festhalten zu können, im zweiten Vorschlage als Kaufpreis des Friedens das Land zwischen Kohlenwald und Maas[2]). Daß Karl im März 842 zu Aachen eine Ausdehnung seiner Grenzen über das Maß von 839 hinaus zu erreichen wünschte, ist wohl als sicher anzunehmen; doch wissen wir nur so viel, daß eine solche nicht auf dem rechten Ufer der untern Maas gesucht werden darf. Zu Clamecy verzichtete dann Karl auf die Provence und alles übrige Land links von der Rhone, und hernach mußte er es sich sogar gefallen lassen, noch um das Stück von den Carbonarien bis zur Maas verkürzt zu werden. Nicht nur diese Gebiete hatte er im August 843 nunmehr definitiv an Lothar abzutreten: auch die Grafschaften Lyon, Viviers und Uzes auf dem rechten Ufer der untern Rhone, beträchtliche Striche westlich vom Ober- und Mittellaufe der Maas, alles Land östlich von der Schelde gingen seinem Reiche verloren.

---

[19]) Eine solche des Prudentius ist in n. 219 besprochen worden.

[1]) Da wir weder genau wissen, wie weit Ludwigs Gebiet von 833 bis 838 in den Landen zwischen dem Jura und der Alpenkette reichte, noch was seine Grenzen am Niederrheine gewesen waren, so läßt sich hiefür eine Vergleichung mit 843 nicht durchführen.

[2]) Der Vorschlag Lothars in III: c. 3 darf hier wohl bei Seite gelassen werden.

Lothar [3]) zwar waren eben diese zuletzt genannten Abtretungen Karls zugefallen: gegenüber 839 war seine westliche Grenze etwas weiter vorgerückt worden. Nach Osten hin aber hatte für ihn das Theilungsproject von Worms jegliche Gültigkeit verloren. Der Bruder, zu dessen Vernichtung er damals die Hand geboten, hatte zu seinem bairischen Theilkönigreiche nicht nur beinahe alle jene Gebiete, deren er 838 verlustig gegangen war, wieder unter sich vereinigt: er besaß auch mehr, als je früher, fest in seinem Reiche. „Ludwig konnte das Ergebniß des Kampfes mit Befriedigung betrachten, während bei den Brüdern das bittere Gefühl getäuschter Hoffnungen, vereitelter Pläne zurückblieb" [4]). —

Allein der Vertrag von Verdun hat noch eine zweite Seite, die zu betrachten nothwendig ist. Die mannigfach gearteten Völker, welche durch die einheitliche Regierung des römischen Kaisers aus dem Stamme des fränkischen Königshauses bis jetzt zusammengehalten worden waren, begannen drei gesonderten, wenn auch von verwandten Herrschern gelenkten, nicht jeglichen Anknüpfungspunctes an die frühern Verhältnisse entkleideten [5]) Reichen anzugehören. Nahe liegt hier die Frage, ob wir in dieser Reichstheilung eine den Wünschen der nach nationalem Zusammenschlusse sich sehnenden Stämme entsprechende Zerreißung einer aufgezwungenen, unnatürlichen Verbindung oder im Gegentheile eine auf rein dynastischen Berechnungen beruhende künstliche Zergliederung des Reichskörpers sehen müssen, oder ob eine zwischen diesen extremen Antworten in der Mitte liegende uns den besten Aufschluß gibt.

Nach diesen Gesichtspuncten sollen hier noch die in denjenigen Bearbeitungen dieser Epoche, welche in der vorliegenden Arbeit zumeist zu Rathe gezogen wurden [6]), geäußerten Ansichten über den Vertrag von Verdun zusammengefaßt werden [7]).

Am entschiedensten ist durch Gfrörer der Vertrag von Verdun als der Scheideproceß von Nationalitäten hingestellt worden. Von Karls des Großen Reiche sagt er: „Durch Carls starke Faust waren zwei an Charakter und Blut verschiedene Völker, Deutsche und Romanen, zu einer politischen Einheit verknüpft worden. Längst stießen sie einander ab, und benützten den Streit der Brüder, um selbständige Staaten zu bilden" (p. 4). Die Schlacht von Fontanetum ist „der Sieg des Rechts der Nationalitäten über die unnatürliche Zusammenkoppelung verschiedenartiger Völker" (p. 19); „die gegenseitige Abneigung zwischen den Völkern rein germanischen und gemischten oder romanischen Bluts wurde zu einer wilden Glut, welche zuletzt die Bande der Reichseinheit sprengte" (p. 64).

In gewissen Puncten wenigstens hat sich besonders hinsichtlich des von Ludwig beherrschten Reichstheiles Waitz an mehreren Orten für das Vorhandensein nationaler Triebkräfte ausgesprochen, schon dadurch, daß er schon 843 dem Reiche Ludwigs den Namen eines „Deutschen" zugesteht [8]). Er äußert sich in der Verfassungsgeschichte: IV. p. 551 so über die Lehre von den Nationalitäten: „So unbedingt und durchgreifend, wie die Ansicht hingestellt werden, kann sie sicherlich nicht festgehalten werden. Aber an aller Berechtigung fehlt es ihr doch keineswegs. Eine an sich richtige Anschauung liegt dieser Auffassung, wie wir meinen, allerdings zu Grunde." So sagt er denn auch p. 594 [9]): „Die Sonderung der Karolingischen Monarchie in drei Reiche, welche den Hauptlanden und den in ihnen vorherrschenden Nationalitäten entsprechen, hat hier ihren Anfang genommen." Vom Reiche Ludwigs insbesondere steht u. a.: „Eine Herrschaft ist gebildet, die ganz und gar deutsch ist und die große Mehrzahl der deutschen Stämme umfaßt", und: „Das Deutsche Volk sondert sich ab von den übrigen Nationen Europa's: es geht jetzt seine eigenen Wege" (p. 595).

Dieser Ansicht gegenüber steht vor allem Wenck, der als die Resultate seiner Untersuchungen folgendes hinstellt: „Nach meiner Meinung steht unter den Folgen des Verduner Vertrages die Herbeiführung der äußeren Bedingungen obenan, unter denen sich ein nationales Bewußtsein ausbilden und zum Lebensprincip besonderer Reiche werden konnte; ein solches Bewußtsein aber schon in Berechnung zu ziehen als einen Factor, der zur Theilung des Reiches mitgewirkt habe, scheint in zwiefacher Beziehung ein vollständiger Irrthum. Erstlich ist nämlich die Voraussetzung, es habe in jener Zeit ein französisches, ein italiänisches und ein deutsches Nationalbewußtsein bestanden, eine falsche; und fürs Zweite verkennt man die Politik, deren Resultat der Verduner Vertrag war, wenn man glaubt, es hätten bei der Theilung überhaupt Rücksichten auf derartige Dinge, wie Völkerverwandtschaft, obgewaltet" (p. 361) [10]). — Von ähnlichen Voraussetzungen ausgehend, erklärt Schelle den Vertrag von Verdun folgendermaßen: Animadvertendum est, Ludovicum et Karolum, cum alter jam multo ante Bajoariam, alter terras inter Sequanam et Ligerem sitas possederint, ibique ii habitaverint, qui illis maxime fideles erant, has regiones diviso regno perdere noluisse, et propterea opportunisse terrae iis attribuerentur, quae regionibus modo dictis vicinae erant. Itaque factum est, ut Ludovicus illas Germanicas, Karolus Francogallicas regiones acciperet; non autem illa morum communitas norma

[3]) Es handelt sich hier nur um eine Vergleichung der Festsetzungen von 839 und von 843. Die noch ungleich weiter sich erstreckenden Ansprüche, welche Lothar 840 wieder erhoben hatte, kommen hier nicht in Betracht.

[4]) Worte Dümmlers: p. 205.

[5]) s. z. B. Wenck: p. 1 ff. u. Dümmler: p. 200. Waitz sagt (IV: p. 593): „Die Verduner Theilung hat an sich nicht einen wesentlich andern Charakter als andere Theilungen, die im Frankenreiche früher vorgenommen sind."

[6]) Gfrörer, Wenck, Waitz, Dümmler, daneben Scholle und Hever, außerdem die beiden Abhandlungen von Sybel's und Ficker's kommen dabei in Betracht.

[7]) Wenn man den Vertrag von Verdun nicht nach seinen spätern Folgen, sondern als den Abschluß der ihm vorangegangenen Kämpfe in das Auge faßt, so ist es wohl nicht bloß „nicht viel mehr als ein Streit um Worte, ob man in der Sprengung des Karolingerreiches eine Wirkung des Nationalitätsprincips, oder umgekehrt in der Auflösung des Kaiserthums erst die Vorbereitung nationaler Verbände sehen will", wie von Sybel: die deutsche Nation und das Kaiserreich: p. 26 sagt. Er äußert sich daselbst (pp. 25 u. 26) durchaus im Sinne der ersten Betrachtungsweise.

[8]) Ueber die Gründung des deutschen Reiches: „Es bestand von nun an ein deutsches Reich: Ludwig hat es begründet, der Verduner Vertrag hat es in die Geschichte eingeführt" (p. 20); vgl. z. B. auch: Deutsche Kaiser (deutsche Nationalbibliothek: 5. Bd.): p. 15, die Besprechung der Abhandlungen von Sybel's und Ficker's in den Gött. gel. Anz.: 1862: St. 4, Jahrbücher des deutschen Reiches unter König Heinrich I.: neue Bearbeitung: p. 1.

[9]) s. besonders auch daselbst: n. 1 u. p. 550: n. 2. — Hier mag noch beigefügt werden, daß auch Schwarz: p. 101 sagt: „In dem Vertrage von Verdun feierte die nationale und politische Selbständigkeit der deutschen und romanischen Völker nach langen, hartnäckigen Kämpfen endlich ihren Sieg."

[10]) s. p. 372: n. 1, wo sich Wenck, so zu sagen, dafür entschuldigt, daß er Ludwig „den Deutschen" nennt, ähnlich Ficker: das deutsche Kaiserreich in seinen universalen und nationalen Beziehungen (Innsbruck: 1862), p. 42: „König Ludwig, den man den Deutschen nennt." Dieser führt den Satz, daß „es uns verboten sei, in jenen Zeiten die bewegende Kraft in nationalen Gegensätzen zu suchen" (p. 44), von p. 27 an in verschiedener Weise aus und gelangt zu einer noch entschiedenern Verneinung, als Wenck.

erat, ad quam regni divisio dirigebatur (pp. 64 u. 65) [11]. — Auch Hever findet am Schlusse seiner Untersuchung: certaminibus illis non expetitum esse, ut a consanguineis nationibus separata regna efficerentur (p. 46). [12]

Auch Dümmler schließt sich im Ganzen an Wenck an: „Wie in dem ganzen Kampfe von einem bewußten Gegensatze der erst im Entstehen begriffenen Nationen nicht die Rede gewesen war, so fand auch bei der Theilung von Verdun nicht die geringste Rücksicht auf die durch Sprache und Sitte sich näher stehenden Stämme und ihre Vereinigung zu größeren Ganzen statt“ (I: p. 196). „Als ganz von dynastischen Ansprüchen bestimmt, ohne Rücksicht auf die natürliche Verschiedenheit der werdenden Nationen vollzogen“ wird die Theilung anderswo (II: p. 618) beurtheilt. „Die deutsche und romanische Zunge entsprachen einer verschiedenen Abstammung der Völker; aber sie übten noch bei weitem nicht die trennende Gewalt wie in späteren Zeiten.“ Die erstgenannte wurde als „nur für den praktischen Gebrauch des gewöhnlichen Lebens geeignet“ angesehen, und die Gebildeten hatten nicht „die leiseste Ahnung von ihrem künftigen Werthe als eines nationalen Bandes“ (I: pp. 198 u. 199.) —

Gewiß muß, wenn von der Entstehung der Theilung, den Ursachen des Vertrages von Verdun die Rede ist, den zuletzt hier zusammengestellten Ansichten beigepflichtet werden. Lothars Reich einmal stellt sich von vorne herein als eine durchaus künstliche Gestaltung heraus. Aber auch in den Ländern, welche Ludwigs und Karls Reich bildeten, läßt sich höchstens „ein unbewußter Drang der verschiedenen Völkermassen nach abgesonderter, eigenthümlicher Entwickelung“ [13]) wahrnehmen. Wenn irgendwo, so läge es noch am nächsten, den „Stämmen, die durch den politischen Begriff des ostfränkischen Reiches zusammengehalten wurden“ [14]), ein ausgeprägteres Gefühl der Zusammengehörigkeit zuzuschreiben. Wie sehr aber auch ihnen, die doch schon früher fünf Jahre hindurch unter der Herrschaft Ludwigs insgesammt gelebt hatten, in dieser Zeit ein solches noch fehlte, dürfte wohl genugsam aus der eben (pp. 68—78) im Texte versuchten Darstellung hervorgehen. Und Ludwig selbst war es wohl stets darum zu thun gewesen, auf dem rechten Rheinufer seine Herrschaft zu befestigen; auch auf dem linken wenigstens in einigen Landstrichen festen Fuß zu fassen, hatte er nicht von sich gewiesen: aber als nationalen König der Deutschen hat er sich jetzt nicht, hat er sich auch später wohl kaum gefühlt. — Doch am allerwenigsten soll etwa hierdurch geleugnet werden, daß eben bei diesen nur deutsch redenden, unter dem Regimente eines kräftigen, politisch befähigten, militärisch tüchtigen Königs nunmehr vereinigten Stämmen, welche gemeinsam für dieselben Interessen einzustehen sich nunmehr gewöhnten [15]), am ehesten der Boden vorhanden war, auf dem gerade durch eine solche Verbindung allmälig eine Nationalität erwachsen konnte.

Nachdem erst Wenck: pp. 361—371, dann Dümmler: I. p. 196 ff., p. 205 ff. in ausgezeichneter Weise die Beweise für ihre dem Nationalitätsprincip widersprechenden Aufstellungen vorgeführt haben, ist es durchaus genügend, sich blos auf jene Zusammenstellungen zu beziehen. — Nur auf Einen Punct noch soll hier im Anschluß an die folgenden Worte Ficker's kurz eingetreten werden. Derselbe sagt: „Wo es sich um jene große Idee des christlichen Weltreiches, der Einheit der Kirche und des Staates handelt, da findet das in den Werken jener Zeit den lebhaftesten Ausdruck. Kämpfte nun auch die Gegenpartei, welcher doch sehr begabte Schriftsteller angehörten, in ähnlicher Weise für eine höhere Idee, für die der Unabhängigkeit der Nationalitäten, war sie sich dessen bewußt, wie ließe es sich erklären, daß sie es nie versuchte, der einen Idee gegenüber auch der andern in ihren Schriften Ausdruck zu geben (p. 32)“. An keinen andern Schriftsteller darf hier eher gedacht werden, als an Nithard. Aber in welchem Lichte erschien diesem Rathgeber und Freunde des einen der beiden Könige, welche gegen die Reichseinheit mit allen Mitteln kämpften, der Streit, dessen Abschluß durch den Vertrag von Verdun bezeichnet ist? — als ein Zwiespalt der Söhne Ludwigs des Frommen unter einander, als eine persönliche Verfolgung, die Lothar ungerechter Weise gegen seine Brüder in das Werk gesetzt: kein Wort findet sich in seinem Buche, aus welchem die Existenz einer westfränkischen Nationalpartei hervorginge [16]).

---

[11]) In einem dritten Satze macht Scholle noch darauf aufmerksam, daß aber auch nicht blos die Rücksicht auf die benachbarte Lage als Norm angesehen werden dürfe, daß vielmehr der Wunsch Lothars, Aachen zu besitzen, mit ein Hauptgesichtspunct bei der Herstellung des Mittelreiches war.

[12]) Hever sucht in seiner in äußerst ansprechender Weise geschriebenen Dissertation neben der Abweisung des Nationalitätsprincipes eine Mehrheit von Parteien zu statuiren, welche, nach verschiedenen Plänen wirksam, gemeinsam an der Auflösung des einheitlichen Reiches hatten arbeiten helfen. Er scheidet, oft freilich zu scharf und nicht immer, ohne etwas gezwungen in künstlicher Weise diese Begrenzungslinien zwischen den verschiedenen Factionen zu ziehen: fränkische Große, die Lothars Anhang bilden und durch das höhere kaiserliche Ansehen desselben ihre eigennützigen Zwecke erreichen wollen; solche auf Ludwigs und Karls Seite, welche die beiden Könige aus gleich selbstsüchtigen Gründen in einer der kaiserlichen entsprechenden Macht zu sehen wünschen; eine dritte Partei, die nur durch die perniciosa rei beneficialis vis sich leiten läßt: denn — und hierin geht Hever viel zu weit — er sagt: a proceribus, non a regibus vidimus certamina illa orta esse, ab illis reges in societatem contentionum illarum adductos, ab illis denique etiam certamina ad finem perducta (p. 46).

[13]) Den sehr passenden Ausdruck „unbewußter Drang“ schlägt von Noorden: p. 11: n. 3 vor. Aehnlich redet Waitz: IV. p. 553 von „einer durchgehenden Richtung, einem unbewußt in den Völkern waltenden Triebe“, p. 595 von „einem Gefühle der Zusammengehörigkeit.“ Für die Bezeichnung der Verhältnisse, wie sie 843 vorhanden waren, wohl schon allzu bestimmt lautend sind die Worte von Sybel's: p. 25: „denn was man noch nicht wußte, war doch vorhanden; die Gemeinsamkeit des nationalen Stoffes, an die man noch nicht gedacht hatte, lebte doch in Blut und Sprache, in Neigung und Abneigung.“

[14]) So drückt sich Dümmler: p. 206 aus.

[15]) Nicht besser läßt sich das ausdrücken, als durch die folgenden Worte von Waitz: IV. p. 550 (die derselbe freilich schon für eine frühere Zeit anwendet): „Es geschah, daß die, welche unter sich näher verwandt und benachbart waren, sich enger an einander schlossen, und da es zu Theilungen und Trennungen kam, unter sich zusammenhielten oder nach mancherlei Schwankungen zuletzt wenigstens zusammenkamen“.

[16]) Auf Nithards Standpunct läßt sich durchaus anwenden, was Wenck: p. 1 sagt: „Der siegreiche Widerstand gegen die Partei, welche dem Einen Kaiser die Oberherrlichkeit über die gesammte Errungenschaft seiner Vorfahren zu wahren gesucht hatte, war durchaus nicht aus einem bewußten Streben nach Trennung um der Trennung selbst willen entsprungen. Nicht, weil die Einheit an und für sich unpassend oder verhaßt erschien, war er zu Gunsten der Zerstückelung erhoben worden“. Nithard ist einer der Vertreter des „factischen Bedürfnisses“ (von Noorden: p. 12).

# Excurs XI.

Im Texte ist p. 55 und öfters das Zusammentreffen Lothars und Ludwigs, welches von Nithard: II. c. 1 erzählt wird, nach Kostheim verlegt werden. Der Beweis dafür soll hier gebracht werden.[1])

Nithards Worte lauten an der betreffenden Stelle folgendermaßen: Lodharius parvo conflictu custodes (Ludwigs) fugere (aus Worms) compulit, Renum cum universo exercitu transiens, Franconofurth iter direxit. Quo insperate hinc Lodharius inde Lodhuwicus confluunt; paceque sub nocte composita, alter inibi, alter vero quo Moin in Renum confluit, castra haud fraterno amore componunt. — Am einläßlichsten redet außer Nithard Rudolf von diesem Ereigniß: ac primum ei (Lothar) in suburbanis Mogontiacis cum exercitu venienti frater suus Hludowicus .. occurrit. Die Annalen von Xanten haben nur: superveniente Lothario ultra Renum flumen, vix sine bello discesserunt (Lothar und Ludwig) a se. —

Schwartz hat gegen Luden auf p. 15 (n. 3) ausgeführt, daß Lothar Frankfurt besetzt gehalten, Ludwig aber am Einfluß des Main sich einen andern Lagerplatz gesucht habe[2]). Aehnlich sagt Dümmler (p. 141): „Lothar setzte ungehindert über den Rhein und nahm seine Richtung gegen Frankfurt. Nicht weit davon stieß er unvermutet mit Ludwig zusammen. Die Brüder schlossen für diese Nacht Waffenstillstand und lagerten in geringer Entfernung von einander der eine bei Frankfurt, der andere bei Mainz voll unbrüderlicher Gesinnung." — Hiegegen ist erstlich einzuwenden, daß die ganze Sachlage durchaus die Annahme erfordert, daß die feindlichen Heere nahe bei einander lagerten, nicht aber volle vier Meilen von einander getrennt. Und zweitens geht aus Rudolf, der als Mönch des nahen Fulda hier über die Beschaffenheit der Oertlichkeit und die Einzelheiten ungleich besser unterrichtet sein konnte, als Nithard, deutlich hervor, daß Lothar die suburbana Mogontinca noch gar nicht oder wenigstens eben erst verlassen hatte, als er mit Ludwig zusammenstieß[3]). Diese suburbana Mogontiaca sind aber, wie aus der Vergleichung der annales Laurissenses und der annales Einhardi zu 795 hervorgeht[4]), das jetzt großherzoglich hessische Dorf Kostheim, gerade da, quo Moin in Renum confluit (Nithards Worte) gelegen (eine Viertelmeile südöstlich vom Castelerende der Mainzerschiffbrücke)[5]). —

Nithard sagt in III: c. 7 von Karl: per Wasagum iter difficile ingressus. Schon oben in n. 216 wurde darauf aufmerksam gemacht, daß hier Nithard den Wasgau sich sehr weit nach Nordwesten erstrecken läßt[6]). Ein anderes Beispiel dafür, daß der Name Wasgau in dieser Zeit auch sonst auf diesen das Land zwischen Nahe, Rhein und Mosel ausfüllenden Theil des rheinischen Schieferplateau's, welcher nun Hunsrücken[7]) heißt, ausgedehnt wurde, ist mir nicht bekannt. — Doch darf wohl auf die auch räumlich nahe liegende Analogie der Ardennen verwiesen werden. Noch in der Mitte des neunten Jahrhunderts wird ihnen die ganze heutige Eifel beigerechnet, also dem Namen derselben eine der römischen Auffassung[8]) noch entsprechende Ausdehnung beigelegt.

---

[1]) Ueber Wasitieum (III: c. 3) wurde schon in Excurs VII: n. 21 gesprochen.

[2]) Schwartz geht dabei von der ganz irrigen Voraussetzung aus, „daß sich die Brüder bei Anbruch der Nacht vorläufig trennten, um später mit einander Unterhandlungen zu pflegen". Lothar ging vielmehr in durchaus feindseliger Absicht gegen Ludwig; plötzlich wurden die Heere einander ansichtig; doch zum Kampfe war es zu spät; man mußte für diese Nacht wenigstens noch die Waffen ruhen lassen, bis zum nächsten Morgen warten: wo man eben stand, wurden die Lager geschlagen; voller Feindseligkeit brachte man die Nacht zu; doch am nächsten Tage hatte Lothar nicht den Muth, zu schlagen: jetzt erst dachte er überhaupt an eigentliche Friedensverhandlungen; jetzt erst begannen solche.

[3]) Das ac primum Rudolfs soll das Auftreten des einen frater non consentiens, Ludwigs, dem des andern, Karl, entgegenstellen.

[4]) Jene sagen (1: p. 180): rex (Karl) venit ad locum qui dicitur Cuffinstang et in suburbium Magonciacensis urbis, et tenuit ibi placitum suum, diese (p. 181): conventum generalem trans Rhenum in villa Cuffenstein, quae super Moenum contra Mogontiacum urbem sita est, more solemni habuit.

[5]) Da wir wohl kaum Nithard werden zutrauen dürfen, er habe irrig geglaubt, Frankfurt liege am Einflusse des Main in den Rhein, so dürfen quo und inibi nicht auf Franconofurth bezogen werden. Uebrigens sagt ja auch Nithard blos, Lothar sei „auf dem Wege nach Frankfurt" (iter direxit) gewesen. Da darf vielleicht vorgeschlagen werden, quo und inibi (was allein dem Thatbestande entspricht) auf iter, d. h. in itinere, zu beziehen: „auf dem Wege nach Frankfurt" wurde Lothar Ludwigs ansichtig; „wo er eben stand", schlug er sein Lager, während jener etwas mehr nach Mainz zu, bei Kostheim, lagerte (denn das zweite alter Nithards bezieht sich wohl auf Lodhuwicus). Jedenfalls war aber auch Lothar noch nicht weit gekommen.

[6]) In der Stelle von III. c. 5: Karolus juxta Waragum per Wizzunburg Warmatiam iter direxit ist das nicht der Fall: Haardtgebirge und Donnersberg sind nichts als Fortsetzung und nördliches Ende des Wasgau. — Es ist bemerkenswerth, daß dagegen schon in dieser Zeit der der Haardt und dem Donnersberge gegenüber liegende Theil des östlichen Seitenwalles der oberrheinischen Tiefebene, der Odenwald, bereits seinen heutigen Namen trägt. Einhard redet in der transl. s. Marcellini (Teulet: op. II: p. 202) in c. 2 (§ 14) von demjenigen saltus Germaniae, qui tempore moderno Odanwald appellatur, und in der Schenkung von Michelstadt an Einhard und Imma durch Ludwig den Frommen (Böhmer: n. 241; cod. Laur(e)sham. diplom. 1: n. 19, p. 45) wird die Lage des Ortes so bestimmt: in sylva quae vocatur Odonewaldt, ebenso in der Schenkungsurkunde von Lorsch über denselben Ort (n. 20, p. 47): cella vocabulo Michlenstat sita in pago Plumgowe, in sylva quae dicitur Odenewalt, super fluvium Mimilingum (die Mümling, ein linker Nebenfluß des Mains). — Für den südlichen ungleich höhern Theil dieses Bergwalles hingegen lassen sich aus dieser Zeit noch keine Zeugnisse aufbringen (s. Zeuß: die Deutschen f.: p. 10: n.) Erst am 5. Juni 983 (Böhmer: Regesten von 911 bis 1313: n. 609; Neugart: cod. diplom. Alemanniae: I. p. 628, n. 777) wird von St. Blasien als von einer cella in silva Swarzwalt constructa geredet. Der um 1036 verstorbene Ekkehard IV. (Wattenbach: p. 135) schreibt in seiner Fortsetzung der casus s. Galli: c. 3 von navibus de Swarzwalde multis paratis (933 durch die Ungarn; in script.: II. p. 110).

[7]) Zuerst wird der Hunsrücken als Gau (s. auch Ellester: pp. XXV u. XXVI) 1074 genannt, in der Sifridi I. litera fundationis monasterii Ravengirsburg (Gudenus: cod. diplom. 1: p. 378, n. 141): predia sua, que in tribus pagis habuerunt (Graf Berthold und seine Gemahlin Hedwig), idem in Nachgowe, in Trachari (der nun also um seinen südlichen Theil verkürzt erscheint), in Hundesruche.

[8]) s. Caesar de bello Gall.: in l. 5: c. 3 sendet Indutiomarus alle Kampfunfähigen vom Stamme der Treverer in silvam Arduennam, quae ingenti magnitudine per medios fines Treverorum a flumine Rheno ad initium Remorum pertinet, und in l. 6: c. 29 zieht Cäsar selbst per Arduennam silvam, quae est totius Galliae maxima atque ab ripis Rheni finibusque Treverorum ad Nervios pertinet milibusque amplius quingentis in longitudinem patet.

Als Ludwig der Fromme im Sommer 839 jagte, und zwar per Arduennam (Prudentius), in Arduenna (Astronomus: c. 61), kamen Ebroin und die übrigen aquitanischen Großen Flaterum (c. 61) zu ihm, d. h. nach Dümmler (p. 131: n. 69) nach dem heutigen Dorfe Ober- und Unter-Blatten, am Nordrande der Eifel, 1½ Meilen südwestlich von Zülpich gelegen. Und ebenso läßt Prudentius zu 855 den Lothar nach dem monasterium Promeae in Arduenna constitutum sich begeben, während die neuere Geographie das Städtchen Prüm an den östlichen Fuß der Schneeeifel setzt. —

Schon oben in n. 500 wurde bei gegebener Gelegenheit davon gesprochen, daß Nithard bei mehreren Ortsnamen sich doppelter Formen bedient, wovon die eine ältere meist an die römische Benennung erinnert, während die andere, mehrmals jener durch Nithard ausdrücklich gegenüber gestellt, mehr oder weniger die heute geltende Namensform zeigt.[9]) Diese Beispiele mögen hier noch durch einige besonders bemerkenswerthe aus Thegan, Astronomus, Prudentius, Rudolf — wie jene, zumeist aus den Rheinlanden genommen — vermehrt werden.

Zuerst sollen hier solche Stücke zusammengestellt werden, in denen die alte und die neue Form durch den Autor selbst einander entgegengesetzt werden. Besonders Rudolf bietet einige sehr bemerkenswerthe Beispiele hiefür. — Bei demselben Anlaß, wo Nithard den alten und den neuen Namen von Straßburg zusammenbringt, in der Erwähnung von Karls Zusammentreffen mit Ludwig daselbst im Februar 842, gibt Rudolf als Ortsbestimmung: apud urbem Argentoratum, quae nunc Strazburgus vocatur[10]). Doch zugleich interessanter sind folgende zwei Stellen Rudolfs. Zu 858 spricht er von dem drei Viertelstunden östlich von Bingen[11]) liegenden Dorfe Kempten: villa . . . Caput-montium vocata, eo quod ibi montes per alveum Rheni fluminis tendentes initium habent[12]), quam vulgus corrupte Capmunti nominare solet; und zu 852 wird von der Weser gesagt: amnis, quem Cornelius Tacitus, scriptor rerum a Romanis in ea gente (bei den Sachsen) gestarum, Visurgim, moderni vero Wisaraha vocant. Für Metz, dessen alter Name: Divodurum freilich ganz verschollen ist, verwenden Prudentius (zu 842) und Astronomus (c. 48) zwei Formen neben einander: jener redet von der urbs Mediomatricorum, Metis vocabulo, dieser von Mediomatricum, quae altero nomine Mettis vocatur. Ueberwiegend finden wir Mettis (oder adjectivisch Mettensis) in Gebrauch[13]). — Aehnlich, wie bei Metz, ist auch bei Worms der römische Stadtname: Borbetomagus hinter der Zusammenlegung von urbs oder civitas mit dem frühern Stammnamen zurückgetreten; diese hinwieder macht jetzt der modernen Benennung Platz.[14]) Astronomus sagt c. 54 und c. 62: civitas (urbs) Wangionum, quae nunc Warmatia vocatur (dicitur). Hier macht sich ein sehr ungleicher Gebrauch geltend. Nithard redet (s. n. 500) drei Male von der urbs Vangionum, acht Male von Warmatia. Thegan schreibt stets Wormacia oder Wormatia. Astronomus hat, jene beiden Stellen abgerechnet, immer Warmatia. Auch Einhard (Wormacia) und die ann. Bertiniani (Wormatia) bleiben sich gleich. Prudentius hingegen hat zu 836: Wormatia, zu 839: urbs Vangionum, zu 842 und 843: Vangioum; Rudolf braucht zu 839, 841, 842 und 859: Wormatia, zu 857: Wangionum civitas, zu 858 gar Wangioni als Locativ von Wangionum. Den Gau von Worms nennt der Annalist von Xanten, der nur einmal, zu 840, Worms selbst (Wormatia) aufführt, zu 842: pagus Vangionensium, zu 845: pagus Wormaciensis; Prudentius bringt, zu 839 und allerdings unter Zugrundelegung einer Urkunde, den Namen: Wormazfelda (am selben Orte auch Sperohgouwi)[15]). — Auch bei Speier ist der Name: Noviomagus[16]) in Vergessenheit gerathen. Prudentius hat einmal, zu 843, Nemetum, ebenso Rudolf (Nemeti: als Locativ) zu 841 Nithard (III: c. 5) hat Spira, Einhard (zu 838) Spirense (für den Gau von Speier). — Mainz kömmt hier insofern in Betracht, als die Endung von Magontiacum sehr häufig abgeworfen ist[17]). — Coblenz erscheint immer in der unverstümmelten Form Confluentes oder Confluens (so Rudolf). Nur Nithard hat III: c. 7 und IV: c. 4 Confleutim und Confleutum. — Für Andernach, das alte Antonacum haben wir in Prudentius zu 859: Autunnacum, in Rudolf zu demselben Jahre aber: Auternacum. — Cöln heißt bald Colonia Agrippina, bald nur Colonia.[18]) — Das alte Novesium (diese Form haben ann. Einh. zu 829, ann. Hincm. zu 863) heißt bei Astronomus (c. 11) Neuscia. — Nimwegen wird von Astronomus in cc. 28, 34, 39[19]) Noviomagus, in c. 45 einmal Neomaga, einmal Neumaga genannt. Thegan schreibt in c. 37 Niwimagun (der heutigen Form am ähnlichsten), im appendix aber Noviomagus. Die ann. Bertiniani haben zu 831 Niumagus, zu 830 Noviomagus. Diese alte Form haben ferner Einhard, Rudolf, Prudentius, die ann. Xantenses. — Trier erscheint nur bei Prudentius als die Augusta Trevororum[20]). Astronomus redet in c. 23 von einem Bischof der Treveros, in c. 63 von einem solchen der Treveri, in c. 47 von der Stadt Treveris. Rudolf nennt die Stadt zu 857 Treviris; daneben hat er zu 863 das Adjectiv Trevirensis (Thegan im appendix dessen Form Treverensis).

Aus dem Südosten lassen sich noch Regensburg und Augsburg aufführen. Jenes, das römische Reginum, erscheint bei Astronomus: c. 6 als Hreuesburg, bei Rudolf zu 852 und 861 als Reganesburg, zu 862 als Reganesburgum[21]). Augsburg

---

[9]) Hiemit ist zu vergleichen, was Lupus schreibt: Latini sermonis lenitas hominum locorumve nominibus Germanicae linguae vernaculis asperatis (s. Dümmler: p. 199: n. 50). Die Stelle steht in der an den Abt Bun von Hersfeld und die Brüder dieses Klosters gerichteten Vorrede zum Leben des h. Wigbert (in Servati Lupi op. ed. Baluzius: p. 293).

[10]) Thegan: c. 42 hat Argentoria, Prudentius zu 842: Argentoratum.

[11]) Das alte Bingium heißt bei Nithard: III. c. 7: Binge, bei Rudolf hier: urbs Pinguia, in den ann. Einh. zu 819: Bingia.

[12]) Kempten liegt am östlichen Fuße des Rochusberges, also am obern Eingange des Thalkessels (alveus) von Bingen.

[13]) Nithard selbst hat stets diese Form, ebenso Astronomus, die ann. Bertiniani, Rudolf. Nur Prudentius hat zu 842 noch einmal urbs Mediomatricorum, zu 844 den Plural Mediomatrici.

[14]) Ueber Worms s. auch Arnold: Deutsche Freistädte: I. pp. 5 u. 6, über Speier die Abhandlung von Zeuß: die freie Reichsstadt Speier vor ihrer Zerstörung: pp. 3 u. 4, Speier 1843. Speier erhielt seinen heutigen Namen von dem durchfließenden Speierbach.

[15]) Zu 839 sagt Prudentius auch: Noreja, quae nunc Bajoaria dicitur.

[16]) Bei Nimwegen, s. weiter unten, erhielt er sich.

[17]) Nithard und Astronomus haben sowohl die längere, als die kürzere Form, Rudolf überwiegend die erstere, Prudentius dagegen in weit zahlreichern Fällen die zweite. Die ann. Bertiniani und Xantenses haben Maguntia und Magontia (so auch Thegan). Ebenso wechseln in der ersten Silbe a und o, in der zweiten o und u.

[18]) Nithard hat (IV: c. 2) Colonia, Prudentius drei Male Colonia Agrippina, Rudolf zu 852 und 857 Colonia, zu 863 Agrippina Colonia

[19]) Uebereinstimmend mit ann. Einh. zu 817, 821, 825.

[20]) Zu 842; zu 857 ist die Form Trevirorum angewandt.

[21]) Die Formen Radespona, Radasbona, Radisbona bieten die Fortsetzungen Rudolfs mehrfach.

wird durch Einhard (zu 832) der alte Name: Augusta Vindelicûm, durch den Annalisten zu Xanten (zu 832) wenigstens der Name: Augusta gegeben; die ann. Bertiniani nennen es (zu 832)[25] und Prudentius (zu 839) Augustburg; Astronomus hat (in c. 47) die Form Hausburg.

[25]) Die ann. Bertin. haben da die Form Lech für den noch heute so genannten Fluß (vgl. die ann. Lauriss. zu 787: in loco, ubi Lechfeld vocatur). Die Uebergangsform Lechus hat Einhard in der vita Karoli: c. 11. — Die Form Moin statt Moenus zeigen neben Nithard (II: c. 1) auch die ann. Bertin. zu 832. Hier mag auch noch beigefügt werden, daß Nithard in I: c. 5 von dem Araris, in IV: c. 3 aber von der Saugonna redet.

# Schlußbemerkung.

Erst als der Druck dieser Arbeit schon beinahe ganz vollendet war, wurde mir die Dissertation: De vita et fide Nithardi: diss. inaugur. quam die 24. Maji 1865 defendet Christianus Paetz, Saxo-Borussus: Halis bekannt. Ich erlaube mir, hier noch in ein Paar Worten auf das Verhältniß meiner Arbeit zu der hier genannten die Aufmerksamkeit zu lenken.

Herr Dr. Pätz stellt zuerst (pp. 3—7 die Nachrichten über Nithards Leben zusammen, doch gleichfalls ohne über sein Todesjahr zu einem sichern Resultate zu gelangen. Von p. 10 an geht er auf Nithards Werk selbst näher ein. Was seine hier gegebenen Erörterungen anbetrifft, so freue ich mich, an dieser Stelle sagen zu können, daß ich in allen Hauptpuncten mit ihm übereinstimme. Nicht nur stellt er (pp. 10—12) für die Untersuchung dieselben Normen auf: er theilt auch meine Ansicht über das Verhältniß des Astronomus zu Nithard (vgl. die zweite These: Nithardus nihil ab Anonymo descripsit, sed hic potius ab illo mutuatus est, u. pp. 12—14). Auf pp. 15 — 27 wird das erste Buch einer eingehendern Erörterung unterworfen; dasselbe geschieht pp. 27—41, leider zuweilen etwas zu dürftig, mit den drei letzten Büchern. Auch mit dem Endresultate des Verfassers stimme ich durchaus überein. Auf p. 41 sagt er: Exceptis nonnullis erroribus, Nostro ubi vis optimo historiae duce haud ullo dubio uti possumus, und auf p. 42: Nos Nithardum virum honestate, veritate, libertate, animi magnitudine singularem atque summis laudibus dignum cognovimus.

In Einem Puncte besonders danke ich Herrn Pätz einen höchst schätzenswerthen weitern Aufschluß. Auf p. 40: n. 6 macht er bei Anlaß der Gesandtschaft der Könige an Lothar (IV: c. 3) darauf aufmerksam, daß Adalhard als Abt von St. Maximin bei Trier (s. Dümmler: p. 464: n. 67; Urkunde von 838 bei Beyer: I. p. 73) zu Lothar in engern Beziehungen stehen mochte. Auch setzt er (pp. 7 u. 8, 39—41) vielleicht nicht ohne Grund Nithards Unlust an den staatlichen Dingen mit dem wachsenden Einflusse Adalhards bei Karl in Verbindung.

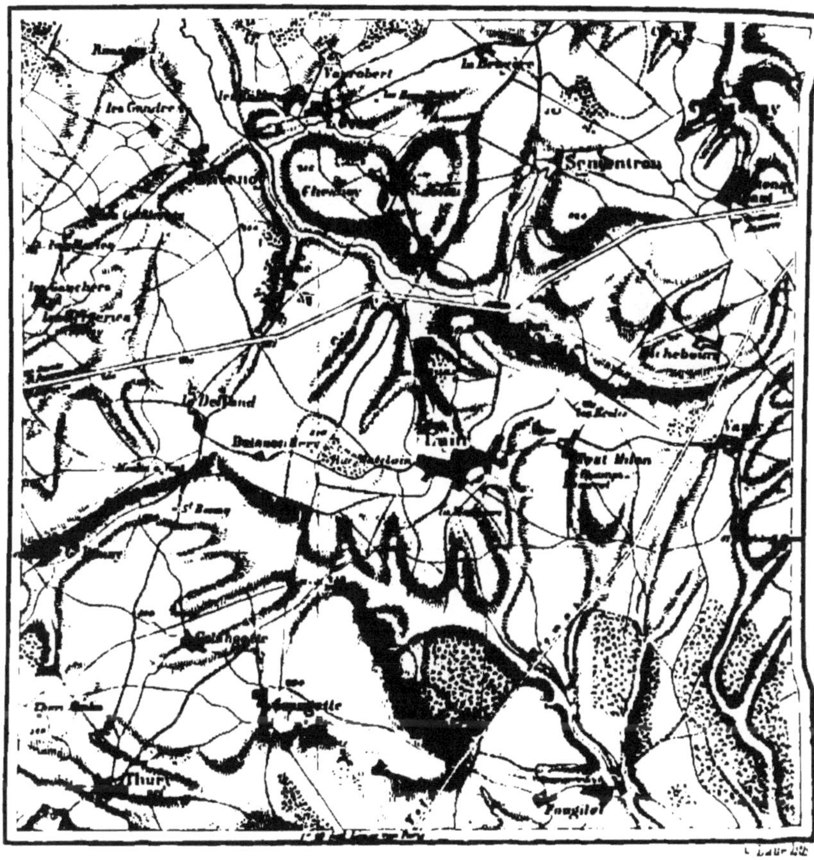
Valrobert
Les Gandres
Le Deffand
Thury
Fougilet
St Bonnet